Silvia Götschi – Auf der Schwarzen Liste des Himmels

FSC
www.fsc.org
MIX
Papier aus verantwortungsvollen Quellen
FSC® C083411

*Der Cameo Verlag wird vom Bundesamt für Kultur
für die Jahre 2021–2024 unterstützt.*

Lektorat: Susanne Schulten, Duisburg
Umschlaggestaltung: André De Carvalho, Cameo Verlag GmbH, Bern
Layout und Satz: Rafael Schlegel, Cameo Verlag GmbH, Bern
ISBN: 978-3-906287-83-6

Printed in Germany

Silvia Götschi

Auf der Schwarzen Liste des Himmels

Kriminalroman

CAMEO

In großer Dankbarkeit
für Oswald Götschi – mein Erzeuger
und geistiger Vater
und für Maria und Fredi – meine Eltern

Was immer du tun und erträumen kannst, du kannst damit beginnen. Im Mut liegen Schöpferkraft, Stärke und Zauber.
– Johann Wolfgang von Goethe

Der Schlüssel kam in einem Umschlag.

Der Schlüssel kam um zehn. Es war ein schöner Tag. Der Winter hatte sich verabschiedet und den zaghaften Annäherungen eines frühlingshaften Fluidums Platz gemacht. Eine neue Lebensfreude schälte sich aus dem letzten Grau der vergangenen Monate der Tristesse. Wo alles nicht wirklich existiert hatte. Wo die Tage im düsteren Niemandsland geschlummert hatten, die Nächte eisig gewesen waren.

Es war ein mit kleinen Luftkissen gepolsterter Umschlag in der Größe einer Postkarte. In einem glücklicheren Moment hätte er die kleinen Luftkissen zwischen seinen Fingern zerdrückt. Und dem knisternden Geräusch gelauscht. Dem Gesang aufplatzender Blasen. Die Adresse war von Hand geschrieben. Einen Absender gab es nicht.

Er kannte die Schrift.

Dass dieser Tag einmal anbrechen würde, hatte er verdrängt. Kaum mehr daran geglaubt und sich vorgestellt, ihn vergessen zu haben.

Der Schlüssel kam in einem Umschlag. Er riss den Innenteil auf. Der Schlüssel fiel auf den Tisch. Er verursachte ein scheperndes Geräusch. Ein langes Begleitschreiben fehlte, es gab nur die Aufforderung, dass er von nun an noch vierundzwanzig Stunden Zeit hätte, um seinen Auftrag zu erledigen.

Er hatte keine Sekunde gezögert, damals, als es um seine Zukunft ging. Sein Versprechen. Die Unterschrift unter dem Vertrag, der ihm das Leben rettete, das seiner Familie.

Er hatte seine Seele verkauft, als er am Abgrund stand. Dass ihm die Jahre danach geschenkt waren, wurde ihm erst jetzt bewusst.

Es brauchte nur einen Knopfdruck oder das Umlegen eines Schalters. Er war darauf getrimmt, wochenlang war es ihm eingebläut worden. Ein Anruf würde es sein, hatte man ihm später mitgeteilt, oder ein Hinweis im Briefkasten.

Der Schlüssel kam um zehn an diesem hoffnungsvollen Tag und traf ihn wie ein Hammerschlag.

Schon lange hatte er mit dem Gefühl gelebt, niemals aktiv werden zu müssen. Dass er sein Leben weiterhin genießen dürfte, seine Familie, sein Haus. Sein Eigen – für das er jetzt nun doch den Preis bezahlen musste.

Heute, an diesem ersten Frühlingstag.

– Aus «Der Schläfer» von Laura D. Bancroft

Eins

London am späten Nachmittag. Der Anwalt Logan Stoner stand in seinem Büro am Fenster, mit dem Telefonhörer am Ohr. Seit seinem Eintreffen heute Morgen hatte er den Anruf immer wieder hinausgezögert. Er war auf die Terrasse gestiegen und hatte die Sonne blutrot über den Dächern des Quartiers aufgehen sehen, eine Aprilsonne, brennend und explosiv. Stoner verabscheute diesen Tag. Den Anruf auch.

«Der Premier will aus der EU aussteigen!», sagte er.

«Wir haben Kenntnis davon», kam es unwirsch zurück. «Es ist an der Zeit, dem einen Riegel vorzuschieben. Ich nehme an, Sie rufen mich deswegen an.»

Stoner sah hinunter in die vollgestopften Straßen, die aussahen, als hätten sie kein Ende, in denen Busse, Taxis und Kleinwagen einander permanent und verbissen den Platz streitig machten. Seit sieben Uhr war dort unten die Hölle los – wie an jedem Tag.

Er betrachtete sein Bürogebäude, das die Fassaden des Glaspalasts gegenüber widerspiegelten. «Sein Berater Liam Keaton, dieser rechtsverdrehte Psychopath, bestärkt ihn in seinen Ideen auch noch. Ich habe gestern ein Schreiben aus Brüssel bekommen. Dort sieht man dieser Entwicklung mit äußerster Besorgnis entgegen. Wenn Großbritannien wieder autonom wird, könnten Dänemark und Schweden nachziehen. Ausgerechnet jetzt, wo wir mit den Norwegern verhandeln. Großbritannien tritt uns in den Hintern. Die Schweiz hat mit ihrer letzten Abstimmung negative Maßstäbe gesetzt. Weiß der Teufel, wie dieses Alpenvolk es immer wieder schafft, sich dem Rest von Europa zu widersetzen. Auf der Weltkugel sind sie höchstens als kleiner Fliegenschiss zu erkennen, wenn überhaupt. Diese sogenannten Eidgenossen! Sollte der Worst Case eintreffen, wären unsere Bemühungen um ein transatlantisches Abkommen für die Füchse. Wie auch immer: Sie haben alle Freiheiten, um diese Schussfahrt ins Chaos zu verhindern.»

«Können wir uns treffen?»

Stoner zögerte. Sein Blick verlor sich in der Ferne. Die Sicht war heute gestochen klar. Sie reichte bis zu den gigantischen Türmen der Canary Wharf mit dem HSBC-Tower, dem One Canada Square und dem Citigroup Center. «Warum sollen wir uns treffen? Machen Sie einfach Ihren Job!»

«Der Osten macht auch auf Konfrontation, wie die letzten Entwicklungen zeigen», hörte er. «Wir müssen uns sehen.»

Verdammt! Konnte er nicht einfach dem Mund halten? Vielleicht hätte er den Anruf auf den Abend verlegen sollen. Er hatte sich auf das Mittagessen gefreut, aber jetzt war ihm der Appetit vergangen.

«Ein gefundenes Fressen für Keaton», meinte er grimmig. «Er spricht bereits von einer neuen europäischen Großmacht, die es zu verhindern gilt. Er will keine Wiederholung der Geschichte. Er will Brüssel schwächen und die reichen Länder zur Umkehr zwingen. Wir müssen das mit allen Mitteln verhindern. Das wäre der Todesstoß für unsere Bestrebungen und hätte eine Destabilisierung Europas zur Folge.»

«Der Osten löst das Problem auf seine Weise», kam es zurück. «Die Annektierung gewisser Staatsteile war nur der Anfang. Sie werden systematisch weitermachen. Wann also treffen wir uns?»

Der gab wohl nie auf.

«Um zehn im Ministerium.» Stoner legte den Telefonhörer angewidert auf die Station zurück.

Eine Weile noch blieb er am Fenster stehen, das bis zum Boden reichte. Unter sich sah er die breiten Verkehrsadern, durch die sich dicht gedrängt die glänzenden Karosserien der zahllosen Autos wälzten, die London in den Kollaps zu treiben drohten. Sein Büro thronte wie ein hängender Garten über den Wohnblocks und Bürogebäuden der Mill Harbour. Es lag noch kein Jahr zurück, als er von der Newell Street hierhergezogen war. Er hatte sich noch nie auf eine dauerhafte Bleibe eingelassen. Es gab Momente, da musste er die Flucht ergreifen, weil man sein Gesicht kannte. Weil es mit seiner Ruhe dann vorbei war und ihm die Presse auflauerte, um ihn mit heiklen Fragen zu bombardieren. Diese oberflächlichen Journalisten, die bloß einer verdummenden Leserschaft gerecht wurden, die sich davor drückten, aktuelle Probleme objektiv anzugehen. Er hasste sie alle.

Stoner war ein Rastloser geworden. Ein einsamer Wolf im Dschungel der Großstadt.

Er wandte sich vom Fenster ab und sah auf sein Pult, auf dem sich die Akten der letzten Sitzungen stapelten. Den Überblick hatte er längst verloren. Ein ungutes Gefühl machte sich in ihm breit. Er kannte das, wenn etwas aus dem Ruder zu laufen drohte. Wenn sich die Dinge endgültig in eine andere Richtung entwickelten, als sie sollten. Er hätte sein Mandat schon längst gekündigt, wenn er nicht so verdammt abhängig gewesen wäre. Von denen, die mächtiger waren als er. Und vom vielen Geld, das ihm dadurch gewiss war.

Vor zwei Jahrzehnten war er in den Vorstand seiner Partei gewählt worden, einer Mitte-links-Partei, die von Bristol aus agierte. Er hatte damals Ja gesagt. Das war ganz am Anfang gewesen, als er noch jung und voller Idealismus gewesen war, als er noch daran geglaubt hatte, etwas verändern zu können. Das Leben lebenswerter zu machen. Ein junger, aufstrebender Anwalt. Sie hatten ihn als Frischling in den Kreis der Silberrücken geholt. Er hatte nie herausgefunden, welche Kriterien ausschlaggebend gewesen waren. Nach der Anwaltsprüfung hatte er zuerst in einer kleinen Kanzlei in Bristol gearbeitet. Von einem Tag auf den anderen war er mit der Möglichkeit konfrontiert worden, seine Karriere voranzutreiben – nicht nur in der Wirtschaft, sondern auch in der Politik.

Eine überdurchschnittliche Entlöhnung hatte ihm gewinkt. Er wäre wirklich verrückt gewesen, hätte er dem entsagt. Mit siebenundzwanzig hatte er schon Ziele erreicht, die er sich nie gesteckt hatte.

Dass er aber nur ein Trabant sein würde, war ihm schon nach dem ersten Jahr klar geworden. Seine Ideale zerrannen. Er ging in den Fußstapfen derer, die vor ihm gingen. Und irgendwann war er einer von ihnen geworden – einer, der seine Authentizität schneller verloren hatte, als ihm lieb sein konnte.

Das Telefon schrillte. Stoner fuhr zusammen. Er musste den Klang wirklich leiser stellen.

«Ich bin's.»

«Sie schon wieder? Ich dachte, wir hätten das hinter uns.»

«Ich muss noch etwas loswerden.»

«Was kann so wichtig sein, dass Sie mich nach meinem Anruf in so kurzer Zeit wieder behelligen?»

«Noch haben die Vereinigten Staaten ein großes Interesse daran, dass Europa stärker wird. Indem Europa sich nach Osten ausdehnt, schafft es wichtige strategische Punkte, die in der Öl- und Gasindustrie von großer Bedeutung sind. Das kann sich aber schnell ändern, sollte in den Staaten die Regierung wechseln und sollten die Republikaner an die Macht kommen. Sie wissen, welche Anwärter momentan auf der Liste stehen.»

Verdammt ja, er hatte recht. Nichts war absehbar. Wenn Europa zerfiel, würden sich die Bedingungen ganz schnell ändern.

Stoner schniefte laut und ungehalten. «Dass die Rechnung nicht immer aufgeht, hat sich in den letzten Monaten immer deutlicher abgezeichnet. Meine Aufgabe besteht in erster Linie darin, einen Balanceakt zu verhindern. Was den Demokratien entgleitet, fangen die Diktaturen auf. Das Volk müsse geführt werden, das ist die Ansicht des Gegners. Sie streben eine moderate diktatorische Demokratie an. Ich beobachte diese Entwicklung mit Besorgnis. Denn so abwegig ist die Idee nicht. Doch meine Bosse haben uns nicht fürs Denken engagiert.»

«Wen meinen Sie mit *uns*?»

Stoner fand es angebrachter zu schweigen. Wenn sein Gesprächspartner glaubte, ihn aus der Reserve locken zu können, hatte er sich getäuscht.

«Dass die USA näher am Abgrund stehen, als allgemein bekannt ist, davon sind unsere Auftraggeber überzeugt», tönte es aus der Leitung. «Die Chinesen und Inder seien auf dem Vormarsch, was Technologie und Industrie anbelangt. Europa müsse ihnen Paroli bieten – in jeder Hinsicht. Es gelte, noch mehr Länder hinzuzuziehen. Daher könne man keine Gegenspieler gebrauchen wie Keaton. Er sei gefährlich für die Entwicklung der Europäischen Union. Die Zeit sei reif, ihn aus dem Verkehr zu ziehen.»

Was erzählte er da? «Die Chinesen und Inder sind nicht wirklich kreativ. Die Chinesen kopieren den Westen, und die Inder sind höchstens in der Medizin weiter.»

«Wie bitte? Die Chinesen mischen in Afrika extrem mit. Sie gehen dort auf die Ressourcen los, binden die Afrikaner in ihre Geschäfte ein. Das macht den besseren Eindruck, verhindert jedoch, dass man ihnen auf die Finger schaut.»

«Sie haben ja recht. Das sind Gründe genug, um Europa zu stärken, ansonsten steht es auf verlorenem Posten ...»

Stoner wartete eine Erwiderung erst gar nicht ab. Er knallte den Hörer auf die Gabel. Er musste vorsichtig sein. Auch wenn er Maßnahmen getroffen hatte, würde man ihn sehr wahrscheinlich abhören. Er wollte kein Risiko eingehen. Zudem verabscheute er es, wenn andere für ihn dachten. Es genügte, wenn sie seinen Auftrag ausführten, nur das taten, was er, der Mittelsmann, ihnen auftrug.

Vor allem aber wollte er sein sorgfältig entstandenes Konstrukt von niemandem zerstören lassen.

Stoner lebte zusammen mit seiner Frau in einer Vorstadtvilla und besaß ein Cottage im Süden von Somerset. Er saß in der Sportkommission der Bristol High School und setzte Unterschriften, war bei Sportanlässen anzutreffen, wo seine Geldgeber nicht wirklich hinpassten. Er unterzeichnete Stipendien und Förderbeiträge für minderbemittelte Sporttalente. Er war einer von vielen, die sich für das Gemeinwohl einsetzten. Im Hintergrund jedoch hielt er die Fäden für die in der Hand, die eine starke Europäische Union anstrebten und vor allem für deren Erhalt plädierten.

Stoner setze sich an sein Pult, das in einem Meer von Papier versank. Anstatt zu arbeiten, schob er einen Aktenberg zum anderen. Er war nicht bei der Sache, seine Konzentration befand sich auf dem Tiefpunkt. Oft arbeitete er während der Nacht an seinen Mandaten, weil er sich tagsüber der Politik widmete. Den aufgezwungenen Arbeiten, von denen er nie mehr loskommen würde. Sie drehten sich wie eine Spirale ins Immergleiche. Er vermochte bloß ihren Kurs zu bestimmen – ob in die Höhe oder in den Abgrund.

Während er am Pult saß, blickte er in das gespiegelte Grau des Computermonitors. Was er dort sah, befriedigte ihn nicht. In letzter Zeit hatte er abgenommen. Sein Gesicht war eingefallen, seine blauen Augen lagen in tiefen Höhlen. Er hatte seine Attraktivität verloren. Die Veränderung war schleichend vonstatten gegangen. Er würde sein Leben überdenken müssen, seine Ehe, die Beziehung zu seiner Frau. Das ganze beschissene Leben überhaupt.

Er erinnerte sich plötzlich, dass Patricia versprochen hatte, heute noch vorbeizukommen. Er wusste nicht, ob er sich darüber freuen sollte. Sie stellte immer so hohe Ansprüche an ihn, war selten zufrieden mit dem, was sie besaßen. Sie strebte nach Vollkommenheit, angestachelt von den prominenten Frauen, die in London von sich reden machten. Sie mochte es, sich in der Aufmerksamkeit der High Society zu sonnen. Sie passte allerdings auch dorthin, denn sie war eine Augenweide.

Stoner verehrte sie. Wenn er jedoch an die Anfänge ihrer Ehe dachte, war alles ein wenig einfacher gewesen. Mit der Zeit hatte Patricia jedoch Morgenluft gewittert. Sich in die Elite einzugliedern, war vor allem für sie nie schwierig gewesen – war sie doch eine Frau mit einer Bilderbuchkarriere: Mit vierzehn Jahren hatte ein Modefotograf sie in der London Underground entdeckt, sie von der Schule geholt und als Model groß herausgebracht. Mit achtzehn war sie ein gefragtes Mädchen geworden, das fortan auf den Titeln der Hochglanzjournale zu sehen war. Stoner hatte sie bei einer Spendengala kennengelernt, und ein Jahr später waren sie ein Paar geworden.

Von dem einfachen Häuschen, das sie am Anfang ihrer Ehe bewohnt hatten, waren sie in eine Villa am Stadtrand von London gezogen. Ein Anwesen mit Pool und einer Driving Range. Patricia hatte ihren privaten Golflehrer – Stoner ahnte, dass er sie nicht nur im Abschlagen, Chippen und Putten unterrichtete, und er hätte oft Grund genug gehabt, sie vor die Tür zu setzen. Denn das ganze Quartier sprach schon davon, wie er sich von seiner Frau ausnehmen ließ. Nur ging ihm das – um es ganz klar zu sagen – am Arsch vorbei.

Es klopfte. Die Tür ging auf, und Patricia stand da. Vollbeladen mit Tüten und Kartons.

«Wenn man vom Teufelchen spricht …»

Sie hörte es nicht.

Wenn sie nicht gerade Golf spielte, ging sie auf Einkaufstour, kam aber immer auf einen Schwatz bei ihm vorbei, falls sie in der Nähe war und er sich im Büro aufhielt.

Wie schön sie war. Fünfunddreißig, groß, schlank und durchtrainiert. Jeder Muskel ihres Körpers war das Produkt eines ausgeklügelten Trainings, das sie täglich absolvierte. Keine Kinder, denn die hätten ihrer perfekten Figur geschadet. Ihr kastanienbraunes Haar reichte ihr knapp zum Kinn. Und wenn sie, wie jetzt, die Retro-Sonnenbrille trug, sah sie aus wie eine Diva. Seine Frau. Für sie lohnte es sich, täglich durch den Sumpf von Kriminalität und Korruption zu waten und zugleich in der Liga der Mächtigen mitzuspielen.

«Logan, sieh mal, was ich heute gefunden habe. Versace hat an der Oxford Street ein neues Geschäft eröffnet.» Patricia stellte einen Schuhkarton auf den Bürotisch, schob den Deckel zur Seite und griff nach einem Stoffsack. Sie nestelte am Bändel, der ihn an der Öffnung zusammenhielt und zog ein paar High Heels heraus. «Zwölf Zentimeter Absatz, ein Traum. Echtes Lackleder. Die passen zu meinem neuen Abendkleid. Hübsch, nicht?»

Stoner wusste, dass Patricia die Schuhe nicht seinetwegen gekauft hatte. Was hätte er sagen sollen? Er liebte seine Frau. Trotz ihrer Verschwendungssucht und ihrer Flatterhaftigkeit.

«Morgen Abend sind wir bei den Pommeroys eingeladen. Julian wird vierzig.» Patricia streifte ihre flachen Schuhe von den Füßen und zog sich die High Heels an.

«Morgen Abend kann ich nicht.»

«Aber ich habe es dir schon vor einem Monat gesagt. Hast du es denn nicht in deiner Agenda eingetragen?»

«Es ist etwas dazwischengekommen, was ich nicht verschieben kann.» Stoner bedauerte das. Zu gern wäre er neben ihr ins Rampenlicht getreten. Wenngleich er neben seiner Frau eine traurige Falle machte.

«Dann werde ich allein hingehen», sagte Patricia.

«Ich kann es dir nicht verübeln, jetzt, wo du diese Dinger gekauft hast.» Stoner machte eine abfällige Geste in Richtung ihre Füße. Er hasste ihre Kaufsucht. Aber es gelang ihm nie, ihr deswegen eine Moralpredigt zu halten oder lange böse zu sein. Er liebte sie einfach zu sehr.

Patricia sah ihn an, kam um das Pult herum, schob die Akten beiseite und setzte sich auf den freigewordenen Platz. Sie roch nach Zitrusfrüchten. Und als sie die Beine vor ihm spreizte, strömte Hitze auf ihn zu.

«Verdammt, Patty, ich sollte arbeiten.» Aber der Blick blieb ihm nicht lange verwehrt – wie immer trug sie keinen Slip.

«Komm schon, Baby. Ein kleines Dankeschön für die Schuhe.» Sie zog ihn am Gürtel eng zu sich heran und griff nach der Schnalle, um den Dorn aus der Öse zu ziehen.

«Wenn jemand kommt …»

«Es wird niemand kommen. Deine Vorzimmerdame habe ich in die Pause geschickt.»

«Aber das Telefon könnte klingeln.»

«Dann lass es klingeln.» Sie griff in seinen Hosenbund und tastete sich weiter nach unten. «Da rührt sich schon was.»

Er liebte ihr raues Lachen. «Du kleines Luder, du …» Er reckte sich, die Hose rutschte über seine Knie. Patricia half ihm bei den Boxershorts. Seine Männlichkeit strebte ihr entgegen. Als sie nach seinem Penis griff, war sie vor Verlangen schon ganz nass geworden. Er spürte es. Sie zog ihn zu sich.

«Du schaffst es doch immer wieder, du raffinierte kleine Hexe …»

«Ich wäre sonst über mich selbst enttäuscht», gab sie kokett zurück.

Er bohrte sich in sie. Sie schlang die Beine um seinen Leib und stieß die Absätze in seinen Rücken, während ihr Oberkörper sich nach hinten beugte. Sie hatte ihre Bluse aufgeknöpft. Runde, wohlgeformte Brüste trotzten der Schwerkraft. Ihre Knospen richteten sich auf wie nicht ganz reife Kirschen. Er stöhnte auf unter diesem Anblick, unter dem Schmerz. Er wollte sie küssen. Sie wehrte sich. Das törnte ihn noch mehr an.

Ihr Rhythmus wurde schneller.

Er verlor die Kontrolle über sich.

«Du hast keine Übung mehr», rügte sie, als er von ihr abließ.

«Du hast mich verrückt gemacht. Du raubst mir die letzte Reserve. Wie soll ich nur weiterarbeiten?»

«Lass dir etwas einfallen.» Sie reinigte sich mit einem Taschentuch.

«Ich habe einen politischen Auftrag.»

«Politik und Sex – die treibende Kraft des Mannes.» Sie packte die flachen Schuhe in den Stoffsack ein, schnürte ihn zu und legte ihn zurück in den Karton.

Stoner schüttelte nur den Kopf.

Sie griff nach den restlichen Taschen und Kartons, drehte sich auf dem Absatz um und stöckelte zur Tür. Noch einmal ein Blick zurück. «Hasta luego, Baby.»

Die Tür fiel ins Schloss. Was blieb, war der Geruch seiner Frau wie etwas Unwirkliches, als hätte es sie nie gegeben.

Stoner saß da wie ein geprügelter Hund. Trotz der schnellen Entspannung. Er wusste, dass Patricia auf dem Weg zum Golfkurs war und sie nach dem Kurs im Minimum eine Verlängerung von einer Stunde eingerechnet hatte. Er hätte sie deswegen schon längst in die Wüste schicken müssen. Aber er tat es nicht. Er zog Boxershorts und Hose hoch, arrangierte den Gürtel. Griff sich wohlwollend in den Schritt.

Politik und Sex – und ein Weib wie seines. Sie würde ihn eines Tages noch ganz zerstören. Aber sie war großartig dabei.

Das Klingeln des Telefons riss ihn abermals aus seinen Gedanken. Das ist Timing, ging ihm durch den Kopf. Als er den Hörer von der Gabel nahm, fiel sein Blick kurz auf das Display. Er hätte den Anruf besser nicht annehmen sollen. «Sie schon wieder?»

«Ja, verdammt. Ich schon wieder. Haben Sie die Nachrichten gehört?»

«Ich arbeite im Büro.»

«Fuck. Ich dachte, Sie sind multitasking.»

«Worum geht's eigentlich?» Stoner lehnte sich zurück. Er hatte dieses Getue so satt.

«Keaton ist tot.»

Zwei

Er war allein, und das war gut. Er brauchte kein Publikum. Nicht für diese Sache. Er wusste, wo das Schließfach lag. Er hatte es selbst ausgesucht, vor Jahren, als er sein Leben aufgegeben, seine Familie in die Hände höherer Mächte gelegt hatte. Er hatte den Preis akzeptiert, ohne zu wissen, wie hoch er ausfallen würde. Jetzt würde er ihn bezahlen müssen. Mit Zins und Zinseszins.

Um zu überleben. Um seine Familie zu schützen. Ein Versprechen hatte er gegeben, damals, als ihm das Wasser bis zum Hals stand. Als er nicht mehr weiterwusste und alles, was er einmal aufgebaut hatte, auseinanderzufallen, für immer zu zerbrechen drohte.

Die Zeiten waren schwierig gewesen. Er hätte es wohl kaum geschafft, allein über die Runden zu kommen. Er war es seiner Familie schuldig gewesen. Ihr und seinen Freunden und all denjenigen, die ihm etwas bedeuteten.

10 Stunden früher

«Diane!»

Keine Antwort.

«Diane!»

«Mum ist im Garten.» Maddie sprang vom oberen Stockwerk die Treppe herab, indem sie zwei Tritte auf einmal nahm. Ihre langen blonden Haare flatterten nach hinten und erzeugten etwas Unbezähmbares, beinahe Exotisches.

Jake Hemingway machte sich an der Kaffeemaschine zu schaffen. Er drückte auf den Knopf, während er die Tasse unter den Kolben hielt – dachte er zumindest. Die Schönheit seiner Tochter lenkte ihn ab. Wie gebannt blickte er ihr entgegen. Der heiße Kaffee tröpfelte über seine rechte Hand. «Shit!» Er ließ die Tasse fallen, sie kippte zur Seite, der Kaffee ergoss sich über die Küchenkombination. «Das kommt davon, wenn man ein so hübsches Kind hat.»

«Dad, du weißt doch, dass Männer nie zwei Dinge auf einmal tun können.» Maddie stand neben ihm und bezirzte ihn mit ihren veilchenblauen Augen. Nur Maddie hatte solche Augen. «Dad, hast du dich verbrüht?» Sie griff nach einem Lappen, presste ihn auf den Kaffee und wischte ihn weg. «Hast du?»

«Nein, nicht der Rede wert.» Er musterte sie nachdenklich. «Müsstest du nicht schon längst in der Schule sein?»

Maddie wrang den Lappen im Schüttstein aus. «Dad, bist du blöd. Heute ist doch Samstag.»

«Ach ja, habe ich ganz vergessen.» Er war zerstreut. «Heute ist Samstag, und ich muss zu einer Konferenz fahren. Ich würde den Tag so gerne mit euch verbringen.»

«Wohin musst du denn?» Maddie schnappte sich ein Brötchen vom gedeckten Frühstückstisch, biss hinein und stellte sich kauend neben ihren Vater.

Ein Luftzug streifte die beiden. Die Tür, die auf die Terrasse führte, schwang auf, und Diane erschien im Rahmen. Die eine Hand hatte sie in die Seite gestemmt, mit der anderen fuhr sie sich über die Stirn und blies gleichzeitig eine Strähne weg. Sie sah umwerfend schön aus. Sie maß keine eins fünfundsechzig, aber wenn sie einen Raum betrat, beherrschte sie ihn, als wäre sie drei Meter groß. Eine mächtige Aura umgab sie, die fast absurd wirkte, weil diese Frau so zart war. «Maddie, du bist auch schon wach?»

«War das nicht deine Idee? Du willst, dass ich heute die Gartenbeete umsteche. Zudem muss Dad zu einer Konferenz.» Maddie biss wieder in ihr Brötchen.

«Wie oft habe ich dir gesagt, du sollst nicht mit vollem Mund sprechen», tadelte Diane ihre Tochter. «Und bitte setz dich an den Tisch, wenn du isst. Was sind denn das für Manieren?»

«Mum, jetzt hab dich nicht so. Du hast mich etwas gefragt. Ich habe dir geantwortet.» Maddie schmiegte sich an ihren Vater. «Dad wird uns gleich verlassen. Ich wollte ihm nur auf Wiedersehen sagen.»

«Vielleicht setzen wir uns alle hin.» Diane warf ihrem Mann einen schnellen Blick zu. «Bitte sei so gut, und gieß einen Earl Grey auf.» Dann überlegte sie es sich anders. «Können wir uns kurz unter vier Augen unterhalten?»

«Wenn du meinst.» Jake folgte ihr vor die Küchentür. Er sah zurück zu Maddie und zwinkerte ihr zu.

Diane zog die Tür ins Schloss. «Ich möchte nicht, dass du dich immer zwischen Maddie und mich stellst. Ich erziehe unsere Tochter, und du lässt ihr alles durch. Nein, du schweigst dann, das ist noch schlimmer.»

«Ist das nicht normal? Ich sehe sie ja so selten.»

«Sie nutzt das aus.» Diane versetzte ihrem Mann einen sanften Hieb. «Das ist das Los der Mütter, die zu Hause bleiben. Vielleicht hätte ich sie besser im Griff, wenn ich auswärts arbeiten ginge.»

«Dieses Thema hatten wir doch schon.» Jake schüttelte den Kopf. «Ich möchte nicht, dass meine Frau auswärts arbeitet. Das hast du nicht nötig. Ich verdiene genug für uns drei.»

Diane gab es offensichtlich auf. «Komm, gehen wir frühstücken. Ich wasche mir nur schnell die Hände.»

Maddie hantierte mit dem Kolben, als Jake in die Küche zurückkehrte. Sie öffnete die Büchse mit dem Kaffeepulver, schöpfte mit dem dafür vorgesehenen Maßlöffel die erforderliche Menge und kippte diese in den Kolben. Mit einem gekonnten Dreh ließ sie den Kolben an der Maschine einrasten, einer echten italienischen Kaffeemaschine. «Einen gestreckten Milden oder einen Espresso?»

«Mum trinkt nur Tee.»

«Nein, ich meine, für dich.» Maddie grinste. «Und? Hast du auf der Konferenz auch etwas zu sagen? Oder musst du dir die langweiligen Floskeln deiner Mitarbeiter anhören?»

Jake schubste seine Tochter sanft. Er mochte es, wie sie lachte. «Untersteh dich. Das ist eine ernste Angelegenheit. Es geht darum, dass wir …»

«Ihr steht noch immer da?» Diane trat in die Küche. Sie setzte sich und ließ sich von Maddie den Tee servieren. «Was wolltest du uns mitteilen?» Sie gab ein Stück Zucker in die Tasse, rührte um, kippte ein halbes Kännchen Milch dazu, legte den Löffel zurück und führte die Tasse zum Mund. Sie ließ Jake dabei nicht aus den Augen.

«Wir sind mit unserer Druckerei nicht mehr zufrieden. Heute haben wir eine Krisensitzung.»

Diane stellte die Tasse zurück. «Ach, und dafür musst du an einem Samstag weg?»

«Es geht nur heute. Der Chef von Kendall Print und sein Stellvertreter wollten gemeinsam vorsprechen. Ich meine, hier geht es um eine Menge Geld. Wenn sie uns als Kunden verlieren, wird ihre Firma ein echtes Problem haben. Vielleicht hoffen sie darauf, noch etwas retten zu können.»

«Und? Glaubst du, es gibt etwas zu retten?»

«Du interessierst dich auf einmal für die Firma?» Jake musste schmunzeln. «Was ist denn in dich gefahren?»

«Ich interessiere mich eben für eure Kunden.»

«Und warum?»

«Du hast mir den Chef von Kendall Print mal vorgestellt. Ich fand ihn sympathisch.»

«Andrew Kendall?»

«Ja, den meine ich.»

«Mit Sympathie allein kann man keine Geschäfte machen.»

«Aber es erleichtert einiges. Wo liegt dann das Problem?» Diane gab nicht auf, während Maddie ihre Eltern scharf beobachtete. Ihre Augen bewegten sich zwischen ihnen hin und her wie bei einem Tennisspiel.

«Wenn du es unbedingt wissen willst: Kendall Print liefert in letzter Zeit eine lausige Arbeit ab. Schon zum wiederholten Mal mussten wir Prospekte zurückschicken, weil die Farbqualität nicht stimmte. So etwas können wir unseren Kunden nicht zumuten. Das ist eine Blamage.»

«Aber Dad, die landen ja sowieso im Abfalleimer. Oder schaust du dir Werbeprospekte so genau an?»

Jake fuhr mit dem Handrücken über die Wange seiner Tochter. Es hatte keinen Zweck, über Geschäftliches zu diskutieren. Es reichte, wenn dies in der Agentur geschah. Zudem bedurfte es bei Maddie immer diverser Erklärungen. Sie war ein wissbegieriges Kind. «Am Abend bin ich wieder zurück. Versprochen. Und morgen werden wir einen Ausflug machen. Überleg dir schon mal, wohin wir fahren wollen.» Er trank den Kaffee aus, erhob sich und stellte die Tasse in den Schüttstein.

Er nahm Diane in die Arme, zog ihren Kopf an seine Schultern und inhalierte den Duft ihres Haars, das ein wenig nach Kräutern roch. «Passt gut auf euch auf. Und keine Dummheiten mit der Leiter. Die Sprossen sind morsch. Vielleicht solltest du mal eine neue Leiter kaufen. Die kostet ja nicht alle Welt. Es gibt auch Aluleitern, die sind genauso stabil wie Holzleitern, wenn nicht besser.» Kurz hielt er inne, überlegte sich, dass das keine gute Idee war. «Nein warte, ich werde dir die Leiter besorgen. Nächste Woche, am Montag vielleicht, nach der Arbeit, da kann ich noch im Supermarkt vorbeischauen.»

Diane schüttelte seufzend den Kopf. «Ich liebe dich, Jake Hemingway.»

«Ich weiß.» Er löste sich von ihr. Ein Blick auf die Uhr. Er war spät dran. «Ich muss dann mal.» In der Garderobe griff er nach dem Autoschlüssel und dem Aktenkoffer. «Bis bald, meine Liebsten. Bis bald.»

«Was war *das* denn?» Maddie stand jetzt mit offenem Mund und auf Zehenspitzen an der Küchenkombination. Sie sah aus dem Fenster direkt auf den Vorplatz und auf ein gelbes Meer von Narzissen.

«Ach, du kennst doch Dad.»

«Aber so lange hat er noch nie gebraucht, um sich von dir loszureißen. Ihr tut immer so wie Frischverliebte. Wie peinlich.»

Für ihre Tochter war im Moment alles peinlich. Aber das quittierte Diane lediglich mit einem Schmunzeln. «Das erste sonnige Wochenende, seit sich der Winter verabschiedet hat. Ich an seiner Stelle hätte auch keine Lust, in schlecht gelüfteten Räumen herumzusitzen.»

«Der Vater von Kimberly leidet unter einem Burnout», wusste Maddie in altklugem Tonfall zu berichten. «Wenn Dad so weitermacht, erwischt es ihn auch noch. Joe Preston ist jetzt immer zu Hause. Kimberly erzählte mir, dass das für ihre Mum ganz schön nervig sei. Er arbeitet zwar nicht, schaut ihr aber andauernd auf die Finger, wenn er nicht gerade vor der Glotze schläft.»

«So weit wird es mit deinem Dad und mir nicht kommen. Setz dich noch etwas zu mir. Wir wollen doch diesen Morgen genießen.»

«Und dann muss ich dir im Garten helfen.» Maddie schmollte und sah zu, wie ihr Vater den Wagen aus der Garage fuhr. Seit einem halben Jahr gehörte ihm ein neuer Kombi. Dunkelblau mit hellen Ledersitzen, fünf Türen und genügend Stauraum. Damit Diane bei seiner Abwesenheit nicht auf den gewohnten Komfort verzichten musste, hatte er ihr kommentarlos einen Kleinwagen gekauft. Diane hatte sich gewundert, wo er das Geld herhatte. Eine Gehaltserhöhung, hatte Jake gesagt und einige Tage später noch einen draufgegeben: Er ließ einen befreundeten Architekten kommen und besprach mit ihm eine sanfte Renovation ihres Hauses.

«Woran denkst du?» Maddie wandte sich an ihre Mutter.

«An deinen Vater. Wenn es ihn nicht gäbe, müsste man ihn erfinden.»

* * *

«Hat irgendjemand einen Befehl erteilt?» Abdullah Omar Brown – Sohn eines irischen Unterhändlers und einer Ägypterin – erhob sich aus dem Bürostuhl. Seine sonst so sonore Stimme krächzte. Während er sich im Spiegel betrachtete, der an der Wand gegenüber hing, konnte er beobachten, wie sein Gesicht die schrecklichen Züge einer Fratze annahm. In seiner Linken hielt er ein iPhone. «Es war zu früh, Abbas. Zu früh.»

«Die Liquidation geht nicht auf unser Konto», antwortete die Stimme an seinem Ohr.

«Dann sage mir, auf wessen.»

«Bei Allah, ich werde es herausfinden.»

«Bin ich eigentlich nur von elenden Stümpern umgeben?»

«Allahu akbar.»

«Das gefällt mir nicht.» Brown nahm sich zusammen. «Irgendjemand pfuscht uns ins Handwerk.» Er tigerte in seinem Salon auf und ab. Durch die hohen, mit Tüll verhängten Fenster schimmerten die grauen Mauern des gegenüberliegenden Gebäudes hindurch, in welchem die Büros der Metropolitan Police untergebracht waren. Vor drei Jahren war er mit seiner Familie in das Luxusappartement gezogen. Ein Zufall, hätte man meinen können, weil er so nun in der Nähe seiner Feinde wohnte. Denn dass er mit dem Metropolitan Police Service auf Kriegsfuß stand, hatte mit seiner Vergangenheit zu tun. Und die sah düster aus. Das tat zwar auch die Gegenwart, doch in der sah man die dunklen Flecke nicht mehr. Zumindest wusste Brown sie gut zu verbergen. Und so stand er an jedem Morgen für eine Weile mit entblößtem Oberkörper an seinem Schlafzimmerfenster, das sich genau gegenüber dem Bürofenster des Police Chief Superintendents befand. Er war sogar dreist genug, dem Superintendent, falls er zu selben Zeit an seinem Fenster auftauchte, zuzuwinken. Er liebte diese Spielchen. Er liebte die Provokation.

«Abbas, ich höre erst wieder von dir, wenn du mir eine konkrete Lösung für das Problem liefern kannst.»

«Aschhadu an la ilaha illa llah.»

Als es an der Tür klopfte, drückte Brown den Aus-Knopf, öffnete das Gehäuse des iPhones und entnahm ihm die SIM-Karte. Diese ließ er in seiner Jackentasche verschwinden. Er würde sie später in der Toilette hinunterspülen.

«Abdull?» Die grazile Schönheit mit dem seidig schwarzen Haar schritt leichtfüßig auf ihren Mann zu. «Ist alles in Ordnung?»

Er spürte, wie über sein kantiges, von einem schwarzen Bart bedecktes Gesicht Röte schoss. Es passte ihm nicht, dass seine Frau ihn in dieser Gemütsverfassung sah. Sie war seine Lieblingsfrau unter allen seinen Frauen. Er hatte sie vor vier Jahren geehelicht und bereits drei Kinder mit ihr.

«Wir werden heute eine Familienfeier begehen.» Er versuchte, locker zu werden, was ihm halbwegs gelang. Familie und Geschäft musste er rigoros trennen. «Ich lege die Organisation ganz in deine Hände, Fadime. Besprich das Dinner mit George. Er soll alles in die Wege leiten.»

Fadime ahnte bestimmt, dass er sich nicht grundlos eine solche Veranstaltung wünschte. Sie sollte von seinen Problemen ablenken. Sie kannte ihn gut genug, fragte aber nicht. Sie würde eine Familienfeier vorbereiten, wie er das von ihr gewohnt war – perfekt und mit einem reichhaltigen orientalischen Essen. Und alle ihre Verwandten einladen.

«Und wann gedenkst du zu feiern?», fragte sie.

«Heute Abend. Sollte das ein Problem sein?»

«Nein, Abdull. Kein Problem. Und wo wirst du so lange hingehen?» Ihr Blick war voller Traurigkeit.

«In die Stadt», sagte er. «Ich muss wieder zur Ruhe kommen.» Er würde seinen Zorn abreagieren müssen. Fadime hatte dies zu akzeptieren. Er wusste nur nicht genau, wie weit sie mittlerweile in sein zweites Leben eingeweiht war. Brown sah ihr nach, als sie das Büro verließ. In der Garderobe griff sie nach ihrer Abaya und zog sie sich über.

Brown wollte keine unnötigen Gedanken an seine Frau verschwenden. Seine Mutter hatte sich sehr für die Heirat eingesetzt. Denn Fadime stammte aus einer reichen Familie aus den Vereinigten Arabischen Emiraten. Fadimes einflussreicher Vater, Scheich Zyad von Dubai, hatte Abdullah die Übernahme des Kraftstoffgiganten Livsey & Boaden in Aussicht gestellt und ihn später mit den richtigen Leuten zusammengeführt. Dass Brown eigentlich nicht das Kaliber besaß, das Zyad von seinem Schwiegersohn erwartet hatte, störte ihn nicht. Es waren andere Mächte im Spiel gewesen, uralte Geschichten, die Zyad mit Browns Mutter verbanden.

Im Zyads Windschatten konnte sich Brown ausleben. Seine Tankstellen-Shops funktionierten gut ohne ihn. Dafür hatte der Scheich früh genug gesorgt, indem er die richtigen Pächter gesucht hatte. Brown ließ er lediglich als Aushängeschild fungieren, als verspielter, den schönen Dingen des Lebens zugetaner Mann, der die Finger von nichts lassen konnte.

Zyad hatte Brown in der Hand. Er benutzte ihn als seine ganz persönliche Marionette. Er hatte Abdullah geködert und gedrillt und ihn zum Lakaien des Teufels gemacht.

* * *

Der Samstag endete mit einem spektakulären Sonnenuntergang hinter den Hügeln der Cheddar Gorge. Der Himmel zerbröselte zu orangefarbenen Sprenkeln und die Baumspitzen sahen aus wie Scherenschnitte vor dem opulenten Drama dieses Naturtheaters. Maddie hielt ihre Pentax in der Hand und fotografierte. Sie liebte Sonnenuntergänge. In ihrem Zimmer hingen neben Bildern von Beyoncé und James Blunt Sonnenuntergänge in allen möglichen Varianten. Meistens mit einem schemenhaften Vordergrund. Am liebsten mochte sie das küssende Paar am Strand – ein Bild von Diane, das sie während ihrer Teenagerzeit schon in ihrem Zimmer aufgehängt hatte. An den Ecken war es beschädigt.

Sieben Uhr abends, und sie saßen noch immer im Garten.

«Glaubst du nicht, es wäre langsam an der Zeit, dass Dad nach Hause kommt?» Maddie legte ihre Kamera auf den Tisch, wo eisgekühlter Tee und drei Gläser standen. «Hast du ihn auf seinem Handy erreicht?»

«Die Combox ist eingeschaltet. Er möchte gewiss nicht gestört werden.»

«Seit bald zwölf Stunden.»

«Eine Marathonsitzung.»

«An einem Samstag? Mum, das glaubst du doch selbst nicht.»

«Maddie, wir warten einfach noch ein wenig. Es ist ja nicht das erste Mal, dass er an einem Samstag so lange wegbleibt.»

«Ich habe Hunger. Ich habe den ganzen Tag gearbeitet und bloß einen Apfel gegessen.»

Diane hatte mit Absicht nichts zu Mittag gekocht. Sie wollte das Essen auf den Abend verlegen, an dem sie in aller Ruhe zusammen am Tisch sitzen würden. Bei Kerzenschein und schöner Musik. Ihrer gemeinsamen Musik. *Every Time I Close My Eyes.* Wie früher, als sie nicht voneinander hatten lassen können.

Dass Jake nichts von sich hören ließ, kam ihr seltsam vor. Sie versuchte, von ihrer Nervosität abzulenken. «Sieh ihn dir an. Haben wir nicht einen schönen Garten? Das erfordert von Zeit zu Zeit einen gewissen Einsatz. Danke, dass du mich in meiner Arbeit unterstützt hast.»

«Ist ja gut, sonst wärst du jetzt noch dran. Aber im Gegensatz zu dir habe ich keinen grünen Daumen. Immer nur gärtnern, da würde ich mit der Zeit balla balla.» Maddie wedelte mit der rechten Hand vor ihrem Gesicht herum.

«Aber du freust dich doch auch über den Garten, oder?»

«Mum, ich hole mir ein belegtes Brot.»

«Ich komme auch ins Haus. Es wird kühl.» Diane war enttäuscht. Sie hatte sich solche Mühe gegeben: vom frühen Morgen an den Garten vom Winterdreck befreit, Stauden geschnitten, verdorrtes Unkraut ausgerissen. Samen gesetzt, Blumen gepflanzt, den Komposthaufen neu angelegt. Mit Maddie gestritten, denn ihre Tochter war alles andere als eine Perfektionistin, hatte aber einen sturen Kopf und differenziertere Ansichten als sie. Im Ofen schmorte seit Stunden ein Roastbeef. Der Kartoffelgratin stand bereit und musste nur noch aufgewärmt werden. Der Tisch im Wohnzimmer war festlich gedeckt, mit Kerzen und Rosen aus dem Gewächshaus. Sie hatten ein Vermögen gekostet.

Fünfzehn Jahre Diane und Jake.

Heute war ihr Hochzeitstag.

Maddie stellte den Fernseher an. «Willst du dir etwas ansehen? Eine Talkshow vielleicht? Oder den fünften Kanal? Da wird ein Film über die Königsfamilie gezeigt. Ich glaube, der jüngste Spross der Royals hat eine Neue.»

«Was du nicht sagst.» Diane schritt zum Backofen und schaltete ihn aus. «Lauwarmes Roastbeef ist fast noch besser als heißes.»

«Wir könnten doch schon essen.»

«Warten wir noch etwas.» Diane kehrte zurück ins Wohnzimmer, ließ sich erschöpft auf das Sofa fallen. Sie hatte schon geduscht, sich schön zurechtgemacht – ein geblümtes Etuikleid, schlicht und elegant. Jake hatte es ihr zu ihrem letzten Geburtstag geschenkt. Er brachte ihr stets Kleider nach Hause. Er habe ein Auge dafür, sagte er immer. Ihre blonden Haare hatte sie hochgesteckt wie damals an ihrem Hochzeitstag in der Saint Mary Redcliffe Church. In Bristol, wo sie herkamen. Die Kirche – ein Kraftort. Diane erinnerte sich, wie ihr die Härchen auf den Armen zu Berge gestanden waren. Sie hatte geweint vor Glück, wegen der Überzeugung, das Richtige zu tun, des Lichts, das sie nie heftiger gespürt hatte und dieser Energie, die aus allen Ecken geströmt war. Ein Fest der Liebe war es gewesen mit all ihren Verwandten und Freunden. Und sie in ihrem wunderschönen Kleid. Weiß mit rosa Applikationen. Nach der Messe ein Blumenregen, weiße Lilien, Rosenblüten. Die Stretch-Limousine, die sie nach Southampton brachte, wo sie ihre Flitterwochen starteten.

Ein Märchen hatte begonnen.

Maddie drückte planlos auf der Fernbedienung herum. Diane ließ es ihr für heute durchgehen. Sie würde sie ein andermal dafür ins Gebet nehmen. Sie mochte es nicht, wenn ihre Tochter wahllos durch die Sender zappte. Wozu gab es Programmhefte? Die konnte man studieren, einen Film auswählen, und dann den Kanal.

Auf einmal hielt Maddie inne. Mit dem Gerät in der Hand starrte sie auf den Bildschirm, wo verpixelte Bilder einen Schneesturm erzeugten. Ab und an, kaum identifizierbar, hörte man einen Ton aus dem Rieseln heraus, immer wieder durch ein Zischen unterbrochen. Eines technischen Defektes wegen? Es war nicht klar.

Dann plötzlich dieser Blick aufs Meer.

Ein Umriss auf Wasser. Der Schatten eines Hubschraubers, der über unregelmäßige Schaumbordüren zuckte. Die Stimme des Nachrichtensprechers in emotionsloser Gleichgültigkeit. In dieser kalten Monotonie, welche Stimmen von Nachrichtensprechern an sich haben. Ein Bericht den Berichten gleich, wie sie täglich in den Äther geschickt wurden.

Bruchstückhaftes Zusammenfügen einzelner Wortfetzen. Das Meer, unheimlich und träge jetzt wie flüssiges Blei. Der rotierende Schatten darauf. Die Suche nach etwas, was dem Zuschauer verborgen blieb. Ein Spiel, das es zum Geheimnis machte, zur spannenden Unterhaltung an diesem Abend.

Schnitt.

Eine Fallblattanzeigetafel. «Flug LHR London Heathrow – New York JFK Airport: cancelled!»

Abgebrochen!

Ausgefallen!

Gelöscht!

Schnitt. Vom Schrecken verzerrte Gesichter im Fokus von Kameras. Heftige Gesten. Und der Zuschauer dazu aufgefordert, dem Unbegreiflichen ins Gesicht zu sehen. Allmählich ein Bild, das sich wie ein Puzzle zusammenfügte. Hier war eine große Tragödie Wirklichkeit. Eine Zeit lang blieb der Ton vollständig aus.

Wie gebannt starrte Maddie auf den Bildschirm, während Diane auf dem Sofa ihre Beine anzog. Maddie musste sich in ihrer Flugangst wieder einmal bestätigt sehen. «Bin ich froh, müssen wir in nächster Zeit nicht fliegen.»

«Ach Maddie, als du klein warst, hat es dir doch nie etwas ausgemacht.»

«Ich habe lieber festen Boden unter den Füßen.» Sie sah Diane eindringlich an. «Wo bleibt eigentlich Dad? Hast du in der Firma schon angerufen?»

«Hat er nicht gesagt, dass die Sitzung außerhalb der Firma stattfindet?»

«Ich erinnere mich nicht.»

Dann Nachrichten aus aller Welt. In einer Kohlegrube in China hatte es eine Explosion gegeben. Man rechnete mit über fünfzig Toten. Vor Lampedusa war ein Boot mit Flüchtlingen gekentert. Zwölf Tote und über vierzig Vermisste. Es gab auch Überlebende. In Ostafrika bahnte sich eine neue Hungersnot an. Man sprach von einer humanitären Katastrophe. Überall übten Staatsoberhäupter sich zudem im Säbelrasseln. Die Politik brachte offensichtlich täglich neue Psychopathen hervor. Zuletzt die Hiobsbotschaft, dass Liam Keaton in der Unglücksmaschine gesessen habe.

Diane spürte ein vages Stechen in der Brust.

Immer dieselben beklemmenden Nachrichten. Das Leben war schrecklich geworden, die Welt stand in Flammen. Diane wollte es nicht mehr hören.

Maddie sprang auf. «Wo ist dein iPhone? Ich werde Dad eine SMS senden. Die wird er sicher lesen.»

«Du hast doch ein eigenes.»

«Ach Mum, mein Guthaben ist fast aufgebraucht. Ich muss sparsam sein. Bis Monatsende geht's noch fünf Tage.»

Zwanzig Uhr. Die Nacht brach in einem monochromen Licht über die Landschaft herein. Das Roastbeef war am Erkalten, der Fernseher aus.

Diane hatte sich aufs Sofa gelegt, neben sich die Rotweinflasche, die sie im Beisein von Jake hatte öffnen wollen – einen kalifornischen Roten. Er war bereits zur Hälfte ausgetrunken. Maddie hatte sich auf ihr Zimmer zurückgezogen. Sie müsse noch Hausaufgaben erledigen, die Gartenarbeit habe ihren Zeitplan durcheinandergebracht. Sie hatte gefragt, ob Diane ihr später bei Mathe helfe. Recht und Gegenrecht. Ausgerechnet Diane, die sich gegen Zahlen sträubte. Aber mit Maddie würde sie rechnen, und wenn es bis nach Mitternacht ginge.

Der fünfzehnte Hochzeitstag.

Mathe – und Jake war noch nicht zurück. *Every Time I Close My Eyes.*

Dass er sich nicht meldete, das passte gar nicht zu ihm. Er hätte sie in einer Pause benachrichtigen können – Marathonsitzung hin oder her.

Der fünfzehnte Hochzeitstag und der Verdacht, Jake könnte ihn in den Armen einer anderen Frau verbringen.

Dieser Gedanke. Plötzlich war er da gewesen. Nicht zum ersten Mal. Je später der Abend wurde, desto schlimmere Formen nahm dieser Gedanke an. Diane suchte in ihrer Handtasche nach Notizblock und Schreibstift.

Zaghaft hatte sie wieder mit dem Schreiben begonnen. Ein erster Versuch. Ob es ihr gelingen würde, ihre Inspirationen aufs Papier zu bringen? Noch zitterten ihre Finger, wenn sie den Stift hielt.

Jake trifft sich oft mit tollen, erfolgreichen Frauen. Er isst mit ihnen zu Mittag und spricht über Geschäftliches. Manchmal auch abends. Wie wir schon gelacht haben über diese Frauen. Wie Jake sie mir beschrieben hat. Ihre unterkühlte Art. Schön und erfolgreich – aber Eisklötze. Ob er sich noch nie in eine verliebt habe, hatte ich wissen wollen. Nein, die seien wie Kerle. Zudem habe er die schönste und beste Frau der Welt. Die anderen ließen ihn kalt. Ich kann es nicht ganz nachvollziehen. Ich muss ihm einfach vertrauen.

Warum ist er dann nicht da?

An unserem Hochzeitstag?

Und warum nimmt er meinen Anruf nicht entgegen?

Die Wohnzimmeruhr schlug neunmal. Sie hatte einen vertrauten, dumpfen Klang. Manchmal hörte Diane sie nicht, wie alles, was sie an Wiederholungen im Alltag nicht mehr wahrnahm. Sie merkte, dass sie kurz eingenickt war. Von oben dröhnte der Bass, Technosound in voller Lautstärke. Sie hatte noch nie begriffen, wie es möglich war, zu solcher Musik Matheaufgaben zu lösen. Sie erhob sich. In der Küche wickelte sie das Roastbeef in Frischhaltefolie und stellte es auf einem Teller in den Kühlschrank. Die Weinflasche war leer.

Benommen blickte Diane aus dem Fenster auf den Vorplatz, wo man die gelben Narzissen in der Dunkelheit nicht mehr sehen konnte. Die einzige Laterne verschluckte mehr Licht als dass sie welches spendete. Diane war betrunken. Sie war es sich nicht gewohnt, so viel Wein auf einmal zu trinken.

Und dann auch noch auf leeren Magen, an diesem Abend, den sie sich so anders vorgestellt hatte.

Irgendwann fuhr ein Wagen in die Einfahrt. Sie hörte die Kieselsteine unter den Rädern knirschen.

Dianes Vorfreude war einer schrecklichen Traurigkeit gewichen. Ihr Inneres sträubte sich, jetzt noch auf heile Welt zu machen. Wenn Jake sie umarmen wollte, würde sie ihn wegstoßen. Was fiel ihm ein, sie einfach so aus seinen Gedanken zu streichen? Sie hörte Autotüren zufallen – zwei waren es. Jake hatte bestimmt Besuch mitgebracht. Als Ablenkung. Oder zur Verteidigung, damit sie ihn nicht beschimpfte. Damit sie gute Miene zum bösen Spiel machte. *Diane, Liebes. Schau, wen ich mitgebracht habe. Alles Gute zu unserem Hochzeitstag.*

Jemand klingelte.

Das war nicht Jake.

Diane blieb im Wohnzimmer stehen. Den Stich in ihrer Mitte versuchte sie zu ignorieren.

«Mum, es hat geklingelt.» Maddie sprang über die Treppe ins Erdgeschoss. Trotz der lauten Musik schien sie den Ton gehört zu haben. «Machst du nicht auf? Dad hat vielleicht den Schlüssel vergessen – oder ihn verloren. Du weißt ja, wie er manchmal ist. Mit den Gedanken und so … Oder vielleicht ist es Benny.»

«Benny?» Kurz löste sich Dianes Starre.

«Ach, ein Schulkollege. Nicht das, was du denkst.»

Konnte sie überhaupt noch denken? «Das will ich doch hoffen. Du bist ja erst vierzehn.»

Maddie öffnete die Tür. Diane hörte sie leise sprechen. Dann wandte sich ihre Tochter zu ihr um. «Mum, es ist nicht Benny. Die wollen zu dir.»

Diane näherte sich dem Flur, sah Konturen im Rechteck der Tür: zwei ihr nicht bekannte Menschen, eine Frau, ein Mann. Maddie sauste wieder Richtung Treppe. «Ich bin gerade an einer Arbeit.» Die schien sehr wichtig. Diane vermutete, dass ihre Tochter ihre Mathematikaufgaben über Instagram löste. Dort hatte sie absolut keine Kontrolle. Sie blickte ihr nach, ihrer Tochter, die ihr manchmal wie ein Sack voller Flöhe vorkam. Maddie hier und Maddie dort. Maddie war überall. Kaum zu bändigen.

Diane stand reglos.

«Mrs Hemingway?» Die Frau sprach sie zuerst an. Jung, burschikos, ein rundes Gesicht. Die Haare standen ihr vom Kopf ab. Pflegeleicht, durchfuhr es Diane. «Mein Name ist Rose Eliot. Das ist mein Kollege Peter Clancy.»

Sie waren angezogen wie Mitglieder der Heilsarmee. Graue Flanellhose, ebenbürtiges Jackett, ein nicht mehr ganz weißes Hemd, das augenscheinlich die Waschvorgänge nicht ganz unbeschadet überstanden hatte.

Diane musterte sie.

«Mrs Hemingway?» Eliot hielt den Kopf leicht schräg.

Wie sie ihren Namen sagte. Wie der Mann ihr in die Augen sah. Oder besser: durch sie hindurch. Diane kam sich vor, als stünde sie entblößt da. Instinktiv verschränkte sie die Arme vor der Brust.

«Treten Sie ein.» Sie wandte den Besuchern den Rücken zu, ging ins Wohnzimmer zurück – wie in Trance. Sie spürte, dass etwas nicht so war, wie es hätte sein müssen. Dass die Fremden ihr eine Nachricht überbringen mussten, die sie nicht erfahren wollte.

«Mrs Hemingway, setzen Sie sich bitte.»

Als hätte es einen Unterschied gemacht, als könnte man sitzend besser damit umgehen. Mit der Nachricht, die sie gleich zu hören bekommen würde. Es misslang ihr, irgendwelche Bilder zu produzieren. Eine dumpfe Leere hatte sich in ihrem Kopf ausgebreitet.

Diane ließ sich auf dem Rand des Sofas nieder. Die beiden Fremden blieben stehen. Die Situation lud sich immer weiter mit Spannung auf, während Diane um Haltung rang. Ob man ihr ansah, dass sie beschwipst war?

Die Rotweinwolke schwappte durch ihr Gehirn wie ein trübes, schlammiges Gewässer.

«Leider müssen wir Ihnen mitteilen, dass Ihrem Mann etwas zugestoßen ist.»

Die Worte kamen von irgendwoher.

Etwas zugestoßen ist!

Etwas!

Zugestoßen!

Ist!

Dianes Kopf fühlte sich an, als würde jemand mit einem Hammer dagegenschlagen. Es gab nur eine Möglichkeit, diese drei Wörter zu verdrängen: Reden! Sofort!

«Jake ist mit seinem Wagen gefahren. Er ist ein guter Automobilist, hat sich noch nie etwas zuschulden kommen lassen. Er fährt sicher – nie zu schnell.»

Dad, warum überholen dich immer alle anderen Autofahrer?

Ich bin ein Easy Rider, schon vergessen?

«Ist jemand in ihn reingefahren? Einer dieser Rowdys, von denen man so viel hört? Ist er am Steuer eingeschlafen? Er war in letzter Zeit oft sehr müde. Das kommt von den Überstunden. Sein Chef fordert ihn. Verlangt oft mehr, als er verträgt. Mein Mann sagt nie etwas.»

Vielleicht hoffte er insgeheim, doch noch Partner zu werden, Firmenmitinhaber von Skyblue.

«Er hatte einen Unfall.»

«Selbstverschuldet?», war das Einzige, was Diane danach hervorbrachte.

Clancy verneinte. Diane sah ihm an, dass er zögerte.

«Kann ich ihn sehen? Ist er schwer verletzt? Wo liegt er?»

«Es ist etwas komplizierter», sagte Rose, sehr vorsichtig, so schien es.

«Ist er tot?» Diane wollte schreien, doch sie brachte vorerst keinen Laut über die Lippen. Dann, nach einem Zögern: «Nein, das ist absolut unmöglich. Ich liebe Jake. Ich hätte es gespürt. Ich habe schon von Menschen gehört, die den Tod ihrer Angehörigen voraussahen. Vorausspürten. Schmerzen hatten. Ich bin eins mit Jake. Wir sind Yin und Yang. Ich hätte es gespürt …»

Rose suchte nach Worten.

Clancy dagegen schien nicht um den heißen Brei herumreden zu wollen. «Er ist bei einem Flugzeugabsturz ums Leben gekommen. Sie haben sicher in den Nachrichten davon gehört. Die Medien sind oft schneller als erlaubt. Es tut uns sehr leid.»

Pause.

Es tut uns sehr leid.

Als würde man mit diesem Allerweltssatz die Wirkung des Gesagten abmildern können. Clancy hatte seinen Auftritt gut einstudiert.

Diane lachte. Es klang fast befreit. «Das muss ein Irrtum sein. Mein Mann ist heute nicht geflogen. Er ist nicht verreist. Er hatte eine Konferenz. Er wird bald zurückkommen.»

«Wir haben von British Airlines die Passagierliste bekommen.» Clancy legte einen Bogen Papier auf den Tisch. «Der Name Jake Alfie Hemingway steht auch drauf. Die Passnummer und sein Geburtsdatum. Er hat doch am siebzehnten Dezember Geburtstag, oder?» Clancy sah aus, als würde er sich im Zweifel an dieser Möglichkeit festhalten.

Jake Alfie.

Jakes Eltern hatten Humor gezeigt. Nicht nur bei der Namensgebung. Leider waren sie früh gestorben. Der Name «Alfie» war geblieben. Seine engsten Freunde nannten ihn manchmal so, wenn sie ihn ärgern wollten.

«Mum, was ist los?» Maddie stand plötzlich wieder neben ihr. Diane hatte sie nicht kommen hören. «Mum, sag ihnen, dass Dad am siebzehnten Dezember Geburtstag hat. Er ist im Sternzeichen des Schützen geboren. Eine Woche vor Weihnachten. Er wird in diesem Jahr vierzig. Im chinesischen Horoskop ist er ein Hase.»

«Das ist richtig ... Ich meine, das Geburtsdatum stimmt. Aber er hat heute kein Flugzeug bestiegen. Mein Mann ist *nicht* geflogen.»

Diane ließ den Morgen Revue passieren.

«Jake hatte sich geduscht und rasiert, bevor ich in den Garten ging. Da war kein Koffer, kein Kulturbeutel, den er ansonsten für seine Reisen einpackt. Nur der Aktenkoffer stand im Flur. Den nimmt er immer mit, wenn er zur Arbeit fährt. Eine Konferenz am Samstag – selbst das ist nichts Außergewöhnliches. Jake muss ab und zu den Samstag opfern. Arbeit, die er nicht hinausschieben darf, ungeduldige Kunden. Es gibt immer irgendwelche Gründe. Nichts Abnormales also.»

«Mrs Hemingway?» Rose schreckte sie aus ihren Spekulationen auf. «Es tut uns sehr leid. Wir würden gerne etwas für Sie tun. Sollen wir einen Arzt rufen?»

«Aber weshalb? Ich bin völlig okay.»

War sie das?

Sie spürte, wie alles in ihr Widerstand leistete. Jeder Gedanke war einer zu viel. Sie wollte es nicht zulassen, dass ihre Vermutungen zu Bildern wurden, dass das Schlimmste Gestalt gewann. «Jake hat eine Konferenz. Es wird einfach sehr spät werden. Aus irgendeinem Grund kann er mich nicht anrufen. Das ist zwar noch nie geschehen, aber es gibt immer ein erstes Mal. Wie damals, vor siebzehn Jahren, als wir uns geküsst haben. Vor siebzehn Jahren, als die Welt noch in Ordnung war. In Bristol war's, auf dem Bahnhof, da haben wir uns zum ersten Mal geküsst …»

Die nächste halbe Stunde verbrachte Diane wie unter dem Einfluss von Drogen. Maddie hatte sich neben ihre Mutter gesetzt. Sie begriff nichts wirklich. Das, was sie vor nicht allzu langer Zeit im Fernsehen gehört und gesehen hatten, bekam auf einmal ein Gesicht. Ein nahes.

Flug BA443, auf dem Weg von London Heathrow nach JFK New York, war vom Radar verschwunden, nachdem die Maschine die Südspitze von Irland überflogen hatte. Ortszeit 12.53 Uhr. Eine letzte Meldung aus dem Cockpit kurz davor. Anfrage in Cork für eine Notlandung. Grund unbekannt. Zweihundertsechzehn Passagiere und zwölf Besatzungsmitglieder im Atlantik verschollen. Tief auf dem Meeresgrund. Wahrscheinlich keine Überlebenden.

«Das ist alles ein großer Irrtum», versuchte Diane von dieser Hiobsbotschaft abzulenken. «Mein Mann ist heute nicht geflogen. Er hat mir nicht gesagt, dass er fliegen wird. Er hätte es mir gesagt, wenn es so gewesen wäre. Er fuhr kurz nach sieben hier los. Schon deswegen kann er nicht in London in ein Flugzeug gestiegen sein.»

«Mum!» Maddie schmiegte sich an ihre Mutter. «Mum, wird Dad nie mehr zurückkommen?»

«Er wird bestimmt zurückkommen. Ich spüre es. Er ist noch nie weggegangen, ohne mir etwas zu sagen. Er kommt bald zurück. Das ist alles nur eine Verwechslung. Ein Rätsel, das sich bald auflösen wird.»

Die beiden Beamten blickten einander wortlos an.

Maddie sprang vom Sofa. «Sind Sie eigentlich von der Polizei?»

«Vom … Care Team», antwortete Rose.

«Dürfen Sie denn das?»

«Was denn, meine Liebe?»

«Einfach so über uns herfallen und so etwas erzählen?»

«Das ist unsere Aufgabe.»

«Ich möchte so etwas nicht tun. Ich werde nach dem Gymnasium Anglistik studieren. Ich schreibe gute Aufsätze, hat meine Lehrerin gesagt. Ich werde schöne Geschichten schreiben und in die Fußstapfen meines Namensvetters treten.» Sie warf Diane einen fragenden Blick zu. «Oder meiner Mum. Ich werde nie schlechte Nachrichten überbringen. Mein Dad ist so stolz auf mich.»

«Manchmal geht es nicht anders.»

«Macht das Ihnen Spaß?»

Rose wurde das Ganze zusehends unangenehmer. «Was denn?»

«Uns anzulügen. Dad hat uns versprochen, morgen einen Ausflug zu machen. Ich würde so gern wieder einmal in den Norden fahren. Oder an die Küste. Morgen soll noch einmal schönes Wetter sein. Eine Seltenheit in unseren Breitengraden, nicht wahr? England gilt als Land mit extrem viel Regen.» Maddie verzog ihren Mund zu einem sanften Lächeln, während sie Diane ansah. «Mum hat heute den Garten auf Vordermann gebracht. Ich habe ihr dabei geholfen. Für Dad, wissen Sie. Er liebt schöne Blumen. Im Sommer blüht es hier immer sehr üppig.»

Maddie. Wie sie von der frühreifen Vierzehnjährigen plötzlich wieder zum Kind wurde.

Diane blickte sie sorgenvoll an. Alles andere war vergessen. Der Flugzeugabsturz. Jakes Abwesenheit. Sein Versäumnis, sie anzurufen.

«Es gibt keine Verbindung zu Jake! Es ist eine Verwechslung! Sie haben sich in der Tür geirrt.» Sie musste es ihnen sagen, weil Maddie ihr kleines Mädchen war.

«Ist wirklich alles in Ordnung?» Rose Eliot – die Frau mit den Igelhaaren.

«Kommen Sie. Ich werde Ihnen zeigen, dass mein Mann nicht verreist ist.» Diane schlug den Weg Richtung Treppe ein. «Kommen Sie. Im Badezimmer steht alles an seinem gewohnten Platz. Sein Rasierzeug. Er rasiert sich immer mit Pinsel und Rasiermesser. Er ist ein sinnlicher Mann. Im Schrank hangen alle seine Kleider, mit Ausnahme des Anzugs, den er heute trägt. Der Koffer ist noch da. Er ist nicht verreist.»

Rose Eliot ging ihr nach, vergewisserte sich, dass stimmte, was Diane sagte. Die beiden Frauen kehrten zurück. Rose sah ihren Kollegen an, hob die Schultern. «Wir sollten wieder gehen. Wir lassen Ihnen unsere Nummer da, falls Sie Hilfe benötigen», sagte sie.

Einstudiertes Gerede. Aus dem Mund dieser Leute, die sich Care Team nannten. Diane sagte nichts mehr. Sie waren in ihr Haus eingedrungen. Sie hatten sich das Recht herausgenommen, ihren Tag zu zerstören, ihr Leben, ihre Zukunft. Einfach so. Ohne ersichtlichen Grund.

Maddie schlug hinter den Beamten die Tür zu. «Dad wird wiederkommen. Ich habe ihm eine SMS gesandt. Er wird sie mir beantworten, wie er das immer macht.»

«Maddie!»

«Dad liebt mich. Er würde mich nie alleinlassen.»

«Maddie!»

«Er würde auch dich nicht einfach so alleinlassen. Er weiß, dass du ohne ihn nicht zurechtkommst.»

«Maddie!» Diane ergriff die Oberarme ihrer Tochter. Und schüttelte sie kräftig. «Maddie! Wir setzen uns jetzt und reden miteinander, okay?»

«Ich will nicht reden.» Als plötzlicher Schrei: «Ich will, dass Dad kommt.» Das hatte etwas Animalisches an sich. Sie lief auf das Sofa zu, ließ sich gestreckt darauf fallen und verbarg ihr Gesicht in den Händen.

Alles fühlte sich unwirklich an. Maddies Weinen. Ihre eigene Ohnmacht. Die Tatsache, dass sie nicht wusste, welchen Schritt sie als Ersten tun musste. Ob es überhaupt noch Schritte gab oder ob der Weg hier bereits endete.

Sie fühlte sich wie in einer Zwischenwelt. Zwischen Träumen und Aufwachen. Verstehen wollen und Nichtbegreifen. «Alles ist ein großer Irrtum. Oder ein Zufall. Oder ein Traum, aus dem wir gleich aufwachen werden.» Sie bohrte sich mit dem rechten Zeigefinger in die linke Handfläche. Der Fingernagel hinterließ eine Delle – es war kein Traum.

Anne, das war ihr nächster Gedanke. «Ich muss Tante Anne anrufen.» Diane stolperte zum Telefon im Flur. Sie wählte. Es war halb elf.

«Ich habe es soeben erfahren.» Annes Stimme glich einem Wispern.

«Was hast du erfahren?»

«Dass mein Bruder tot ist.»

«Das ist nicht wahr. Er ist nicht tot. Er hat dieses Flugzeug *nie* bestiegen. Wer hat dir diesen Unsinn erzählt? Das ist eine Verschwörung. Irgendjemand will uns schaden.»

«Die Polizei war da.»

«Die Polizei? Nicht die Opferhilfe vom Flughafen? Peter Gady oder Laddy oder ähnlich. Den Namen der Frau weiß ich nicht mehr. Beamte, du weißt schon.» Diane lachte verzweifelt. «Warum die Polizei?»

«Weil sie systematisch die Hinterbliebenen kontaktieren.»

«Aber du bist keine Hinterbliebene.»

«Er war mein Bruder.»

«Es ist eine Verwechslung.»

«Ich werde zu dir kommen. Die Polizei war bei mir, weil sie sich Sorgen um dich macht. Die Beamten meinten, dass ich dich in den nächsten Tagen nicht alleinlassen darf. Wie geht es Maddie?»

«Sie weint.» Diane warf ihrer Tochter einen mitfühlenden Blick zu.

«Ich bin morgen früh bei dir. Mache jetzt nichts Unüberlegtes.»

«Was sollte ich schon tun? Ich warte. Jake und ich sind heute seit fünfzehn Jahren verheiratet. Schon vergessen? Du warst doch auch dabei. Erste Brautjungfer. Anne, du hast so schön ausgesehen. Tyler Edward hat dich damals bezirzt. Alle dachten, dass du die Nächste bist. Aber nein, du bist ledig geblieben. Jedem das seine. Und hör zu: Jake wollte mich sicher mit irgendetwas Schönem überraschen. Wie er das immer tut an unserem Hochzeitstag. Er wird mir ein Wochenende schenken oder Ferien in Norwegen. Dort wollten wir schon immer mal hin. Er wird wiederkommen. Ich spüre es. Er ist nicht tot. Ich liebe ihn.»

«Du kannst nicht davonlaufen.»

«Das tue ich nicht. Ich lasse mich aber auch nicht herunterziehen. Jake ist nicht verreist. Basta!»

Diane legte auf.

Das Wohnzimmer hatte seinen Glanz verloren. Die schönen Landhausmöbel wirkten farblos, wie leere Kulissen. Die Blumen an den Vorhängen wie von Geisterhand verwischt, die Rüschen an den Kissen waren verschwunden. Alles tauchte in einen Nebel ein, verschmolz mit dem trüben Licht von draußen.

Vor vierzehn Jahren hatten sie dieses Haus gefunden, kurz vor Maddies Geburt. Ein leerstehendes Anwesen, in das sie und Jake sich auf der Stelle verliebt hatten. Es hatte einer Erbengemeinschaft gehört, die es loswerden wollte. Ein Glücksfall: die Tafel vor dem verwilderten Garten, ein paar Zeilen in krakeliger Schrift, dass man das Grundstück mitsamt Haus kaufen könne, für einen Spottpreis. Eine ruhige Gegend, kaum jemand, der sich hierher verirrte. Wer wollte sich denn schon in dieser Abgeschiedenheit niederlassen?

Niemand außer Diane und Jake.

Sie hatten sich verlaufen, weil sie vor Übermut und Glück nicht mehr wussten, wie sie sich benehmen sollten. Sie hatten sich auf ihr erstes Kind gefreut. Es sollten viele Kinder werden. Sie waren aus Bristol hierhergefahren, hatten im Mascall's Wood geparkt, waren immer weiter in die Wildnis geraten, bis sie vor diesem Grundstück standen. Ein Südstaatenhäuschen, das ein Amerikaner im letzten Jahrhundert gebaut hatte. In einem verwunschenen Garten, ein wenig verfallen, jedoch mit viel Charme.

Jake hatte sich von dem Anblick fast nicht mehr erholt.

Innerhalb eines Jahres hatten sie ihr Liebesnest eingerichtet, den Ort, an dem Maddie zusammen mit ihren Brüdern und Schwestern aufwachsen sollte. In ihrem Haus mit dem Bogeneingang und den Säulen, der Veranda, den Sprossenfenstern und Erkern, der Schaukel im Garten und dem Mammutbaum, dessen Äste weit über das Dach reichten.

Jedes Jahr hatten sie etwas investiert. Zuerst für das Kinderzimmer, die Fenster, dann für das Badezimmer. Es folgten die Wände, das Wohnzimmer und die übrigen Räume. Erst vor einem halben Jahr waren die Böden und die Küche ersetzt worden – eine sanfte Renovation, von Jakes Lohn bezahlt, weil er mehr verdiente als üblich. Weil er *sehr viel mehr* verdiente.

Diane war immer zu Hause gewesen. Ihre Tochter sollte kein Schlüsselkind werden, und von Kinderkrippen hielt Jake nichts. Diane war mit dem Garten beschäftigt, mit Kochen und Putzen und mit ihrem Hobby – dem Malen.

Ihre Bilder schmückten die Wände, es gab kaum Abstände, manchmal hingen zwei oder drei übereinander – Landschaftszeichnungen, Bilder von Cheddar, von den Höhlen der Cheddar Gorge, vom Meer, das man bis hierher riechen konnte. Abendstimmungen. Sonnenaufgänge. Mädchen mit Zöpfen. Frauen auf Bänken. Dianes Welt – ihre kleine Welt, in die sie an langen Winterabenden eintauchte. Im Wohnzimmer Jake, wie er das Feuer im Cheminée entfachte. Maddie, die neben ihm saß und dabei zusah und Diane vor ihrer Staffelei, wo sie ihre eigenen Geschichten erfand, ihre Figuren und Möglichkeiten.

Und manchmal heimlich ein paar Tränen vergoss. Und wieder malte. Dieselben Bilder, dieselben Sujets – in einer anderen Farbe.

* * *

New Scotland Yard in Westminster, das Hauptquartier der Metropolitan Police. Im Büro herrschte dicke Luft. Nicht aufgrund geschlossener Fenster oder wegen der bis auf den letzten Platz besetzten Stühle. Die Klimaanlage hatte den Raum heruntergekühlt. Vor den Fenstern flimmerte das Neon der Londoner Nacht.

Das Gesicht des Mannes am Ende des Tisches hatte jegliche Farbe verloren. Sein Schnurrbart zitterte über den unregelmäßigen Atemzügen. «Für diejenigen unter Ihnen, die mich nicht persönlich kennen», begann er, «mein Name ist Michael Drake, Chief Superintendent der Metropolitan Police. Ich nehme an, Sie wissen, weshalb wir uns hier versammelt haben.»

Zwei Dutzend Augenpaare richteten sich auf den hageren Mann, der in Jeans und schwarzem Hemd auf den ersten Blick keinen sehr vertrauenswürdigen Eindruck machte – und schon gar nicht wirkte wie ein hochrangiger Polizist. Doch die Fassade der saloppen Erscheinung täuschte. Direkt dahinter brannten Entschlossenheit und Kampfbereitschaft im Auftrag des Königreichs.

«Die Regierung hat uns heute mit einer Mission beauftragt, welche die nächsten Tage in Anspruch nehmen wird. Zwar ist bis zur Stunde nicht bekannt, was die Maschine der British

Airlines zum Absturz gebracht hat. Im schlimmsten Fall müssen wir von einem Anschlag ausgehen. Das sieht auch der Commander so. Dafür sprechen einige Gründe.»

Unter den Anwesenden kam Unruhe auf. Doch keiner brachte Einwände vor. Die Polizisten saßen um den eckigen Tisch herum, wobei sich die einen gelassen gaben und den anderen der Schock angesichts der Tragödie ins Gesicht geschrieben stand. Keine Emotionen, das war hier oberstes Gebot. Wer bei der Polizei arbeitete, trug einen Panzer. Zumindest gegen außen.

«Der Geheimdienst hat in den letzten Monaten Telefongespräche abgefangen, die auf einen Anschlag hindeuteten. Leider gibt es aber keine weiteren konkreten Hinweise. Wir stehen mit dem MI5 in ständigem Kontakt. Nun drängt die Zeit. Die Suche nach der Blackbox läuft seit heute Mittag. Ich hoffe auf gute Wetterbedingungen, damit sie möglichst bald geortet werden kann. Doch bis dahin dürfen wir nicht tatenlos herumsitzen. Die Hinterbliebenen der Absturzopfer sind informiert worden. Wir können mit einer ersten Medienkonferenz an die Öffentlichkeit gehen.»

«Und was ist mit CNN?», unterbrach eine junge Frau mit rötlichen Haaren und charismatischen Gesichtszügen. Ihr wacher Blick verriet ihre Konzentration.

«Leider können wir nicht verhindern, dass die Reporter der Regenbogenpresse schnell sind», erwiderte Drake.

«Die kassieren für ihre Schnelligkeit eine Menge Kohle bei CNN», sagte einer der anderen Beamten.

«Und wir haben die Arbeit», ergänzte die Frau.

Drake ging nicht darauf ein. Er tippte auf die Tastatur des Laptops, der vor ihm stand, und drehte sich um. Auf der Leinwand hinter ihm erschien eine Liste.

«Hier sind die Namen der Absturzopfer. Zweihundertachtundzwanzig Passagiere kamen zu Schaden. Darunter der Pilot, der Co-Pilot und zehn Flight Attendants – sieben Frauen und drei Männer, fünf davon flogen als Doppelbesetzung mit. Die Mehrheit der Opfer stammt aus dem United Kingdom. Was mir zurzeit die größten Sorgen bereitet, ist die Tatsache, dass sich in der Maschine einige Prominente befanden. Wir werden uns diese zu einem späteren Zeitpunkt genauer ansehen. Im Moment liegt mir daran, möglichst schnell die erforderlichen Arbeitseinteilungen vorzunehmen, damit wir die Hintergründe und Geschichten jedes einzelnen Passagiers erfahren. Es bleibt uns nicht erspart, sämtliche Kleinigkeiten zusammenzutragen.»

«Und wenn es ein technischer Defekt war?» Wieder die junge Frau.

Drake schenkte ihr ein erzwungenes Lächeln. «Sie sind neu hier, nicht wahr?»

«Seit zwei Monaten.» Sie strahlte ihn an. «Brooke Birdie ist mein Name. Der Commander hat mich ins Team geholt.»

«Gut, Miss Birdie», sagte Drake verärgert, «dann sollten Sie sich an einen unserer Inspektoren halten und mich nicht mit Fragen löchern, die gerade abgeklärt werden.» Er wandte sich an seine Truppe. «Ich bin Ihr Ansprechpartner. Es geht nichts raus, was ich nicht goutiert habe. Und alles, was an Informationen reinkommt, will ich spätestens eine Stunde später auf meinem Pult haben. Die Medienkonferenz wird auf morgen

Vormittag einberufen. Den freien Sonntag können Sie vergessen. Aber das ist ja nichts Neues. Unser Sonderkommando kommt zum Zug. Die Organisationseinheit unterliegt Mr Ronny Hawkins. Der besondere Anlass ist gegeben.»

Drake klopfte Hawkins, der neben ihm saß, anerkennend auf die Schulter. Eine sonderbare Art, Sympathie zu bekunden, die nicht jeder so toll fand. «Sie werden ab jetzt die Arbeit koordinieren. Es stehen genügend Einsatzkräfte zu Verfügung. Wir werden eng mit Interpol zusammenarbeiten. Voraussichtlich auch mit dem Security Service MI5. Doch ich muss Sie bitten, Ihre Ermittlungen mit äußerster Sorgfalt anzugehen. Ronny, Sie können jetzt beginnen.»

Über dem Tisch flackerte das Neon und ließ den Raum kalt und unpersönlich erstrahlen. Hawkins erhob sich. Er stellte sich vor den Flipchart, griff nach dem bereitgelegten Marker und setzte ihn auf dem Papierbogen an. Er versuchte, sachlich zu bleiben. «Heute um 12.53 Uhr Mitteleuropäischer Zeit brach die Funkverbindung zu Flug Nummer BA443 ab. Bei der verunfallten Maschine handelt es sich um einen Airbus, Typ A330-200. Vermutliche Koordinaten der Absturzstelle: 51°53.8782′ N Breite und 8°28′14″ W Länge, südlich von Cork. Mit der Maschine hatte es weder in der Luft noch am Boden jemals Probleme gegeben. Die Wartungen wurden regelmäßig durchgeführt. Vor einem Jahr wurden die Triebwerke ausgewechselt. Die Firma bestätigte uns, dass diese Aktion nicht mit einem Defekt in Zusammenhang stand. Great Britain beklagt hundertvierundvierzig Opfer, die Vereinigten Staaten siebenundfünfzig, Saudi-Arabien zwei. Unter den Toten sind zudem acht chinesische Staatsbürger und fünf Italiener. Insgesamt waren vier Kinder an Bord. Wie Mr Drake bereits erwähnte, werden wir ein Auge auf die Prominenz werfen müssen. Zwei Sportgrößen, ein Politiker, eine Künstlerin: ob sie Feinde hatten und, wenn ja, welche.»

Drake teilte beschriftete Papierbögen aus, während Hawkins weitere Skizzen auf dem Flipchart befestigte. Rund eine Stunde lang wurden die Aufgabenblöcke verteilt. Die Sachgebiete Einsatz, Technik und Büro wurden je einem Leiter zugeordnet. Hawkins übernahm die Sachbearbeitung und Aktenführung, die wiederum unterteilt wurde in die verschiedenen Sparten der Spurenverwaltung, der IT-Aktenführung und der Personalverwaltung. Die Leitung der Medienkonferenz würde ad hoc Drake übernehmen. Ihm zur Seite würden die Pressechefin und ihre Sekretärin stehen.

Allmählich leerte sich das Büro. Zurück blieb als Einziger Chief Inspector Ronny Hawkins.

«Was ist denn noch?» Drake wirkte gereizt. Er bereitete sich auf eine lange Nacht vor.

«Wir sollten Lansbury wieder in unser Team holen.»

«Ich dachte, dieses Thema wäre vom Tisch.»

«Er ist einer unserer besten Männer.»

«Ich hatte ihn heute kurz am Telefon.»

«Was hat er gesagt?»

«Dass es nichts zu überlegen gäbe.»

Drei

Er frühstückte wie jeden Morgen, trank Kaffee und aß ein mit Butter bestrichenes Brötchen. Er unterhielt sich mit seiner Frau. Küsste sein Mädchen. Draußen stand schon sein Wagen. Und wie jeden Morgen nahm er seine Aktenmappe und schloss die Tür auf. Er atmete ein. Er atmete aus. Vielleicht das letzte Mal. Er wusste es nicht. Wollte es nicht wissen. Er hatte eine Aufgabe, die es an diesem Tag zu erledigen galt. Er würde keine vierundzwanzig Stunden warten. Er wollte es hinter sich bringen. Je kürzer seine Bedenkzeit, umso leichter würde es ihm fallen.

Den Auftrag ausführen. Den Preis mit Verzugszins bezahlen.

Er hatte schöne Jahre hinter sich, in denen er sich nicht hinterfragen musste. Er hatte verdrängt, was unweigerlich auf ihn zukommen würde. Hatte gelernt, jeden Tag zu genießen. Die Gegenwart. In ihr zu leben und zu lieben.

Das, was vor ihm lag, war weit weg. War vielleicht nicht mehr da. Würde nie mehr da sein.

Auch wenn er sich irrte.

Draußen schloss er den Wagen auf, legte seine Aktenmappe auf den Beifahrersitz. Ein Blick zurück zu seinem Haus. Hinter dem Vorhang ein Gesicht, das ihn anlachte. Ein Mund, der ihm auf Wiedersehen sagte. Stumm. Er würde dieses Lachen nie mehr sehen, diesen schönen Mund.

Er hatte Angst.

Sie erwachte, weil sie ein Sonnenstrahl in der Nase kitzelte. Sie hatte auf dem Sofa geschlafen, hatte es nicht mehr geschafft, nach nebenan zu gehen, ins Schlafzimmer, dorthin, wo die Kissen Jakes Geruch verströmten. Wo ihr ganzes Elend über sie hereingebrochen wäre. Das Sofa schien ihr wie eine Insel, ein neutraler Zufluchtsort, der weder das Gestern noch das Heute in sich barg. Ihre linke Gesichtshälfte schmerzte. Irgendetwas Hartes hatte sich nachts in ihr Gesicht gedrückt. Sie griff unter das Kissen, wo ein Schreibblock lag, ein größerer als am Tag zuvor. Vor dem Einschlafen hatte sie geschrieben, hatte versucht, ihre Gefühle auszudrücken. Es war ihr nicht gelungen, nicht so, wie sie es von sich erwartete oder zumindest wünschte.

Da war noch immer diese Blockade. Diese Leere im Kopf. Verlorengegangene Bilder.

Maddie war vom Sofa auf den Teppich gerollt, war schon wach und starrte vor sich hin.

Dieser Blick machte Diane Sorgen.

«Guten Morgen, meine Süße.» Sie streckte den Arm nach ihrer Tochter aus. Ihre Hand berührte Maddies Wange.

Maddie drehte sich weg. «Nichts ist gut an diesem Morgen. Dad ist nicht nach Hause gekommen.»

Mit aller Wucht kehrte das Unfassbare zurück. Der Tag im Garten. Das tote Telefon. Die Beamten am Abend. Anne.

Die Lügen.

Und Maddie. Wie verletzlich sie auf dem Boden lag. Ihre Augen, aus denen der Glanz verschwunden war. Die hohe Stirn, hinter der sich all die Fragen verbargen, auf die selbst Diane keine Antwort wusste. *Wenn dich dein Kind mit Fragen löchert, setz dich hin und beantworte sie. Allenfalls nimm ein Lexikon zur Hand.*

Wo hatte sie dies nur gehört?

Die Antwort auf ihre Frage fand man in keinem Lexikon: Warum hatte Jake nichts gesagt?

Später am Morgen stand Anne vor der Tür. Eine schwarze Sonnenbrille mit riesigen, runden Gläsern verdeckte ihr halbes Gesicht und ein unförmiges Gewand ihre drahtige Figur. Sie hatte einen Koffer dabei. Sie wollte länger bleiben, sich einnisten. Helfen. Trösten. Mitleiden und mitfühlen. Diane hatte das Gästezimmer hergerichtet. Notdürftig, ohne die übliche Euphorie. Weiße, schnörkellose Bettwäsche – anders als sonst – und kein Blumenstrauß auf der Kommode. Die Sonnenstrahlen fielen durchs Fenster und wirbelten Staub auf. Diane nahm es lediglich zur Kenntnis, sie, die sonst aus jedem Staubkorn ein Drama machte.

Anne wollte die Beerdigung besprechen. Begräbnis oder Urnenbestattung? Es gäbe da diesen Bestatter, nicht weit von hier. Sie habe übers Internet schon mal angesehen, was er so biete. Die Preise seien moderat. Trotz der Trauer müsse man weiterdenken. Weitermachen. Das Leben nähme keine Rücksicht auf persönliche Befindlichkeiten.

Diane schaffte es nicht, sich dagegen zu wehren. Froh darüber, dass Anne ihr diese Dinge abnahm und dort Entscheide traf, wo sie selbst das nicht konnte.

Diane sah auf die Uhr an ihrem Handgelenkt. «Halb zehn. Könnte ich die Uhr doch nur um vierundzwanzig Stunden zurückdrehen. Um einen Tag zurück, als alles halbwegs normal war. Der Morgen im Garten. Jake unterwegs. Wen soll ich denn begraben? Wen verbrennen? Es gibt keinen toten Körper. Nur die Ungewissheit und die Frage, ob Jake vielleicht doch in dieser Maschine gesessen hat.»

Während Anne wortlos ihre Sachen auspackte, standen Diane und Maddie unter dem Türrahmen und schauten ihr zu. Schwarz, nichts als Schwarz. Das passte nicht zu den Pastellfarben des Zimmers. Das war wie eine Faust aufs Auge. Was hatte Anne sich dabei nur gedacht? Im Frühling dominierten doch die hellen Farben, Blumen, luftig leichte Stoffe. Die Schmetterlinge.

Anne war in Trauer und zeigte es mit ihrer tristen Bekleidung. Das Schwarz drang in Dianes Bewusstsein und störte den Alltag, machte aus ihm die Tragödie, die sie doch zu verdrängen suchte.

Jake wird gleich nach Hause kommen.

Dieser Satz hatte sich zusammen mit dem morgendlichen Dunst aufgelöst.

Am Mittag war es bitterer Ernst: Jake kam nicht mehr nach Hause.

Nie mehr.

Die Polizei war da gewesen, ein Psychologe. Er hatte Maddie Pillen verschrieben, auch Diane. Doch diese würde sie nicht schlucken. Sie wollte den Schmerz spüren. «Ich verglühe vor Sehnsucht nach Jake», hatte sie gesagt und den Gedanken zugelassen, dass sie ihn nie mehr berühren würde. Nie mehr in seinen Armen liegen würde und nie mehr seine Wärme aufnehmen.

Nie mehr.

Ihr Magen rebellierte. Sie fühlte den Stein, der gegen ihre Därme drückte. Etwas Fremdes, Undefinierbares. Die Pein hatte sich eingenistet, würde nicht wieder verschwinden. Ein Schmerz wie ein Stein. Vielleicht würde sie tot umfallen, weil sie diesen Schmerz nicht zu ertragen vermochte.

Sie lauschte in sich hinein. Sie würde weiterleben – weil sie es ertrug. Weil sie schon immer alles ertragen hatte.

Anne trat in die Küche, öffnete den Kühlschrank und entdeckte das Roastbeef. «Ihr solltet etwas essen. Vor allem Maddie sollte etwas zu sich nehmen. Sie ist lethargisch. Das gefällt mir nicht.»

«Und mir gefällt nicht, wie du in unseren Sachen herumwühlst.» Diane riss ihre Schwägerin von der Kühlschranktür weg. «Niemand hat dir das Recht gegeben, unser Leben durcheinanderzubringen. Ich will deine Hände nicht an unseren Sachen haben. Ich habe das Roastbeef für Jake gekocht. Für Jake! Verstehst du? Es bleibt im Kühlschrank.»

Die Polizei hatte versucht, die letzten Zweifel aus dem Weg zu räumen. Grundlage war die Passagierliste. Diane hatte seinen Namen gelesen. Sie hatte ihn tausendmal gelesen, ohne dass er dabei verschwunden wäre. Sie hatte sogar die Nummer des Sitzes gesehen, auf dem Jake gesessen haben sollte. 3A – ein Fensterplatz. Weit vorn.

«Ich werde Oliver anrufen», sagte Diane und schlug die Kühlschranktür zu. «Oliver war bestimmt auch in der Sitzung gestern.»

«Oliver war in keiner Sitzung gestern», widersprach Anne. «Ich habe ihn gestern im Dorf getroffen. Er ist mit seinen

Kindern dort gewesen. Auf dem Fußballplatz. Ich habe mit ihm gesprochen. Wir haben mit seinen Kindern herumgealbert bis in den späten Nachmittag hinein.»

«Aber Oliver gehört die Firma. Jake hat gesagt, dass sie eine Krisensitzung haben. Ohne Oliver geht das doch nicht. Er ist der Chef. Er ...»

Diane ging in den Korridor. Sie wählte Olivers Nummer, die sie auswendig kannte. Eine einfache Nummer, die auf der Adressliste zuoberst stand und die sie sich eingeprägt hatte.

«Ich habe es gehört.» Oliver Rushtons Stimme klang beherrscht.

«Wer hat dir davon erzählt?»

«Die Polizei hat mich angerufen. Sie haben Fragen gestellt.»

«Was für Fragen?»

«Ich konnte ihnen nicht helfen», wich Rushton aus.

«Ihr habt doch gestern an einer Sitzung teilgenommen, du und Jake. Eine Krisensitzung wegen der Prospekte der Druckerei Kendall Print.»

«Die fand schon am letzten Donnerstag statt.»

«Aber Jake hat mir gesagt, dass er am Samstag ...»

«Das ist nicht möglich. Jake hatte wohl etwas anderes vor.»

«Was hatte er vor?»

Schweigen.

«Was? Sage es mir! Ich ertrage es, wenn du mir verrätst, dass er eine Affäre hat mit irgendeinem Eisklotz.» Ein kurzes schnelles Lachen.

Schön und erfolgreich – aber Eisklötze.

«Ich weiß nicht, wovon du redest.»

«Er hat sich mit einer anderen Frau getroffen, nicht wahr?

Er ist nirgendwohin geflogen. Der Koffer ist hier. Seine Kleider. Die Toilettenartikel. Das braucht man nicht zum Fremdgehen. Da gibt es vielleicht ein Apartment, ein Hotelzimmer, wo alles Nötige bereitliegt, schon vor Wochen dahin gebracht. Ersatzkleider, Toilettenartikel … aus dem Supermarkt um die Ecke.»

«Das kann ich mir nicht vorstellen. Er hat mir auch nichts davon erzählt, dass er am Samstag jemanden treffen wollte. Er müsste am Montag wieder im Büro sein. Wir haben diverse wichtige Projekte, die in der nächsten Woche anstehen, einen Druckauftrag in der Pipeline.» Rushton stieß Luft aus. «Tut mir leid, ich kann dir nicht helfen. Aber wenn du willst, können Ellie und ich rüberkommen. Wir können einen Babysitter organisieren. Du brauchst nur Ja zu sagen.»

«Einen Babysitter? Deine Jungs sind doch aus dem Alter heraus.»

«Du kennst ja Ellie.»

Diane ging nicht darauf ein.

«Wenn er geflogen ist, muss er ein Ticket gekauft haben. Du musst ins Büro gehen und seinen Computer checken. Er hat es vielleicht online bestellt.»

«Ich kenne sein Passwort nicht.»

«Mensch Oliver, ihr seid Freunde. Er hat immer gut über dich gesprochen. Ich muss es wissen. Ich will es verstehen. Ich will begreifen, was geschehen ist. Ob er wirklich in dieser Maschine saß und wenn ja, weshalb.» Sie war ruhig. Ganz ruhig. Der Schmerz hatte sich zurückgezogen. Er drückte zwar noch in ihrem Bauch, aber tiefer. Mechanisch legte sie den Hörer zurück. Ein Blick zu Maddie, die jetzt wieder auf dem Sofa lag. Die Pillen wirkten. Sie schlief.

Anne saß im Garten. Auf der Bank zwischen den gelben Narzissen. Sie hielt sich erstaunlich tapfer. Sie hatte sich schon damals, als ihre Eltern nacheinander gestorben waren, tapfer gehalten. Gottes Wille, das war ihre Überzeugung. Wenn es an der Zeit sei, dass der Herr seine Lämmer rufe, müsse man es annehmen. Ihr tiefer Glaube half ihr dabei. Sie war Lehrerin in einem Vorort von Bristol, hatte noch nie einen Mann gehabt. Der Richtige sei noch nicht gekommen. Auch das sei Vorsehung. Sie habe noch Zeit. Sie war jetzt siebenunddreißig.

«Tut mir leid wegen vorhin. Es tut mir so leid.» Diane setzte sich zu ihr.

«Es braucht dir nicht leid zu tun.» Annes Blicke verloren sich im Gelb der Narzissen. «Ich kann es nachvollziehen. Irgendwo muss der Schmerz hin.»

«New York! Wie absurd. Er flog nicht gern. Interkontinentalflüge hasste er, Zwischenlandungen sowieso. Er flog nur im äußersten Notfall. Er fuhr immer mit dem Auto oder mit der Bahn, auch aufs Festland. Er nahm weite Strecken in Kauf, solange er nicht in einen Flieger sitzen musste. Er hasste diese Konservendosen, wie er sie nannte. Zudem hatte er unsagbar große Flugangst.» Diane merkte erst jetzt, dass sie in der Vergangenheit sprach.

«Das ist mir neu.» Anne blickte mit leeren Augen vor sich hin. «Früher ist er sehr gern geflogen. Er besuchte …»

«Das hat sich geändert, seit Maddie auf der Welt ist», fuhr Diane ihr ins Wort.

«Wir werden alles der Reihe nach erledigen.» Anne faltete ihre Hände über ihrem schwarzen Rock.

Wie schön sie war. Ihr Gesicht wie das von Jake, aber alles kleiner und feiner. Die geschwungenen Lippen, die großen melancholischen Augen.

Und der Himmel über ihnen, ein blauer Hohn.

«Wirst du mir helfen, die Wahrheit herauszufinden? Wie soll ich mich von Jake verabschieden, wenn ich nicht weiß, was der Grund war, wenn ich keine Ahnung habe, weshalb er verreisen wollte?»

«Diane, wir müssen die Todesanzeige besprechen, das Begräbnis. Ob wir Musik wollen oder nicht. Wo die Bestattung stattfinden soll. Wir müssen mit dem Pfarrer reden, ein Leichenmahl organisieren.» Annes Stimme klang monoton. Sie war nicht bereit, über den morgigen Tag hinauszudenken. «Später kommen dann die Abklärungen wegen der Versicherungen. Ob du in diesem Haus bleiben kannst. Vielleicht ist die Hypothek zu groß.» Anne beugte sich zu Diane. «Ich werde dir helfen, wenn du mir versprichst, deine Tochter nicht zu vergessen. Sie braucht dich jetzt. Ich kann dich nur unterstützen. Aber für Maddie musst *du* da sein.»

Als hätte Diane selbst kein Anrecht auf Trost.

* * *

Das Etablissement gehörte zu den edelsten in der Stadt. Dass es Abdullah Omar Brown gehörte, wussten allerdings die wenigsten Menschen. Nicht einmal die Empfangsdame mit Namen Poppy, die ihn freudig begrüßte, als er sich nach seinen Lieblingsfrauen erkundigte. Poppy war so etwas wie eine

Übermutter, selbst nicht mehr aktiv und dem Alkohol verfallen. Sie litt sehr unter dem Älterwerden, denn sie hatte den Zeitpunkt verpasst, etwas dagegen zu unternehmen. Ihre Sucht hatte sie gezeichnet, ebenso ihre Völlerei. Nur ab und zu wurde sie zum Reden gebucht oder von jemandem, der die Weichheit von alten, beleibten Frauen schätzte.

Brown selbst war fast jeden Tag da. Es war ihm zur Routine geworden, dass er sich im Schoße seiner Angebeteten abreagierte. Er war ein hypersexueller Mann, der hinter allem einen körperlichen Anreiz sah, selbst dann, wenn es scheinbar keinen Anlass dafür gab. Er litt eindeutig unter einer Störung der Impulskontrolle. Und das wusste er.

«Sind Abigail und Maryam frei?»

«Blöde Frage.» Poppy kicherte, und eine penetrante Alkoholfahne wehte ihm ins Gesicht. «Hatte seine Hoheit nicht schon gestern reserviert?»

«Das ist lange her.» Brown lachte. Seine Augen bohrten sich in Poppys, und sie fröstelte sichtlich.

«Wenn du keinen so verdammt schwarzen Bart tragen würdest, der um deinen grimmigen Mund herum mit dem Schnurrbart zusammengewachsen ist, würde ich dich vielleicht mögen», flüsterte sie. «Aber so flößt du anderen immer eine gewisse Angst ein. Du siehst einfach zu brutal aus.»

Brown kam kaum zu Atem vor lauter Lachen. Er kannte Poppy und ihren schwarzen Humor. «Dass ich es zuweilen auch bin, darüber sprechen wir nicht … Wo sind sie?»

«In Salon elf. Und was wünscht der Herr denn heute?»

«Das sage ich zuallerletzt einer wie dir.» Wieder sein Lachen. «Ich mag dich, Poppy. Aber mir vorzustellen, in deinen Armen zu liegen, das ist ein Ding der Unmöglichkeit.»

«Obwohl du kaum jünger bist als ich?» Poppy grunzte.

«Ich ziehe junges, straffes Fleisch vor. Kleine runde Brüste, die gerade noch Platz finden in meinen Händen.»

In denen er manchmal auch kleine Hunde zerdrückte, dachte er. «Knackige schöne Pobacken, am liebsten in Strings. Frauen, die nicht lange fragen, sondern tun, was ich will. Die wissen, wo meine Schwächen liegen. Meine Stärken. Die mich, ohne sich zu zieren, von einem ins nächste erotische Abenteuer katapultieren. Die es auch deftig mögen.» Er buchte sie immer im Doppelpaket. Er bezahlte sie immer direkt. Und auch mal auf sehr unanständige Art.

Brown ging duschen. Das gehörte zum Ritual. Danach würde er sich massieren lassen. Vom Kopf an abwärts und wieder zurück. Wenn zwei Frauen sich dann in der Mitte trafen, stand einer lustvollen Fortsetzung nichts mehr ihm Weg.

Die Tür war nur angelehnt. Brown stieß sie auf. Um seine Hüften trug er ein Tuch. Sein Bauch wabbelte. Brown war stolz auf seinen Bauch. Dort, wo er herkam, hieß das, dass es ihm gut ging und er sich alles leisten konnte. Abigail saß auf dem Bett, Maryam stand dahinter, beide gekleidet in einen seidenen Sari, den sie bis zum Bauchnabel anhoben. Das hätte ein schönes Foto gegeben. Ein Stillleben – irgendwie. Er aber sah nur ihre einladenden Hüften, ihre blank rasierten zarten Venushügel.

Brown entdeckte Tränen auf Maryams Gesicht. Ihre Augen waren rot. Sie vermochte ihre Trauer nicht zu verbergen. Er kannte diesen Ausdruck, und er irritierte ihn.

«Was?»

«Sie muss immerzu an diesen schrecklichen Flugunfall denken», sagte Abigail an Maryams Stelle.

«Wir müssen alle mal gehen. *Aschhadu anna Muhammadan rasul Allah.*» Er zögerte. «Das waren fremde Leute.»

«Es sind Kinder umgekommen», sagte Abigail.

Maryam löste sich von ihrer Gespielin. Sie trat auf Brown zu. «Hast du etwas damit zu tun?»

«Wenn Allah will, dass die Zeit für uns gekommen ist, holt er uns zu sich.» Sein Unterleib schmerzte vor Verlangen.

«Aber Gott hat uns einen Willen gegeben. Deshalb können wir auch über Leben und Tod entscheiden. Sag mir die Wahrheit.»

Brown war es nicht recht, dass ausgerechnet Maryam ihn darauf ansprach. Auf die Lust, über seine Machenschaften zu reden. Sie wussten beide, wie er seine Probleme löste. Sie mussten ihn nicht einmal aushorchen. Er redete von sich aus. Er war sich sicher, dass sie seine Geheimnisse niemals nach außen tragen würden. «Ich erschlage euch eigenhändig», hatte er gedroht, «und ich werde jedes eurer Familienmitglieder liquidieren lassen, sollte ich erfahren, dass ihr nicht dichthaltet.»

Jetzt sagte er weder Ja noch Nein. Er entnahm seiner Geldbörse ein paar Scheine, rollte sie zusammen und befahl Maryam, sich hinzusetzen. «Und jetzt die Beine auseinander! Damit deine Trauer bald ein Ende hat.»

Er ließ das Tuch auf den Boden fallen. Er legte sich auf das Bett. Die beiden Frauen begannen, ihn zu massieren. Abigail am Kopf, Maryam an den Füßen.

Das Öl roch nach Lavendel, und er entspannte sich.

Er dachte an den Abend und die Feier im Kreis seiner Familie. Sein Vater war da gewesen. Er lebte noch immer, gezeichnet von den Scharmützeln, die im Laufe seines Lebens auf sein Konto gegangen waren. Er realisierte jedoch kaum noch etwas, war nur noch Hülle. Sein Geist hatte sich schon längst von seinem Körper verabschiedet. Mutter dagegen war eine dominante Frau. Ein wuchtiges Weib, das noch immer den Bauchtanz beherrschte. Brown hatte ihre Gene. Er kam nach ihr. Durch seine Adern floss ihr Blut – das Blut seiner Wüstenbrüder.

Sein jüngstes Kind war erst sechs Monate alt, das älteste gut drei Jahre. Fadime bezeichnete er als seine göttlich Gebärende, mit der er noch viele Kinder haben würde. Ihr Körper hatte ein wenig gelitten, doch ihr Gesicht war wunderschön in seiner Ebenmäßigkeit. Brown seufzte. Sie war eine fruchtbare Frau. Ihr viertes Kind sollte eigentlich schon gezeugt sein.

Abigail verwendete ein Öl, das ihm sanft auf die Haare tropfte. Brown mochte Kopfmassagen. Er mochte aber auch Fußmassagen. Maryam testete mal wieder seine Reflexe. Die funktionierten einwandfrei.

Auf Familienfesten vergaß er, wer er war und weshalb er eine Berechtigung hatte, auf dieser Erde zu sein. Sein Auftrag verblasste, und er war ganz Familienmensch. Anders hier im Bordell. Er genoss es, von seinen Schiebereien zu berichten. Vom Vertrieb von Medikamenten in arme Länder. Von Drogen und Alkohol. Bristol lag in seinem Hoheitsgebiet. Manchmal wanderte er durch die Straßen und traf dort auf Junkies. Und er redete sich ein, dass sie bald das Zeitliche segnen würden. Dann wären die Straßen befreit von diesem Abschaum.

Er half manchmal einfach nur nach, die Welt intelligenter werden zu lassen. Er mochte es, ein bisschen Gott zu spielen – zumindest dessen rechte Hand. *Hayya'ala al-falah!*

* * *

Der Anruf am Nachmittag erschreckte Diane. Der Angehörige eines Flugunfallopfers meldete sich bei ihr. Der Vater eines gewissen Benjamin Monroe. Ein Name, der ihr nichts sagte. Ein Fremder. Diane wusste nicht, wie der Mann an ihre Nummer gekommen war.

«Wir haben uns zusammengetan. Wir werden so bald als möglich zur Unfallstelle reisen.» Seine Stimme klang alt, nicht sehr klar. «Es ist mein Auftrag, Sie zu fragen, ob Sie uns begleiten möchten. Wir bekommen einen Charterflug nach Cork. Dort werden wir abgeholt und mit dem Bus an die Küste gefahren. Ich habe meinen Sohn verloren. Und meine Schwiegertochter. Sie war im sechsten Monat schwanger … und meinen ungeborenen Enkel. Es zerreißt mir das Herz. Meine Frau und ich können es nicht verstehen. Sie wollten doch nur noch einmal nach New York fliegen, bevor das Baby kommt. Es ist gegen die Natur, wenn die Kinder vor einem sterben.»

«Mein Mann war nicht in dieser Maschine. Tut mir leid.» Diane hatte kein Bedürfnis nach Kollektivtrauer. Ihr eigener Schmerz genügte ihr. Der Stein im Bauch hatte sich wieder vergrößert.

«Aber ich habe ihn auf dieser Liste.» Diane hörte Papier rascheln und fragte sich, wie er an diese Liste gelangt war.

«Das muss ein Irrtum sein.» Sie überlegte. Ihre Frage würde nicht schaden. «Weiß man denn schon mehr über das Unglück?»

«Die Ermittlungen laufen auf Hochtouren. Wir haben moderne Flugzeuge. Das Fliegen ist mit die sicherste Methode zu reisen, die es gibt. Ich verstehe es nicht. Und falls Sie es sich doch noch überlegen mitzukommen, rufen Sie mich bitte an.» Er teilte ihr die Nummer mit.

Er hatte sie durchschaut.

Diesmal schrieb sie längere Abschnitte. Manchmal dieselben Sätze zum wiederholten Mal. Es fühlte sich an, als müsste sie ihre Hand wieder daran gewöhnen. Den Laptop hatte sie noch nicht gefunden. Sie hatte ihn irgendwann einmal weggeräumt. Es war lange her.

Nachrichten am Abend. CNN geizte nicht mit Spekulationen. Doch man ging noch nicht eindeutig von einem Anschlag aus. Ein technischer Defekt war allerdings fast gänzlich ausgeschlossen. Die Maschine sei erst vor Kurzem noch bis zur letzten Schraube gewartet worden. Über tausend Flugstunden. Nie ein Zwischenfall. Menschliches Versagen oder eine Kettenreaktion von vielen Möglichkeiten. Das Flugwetter sei gut gewesen. Keine Stürme. Der normale Jetstream. Die letzte Meldung aus dem Cockpit werfe jedoch Fragen auf. Man suche nach der Blackbox, die näheren Aufschluss geben könne. Die Maschine sei auf dem Wasser zerschellt, einzelne Wrackteile seien gesichtet und bereits geborgen worden.

Zwischendurch Bilder von Leuten auf dem Flughafen in London, in New York. Von Menschen, die hoffnungsvoll verharrten, immer wieder an die Tafeln mit den digitalen Anzeigen blickten, als könnten sie die Zeit zurückdrehen. Weinende Frauen, verzweifelte Gesichter, unbegrenzte Trauer – das Intimste eines Menschen in Nahaufnahme.

Die Medienleute mochten die Wiederholungen. Sie wussten genau, wie man das Entsetzen nutzte.

Und kurz vor neun noch einmal die Polizei. Zwei Männer in Zivil. Lestor und Kline. Namen, die Diane gleich wieder vergaß. Es seien Fragen aufgetaucht. Die Ermittlungen seien im Gange. Sie müssten allen Spuren nachgehen.

«Welchen Spuren?»

«Sie haben ausgesagt, dass Ihr Mann unmöglich in dieser Maschine hätte sitzen können.» Der Polizist hatte ein freundliches Gesicht. «Dass er Ihnen nichts von einer Reise erzählt hatte?»

Diane stand mit hängenden Armen da. Die Kraft hatte sie verlassen. Da war nur wieder dieser Schmerz im Bauch und da waren Tränen, die ihr im Hals steckenblieben. «Er hat mir nichts davon gesagt.»

«Wir haben erste Überprüfungen vorgenommen. Am Freitag wurden zwei Tickets auf die Namen Jake Hemingway und Susan Kirkwood gebucht. Zur selben Zeit. Vom selben Computer aus. Die Sitzplätze waren in der Business Class nebeneinander reserviert.»

Es fühlte sich wie eine Explosion im Bauch an. Als würde ihr jemand nicht nur die Faust, sondern einen ganzen Baumstamm in die Eingeweide rammen. 3A und 3B. Business Class. Sitze, die man in die Liegeposition verstellen, Sitze, die man zu einem Bett umfunktionieren konnte. Nebeneinander.

Bestimmt hatten sie Champagner bestellt. Auf dem Weg in die Staaten.

Sie notierte:

Susan Kirkwood.

Ich habe diesen Namen noch nie zuvor gehört.

Hatte Jake eine Geliebte? Wollten sie das Wochenende in New York verbringen? Hat er ein Doppelleben geführt? Ich versuche, mich an kleine, unscheinbare Ungereimtheiten zu erinnern. An irgendwelche Andeutungen, die ihn verdächtig machen.

War Jake so abgebrüht, dass er sein wahres Gesicht verstecken konnte?

Wenn er mich küsste, so küsste er in Gedanken Susan.

Wenn er mit mir schlief, so schlief er mit Susan.

Fünfzehn Ehejahre. Fünfzehn glückliche Jahre. Einfach ausradiert.

Kann mein Schmerz noch größer werden?

Susan Kirkwood. Bestimmt mit langen, schlanken Beinen und üppiger Oberweite.

Deine Brüste sind kleiner geworden. Sie passen in meine Hände, hatte Jake gesagt.

Wie blöd bin ich gewesen. Ich verstand seine Andeutungen nicht.

Susan Kirkwood. Erfolgreich und schön.

Kein Eisklotz. Vielleicht ist dieser auf ihrem Bauch geschmolzen, als Jake ihr den Champagner aus dem Nabel schlürfte. Hat er mit dieser fremden Frau dasselbe getan wie mit mir? War es eine Wiederholung? Aus einer Sehnsucht heraus?

Wenn er von meinem Körper trank, dann trank er von Susans.

Wenn er mich am Morgen verließ, kehrte er zu Susan zurück.

Susan Kirkwood. Sicher zehn Jahre jünger als ich – oder mehr. Straff und schön. Ein Bauch wie ein Mädchen. Keine Schwangerschaftsstreifen.

Er liebe meinen kleinen Bauch. Das hat er gesagt.

Das war vor Maddies Geburt gewesen.

«Was tun Sie da?» Der Polizist blickte ihr über die Schulter.

Diane musste zweimal Anlauf nehmen, bis sie einen geraden Satz sprechen konnte. «Ich … ich schreibe mir das Elend von der Seele. Manchmal hilft es.»

Der Mann sah sie wie ein begossener Pudel an.

«Hat Mrs Kirkwood Verwandte? Ist sie verheiratet?»

«Die Ermittlungen sind eben erst angelaufen.» Der Polizist war noch immer freundlich.

«Ermittlungen? Warum Ermittlungen?» In Dianes Kopf schwirrte es.

«Solange nicht geklärt ist, wie es zu diesem Absturz kam, müssen wir in alle Richtungen ermitteln.»

Vier

Er startete den Motor. Fuhr an. Auf die Straße. An Häusern vorbei, später an Wohnsilos, Parkanlagen, Mauern und Baumskeletten mit dem ersten Flaum von Blättern. Es war Frühling, und alles hätte schön werden können. Er hatte gelernt, die Dinge positiv zu betrachten, auch wenn sie sich nicht immer so zeigten. Dem Leben das Schöne abringen, das Schlechte verdrängen.

Er fuhr zum Wald. Noch stand er still und licht. Der Winter hatte eben erst Adieu gesagt. Der Boden roch nach dem letzten Frost, nach Feuchtigkeit. Doch schon kitzelte die aufgehende Sonne die zarten Sprosse, die man von bloßem Auge kaum sah. Alles drängte, alles strebte nach der neuen Jahreszeit.

In einer Waldlichtung hielt er an, stieg aus. Er lehnte sich an die knorrige Borke einer Buche. Inhalierte den Geruch des Harzes. Sah einem Käfer zu, der Richtung Baumstamm krabbelte. Im Loch einer Wurzel verschwand.

Er hätte es dem Käfer gern gleichgetan. In einem Loch verschwinden. Weg von dieser Welt. Weg von seiner Verantwortung. Er griff in die Hosentasche, fühlte das kalte Metall des Schlüssels.

Noch zwanzig Stunden bis zum Countdown. Noch zwanzig Stunden Leben.

Er wollte es hinter sich bringen.

«Ich habe Maddie von der Schule abgemeldet», sagte Anne am Morgen. «Sie muss sich jetzt erholen, es verkraften. Sie wird dazu viel Zeit benötigen. Sie wird es irgendwann begreifen, dass der Tod zum Leben gehört.»

«Aber nicht so.» Diane fuhr ihr ins Wort. «Verdammt! Nicht so. Nicht von einer Minute auf die andere. Ohne Abschied. Ohne Vorwarnung.» Diane trug jetzt nur noch ihren Schlafanzug. Sie schlurfte durch die Wohnung, als wäre sie ein Gespenst. Die Haare hingen in fettigen Strähnen von ihrem Kopf. Sie gefiel sich nicht in dieser Rolle. Sie hätte das Drehbuch gern geändert, den Plot umgeschrieben.

Sie hatte die Menschen immer verachtet, die völlig desinteressiert und ungepflegt durch die Welt gingen. Mit diesem leblosen Blick und heruntergezogenen Mundwinkeln. Sie sähen aus wie Zombies, hatte sie sich über sie ausgelassen. Jetzt war sie selbst einer.

Sie musste niemandem mehr gefallen. Sich keine Mühe mehr geben. Nicht für Jake.

Sie hatte ihn verloren.

So oder so.

Die Nacht war der reinste Horror gewesen. Die Vorstellung, wie sich ein Flugzeugabsturz anfühlen musste, war dem schrecklichen Gefühl gewichen, betrogen worden zu sein.

Susan Kirkwood nahm ihr ganzes Denken ein, kroch wie ein Ungeheuer durch ihren Körper, vergrößerte noch den Schmerz in ihrem Bauch, war da, wenn sie die Augen aufschlug, wenn sie die Augen schloss. Und Jake, wie er in ihr versank, wie er ihr Worte ins Ohr flüsterte, bei denen sie errötete. Wie er sie berührte, ihre Brüste, den Bauch, ihre Scham.

Wie sie nass wurde und offen. Wie sie ihn aufnahm und die Beine um seinen Körper schlang. Wie sie einem Rhythmus folgten …

Und doch: Ab und zu blitzte ein kleiner Gedanke in ihr auf, dass das alles nicht wahr sein konnte, nicht wahr sein durfte.

Sie schrieb:

Jake war ein wunderbarer Mann. Der perfekte Ehepartner, ein liebevoller Vater. Er hat sein Herz nach außen getragen, war stets da, auch wenn er physisch nicht da war. Dass ihn die Arbeit zuweilen etwas überforderte, sprach er nie laut aus.

Hat es diese Überstunden nie gegeben?

Verbrachte er diese Zeit immer bei seiner Geliebten?

In ihrem Innern kämpften zwei Welten gegeneinander – die reale und die fiktive, wobei die fiktive allumfassender war. Diane nahm sich vor, in Jakes Akten nachzuforschen.

Neben dem Gästezimmer gab es einen kleinen Raum, der als Büro diente. Ordner und ein paar wenige Bücher standen im Regal – keine Romane. Das Zimmer war nicht verschlossen. Jake hatte nie Geheimnisse vor ihr gehabt. Sie hatte es kaum interessiert. Jake hatte alles erledigt, was im Büro anfiel: Buchhaltung, Budget, Steuern, der Notgroschen. Das war Jakes Gebiet, er hatte darauf beharrt.

Auch am Computer hatte Diane in letzter Zeit selten gesessen. Manchmal stöberte sie online nach Rezepten, wenn sie wieder einmal Lust verspürte, etwas Außergewöhnliches auf den Tisch zu bringen. Aber meistens hatte sie selbst genug Fantasie, denn Kochen war eine von ihren Leidenschaften geworden. Das Kochen hatte ihr die Kreativität zurückgebracht.

Wenn sie kochte, brauchte sie nicht darüber nachzudenken, was sie tat. Sie tat es einfach. Es lenkte sie ab.

Diane startete den PC. Kein Passwort. Kein Geheimnis.

War Jake sich so sicher, dass ich nicht in seinen Dokumenten stöbere? Dass ich es heute zum ersten Mal tue? Oder hatte er schlicht nichts vor mir zu verbergen?

Auf der linken Bildschirmseite gab es eine Menge Icons. Diane verstand nicht, weshalb sie existierten. Sie klickte die Dokumentenverknüpfung an, und eine ganze Bibliothek von Ordnern erschien, alle beschriftet. Sie scrollte nach unten, fand Titel wie «Sommerurlaub in Schottland», «Maddies Geburtstage von eins bis vierzehn», sechzehnmal «Weihnachten». «Unser Haus», «Diane».

Diane klickte den Ordner an. Ihr Porträt. Wie jung sie gewesen war. Ihr langes Haar wie Weizen im Sommerwind, ihre grauen Augen in Nahaufnahme, der Punkt auf ihrer linken Iris, den nur Jake zu kennen glaubte. Immer die gleichen Bilder und doch tausendmal anders. Wie er mit ihnen gespielt hatte. Verfälscht. Geschönt. Manchmal mit einer Komik, die sie nun zum Lachen brachte. Jake als Künstler, als Art Director bei Skyblue.

Jake hatte Architektur studiert, das Studium jedoch nicht abgeschlossen. Stattdessen hatte er eine Ausbildung in einer Werbeagentur gemacht. Dann waren sie nach Cheddar gezogen. Damals hatte er seinen Job in Bristol aufgegeben, und Oliver Rushton – ein junger, innovativer Hochschulabgänger, der mit der Firma seines Vaters Großes vorhatte – stellte ihn kurzerhand ein. Die beiden hatten sich immer gut verstanden, sich in ihrer Arbeit ergänzt. Später war daraus eine Männerfreundschaft geworden.

Diane zitterte, als sie auf den Ordner tippte, der mit «Privat» beschriftet war, aber auch hier gab es keine Auffälligkeiten. Der Ordner war mit verschiedenen Dokumenten gefüllt, die den Haushalt betrafen. Eingescannte Rechnungskopien von Anschaffungen und wann sie bezahlt worden waren, Bilder von neuen Küchen und die Beschriebe dazu, die Jake über das Internet eingeholt hatte. Maddies Schulkalender. Wichtige Nummern wie Arzt, Zahnarzt, Krankenhaus. Kindermädchen.

Nichts, das Aufschluss über eine Susan Kirkwood gegeben hätte.

Aber auch nichts Geschäftliches. Diese Dinge waren wohl auf dem Computer in Rushtons Firma gespeichert.

Diane verbrachte den ganzen Nachmittag im Büro. Anne hatte sie gesagt, dass sie nicht gestört werden wolle. Sie arbeitete ruhig und konzentriert. Checkte Eingänge und Ausgänge bei den E-Mails, suchte unter den gelöschten Objekten nach Ungereimtheiten. Sie fand nichts, was sie stutzig gemacht hätte. Die geschäftlichen E-Mails befanden sich aller Wahrscheinlichkeit nach ebenfalls auf dem Computer bei Skyblue.

Zwischendurch überfiel sie das nackte Elend, sie stützte den Kopf in die Hände und weinte lautlos.

Was soll ich nur tun? Ohne Jake. Und vor allem: Wie schaffe ich es, mich von ihm zu verabschieden, wenn ich doch an seinem Tod zweifle? Wenn der Beweis nicht vor mir liegt, dass er tatsächlich gestorben ist? Kein Körper, den ich noch berühren könnte. Kein letztes Mal, um seine Wangen zu küssen, seine

Hände in meine zu nehmen. Adieu zu sagen, weil er tatsächlich gegangen ist. Weil vor mir nur noch eine Hülle liegt.

Eine Passagierliste, die nichts aussagte. Zwei Sitznummern in der Business Class, eine fremde Frau mit Namen Susan Kirkwood und der Verdacht, dass Jake ein Doppelleben geführt hatte, dass nicht die Firma ihn gefordert hatte, sondern der Balanceakt zwischen zwei Leben.

Diane musste erfahren, wer Susan Kirkwood war.

Am Abend rief Diane Monroe an.

«Ich werde mit Ihnen zum Unglücksort reisen.»

«Schön, wenn Sie sich dazu entschieden haben. Glauben Sie mir, das verringert den Schmerz. Wenn wir erfahren, wo sich unsere Liebsten befinden. Wenn der Ort ein Gesicht bekommt, wird es uns besser gehen. Und wir werden die Gelegenheit bekommen, uns zu verabschieden. Ich werde Sie abholen, wenn es so weit ist, mit dem Bus. Wir fahren dann zum Flughafen. Es sind noch zwei andere Ehepaare aus der Gegend dabei, die ihre Kinder verloren haben. Sie alle haben diese Aktion gebucht: New York im Frühling, zwei Nächte für eine im Doppelzimmer, mit Gutschein zum Shoppen. Es muss kausale Zusammenhänge geben in diesem Leben – auch wenn wir denen letztlich machtlos ausgeliefert sind.»

«Müssen wir fliegen?» Diane hörte, wie Monroe sich räusperte.

«Fürchten Sie sich davor?»

«Das ist eine normale Reaktion, oder?»

«Es ist fast nicht möglich, dass es innerhalb einer Woche zu zwei Abstürzen kommt.»

«Ein schwacher Trost. Denken Sie nur an den elften September …»

Monroe schwieg.

Diane bedankte sich. Es würde ihr nicht besser gehen, wenn sie den Ort aufsuchte, das wusste sie. Aber vielleicht würde sie jemanden treffen, der Susan Kirkwood kannte. Vielleicht ihren Freund? Ihren Ehemann? Eine Freundin? Es war ja offensichtlich, dass hier etwas im Geheimen abgelaufen war.

In Cheddar verneigte sich ein weiterer Tag vor der Nacht.

Nichts Neues in den Breaking News. Neben Großbritannien suchten jetzt auch die Franzosen nach dem abgestürzten Flugzeug. Das Meer südlich von Irland hatte selten zuvor so viele Schiffe und Boote gesehen. Knapp über dem Wasser flogen Hubschrauber. Aber der Flugschreiber konnte immer noch nicht geortet werden, und man ging davon aus, dass er zu tief lag.

Anne hatte eingekauft und gekocht. Das Roastbeef hatte sie nicht angerührt. Sie würde es im Kühlschrank vergammeln lassen, hatte sie gesagt, bis Diane es entfernte. Sie wusste nicht, was im Kopf ihrer Schwägerin vorging – aber der Tisch war gedeckt.

«Ihr solltet essen, der Körper braucht Nahrung.» Anne reichte Salat zur Vorspeise.

«Wie machst du das bloß?» Diane setzte sich.

Maddie kam in die Küche. Sie trug eine enge Jeans und ein helles Shirt, durch das man die Andeutung sich entwickelnder Brüste sah, und Diane fiel auf, wie mager sie war.

Anne fing ihren Blick auf und nickte in Richtung ihrer Nichte. «Genau deshalb. Das Leben geht weiter. Du hast eine Tochter, die dich braucht. Es nutzt nichts, wenn du dich gehen lässt. Du bist die Erwachsene, Diane, und sie ist auf dich angewiesen. Ich weiß, es ist viel verlangt. Magst du Eier?»

«Wie bitte?»

«Ich habe gehackte Eier unter den Salat gemischt.»

«Sieht gut aus», sagte Diane, um irgendetwas Nettes zu sagen. Appetit hatte sie keinen.

«Ich mag nicht essen.» Maddies Gesicht glich einem Laken. «Ich möchte, dass Dad wiederkommt. Mum.» Sie blickte Diane mit verzweifelten Augen an. «Er wird doch wiederkommen …»

Diane vergrub ihr Gesicht in den Händen. «Wie soll ich meiner Tochter Trost spenden, wenn ich mit diesem Verlust selbst nicht fertigwerde?»

Anne berührte ihren Arm über den Tisch hinweg.

«Da ist diese Leere. Dieser Abgrund. Der Schmerz in meinem Bauch, der mich daran hindert, die Gabel in den Salat zu stechen und mit dem Essen zu beginnen.»

Anne drückte ihre Hand.

«Ich verstehe dich, Maddie», sagte Diane. «Du kannst dich hinlegen, wenn du magst. Vielleicht schaffst du es später, etwas zu essen.» Diane wandte sich an Anne. «Bitte verzeih', aber es ist alles noch so frisch.»

Wortlos räumte Anne die Teller ab. Maddie kehrte in ihr Zimmer zurück, und ein wenig später ertönte der Technosound so laut, dass die Wände zitterten.

Diane und Anne saßen allein am Tisch.

«Jake hat mich betrogen.»

«Traust du ihm das zu?»

«Er hat den Flug nach New York gebucht – zusammen mit einer Frau.»

«Und was glaubst du?»

«Ich weiß nicht, was ich glauben soll. Aber wenn ich mir jetzt überlege, wie oft er mich angerufen und mir mitgeteilt hat, dass er noch arbeiten muss – vielleicht war er da ja tatsächlich mit dieser Frau zusammen. Susan Kirkwood.» Diane tat so, als tupfte sie sich eine Träne weg. «Gibt es Ursache und Wirkung?»

«Vielleicht, wer weiß.» Anne zog die Brauen hoch.

Diane wusste, dass sich das mit ihrem Glauben nicht vereinbaren ließ.

«Mensch Diane, und ich dachte immer, ihr seid das perfekte Paar.»

«Ich auch. Kann man sich in seinem eigenen Mann so täuschen?»

«Ist dir denn in letzter Zeit etwas aufgefallen? Gab es Ungereimtheiten?»

«Aber das sagte ich doch gerade. Er machte andauernd Überstunden.»

«Dann musst du mit Oliver reden.»

«Er wird es mir bestätigen. Nicht umsonst hat er Jake ein höheres Gehalt ausbezahlt.»

«Wie viel hat Jake denn verdient?»

Diane senkte den Blick. «Ich weiß es nicht. Er hat mir immer genügend Haushaltsgeld dagelassen. Ich hatte mein Budget und ich hielt mich daran. Du weißt, wie wenig ich brauche. Dass wir das Haus renovieren, war seine Idee, und er war immer sehr großzügig, auch zu Maddie. Er hat gut verdient, und es reichte auch für Urlaub.»

«Du hast vielleicht Nerven.» Anne sperrte Mund und Augen auf. «Wie kann man sich nur so abhängig machen von einem Mann?»

«Ich war nicht abhängig von ihm.» Diane würgte den Kloß im Hals herunter. «Wir waren *voneinander* abhängig. Unsere Liebe war eine Obsession. Wir ergänzten uns wie Yin und Yang. Jeder gab in die Beziehung das, was er am besten beherrschte. Dass Zahlen nun mal nicht meine Stärke sind, wusste Jake. Es hat ihm nie etwas ausgemacht. Im Gegenteil.»

«Wenn die Bestattung vorbei ist, werden wir eure Finanzen angehen. Du wirst nicht darum herumkommen, auf der Bank vorzusprechen. Hast du eigentlich eine Vollmacht?»

«Aber ja doch. Ich habe meine Bankkarte für besondere Fälle.»

«Was heißt das?»

«Wenn ich mir mal ein neues Kleid kaufen möchte.»

«Von dem du offensichtlich kaum Gebrauch machst.»

«Ich habe doch alles.»

«Ja, deinen Garten.» Anne schlug sich mit der rechten Hand an die Stirn. «Ich fürchte, dass du zuerst noch auf die Welt kommen musst.»

«Warum bist du so streng zu mir?»

«Ich erkenne Handlungsbedarf.»

«Ich habe meinen Mann verloren.»

«Du hast eine Tochter, und die ist noch da. Sie ist in einem schwierigen Alter, und ich möchte nicht, dass ihr auch noch etwas zustößt. Wie gesagt: Das Leben geht weiter.»

«Ich werde nach Cork fahren.»

Anne warf die Hände hoch. Für einen Moment sah es so aus, als wollte sie ihre Schwägerin schlagen. «Am Donnerstagmorgen findet die Trauerfeier statt. Ich habe mit dem Priester gesprochen, und die Karten habe ich schon alle verschickt.»

«Und warum hast du das ohne mich gemacht?»

«Ich sehe doch, was mit dir los ist.»

«Ja, was ist denn los? Fragst du dich, warum ich nicht weinen kann? Warum die Tränen versiegt sind? Da ist etwas in meinem Bauch drin, das alles blockiert.»

«Ich weiß.» Anne stand auf, ging um den Tisch herum. Sie nahm Diane in die Arme. «Ich helfe dir, das sagte ich doch. Aber um Maddie musst du dich kümmern. Sie ist kein kleines Mädchen mehr. Auch sie braucht Antworten.»

«Die ich ihr nicht geben kann», unterbrach Diane sie. «Vielleicht werde ich mich nicht um sie kümmern können, wie man es von mir erwartet. Vielleicht werde ich mich gar nicht mehr um sie kümmern können.»

«Diane, rede keinen Unsinn!»

Fünf

Das Schließfach befand sich im Bahnhof. Er kannte die Nummer auswendig. Trotzdem zögerte er. Noch ein wenig warten, noch einmal den Tag auf sich einwirken lassen. Die Menschen. Er sah einer Familie nach, die hastig den Bahnsteig entlangging. Beobachtete einen Junkie auf einer Bank, der mit gesenktem Kop dasaß. Der schien ins Nirwana eingetaucht zu sein. Auf dem Weg ins Jenseits.

Im Jenseits musste es schöner sein, vielleicht. Keine Probleme mehr. Ein Garten voller Blumen und Schmetterlinge. Frauen in weißen Gewändern.

Die Schließfächer lagen an der Peripherie des Gebäudes. Dort, wo der letzte Zug stand. Er ging langsam. Wollte sich nicht beeilen. Noch einmal den Geruch der Schienen einatmen. Die heißen Dämpfe der Loks. Das Sirren der Drähte hören. Zitternd tastete er nach dem Schlüssel in seiner Hosentasche. Umklammerte ihn. Zog ihn hervor. Er ging die Reihen durch. Zweihunderteinundzwanzig. Zweihundertzweiundzwanzig. Zweihundertdreiundzwanzig. Das Schließfach dort, geschlossen. Wo es sich seit vielen Jahren schon geschlossen befand. Vielleicht würde er es nicht mehr öffnen können. Kälte und Hitze hatten die Vorrichtung vielleicht verbogen. Schmutz den Zylinder unbrauchbar gemacht.

Wie sehr er sich das wünschte.

Er steckte den Schlüssel ins Schloss. Er drehte den Schlüssel. Der Zylinder gab nach. Viel leichter, als er gedacht und auch ein bisschen gehofft hatte.

Es gab kein Zurück.

Erste Zeugenberichte tauchten auf. CNN brachte es in den Frühnachrichten. Ein Hobbyfilmer hatte den Himmel im Visier gehabt. Ein Flugzeug, das man nicht als solches erkannte. Doch dann sah man plötzlich einen Feuerball und daraufhin etwas, das herabstürzte.

Diane starrte auf den Bildschirm. Da hatte sich wohl jemand einen Scherz erlaubt. Heute war alles machbar. Computeranimation am eigenen PC. Der heimliche Manipulator. Bilder, die man im Internet bestaunte. Der Laie würde nie den Unterschied erkennen, und erst der Profi käme der Lüge auf die Spur. Und den Medien, die solche Dinge unzensuriert der breiten Öffentlichkeit zeigten – eine Unterhaltung mehr für all die Zuschauer, die es nicht selbst betraf.

Ein brennendes Flugzeug, das wie ein Stein vom Himmel fällt.

Anne war neben sie getreten. «Ist er da schon tot gewesen?»

Diane sah sie nachdenklich an. «Jake kann unmöglich in dieser Maschine gesessen haben.» Sie fing an zu rechnen. «Um Viertel nach sieben hat er das Haus verlassen. Die Fahrt zum Bristol Airport dauert längstens dreißig Minuten, die Gepäckabfertigung und das Einchecken eine Stunde, vielleicht auch ein wenig mehr. Der Flug nach London eine halbe Stunde. Mit dem Auto sind es gute zwei Stunden …»

Annes Augen weiteten sich zu zwei großen blauen Löchern. «Großer Gott!»

«Es *ist* möglich! Warum nur? Warum? Und wo steht sein Wagen?» Diane suchte nach ihrem Autoschlüssel. Als sie hastig den Mantel anzog, versperrte Anne ihr den Weg. «Wohin so eilig?»

«Ich fahre nach Bristol.»

«Gibt es einen Grund dafür?»

«Ich hole Jakes Wagen zurück.»

«Weißt du denn, ob er dort steht?»

«Ich weiß es nicht. Vielleicht steht er auch in London.»

«Soll ich mitkommen?»

«Nein, pass lieber auf Maddie auf.»

«Und was geschieht mit deinem Auto?»

«Das lass dann meine Sorge sein.»

«Hast du einen Ersatzschlüssel?»

«In meiner Handtasche. Aber danke, dass du daran gedacht hast.»

Diane trat auf Anne zu. Wortlos umarmten sie sich. Eine Weile blieben sie so stehen.

«Bist du sicher, dass du fahren willst?» Anne schob Diane von sich und ihre Blicke trafen sich.

Diane duldete in ihrer wilden Entschlossenheit keine Widerrede. «Ich muss irgendetwas unternehmen. Sonst werde ich wahnsinnig.»

Sie hatte schon als Kind darunter gelitten, panische Momente, in denen sie sich in etwas hineingesteigert hatte. Ihre inneren Bilder hatten sich verselbständigt, ihre Fantasie war ausgeartet. Manchmal hatte Mum sie schütteln müssen, um sie zur Vernunft zu bringen.

Der Morgen war noch jung, und über die Felder breitete sich Dunst aus. Unzählige gelbe und orangefarbene Blumen streckten ihre Köpfe durch den Bodennebel, als durchbrächen sie einen Teppich aus Eis. Links und rechts sah man mit Moos bewachsene Felsen, um die sich Sträucher wanden. Die enge Straße, die sich durch das zerklüftete Tal wand, hieß Cliff Road.

Diane ließ Cheddar Gorge hinter sich, und auch die bizarren Felsen rückten in weite Ferne, bis sie nur noch als kleine Schatten in der Landschaft auszumachen waren. Der Wald wurde wieder dichter.

Eine Weile fuhr sie auf einer einsamen Straße, auf der es kaum Verkehr gab, was das Gefühl der Einsamkeit verstärkte. Alles um sie herum fühlte sich wie tot an, weggerissen aus diesem Leben. In der Nähe der Murco Petroleum bog sie rechts ab auf die A38. Sie drückte den Fuß aufs Gaspedal und holte die letzten Reserven aus ihrem kleinen Wagen.

Mummy, Daddy fährt aber nie so schnell. Mummy, ich habe Angst, wenn du so schnell fährst.

Eine Geschwindigkeit von hundertzwanzig. Mehr konnte sie nicht aus dem Kleinwagen herausholen. Vielleicht hatte Jake ihn ihr geschenkt, damit sie nie mehr als hundertzwanzig fahren konnte, wer weiß?

Kann man im Rausch der Geschwindigkeit die Angst überwinden?

Ihr Fuß klebte auf dem Gaspedal, drückte es ganz durch. Sie kurbelte das Fenster herunter, und der Wind stieß ihr scharf ins Gesicht. Ihr Haar wirbelte nach vorn. Sie wollte rasen, bis der Wagen explodierte, bis er ausscherte, über die Bordsteinkante schoss. Noch mehr Gas. Noch mehr Wind. Ein Vorhang über ihren Augen. Die Konturen der Häuser lösten sich im Nebel auf. Sie verließ die Hauptstraße, bog auf eine Nebenstraße ein. Ihr Wagen schleuderte und schwankte wie ein Schiff auf tobender See.

Felder und Bäume zogen an ihr vorbei. Vereinzelte Bauten, ein Traktor. Dann ein abrupter Stopp. Die Füße auf Bremspedal und Kupplung. Vollbremsung.

Nichts war geschehen. Diane hatte keine Angst verspürt. Sie würde sich in Zukunft vor nichts fürchten.

Denn sie hatte Jake nicht mehr.

Der kleine Flughafen in Bristol lag an der Downside Road, zwischen Cheddar und Bristol. In unmittelbarer Nähe des Tall Pines Golf Clubs. Diane fuhr zur Autovermietung von Avis und stellte dort ihren Wagen ab. Der Parkplatz war bis auf wenige Lücken besetzt. Sie würde lange suchen müssen. Vielleicht war Jake nach London gefahren und hatte in Heathrow eingecheckt.

Aber warum? Was hatte er sich dabei gedacht?

Jake hatte es nie gemocht, unvorbereitet an eine Sache heranzugehen. Wenn sie in Urlaub fuhren, plante er schon Wochen, Geschäftsreisen mindestens zwei Tage im Voraus. Er mochte es, wenn die Dinge ihre Ordnung hatten. Taschen und Koffer griffbereit, die Kleider gewaschen. Und eine Liste. Manchmal hatte er eine Liste gemacht, dass nichts vergessen ging.

Diane stieg aus. Irgendwo musste sie beginnen.

Im Westen stiegen Wolken auf, ein mäßiger Wind schob sie vor sich her. Am Abend würde wahrscheinlich der Regen einsetzen, und bis dahin wollte Diane eine Antwort auf ihre Fragen haben. Sie schritt den Parkplatz ab. Sie hätte auch fahren können. Sie zog es vor zu gehen. Jeden Wagen anzusehen, jede Nummer zu prüfen. Sie hielt Ausschau nach einem dunkelblauen Audi. Vor einem halben Jahr hatte Jake ihn gekauft – als Neuwagen. Einen Kombi, weil er der Ansicht war, dass es komfortabler sei, so in Urlaub zu fahren: endlich mehr Stauraum, genügend Platz für Maddie, damit sie auf dem Rücksitz schlafen konnte. Diane hatte sich gewundert, jedoch keine Fragen gestellt. Wenn Jake sagte, dass sie sich das leisten konnten, musste sie es ihm glauben. Er hatte nicht nur künstlerisches Talent gehabt, sondern er war auch ein Zahlenmensch gewesen, ein kreativer Denker, der dennoch nichts dem Zufall überließ – gesegnet mit zwei Eigenschaften, die eigentlich hätten miteinander kollidieren müssen. Ratio und Intuition. Zwei Gegensätze, die sich die Waage hielten – bei Jake zumindest.

Diane ging Reihe für Reihe durch. Langsam, bedächtig, konzentriert. Sie wollte ihre Füße spüren, die Druckstelle in ihrem linken Schuh, den einzigen Schmerz, der im Moment real war. Früher hatte sie den Kopf an die Wand geschlagen, um das Gefühl zu bekommen, dass sie noch lebte. Den Kopf an die Wand geschlagen und manchmal auch auf den Boden. Oft hatte sie deshalb geblutet.

Sie ging und schaute und hoffte, Jakes Wagen nicht sofort zu finden. Dass Jake nie in Bristol gewesen, dass er noch immer unterwegs war. Zu einem Kunden. Oder zurück zu ihr. Zu Maddie. Vielleicht war er in diesem Moment angekommen. Zu Hause im Südstaatenhäuschen, das er in den letzten Jahren zu seinem Schloss erkoren hatte. Zu Dornröschens

Schloss. Mit der undurchdringlichen Hecke, den dornigen Rosenranken, in denen sie sich eingeschlossen hatten.

Diane sah sich alte und moderne Wagen an, die meisten waren grau oder schwarz. Sie sah auf Hochglanz polierte oder von Straßenstaub bedeckte Autos, Statussymbole, Mehrzwecklimousinen. Sogar auf zwei Wohnmobile traf sie, aber von Jakes Kombi sah sie keine Spur. Langsam befürchtete sie, nach Heathrow fahren zu müssen. Das waren gute zwei Stunden von hier aus – und das in der Hauptverkehrszeit. Nach London, in den Moloch von Großbritannien. Sie würde sich ein Zimmer suchen müssen, weil sie nachts nicht gerne fuhr. Ein Zimmer in einem billigen Hotel, denn sie hatte nicht daran gedacht, genug Geld mitzunehmen. Beim Gedanken daran grauste ihr.

Sie stand kurz davor, aufzugeben. Sie war nun am Ende der letzten Reihe angelangt und hatte genug vom Schauen und Gehen. Ihre Füße taten weh und der linke Schuh drückte heftiger denn je.

Da sah sie ihn.

Es war der zweitletzte Wagen. Dunkelblau, auf der Seite leicht schmutzig. Wenn sie genau hinsah, erkannte sie den metallenen Schimmer wie Mikrodiamanten in den Lack gepresst.

Mit klopfendem Herzen näherte sich Diane dem Audi, betrachtete die Nummernschilder: Es war Jakes Wagen. Sie kramte den Ersatzschlüssel aus der Handtasche, zögerte nur kurz und schloss auf. Aus dem Wageninnern wehte ihr Hitze entgegen – und Jakes Geruch, der Duft seines Aftershaves. Sie setzte sich hinter das Lenkrad, versuchte, sich Jakes Gesicht in Erinnerung zu rufen, seine großen Augen, den schön geschwungenen Mund, das Lausbubenhafte.

All das, was auf einmal fremd war.

Warum war er hierhergefahren? Hatte er doch vorgehabt zu fliegen? Aber warum hatte er ihr nichts davon erzählt? Hatte er unangenehme Fragen befürchtet?

Gab es ein Geheimnis?

Diane öffnete das Handschuhfach auf der linken Seite, vergewisserte sich, dass nichts liegengeblieben war. Sie hätte es sich so sehr gewünscht, noch eine Nachricht von ihm zu finden, und sei sie auch noch so kurz, irgendeinen kleinen Hinweis auf sein Schicksal. Aber sie fand nur eine angebrochene Packung Papiertaschentücher. Einen Knopf von seinem Jackett. Sie erinnerte sich, wie sie im Supermarkt nach Ersatz gesucht, wie verzweifelt sie danach gefahndet hatte, bis sie einen auch nur annährend ähnlichen Knopf fand – weil Jake eben ein Perfektionist war. Weil er keine zwei verschiedenen Knöpfe duldete.

Auch auf dem Rücksitz war nichts. Kein Pullover, den er oft als Ersatz mitnahm, keine Journale, keine Mappe, nicht ein einziger Schreibstift. Er hatte in seinem Auto eine vorbildliche Ordnung gehalten. Anders als zu Hause, wo er seine Sachen oft einfach liegen ließ. Aus Bequemlichkeit und weil er meistens sehr müde war. Zu Hause zählte Perfektion nicht. Da war Diane zuständig, die ihm den Dreck und die Kleider wegräumte, die Unordnung im Schrank.

Das Auto ist meine Visitenkarte. Wenn ich zu Kunden fahre, muss ich einen guten Eindruck hinterlassen. Wenn ich zu

Hause bin, will ich mich entspannen. Dann ist Ordnung zweitrangig.

Die beiden Gegensätze – in Jake tief verankert, weil es Diane gab.

Sie stieg aus, schritt um den Wagen herum und wollte gerade den Kofferraum öffnen, als sich ihr zwei Männer in Polizeiuniform näherten.

«Was tun Sie da?»

Diane wandte sich verdattert um und schaute in zwei blasse Gesichter, sah rötliche Haare, helle Augen – irischstämmige Männer, nahm sie an. «Ich … warum?»

«Ist das Ihr Wagen?», fragte der ältere von den beiden. Seine Augen hatten sich zu zwei Schlitzen verengt, weil ihn die Sonne blendete.

Diane betrachtete die Sommersprossen auf seiner Nase. «Er gehört meinem Mann. Darf ich wissen, was Sie von mir wollen?»

Ihr Herz klopfte heftig – das konnte kein Zufall sein. Die Männer mussten sie beobachtet und darauf gelauert haben, bis sie in den Wagen stieg, hatten sicher sein wollen, dass sie in ihren Augen etwas tat, was nicht richtig war. Eine Frau, die ein fremdes Auto knackte, auf frischer Tat ertappt, Befriedigung an einem Tag, an dem nichts los war.

Der Mann wurde wider Erwarten freundlicher. «Mein Name ist McGowan, Police Constable des Policedepartements Bristol, und das hier ist mein Kollege Corey.»

«Der Wagen steht bereits seit letztem Samstag da», übernahm Corey. «Sie können ihn leider nicht mitnehmen, denn er ist von der Polizei beschlagnahmt worden. Haben Sie den Aufkleber auf der Frontscheibe nicht gesehen? Heute Nachmittag wird er abgeholt.»

«Können wir Ihre Papiere sehen? Den Führerschein?», fragte McGowan.

«Wozu?» Diane spürte, wie die Härchen an ihren Armen zu Berge standen. Wie es sie elektrisierte. Wie sich das Sirren über ihren Körper ausbreitete.

Corey griff in seine Jackentasche und holte ein Notizbuch hervor. «Der Wagen ist auf Jake Alfie Hemingway zugelassen. Ist das Ihr Mann?»

Diane reichte ihm ihren Ausweis. «Ja.»

McGowan betrachtete das Dokument eingehend, verglich das Foto immer wieder mit Dianes Gesicht. «Dann müssen wir Sie bitten mitzukommen.»

Diane zuckte zusammen. «Aber warum denn? Ich habe doch gar nichts getan. Worum geht es überhaupt?»

«Das werden Sie noch früh genug erfahren. Bitte geben Sie uns den Autoschlüssel.» Corey nahm sein Mobiltelefon zur Hand, tippte eine Nummer ein und legte das Gerät an sein Ohr. Diane hörte, wie er jemandem mitteilte, dass man den Wagen nicht mehr mit dem Lkw abholen müsse. Sie hätten jetzt einen Schlüssel.

«Ich muss Sie bitten, uns zu folgen.» McGowan griff nach ihrem Arm.

Sie empfand das als unangenehm. «Ich bin mit meinem Wagen da.»

«Den lassen Sie stehen. Wir werden Sie wieder hierherfahren, wenn wir fertig sind.»

Womit fertig?

Keine Zeit für lange Überlegungen. Wie paralysiert folgte Diane den beiden Polizisten zum Streifenwagen, den sie bei der Einfahrt zum Parkplatz abgestellt hatten. Die aufheulenden Triebwerke einer Boing auf der nahen Flugpiste kündigten einen Start an. Diane fröstelte, sie hätte sich am liebsten die Ohren zugehalten. Abrupt blieb sie stehen und schaute dem Metallungetüm nach, wie es über die Startbahn schoss und am Ende des Rollfeldes abhob. Nur wenig später verschluckte der Rumpf das Fahrwerk und Diane wandte sich um – sie hätte die Maschine sonst unter Umständen noch mit ihren Gedanken zum Absturz gebracht.

Vielleicht war Jake doch nicht geflogen, und alles war ein großes Missverständnis. Sie überlegte, ob er in der Nähe vielleicht irgendwelche Kunden hatte.

Sie war noch nie in einem Streifenwagen gefahren. Unter anderen Umständen hätte sie sich vielleicht sogar darüber amüsiert. Das Auto roch nach einer Kombination aus Männerschweiß, nassem Hundefell und einer weiteren Komponente, die sie aber nicht zuordnen konnte. Die Sitze wiesen ominöse Flecken auf, wohl Rückstände menschlicher Ausscheidungen. Diane wollte gar nicht so genau wissen, welche. Der Wagen war ein älteres Modell, sicher schon Jahre im Einsatz.

Während Corey den Wagen lenkte, saß McGowan neben ihr auf dem Hintersitz. Sie schwiegen, während draußen eine konturlose Landschaft vorbeizog. Ab und zu sah man eine übergroße Werbung am Straßenrand, manchmal ein einsames Motel.

Diane presste ihre Stirn an die Scheibe. Waren das überhaupt Polizisten?

Jetzt war es zu spät, um danach zu fragen. Es hätte nichts an der Situation geändert. Sie ließ die Dinge auf sich zukommen, spürte keinen Widerstand, bloß Gleichgültigkeit. Nichts denken. Nichts spüren. Es war ihr egal. Alles. Irgendwie.

Sie fuhren Richtung Bristol, und der Verkehr wurde dichter. Mehr Autos und Motorräder, Busse und Taxis. Mehr Lärm. Bristol lag nördlich von Cheddar am River Avon, auf demselben Breitengrad wie London, und gehörte mit fast einer halben Million Einwohner zu den acht größten Städten des Vereinigten Königreichs.

Die Station des Police Departements befand sich in der Newfoundland Road.

Auf der Fahrt war Diane eingenickt und erwachte erst wieder, als sie unter einer gedeckten Zufahrt auf den Parkplatz fuhren. Eine Anzahl Streifenwagen glänzte in der Sonne, bereit für den Einsatz. Polizisten lehnten an die Motorhauben. Einige plauderten oder langweilten sich. Es schien nicht viel los zu sein.

Corey fuhr in eine Parklücke und sie stiegen aus. Diane legte den Kopf zurück, sah zur Fassade hoch und sah ein schmutzigrotes Gebäude, nüchtern, ohne jede Ausstrahlung. Ein Teil der unteren Fensterreihen wies Gitterstäbe auf. Hier befanden sich wohl die Zellen für die Untersuchungshäftlinge – Gefängnisse auf Zeit. Das keimende Blätterwerk an den Bäumen, welche die eine Seite zierten, täuschte eine Idylle vor, die es hier ganz gewiss nicht gab.

McGowan führte Diane zum Eingang. Die Polizisten, die an den Wagen lehnten, warfen ihr jetzt neugierige Blicke zu, steckten die Köpfe zusammen und tuschelten.

Die düstere Halle im Innern des Gebäudes verband eine Treppe mit der Galerie im ersten Stock. Von hier aus ging eine Anzahl von Türen weg. Diane las Namen, den Rang von Mitarbeitern. In den Gängen ging es geschäftig zu.

Wenig später wurde sie in ein nüchternes Zimmer geführt, das gerade von jemandem verlassen worden war. Außer einem Tisch in der Mitte und vier Stühlen rundherum gab es keine Möbel. Es roch nach abgestandener Luft und nach Tabak. Das einzige Fenster lag zum Innenhof.

McGowan riss die Flügel auf. «Bitte setzen Sie sich.» Er schob Diane einen Stuhl zu.

Ihre Küchenstühle zu Hause sahen besser aus. Diane ließ sich fallen. Sie fühlte sich müde und überfordert, und die Unwirklichkeit der Situation verunsicherte sie. Wie es schien, gab es anstelle von Antworten nun plötzlich noch mehr Fragen.

McGowan verließ den Raum.

Man ließ sie warten. Sie hatte die Armbanduhr im Badezimmer, das Mobiltelefon im Auto liegen gelassen und das Zeitgefühl verloren. Durch das offene Fenster vernahm sie das Rauschen des Verkehrs in weiter Ferne. Das Bellen eines Hundes in ihrer Nähe und ein Durcheinander an Stimmen unten im Hof.

Den Mann, der eine Weile später ins Zimmer trat, kannte sie nicht. Er trug keine Uniform und sein Schädel war glattrasiert. Vielleicht hatte er aber auch keine Haare mehr. Diane schaute nicht so genau hin. Ein dunkles Augenpaar musterte sie.

«Tyrone Lansbury.» Er reichte ihr die Hand zum Gruß. «Ich ermittle im Fall Flug BA443. Ich bin Chief Inspector der Metropolitan Police Bristol.» Er setzte sich.

«Warum? Warum bin ich hier?» Diane fragte um des Fragens willen. Es interessierte sie nicht, wer dort vor ihr saß. Sie hätte überhaupt nicht hier sein sollen.

Wortlos installierte Lansbury ein Aufnahmegerät. Das Mikrofon stellte er in Dianes Nähe auf.

«Mein Mann ist auf diesem Flug umgekommen», sagte sie. Jetzt war ausgesprochen, was in den letzten Tagen nicht wirklich in ihr Bewusstsein vorgedrungen war. «So sieht es jedenfalls aus.»

«Deshalb sind wir hier. Wir müssen jedem Verdachtsmoment nachgehen.» Lansbury drückte die Aufnahmetaste, er wollte offensichtlich keine Zeit verlieren. Diane sei bereits die achtundvierzigste Person, die er befrage, ließ er durchblicken.

«Heute ist der dreißigste April.» Er nannte die Jahreszahl. «Vernehmung zur Sache BA443. Zugegen: Diane Hemingway und Chief Inspector Tyrone Lansbury. Es ist jetzt fünfzehn Uhr dreißig.»

Verdachtsmoment! Diane knetete ihre Hände, bis die Knöchel weiß waren. «Vernehmung? Eine Vernehmung setzt doch eine Straftat voraus.»

«Sehen Sie es als polizeiliche Routine an.»

Sie vermochte nicht, klar zu denken. Sie saß da und hatte keine Ahnung, warum sie in diesem Raum war, warum man sie vernahm. «Kann ich ein Glas Wasser haben?»

«Später.» Lansbury zeigte kein Erbarmen. Seine abweisende Art stand im völligen Widerspruch zu seinen freundlichen Gesichtszügen. «Ihr Mann, Jake Alfie Hemingway, hat am letzten Samstag in London Heathrow die Maschine nach New York bestiegen. Start war um 12.15 Ortszeit ...»

«Er ist also nicht umgestiegen?»

«Wir wissen, dass er von Bristol aus anreiste. Womit oder mit wem, ist noch unklar. Er hatte das Ticket jedoch ab Heathrow gebucht. Zwei Tage vor seinem Abflug. Wir gehen davon aus, dass Ihr Mann in Bristol jemanden getroffen hat, mit dem er nach London fuhr. Können Sie uns etwas darüber erzählen?»

«Nein. Mein Mann hat mit keinem Wort erwähnt, dass er verreist. Das macht es für mich ja so schwierig. So kenne ich ihn nicht.» Diane legte die Hände auf ihre Wangen, spürte, wie heiß sie waren, wie fiebrig ... «So kannte ich ihn nicht», flüsterte sie.

«Ist Ihnen in letzter Zeit irgendetwas Ungewöhnliches an Ihrem Mann aufgefallen?»

«Nein. Er war wie immer. Warum wollen Sie das wissen?»

«Es kommt Ihnen sicher ungewöhnlich vor, dass wir Sie in diesem Zusammenhang befragen. Wir vernehmen alle Angehörigen der Opfer. Sie sind da keine Ausnahme. Je schneller wir vorankommen, umso größer sind die Chancen, die Personen zu finden, die für das Unglück verantwortlich sind. Wir müssen allen Ungereimtheiten nachgehen.»

«Was denn für Ungereimtheiten?» Plötzlich war da wieder dieses sonderbare Gefühl in ihrem Bauch. Dieser Stein, der sie hinunterzog. Der Sturm, das Fremde, Unfassbare.

Dieser Morgen. Dieser Samstagmorgen.

Sein Gesicht, ins helle Kissen geschmiegt. Sein regelmäßiger Atem. Die Bartstoppeln, die immer ungewöhnlich schnell sprossen. *Ich möchte dich einmal im Leben mit einem Dreitagebart sehen.*

Nein, das geht nicht. Das würde dir nicht gefallen. Ich sähe aus wie ein Steinzeitmensch.

Als ob er jemals gewusst hätte, wie ein Steinzeitmensch aussah. Seine zerzausten Haare, seine geschlossenen Augen mit den dunklen Wimpern – ihr Mann. Sie hatte ihn angesehen, während zwiespältige Gefühle sie durchströmten. Dann der Wecker. Wie Jake aufgesessen war, benommen von der Nacht, von seinen Träumen. *Darling, du bist schon wach?*

Ein sanftes Küssen. Ein Saugen. Sie hatte ihn umklammert, wie jeden Morgen. Er hatte geseufzt und sie von sich geschoben. *Wir werden es nachholen, Baby. Ehrenwort. Heute ist ein besonderer Tag.*

«Und?» Lansbury fixierte sie mit starrem Blick.

«Keine Unauffälligkeiten. Ich hatte nicht den geringsten Verdacht, dass etwas anders war als sonst. Er hat sich rasiert, während ich mich anzog. Er sagte, dass er zu einer Krisensitzung müsse. Ich ging dann in den Garten. Dass er am Samstag arbeitete, war nichts Ungewöhnliches. Manchmal traf er sich mit Kunden oder mit seinem Chef. Glauben Sie mir, es war ein Samstag wie viele Samstage zuvor.» Sie kniff die Augen zusammen. «Was für Ungereimtheiten?»

Lansbury wehrte ab. «Das kann ich Ihnen nicht sagen. Es ist Teil der laufenden Ermittlungen.» Er räusperte sich. «Denken Sie nach! Hatte Ihr Mann sich in letzter Zeit verändert?»

«Er war wie immer.»

«Wir haben Ihre Versicherungen gecheckt.»

«Was haben Sie?»

«Ihr Mann hat vor ungefähr einem halben Jahr eine Lebensversicherung abgeschlossen.»

Diane schluckte leer.

«Wussten Sie davon?»

«Ähem … ja, natürlich wusste ich es. Er war immer so treu besorgt um uns.»

Eine Lebensversicherung! Jake hatte sie nie davon in Kenntnis gesetzt. Sie hatte nie nachgefragt. Was musste Lansbury von ihr denken, wenn sie ihm verriet, dass sie nichts von der Existenz einer Lebensversicherung wusste?

«Ebenfalls vor einem halben Jahr hat Ihr Mann zudem einige Investitionen getätigt, die uns zeigen, dass er zu sehr viel Geld gekommen sein muss. Ein neuer Wagen, die Renovation Ihres Hauses.»

Warum wusste er das? Sie fragte nicht.

«Er hatte eine Gehaltserhöhung bekommen», sagte sie nach einer Weile. «Er arbeitete sehr viel. Darunter waren viele Überstunden. Er war im Übrigen ein sparsamer Mensch …»

«Wir brauchen die Kontoauszüge der letzten zwei Jahre.»

«Warum?»

Lansbury blieb ihr die Antwort schuldig. «Da ist noch etwas. Vor fünf Jahren hat Ihr Mann den Verlust seines Reisepasses gemeldet. Erinnern Sie sich daran?»

«Er hat anstandslos einen neuen bekommen.»

«Wissen Sie, wo er ihn verloren hat?»

«Verloren?» Dianes runzelte die Stirn. «Er ist ihm abhandengekommen. Zusammen mit dem Portemonnaie und diversen Kreditkarten.»

«Wo war das?»

Es war an Maddies neuntem Geburtstag passiert. Sie waren früh aufgebrochen. Es war Maddies Wunsch gewesen, den Tag im Zoo von Bristol zu verbringen, einem der schönsten seiner Art. Er lag zwischen der Clifton Down und der College Road, eingebettet in eine kleine Seenlandschaft. Sie hatten im Riegelhaus zu Mittag gegessen, in dem Haus, das so typisch war für diese Gegend, als Jake bezahlen wollte. In seiner Unbekümmertheit hatte er seine Tasche mit dem Trageriemen auf den Selbstbedienungstresen gelegt. Später hatte ihm die Kassiererin gesagt, dass sie den Dieb habe davonrennen sehen.

An diesem Tag war alles schiefgelaufen, was nur hatte schieflaufen können. Sie hatten sich gestritten – zum ersten Mal, seit sie sich kannten. Diane hatte ihm vorgeworfen, unverantwortlich zu sein. Er dagegen hatte sie beschuldigt, nur eine bequeme und verwöhnte Hausfrau zu sein, die sich um nichts anderes kümmerte als um Haus und Garten.

Du willst ja unbedingt unser Geld verwalten, hatte sie gekontert.

Und du hättest wenigsten dein eigenes Portemonnaie mitnehmen können, dann stünden wir nicht mit leeren Händen da!

Du hast die Tasche liegen gelassen. Das war fahrlässig.

Die Kassiererin war eine nette Frau gewesen und hatte ihnen das Essen auf Kredit herausgegeben, was weitere gegenseitige Anschuldigungen nach sich zog.

Was muss unsere Tochter von uns denken, wenn wir es nicht einmal schaffen, auf die elementarsten Dinge achtzugeben? Wie kommen wir nun nach Hause? Der Tank ist auch leer.

Hör auf, es ist Maddies Geburtstag!

Sie hatten zwei Tage lang nicht miteinander geredet.

Später waren sie auf dem Polizeirevier und bei der Gemeindeverwaltung gewesen. Sie hatten Fragen beantwortet und Formulare ausgefüllt, unangenehme Fragen über sich ergehen lassen. Den Dieb hatten sie nicht beschreiben können. Auch der Kassiererin war das nicht gelungen. Ein großgewachsener Kerl sei es gewesen, Haarfarbe zwischen blond und braun.

Augen? So, wie Augen eben sind. Blau, braun, grün. Vielleicht schwarz. Hautfarbe? Keine Ahnung.

Ein Phantom.

«Dass ich nicht mehr daran gedacht habe!» *Jakes Pass. Vor fünf Jahren gestohlen. Von einem Unbekannten.*

Die Frage brannte ihr plötzlich auf der Zunge. «Kann es sein, dass nicht mein Mann, sondern ein anderer in der Unglücksmaschine saß?»

Sie wurde euphorisch. «Jake lebt! Aber es gibt einen Grund, dass er seit nunmehr drei Tagen nicht nach Hause gekommen ist!»

Lansbury hatte sie in Frieden gelassen. Im Laufe der Vernehmung hatte er mehrmals sogar ein wenig Gefühl gezeigt, ihr überdies ein Glas Wasser gebracht und sie einmal wie zufällig berührt. Später hatte er sich für ihre Offenheit bedankt, und Corey hatte sie zum Parkplatz beim Flughafen zurückgefahren. Jakes Wagen aber wollten sie vorläufig noch behalten.

* * *

«Jake lebt!», verkündete Diane zu Hause, kaum dass sie die Tür geöffnet hatte.

«Setz dich hin und erhol dich erst einmal von der Fahrt.» Anne führte ihre Schwägerin behutsam zum Tisch. Sie wusste, wie man mit psychisch Angeschlagenen umgehen musste. Sie hatte es einmal in einer Selbsthilfegruppe gelernt. Damals, nach dem Tod ihrer Eltern, als sie mit ihrem Leben nicht mehr zurechtgekommen war.

«Ist Maddie da?»

«Ich habe sie zur Schule gefahren. Sie wollte es so. Der Alltag kehrt zurück, und man muss ihm die Stirn bieten. Maddie hat den ersten Schritt Richtung Zukunft gewagt. Du solltest ihn auch wagen.»

«Und stell dir vor. Es fällt mir nicht einmal schwer.» Diane stützte ihre Ellenbogen auf dem Tisch ab und legte das Kinn auf die gefalteten Hände. «Es ist alles ein großer Irrtum. Erinnerst du dich daran, wie Jake der Pass abhandenkam? Der Dieb saß nun an seiner Stelle im Flugzeug. So muss es gewesen sein. Es gibt doch so etwas wie Ursache und Wirkung. Oder Gerechtigkeit.»

«Diane!»

«Es hat fünf Jahre gedauert. Aber jetzt wurde der Räuber bestraft.»

«Diane! Bitte!» Anne griff nach ihren Händen. «Wir sollten die Trauerfeier besprechen. Pfarrer Simpson hat angerufen. Er würde dich gern sehen.»

«Anne, was soll das? Hast du nicht verstanden, was ich sagte? *Jake saß nicht in dieser Maschine.*»

«Aber Jake ist nicht da. Sein Wagen wurde auf dem Flughafen in Bristol gefunden. Die Polizei hat mich heute Mittag angerufen. Eigentlich wollten sie dich sprechen. Aber offenbar warst du in der Zwischenzeit dort. Und sicher konnte aufgeklärt werden, warum.»

«Ein weiterer bemerkenswerter Zufall.» Diane lächelte vor sich hin. «Er ist irgendwo in Bristol unterwegs. Er wird wieder nach Hause kommen. Ich spüre es.»

Über den Bildschirm flimmerten die Neuigkeiten des Tages. CNN berichtete im Stundentakt über den Flugzeugabsturz. Der Stimmenrekorder sei nun endlich geortet worden. Die Marine sei daran, ihn aus den Tiefen des Ozeans zu bergen – ein schwieriges Unterfangen. Die Blackbox bleibe nach wie vor unauffindbar.

Sechs

Da lag der Koffer. Ein Rollkoffer war es. Schwarz mit braunen Rändern. Ein unscheinbarer Koffer aus abwaschbarem PVC. Mit Plastikgriff. Weder Leder noch Stoff, alles künstlich. Ein Koffer aus dem Supermarkt.

Ein gewöhnlicher Koffer mit einem besonderen Inhalt, der den Tod bringen würde.

Es lag in seiner Hand, in seiner Verantwortung. Es würde sein Entscheid sein.

Den Tod bringen, wie er es versprochen hatte.

Der Koffer als Preis für gute Jahre.

Gute Jahre, die nun Vergangenheit waren.

Irgendetwas hatte sie aufgeschreckt. Was war es bloß?

Sie brauchte eine Weile, um sich zu orientieren. Zum ersten Mal seit Jakes Verschwinden lag sie wieder in ihrem Bett, nachdem sie die letzten Nächte auf dem Sofa geschlafen hatte. Von der Bettkante rutschte ein Schreibblock, fiel raschelnd auf den Boden. Bevor Diane sich zur Ruhe begeben hatte, hatte sie versucht, den betäubenden Gefühlen einen Namen zu geben. Diesem Klopfen hinter der Stirn.

Ich ertrage es nicht. Die leere Betthälfte dort, wo sonst sein Körper lag. Sein tiefes, ruhiges Atmen, seine Wärme. Wie oft sind wir ineinander verschlungen eingeschlafen. Wie oft am Morgen danach erwacht, als hätten wir uns kaum bewegt. Jetzt wird er wiederkommen. Und der Albtraum hat endlich ein Ende.

Da hörte sie es.

Jemand schrie.

Diane sprang aus dem Bett. Sie rannte zur Tür. Das Wohnzimmer lag in einem diesigen Licht, das von oben zu kommen schien. Die hellen Möbel wirkten gespenstisch und auch die Schatten, die sie warfen. Diane lief die Treppe hoch.

Auf dem Flur kam ihr eine Gestalt entgegen. Sie sah nicht gleich, wer es war, und erschrak heftig.

«Anne! Was tust du denn da?»

«Hast du das auch gehört?»

«Deshalb bin ich hier. Hast *du* geschrien?»

«Nein! Es kam aus Maddies Zimmer!»

Diane drückte die Türfalle. Ihr Blick fiel direkt auf Maddie. Ihre Tochter saß aufrecht im Bett, hatte den Kopf zum Fenster gewandt und starrte hinaus. Diane stürzte sich auf sie.

«Maddie, ist alles in Ordnung?» Der Körper ihrer Tochter fühlte sich an wie Stein. «Maddie?» Ihr kleines Mädchen.

«Dort ist jemand am Fenster», sagte Maddie mit seltsam klarer Stimme.

Anne durchschritt das Zimmer und schlug die Vorhänge zurück. Die Läden standen offen. Draußen herrschte Dunkelheit. Kaum ein Umriss war zu sehen, Neumond war's und alles draußen in der tiefen Finsternis ohne Kontur. Anne wandte sich ihrer Nichte zu. «Da ist nichts», sagte sie. «Aber vielleicht sollten wir besser die Läden schließen.»

«Dort stand aber jemand. Ich habe es deutlich gesehen!»

Diane drückte Maddie an sich. «Dazu müsste er aber auf eine Leiter steigen.»

«Da ist aber keine», sagte Anne. Sie hatte das Fenster geöffnet und sich weit herausgebeugt. Ihr Blick verlor sich in der Schwärze der Nacht. Dort war nichts, auch kein oberes Ende einer Leiter.

«Du hast schlecht geträumt», sagte Diane. «Leg dich wieder hin. Wenn du willst, lassen wir die Tür offen. Und morgen werden wir im Supermarkt ein Nachtlämpchen kaufen. Es wird dich beruhigen.»

Maddie legte sich hin und Diane deckte sie liebevoll zu. Ihr Mädchen, ihr Alles. Anne vergewisserte sich, dass das Fenster wieder fest geschlossen war, und zog energisch die Vorhänge zu.

«Die Kleine macht mir Sorgen», raunte Diane draußen auf dem Korridor. «Ich glaube, sie steht unter Schock. Vielleicht war es noch zu früh, sie in die Schule zu schicken.»

«Die Seele versucht, sich im Traum zu regenerieren», erklärte Anne. «Das ist nicht lebensbedrohlich, glaube mir. Zudem entwickeln Mädchen im Teenageralter verstörende Energien. Sollte es in den nächsten Nächten noch einmal vorkommen, dass sie von einem Alptraum geplagt wird, solltest du sie zu dir ins Bett nehmen.»

«Woher willst du das wissen?»

«Was?»

«Das mit der Energie.»

«Vergiss nicht, dass ich immer Mädchenklassen gehabt habe. Im Moment sind sie im kritischen Alter zwischen zwölf und vierzehn. Ich habe welche darunter, die Tische rücken und Seancen abhalten. Sie halten damit nicht nur die Klasse auf Trab. Du kennst es doch auch, oder?»

«Was?»

«Du warst auch mal jung, hast sicher versucht, mit dem Bösen zu kooperieren, hast es heraufbeschworen …»

«Nein, natürlich nicht!» Diane wollte nicht zugeben, wie intensiv sie sich damit befasst hatte. Wie sie nur durch ihre Fantasie Gegenstände in Bewegung gesetzt hatte. Nachts, wenn sie allein in ihrem Zimmer gewesen war und nicht schlafen konnte.

«Ich muss mich diesem Bösen entgegenstellen», sagte Anne.

«Dann sind deine Schülerinnen ja sicher gut bei dir aufgehoben», bemerkte Diane zynisch. «Gehört das auch zum Unterricht?» Dann hielt sie inne. «Was hat das mit Maddie zu tun?»

«Sie versucht die Tragödie zu verarbeiten. Im Traum. Und im Wachzustand.»

Auf Dianes Gesicht machte sich ein Lächeln breit. «Es wird sich alles zum Guten wenden, wenn Jake wieder da ist.» Sie wollte keine Ratschläge hören. Nicht von ihrer Schwägerin. Anne, die ihr nie so nahegestanden hatte, wie sie es sich gewünscht hätte. Anne war ihr oft ein wenig entrückt vorgekommen und hatte es schon früher verstanden, Schlechtes in Gutes umzudeuten. Für sie existierte nur das Positive.

Diane strich ihrer Schwägerin versöhnlich über den Arm. «Gute Nacht. Bis morgen.»

* * *

Pfarrer Simpson sah nicht wirklich wie ein Priester aus. Er stammte aus Southampton und hatte dort nach dem Theologiestudium seine ersten Sporen als Gemeindeseelsorger abverdient, bis er in Cheddar eingesetzt wurde. Er war der Inbegriff eines jungen, fortschrittlichen Priesters der englischen Kirche, der es sich zu seiner Aufgabe gemacht hatte, zu den Menschen zu gehen und sie nicht bloß in sein Gotteshaus kommen zu lassen.

Am Mittwochmorgen stand er unter der Tür. Im saloppen Gewand – helle Jeans und ein geblumtes Polohemd. Auf seinem Gesicht ein Bronzeton. Er sei oft draußen in der freien Natur. Gott sei dort anzutreffen, war er der Überzeugung, im Frühling spüre man ihn besonders, wenn alles aufbreche und sich entfalte. Die Natur zeige, was den Menschen erwartet. Tod sei nicht gleich Tod. Es sei ein Wiedergeborenwerden, in einer neuen Welt. Im Himmel. Wenn er predigte, war das oft ein Monolog mit sich selbst. Und von dem, was er sagte, war er absolut überzeugt. Diane fand, dass er ein ebensolcher Fanatiker war wie alle, die für ihre Überzeugung missionierten.

Diane ließ ihn ins Haus, geleitete ihn ins Wohnzimmer und bat ihn, sich zu setzen. Sie hatte sich vorgängig schön zurechtgemacht, sogar die Haare gewaschen. Die Spuren der Trauer waren einem entspannten Gesichtsausdruck gewichen. Einer Maske.

Anne sah ihre Verwandlung jedoch mit Skepsis, das zeichnete sich auf ihrem Gesicht ab. Sie hatte bereits angetönt, dass sie eine manisch-depressive Phase befürchte, als Folge des großen Schmerzes über den Verlust, den Diane erlitten hatte. Und dass Dianes Seele durch Verdrängung ein falsches Bild zu erzeugen versuche.

«Sie kommen sicher wegen meines Mannes.» Diane musterte ihn. Ein sympathischer Geistlicher, ging ihr durch den Kopf.

Simpson warf Anne einen fragenden Blick zu. Diese kniff die Lippen aufeinander und nickte.

«Ich weiß, wie schwer es für Sie ist», sagte er, wieder Diane zugewandt. «Aber wir sollten uns von Jake verabschieden. Deshalb bin ich hier. Er soll ein würdiges Begräbnis bekommen.»

«Es wird kein Begräbnis geben.» Diane sah Anne an. «Hast du es ihm noch nicht gesagt? Jake ist nicht tot. Er saß nicht in der Unglücksmaschine. Das war ein anderer.»

Simpson erhob sich, trat auf Diane zu. Er legte ihr die Hände auf die Schultern. «Seine Seele hat den Körper verlassen. Mit zweihundertsiebenundzwanzig anderen Seelen. Er war nicht allein, als Gott ihn zu sich rief.»

«Was reden Sie da!»

«Wir wollen Abschied nehmen.»

Diane stieß seine Hände weg. Sie erhob sich so schnell, dass der Stuhl hinter ihr umkippte. «Ich weiß, dass Anne einen Sarg bestellt hat. Er wird leer bleiben, auch von meinen Gedanken. Sie sind umsonst hierhergekommen. Ich werde Ihnen beweisen, dass Jake noch lebt. Ich werde ihn suchen gehen, koste es, was es wolle. Somit wäre Ihre Anwesenheit hier nicht länger vonnöten!»

Pfarrer Simpson versuchte es erneut. Mit Vergleichen. Mit Zitaten aus der Bibel. Er berührte Dianes Hände, die Arme, das Gesicht – ihr Herz jedoch berührte er nicht.

Diane wehrte sich, wich dem Mann aus. Sie wollte das nicht. Nicht diese weinerlichen Worte, die alles nur schlimmer machten. Die Sätze, die er auswendig kannte, weil es sein Job war. Diane stieß ihn von sich, wollte es beenden, den Priester aus dem Haus jagen, über die Türschwelle. Aber sie hielt sich zurück, begab sich schweigend in ihr Zimmer, das neben dem Wohnzimmer lag. Sie schritt zum Fenster. Sie blieb solange davor stehen, bis sie Simpson aus dem Haus gehen sah. Das dauerte lange. Er ging bis zum Ende des Kiesweges, wo sein Fahrrad an der Mauer lehnte, schwang sich darauf und fuhr davon, ohne noch einen Blick in ihre Richtung zu werfen.

Sie hatte einen Gottesmann abgewiesen. Das war ihr egal. In den Tagen zuvor, als sie ihn gebraucht hatte, war er auch nicht zur Stelle gewesen.

Ohne anzuklopfen, stürmte Anne ins Zimmer – etwas, das Diane erwartet hatte. Auf Annes Gesicht zeichnete sich ihr großer Ärger ab, rote Flecke und ein zu einem Strich verformter Mund. Wie Jake, durchfuhr es Diane. Wenn Jake sich aufgeregt hatte, sah er genauso verbissen aus.

«Diane, was ist in dich gefahren? Weshalb hast du Pfarrer Simpson so brüskiert?»

«Ich nehme an, dass du ihn beschwichtigt hast.» Diane versuchte, sie in die Arme zu nehmen.

Anne wehrte sich. «Du solltest den Bezug zur Realität nicht verlieren. Das Begräbnis findet am Donnerstagmorgen statt.»

«Begräbnis ist das falsche Wort. Ich kann meinen Mann nicht zu Grabe tragen, wenn ich nicht weiß, was wirklich geschehen ist. Vielleicht hat man ihn gekidnappt. Vielleicht ist er irgendwo dort draußen, oder man hat ihn eingesperrt. Ich muss ihn suchen gehen. Ich kann nicht mit dieser Ungewissheit leben.»

«Diane!» Anne wurde jetzt lauter. «Jake ist zusammen mit den zweihundertsiebenundzwanzig anderen Opfern verunglückt. *Kapier es endlich!*»

Diane wandte sich brüsk ab, riss die Schranktür auf, suchte nach einer Jacke. «Ich werde zur Firma fahren.»

«Zu welcher Firma?»

«Zu Skyblue.» Sie griff ins Regal und nahm das Gesuchte heraus – ihren Mantel, die Tasche.

«Was willst du bei denen? Die können dir jetzt auch nicht helfen.»

«Immerhin hat Jake dort gearbeitet.» Diane zog den Mantel an.

«Diane, bitte. Es ist auch für mich nicht leicht, glaub mir. Aber wir müssen der Wahrheit ins Auge sehen. Es nützt nichts, wenn wir es verdrängen. Irgendwann würde das Drama zurückkehren, schlimmer als je zuvor …»

«Es kann nicht schlimmer werden. Aber ich will auch nicht tatenlos herumsitzen. Ich kann das nicht.» Diane schluckte schwer.

«Dann solltest du dich bei Oliver Rushton anmelden.»

«Das kann ich auf dem Weg tun.»

«Aber vergiss Maddie nicht. Sie kommt um fünf aus der Schule.»

«Ich hoffe, bald zurück zu sein.»

«Ich werde jetzt auch zurückfahren. Morgen beginnt mein Unterricht. Bis heute haben sie mich suspendiert. Wir sehen uns in der Kirche.»

«Danke, Anne.» Diane drückte ihre Schwägerin. «Danke für alles. Aber ich werde *nicht* zur Kirche kommen.»

* * *

Skyblue war in den letzten Jahren zu einer Werbeagentur mit zehn Mitarbeitern herangewachsen. Die Firma lag westlich von Cheddar an der Round Oak Grove, inmitten eines Wohnviertels. Es war ein zweigeteiltes Haus aus hellem Holz, mit vorstehenden Sprossenfenstern und einem Garagenanbau, der jedoch nicht für Autos vorgesehen war. In diesem Anbau lag der Empfang, was Diane von einem ihrer wenigen Besuche wusste. Zwei Buchsbäume in Terracotta-Töpfen schmückten den Eingang, an einer Stange prangte ein Firmenschild.

Your True – Skyblue! Seit Jahren der gleiche Slogan. Jake hatte ihn mehrmals ändern wollen, aber Oliver hatte darauf bestanden, ihn zu behalten.

Diane parkte auf der gegenüberliegenden Straßenseite vor einem roten Backsteinhaus. Sie hatte Oliver nicht angerufen, aber es war kurz vor Mittag, und er würde bestimmt bald die Agentur verlassen. Sie wusste von Jake, dass sein Chef kein Mittagessen ausließ; er hatte strikte Regeln, und am heimischen Familientisch zu essen gehörte ebenfalls dazu.

Diane wartete in ihrem Wagen. Kinder kehrten von der Schule nach Hause zurück. Sie trugen bunte Rucksäcke, wie Maddie damals, als sie zu ihrem ersten Schultag aufgebrochen war. Mit einem rosaroten Rucksack und einer übergroßen Tüte, gefüllt mit süßen Leckereien. Sie dachte an Jake, der sich für diesen Tag freigenommen hatte, ihn nicht hatte verpassen wollen. Maddies erste Schritte in den Ernst des Lebens und Jake, wie er keinen Millimeter von der Seite seiner kleinen Tochter gewichen, wie stolz er gewesen war.

Wir hätten einfach noch mehr Kinder haben sollen. Schau es dir an, unser Mädchen.

Wir haben uns gemeinsam dagegen entschieden.

Nein, es war deine Entscheidung.

Pünktlich um zwölf ging die Tür auf. Drei Frauen und zwei Männer traten aus dem Anbau. Sie lachten und schäkerten miteinander, waren dem Mief der Arbeit für eine Weile entronnen, freuten sich offensichtlich auf die Pause. Unter ihnen erkannte Diane Oliver Rushton. In den letzten Jahren hatte er zugenommen und schob eine beachtliche Wampe vor sich her. Diane hatte ihn immer sehr gemocht, aber sie sahen sich nur selten. Dennoch war er für sie ein Knuddelbär, ein Mann, an den sie sich jetzt gerne angelehnt hätte – ohne jegliche Hintergedanken. Er sah zu ihr herüber, denn er hatte offensichtlich ihren Wagen erkannt. Diane beobachtete, wie er etwas zu seinen Mitarbeitern sagte, sich dann von ihnen abwandte und geradewegs auf sie zukam.

Sie stieg aus. Er nahm sie in die Arme und drückte sie an sich. Sie spürte seine weiche Wärme.

«Es tut mir so leid.»

Allen tat es leid. Immer wieder. Die Ohnmacht erfand keine neuen Worte.

«Ich hätte mich bei dir melden sollen. Aber deine Schwägerin hat mir abgeraten.»

«Anne? Du hast sie angerufen?»

«Nach unserem letzten Telefonat. Hat sie es dir nicht ausgerichtet? Ellie wollte zu dir kommen. Nach dem Rechten sehen.»

Diane war etwas irritiert. «Jetzt bin ich da.» Innerlich jedoch atmete sie auf, denn sie mochte Ellie nicht.

«Du hast sicher viele Fragen, vielleicht dieselben, wie ich sie habe.» Oliver führte sie auf die Straßenseite, wo sein Wagen im Schatten einer japanischen Blütenkirsche stand. «Du hast bestimmt noch nichts gegessen. Ich werde Ellie anrufen, damit sie noch ein Gedeck mehr auflegt. Sie wird sich freuen, dich zu sehen.» Oliver schloss den Wagen auf, öffnete die Tür für Diane und quetschte sich auf den Fahrersitz. Er ließ den

Motor an und benachrichtigte seine Frau über die Freisprechanlage. Während er sprach, beschäftigte sich Diane mit ihren Fingernägeln, biss ein Häutchen ab.

«Bequem, diese Technik», sagte Oliver, als er den Aus-Knopf drückte. Als ob ihm nicht recht gewesen wäre, wenn Diane ihm beim Gespräch mit Ellie zugehört hatte. Mit Ellie, deren Stimme es eindeutig an Resonanz fehlte, die hoch und kindlich klang.

Diane betrachtete Oliver von der Seite. Seinen Anzug aus feinster italienischer Wolle, das weiße Hemd, über dessen Kragen sein Doppelkinn Falten warf. Sie spürte ein heftiges Verlangen, sich an ihn zu schmiegen.

«Jake fehlt mir», sagte sie. «Meine Sehnsucht nach ihm verbrennt mich innerlich. Als ich ihn am Samstagmorgen geküsst habe, war es mir ja keine Sekunde bewusst, dass es das letzte Mal war.»

Oliver bedachte sie mit einem mitfühlenden Blick.

«Hast du in der Zwischenzeit herausgefunden, ob Jake zwei Tickets online bestellt hat?», fragte Diane.

«Ich denke, das ist ebenso Bestandteil der laufenden Ermittlungen», gab sich Oliver bedeckt und fuhr auf die Axbridge Road und dann bis zur Abzweigung Venns Gate.

«Wie meinst du das?»

«Gestern waren zwei Herren der Metropolitan Police in der Agentur. Sie haben Jakes PC mitgenommen. Ebenso den Mac.»

«Mit welcher Begründung?»

«Ich gehe davon aus, dass in alle Richtungen ermittelt wird. Noch weiß man nicht, wie es zu diesem Absturz gekommen ist.»

«Das ist nicht die Antwort auf meine Frage. Was war der Grund?»

«Das haben sie mir nicht gesagt.»

Diane fand es besser, vorerst nichts von ihren Vermutungen preiszugeben. Auch dass Jake ihrer Ansicht nach noch lebte, wollte sie Oliver nicht wissen lassen. Sie meinte zwar, ihn zu kennen, und sie schätzte ihn, aber sie kannte ihn nicht gut genug, um ihm völlig unvoreingenommen Vertrauen zu schenken. Sie musste zuerst herausfinden, in welche Richtung er steuerte. Ein gesundes Maß an Vorsicht war geboten. Sie würde diese Gedanken aufschreiben. Sie würde sie auf jeden Fall aufschreiben. *Oliver gibt sich bedeckt. Ob er etwas verbirgt?*

In der Venns Gate schien die Zeit stillzustehen. Verspielte Steinhäuser mit Vorgärten, Buchs und Eiben im Niederwuchs schmückten die Straße. Naturbelassenes Mauerwerk grenzte vielerorts die Häuser vom Verkehr ab, von dem es aber hier ohnehin nicht viel gab. Oliver wohnte mit Ellie und den beiden Söhnen Mike und Andy im Haus seiner Eltern. Von außen sah das Anwesen aus, als wäre man um mehrere Jahrhunderte in die Vergangenheit zurückgereist. Blätterlose Weinranken kletterten die Hausmauer empor, die aus rotem Backstein bestand.

Oliver fuhr vor das Garagentor und sie stiegen aus. Vor der Haustür hatten sich Ellie und ihre beiden Söhne aufgestellt – als Empfangskomitee, wie Diane befürchtete. Und als wollten sie noch auf der Schwelle zu ihrem Heim abschätzen, wie eine Frau aussah, die vor vier Tagen ihren Mann bei einem Flugzeugabsturz verloren hatte, allerdings weniger der Trauer als der Neugier wegen.

Ellie galt als kommunikativer Mensch. Sie liebte das Leben im Mittelpunkt ihrer Nachbarn und war immer für einen Schwatz bereit, manchmal weit von jeglichem Feingefühl entfernt. Sie kam über zwei Stufen auf Diane zu, drückte sie heftig an sich. «Du siehst schlecht aus. Hast du abgenommen? Du bestehst ja nur noch aus Haut und Knochen.»

Eine Feststellung, die keine Fragen nach ihrer Befindlichkeit zuließ. Keine Bemerkungen, die nur andeutungsweise etwas von Dianes Schicksal heraufbeschworen hätten. Diane war es recht so.

Wie Ellie sie musterte. Sie, die ihr die kleine Kleidergröße verübelte. Sie, die sich mit Diäten malträtierte, um danach wieder zuzunehmen. Diane erinnerte sich an ihre stundenlangen Tiraden zu diesen immergleichen Themen. Ellie, die Glucke, die nicht nur ihre Söhne, sondern auch ihren Mann bemutterte. Die hier ganz eindeutig das Sagen hatte. Diane stellte wieder einmal fest, dass sie diese Frau nicht ausstehen konnte.

Sie gingen alle ins Haus und direkt weiter in einen von Sonnenstrahlen durchfluteten Raum. Im Innern herrschte der pure Gegensatz zur äußeren Fassade: Alles war modern eingerichtet, es sah aus wie in einem Möbelkatalog. Kein Stäubchen, kein Kratzer, alles hatte seinen Platz. Selbst die grüne Decke auf dem Sofa wirkte, als hätte man sie nicht einfach nur hingeworfen. In der Wohnküche war der Tisch für fünf Personen gedeckt. Der erste Schnitt Narzissen leuchtete gelb in einer glasklaren Vase. Die Servietten hatten dieselbe Farbe.

Es roch nach Hackbraten.

«Du wirst dir sicher noch die Hände waschen.» Ellie wandte sich an Diane. Ihre Augen waren weder blau noch grau, eher wässrig, und ohne jeden Kontrast zu ihrem hellbraunen Haar. «Wir können dann essen oder, wenn du möchtest, ich kann dir erst unser Haus zeigen. Du hast es seit einer Ewigkeit nicht mehr gesehen. Die Jungs haben neue Schlafzimmer bekommen.»

Diane verzichtete. Sie kannte Ellie, die zu den Frauen gehörte, die gern zeigen, was sie haben. Wenn Diane sie in einem Punkt bewunderte, dann in dem, dass es ihr nie viel ausgemacht hatte, nur für ihre Familie da zu sein. Sie war die perfekte Hausherrin und Gastgeberin. Früher waren Jake und sie mehrmals im Monat bei Oliver und Ellie eingeladen gewesen, bis Diane es nicht mehr aushielt.

Sie ist unbezahlbar. Sie ist der Inbegriff der Frau, die sich ein Mann wünscht. Sie liest ihrem Mann jeden Wunsch von den Lippen ab. Sie erkennt ihre Aufgabe innerhalb der Familie. Sie erzieht die Kinder, wie es sich gehört, und sie lehrt sie Anstand und Umgangsformen.

Erst nach der Hauptspeise kam Oliver auf Jake zu sprechen.

Vorher dominierten die schulischen Leistungen von Mike und Andy das Gespräch. Ellie konnte sich durchwegs vorstellen, sie beide nach Bristol ins International College zu schicken, «in Olivers Fußstapfen», wie sie voller Stolz verkündet hatte. Später dann an die Universität. Sie hatte Großes vor. Sie sei für eine optimale Ausbildung, man könne den Kindern nie genug mitgeben. Auch Musik gehöre dazu. Mike spiele Piano, Andy Gitarre. Diane warf immer wieder beschämte Blicke zu den Jungs hinüber, die nicht wirklich etwas zu sagen hatten, denn die Fäden zog ihre Mutter. Vor dem Nachtisch durften die beiden aufstehen, um sich für den Nachmittagsunterricht vorzubereiten. Ellie rief ihnen hinterher, dass sie sich die Zähne putzen müssten. Ellie verwies auf die kühle Luft draußen und dass sie sich die Jacken anziehen sollten. Und das Kämmen nicht vergessen …

Diane schluckte leer.

Ellie servierte Tee. Dazu gab es braunen Zucker und Milch in einem Krüglein – alles auf einem silbernen Tablett serviert. Perfektion auch hier.

«Du bekommst natürlich eine Rente», sagte Oliver, der hier offensichtlich nur die zweite Geige spielte. «Ich habe das mit der Versicherung schon besprochen. Immerhin arbeitete Jake fast fünfzehn Jahre in meiner Firma.»

Vielleicht bot sich jetzt die Gelegenheit, Oliver auf die Lohnerhöhung anzusprechen. «Jake hatte ziemlich viele Überstunden.»

«Ich habe ihm angeboten, diese zu kompensieren.»

«Hast du ihm deswegen vor einem halben Jahr mehr Lohn bezahlt?»

«Ich habe seinen Lohn in den letzten zehn Jahren kontinuierlich an den Index angepasst. Den letzten vor einem Jahr.»

«Und vor einem halben Jahr?»

«Was war denn vor einem halben Jahr?»

Diane rührte Zucker in den Tee, ohne Oliver aus den Augen zu lassen.

«Ach das.» Er schlug mit der Hand an die Stirn. «Ich habe mich auch gewundert, als er mit dem neuen Wagen daherfuhr. Also, diese Erbschaft möchte ich euch natürlich von Herzen gönnen, nicht wahr, Ellie?» Er warf seiner Frau einen verschwörerischen Blick zu. «Ein entfernter Verwandter ohne direkte Nachkommen … das ist wie ein Sechser im Lotto, wenn er darüber hinaus auch noch reich ist …»

Diane goss Milch in die Tasse, mehr als gewollt. Sie hielt die Augenlider gesenkt. *Ein entfernter Verwandter.* Sie kannte keinen entfernten Verwandten. Auch keinen Onkel. Ihre Familie bestand aus Anne, ihre Schwiegereltern lebten nicht mehr, und ihren Vater hatte sie früh verloren. Ihre geliebte Mutter lebte in einem Pflegeheim in Bristol, wo sie nur sehr selten hinfuhr, denn ihre eigene Mutter erkannte sie nicht mehr, und diese Besuche waren dementsprechend verstörend.

«Diane? Ist alles in Ordnung?» Oliver fuhr sich mit dem Handrücken über die Stirn. «Ich weiß nicht, ob Jake dir gesagt hat, dass wir eine Partnerschaft in Erwägung zogen. Die Idee kam von ihm. Aber du weißt, wie das ist. Ich habe zwei Söhne. In zehn Jahren werden sie so weit sein, meine Firma zu übernehmen. Zumindest einer von ihnen. Außerdem meinte Ellie … ach, lassen wir das.»

«Oliver, du musst dich nicht rechtfertigen. Mir ist es bekannt, dass Jake darauf spekulierte. Du warst eben eine Art Vorbild für ihn.»

«Wir haben uns gut ergänzt. Er war der Künstler, der Kreativkopf bei Skyblue.» Oliver drückte eine Träne weg. «Es wird schwierig sein, ihn zu ersetzen.»

Das Untier nagte wieder in ihr.

Aus den Tiefen ihrer Seele kämpfte es sich an die Oberfläche. Der Schmerz war wieder allgegenwärtig. Jake hatte ihr so vieles verschwiegen.

Woher hatte er das viele Geld? Von einer reichen Geliebten etwa? Alt und reich? Ist es das? Es wäre nicht das erste Mal gewesen, dass ein Mann seine Familie wegen einer Älteren verließ. Oder jung und reich? Susan Kirkwood saß im Flugzeug. Auf Platz 3A oder 3B. Wer aber saß neben ihr? Wenn nicht Jake, wer dann?

Hatte Susan Kirkwood am Ende gar nichts mit Jake zu tun?

Diane notierte mittlerweile ihre Gedanken auf ihrem iPhone.

«Diane? Wenn du jemanden anrufen möchtest, kannst du unser Telefon benutzen.» Ellie beobachtete sie mit strengem Blick.

«Nein, geht schon. Ich mache mir nur Notizen, was ich noch einkaufen sollte.»

«Ist dir nicht gut?» Ellie sah sie bekümmert an. «Ist dir unser Essen nicht bekommen?»

Ihr Essen. Einen anderen Grund konnte es für sie nicht geben. Sie war eine Frau, die alles auf sich bezog, alles persönlich nahm. Die sich nicht vorstellen konnte, dass es noch andere Themen gab als ihre Vorzeigefamilie, ihr Essen und was sie sich leisten konnte.

Diane ließ die Frage im Raum stehen. Sie musste hier weg. Die Decke fiel ihr auf den Kopf. Sie hatte Trost gesucht und nur Egoismus gefunden.

«Ich bringe dich zurück.» Oliver stand auf und stellte sich mit seiner massiven Präsenz hinter sie, als hätte er ihren Entscheid gerochen.

Diane bedankte sich überschwänglich, denn Ellie verstand nur diese Sprache.

«Weißt du etwas über die Krisensitzung, die Jake am letzten Samstag hatte?» Sie saßen wieder im Auto und fuhren aus dem Quartier hinaus. Das Mittagessen bei Oliver war Zeitverschwendung gewesen. Sie verließen die Venns Gate Richtung Cheddar Zentrum.

«Ich war an keiner Krisensitzung.» Oliver erzählte von der Begegnung mit Anne. Dass sie lange mit den beiden Jungs gespielt hatten. Es klang, als hätte er diese Sätze mit Anne abgesprochen. «Die Sitzung mit Kendall Print fand am letzten Donnerstag statt.»

«Und worum ging es da?»

«Interessiert dich das wirklich?»

«Vielleicht habe ich da etwas missverstanden.» Diane schluckte leer. «Hat Jake mich angelogen? Das hat er nie getan. Zumindest ging ich nicht davon aus. Er hätte keinen Grund gehabt.»

«Es ging um die Farbqualität der Prospekte für einen Kunden von uns.»

«War Andrew Kendall auch dabei?»

«Er und sein Stellvertreter Colin Forsythe.»

«Und das Problem wurde damals behoben?»

«Was unsere Seite betrifft, ja.»

«Ging aus den Gesprächen hervor, dass Jake sie noch einmal treffen wollte?»

«Das ist gut möglich. Ich ließ ihm alle Freiheiten der Welt, denn er hat die Prospekte gestaltet und er war immer sehr pingelig, wenn es um den Proof ging. Er hatte ihn mehrmals gecheckt. Doch nach dem Druck wichen die Farben weit vom Original ab. Vielleicht wollte er beim Drucken dabei sein. Aber er hätte mir sicher davon erzählt, wenn es denn so gewesen wäre.» Oliver legte seine linke wulstige Hand auf Dianes Oberschenkel. Sie seufzte. Er ignorierte es. «Ich weiß, es ist alles schwer zu begreifen. Du wirst lernen müssen, loszulassen. Aber das dauert seine Zeit.»

«Ich will wissen, was an diesem Samstag tatsächlich geschehen ist. Ich weiß jetzt, dass Jake zum Bristol Airport gefahren ist. Ich habe dort sein Auto gefunden. Vielleicht hat er dort Andrew Kendall getroffen. Er hat mir nämlich nur gesagt, dass er eine Krisensitzung wegen der lausigen Arbeit von Kendall Print habe. Er hat keine weiteren Namen genannt. Ich ging nur immer davon aus, dass er sich in erster Linie mit dir trifft.»

«Ich verstehe nicht ganz. Er hatte doch den Flug nach New York gebucht …»

Diane erzählte ihm vom Besuch im Büro des Chief Inspectors und von ihrer Erinnerung an den Verlust von Jakes Pass. «Irgendetwas stimmt da nicht.»

Sieben

Er zog den Koffer aus dem Schließfach. Langsam, sachte. Er fühlte die Angst bis in die Zehenspitzen. An den Armen spürte er ein Elektrisieren, das sich über die Schultern und die Brust ausbreitete. Es war diese Angst, etwas falsch zu machen. Etwas in Gang zu setzen, das er nicht mehr würde kontrollieren können. Ein falscher Griff, eine unkoordinierte Bewegung.

Schweiß rann von seiner Stirn. Er schaute sich um. Da war niemand, der ihn beobachtete, ihn in seinem Tun verdächtigte. Ein Lächeln nur von einer jungen Frau, die das Schließfach neben ihm öffnete. Sie legte eine Tasche hinein. Eine gewöhnliche Tasche, deren Inhalt er nicht kannte. Genauso wenig, wie die Frau den Inhalt seines Koffers kannte.

Er wischte sich den Schweiß von der Stirn. Lächelte zurück. Wollte am liebsten ihr Lächeln einfrieren, dieses schöne Gesicht für immer in Erinnerung behalten, das Leben bedeutete und Zukunft und Liebe. All das, was er nicht mehr haben würde.

Er dachte an seine Familie und zögerte. Wollte den Koffer wieder ins Schließfach zurückschieben.

Doch es gab kein Zurück.

Nicht für ihn.

Sie saßen in der Kirche: Diane, Maddie und Anne. Drei Frauen, verloren in der vordersten Bankreihe. Drei Figuren unter dem hohen Gewölbe, von dem ein Kronleuchter hing, schwarz und schwer. Ein Kronleuchter, der Diane zu erschlagen drohte, wenn sie den Kopf in den Nacken legte und gegen oben sah. Und sie malte sich aus, wie es wäre, wenn der Kronleuchter auf sie niederfiel. Wie er sich aus der Verankerung löste oben auf dem Dachboden, wie die Seile und Ketten nachgaben und rutschten. Wenn es nicht mehr aufzuhalten wäre, dass die Vorrichtung niederkrachte und sie unter sich begrub. Und sie dachte, dass sie nichts davon spüren würde.

Hatte Jake etwas gespürt?

Sie hätte sich anderswo hinsetzen sollen.

Hinter ihr der Rest der Trauergemeinde: Oliver Rushton mit seiner Familie, die Mitarbeiter von Skyblue mit ihren Partnern und einem Kind, das deplatziert aussah und nicht hierher passte, weil es zu klein, zu unbeholfen war und sicher nicht wusste, weshalb es in dieser Kirche sitzen und schweigen musste. Freunde von früher, zu denen Diane kaum noch Kontakt pflegte. Keine Nachbarn, denn die gab es nicht. Einige ältere Menschen aus Cheddar, die auch ohne Trauergottesdienst in der Kirche gesessen hätten. Weil sie da jeden Tag zur selben Zeit hingingen, um zu beten.

Zwei Stufen führten zum Altar. Davor stand der Sarg, umwogt von hellem, satiniertem Stoff, flankiert von zwei Kränzen. Daneben lagen weitere Blumenarrangements, einzelne Lilien. Friedhofsblumen. Jakes Bild inmitten weißer Rosen. Das war Annes Idee gewesen.

Der Sarg – er war leer.

Noch hatte man die Leichen nicht gefunden. Würde sie vielleicht nie finden. Die Keltische See südlich von Irland war hundert Meter tief. Sie hatte die Opfer verschluckt und würde sie nicht mehr hergeben.

Diane versank in Lethargie, nachdem die letzte Nacht der Horror gewesen war. Wieder hatte Maddie geschrien und Diane aufgeweckt. Und wieder hatte sie aufrecht im Bett gesessen und behauptet, am Fenster jemanden gesehen zu haben. Diane hatte über eine Stunde gebraucht, um ihre Tochter zu beruhigen, ihr zu erklären, dass sie nur geträumt hatte.

Am Morgen wäre sie am liebsten liegen geblieben.

Und nie wieder aufgestanden.

Alles in ihr schien gefangen zu sein, festgehalten von den Geistern der Vergangenheit. Diane fand nicht wirklich eine Erklärung. Sie hatte damit gerechnet, dass sich das änderte und die Knoten sich lösen würden. Sie hoffte vergebens darauf.

Anne hatte darauf bestanden, dass sie mit Maddie in die Kirche kam, um Abschied zu nehmen von ihrem Mann, der nicht im Sarg und wahrscheinlich auch nicht auf dem Grund des Atlantiks lag. Der verschwunden war – durch Zufall am selben Tag wie das Flugzeug der British Airlines.

Der Organist begann mit einem klassischen Stück in Moll. Es passte zur Stimmung. Er hatte es so eingeübt, dass es der Trauer gerecht wurde. Eine Melodie, welche die Trauer unterstrich. Dass man weinen musste, schon der Orgelmusik wegen. Eine Inszenierung des Dramas, von Menschen erfunden, die genau wussten, wie man so etwas machte. Der Priester erschien in Begleitung zweier Ministranten. Sie schwenkten Weihrauchfässer. Der duftende Nebel umhüllte den Sarg, den Sarg, in dem Jake nicht lag.

Das Bild mit dem schwarzen Band in den Lilien: Jake, wie er lachte. Maddie hatte das Porträt von ihrem Vater gemacht. Im letzten Herbst war es gewesen, auf einem Ausflug nach Blue Anchor in der Grafschaft Somerset. Er hatte am Strand gestanden, mit den nackten Füßen im Sand, den Blick aufs Meer und die untergehende Sonne gerichtet. Maddie hatte im seichten Wasser gestanden und mit der Kamera den Goldton auf seinem Gesicht eingefangen. Zwei Sonnenuntergänge in seinen Augen, ein Bild, das Jakes Gesicht weichzeichnete. Wie er Maddie angesehen hatte. Wasser, welches ihre Füße umspülte, die Waden. Das nasse Kleid, wie es an ihrem Körper geklebt und ihre ersten fraulichen Formen abgebildet hatte.

Maddie weinte.

Diane saß erstarrt in dieser Kirche mit den Holzbänken, dem hohen Gewölbe, den Engeln im Seitenschiff, den sakralen Gegenständen und der Kälte, die allmählich die Beine hochkroch. Sie hatte keine Tränen.

Wenn man etwas verschweigt, ist das mit einer Lüge gleichzusetzen? Die Gedanken zeichneten Zacken in ihr Gehirn. Dieser kalte sakrale Raum hatte die Wirklichkeit vor der Kirchentür gelassen. Pfarrer Simpson mit seinen einstudierten Worten – nur eine Marionette. Von Gott sprach er, von der Gottesmutter Maria. Vom Loslassen und vom Annehmen.

Diane hörte nicht hin. Sie saß nur hier, weil Anne es so wollte. Für Maddie – und damit sie sich mit einem Ritual in der Kirche verabschieden konnten, begleitet von Orgelmusik und schöngeistigen Worten.

Diane war gerade fünf Jahre alt gewesen, als ihr Vater starb. Die damalige Zeremonie in der Kirche nahm einen kleinen Platz in ihren Erinnerungen ein. Zwischen Mutter und Großmutter hatte sie gesessen, eingeklemmt zwischen den wichtigsten Frauen in ihrem Leben. Erst viel später hatte Diane gespürt, dass ihr etwas fehlte, dass Dad ihr fehlte und ihre Mutter niemals seinen Part zu übernehmen vermochte. Selbst ihre Liebe hatte nicht dafür ausgereicht. Als Großmutter gestorben war, war es, als hätte dieser Verlust die väterliche Seite ganz zum Verschwinden gebracht.

Irgendwann stand Oliver vorn neben dem Sarg ohne Jake darin. Er hielt einen Papierbogen in den Händen und zitterte, während er sprach. Er erzählte von früher. Vom ersten Tag, als er Jake, den kreativen jungen Mann aus Bristol, in seiner Firma eingestellt hatte. Von seinen Ideen und von seinem Talent für die Bildersprache. Wie er sich vom scheuen Menschen zum Kundenliebling entwickelt hatte, zum Zugpferd von Skyblue, zu Olivers rechter Hand. Er sprach von seinem guten Freund, von ihren gemeinsamen Ausflügen zu den Spielen der Champions League, vom Spaß, den sie einerseits hatten, von tiefgreifenden Gesprächen andererseits.

Diane hätte gern gewusst, um welche Gespräche es sich hier handelte. Sie sah Oliver an, dass er um jedes Wort ringen, sich beherrschen und den Schmerz im Hals überwinden musste.

Dann gab es wieder Gebete, durch Orgelspiel unterbrochen, und zum Schluss die Kommunion. Sie beobachtete

Simpson, wie er den Kelch segnete, die Hostie, von Blut sprach und den Kelch hob und trank.

Der schwere Klang der Glocken hallte durch den sonnigen Frühlingstag. Er hatte den Regen verabschiedet, die Trauer wie eine alte Haut abgestoßen.

Auf dem Vorplatz glänzen letzte Wasserreste, Pfützen, in denen sich der blaue Himmel spiegelte: Wolkengebilde, die man vom Firmament geholte hatte, und die jetzt am Boden lagen wie auseinandergerupfte Watteballen.

Darf ich dort reinhüpfen?

Nein, Maddie, du machst dich nur schmutzig.

Darling, lass sie machen, nur so erfährt sie, was Sinnlichkeit ist.

Diane stand vor dem Tor. Sie schüttelte Hände. Sie ließ sich umarmen. Sie hörte Worte des Mitgefühls. Sie vernahm Schluchzen. Sah in traurige Augen. Sie stand neben Maddie, die noch immer weinte, und Anne, die sich tapfer hielt, weil man es von ihr so gewohnt war und weil sie den Tod als Tor in eine übergeordnete Dimension sah. Für Anne war man im Diesseits lediglich auf der Durchreise.

«Die Tische bei Millers sind reserviert», sagte Anne. «Wir werden dort hingehen und gemeinsam essen. Jake hätte es sich so gewünscht.»

«Danke, dass du das organisiert hast.» Diane zog Maddie mit sich. «Ich werde dort aber nicht hingehen. Maddie und ich kehren nach Hause zurück.»

«Und warum nicht?» Anne hielt ihre Schwägerin am Arm fest und führte sie ein Stück von den anderen weg.

«Weil ich weiß, wie solche Traueressen enden. Es wird geschlemmt und gesoffen bis zur Betrunkenheit. Und dann werden sie lachen und sich aufführen, als wären sie außer Rand und Band. Ich will das nicht erleben. Maddie und ich gehen nach Hause.»

«Aber jemand muss dorthin. Pfarrer Simpson wird auch dabei sein. Du hast ihn letzthin sehr brüskiert. Ich habe vierzig Plätze reserviert.»

«Tu, was du für richtig hältst. Ich verüble es dir nicht. Aber entschuldige uns.»

«Du glaubst noch immer, dass Jake lebt», flüsterte Anne so leise, dass Maddie es nicht hörte.

Diane nickte. «Ich spüre, dass es so ist.»

Acht

Da war diese Frau, die sich von den Schließfächern entfernte. Ihr leichter, federnder Gang und diese Fröhlichkeit, mit der sie ihm begegnet war. Er wollte ihr nachgehen, den Koffer vergessen und das Versprechen. Er wollte leben. Weiterleben.

Er stellte den Koffer auf den Boden, hob den Hebel aus der Verankerung und zog den Koffer hinter sich her. Ein Reisender war er, irgendwo auf dem Bahnhof. Ein Mann, der sich Richtung Bahnsteig fortbewegte. Er kannte seinen Weg. Er kannte die Order. Seinen Auftrag.

Er würde es zu Ende führen müssen.

Sein Kopf drohte zu explodieren. Nur nicht daran denken. Nicht die Konsequenzen seines Auftrags bedenken. Er würde es hinter sich bringen und nicht denken – nur agieren.

Er ging weiter und mischte sich unter die Leute. Erreichte den bereitstehenden Zug. Vor dem Tritt in den Waggon blieb er stehen und griff nach dem Koffer, griff ins Außenfach und riss den Verschluss auf, langte hinein. Er fühlte Kunststoff: eine Plastiktüte. Zog sie heraus. Er nahm einen Gegenstand in die Hand und steckte ihn in seine Jackentasche.

Ein Blick noch zurück über den Bahnsteig, der sich stetig füllte. Menschen rannten. Menschen kamen in letzter Minute an, bevor der Zug abfuhr.

Er wartete, ließ die Leute vor sich einsteigen. Noch konnte er umkehren, sich vom Zug entfernen, den Koffer wieder zurückstellen ins Schließfach, aus dem er ihn herausgenommen hatte.

Er konnte alles ungeschehen machen und einfach weggehen, ohne den Auftrag ausgeführt, das Versprechen eingelöst zu haben.

Er atmete. Das Fluidum aus erodierendem Eisen kühlte seine Lungen.

Er stieg ein.

Der Bus stammte von einer Autovermietung und sah etwas lädiert aus. Erst als er auf das Grundstück einbog, konnte Diane den Chauffeur sehen. Die hinteren Scheiben waren getönt, als müssten sie den Schmerz einschließen, der sich in diesem Wagen breitmachte. Der Bus hielt an, die Tür auf der Fahrerseite ging auf und ein beleibter Mittfünfziger stieg aus.

Diane löste sich vom Küchenfenster, durchschritt das Wohnzimmer, den Flur und erreichte die Tür, als es klingelte.

«Thomas Monroe.» Der Mann wirkte freundlich, trotz der Tränen, die er nicht zurückhalten konnte. Er schluchzte. Sie fielen einander in die Arme und Diane weinte, weil es ihn so übermannt hatte.

Zwei Fremde, die sich noch nie zuvor gesehen hatten. Eine Weile blieben sie so stehen. Dianes Bluse wurde nass – von seinen Tränen. Seine Brust bebte, sie war weich und warm. Diane wünschte sich, dass er sie noch lange so halten würde, dass sie weiter in seiner massigen Brust versinken und vergessen konnte, dass es da etwas gab, das ihr Leben zerstört hatte. Sie durfte trauern mit diesem Mann, der seinen Sohn verloren hatte und seine Schwiegertochter und deren gemeinsames Kind, das er nie kennenlernen würde.

Drei Leben auf einen Schlag ausgelöscht.

Ihr eigener Schmerz kam ihr banal vor.

«Sind Sie bereit?» Monroe wischte sich mit einem Taschentuch die Augen trocken und schnäuzte sich die Nase.

Diane nickte und griff nach ihrer Tasche, trat vor die Tür, zog sie zu und schloss ab. Anne würde Maddie von der Schule abholen, das hatten sie so ausgemacht. *Ich ziehe die Tür zu, wie Jake sie zugezogen hat, bevor er verschwand. Ob er da geahnt hat, dass er nicht wiederkommen würde?*

Würde er überhaupt nie mehr wiederkommen?

Diane durfte auf dem Beifahrersitz Platz nehmen. Sie war die Letzte einer Gruppe von Trauernden, die eine Reise ins Ungewisse antraten. Ein kurzer Gruß in Richtung der Sitze hinter ihr: versteinerte Gesichter. Leere Augen blickten ihr entgegen.

Monroe startete den Motor, fuhr an, und sie verließen Dianes Grundstück.

«Sie wohnen abgeschieden», sagte er, als sie die Hecke passierten. «Werden Sie wegziehen?»

«Nein, ich werde nicht wegziehen. Ich werde niemals wegziehen.»

«Und die Erinnerungen?»

«Sie werden mich am Leben erhalten.» Diane gab ihm zu verstehen, dass sie nicht weiterreden wollte. Nicht jetzt, nicht vor diesen Leuten. Sie wandte den Kopf ab und sah zurück zu ihrem kleinen Südstaatenhaus, das hinter einer Baumgruppe verschwand, das aus ihrem Kopf verschwand. Da war nichts mehr außer dieser Straße und den Felsen an ihrer Seite. Nichts mehr außer dem Rumpeln des Busses, wenn er über eine unebene Stellen fuhr.

Alles war auf einmal wie weggewischt. Aus den Gedanken, aus dem Leben.

«12:53 ist die Verbindung zum Cockpit abgebrochen.» Der Mann auf dem Sitz hinter ihr tippte ihr auf die Schultern.

«Das erzählst du nun schon zum vierten Mal», sagte die Frau neben ihm.

Diane ging davon aus, dass sie seine Ehefrau war. Schwarz gekleidet, schüchtern, blass. Sie hatte sie beim Einsteigen kurz angesehen.

«Aber ihr habe ich es noch nicht gesagt.» Der Mann seufzte. «Vierzig Minuten nach dem Start, wahrscheinlich noch in der Steigphase, auf jeden Fall kurz danach. Unweit des südlichen Zipfels von Irland, also in der Nähe von Cork, und nach Cork wollen wir jetzt. Also eigentlich will meine Frau dorthin, denn ich persönlich sehe keinen Sinn darin. Cork ist mir fremd, es sagt mir nichts.»

«Auf dem Flughafen von Bristol steht eine Chartermaschine für uns bereit», bemerkte Monroe. «Sie wurde uns von der britischen Fluggesellschaft zur Verfügung gestellt.»

«Der Flug wird uns bezahlt», sagte der Mann hinter Diane. «Als müssten sie ihr schlechtes Gewissen beruhigen, weil sie nicht fähig waren, den Absturz zu verhindern. Da ist doch was faul. Wir werden eine Sammelklage einreichen, das verspreche ich Ihnen. Die haben bei den Kontrollen geschlampt.»

«Haben Sie denn keine Angst, dass sich das Drama wiederholen könnte?», fragte Monroe.

«Wie bitte?»

«Dass uns das gleiche Schicksal widerfährt?»

«Mr Monroe, wenn man ein Kind verliert, fürchtet man sich vor nichts mehr. Denn das Allerschlimmste ist eingetroffen. Aber das muss ich Ihnen nicht erklären.»

Für eine lange Zeit schwiegen alle.

Sie fuhren zur A38 und folgten ihr Richtung Bristol. Diane lehnte den Kopf an das kühle Fenster. Heute würde sie endlich erfahren, wer Susan Kirkwood war und ob es zwischen ihr und Jake doch eine Verbindung gab. Wenn nicht, dann war ihre Vermutung eben doch nicht an den Haaren herbeigezogen, dass Jake noch lebte. Dass er irgendwo untergetaucht war, aus welchem Grund auch immer.

Am Mittwoch hatte Tyrone Lansbury angerufen und gebeten, sie besuchen zu dürfen – es gäbe noch offene Fragen. Sie hatte ihm nicht gesagt, dass er sie in Ruhe lassen solle, dass sie auf eigene Faust ermitteln würde, weil sie die Spekulationen der Metropolitan Police nicht haltbar finde. Weil sie nicht begreife, warum sie überhaupt in den Fokus polizeilicher Ermittlungen geraten sei. Und bevor er ihr nicht erkläre, wonach sie suchten, seien weitere Gespräche nicht erwünscht. Sie hatte geschwiegen.

Kurz vor der Abzweigung zum Flughafen warf sie deshalb eine Frage in die Runde: «War die Met auch bei Ihnen?»

«Die Met ist überall und nimmt alles unter die Lupe. Aber nicht nur die. Das FBI ist auch an dem Fall dran. Fall nennen sie es. Der MI5 hält sich dagegen noch zurück.»

«Das war die Idee der Amerikaner. Die Passagiere stammten immerhin zu einem Drittel aus den Staaten. Sie haben hier ihre Agenten eingeschleust. Einige unter ihnen leben und arbeiten schon lange hier.»

«Ein Anschlag wird also nicht ausgeschlossen.»

«Nur hat noch niemand die Verantwortung dafür übernommen.»

«Eine sonderbare Auffassung von Verantwortlichkeit.»

«Kein Bekennerschreiben.»

«Zwei saudi-arabische Schachspieler waren an Bord. Sie hätten ein Turnier in New Jersey gehabt. Abu Salama und Masaad. Schon die Namen sind verdächtig.»

«Noch nie gehört.»

«Aber ein hohes politisches Tier war auch in der Unglücksmaschine.»

«Wer?»

«Liam Keaton.»

«Ein hohes Tier, sagten Sie? Er war der Berater unseres Premiers.»

«Auf ihn hat er gehört.»

«Kein Kunststück, er war sehr einflussreich.»

«Für meine Begriffe etwas zu rechtsverdreht.»

«Ein guter Ausgleich zu unseren linken Arschkriechern.»

«Meine Herren, ich bitte Sie.» Monroe versuchte zu schlichten.

«Nur die Blackbox könnte Aufschluss darüber geben», wurde weiter spekuliert. «Und der Stimmenrekorder.»

«Aber die suchen noch immer danach.»

«Nein, eines der beiden Geräte ist geortet worden. Man muss es nur noch bergen.»

«Der MI5 war auch bei uns. Aber die Beamten haben nichts gefunden.»

«Das macht unsere Kinder nicht wieder lebendig.»

Monroe bog in die Zielstraße ein. Er parkte den Bus auf demselben Platz, auf dem Diane Jakes Wagen gefunden hatte.

«Das FBI hat auch die British Airlines im Visier.»

«Die lassen nichts aus. Die Sicherheitsvorkehrungen auf den Interkontinentalflügen lassen zu wünschen übrig. Nach

9/11 wurde mit den Vorsichtsmaßnahmen übertrieben, aber jetzt sind sie wieder lascher geworden. Wenn jemand will, bringt er ohne Weiteres eine Bombe in die Kabine.»

«Sie übertreiben, Mr …?»

«Ben Newman. Vielleicht gab es einen Anschlag auf diesen Keaton. Er war nicht bei allen beliebt. Man verglich ihn sogar mit den Nationalsozialisten, und sein Tod könnte unser Volk noch mehr von Europa entfernen. Erst tote Helden sind wirkliche Helden. Ich prophezeie Ihnen, dass sich Großbritannien von der Europäischen Union abspalten wird …»

«So ein Schwachsinn!»

Der Motor erstarb und Monroe stieg als Erster aus. Er ging um den Bus herum, betätigte den Türhebel und öffnete die Schiebetür. Es gab ein schepperndes Geräusch.

Nacheinander verließen sie den Bus. Diejenigen mit Gepäck holten es aus dem Heck und machten sich auf den Weg zum Flughafengebäude. Diane folgte ihnen, wahrte Abstand. Je mehr sie sich der Abflughalle näherte, desto weicher wurden ihre Knie und umso heftiger spürte sie wieder den Schmerz in ihrem Bauch. Sie hatte ihn verdrängt, ihn einfach weggedacht. Sie lief zur nächsten Toilette, aber sie konnte sich nicht erbrechen. Da war nichts mehr.

Noch hatte sie Zeit, sich gegen den Flug zu entscheiden. Zurückkehren – dorthin, wo sie hergekommen war.

Nicht fliegen, niemals abheben.

Am Boden bleiben.

Das Einchecken erlebte sie wie in Trance. Wie einfach es wäre, Sprengstoff an Bord zu schmuggeln. Wie verdammt einfach.

Sie tat, was Monroe vor ihr tat. Legte den Ausweis hin, nahm das Ticket entgegen, trottete hinter den anderen her, stand an bei der Gepäckkontrolle, ließ die Leibesvisitation über sich ergehen. Der Mann vor ihr wurde zurückbeordert, denn bei ihm hatte es gepiepst, und er musste die Socken ausziehen, nachdem er seine Schuhe auf das Rollband gelegt hatte. Noch einmal ging er unter dem Sensor durch. Es piepste wieder und er wurde durchgelassen. Er hatte auf seine linke Hüfte gezeigt: eine Prothese, nahm Diane an. Das Ganze war ihr dennoch nicht geheuer.

Der Scanner zeigt nicht bei allen an.

So ein Quatsch. Alles wird hier durchleuchtet.

Aber hast du gesehen? Bei dem Typen da vor dir hat es gepiepst, aber sie lassen ihn einfach durch. Wetten, dass der was in seinen Unterhosen hat?

Später lehnte sie an der Fensterscheibe und sah auf die Maschine, die am Gate stand, eine kleine Maschine, ein Propellerflugzeug mit Platz für höchstens fünfzehn Passagiere. Für die Trauernden aus Cheddar und Wedmore.

Anders als üblich, wurden sie sehr rasch aufgerufen. Diane wies ihr Ticket vor. Sie wurden von einer Stewardess zum Flugzeug gebracht. Die Stewardess lächelte. Sie lächelte bestimmt noch, wenn das Flugzeug abstürzte. Sie war darauf geschult worden, auch dem Tod lächelnd ins Gesicht zu sehen. Sie mussten durch einen Tunnel gehen und eine Treppe hinunter, und dann standen sie auf dem Platz vor der Gangway. Der Motor dröhnte, die Propeller drehten sich.

Diane konnte noch immer umkehren.

Sie stieg ein. Ihr Platz lag am Fenster. Es gab nur Fensterplätze, und sie setzte sich hinter Monroe, weil sie ihn kannte und er ihr eine gewisse Ruhe vermittelte. Seine Frau saß ihm gegenüber, nur getrennt durch den Mittelgang. Sie hielten einander an den Händen.

Diane legte den Gurt um und schloss die Schnalle. Die einzige Flugbegleiterin verwies auf die Schwimmwesten unter dem Sitz, auf die Sauerstoffmasken, die bei Bedarf automatisch von der Decke herunterfallen würden, und sie bat die Fluggäste, sich im Notfall an die Anweisungen des Personals zu halten.

Ob die Menschen noch Zeit gefunden hatten, sich die Schwimmwesten umzulegen?

Die Maschine rollte zur Startbahn.

Ich werde gleich aufspringen und nach vorne zu den Piloten gehen, sie zum Umkehren zwingen.

Sei nicht albern. Fliegen ist etwas vom Sichersten, was es gibt.

Ich habe solche Flugangst.

Ich werde deine Hände halten, bis die zehn Minuten vorbei sind. Die ersten zehn Minuten sind die heikelsten.

Das ist nicht zum Lachen. Wenn wir abstürzen, dann stürzen wir gemeinsam ab.

Wir werden nicht abstürzen.

Die Maschine zog an und raste mit heulenden Motoren über die Startbahn. Diane sah auf den Propeller, der vor ihrem Fenster rotierte. Das Flugzeug hob ab. Schnell gewann es an Höhe, und das Land unter ihnen schrumpfte in der Vogelperspektive.

Was sind das für Geräusche? Das klingt, als würden die Motoren bald abgestellt. Wir sacken ab. Spürst du es auch?

Der Pilot muss die Motoren drosseln, sobald eine gewisse Flughöhe erreicht ist, ansonsten würden die Triebwerke bersten. Das, was du spürst, sind die Winde, der Widerstand der Luft.

Nach einer leichten Linkskurve stiegen sie weiter. Der Propeller schien in der Luft zu stehen. Die Stewardess bat die Fluggäste, angeschnallt zu bleiben, der Flug dauere nicht sehr lange.

Unter ihnen verästelten sich Flüsse. Hausdächer glänzten in der Vormittagssonne. Als sie wenig später das Festland verließen, war der Himmel fast wolkenlos, der Atlantik glitzerte in tiefem Blau, weiße Schiffe im Wasser wie aufgeklebt und ab und zu eine Wolkenschliere, als hätte jemand Rasierschaum in den Äther gespritzt.

Ein Getränk wurde serviert, ein Snack im Beutel. Hinter Diane weinte eine Frau, die auf der Fahrt zum Flughafen kaum ein Wort gesprochen hatte. Mrs Monroe betete.

Diane war angespannt. Mit zitternden Händen holte sie ihren Schreibblock aus der Tasche. Sie schrieb, doch wollte ihr keine Formulierung gelingen. Es blieb bei einem Satz. Der Stein in ihrem Bauch war wieder allgegenwärtig.

* * *

Da stand sie nun vor der Weite des Atlantiks. Zusammen mit hundert anderen Menschen, mit den Hinterbliebenen der Absturzopfer. Die Stimmung war eigenartig. Über ihnen wölbte sich der blaue Himmel in grandioser Unverschämtheit. Am Ende der Felsen brach sich die Brandung, und das dunkle Meer fletschte seine Gischtzähne.

Sie waren vom Flughafen Cork mit einem Bus hierhergefahren. Zusammen mit den Leuten, die aus London hierher geflogen waren. Diane hatte sich zuhinterst auf einen Sitz begeben, um die Menschen in den Sitzen vor ihr beobachten zu können. Sie machte sich Notizen. Es waren meistens ältere Frauen und Männer, unter ihnen ein einzelnes Kind, das hilflos wirkte. Diane hätte Maddie niemals mitgenommen. Sie hätte es nicht verkraftet, Maddie weinen zu sehen, während sie selbst das Unbegreifliche zu verdrängen suchte.

In der leichten Brise flatterten der Union Jack und das Sternenbanner auf Halbmast. Ein Meer von Blumen, Laternen und Plüschtieren kennzeichnete die Stelle, die dem Absturzort am nächsten lag. Ein Pfeil gab die Richtung an: Dort draußen, in den Wassermassen des Atlantiks, ruhten sie: die Hoffnungsträger der Zukunft, Eltern, Kinder, eine werdende Mutter. Business-Menschen, Urlauber, Wochenendausflügler, Liebende – die fremde Susan Kirkwood.

Jake auch?

Auf einer Tafel standen sämtliche Namen der Opfer. Diane wartete. Ihre Mitreisenden hatten sich in die Nähe der Tafel gedrängt, als wollten sie sich vergewissern, dass ihre Liebsten tatsächlich dort draußen waren, auf dem Meeresgrund, vielleicht noch angeschnallt auf ihren Sitzen – oder bis zur Unkenntlichkeit zerfetzt.

Wenn man von so großer Höhe auf dem Wasser aufprallt, ist der Aufprall härter als auf Beton.

Welchen Gedanken hängst denn du wieder nach?

Vielleicht verliert man schon vor dem Aufprall das Bewusstsein.

Es gibt Piloten, die können ein Flugzeug fast sicher auf dem Wasser landen. Denke nur an den Captain, der auf dem Hudson River notgelandet ist.

Das war aber bestimmt eine Ausnahme.

Ich liebe dich.

Jemand tippte ihr auf die Schulter.

Diane wandte sich um und sah in ein graues Augenpaar. Der Mann hatte eine seltsame Postur. Seine Schultern wirkten im Verhältnis zu seinen fülligen Hüften schmal. Den Gesichtszügen nach zu urteilen, musste er über siebzig sein.

«Ich habe mir sagen lassen, dass Sie Mrs Hemingway sind.» Er streckte die Hand zum Gruß aus. «Ich erlaube mir, Sie anzusprechen, aber wenn Sie nicht wollen, so werde ich mich selbstverständlich zurückziehen. Ich …»

«Ist schon gut. Ich bin Diane Hemingway.»

Er hielt ihre Hand eine Spur zu lange. «Dexter –» Weiter kam er nicht, da er unterbrochen wurde.

«Daddy, kommst du? Wir wollen Blumen ins Wasser werfen.» Die Frau war in Dianes Alter. «Entschuldigen Sie, aber der Herr Pastor ist jetzt hier.»

Auf einer Anhöhe stand ein Lieferwagen. Die Plane war hochgeschlagen und an zwei Stangen befestigt, ein Dach für einen Verkaufsstand. Blumensträuße, Teelichter und Girlanden waren dort ausgebreitet, schön präsentiert im Angesicht des Todes. Das Geschäft mit der Trauer florierte, auch hier an der Südspitze von Irland, in der kargen Landschaft der Gestade. Diane kaufte einen Bund weiße Rosen.

Überall Fotos der Verstorbenen, eingebettet in persönliche Requisiten, welche die Angehörigen mitgebracht hatten. Plüschtiere, Puppen, Bilder, das Liebste, was die Opfer zurückgelassen hatten, und das Letzte, das jetzt den Weg des Erinnerns pflasterte. Und in unanständig minderem Abstand lauerten die Paparazzi der Boulevardblätter, hielten Fotoapparate, Filmkameras und Mikrofone über die Köpfe der Schaulustigen.

Ein Mann in einer schwarzen Kutte sprach ein Gebet. Er war hier, weil er die Trauernden begleitete, ihnen Stütze, geduldiger Zuhörer und Tröster inmitten all dieser Tragödien war. Die Menschen standen stumm. Der Blick aufs Meer war ein Blick in die Herzen ihrer verlorenen Kinder, ihrer untergegangenen Liebsten.

Diane schloss die Augen. *Every Time I Close My Eyes.* Jakes Lied, ihr gemeinsames Lied. Damals. Früher … ganz früher.

Weit draußen kreisten Hubschrauber. Störten die Stille, die Gebete, das Weinen. Eine Frau hatte sich auf die Knie geworfen. Ihr Schrei drang bis zu den Felsen, und die Fotografen knipsten im Sekundentakt.

Diane ging bis zum Rand der Klippen. Das Meer vor ihr lag bedrohlich. Sie warf die weißen Rosen ins Wasser.

Monroe und seine Frau standen plötzlich neben ihr. Die stumme Anklage zeichnete sich auf ihren Gesichtern ab. Er warf zwei Rosensträuße hinunter, seine Frau ein Plüschbärchen.

Diane schaute dem Tierchen nach, wie es von den Wellen verschlungen wurde, wieder auftauchte, um erneut in die Tiefe gezogen zu werden, bis es mit Wasser so vollgesogen war, dass es sank.

Ihr weißer Rosenstrauß strandete, wurde von den Wellen immer weiter ans Ufer getragen, wohingegen Monroes Rosen draußen auf dem Meer trieben, bis sie nur noch als kleine bunte Flecke auszumachen waren.

Das Meer spuckte also Dianes Rosen wieder aus. Aber sie hatte Rituale sowieso noch nie verstanden. Ob sie wirklich halfen, das Geschehene zu verarbeiten? Zu vergessen? Oder ob sie erst recht das Grauen in die Seele brannten? Das Meer wollte den Rosenstrauß nicht.

Der Mann, der Dexter hieß, näherte sich ihr erneut. «Ich muss Sie sprechen», sagte er. «Haben Sie Zeit?»

Diane schenkte ihm ein trauriges Lächeln.

«Dexter Kirkwood», stellte er sich vor.

«Diane Hemingway», sagte sie, obwohl er ihren Namen bereits kannte. Er hatte sie gesucht. Vielleicht aus demselben Grund wie sie ihn.

«Susan saß auf dem Sitz neben Jake Hemingway», begann er.

Diane brachte es nicht fertig, ihm zu sagen, dass Jake ihr Mann war. Zumindest *dieser* Jake war es vielleicht nicht gewesen. «Ich habe das auf der Passagierliste gelesen.»

«Sie haben den Flug gemeinsam gebucht», sagte Kirkwood.

«Das wusste ich nicht.»

«Doch, doch. Ich habe die Ticketkopien gesehen. Susan hat die beiden Plätze gebucht.»

«Susan.» Diane sprach den Namen langsam aus.

«Meine Frau.»

«Ihre Frau?» Diane musste sich abwenden, einen Moment lang nach dem Boden suchen, den sie gerade eben unter den Füßen verloren hatte. Ihre Gedanken trudelten. Wenn Dexter

Susans Mann war, war es dann möglich, dass sie mit ihrem Liebhaber ein Wochenende in New York gebucht hatte? Also vielleicht doch mit Jake?

Kirkwood und eine junge Frau. Der Alte mit der Jungen. Bestimmt zum zweiten Mal verheiratet. Eine Tochter aus erster Ehe, eine Tochter, die älter war als die zweite Frau. Ein egoistischer Alter mit Angst vor dem Älterwerden, der eine junge Frau missbrauchte, um seinem Zerfall ein Schnäppchen zu schlagen. Keine Kinder. Diese Phase war passé. Er wollte nur noch Spaß und ein Vorzeigepüppchen, weil er es sich leisten konnte. Seine Altersversicherung. Und sie seine baldige Sterbebegleitung.

Und dann war da ihre Sehnsucht, die er nicht mehr zu stillen vermochte. Sie betrog ihn mit einem Jüngeren. Sie wollte leben, genießen, befriedigt werden. Auf dem Flug nach New York.

«Wir wollten nächsten Sonntag goldene Hochzeit feiern. Sie hätte am Montag zurück sein sollen. Sie …» Kirkwood brach ab, weil ihn der Schmerz überwältigte.

«Sie waren fünfzig Jahre verheiratet? Das … das tut mir so leid. Das muss ein unglaublicher Verlust sein. Ich … es tut mir leid.» Diane biss sich auf die Lippen.

Was hatte sie nur gedacht! Welche widerwärtigen Gedanken hatten von ihr Besitz ergriffen? Sie schämte sich zutiefst. Er hatte genauso wie sie die gemeinsamen Jahre feiern wollen. Vielleicht hätten aus ihren fünfzehn auch irgendwann einmal fünfzig werden können – wenn sich alles so entwickelt hätte, wie sie es sich damals ausgemalt hatten. Damals in Southampton, in diesem kleinen Hotel, wo ihre Hochzeitsreise begonnen hatte. Diane riss sich zusammen.

«Wissen Sie, weshalb sie den Flug zusammen gebucht haben? Hat Ihre Frau das begründet?» *Oder ist sie verreist, ohne ihn darüber zu informieren?* Aber das dachte sie natürlich nur.

«Sie musste geschäftlich nach New York.»

«Geschäftlich?»

«Das können Sie sich kaum vorstellen. Susan war zweiundsiebzig. Eine quirlige, positiv eingestellte Frau, agil, intelligent.» Kirkwood kramte in seiner Jackeninnentasche nach dem Portemonnaie. Er entnahm ihm ein Foto. «Das ist Susan.»

Die Frau auf dem Bild hatte eine kurze, rassige Frisur. Ihr Haar war fast weiß und stand in attraktivem Gegensatz zu ihren schwarzen Augen. Trotz der vielen Fältchen um ihren schön geschwungenen Mund sah sie erstaunlich jugendlich aus.

«Sie hat als Aushilfe im Außendienst einer Druckerei gearbeitet», fuhr Kirkwood fort und steckte das Bild wieder ein. «Sie beherrschte sämtliche Drucktechniken, vom Hochdruck bis zum Tiefdruck. Wir haben zu Hause eine kleine Druckerei. Susan druckte Bücher und band sie von Hand. Das war ihre Leidenschaft. Aber sie musste auch unter Menschen, denn sie war eine sehr kommunikationsfreudige Frau. Deshalb hat sie vor ein paar Jahren diesen Job angenommen …»

Diane hörte nicht mehr hin. Ihre Beine versagten ihr den Dienst, und sie knickte ein, ohne etwas dagegen tun zu können.

Kirkwood fing sie auf, bevor sie über die Felskante kippen konnte. «Mrs Hemingway!»

Nur sehr langsam kehrte sie aus ihrer Ohnmacht zurück. Sie lag auf dem Boden. Jemand hatte einen Mantel ausgebreitet, sie daraufgelegt. Monroe deckte sie mit seiner Jacke zu. Köpfe im Kreis über ihr. Mitfühlende Mienen. Menschen, die nachvollziehen konnten, wie es ihr ging, die sie verstanden. Sie hatten ebenso wie sie einen nahen Angehörigen verloren. Sie alle mussten etwas verkraften, das eigentlich nicht zu verkraften war. Sie halfen ihr, sich aufzurichten, und jemand reichte ihr ein Glas Wasser.

«Geht es wieder?»

Nein! Nichts ging mehr.

Dieser Satz. Dieser eine Satz. Allein dieser Satz enthielt die ganze Wahrheit.

Sie hat als Aushilfe im Außendienst einer Druckerei gearbeitet. So viele Zufälle konnte es nicht geben.

Susan Kirkwood hatte neben Jake gesessen. Neben ihrem Jake. Sie hatte die Tickets gebucht. Sie waren zusammen unterwegs gewesen. Susan war beauftragt worden, in New York einen Job zu erledigen. Jake hatte sie aus irgendeinem Grund begleitet.

Sie hat als Aushilfe im Außendienst einer Druckerei gearbeitet.

Diane trank das Wasser. Sie trank mehr, als das Glas hergab. Sie trank, als der letzte Tropfen verschwunden war. Sie biss ins Glas, bis sie Splitter im Mund spürte. Sie wollte die Scherben herunterschlucken, um den seelischen Schmerz auszulöschen. Um zu verdrängen, welche Katastrophe in Gang gesetzt worden war. Als würde in diesem Satz die Ursache zu finden sein. Susan Kirkwood hatte als Aushilfe in einer

Druckerei gearbeitet. Diane ahnte, in welcher. Sie spürte die Scherben in ihrem Mund, schmeckte Blut.

Die Wirkung war fatal. Der Priester war jetzt da. Er nahm ihr das Glas behutsam aus der Hand und bat sie, die Scherben auszuspucken. Da rann Blut. Plötzlich war da überall Blut.

Über ihnen kreiste ein Hubschrauber. Ein anderer als draußen über dem Meer. Eine Drohne berührte fast ihr Gesicht. Sie wurden fotografiert, gefilmt. Diane auf dem Mantel, verletzlich, den Zuschauern ausgeliefert, die ihre Lage in den Breaking News hautnah miterleben würden als Unterhaltungsprogramm in den abendlichen Wohnzimmern – während sie aßen und gleichzeitig das Grauen auf sich wirken ließen. Und die Einschaltquoten würden steigen, weil die Zuschauer zufrieden waren, denn es betraf ja nicht sie, sondern andere Menschen.

Dexter Kirkwood wich nicht mehr von Dianes Seite. Sie gingen zurück zum Bus, der etwas abseits stand, hinter dem Lieferwagen mit den Blumen und Girlanden. Diane setzte sich wieder ganz hinten auf einen Sitz, Kirkwood setzte sich neben sie und hielt ihre Hand. Diane war froh, sich an ihm festhalten zu können, damit sie nicht wieder in ihre seelische Schwärze stürzte. Und trotzdem war da dieser innere Zwang.

«Bitte erzählen Sie mir, was Ihre Frau Ihnen mitgeteilt hatte, bevor sie am Samstag abreiste.» Ihre Stimme klang brüchig. «Hat sie vorgängig einen Koffer gepackt?»

«Ja, das hat sie, selbstverständlich. Sie wollte ein paar Tage in New York bleiben. Ich trug den Koffer zum Wagen und fuhr sie zum Flughafen.»

«Bristol?»

«Nein, Heathrow.»

«Sie haben meinen Mann kennengelernt?» Diane griff nach ihrer Handtasche, holte Jakes Bild daraus hervor. Wieder keimte Hoffung in ihr auf: Vielleicht erkannte Kirkwood ihn ja nicht. Dann wäre alles wieder offen.

«Ja, das ist er.» Kirkwood gab ihr das Bild zurück.

«Was waren seine Worte? Was hat er zu Ihnen gesagt?»

«Ich weiß es nicht mehr. Wir sprachen über Belanglosigkeiten, wahrscheinlich das Wetter. Ich weiß es nicht mehr.»

«Bitte, es ist wichtig für mich.» Diane krallte ihre Hände in seine.

«Sorry, aber ich erinnere mich wirklich nicht.»

«Hatte er Gepäck dabei?»

Kirkwood schloss die Augen, als wollte er innere Bilder abrufen. «Er hatte eine Aktentasche dabei.»

«Keinen Koffer?»

«Den hatte er wohl schon aufgegeben.»

«Welchen Eindruck machte er auf Sie? War er verunsichert?»

«Ich kannte Ihren Mann nicht, deshalb kann ich das nur schlecht beurteilen. Ich hatte allerdings das Gefühl, dass er nervös war.»

«Er hatte immer Flugangst.»

«Ja, das kann es sein. Er schaute immerzu auf die Uhr.»

«Wie spät war es da?»

«Wahrscheinlich zwischen elf und zwölf.»

«Was waren seine letzten Worte? Bitte, Mr Kirkwood. Ich *muss* es wissen.»

«Daddy, ist alles in Ordnung?» Kirkwoods Tochter kam durch den Mittelgang auf sie zu. Sie setzte sich neben ihren Vater.

Diane zog ihre Hände weg. Ihre Blicke trafen sich.

«Ich bin Grace. Susan war meine Mutter.» Sie machte einen gefassten Eindruck. «Kann ich Ihnen helfen?»

«Waren Sie auch auf dem Flughafen?»

«Nein, aber mein Vater erzählte mir, dass meine Mutter einen Auftrag in New York zu erledigen hatte. Einen Auftrag von Kendall Print.»

* * *

«Chief Inspector Lansbury? Hier spricht Diane Hemingway.»

«Diane! Was für eine Überraschung.»

«Störe ich?»

«Nein, ich hätte Sie auch noch angerufen. Wie geht es Ihnen?»

«Ich war in Cork. Ich habe den Mann von Jakes Sitznachbarin kennengelernt. Ich muss davon ausgehen, dass Jake doch in dieser Maschine gesessen hat … es ist alles so schrecklich.» Eine neue Welle des Schmerzes überrollte sie, und sie begann haltlos zu weinen. Das half ihr ein wenig. Zum ersten Mal seit diesem dramatischen Samstag atmete sie ein wenig freier.

«Sind Sie jetzt zu Hause?»

«Ja, seit … seit ein paar Minuten.»

«Kann ich Sie besuchen?»

Diane warf einen Blick auf die Kommode, auf der der Festnetzanschluss stand. Dort lag ein Zettel. *Ich habe Maddie mit zu mir genommen. Sie wird hier übernachten und ich werde sie morgen zur Schule bringen. Anne.* «Ja … Sie können … vorbeikommen.» Diane teilte ihm schluchzend die Adresse mit. Dann atmete sie tief ein, hustete und gebot sich, ruhiger zu sprechen. «Wir wohnen sehr abgeschieden. Sie müssen bis zur Gorge fahren, der Weg ist ausgeschildert. Wenn Ihr Wagen über ein Navigationssystem verfügt, geben Sie einfach die Cliff Road ein und folgen ihr bis zur Abzweigung Hemings Way.»

«Habe ich es richtig verstanden? Hemings Way?»

«Das war eine Idee von meinem Mann. Sonst würde man das Haus nicht finden.»

* * *

Every Time I Close My Eyes. Ihr gemeinsames Lied. Sie hatten so viele gemeinsame Lieder gehabt. Gemeinsame Musikstücke. Kein Essen ohne Musik, keine Liebe ohne Musik. Diane drehte die Lautstärke bis zum Maximum auf. Die Musik sollte ihren Schmerz übertönen, den Stein in ihrem Bauch zertrümmern, ihr Trommelfell zerreißen. Und alle Gedanken an früher, an die Zeit, in der alles in Ordnung gewesen war, vernichten.

Jake hatte sie verlassen, um nach New York zu fliegen. Mit Susan Kirkwood, einer Mitarbeiterin von Kendall Print. Ob die Met Kenntnis davon hatte? Der MI5? Das FBI? Ob es überhaupt relevant war?

Diane schleppte sich die Treppe ins Obergeschoss hoch. Die Tür zu Maddies Zimmer stand offen, und das Bett war zerwühlt. Bevor Maddie geboren war, hatten sie in diesem Zimmer geschlafen. Später hatten sie das Babybettchen hineingestellt – neben ihr Bett mit dem Baldachin. Bis zu Maddies drittem Geburtstag hatten sie zusammen in diesem Zimmer geschlafen, Maddie immer in der Nähe, weil sie ein sensibles Kind gewesen, weil sie nachts oft aufgewacht war. Erst später hatten sie das Elternschlafzimmer im Erdgeschoss eingerichtet und das große Zimmer Maddie überlassen.

Wir geben ihr unser Zimmer. Sie hat es verdient. Sie ist ein braves Mädchen. Wir begnügen uns mit dem kleinen Zimmer im Erdgeschoss. Wir brauchen es nur zum Schlafen. Nur zum Schlafen. Zum Nebeneinanderschlafen.

Maddie hatte in einem Schloss gewohnt, in Zelten und Höhlen. Sie hatte ihr Zimmer zum Märchenwald umfunktioniert, und Jake hatte ihr dabei geholfen. Er war oft auch der schöne Prinz gewesen, der Dornröschen aus dem Schlaf küsste. Jake und Maddie: eine Vater-Tochter-Liebe, die an Wahnsinn grenzte.

Nebenan lagen das Büro und das Gästezimmer, das Bad. Diane setzte sich. Starrte zum Fenster hin. Draußen dämmerte es, denn es war spät geworden in Cork. Den Rückflug hatte sie nicht wirklich mitbekommen. Monroe hatte sie zurückgebracht. Dann war er weitergefahren mit den Leuten aus Wedmore.

Dieses Haus. Jakes und ihres. Fast ihr gesamtes gemeinsames Leben hatten sie darin verbracht. Und kaum waren sie mit dem Einrichten fertig gewesen, meldete sich ihre Tochter an. Morgens um drei mit dem Platzen der Fruchtblase.

Jake, ich glaube, es ist so weit.

Nein, doch nicht jetzt, mitten in der Nacht!

Die meisten Babys kommen in der Nacht.

Ich werde die Ambulanz rufen.

Das brauchst du nicht. Ich glaube, wir können ganz gemütlich in die Klinik fahren.

Was für ein Irrtum!

Wie er aus dem Bett gesprungen war, wie hastig er sich angezogen hatte, die Kleider, die er vorbereitet hatte für den besonderen Fall, das Köfferchen für die Klinik und die Liste mit allen wichtigen Telefonnummern.

Jake, die Wehen kommen in immer kürzeren Abständen.

Halte durch, mein Liebes.

Wir müssen die Hebamme benachrichtigen.

Die Ambulanz ist unterwegs. Sie wird gleich eintreffen.

Wie er umhergerannt war. Ins Badezimmer, ins Wohnzimmer und wieder zurück.

Kannst du aufstehen? Kannst du runtergehen?

Auf dem Weg ins Wohnzimmer hatte sie ihre Tochter geboren – neben dem letzten Treppenabsatz. In einer Flut von schrecklichen Schmerzen. Jake war völlig durcheinander gewesen, hatte Tücher aus dem Schrank gerissen, hatte sie ihr untergeschoben, auf dem Wohnzimmerboden. Und dann war Maddie da gewesen – ein wimmerndes kleines Menschenkind. Er hatte sie genommen, Diane an die Brust gelegt – aus einem Instinkt heraus das Richtige getan. Wie sie vor Schmerzen geschrien hatte. Und Blut, das nicht aufhören wollte zu fließen. Ein Sanitäter war eingetroffen, ein Arzt. Jake hatte seine Frau in ihre Hände gegeben, bevor er ohnmächtig wurde.

Maddlen Christie Hemingway: früh und schnell den Weg in die Welt genommen – mit traumatischen Folgen für die Mutter.

Nach dieser Sturzgeburt hatte sich Diane gegen weitere Kinder entschieden.

Vanessa Amorosis Stimme verstummte und an der Haustür klingelte es.

Diane riss sich von ihrem Schreibblock und den Erinnerungen los. Sie ging über die Treppe nach unten und schloss die Tür auf. Tyrone Lansbury war allein.

«Sie wohnen wirklich am Ende der Welt.» Er drückte ihre Hand, seine Augen waren braun und warm.

Sie ließ ihn eintreten. «Es war Jakes Wunsch, so zu leben. Der Natur nahe. Der Stille.» Diane schritt voraus. «Die Stille ist die Wurzel der Kreativität.»

«Deshalb diese Bilder.» Lansbury zeigte auf die beiden Gemälde, die über dem Sideboard hingen: Frauen mit ihren Kindern in einer ländlichen Idylle.

«Naive Malerei», sagte Diane. «Nicht jedermanns Sache.»

«Mir gefällt es.»

Diane versuchte ein Lächeln. Er wollte nur nett sein. «Das ist nicht wichtig. Die Bilder sind nicht mehr wichtig.»

«Sie sind aber wichtig. *Sie*, Diane.» Seine dunklen Augen bohrten sich in ihre. «Sie waren früher sehr bekannt und erfolgreich.»

Der Stich in ihre Brust – er kam unerwartet. Was hatte Lansbury gesagt?

Sie atmete tief ein. Atmete durch ihren Mund aus.

«Ich verstehe nicht, was Sie damit sagen wollen.»

«Laura D. Bancroft, die Kriminalschriftstellerin.» Lansbury verzog seinen Mund. «Laura Diane Bancroft.»

«Sie müssen sich irren.»

«Ich irre mich nicht. Das Bild auf der Buchrückseite, das habe ich mir damals eingeprägt. Sie sehen darauf zwar etwas jünger aus, aber heute sind Sie noch genauso schön.»

Diane schluckte leer. Es hatte keinen Sinn, diesen Umstand zu verheimlichen. «Das ist schon lange her», wich sie aus. «Da war ich noch nicht einmal verheiratet.» Ihr war es nicht recht, dass Lansbury sie darauf ansprach. Wenn sie es aber abstritt, warf es kein gutes Licht auf sie.

Lansbury gab nicht auf. «Zwei Kriminalromane, die innerhalb kurzer Zeit auf die Weltbestsellerlisten einstiegen. Ins Deutsche, Spanische und Chinesische übersetzt. Warum haben Sie mit der Schriftstellerei aufgehört?»

«Das hat sich so ergeben. Die Heirat, Jake, mein Kind, das Haus …» Diane wandte sich ab. «Man muss Prioritäten setzen.»

«Aber Sie haben ziemlich gut verdient, damals.» Er zögerte. «Wenn man der Presse glauben darf.»

Woher wusste er das? Gehörte er etwa zu ihren verflossenen Anhängern? War er ein Fan von Kriminalliteratur?

«Ich habe mein Honorar einer Stiftung vermacht», sagte sie. «Als ich meinen Mann kennenlernte, war es nicht mehr wichtig.»

«Aber *Sie* sind wichtig», wiederholte Lansbury.

«Das sagen alle. Der Schmerz relativiert die Sicht auf die Dinge.»

«Das kann ich nachvollziehen.»

«Können Sie das? Bitte setzen Sie sich doch.» Diane wies auf den Ohrensessel. Sie ließ sich auf dem Sofa nieder. Für sie war das Thema erledigt. «Etwas zu trinken?»

Er blieb ihr die Antwort schuldig. «Ich weiß, dass Sie das nicht trösten wird. Ich kann aber nachvollziehen, wie Sie sich fühlen müssen, denn ich habe meine Frau verloren. Vor drei Jahren. Sie war Polizistin.»

Diane versuchte vergebens, nach innen zu lauschen, ob sich dort etwas regte. Ihre Gefühllosigkeit erschreckte sie. Und sie fragte sich, weshalb Lansbury ihr von seinem Privatleben erzählte.

«Sie wurde vor meinen Augen erschossen. Bei einem Einsatz. Ich konnte mich nicht einmal mehr von ihr verabschieden. Sie bekam es nicht mehr mit, denn auf dem Weg ins Krankenhaus starb sie.»

«Vor drei Jahren?» Was hätte sie sonst fragen sollen? Waren seine Wunden verheilt?

«Ja, es ist drei Jahre her.»

«Aber Sie haben sich verabschieden können, wenn auch nur von ihrem Körper. Bei mir gibt es einfach nur eine Lücke. Jake ist nicht mehr da. Er verließ am Samstag das Haus und kam nicht wieder. Er wird nie wiederkommen. Ich weiß nicht, ob er gelitten hat. Ich kenne den Grund nicht, weshalb er dieses Flugzeug bestiegen hat.» Diane starrte Lansbury in die Augen. «Ich habe wohl Abschied von ihm genommen, aber vor einem leeren Sarg. Weil es meine Schwägerin so wollte. Nur ein Ritual in der Kirche. Glauben Sie an die Vorsehung? Glauben Sie, dass man plötzlich Dinge tut, die man sonst nicht tun würde? Dass man in ein Flugzeug steigt, das abstürzen wird? Er hätte einen Unfall mit dem Wagen haben können. Aber es war vorgesehen, dass er zusammen mit fast zweihundertdreißig anderen Menschen starb. Glauben Sie an einen Plan von einem Wesen, das wir Gott nennen? Dass wir bloß kleine Marionetten sind in einer unendlich viel größeren Dimension? Mein Mann wäre Ende Jahr vierzig geworden. Er stand mitten im Leben. Es gibt so viele alte Menschen in unserem Land, die darben vor sich hin. Ihr Körper zerfällt, ihr Geist verdämmert. Für sie wäre es doch besser, sie könnten von dieser Welt gehen, oder nicht? Aber nein: Gott holt sich die jungen, gesunden Menschen. Ist das gerecht?»

«Wir wissen nicht, wozu es gut ist.» Lansbury sah auf seine Hände. Dieses Thema musste ihn mit Unbehagen erfüllen.

«Wozu es gut ist!», äffte Diane ihn nach. «Meine Mutter leidet an fortgeschrittener Demenz. Sie ist keine siebzig, aber seit bald fünf Jahren im Pflegeheim. Sie kann nicht entscheiden, ob und wann sie gehen möchte. Und wenn ich für sie entscheiden würde, würde man mit dem Finger auf mich zeigen. Auf die Tochter, die ihrer Mutter beim Sterben hilft.» Diane geriet in Rage. «Warum ist Ihre Frau gestorben? Haben Sie in den drei Jahren nach ihrem Tod die Begründung dazu gefunden? Gibt es einen tieferen Sinn in all diesem Chaos?» Sie starrte ihn an. «Nein, den gibt es nicht.» Sie zeigte gegen die Decke. «Aber er dort oben entscheidet, wann wir gehen müssen. Wenn *wir* es tun, werden wir zum Mörder gestempelt.»

«Ich kann ja verstehen, dass Sie verbittert sind.» Lansbury fühlte sich offensichtlich äußerst unwohl in seiner Haut. Er hatte einen Grund, hier zu sein. Diane bei ihren zunehmend verzerrten Reflexionen zuhören und sie begreifen zu müssen, war es wohl nicht. «Die Blackbox wurde noch nicht geborgen.»

«Ich habe davon in den Nachrichten gehört.»

«Das heißt, dass wir nach wie vor nur spekulieren können, wie es zu diesem Absturz gekommen ist.»

«Dann sollten Sie dringend weitersuchen!»

«Das ist nicht so einfach. Die Blackbox hat die Größe eines Schuhkartons und sendet nach einem Flugunglück nur während der nächsten dreißig Tage akustische Signale.»

«Und warum hat man sie noch nicht geborgen?» Jetzt bloß nicht darüber spekulieren, was auf dem Meeresboden lag. Was die Leute, die die Blackbox bargen, sonst noch antreffen würden. Stark bleiben. Sich nicht von der Fantasie leiten lassen, nicht von grauenvollen Bildern. Diane presste die Fingernägel in die Handflächen, bis sie rote Halbmonde in die Haut gruben.

«Wegen der sehr hügeligen Landschaft auf dem Meeresgrund», sagte Lansbury.

«Aber die Box könnte Aufschluss über den genauen Unfallhergang geben?»

«Im Normalfall kann man davon ausgehen. Wichtig ist, was genau in den Sekunden bis zum Aufprall im Cockpit gesprochen wurde.»

«Großer Gott.» Diane fröstelte. Es fühlte sich so an, als würde ihr jemand einen kalten Lappen auf den Nacken legen, gespickt mit Tausenden von spitzen Nägeln. «Kann man in dieser Situation noch sprechen? Schließt man nicht einfach die Augen, um das, was auf einen zukommt, nicht sehen zu müssen. Schweigt man nicht eher?» Allmählich erschienen doch schreckliche Bilder vor ihrem geistigen Auge. «Mein Mann. Vielleicht drei Minuten vor dem Absturz. Wie er angespannt auf dem Sitz gesessen hat. Er muss Blut geschwitzt haben. Was ist ihm durch den Kopf gegangen, als er dem Tod ins Auge sah? Als der ultimative Schrecken Realität wurde? Ist sein Leben an ihm vorbeigezogen? Millionen Bilder in Sekundenschnelle?» Diane schluchzte auf und ließ den Kopf hängen. «Warum habe ich nichts gespürt?»

«Wie meinen Sie das?» Lansbury erhob sich.

«Ich habe nicht gespürt, dass er stirbt. Das hätte ich doch tun müssen. Es spüren. Wir waren eins …»

Lansbury setzte sich neben sie aufs Sofa und legte seinen rechten Arm um ihre Schultern.

Da war es wieder, dieses Verlangen nach der Wärme seines Körpers. Nicht so weich, nicht so mollig wie bei Oliver oder Mr Monroe. Aber diese Wärme war da, beruhigte sie. Sie legte sich wie ein kleines Kind in die kräftigen Arme dieses Mannes und die Sehnsucht zerriss sie fast.

Sie spürte, wie er zitterte – aber nicht vor Angst. Es war das andere, das, was man nicht zu steuern vermochte, das, was sich allzu schnell verselbstständigen konnte. Sie riss sich von ihm los. «Ich habe noch Wein im Keller. Möchten Sie Wein mit mir trinken?»

Lansbury räusperte sich. Diane sah ihn an. Ihre Blicke trafen sich. Nein, sie wollte das nicht. Es war nicht richtig.

Völlig aufgelöst ging sie in den Keller. Sie suchte auf den

Weingestellen nach den kalifornischen Rotweinen, von denen sie mit Jake an ihrem Hochzeitstag hatte trinken wollen. Sie empfand das als Betrug, und sie hätte ja einen anderen nehmen können; trotzdem wollte sie ihre Empfindungen ausmerzen. Weiter gehen, als sie sich fähig fühlte. Aber dann wäre es Rache gewesen. Eine Rache an Jake, weil er ihr nichts gesagt hatte, weil er sie im Ungewissen zurückließ. Sie griff nach der Flasche.

Lansbury hatte zwei Gläser auf den Tisch gestellt. «Die standen im Becken», entschuldigte er sein Tun. «Ich habe mir erlaubt, sie auszuspülen.» Er benahm sich, als wäre er hier zu Hause.

Diane missfiel das. Sie wusste nicht so recht, wie sie mit der Situation umgehen sollte: Da saß ein Mann an ihrem Tisch, dort, wo sonst Jake saß. Ein Fremder, den sie mochte. Der Mann mit dem kahlen Kopf, auf dem kaum ein Härchen spross. Sie hatte ihn heute genauer angesehen.

Bin ich froh, hast du so schöne feste Haare. Ich mag keine Bowlingkugeln.

Sie hatten gelacht, und Jake hatte gesagt, dass er sich die Haare noch länger wachsen lasse. Das aber hatte sie nicht gewollt.

Er hatte braune Augen, die von einem eigenartigen, dunklen Wimpernkranz eingefasst waren. Es sah aus, als hätte er sie hingemalt. Diane versuchte, sich Jakes Augen in Erinnerung zu rufen. Es gelang ihr nicht. Sein Bild war weg, sein Gesicht, sein Körper.

Lansbury entkorkte die Flasche. «Eine Seltenheit, so ein Korken», sagte er. «Die meisten Weinflaschen haben heute

Drehverschlüsse, was nicht heißt, dass die Weine deshalb schlechter sind.» Er kostete den ersten Schluck gleich selbst. «Ein feines Tröpfchen.» Er ließ Diane dabei nicht aus den Augen.

Die Gläser klangen hell. Diane leerte das erste Glas schnell. Sie dachte nicht daran, wie unanständig das war. Es war legitim, das Glas in einem Zug auszutrinken, wenn man so unglücklich war. «Auf unsere Toten», sagte sie, und ihre Stimme klang nicht mehr sehr gefestigt. «Der fährt mir jedes Mal ein.»

Lansbury füllte ihr Glas erneut. Er selbst hatte den Wein kaum angerührt. «Auf unsere Liebsten.»

Dann schwiegen sie einträchtig.

Die Fenster standen offen. Die Luft draußen war erfüllt von nächtlichen Geräuschen, und ein früh geschlüpftes Insekt surrte wieder und wieder um die hell leuchtende Lampe.

Neun

Die Frau gegenüber sah ihn an. Als würde sie in seine Seele blicken, die Monströsität seiner Gedanken erfassen und sein Vorhaben kennen. Die Frau sah ihn an. Einfach so, unentwegt und traurig. Es war die Frau von den Schließfächern.

Es gab keine Zufälle. Sein Kopf war schwer. Er hatte den Koffer zwischen seine Beine gestellt. Ängstlich drückte er seine Knie dagegen, als könnte ihm jemand das Ding entreißen.

Vielleicht sollte er ihn einfach stehen lassen, in diesem Abteil, in dem auch die junge Frau saß und ihn anstarrte. Er würde bei der nächsten Station aussteigen, den Zug verlassen und den Koffer nicht mitnehmen.

Er würde verschwinden in den Weiten des Landes, sich verkriechen wie ein Käfer im Baumstamm. Er würde weiterleben – irgendwie. Fern seiner Heimat, fern seiner Familie. Aber er würde leben und sein Versprechen nicht halten.

Er würde untertauchen und dem Schicksal ein Schnippchen schlagen.

Sitzen blieb er, bewegte sich im Rhythmus des Waggons. Der Zug hatte mittlerweile an Tempo gewonnen. Das regelmäßige Klacken, wenn der Eisenbahnwagen über das Ende der einen und den Anfang der nächsten Schiene rumpelte. Er wehrte sich dagegen, einzuschlafen, dem friedlichen Dösen nachzugeben. Er riss sich zusammen. Sah hinaus in die leere Landschaft, schaute zum Horizont, wo der Himmel die Felder küsste. Wo einzelne Bäume Wolken umarmten.

Es hätte, wenn er es genau nahm, weiterhin ein lebenswertes Leben sein können.

Auch für ihn.

Irgendwann hatte sich Lansbury verabschiedet, und Diane war ins Büro gegangen. Sie hatte sich vor das Pult gesetzt, die Schublade geöffnet und ihren Laptop hervorgezogen, den Laptop, den sie erst noch aus seinem Versteck hatte holen müssen, wo sie ihn für ihre Familie unauffindbar verstaut hatte. Ihren alten Laptop. Erstaunlich, dass er noch funktionierte. Sie hatte den Deckel aufgeklappt, den Stecker des Ladekabels in die Steckdose an der Wand geschoben, das Programm aufgestartet und ein neues Word-Dokument geöffnet.

Sie hatte zu schreiben begonnen.

Schreiben befreit.

Aber wir haben ja uns. Das Schreiben braucht es nicht mehr. Es gibt Wichtigeres im Leben als zu schreiben. Wir haben ein Kind, das seine Mutter braucht. Da hat Schreiben keinen Platz mehr.

Es ist deine Entscheidung.

Nein, ist es nicht.

Später erwachte Diane auf dem Sofa. Sie wusste nichts mehr vom Abend, von der Nacht, nur, dass sie *nicht* miteinander geschlafen hatten.

Sie griff nach ihrem Smartphone auf dem Salontischchen, wischte über die Uhr. Halb acht. Sie hatte den Zeitpunkt verschlafen.

Vor einer Woche hatte sie Jake zum letzten Mal gesehen. Und sie hatte den Zeitpunkt verpasst.

Schnell riss sie sich hoch, taumelte in die Küche zum Abwaschbecken. Sie drehte den Wasserhahn auf, neigte den Kopf vornüber und klatschte mit den Händen das kühle Nass ins Gesicht.

Heute war es eine Woche her, seit sie Jake verloren hatte. So mutete also ein Jahrestag an, ein Monatstag, der Wochentag. Dieses immer wiederkehrende Ereignis, das sie von innen heraus auffraß. Die Erinnerung an einen entsetzlichen Tod – Diane stellte sich ihr mit selbstzerstörerischer Intensität und versuchte, sie so lange in ihren Gedanken zu halten, bis sie sicher war, dass sie noch weit mehr ertragen würde. Sie ging so weit, dass sie einen würgenden Schmerz in der Kehle provozierte, den Stein im Bauch, der in den letzten zwei Tagen kleiner geworden war. Jetzt traf dieses Gefühl sie mit aller Wucht: das beklemmende Wissen, dass ihrem Leben der tiefste Sinn abhandengekommen war.

Der Samstag. Bewusster jetzt als je zuvor.

Einschneidende Ereignisse hinterlassen immer Spuren. Erinnerst du dich, als du Maddie geboren hast? Zuerst war es der Wochentag, dann der Monatstag. Dann ein Jahr später. Erinnerst du dich, wie stark wir es wieder und wieder erlebt haben?

Die Tränen. Plötzlich waren sie da. Ihre Augen pressten sie aus. Die Tränen rannen über ihre Wangen, liefen in den Mund. Und zeitgleich verselbständigte sich ihr Körper. Er zitterte und bebte und sie vermochte nicht, dies zu stoppen. Sie ging zurück zum Sofa, legte sich hin und rollte sich zusammen wie ein Embryo, zog die Knie bis zum Kinn und weinte. Sie weinte laut, bis das Weinen zum Schreien wurde. Sie schrie, bis sie kaum noch atmen konnte, schrie sich die Seele, den Schmerz aus dem Leib.

Alles hätte anders werden können, wenn … nach ein paar Minuten war es vorbei.

Durch das offene Fenster begrüßte sie der Morgen. Das lichtfreudige Insekt lag rücklings auf dem Boden. Die Flügel schienen gebrochen.

Diane ging ins Badezimmer und stellte sich unter die Dusche. Es war an der Zeit, Jakes Verschwinden auf den Grund zu gehen.

* * *

Dexter Kirkwood hatte sie zwar nicht gebeten, ihn zu besuchen, aber ihr seine Adresse in die Hand gedrückt – als sie im Bus neben ihm gesessen hatte, als ihr zum ersten Mal richtig bewusst geworden war, dass sie Jake für immer verloren hatte.

Von Cheddar bis Bournemouth waren es gute hundert Meilen. Diane rechnete damit, dass sie es bis zum Mittag schaffen würde. Sie rief auf Annes Mobiltelefon an und erkundigte sich nach Maddie.

«Sie wird heute Abend nach Hause kommen», vermeldete Anne. «Sie hatte eine gute Nacht. Sie hat ruhig und ohne Albträume geschlafen. Vielleicht solltest du dir überlegen, das Haus aufzugeben und wegzuziehen. Maddie zuliebe.»

Davon wollte sie nichts hören. «Das Haus aufgeben? Das fühlt sich an, als wollte ich die Erinnerung an Jake aufgeben.» Bis heute hatte sie es nicht über sich gebracht, bei der Bank vorzusprechen. Es hatte sich auch niemand bei ihr gemeldet. Aus Respekt vielleicht, oder aus Unwissen. Am Freitagmorgen hatte mal jemand von der Versicherung angerufen. Diane hatte es auf dem Anrufbeantworter abgehört. Sie hatten um einen Rückruf gebeten, aber sie hatte ihn versäumt.

Die Haushaltskasse gab noch etwas her, und bis Mitte des Monats würde es reichen. Was danach kam, lag noch in weiter Ferne, war nicht wichtig.

Wie so viele andere Dinge, die ihre Wichtigkeit verloren hatten: Das Wohnzimmer hätte mal wieder gesaugt werden müssen. In der Küche stapelte sich gebrauchtes Geschirr. Die Betten blieben ungemacht, und das Badezimmer hatte selten so schlimm ausgesehen.

Um zehn Uhr fuhr Diane los, hinunter zur Cliff Road, wo Jakes Wegweiser stand. Maddie hatte sogar noch Blumen darauf gemalt. Da war sie sieben gewesen.

Dad! Schau! Habe ich nicht schöne Blümchen gezeichnet?

Ja, mein Schatz, die schönsten auf der Welt.

Die Gorge lag im Schatten. Einige Wochenendausflügler hatten den Weg hierher gefunden, aber Diane mochte die Mendip Hills nicht besonders. Sie vermittelten ihr eine zu große Einsamkeit – und doch fühlte sie sich im Augenblick in ihnen geborgen. Hier regnete es noch mehr als anderswo, hier grollte der Donner irgendwie kräftiger, kurz: Hier schien der Ursprung Britanniens zu liegen.

Sie fuhr nach Cheddar und von dort nach Wells und Shepton Mallet. Das GPS führte sie südlich über die A37 nach Dorchester, und von dort waren es noch etwa dreißig Meilen bis Bournemouth.

Nach Bournemouth waren sie einmal im Jahr zum Baden gefahren. Neben endlosen Sandstränden gab es hier einsame Buchten mit türkisfarbenem Wasser und nette Cottages zum Mieten. Sie hatten einmal eines gemietet, für drei Tage. Nur einmal, weil Jake lieber wieder zurück zum Haus wollte, zurück in die Einsamkeit, wo niemand ihren Seelenfrieden störte.

Dexter Kirkwood bewohnte ein älteres, herrschaftliches Haus an der Pinecliff Road, das seine besten Jahre hinter sich hatte. Die weiß eingefassten Sprossenfenster vermochten das düstere Grau der Fassaden nicht wirklich zu erhellen, und zwei schwere Kamine erdrückten den Bau zusätzlich. Die blickdichte Hecke aus Lorbeer und die wuchernden Ranken an der Nordseite vermittelten etwas Verwunschenes, Geheimnisvolles, sogar Bedrohliches. Diane parkte auf einem der zahlreichen leerstehenden Parkplätze, stieg aus und betrachtete die Gegend. Jahrhundertealte Bäume verdeckten den Blick zum Meer, das nicht weit von hier entfernt lag. In der Luft hing ein eigenartig fischiger Geruch. Diane ging an den Rand der Straße und fand zwischen zwei mannshohen Sträuchern einen Durchgang zu dem Haus, zu dem sie wollte. Den Weg zum Eingang säumten eine Mauer und niedrige Pflanzen, deren Blätter schlaff herunterhingen. Dunkles Moos und graue Flechten, die die Bodenplatten überzogen, verbreiteten eine düstere Atmosphäre ungepflegter Einsamkeit, umweht von einem kaum wahrnehmbaren Geruch von Moder. Diane drückte den Klingelknopf.

Kirkwood hatte nicht mit Diane gerechnet, das sah man ihm an, als er an die Tür kam und seine unförmige Gestalt fast den ganzen Türrahmen ausfüllte.

«Was für eine Überraschung!» Er bat sie ins Haus. «Wie geht es Ihnen?»

«Ich sehe aus wie eine Eule», entschuldigte Diane ihr angeschlagenes Aussehen und nahm die heitere Stimmung im Hausinnern wahr – das pure Gegenteil seiner äußeren Erscheinung. Die Wände zeigten eine eierschalenfarbene Tapete mit Rosenmuster. Den Eingangsbereich dominierte eine weiße Kommode, über der ein verschnörkelter Spiegel thronte und alles drum herum optisch vergrößerte. Ansonsten hingen überall Bilder in fröhlichen Rahmen, vergilbte Kinderzeichnungen und alte Stiche.

«Sie haben geweint», stellte Kirkwood fest. «Ich sehe es. Seien Sie froh. Ich habe es bis anhin noch nicht gekonnt. Der Schmerz verhindert die Tränen.» Er ging voraus in die Küche, welche in Hellbraun gehalten eine gemütliche Stimmung vermittelte. Im Gegensatz zu Dianes Zuhause herrschte hier Ordnung. Sogar ein Strauß gelber Narzissen zierte den Tisch, der für zwei Personen gedeckt war. In der Vitrine auf dem Schrank glänzte fein poliertes Silber, daneben standen Kristallgläser in ausgesuchter Qualität. Dianes Blick blieb eine Weile daran hängen.

Auf Kirkwoods Gesicht erschien ein müdes Lächeln. «Susan mochte Silber. Sie war eine leidenschaftliche Sammlerin von altem Silber. Unser Haus ist voll von Kerzenständern, Geschirr und Vasen – alles aus Silber. Bitte nehmen Sie Platz.» Er zog einen Stuhl unter dem Tisch hervor und bedeutete Diane, sich zu setzen. «Ich wollte gerade essen. Wenn Sie mögen, kann ich für Sie noch ein Gedeck hinlegen.»

«Ich möchte Sie nicht lange belästigen.» Diane setzte sich auf den angebotenen Platz. «Sie erwarten noch jemanden?»

Kirkwood sah sie stirnrunzelnd an. «Ich decke immer auch für Susan auf. Das hier war ihr Platz. Ich fühle mich beim Essen dann nicht so allein. Für mich bedeutet es, dass sie gleich in die Küche kommt und sich an meine Seite setzt. Es mag vielleicht etwas seltsam wirken, aber ich bin nun mal ein sentimentaler Mensch. Zudem ist alles noch so frisch.» Er fuhr sich mit dem Handrücken über die Augen.

«Sie müssen sich nicht entschuldigen. Jeder Mensch geht anders mit der Trauer um.»

«Warum sind Sie hier?» Kirkwood setzte sich zu Dianes linker Seite und schob das Gedeck von sich. «Etwas zu trinken?»

Diane winkte den Kopf schüttelnd ab. «Wusste Ihre Frau, dass mein Mann sie nach New York begleiten würde?»

«Sie hatte es anfangs erwähnt. Als dann Mr Hemingway in Heathrow auftauchte, stellte Susan ihn mir vor.»

«Ihre Frau hatte ihn vorher nie erwähnt?»

«Bitte nennen Sie sie Susan. Ich erinnere mich, dass sie mehrmals im Zusammenhang mit Skyblue von einem sympathischen jungen Mann gesprochen hatte. Das war die Firma, die ihnen die meisten Aufträge zukommen ließ.»

«Jake arbeitete dort als Art Director.»

«Es ist gut möglich, dass sie sich schon früher getroffen haben.»

«Und der Auftrag in New York war ihre erste gemeinsame Sache?»

«Ich gehe davon aus. Susan sprach oft über ihre Arbeit und mit wem sie sich traf. An den Namen Hemingway kann ich mich nicht erinnern. Aber mein Gedächtnis ist auch nicht mehr das, was es einmal war.»

«Ist Ihnen auch bekannt, dass am Donnerstag vor einer Woche ein Treffen zwischen Sklyblue und Kendall Print stattfand? War Susan auch dabei?»

«Ich nehme es an. Sie sprach von einer heiklen Sitzung, von der die zukünftige Existenz der Druckerei abhing. Aber warum wollen Sie das wissen? Die Met und der Geheimdienst MI5 haben bereits danach gefragt. Sie haben einen ganzen Apparat von Leuten aktiviert. Sie dehnen die Spurensuche weit über die Hinterbliebenen aus.»

«Wissen Sie, weshalb?» Diane blickte auf ihre Hände. Sie musste wieder mal die Nägel schneiden. Lange Fingernägel seien vulgär, hatte Jake gesagt.

«Sie gehen nun definitiv von einem Anschlag aus», sagte Kirkwood. «Es kam heute in den Frühnachrichten.»

«Man hat die Blackbox noch nicht bergen können.»

«Scheinbar gäbe es Indizien …»

«Wer befand sich an Bord, dem dieser Anschlag hätte gelten können?»

«Wenn man den Spekulationen glauben darf, kommen mehrere Personen in Frage. Es gab einige Prominente auf diesem Flug. Die beiden Schachspieler zum Beispiel – Abu Salama und Masaad. Der Sekretär unseres Premiers, Liam Keaton. Dann heißt es, dass auch die bekannte Opernsängerin Adrianne Winterbutton die Reise angetreten hatte. Sie hätte Auftritte in der Metropolitan Opera gehabt. Ihre Konkurrenz ist groß, aber ihr konnte fast niemand das Wasser reichen.»

«Ich kann mir nicht vorstellen, dass man ihretwegen ein Flugzeug sprengt.» Diane hielt inne. Eine Welle des Schmerzes erfasste sie. Sie schluchzte auf, griff nach ihrer Tasche und nahm ein Taschentuch daraus hervor. «Jake war in dieser Maschine und ich weiß nicht, warum. Haben Sie eine Erklärung dafür? Hat Susan etwas durchblicken lassen? Warum musste sie nach New York? Was war das für ein Auftrag?»

«Ich weiß nur, dass Kendall Print auch international tätig ist. Vielleicht musste Susan sich mit neuen Kunden beraten, weil die Zusammenarbeit mit Skyblue auf wackeligen Beinen steht. Das scheint mir der einzig plausible Grund zu sein.»

«Aber warum Jake? Er hätte mir davon berichtet. Hat er aber nicht. Irgendetwas stimmt da nicht. Ich möchte es verstehen …» Diane spürte die Schwere in ihrem Bauch heftiger denn je. «Bitte, Mr Kirkwood. Gibt es irgendwelche Anhaltspunkte, die mir eine Antwort liefern könnten?»

Kirkwood erhob sich. «Kommen Sie. Ich möchte Ihnen etwas zeigen.»

Er ging voraus auf eine Tür zu, die in den Keller führte. Diane folgte ihm.

Der Keller war wider Erwarten ein riesiger Raum, der mit Stützpfeilern und Querstreben aus Holz versehen war. Die Feuchtigkeit des Raumes vermischte sich mit den Gerüchen von Papier und Farbe. Mehrere Tische bildeten verschiedene Arbeitsplätze, auf denen sich zahlreiche beschriftete Kartons befanden, Farbrollen und Druckvorlagen. Auf einem kleineren Tisch stand eine altertümliche Druckerpresse von der Art, wie Diane sie schon in einem Museum gesehen hatte.

«Das ist der Nachkomme der Gutenbergpresse», sagte Kirkwood und griff nach einem Holzkasten. «Und hier sind die Metalllettern zum Setzen. Susan hat die Bücher, die bei ihr in Auftrag gegeben wurden, alle von Hand gesetzt. Jeden einzelnen Buchstaben.»

«Das ist ja unbezahlbar.»

«Im wahrsten Sinne des Wortes. Für die Klientel, welche ein solches Buch haben wollte, stand der Preis nicht an erster Stelle. Und für Susan war es mehr als ein Hobby, es war eine Leidenschaft. Auch die Fadenbindung. Sie verbrachte oft ganze Nächte hier unten.»

«Und was genau wollten Sie mir jetzt zeigen?»

«Kendall Print hatte einige Bücher in Auftrag gegeben», fuhr Kirkwood fort, ohne auf Dianes Frage einzugehen. «Als es der Firma noch gut ging, machte sie ihren Kunden großzügige Geschenke in Form von handgemachten Büchern. Susan bekam Aufträge, lange bevor sie bei Kendall Print gearbeitet hatte. Dann kam die Flaute. Alles wurde schwieriger, auch für Susan. Zum Glück haben wir eine gute Rente. Denn Susans Leidenschaft warf unter dem Strich kaum etwas ab.»

«Und trotzdem haben Sie sie gewähren lassen?»

Kirkwood versank in seine Gedanken. «Sie war glücklich. Aber ich hätte ihr nie erlauben dürfen, bei Kendall Print arbeiten zu gehen.»

«Und weshalb nicht?»

«Dann würde sie vielleicht noch leben.»

«Mr Kirkwood, sehen Sie denn da irgendwelche Zusammenhänge?»

Kirkwood schüttelte nachdenklich den Kopf. «Seit dem furchtbaren Flugunglück gehen mir Nacht für Nacht die gleichen Fragen durch den Kopf. Warum Susan? Warum musste sie ausgerechnet an diesem Tag nach New York?»

«Und warum hat Jake sie begleitet?» Diane strich mit ihrer rechten Hand selbstverloren über die metallenen Buchstaben.

Ein Gefühl der Wehmut kam in ihr auf. Erinnerungen an früher. «Sie wollten mir etwas zeigen?»

Kirkwood wandte sich wortlos um und ging an die hintere Kellerwand, die über die gesamte Breite mit Schränken und Regalen versehen war. Er öffnete eine der Schranktüren und griff auf ein Gestell. «Das hier habe ich gefunden, als ich nach einer Antwort suchte.» Kirkwood hielt ein in braunes Leder eingefasstes Buch in der Hand. «Es ist ihr Tagebuch. Ich habe nicht gewusst, dass Susan Tagebuch führte. Es war, glaube ich, das einzige Geheimnis, das sie vor mir hatte.» Er schlug die letzten Einträge auf. «Am Tag vor ihrem Tod hat sie das hier geschrieben.» Kirkwoods Mittelfinger fuhr über die letzten Zeilen. «*Andrew Kendall …*, das ist der Inhaber der Druckerei», erklärte er.

«Ja, ich kenne ihn», bestätigte Diane. «Und warum haben Sie Susans Tagebuch wieder in den Schrank hier zurückgelegt?»

Kirkwood mustere sie mit zusammengekniffenen Augen und fuhr dann fort: «Macht der Gewohnheit, ich weiß es nicht. Also: *Kendall hat mich gebeten, mit Jake Hemingway nach New York zu reisen. Über den Auftrag dort wollte er mir keine richtige Auskunft erteilen. Er nannte mir das Hotel, in dem wir logieren würden. Da ich ihn nicht mehr erreichen konnte, habe ich mir vorgenommen, ihn anzurufen, um mit ihm weitere Details zu besprechen.*» Kirkwood klappte das Buch zu. «Ob sie ihn je angerufen hat, bleibt ein Geheimnis. Das hat sie mit sich ins …» Hier stockte er. «Das hat sie mit sich ins Grab genommen.»

Ein seltsamer Eintrag, dachte Diane. Schrieb man auf diese Weise Tagebuch? «Nein, Mr Kirkwood», sagte sie. «Das weiß einzig und allein Andrew Kendall.»

* * *

Als Diane am späten Abend nach Hause kam, waren Anne und Maddie bereits zurückgekehrt. Annes Wagen stand auf dem einzigen mit Platten ausgelegten Parkplatz neben dem Mammutbaum, und im ersten Stock brannte Licht. Ockergelb fiel der müde Schein durch die zugezogenen Vorhänge. Diane fuhr in die Garage, die an das Haus angebaut war. Sie stieg aus, nahm ihre Tasche aus dem Kofferraum und ging Richtung Eingang. Eine Weile blieb sie im Lichtkegel stehen und blickte an der Fassade hoch, wo sich das Dach vor einem winzigen Teil des dämmrigen Himmels abzeichnete. Wolken hatten sich von Westen her über die Landschaft geschoben, als wollten sie das letzte Stück Unversehrtheit der einbrechenden Nacht verschlingen. Der Wind frischte auf. Die noch kahlen Äste des Baumriesen beugten sich unter den Böen und Diane schauderte. Das Haus lag vor ihr, scharf umrissen von den schwärzer werdenden Schatten, welche sich von ihr weg- und wieder zu ihr hinbewegten. Sie zitterte vor Kälte, während sie über die zwei Treppenstufen ging, die zur Veranda und dann zur Tür führten.

Die Tür war verschlossen. Diane klopfte.

Maddie öffnete so schnell, als hätte sie auf Dianes Ankunft gewartet. «Ich habe dich zufahren hören», sagte sie und fiel

Diane um den Hals. «Mum, was ist mit Dad geschehen?» Sie löste sich von ihrer Mutter, zog sie ins Entree und von dort in die Küche. «Jemand hat das Flugzeug gesprengt. Es kam in den Nachrichten.»

Diane blieb vor dem Kühlschrank stehen und blickte sich um. Wo war ihre Schwägerin?

«Tante Anne ist oben», sagte Maddie, als hätte sie ihre Gedanken gelesen. Die Frage von vorhin war wie ausradiert. «Sie hängt irgendetwas in meinem Zimmer auf. Ich glaube, es ist Lavendel. Sie meinte, dass ich damit besser schlafen könne. Du weißt ja, wie sie ist. Und Lavendel scheint im Moment der Renner zu sein.»

Das verschmutzte Geschirr der letzten Tage war gewaschen und getrocknet und stapelte sich jetzt neben dem Herd. Auch sonst schienen Putzteufel am Werk gewesen zu sein. Der Fußboden glänzte noch feucht.

«Diane! Schön, dass du wieder da bist. Ich habe mir schon Sorgen gemacht. Wie lief es in Bournemouth?» Anne schwebte ihr über die Treppe entgegen. Sie trug noch immer Schwarz. Bis zum dreißigsten Tag nach dem Todestag würde sie das tun – das war in ihrem Glauben so verankert. Und dann würde sie ein weiteres Jahr lang nur Grau tragen.

«Warum Sorgen? Ich habe dir doch erzählt, dass ich Mr Kirkwood besuche.»

«Ach, nichts.» Anne winkte ab. «Jemand von der Met hat dich gesucht.»

Diane schwieg. Tyrone Lansbury. Es konnte niemand anderer sein als er. Der Stich unter ihrer Brust vermischte sich mit dem anderen latenten Schmerz, der noch nicht ganz verschwunden war, der immer wieder aufflammte, brannte. Sie beinahe versengte.

Das Schweigen zog sich dahin, bis Anne es brach. «Warst du schon auf der Bank?»

«Nein, noch nicht.» Diane ließ sich erschöpf auf das Sofa fallen. Die Fahrt und das Gespräch mit Kirkwood hatten sie angestrengt.

«Dann solltest du es morgen tun. Du musst für Ordnung sorgen. Ihr seid jetzt ja auf euch allein gestellt, und du musst erfahren, wie es um das Haus steht. Vielleicht solltest du es doch verkaufen.»

«Nein, das kommt nicht in Frage!» Diane strafte Anne mit einem zornigen Blick. «Auch wenn Jake dein Bruder war, gibt dir das nicht das Recht, dich in meine Angelegenheiten zu mischen. Ich möchte, dass du jetzt gehst. Ich habe es satt, von dir bevormundet zu werden.»

«Harte Worte.» Anne wirkte verletzt.

«Am besten, du sagst jetzt nichts mehr.»

Maddie hatte die ganze Zeit in der Küchentür gestanden. Sie verfolgte den gehässigen Wortabtausch der beiden Frauen, sagte jedoch nichts dazu. Diane wusste, wie sehr sie Anne mochte. Aber nur für gewisse Zeit, und die war jetzt offensichtlich abgelaufen.

«Ich bin dann mal oben», sagte Maddie und nahm zwei Tritte auf einmal in die erste Etage.

Diane sah ihr nach, was Anne dazu veranlasste, ihre Meinung über ihre Nichte kundzutun. «Denk an Maddie. Sie braucht dich jetzt.»

«Du wiederholst dich.» Diane erhob sich, schlurfte in die Küche und öffnete den Kühlschrank. Sie sah, dass wenig darin war und schloss ihn wieder.

«Und einkaufen musst du auch selber.»

«Das brauchst du mir nicht unter die Nase zu reiben! Ich weiß, was ich zu tun habe.»

«Offenbar nicht.» Anne wandte sich ab. «Falls du es dir anders überlegst, kannst du mich ja anrufen.»

Diane staunte über ihre stoische Ruhe.

Denn ihre Gefühle waren in Aufruhr, und sie ließen sich immer weniger steuern. Sie spürte, wie sie mehr und mehr die Kontrolle über sich selbst verlor. Manchmal hätte sie einfach laut schreien oder auf Anne losgehen und sich zugleich wie eine Schnecke in ihrem Haus verkriechen und dort verharren können, bis die Gefahr vorüber war, bis man ihr mitteilte, es sei alles nur ein böser Traum gewesen.

Was war bloß aus ihr geworden?

«Du musst jetzt stark sein», hatte Anne gesagt. «Du bist die Erwachsene.»

Manchmal schien es umgekehrt: Diane suchte Halt bei Maddie. Die gemeinsame Tochter war das Einzige, was von Jake geblieben war. Leere erfasste sie. Was war los mit ihr? Sie, die hatte anpacken können, die im Leben gestanden hatte wie ein knorriger Baum. Solange Jake sie umsorgt hatte. Aber auch lange davor.

Als Anne losgefahren war, ging sie unter die Dusche, denn nach Essen war ihr nicht zumute, und dass sie in den letzten Tagen abgenommen hatte, störte sie nicht.

Während sie sich von der sanften Tropenbrause berieseln ließ, ging draußen vor der Tür das erste Frühlingsgewitter nieder.

Um halb elf trat sie vor die Tür und trotzte den Elementen, die die Natur über Cheddar losgelassen hatte. Es war empfindlich kalt geworden, aber Diane stellte sich hüllenlos unter die Dachrinne und ließ das kalte Wasser über ihren Körper rinnen. Sie fror, sie spürte die Kälte wie Nadelstiche auf ihrer Haut. Sie wollte sich spüren, den Schmerz ertragen, obwohl er ihr beinahe den Atem raubte. So stand sie eine Weile, den Kopf in den Nacken gelegt. Regenwasser plätscherte über ihr Gesicht, die Haare, die Schultern und rann eisig über ihre Brüste und den Bauch.

Maddie beobachtete ihre Mutter vom Küchenfenster aus.

* * *

Am Abend desselben Tages, zwanzig Meilen nördlich von Cheddar, erwachte Tyrone Lansbury an seinem Schreibtisch, an dem er über einer Arbeit eingeschlafen war. Als seine Frau Emilie auf tragische Weise das Leben verloren hatte, hatte er sich in die Polizeistation Broadbury Road Bristol versetzen lassen. Das ermöglichte ihm das Arbeiten auch von seinem Zuhause aus. Kurz nach dem Flugunfall hatte Lansbury von London den Auftrag erhalten, die Geschichten jedes einzelnen aus Bristol stammenden Passagiers des Flugs BA443 auszuleuchten und Ungereimtheiten aufzuspüren. Bevor nicht restlos geklärt war, warum die Maschine der British Airlines abgestürzt war, weigerten sich zudem die Versicherungen, zu zahlen. In den USA hatte man mehrere Agenten auf den Fall angesetzt.

Lansbury selbst war mit seinen Recherchen auf vier Verdächtige gestoßen, die nicht in das Bild des normalen Passagiers passten. Dubios schienen vor allem die zwei Schachspieler aus Saudi-Arabien zu sein. Sie hatten sich zu einem Turnier in New York angemeldet. Sie waren über Kairo nach London geflogen und hatten dort von der Emirates Airline zur British Airlines gewechselt. Eine unübliche Vorgehensweise, zumal Lansbury davon ausging, dass saudi-arabische Staatsbürger nicht freiwillig mit einer europäischen Fluggesellschaft flogen. Das allerdings hätte den Verantwortlichen der Sicherheit schon auffallen sollen. Aber die beiden Araber waren weit herumgereist, und vielleicht waren sie deswegen nicht näher kontrolliert worden. Bei den üblichen Sicherheitschecks war zumindest nichts Auffälliges zutage getreten. Aber es war das erste Mal gewesen, dass sie mit British Airlines flogen.

Nach der Sitzung am Nachmittag auf dem Police Department in Bristol spekulierte man weiter, dass es neunundvierzig Minuten nach dem Start an Bord der Unglücksmaschine eine Explosion gegeben haben könnte. Die Piloten hatten in Cork um eine Notlandung gebeten, ohne den Grund definiert zu haben. Das ging aus den Protokollen der Flugüberwachung hervor. Man rätselte, was in den Minuten zwischen einer möglichen Explosion und dem Aufprall auf dem Wasser geschehen war. Auskunft würde der Flugdatenschreiber geben. Möglicherweise hatten sich die Piloten für einen Sturzflug entschieden, um das Flugzeug knapp über dem Meer wieder auszurichten, in der Hoffnung, mit dem Seitenruder manövrieren zu können. Doch dies war dann endgültig schiefgelaufen. Der Rumpf musste zu diesem Zeitpunkt bereits so auseinandergerissen gewesen sein, dass sie keine Chance hatten, die Maschine auszubalancieren. Keine Notlandung auf dem Meer, geschweige denn in Cork.

Wir schlagen auf! Das war das Letzte, was die Fluglotsen vernommen hatten.

Lansbury forschte in der Suchmaschine von Interpol nach sämtlichen neuen Nachrichten über die arabischen Schachspieler.

Ibrahim Abu Salama stammte aus Bahrain und war dreißig Jahre alt. Einziger Sohn des Arztes Khaled Abu Salama. Er hatte, wie sein Vater, in Riad Medizin studiert, aber nach drei Jahren das Studium abgebrochen, um sein Leben ganz dem Schachspiel zu widmen. Sein Glaube war moderat gewesen. Es gab keine Auffälligkeiten, keine schwarzen Flecke. Er war unverheiratet. Aus irgendeinem Grund war er mehrmals beschattet worden, aber über die näheren Umstände war nichts bekannt. Vielleicht musste Lansbury dort ansetzen.

Hossam Masaad dagegen war der zweiunddreißigjährige Sohn eines Kameltreibers und sehr religiös. Aufgewachsen war er in der Wüste am Fuße des Tuwaiq Escarpments. Er hatte drei Geschwister, alle jünger als er. Da seine Familie so gut wie nichts besaß, wurde er von Scheich Ihsan Chalid unterstützt.

Und hier wurde Lansbury stutzig, denn der Scheich war zwar bekannt für seine Großzügigkeit, aber diese war immer auch an eine Gegenleistung gebunden. So hatte er zum Beispiel ein Hotel in der Schweiz gekauft und einen Pächter engagiert. Wenn seine Familie während der Sommermonate in die Schweiz reiste, durften im Hotel keine anderen Gäste beherbergt werden. Das Haus wurde dann für seine Sippe hergerichtet und nach seiner Abreise wieder instand gestellt. Auch die während seiner Anwesenheit entstandenen Schäden wurden beseitigt. Ihsan Chalid zeigte, was er hatte: Macht und Geld.

Lansbury googelte weiter. Es gab eine ganze Liste von Städten, in denen die beiden jungen Männer schon an Turnieren teilgenommen hatten. Seltsam war, dass mit wenigen Ausnahmen immer beide zur selben Zeit unterwegs gewesen waren, obwohl sie weder Verwandte noch Freunde waren. Sie gehörten nicht einmal demselben Schachclub an.

Dann widmete Lansbury seine Aufmerksamkeit Liam Keaton. Es war allgemein bekannt, dass er die rechte Hand des Premiers gewesen war und nicht nur zu rechtspopulistischen Parolen geneigt, sondern sie in der Öffentlichkeit auch vehement vertreten hatte. Morddrohungen hatten genauso zu seinem Amt gehört wie tägliche Anschuldigungen in Form von E-Mails und Briefen. Seine Villa in der Nähe von London war mehrmals von Vandalen verwüstet worden. Einmal entging seine kleine Nichte nur knapp einer Entführung – lediglich die Beherztheit eines jungen Mannes hatte verhindert, dass das Mädchen in ein Auto gezerrt wurde. Seither lebte die Familie von Keatons Bruder unter strengem polizeilichen Schutz.

Wenn der Anschlag Liam Keaton gegolten hatte, wer hatte die Bombe an Bord gebracht? Hossam Masaad etwa? Und wo lag die Verbindung zu Keaton? Warum musste Lansbury auf einmal an einen Selbstmordattentäter denken? Allzu weit hergeholt war dies allerdings nicht. Seit ein paar Jahren waren sie für eine neue Form von Mordanschlägen verantwortlich.

Michael Drake hatte am Nachmittag alle seine Register gezogen. Er hatte sämtliche Angestellte des Flughafens Heathrow, die am Unglückstag Dienst gehabt hatten, nach Scotland Yard zitiert. Stundenlang waren sie befragt und vor allem die Mitarbeiter der Gepäckabfertigung waren in die Mangel genommen worden. Doch es hatte nicht danach ausgesehen, dass die Vorschriften auch nur an einer Stelle missachtet worden wären.

«Wir haben es mit einer neuen Art des Terrorismus zu tun.» Das war sein trauriges Fazit gewesen, das er dann auch nach Bristol meldete.

Lansbury erinnerte sich an Diane Hemingways Aussage. Sie habe nicht gewusst, dass ihr Mann an diesem Tag nach New York reisen wollte. Er hatte unter extremer Flugangst gelitten. Die Frage, warum er dann an Bord gewesen war, stellte sich nicht nur Lansbury. Hinzu kam, dass die Lebensversicherung, die Jake Hemingway vor einem halben Jahr abgeschlossen hatte, sowie diverse Anschaffungen, die auf den gleichen Zeitraum fielen, den Verdacht zuließen, dass er doch nicht ganz koscher gewesen war. Die beiden Tickets in der Business Class waren von Susan Kirkwood bestellt und bezahlt worden. Die einzige Verbindung zwischen ihr und Jake Hemingway führte über die Druckerei Kendall Print.

Lansbury nahm sich vor, der Druckerei einen Besuch abzustatten.

Zehn

Er hatte geschlafen. Neun Minuten lang. Vielleicht auch zehn. Die Frau saß noch immer dort, wo sie seit dem Anfahren des Zuges gesessen hatte. Sie schaute ihn nicht mehr an. Ihre Augen waren geschlossen. Auch sie hatte die Müdigkeit übermannt, das monotone Gleiten des Zuges ihre Gedanken ausgeschaltet. Vielleicht würde sie träumen.

Träumen von einem geheimnisvollen Koffer, der unweit ihrer Beine zwischen den Knien ihres Sitznachbarn stand.

Er betrachtete den Koffer, schaute genau hin. Fragte sich, ob es noch derselbe Koffer war, den er mit in den Zug genommen hatte. Ins Abteil, wo auch die Frau saß und jetzt schlief und seine Gedanken nicht kannte. Vielleicht war sie ein Engel, der ihn zur Umkehr zwang.

Er wusste nicht genau, was sich im Koffer befand. Vielleicht hatte er eine Ahnung, doch diese wollte er nicht weiterspinnen.

Der Koffer – er war noch da. Derselbe seit Beginn dieser Reise. Er hätte es sich gewünscht, dass jemand gekommen wäre, der den Koffer auswechselte, während er schlief. Der Koffer war noch da, eingeklemmt zwischen seinen Beinen. Wie angekettet oder mit Klebeband befestigt.

Draußen jetzt Häuser. Eine veränderte Landschaft. Dörfer. Agglomerationen. Vororte der Stadt.

Der Vorort zur Hölle, dachte er.

Der Schrei – er kam von oben. Und er hatte nichts Menschliches an sich.

Es war ein Schrei, der die Nacht messerscharf durchschnitt. Durch die schräggestellten Jalousien schimmerte es nachtschwarz, vermischt mit dem fahlen Licht der Lampe. Draußen heulte der Wind. Regen peitschte gegen die Hausmauer. Diane tastete nach dem Lichtschalter und brauchte eine geraume Zeit, bis sie ihn fand. Das Zimmer versank in einen müden Schein, der ihre Müdigkeit widerspiegelte. Sie erschrak längst nicht mehr wie am Anfang und nahm es mittlerweile in Kauf, dass ihr Schlaf in dieser Regelmäßigkeit unterbrochen wurde, die nicht mehr nur Furcht, sondern auch Wut in ihr auslöste – Wut auch auf sich selbst, auf ihre Unfähigkeit, diesem nächtlichen Spuk ein Ende zu setzen.

Diane suchte nach ihren Hausschuhen, fand sie unweit des Bettes, schlüpfte hinein und erhob sich.

Es war eine dieser Nächte, in denen sie ungern aus dem Bett kroch. Die Kälte hatte sich in die Räume geschlichen, denn der Heizkörper war defekt, und die Holzscheite im Cheminée waren längst verglüht. Der frühe Frühling hatte sich verabschiedet und der Rückkehr des Winters Platz gemacht. Diane schlurfte zur Tür, öffnete sie und streckte den Kopf in den Korridor. Oben war es ruhig. Maddie war vielleicht wieder eingeschlafen.

Trotzdem stieg Diane über die Treppe ein Geschoss höher. Jede Stufe knarrte unter ihrem Gewicht. Ein Nachtlämpchen erhellte schwach den Flur. Wenn es nicht ganz so dunkel war, schlief Maddie besser ein. Diane drückte die spaltbreit geöffnete Tür auf und schob sich ins Zimmer.

Maddie saß aufrecht in ihrem Bett. Diane sah ihre Konturen, die sich gegen das Fenster abzeichneten. Die Läden standen offen, und die Vorhänge waren zurückgezogen. Draußen tobte der Wind und schlug den Ast des einzigen Baumes im Garten gegen die Fensterscheiben.

«Dort ist jemand.» Maddies Stimme klang gefasst, während sie zum Fenster starrte.

Doch Diane konnte ihre Angst riechen, und diese Angst übertrug sich auf sie selbst, lähmte jeden Schritt, den sie bis zum Bett ging. Sie nahm von ihren Händen Besitz, von den Armen bis zur Brust. Aber sie wusste nicht, vor was sie sich mehr fürchtete – vor den Albträumen ihrer Tochter oder vor etwas Unbekanntem, das dort draußen lauerte? Oder letztendlich vor dem Ungeheuer in ihrem Inneren?

«Ach Schatz, du hast nur wieder schlecht geträumt.» Diane versuchte, ruhig zu klingen, obwohl es ihr schwerfiel.

Maddie wandte das Gesicht ihrer Mutter zu. «Ich habe ihn aber deutlich gesehen.»

Wie Maddie sie ansah. Trotz der Dunkelheit konnte sie den Blick ihrer Tochter ausmachen, ein glasiges Stieren, als trüge Maddie Wahnsinn in sich.

Nacht für Nacht das Gleiche. Diane musste nicht einmal mehr auf den Wecker schauen. Sie wusste, dass es drei Uhr war. Drei Uhr – wie damals, als Maddie auf dem untersten Treppenabsatz das Licht der Welt erblickt hatte.

Seit Tagen ging das schon so. Diane erinnerte sich nicht einmal mehr daran, wann genau es begonnen hatte. Anfangs hatte sie sich sogar mutig vergewissert, ob doch jemand mit einer Leiter vor dem Haus stand. Ein Einbrecher vielleicht, oder jemand, der Schabernack trieb. Manchmal erzeugten zwei alleinlebende Frauen die perfidesten Blüten der Fantasie.

Doch der Platz unterhalb des Fensters war leer. Immer.

Diane setzte sich auf die Bettkante, streichelte über Maddies Haar. «Leg dich wieder hin.»

«Ja, Mum. Bleibst du noch eine Weile bei mir, bis ich wieder eingeschlafen bin?»

«Ich werde bei dir sein.» Diane küsste sie auf die Stirn, schmeckte die kalten Schweißtropfen, kühl auf ihren Lippen. «Ich werde dableiben, bis du schläfst.»

Der Wind hatte an Stärke noch zugelegt. Sturmböen krachten gegen die Scheiben, dass sie zitterten. Diane näherte sich dem Fenster und sah hinaus in die aufgewühlte Nacht. Sie schauderte. Die Abende waren unheimlich, unendlich die Nächte.

Annes Vorschlag, umzuziehen, fand dennoch kein Gehör, und in ihrem Zimmer angekommen, notierte sie: *Nein! Ich bringe es nicht fertig, aus diesem Haus auszuziehen, denn es trägt Jakes Namen. Hier ist Maddie zur Welt gekommen. Hier haben wir gelebt und uns geliebt.*

Jake.

Das Haus widerspiegelt weiterhin sein Gesicht. Jeder Winkel birgt seinen Geruch. Ich höre seine Stimme, wenn ich durch die Räume gehe. In einer Stadtwohnung würde er mir niemals so nahe sein. Ich habe seinen Verlust noch nicht ansatzweise bewältigt. Es ist alles noch zu früh und zu frisch. Ich will noch nicht loslassen. Nicht jetzt, bevor nicht restlos alles geklärt ist.

Diane löschte das Licht und fiel in einen unruhigen Schlaf. Es hatte wieder einige Zeit gedauert, bis sie es geschafft hatte, Maddie zu beruhigen. Sie hatte den Kopf ihrer Tochter in ihren Arm gelegt und leise auf sie eingeredet. Dabei hätte sie doch selbst viel Trost gebraucht.

Sie erwachte. Es war längst Vormittag. Maddie war auf, die Tür stand offen. Aus der Küche duftete es nach frischen Croissants, im Ofen aufgebacken. Draußen tobte noch immer das schlechte Wetter und tauchte das Zimmer in ein graublasses Licht. Das Klima spielte verrückt und passte zu Dianes Gemütszustand, dem Chaos in ihr, als wäre sie Teil des Zorns der Natur.

Dies war ein Tag, um im Haus zu bleiben, endlich mit Maddie zu reden und das Unfassbare gemeinsam zu begreifen. Es zu meistern.

Der Tisch war liebevoll gedeckt. Maddie bereitete Tee zu, als Diane über die Treppe nach unten ging. Sie musste sich am Geländer abstützen, denn ihr schwindelte. Heute würde sie nicht mehr darum herumkommen, die verworrene Situation mit Maddie zu besprechen. Es konnte nicht sein, dass sie jede Nacht zur selben Zeit die Nerven ihrer Mutter strapazierte – nebst allem anderen, das an Diane nagte.

Sie setzte sich an den Tisch. Sie trug noch immer ihr Nachthemd, und ihre Haare waren zerzaust und ungepflegt. Früher hätte sie sich niemals in so einer Verfassung vor ihrer Tochter gezeigt.

Du musst Vorbild sein. Maddie lehren, dass der Respekt gegenüber dem anderen auch durch eine gepflegte Erscheinung gezeigt werden kann.

Aber Darling, wir sind doch unter uns.

Ja, und wir könnten auch im Bett frühstücken – mit Maddie. Wir drei gemeinsam im Bett.

Maddie goss Tee in die Tassen. Diane rührte Zucker und Milch dazu. «Hast du dich trotz der Träume etwas erholt?»

«Ich hatte keinen Traum», sagte Maddie mit solch einer Überzeugung, dass es Diane kalt über den Rücken lief.

Maddie stellte den Krug ab und setzte sich ihrer Mutter gegenüber. «Jetzt, da es Tag ist, fällt es mir leichter, darüber zu reden. Da stand jemand am Fenster. Auch die Nächte zuvor. Bei Tante Anne konnte ich ruhig schlafen. Aber hier, in diesem Haus, gibt es ein Gespenst.» Und als wäre es noch nicht genug, fügte sie hinzu: «Seit Dad nicht mehr unter uns weilt.»

«Du bereitest mir große Sorgen.» Diane fühlte sich einer Ohnmacht nahe und den Problemen ihrer Tochter nicht mehr gewachsen. «Wie läuft es denn eigentlich in der Schule?»

«Wie sollte es mir dort gehen? Manchmal schlafe ich ein. Doch Mrs Harrington hat sehr viel Verständnis für mich.»

Diane schwante Schreckliches. «Du hast mit ihr über deine Träume gesprochen?»

«Nein, ich will mich ja nicht lächerlich machen. Wenn du mir schon nicht glaubst, Mum – warum sollte dann eine wie Mrs Harrington es tun? Sie weiß, wie sehr ich unter Dads Verlust leide, deshalb …» Maddie fing an zu weinen. «Mum … ich weiß ehrlich nicht, ob ich das alles noch auf die Reihe kriege.»

«Du könntest das Zimmer wechseln. Du könntest im Gästezimmer schlafen.» Dianes Vorschlag kam ihr selbst nicht sehr überzeugend vor. Und vor allem glaubte sie nicht daran, Maddie damit beruhigen zu können. Ihre Tochter erwartete wohl deutlich mehr von ihr: mehr Mitgefühl, Verständnis, Antworten. Doch all dies würde sie ihr niemals geben können. Ihre eigene Tochter kam ihr seltsam fremd vor, weit weg. Und sie fragte sich, ob sie jemals die liebende Mutter für Maddie hatte sein können, wie sie es verdient hatte, wie es selbstverständlich gewesen wäre. «Wir können es ja mal ausprobieren. Was meinst du?»

Maddie griff nach einem Croissant, bestrich es dick mit Butter und biss herzhaft hinein. «Hm. Ich könnte doch in Dads Bett schlafen. Dann habe ich dich in meiner Nähe.»

Elf

Endstation – in jeder Hinsicht.
Einzug auch für ihn. Er hätte den Koffer auch jetzt noch stehen lassen können. Er wartete, bis die Frau das Abteil verlassen hatte. Sie schien es nicht eilig zu haben. Sie lächelte jetzt wieder, mit verklebten Augen, denn sie hatte geschlafen und die Einfahrt des Zuges in den Bahnhof verpasst. Er hatte sie sanft geweckt, sie ein wenig an der Schulter gerüttelt. Leben gespürt, das sich allmählich von ihm selbst entfernte.

Leben. Ein warmer Körper. Atem.

Er wartete und sah ihr nach. Und Wehmut überkam ihn. Das Leben konnte so schön sein. Wie die junge Frau konnte er eine Zukunft vor sich haben. Er sah ihr nach, wie sie durch den schmalen Gang zum Ausgang schritt.

Er griff nach seinem Koffer, dem gewöhnlichen PVC-Koffer mit dem Plastikgriff. Er ging ebenfalls zur Tür des Waggons und blieb dort stehen. Die Frau hatte sich in die Arme eines Mannes geworfen, eines älteren Mannes. Er konnte ihr Vater sein. Dass er es nicht war, erkannte er an den Küssen und an der Umarmung. Sie musste seine Geliebte sein, dachte er, seine Muse, während zu Hause die Frau den Haushalt schmiss und die Kinder erzog.

Er trat auf den Bahnsteig und zog den Koffer hinter sich her. War sicher, dass er den Auftrag erfüllen würde. Jetzt, da sein Engel sich in einen Teufel verwandelt hatte.

Am Montagmorgen ging im Londoner Büro der Met ein Anruf ein, der die Abteilung des Chief Superintendent Michael Drake in helle Aufregung versetzte. Ronny Hawkins war gerade aus der Pause zurück, als ihn seine Sekretärin an seinen Platz verwies. «Ronny, da ist jemand am Apparat, der behauptet, die Wahrheit über den Absturz der BA443 zu kennen. Soll ich verbinden?»

Hawkins, seit einem halben Leben im Dienste Ihrer Majestät, spürte, wie er einen hochroten Kopf bekam. Die Narbe, die sich vom linken Augen- bis hinab zum Mundwinkel zog, schien zu platzen. «Es wäre nicht der erste Psychopath, der sich wichtig machen will. Schalt schon um, Marilyn.» Er setzte sich an sein Pult, legte sich das Headset um die Ohren und betätigte die Freisprechanlage. Danach gab er seiner Sekretärin ein Zeichen.

Es klickte in der Leitung. «Chief Inspector Hawkins, mit wem spreche ich?» Er wedelte mit der Hand und bedeutete Marilyn, dass sie veranlassen sollte, den Anruf zurückzuverfolgen. Sie verstand mittlerweile seine Gebärdensprache – wie sie einander überhaupt verstanden. Ein eingespieltes Team waren sie. Marilyn, fünfzig, mollig, mit hellbraun gefärbten Haaren, gehörte fast schon zum Inventar des Büros. Seit Jahren arbeitete sie in Hawkins' Einheit, war mit allen Gepflogenheiten vertraut und unterstützte ihre «Jungs», wie sie die Männer des Teams nannte. Sie war von einer Anstellung in der Bank zur Polizei gewechselt. Als Sekretärin hatte sie angefangen und hatte sich gewissenhaft in die zum Teil komplizierten Strukturen der Met eingearbeitet.

«Das tut nichts zur Sache», vernahm Hawkins.

Eine Frau? Ein Mann? Die Stimme klang rauchig. Er meinte, einen Akzent herauszuhören. Doch zuordnen konnte er ihn nicht. «Und was möchten Sie uns mitteilen?»

«Haben Sie etwas zum Schreiben?»

«Schießen Sie los.» Hawkins drückte die Mine seines Schreibstifts aus der Versenkung und griff nach einem Bogen Papier, obwohl die Gespräche immer aufgezeichnet wurden. Er traute der Elektronik nicht, hatte ihr noch nie getraut. «Ich bin bereit. Beginnen Sie!»

Er vernahm ein heftiges Atmen. «Versprechen Sie mir, dass Sie der Sache nachgehen?»

Hawkins verdrehte die Augen und übte sich in Geduld. «Sofern sie für uns relevant ist. Verlassen Sie sich darauf.»

Sie hatten in den letzten Tagen schon ähnliche Anrufe gehabt. Trotz ihrer Zweifel mussten sie sich mit ihnen auseinandersetzen, aber bislang hatten sie keine brauchbaren Informationen erhalten, sie hatten weder Indizien noch Spuren.

Wieder ein Zögern. «Ich weiß, wer es getan hat.»

«Was getan?»

«Das Flugzeug gesprengt.»

Hawkins holte tief Luft. Wieder so ein Psychopath, ging es ihm durch den Kopf. Jemand, der ein Drama zum Anlass nahm, seine kranke Seele vor ihm zu entblößen, einen gestressten Inspector an seinen Irrungen und Wirrungen teilhaben zu lassen. Ihm seine kostbare Zeit zu stehlen, ihn zu zwingen hinzuhören, was sein kaputtes Inneres geboren hatte. Ihn zum Blick in den Abyss zu zwingen.

Hawkins hatte keine Zeit zu vergeuden. «Von wo aus rufen Sie an?»

«Das hat keine Bedeutung. Aber ich habe Beweise.»

Das übliche Muster. Sie erregten Aufmerksamkeit, indem sie sich zurückhielten. Sie verschafften sich mit Andeutungen Gehör.

«Und wie kommen wir zu diesen Beweisen?»

«Ich werde sie in einem Schließfach deponieren, und den Schlüssel dazu werde ich Ihnen in einem Umschlag zustellen.»

Nun würde es kompliziert werden, aber wie immer nicht konkret. «Wann soll das geschehen?»

«Sie müssen sich noch ein wenig gedulden. Ich kann erst morgen Abend zum Schließfach.»

Zeit schinden, falls man ihren Anruf zurückverfolgen konnte. Damit genügend Zeit blieb, um zu verschwinden und die lange Nase zu machen. *Seht her, ich habe die Metropolitan Police veräppelt.* «Und wo befindet sich dieses Schließfach?» Hawkins warf immer wieder fragende Blicke zu Marilyn. Diese kniff nur den Mund zusammen und runzelte die Stirn.

«Das werde ich Ihnen per Post mitteilen.»

«Teilen Sie uns bitte Ihren Namen mit.»

Es klickte. Die Verbindung war abgebrochen. Hawkins drehte sich nach Marilyn um und fluchte unterdrückt.

«Bingo! Zeitlich hat's gereicht. Wir haben den Standort.»

Das war doch mal was! Hawkins schwang sich vom Stuhl und flog geradezu auf Marilyn zu. «Das gibt's ja nicht. Wir müssen davon ausgehen, dass der Anrufer ein Anfänger ist. Das heißt aber auch, dass er nur blufft. Wo?»

«London, Paddington Street.» Sie drückte ein paar Tasten am Computer. «Ich habe jedoch keine näheren Angaben außer der Nummer.»

Hawkins stieß die Luft aus. «Wir haben zu wenig Personal, um die ganze Häuserzeile abzuklappern. Wenn wirklich was Wahres dran ist, sollten wir keine Zeit verlieren.»

«Und was willst du tun?»

«Ich werde mit Drake reden.»

* * *

Die Regenwolken zogen sich zurück. Über der Gorge lag noch Nebel und erinnerte an die letzten Nächte, als gleich zwei Unwetter mit aller Heftigkeit über Cheddar hinweggezogen waren. Nachdem Diane Maddie zur Schule gefahren hatte, kümmerte sie sich um den Garten, trug abgebrochene Äste in den Wald, kehrte die verwehten Blätter zusammen und schnitt geknickte Narzissen zurück. Manchmal meinte sie, Jake träte aus dem Wald oder beobachte sie, an einen Baumstamm gelehnt – mit derselben Art, wie er sie manchmal angesehen hatte. Mit diesem dunklen Blick, der in ihr ein seltsames Gefühl des Respekts ausgelöst hatte. Keine Worte, nur dieser Blick, und sie hatte gewusst, was er von ihr wollte. Es lief ihr kalt über den Rücken. Er würde sie nie mehr so ansehen.

Endlich war da wieder die strahlende Heiterkeit der Sonne, die sich aus dem Grau geschält hatte. Die Umgebung um das Haus sah wie frisch gewaschen aus.

Diane hatte einen Termin bei der Bank. Um halb zwölf sollte sie den Filialleiter der Green East Bank in Cheddar treffen. Es war ein Gang ins Ungewisse. Er hatte am Telefon mit keinem Wort angedeutet, was sie erwartete, und sie auf das Treffen vertröstet, als sie diesbezüglich Fragen stellte. Diane fühlte sich wie vor einem Zahnarztbesuch. Die Angst vor der Wahrheit vermischte sich mit dem Schrecken der vergangenen Nacht. Maddie hatte neben ihr gelegen. Sie hatte sie noch lange gestreichelt, bis sie in einen tiefen Schlaf fiel. Doch pünktlich um drei Uhr war wieder der Teufel los gewesen. Diesmal hatte der unbekannte Fremde an ihrem Schlafzimmerfenster gestanden, das jedenfalls behauptete Maddie. Sie wieder zu beruhigen, war fast unmöglich gewesen. Bis in den frühen Morgen hinein hatte Diane sie in den Armen gehalten und war erst spät in einen unruhigen, von merkwürdigen Träumen heimgesuchten Schlaf gefallen. Als der Wecker gerasselt hatte, hatte sie sich kaum ausgeruht gefühlt.

Um elf Uhr fuhr Diane los. Den Feldweg zur Cliff Road bedeckten entwurzelte Jungbäume und ein Durcheinander an Hölzern und Blättern, und der sintflutartige Regen hatte den Weg ausgespült. Diane war schon am Morgen kaum durchgekommen. Etwas besser sah es auf der Hauptstraße aus. Die Männer der Schadenwehr waren immer noch mit Aufräumarbeiten beschäftigt, und es gab ein paar Straßensperren, die nur sporadisch geöffnet wurden. An einigen Stellen hatten sich die Hänge der Gorge gelöst. Wie riesige braune Zungen reichten sie in die Fahrbahn hinein. Schutt und Geröll verhinderten ein zügiges Vorankommen.

Das fängt ja gut an, wenn im Frühling schon solche Unwetter über das Land ziehen, dachte Diane und beobachtete im Rückspiegel die Straßenarbeiter in den roten Gewändern.

Wie sie sich entfernten und kleiner wurden. Wie sich alles im Leben von Diane entfernte, als hätte es nie wirklich existiert.

Als hätte es sie selbst nie gegeben.

Die Green East Bank lag an der Bath Street schräg gegenüber des Künstlerhotels, das jedoch weder ein Hotel war noch Künstler beherbergte noch sonst etwas mit Kunst zu tun hatte. In den Siebzigerjahren hatte dort ein Mann gelebt, den man nie wirklich zu Gesicht bekam. Es kursierten allerlei Schauergeschichten über ihn, unter anderem auch diejenige von einem gefangen gehaltenen Jungen, der zu jener Zeit spurlos verschwunden war. Es dem Fremden in die Schuhe zu schieben, war ein Akt der Gewissensbereinigung gewesen, und zudem hatte man keinen Täter gehabt. Der Mann kam da sehr gelegen. Als er gestorben war, besetzten Linksradikale das Haus und besprayten das helle Backsteinwerk mit Graffiti. Als die Polizei sie Jahre später vertrieb und das Haus räumte, war als Einziges der Name geblieben – Künstlerhotel. In Cheddar war jeder ein Künstler, der auf Kosten der Allgemeinheit lebte.

An den Mauern kletterten Ranken von undefinierbaren Gewächsen empor. Die einfachen Shops mit hübsch dekorierten Fenstern vermochten nicht zu verschleiern, dass das Viertel zu den ärmeren der Gemeinde gehörte. Alles wirkte wie zusammengeflickt, als hätte man ein altes, verstaubtes Spielzeugdorf vom Dachboden geholt und vergebens versucht, es wieder richtig zusammenzusetzen. Irgendwann hatte ein neurotischer Architekt aus dem Bestehenden etwas Moderneres erschaffen wollen – war allerdings kläglich gescheitert.

Die Bank selbst war in einem weißen Bau untergebracht und erinnerte an einen Iglu mit spitzem Dach, das bündig zur Mauer stand. Der Eingang versprach keine Verbesserung des ersten Eindrucks. Ein Steller aus Aluminium mit einer vergilbten, aus der Mode gekommenen Werbung zierte neben einer braunen Holztür die Wand. Diane konnte nicht verstehen, warum die Green East, dieses abgelegene, kleine Geldinstitut, die Bank von Jakes Vertrauen gewesen war.

Obwohl sie viel zu früh war, erwartete William Thackeray sie vor dem Schalter: groß, dunkelhaarig und mit einem an beiden Enden gezwirbelten Schnauzbart. Diane erinnerte er an einen Seehund.

«Mrs Hemingway, endlich lerne ich Sie persönlich kennen.» Er ergriff ihre Hand.

Diane bemerkte, dass er an den Händen schwitzte. Sie ekelte sich.

«Bitte kommen Sie in mein Büro.»

Das Braun der Eingangstür setzte sich an den Wänden fort. Der Raum erinnerte an den Saloon in einem Western, an eine altertümliche Geldstube, in der man die Scheine noch von Hand gezählt hatte. Einzig der moderne Computer auf dem schweren Pult vermittelte ihr ein Gefühl von Gegenwart. Diane setzte sich auf einen Ohrensessel mit Plüschbezug, der ihr viel zu opulent vorkam. Sie sank denn auch entschieden zu tief darin ein.

Thackeray setzte sich ihr gegenüber, und sein Pult bewahrte die beiden vor einer zu intensiven Nähe. Diane war das Ganze dennoch nicht geheuer.

«Haben Sie Ihre Papiere dabei? Oder einen Führerschein?» Thackeray hatte die Angewohnheit, dauernd an den Enden seines Schnauzers zu zupfen.

Diane kramte in ihrer Handtasche nach dem erforderlichen Dokument. Sie legte es auf das Pult. Ihr entging nicht, wie Thackeray sie musterte.

«Ihr Mann hat Sie in all seinen Bankgeschäften bevollmächtigt. Ich nehme an, Sie erinnern sich, dass Sie vor langer Zeit einmal einen Vertrag unterschrieben haben. Das war aber noch vor meiner Zeit.»

«Ja, natürlich.» Diane wandte ihren Blick zum Fenster, um Thackeray nicht in die Augen sehen zu müssen. Draußen fuhr ein Bus vorbei. Ein Kieselstein traf die Scheibe wie ein Geschoss.

Thackeray folgte ihrem Blick. «Das Unwetter hat viel Schmutz in die Straßen gespült», stellte er lapidar fest. «Hier bei uns wird erst am Schluss aufgeräumt, wenn überhaupt. Dem Quartier fehlt es an Mitteln.» Er schlug ein Dossier auf, betrachtete es eine Weile stumm und schob es dann über den Tisch Diane zu. Sie beugte sich darüber, um die Zahlen besser lesen zu können.

«Das ist das eine Konto – das Lohnkonto», sagte er.

Diane betrachtete den Saldo mit wachsendem Staunen. Es würde ihr in nächster Zeit nicht an Geld mangeln – Jake hatte vorgesorgt. Es gab kaum Abhebungen außer dem Hypothekarzins, den er jeweils per Ende Monat überwiesen hatte, und den anfallenden Haushaltskosten sowie den Versicherungen im Dauerauftrag.

Thackeray schob einen weiteren Auszug über den Tisch. «Das hier ist das Sparkonto, auf das Ihr Mann regelmäßig einbezahlte. Immer in bar.»

Diane spürte einen harten Stich in der Brust. Sie riss die Papierbögen an sich und blätterte sie durch. «Mein Mann Jake hat alle vierzehn Tage fast zwanzigtausend Pfund auf das Konto einbezahlt?» Sie versuchte, in Thakerays Augen zu forschen. «Mit Ausnahme eines einmaligen Betrages von 100.000 Pfund vor neun Monaten … Die Überweisungen waren für den Neuwagen und die Küche. Dazu kamen monatliche Ratenzahlungen von 1.000 Pfund für eine Lebensversicherung in der Höhe 200.000 Pfund.» Beim Anblick der Zahlen schwindelte ihr. Woher stammte das viele Geld?

Wenn sie Thackeray danach fragte, würde sie zugeben, dass sie von Jakes Finanzen nicht die geringste Ahnung gehabt hatte. Andererseits drängte der Wunsch, seine Meinung zu erfahren, mit einer solchen Heftigkeit an die Oberfläche, dass ihr die Konsequenzen ihrer Frage denn doch gleichgültig waren.

«Woher stammt das Geld?»

«Wie gesagt, er hat es immer bar einbezahlt.»

Diane tippte mit dem Zeigefinger auf die Hunderttausend. «Sind Sie denn nicht misstrauisch geworden?»

«Er hatte das Geld aus einer Erbschaft.»

Aus einer Erbschaft!

Das war nun schon das zweite Mal, dass jemand von einer Erbschaft sprach.

«Ist Ihnen nicht gut?» Thackeray sah sie besorgt an.

«Ja, ich erinnere mich. Schlimme Sache damals ...» Mehr wollte sie nicht dazu sagen, doch genug, um keine weiteren Bemerkungen hören zu müssen. «Ich möchte gleich etwas abheben.»

Das Geld einstecken, bevor die Konten gesperrt wurden, überlegte Diane. Hier ging etwas nicht mit rechten Dingen zu. Wenn die Polizei Wind davon bekam, würde sie noch mehr Fragen stellen.

«Wie Sie möchten», sagte Thackeray wenig begeistert. «Sie müssten vorgängig jedoch noch ein paar neue Verträge ansehen, die Sie dann unterzeichnen sollen. Und dann würde ich gern noch mit Ihnen über die verschiedenen Anlagemöglichkeiten sprechen.»

«Das können wir dann gern ein andermal tun», wich Diane aus. «Wie steht es eigentlich um die Hypotheken des Hauses?»

«Es hat sich nichts geändert. Die Zinsen sind seit einem Jahr gleichbleibend günstig.» Thackeray lächelte wohlgefällig. «Die erste Hypothek ist abbezahlt.»

Diane hatte es auf einmal sehr eilig. Sie spürte, dass sie allein nicht weiterkam. Zu viele Fragen standen im Raum und darunter nicht wenige Ungereimtheiten. Sie entnahm ihrer Handtasche Block und Schreibstift und machte Notizen. *Wer ist der geheimnisvolle Geldgeber? Welchen Job hat Jake als Nebenverdienst angenommen? Oder ist er am Ende sogar in kriminelle Handlungen verwickelt gewesen?*

Aber vor allem: Wie konnte ich mich dermaßen von meinem Mann täuschen lassen?

* * *

Kendall Print.

Lansbury tippte die Adresse ins GPS ein. Die Druckerei lag an der Penn Street in der Nähe des Castle Parks in Bristol. Lansbury war die Firma nicht unbekannt. Das Police Department hatte früher seine Flyer und Visitenkarten dort drucken lassen, bis das dann zu teuer wurde und man auf einen billigen Internetanbieter ausweichen musste.

Die Penn Street war berühmt für ihre Geschäfte. Die Mieten kletterten immer weiter und Kendall Print hatte sich in den Jahren den Verhältnissen angepasst – die Druckerei hatte sich nicht verdrängen lassen und belegte über zwei Häuserzeilen einen Keller. Die lauten Druckmaschinen jedoch lagen etwas außerhalb des Viertels, wo niemand sich an den Lärmemissionen störte. Die Ausrüstungen erfolgten an der Penn Street.

Es war kurz vor Mittag und die Rush Hour hatte begonnen. Die Autos zockelten im Schritttempo dahin. Lansbury fand in der Nähe der Druckerei ein Autosilo, wo er seinen Wagen abstellte. Er stieg aus, schloss ab und wollte sich auf den Weg zu seinem Ziel machen, als ihn ein Anruf aus London erreichte. Die Nummer kam ihm bekannt vor, er konnte sie jedoch keinem Gesicht zuordnen.

Er meldete sich.

«Tyrone, der gute Tyrone-Boy.»

«Ronny Hawkins!» Er kannte den Anrufer seit seiner Kindheit. Ihre Mütter hatten sie in derselben Klinik und zur selben Zeit geboren. Später hatten sie die gleichen Schulen besucht, waren beinahe wie Brüder aufgewachsen. Sie hatten sich

Übernamen gegeben. *Tyrone-Boy* war geblieben. «Warum rufst du mich nicht vom offiziellen Telefon aus an?»

«Alle Leitungen sind belegt», sagte Hawkins. «Hier ist der Teufel los. Alles wegen dieses Terrors. Die Leute spielen verrückt, und plötzlich wollen alle etwas über verdächtige Personen wissen. Die Medien haben uns ein Ei gelegt: Alarmistische Zeugenaufrufe und Bitten um Bildmaterial haben in der Bevölkerung einen Run auf unser Büro ausgelöst. Es sind Videos von diesem verhängnisvollen Samstag aufgetaucht. Flugreisende wollen zudem gesehen haben, wie zwei verdächtige Männer mit einem ebenso verdächtigen Koffer zum Check-In-Schalter der British Airlines gingen. Es ist die Hölle. Wir müssen dem jedoch nachgehen, aber wie immer mangelt es bei uns an Personal.»

«Personalmangel?» Lansbury lachte. «Kein Büro ist derzeit so überbelegt wie Drakes. Ronny, du kannst mir einen anderen Bären aufbinden.»

Hawkins machte nicht den Eindruck, dass er lange um den heißen Brei herumreden wollte. «Ich habe einen Auftrag für dich.»

Lansbury schniefte. «Seit wann erteilst du mir Aufträge? Ich habe selber genug um die Ohren.» Er stockte. Wollte gleichwohl erfahren, was es mit dem Ansinnen seines alten Freundes auf sich hatte. Wenn Hawkins ihn anrief, hatte er einen triftigen Grund. «Schieß los!»

Hawkins erzählte ihm von Hinweisen auf ein Attentat und von dem anonymen Anruf. «Drake will, dass du nach London kommst. Er weiß deine Kompetenz zu schätzen. Aber ich weiß, dass er Mühe hat, dir das persönlich zu sagen.»

Lansbury sah die Penn Street hinunter, wo zwei hässliche Hochhäuser die Straße überragten. «Ich bin da gerade an einer Sache dran …»

«London hat Priorität», fiel Hawkins ihm ins Wort. «Im Moment jedenfalls. Wo bist du jetzt?»

«In Bristol.» Lansbury hatte kein Bedürfnis, seinen Ausflug zu rechtfertigen. Mit dem Chief Superintendent Michael Drake hatte er nämlich noch eine persönliche Rechnung offen. Damals hatte er sich aus London verabschiedet, hatte dem Hauptquartier der Met den Rücken gekehrt, Abschied genommen von seinem Arbeitsplatz, an dem er fast zehn Jahre gearbeitet hatte. Damals, als Emilie lebte und alles wie ein immerwährender Sommer gewesen war. Für Lansbury war dann jedoch die Sonne untergegangen, mit Emilies Tod die Nacht hereingebrochen. Lange Schatten der Trauer – und die Gewissheit, dass Drake an der Tragödie nicht ganz unschuldig war.

Lansbury focht mit dem Teufel, dachte, dass er seinem Freund Ronny zuliebe den inneren Schweinehund überwinden, dass er irgendwann wieder ein normales Leben haben und sich von dem Dunkel der Vergangenheit verabschieden musste. Wegen Drake wäre er beinahe nicht zur Zusammenarbeit bereit gewesen. Ronny aber bedeutete ihm viel, auch wenn sich ihre Wege getrennt hatten. «Ich werde gleich losfahren.» Lansbury sah auf die Uhr. «Wenn ich mich beeile, schaffe ich es in knapp zwei Stunden.»

Sie verabredeten sich an ihrem üblichen Treffpunkt.

* * *

Diane nutzte die Gunst der Stunde. Wenn sie schon mal in Bristol war, würde es nicht schaden, bei Kendall Print vorbeizuschauen. Sie zweigte von der Broad Weir in die Penn Street ab. Sie hatte sich dazu entschlossen, die Druckerei aufzusuchen, nachdem sie die Green East Bank verlassen hatte. Der Nachmittag war noch jung, und bis Maddie nach Hause kam, hatte sie noch genügend Zeit.

Sie stellte ihren Wagen ins Autosilo, welches in der Nähe von Kendall Print lag. Auf dem Weg dorthin flanierte sie an den zum Teil teuren Auslagen bekannter Geschäfte entlang und liebäugelte mit Schuhen und Handtaschen, die sie sich in Zukunft würde leisten können.

Solche Statussymbole haben dir noch nie gefallen. Du willst doch nicht mehr scheinen als du bist. Wir sind keine von diesen Leuten, die sich mit Luxusgütern schmücken. Das haben wir nicht nötig.

Sie würde Jakes Geld horten, bis Maddie die Grundschule abgeschlossen hatte und aufs College gehen würde. Vielleicht würde sie sogar einmal studieren – ihre Maddie.

Diane hing ihren Gedanken nach, als sie ein paar Schritte vor ihr einen Männerrücken erblickte, der ihr bekannt vorkam. Der federnde Gang, die Schultern, die dabei nach links und rechts kippten, als müsste er seinen Körper ausbalancieren. Sie beeilte sich, holte ihn ein und tippte ihm auf die Schulter.

Der Mann drehte sich um. «Diane! Was tust *du* denn hier?»

«Hey, Oliver!»

Er umarmte sie. «Was für ein Zufall. Bist du auf Shoppingtour? Jetzt, wo du ein Vermögen erbst?» Ein schnelles Lachen, dann verfinsterte sich sein Blick. «Entschuldige, das war jetzt pietätlos. Ellie kommt ab und zu hierher. Sie leistet sich kaum Luxus, aber wenn, dann ausgesuchte Markenartikel.»

«Nein, das ist nicht meine Welt. Aber sag mal, wie kommst du darauf, dass Jake mir ein Vermögen hinterlassen hat?»

«Ach, das war nur so dahingesagt. Es geht mich ja nichts an. Und sorry, ich wollte dir bestimmt nicht nahetreten. Gehen wir auf einen Tee?»

«Eigentlich bin ich auf dem Weg zu Andrew Kendall.»

Rushton gebärdete sich wie ein übermütiges Kind. «Das trifft sich gut. Ich will ihn auch besuchen. Man sagte mir aber, er sei krank. Jetzt habe ich einen Termin mit Colin Forsythe, seinem Stellvertreter. Aber ich bin noch früh dran.» Er hielt Diane zurück, als sie sich in Bewegung setzte. «Wie geht es dir?»

«Ich funktioniere. Je mehr ich mich mit etwas beschäftige, umso besser komme ich mit der Situation klar. Am Abend ist es schwierig oder am Wochenende. Und nachts hält mich Maddie auf Trab. Sonst würde ich wahrscheinlich durchdrehen.»

Rushton zog sie an sich. Sie legte den Kopf an seine Brust.

«Manchmal denke ich, dass die Tür aufgeht und Jake nach Hause kommt. Dass alles ein blöder Scherz war. Es fühlt sich so unwirklich an, als würde ich in einem ewigen Nebel herumtappen. Wer lange durch Nebel wandert, verliert die Orientierung. Und so geht es auch mir. Ich wünschte mir so sehr, Jake wäre zu Hause und säße am Küchentisch, wie er das nach der Arbeit immer tat, und mir beim Kochen zusieht.» Diane konnte den plötzlichen Tränenfluss nicht mehr zurückhalten. «Warum muss mir das passieren? Wir haben uns doch geliebt …»

Rushton fand keine Antwort. Er reichte Diane ein Taschentuch. Sie nahm es dankbar an, schnäuzte sich und sah ihn mit verquollenen Augen an. «So kann ich wohl unmöglich zur Druckerei.» Sie schluchzte heftig.

«Wir gehen zusammen.» Rushton strich ihr über die Wangen. «Warum willst du denn zu denen?»

«Ich muss erfahren, warum Susan Kirkwood zwei Flugtickets gebucht hat. Für sich und Jake. Susan war im Außendienst tätig, und ihr Mann meint, dass sie einen Auftrag in New York zu erledigen gehabt hätte. Zudem hat er ein Tagebuch von ihr gefunden. Darin steht, dass sie Kendall anrufen sollte. Ob sie dazu kam und warum Jake mit ihr geflogen ist, wissen die Götter. Vielleicht kann mich Kendall aufklären, oder dieser Forsythe.» Sie stöhnte auf, suchte nach Halt. «Und du? Weshalb bist du hier?»

«Wegen der Qualitätsprüfung.» Rushton runzelte die Stirn. «Das ist ja merkwürdig.»

«Was?»

«Das mit dem Anruf.»

* * *

Der Empfang lag hinter einer Doppelglastür, die den Blick auf einen langen Tresen freigab. Ein quadratischer Tisch und darum herum vier Stühle in modernem Design blockierten den direkten Zugang zur Sekretärin, die gerade herzhaft in einen Apfel biss.

Diane und Rushton warteten, bis sie geschluckt hatte.

«Bitte entschuldigen Sie. Ich bin heute noch nicht einmal zum Essen gekommen.» Sie legte den angeknabberten Apfel zur Seite, wischte sich die Hände an der Hose ab. Dann strich sie sich die losen Haare hinters Ohr, die jedoch zu widerspenstig waren und sofort wieder über ein Auge zurückfielen. Auch sonst hatte sie etwas Wildes an sich, das an einen aufmüpfigen Teenager erinnerte. Sie war klein und rundlich, trug ein Shirt mit dem Aufdruck «New York» und einen viel zu kurzen Rock.

Dianes Blick blieb eine Weile an dem Aufdruck haften. «New York» stach wie ein Messer in ihr Inneres. Sie las den Namen auf dem Schildchen, das neben einem Telefon stand. «Mrs Neville. Wir würden gern mit Mr Kendall sprechen.»

«Und Sie sind …?»

«Diane Hemingway. Ich weiß nicht, ob Sie mit dem Namen etwas anfangen können.»

«Nein, tut mir leid. Haben Sie denn einen Termin bei Mr Kendall?»

«Ich habe Sie heute Morgen angerufen. Vielleicht erinnern Sie sich», kam ihr Rushton zuvor.

«Das war meine Kollegin. Ich arbeite erst ab mittags hier, als Aushilfe. Vorerst.» Sie lächelte vielsagend. Mit ihrem weißen Gebiss hätte sie an einer Zahnpasta-Werbung teilnehmen können. Sie griff nach dem Telefonhörer und wählte. «Ich schaue mal, ob er im Haus ist.»

Während sie sprach, wandte sich Rushton leise an Diane. «Ich frage mich, ob er wieder gesund ist. Das kommt mir alles ein wenig suspekt vor hier.»

Nach einer gefühlten Ewigkeit ging die Tür zum Korridor auf. Ein mittelgroßer Mann mit Hakennase und abstehenden Ohren erschien. Diane hatte ihn erst einmal gesehen. An einer Wohltätigkeitsveranstaltung war es gewesen, als Jake unbedingt wollte, dass sie beide dabei waren. Diane erinnerte sich, wie schwierig es gewesen war, einen Babysitter für Maddie aufzutreiben. Schlussendlich hatte sich eine Schülerin zur Verfügung gestellt, die zwei Kilometer von ihnen entfernt wohnte. Sie war danach nie wiedergekommen.

Forsythe streckte die rechte Hand zum Gruß aus, noch bevor er Diane und Rushton erreicht hatte.

«Colin Forsythe. Es freut mich, Sie zu sehen, Mrs Hemingway. Ja, ja, da staunen Sie. Wir sind uns zwar noch nicht oft begegnet, aber mein Gedächtnis funktioniert wie ein Fotoapparat.» Der Mann verblüffte sie. Er wandte sich an Rushton. «Sie kommen wegen Andrew Kendall. Aber ich muss Sie enttäuschen. Er hat sich noch nicht von seiner schweren Lungenentzündung erholt. Wir wissen nicht, wann er mit seiner Arbeit fortfahren kann oder ob er zuerst zur Kur muss. Er wird mit Antibiotika vollgepumpt. Sehr bedauerlich ...»

«Wenn Sie ihn sehen, richten Sie ihm einen Gruß zur Genesung aus», sagte Rushton.

«Das werde ich gern tun. Er braucht einfach Ruhe. So eine Lungenentzündung hat es in sich.»

«Können wir nun auf das Wesentliche zu sprechen kommen?» Rushton atmete heftig aus.

«Selbstverständlich. Bitte, kommen Sie mit in den Konferenzraum.»

Forsythe ging voraus, Diane und Rushton folgten ihm.

«Möchtest du zuerst mit ihm sprechen?», fragte Rushton.

«Ja, denn das, was ich zu sagen habe, kannst du ruhig mithören.»

Der Konferenzraum lag zwischen einem Korridor, von dem verschiedene Türen abgingen, und dem Eingang zum Untergeschoss. Der Raum verfügte über ein einziges Fenster, das zum Hinterhof lag, und wirkte düster und wenig einladend. In der Mitte von vier aneinandergeschobenen Tischen standen ein Samowar und Teegläser, daneben eine Schale mit Zucker und ein Milchkrug. Forsythe betätigte den Lichtschalter, worauf zwei Neonröhren aufflackerten und kaltes Licht verströmten.

«Bitte setzen und bedienen Sie sich», forderte Forsythe seine beiden Gäste auf. Er wandte sich an Rushton. «Gehe ich richtig in der Annahme, dass wir unsere Besprechung auf später verschieben und zuerst Mrs Hemingways Anliegen ausleuchten?»

Diane hätte sich fast verschluckt. Welch geschwollene Worte!

Rushton sah Diane an. «Bitte. Sag ihm, was du auf dem Herzen hast.»

«Mein Mann ist gestorben.» Sie beobachtete Forsythes Reaktion.

Forsythe senkte den Blick. «Ich weiß. Wir haben einen Kranz zum Begräbnis schicken lassen. Ich hoffe, Sie haben ihn gesehen.»

«Sie werden noch ein Dankesschreiben bekommen», sagte Diane, die sich nicht an einen Kranz von Kendall Print erinnerte. Sie rechnete es Anne hoch an, dass sie ihr all diese

Dinge vom Hals hielt. Diane hatte sich nie darum kümmern müssen. «Es drängen sich ein paar Fragen auf, die Sie vielleicht beantworten können. Mr Kendall hat seine Mitarbeiterin Susan Kirkwood damit beauftragt, nach New York zu fliegen. Vorab musste sie zwei Tickets lösen, eines für sich, eines für meinen Mann. Wie kommt es, dass mein Mann keine Kenntnis von dieser Reise hatte, bis er ins Flugzeug stieg?»

«Davon weiß ich nichts.» Forsythe tat erstaunt. «Mr Kendall muss es nur mit Susan besprochen haben.»

«Wann hat sich Mr Kendall denn krankgemeldet?», wollte Rushton wissen.

«Das war am Montag vor einer Woche.» Forsythe stützte die Ellenbogen auf dem Tisch ab und legte sein Kinn auf die Handflächen. «Susans Verlust muss ihn arg durchgeschüttelt haben. Er mochte sie sehr. Vielleicht wurde er deswegen krank.»

«Das beantwortet meine Frage nicht.» Diane brachte das Gefühl nicht los, dass ihr etwas verheimlicht wurde. «Mein Mann verließ am vorletzten Samstag unser Zuhause in der Nähe von Cheddar. Er sagte mir, dass er zu einer Krisensitzung fahren müsse. Er ließ durchblicken, dass es sich um ein Treffen mit Ihrer Firma handelte. Er hat mir leider nicht gesagt, wo diese Zusammenkunft stattfinden sollte. Aber ich muss davon ausgehen, dass er eine Verabredung auf dem Airport von Bristol hatte, denn er stellte dort seinen Wagen ab. Wissen Sie, wen er dort getroffen hat? Und mit wem er vielleicht nach Heathrow gefahren ist?»

«Nein, tut mir leid.» Forsythe sah Rushton mit gerunzelter Stirn an. «Die Krisensitzung fand am Donnerstag davor statt. Sie waren ja auch dabei. Sie, Mr Rushton … und Mr Hemingway. Es ist mir nichts davon bekannt, dass Andrew sich am Samstag noch einmal mit Mr Hemingway treffen wollte.»

«Haben Sie Zugang zu Kendalls Computer?» Diane verlor allmählich die Geduld. «Wenn ja, vergewissern Sie sich bitte, ob Ihr Chef am vorletzten Samstag einen Termin eingetragen hat.»

«Mrs Hemingway!» Forsythe schnappte nach Luft. «Das kann ich unmöglich tun. Zudem kenne ich den Zugriffscode nicht.»

Diane stand gerade mal eine Viertelstunde nach ihrem Eintreffen bei Kendall Print schon wieder auf der Straße. Rushton war nicht sehr erfreut gewesen, als sie ihm sagte, dass sie nicht auf ihn warten wollte. Und die Probleme, über die er mit Forsythe zu sprechen gedachte, interessierten sie nicht.

Frustriert und verärgert über Forsythes Ignoranz und Blasiertheit kehrte sie zu ihrem Wagen zurück. Wenn sie sich beeilte, konnte sie Maddie vor der Schule abfangen, bevor sie in den Bus stieg.

* * *

Tyrone Lansbury ließ seinen Wagen in der südwestlichen Peripherie von London stehen und fuhr mit der Subway bis zum Zentrum. Hawkins erwartete ihn im «Hix», einem sündhaft teuren Restaurant mit typisch englischer Küche an der Brewer Street. Hier trafen sie sich immer, wenn sie zusammen in London waren. Ihr letztes Treffen lag jedoch schon eine Weile zurück.

Hawkins wandte sich ihm zu, als Lansbury in die Gaststätte trat. Die Narbe, die sich über die Hälfte seines Gesichts zog, stach im dämmrigen Licht dunkelviolett hervor. Hawkins war über zwei Jahre in Afghanistan stationiert gewesen und hatte die Gräuel eines nie enden wollenden Krieges miterlebt. Er war am Ende seines Einsatzes in einen Hinterhalt geraten, nachdem in der Nähe seiner Truppe eine Granate losgegangen war. Wie durch ein Wunder war er unverletzt geblieben. Die tiefe Schramme in seinem Gesicht hatte er sich erst zu Hause zugezogen, als er gegen eine Fensterscheibe stieß, die dann zu Bruch ging – welch eine üble Ironie des Schicksals. Wegen der Traumatisierung, die er im Krieg erlitten habe, hatten hingegen die Ärzte gemeint und ihn zur Kur schicken wollen. Doch Hawkins war lieber nach London zurückgekehrt, ins Büro der Metropolitan Police, hinter die Mauern von Scotland Yard.

«Ronny!» Lansbury klopfte ihm kameradschaftlich auf die Schultern. Dann schwang er sich ihm gegenüber auf einen Stuhl.

«Tyrone-Boy. Wie geht es dir?»

«Wenn ich arbeite, kann ich vergessen.»

«Der Verlust von Emilie setzt dir noch immer zu? Du bist also noch nicht darüber hinweg.»

«Das werde ich wohl nie. Die Liebe zu ihr und das Gefühl, ihren Tod mitverursacht zu haben, lassen ein Vergessen nicht zu. So hat jeder mit seinem persönlichen Trauma zu leben. Ich habe meine Frau sterben sehen, du die vielen Menschen …»

«Du weißt, dass dich keine Schuld trifft.»

«Ich habe zu langsam reagiert. Ich hätte das Schwein vorher abschlachten sollen.» Lansbury kniff den Mund zusammen. Er würde die Bilder nie verdrängen können. Nach einer Pause fragte er: «Und du, wie machst du das?»

«Ich denke nicht mehr darüber nach. Das ist die beste Therapie. Vielleicht mag es daran liegen, dass ich den Krieg immer durch eine Art Brille gesehen habe. Es war, als hätte ich den Fernseher eingeschaltet oder ein Computergame gespielt. Man kann so die Wirklichkeit verfremden. Anders hätte ich es wohl nicht ausgehalten. Gegen meine Albträume nehme ich Medikamente. Die Bilder von abgerissenen Extremitäten und aufgeschlitzten Körpern sind geblieben. Sie gehören zu meinem Leben. Was möchtest du trinken?» Hawkins winkte dem Kellner.

«Einen Blended Malt on the Rocks.» Lansbury konnte sich ein Lächeln nicht verkneifen. «Man sollte seine Gewohnheiten im Alter nicht mehr ändern.»

«Wir werden beide fünfundvierzig in diesem Jahr», bemerkte Hawkins. «Grund genug, sein Leben zu ändern. Oder willst du bis an dein Lebensende scheintot bleiben?» Hawkins war schon immer der Optimist gewesen. Gegen außen der knallharte Kerl, der niemandem Einblick in seine Seele gewährte.

«Ja, vielleicht. Ich könnte mich versetzen lassen. In den Verkehrsdienst zum Beispiel.»

«Wie tief willst du denn noch sinken? Mensch, Tyrone, vor drei Jahren hast du den Job in London aufgegeben, um in die Provinz zu ziehen. Was hat Bristol, was London nicht hat?»

«Die bessere Luft.»

Beide lachten.

Der Kellner brachte die bestellten Whiskys an den Tisch.

«Nun erzähl schon.» Lansbury hob das schwere Glas. Goldgelb schwappte der Malt über die Eisstücke.

«Wir haben ein Bekennerschreiben zum Anschlag erhalten», sagte Hawkins. «Unsere Abteilung prüft gerade, ob in der Vergangenheit ähnliche Schreiben aufgetaucht sind, die im Zusammenhang mit terroristischen Aktivitäten stehen. Niemand weiß davon – auch die Presse nicht. Und wir wissen nicht, wie ernst wir die Sache nehmen müssen. Wenn es um Anschläge geht, übernehmen öfters Psychopathen die Verantwortung. Wenn sie in ihrem Leben sonst nichts zu bieten haben, können sie dann zumindest mit einer Straftat prahlen. Aber irgendwie vernetzen sich die Vorkommnisse der letzten Tage.» Hawkins nahm einen Schluck Whisky. «Wir haben noch ein anderes Eisen im Feuer. Wir konnten den anonymen Anruf vom heutigen Morgen zurückverfolgen. Er kam aus einem Etablissement in der Paddington Street. Dort verkehren auch Politiker. Deshalb müssen wir sehr vorsichtig sein. Eine Hausdurchsuchung scheint noch verfrüht. Wir müssen die Situation abschätzen.» Wieder griff Hawkins nach dem Glas. «Wir würden dich gern undercover einschleusen.»

«Das ist doch wohl nicht dein Ernst!» Lansbury verschluckte sich und hustete beinahe Whisky auf den Tisch. «Und warum gehst nicht *du* dorthin?»

Hawkins lehnte sich zurück. «Ich lasse mir dort ab und zu meine Wunden lecken.»

Lansbury verkniff sich eine despektierliche Bemerkung. «Und Drake hat nichts dazu zu sagen?»

«Es war *sein* Vorschlag.»

«Und warum teilt er mir das nicht selbst mit?»

«Du kennst ihn doch. Er ist immer unter Druck und in Zeitnot.»

Lansbury vermutete einen anderen Grund. Möglich, dass Drakes Gewissen ihn plagte. Seit Emilies tragischem Tod hatte Drake nur zweimal mit ihm geredet – während des Begräbnisses und kurz danach. Viel war es nicht gewesen, was sein ehemaliger Chef zu sagen gehabt hatte. Eine Kondolenzbezeugung und später ein paar einstudierte Floskeln, was sich wie eine Rechtfertigung angehört hatte. Seither herrschte Eiszeit zwischen ihnen.

Hawkins griff nach einer Mappe, die er neben seine Füße gestellt hatte. Er wuchtete sie auf den Tisch, öffnete den Verschluss und entnahm ihr ein Dossier. «Hier ist alles drin, was du brauchst.»

Lansbury sagte kein Wort. Er griff nach dem Dossier und blätterte es durch.

«Am besten, du fängst gleich an.»

Lansbury legte das Dossier aus der Hand. «Nein, das werde ich nicht!»

«Erinnerst du dich an unsere Schulzeit?» Hawkins setzte ein breites Grinsen auf. «Ans Theater am College? An deine Schauspielkunst? Romeo und Julia?»

«Ja, ich erinnere mich.»

«Siehst du … solche Dinge liegen dir.»

«Nein, da mache ich nicht mit.»

«Niemand kann so gut in die Rollen anderer schlüpfen wie du.»

Aber Lansbury schob das Dossier zurück und verschränkte die Arme. «Ohne mich!»

Zwölf

Er stand draußen vor dem Bahnhof, den Koffer bei sich. Das Taxi befand sich auf dem gelben Parkfeld. Er überlegte, wohin er gehen wollte. Es blieb noch Zeit. Noch sechzehn Stunden bis zum Ende. Noch neunhundertsechzig Minuten bis zum Knall.

Noch siebenundfünfzigtausendsechshundert Sekunden Leben.

Sollte der Worst Case eintreffen, hatte er sich vorbereitet. Die letzte, noch verbliebene Möglichkeit offengelassen, den seidenen Faden, an dem sein Leben hing, zu einem dicken Strang gesponnen. Vielleicht würde er den Ausweg finden. Ihn gehen. Die letzte Möglichkeit ausschöpfen.

Denn er hing am Leben. Er hing an seiner Familie. Unmöglich, das alles loszulassen, weil er ein Versprechen gegeben hatte. In einer Zeit, als der Abgrund so nahe gewesen war.

Er griff in seine Hosentasche und holte sein Mobiltelefon heraus. Gab eine Nummer ein. Er würde einen Verbündeten mit einbeziehen, der noch nicht wusste, dass er ein Verbündeter war. Der das eigentliche Ziel war.

Ziel eines krankhaften Auswuchses, wenn er es genau nahm.

Einmal die Woche wurde die Post bis zum Hemings Way ausgetragen. Immer an einem Dienstag. Patrick Bradshaw stand kurz vor der Pensionierung. Seit mehr als fünfundvierzig Jahren war er Postbote in Cheddar und die immer gleiche Arbeit hatte ihn gezeichnet. Sein Rücken wollte nicht mehr. Sein rechter Fuß war infolge eines Unfalls verkrüppelt. Die Arbeit bei der Post hielt ihn am Leben, nach all den Schicksalsschlägen, die er hatte einstecken müssen. Zuerst hatte er seinen einzigen Sohn an den Krieg in Afghanistan verloren. Dann seine Frau an den Krebs.

Diane saß auf der Veranda und genoss den milden Vormittag. Sie wandte ihr Gesicht der Sonne zu und übte sich im Nachdenken, was ihr schwerfiel. Zehn Tage waren vergangen, seit Jake nicht mehr nach Hause gekommen war.

Zehn Tage der Unvernunft.

Zehn Tage einer Trauer, die so unwahrscheinlich weit weg war.

Zehn Tage, in denen sie vergeblich versucht hatte, etwas von dem Lebensgefühl zurückzugewinnen, das sie verloren hatte. Es war einfach nicht möglich, sie konnte es nicht erzwingen.

Sie beobachtete gerade den Kiesweg vor ihrem Haus, als Bradshaw um die Kurve kam. Seine offene Weste flatterte im Wind, seine zu langen grauen Haare wirbelten um seinen Kopf und über sein Gesicht huschte wie immer ein freundliches Lächeln. Dieses Lächeln war in seine Züge eingemeißelt, denn Bradshaw war ein fröhlicher Mensch – trotz allem, was ihm widerfahren war.

Den Postboten hatte sie komplett vergessen. In den letzten Tagen hatte Diane weder Zeitungen noch Journale vermisst. Alles, was sie über den Flugzeugabsturz erfahren hatte, wurde ihr auf CNN mitgeteilt – meistens mehr, als sie ertrug. Aber im Moment interessierte sie sich nur dafür. Doch der Fernseher war nicht immer eingeschaltet, denn manchmal hatte sie einfach genug von diesen Bildern, die zumeist nichts anderes als Effekthascherei waren, Wiederholungen des Schreckens – wie ein Einätzen des Unfassbaren.

Eigentlich wollte sie diese Nachrichten überhaupt nicht mehr sehen oder hören.

«Guten Morgen, Mrs Hemingway.» Bradshaw bremste heftig ab, kurz bevor er über eine Blumenrabatte gestürzt wäre. Im letzten Moment fing er sich mit akrobatischem Geschick auf, und Diane stieß einen spitzen Schrei aus. Er lächelte ihr zu und fixierte das Rad mittels seines Ständers. Die kleine Karre, die er mit sich zog, war von einer grauen Plane überdeckt. Bradshaw schlug sie zurück und entnahm ihr ein Bündel, das mit einer Schnur zusammengehalten wurde.

«Ihre News von letzter Woche, Mrs Hemingway.» Er drückte Diane das Bündel in die Hand. «Ich muss leider gleich wieder weiter. Ich bin spät dran.»

Er genierte sich offensichtlich, mit ihr einen Tee zu trinken, wie er das gewöhnlich tat. Schon vor einer Woche hatte er die Zeitungen nur auf den Treppenabsatz gelegt, um Diane nicht unter die Augen treten zu müssen. Er vermied es, ihr zu kondolieren – das vermutete sie zumindest. Er musste wissen, wie sich das anfühlte. Er selbst hatte solche Worte an zwei traurigen Anlässen entgegennehmen müssen. Bei Diane musste es ihm besonders schwerfallen, denn seit bald fünfzehn Jahren belieferte er die Familie mit Post. Manchmal brachte er Pakete für Maddie mit, Dokumente für Jake. Mit den Jahren hatte er Diane richtig liebgewonnen; das hatte er ihr erst kürzlich gesagt. Sie habe etwas an sich, das ihn an seine verstorbene Martha erinnere. Sie sei ebenso bodenständig und naturverbunden und immer freundlich zu ihm. Oft hatte er ganze freie Nachmittage in ihrem Garten verbracht. Sie hatte von früher erzählt, von ihrem Mann, wie sie sich kennengelernt hatten, von dem großen Glück, einander begegnet zu sein. Dass ihm ihre traurigen Augen aufgefallen seien, hatte er vor Kurzem noch durchblicken lassen, ihre große Melancholie, die das Gegenteil war von dem, was sie erzählte. Und wenn er sie dann nach dem Grund gefragt hatte, gestand sie ihm, wie traurig sie sei, weil Jake so oft weg war und viel arbeitete. Und während Maddie in der Schule sei, fühle sie sich so allein, so verlassen und zu nichts nütze. Sie fühle sich manchmal schon wie eine alte Frau.

Heute humpelte er jedenfalls hastig wieder davon, stieg auf sein Rad, rief Diane noch etwas zu, das sie nicht verstand, und fuhr eilig weiter. Seine Weste bauschte sich auf, das Haar wehte, als er wieder in halsbrecherischem Tempo auf den Feldweg einbog.

Zurück blieb eine gewisse Nostalgie, die Diane an die Anfänge in den Cheddar Gorge erinnerte. An die milden Frühlingsvormittage, wenn sie auf der Veranda gesessen und sich die Beine von der Sonne hatte bräunen lassen. Und an ihrer Seite Patrick Bradshaw, kein Mann, der ihr optisch gefiel. Aber seine Herzlichkeit hatte sie manchmal über ihre innere Zerrissenheit hinweggetröstet. Wenn Bradshaw bei ihr gewesen war, ließ er immer ein Fluidum von Optimismus zurück.

Sie ging in die Küche, holte ein Messer und schnitt die festgezurrte Schnur durch. Zeitungen, ein Frauenjournal, zwei Klatschhefte, auf die sie sich unter normalen Umständen gefreut hätte. Wenn sie nicht gerade beim Friseur auf die neuesten Geschichten der Boulevardpresse traf, konnte sie es zu Hause tun. Wie jede Britin hatte auch sie immer auf die aktuellen Neuigkeiten aus dem Königshaus gewartet. Hatte sich an den königlichen Hüten erfreut und sich geärgert, wenn die schamlosen Paparazzi selbst hinter heikelsten Informationen zum royalen Privatleben her waren. Manchmal dachte sie, über das Leben der Königsfamilie besser im Bilde zu sein als über ihr eigenes. Heute kam ihr dies lächerlich vor. Sie nahm sich vor, die Abonnemente zu kündigen.

Zwei Briefe – zwei Rechnungen. Eine vom Telefonanbieter und eine von Maddies Zahnarzt. Das dritte Kuvert ließ sie beinahe fallen.

Jakes Schrift.

Mit zitternden Händen las Diane das Aufgabedatum. Das Kuvert war gestern vor einer Woche in Bristol abgestempelt worden. Zwei Tage nach dem Flugunfall. Zwei Tage nach Jakes Tod. Sie legte den Brief auf ihren Schoß, nicht fähig, ihn sogleich zu öffnen. Die Angst kroch wie ein Ungeheuer aus ihrer Mitte, und der schwere Stein in ihrem Bauch raubte ihr den Atem. Sie atmete tief ein, stieß die Luft heftig aus, als könnte sie damit die Angst vertreiben, den Brief unsichtbar machen.

Die Angst, dass in diesem Brief etwas geschrieben stand, dass sie noch mehr erschrecken könnte. Das sie vielleicht gar nicht wissen wollte.

Sie holte ihren Schreibblock aus der Schublade, schlug ihn auf und notierte:

Hat Jake mir doch etwas verheimlicht?

Ist er zu feige gewesen, es mir unter vier Augen mitzuteilen? Hat er gemeint, mit einem Schreiben alles ungeschehen zu machen? Ist er doch noch am Leben? Hat er seinen Tod inszeniert?

Nein! Nein! Und nochmals nein!

Dass die Maschine der British Airlines abgestützt war, war Fakt. Dass Jake neben Susan Kirkwood gesessen hatte – davon musste Diane mittlerweile ausgehen. Sie hatte sich mit dieser Tatsache abgefunden. Zu vieles deutete darauf hin.

Diane tigerte auf der Veranda hin und her. Den Brief hatte sie auf die Bank gelegt. Das Herz klopfte ihr bis zum Hals. Ihre Hände wollten nach dem Kuvert greifen, doch der Kopf ließ es nicht zu. Sie ging ins Haus, in die Küche, zum Waschbecken. Sie drehte den Kaltwasserhahn auf. Sie beugte sich vornüber und wusch ihr Gesicht. Es ist eine Täuschung, redete sie sich ein.

Dann ging sie wieder zurück auf die Veranda. Der Brief lag noch da. Mit Jakes Schrift darauf.

Deine Schrift kann man kaum lesen. Hast du eigentlich nie den Schönschreibunterricht besucht?

Kreative Menschen schreiben schrecklich, ich weiß. Komm, gehen wir ins Schlafzimmer. Ich werde dir etwas auf den Bauch schreiben.

Diane griff nach dem Kuvert. Sie schob den rechten Mittelfinger in den kleinen Spalt am Rand der zugeklebten Lasche und ritzte das Papier auf.

Wie oft habe ich dir schon gesagt, du sollst zum Öffnen der Briefe ein Messer zur Hand nehmen. Papier ist schärfer als eine Schere. Du könntest ein Blutbad anrichten.

Im Flur läutete das Telefon.

Diane ließ den halbaufgerissenen Umschlag liegen und stürmte ins Haus.

«Hemingway!» Sie war außer Atem.

«Tyrone Lansbury.»

Ihr Herz stand für einen Moment still. Diane setzte sich mit dem Gerät auf das Sofa. Was sollte sie ihm sagen? Was wollte er von ihr? Seit dem Abend, als sie fast die ganze Flasche Rotwein allein getrunken und er neben ihr gesessen hatte, hatten sie nichts mehr voneinander gehört.

Er war nur ein Polizist.

Ein ganz gewöhnlicher Chief Inspector des Police Departements Bristol.

«Haben Sie neue Nachrichten über den Anschlag?» Was hätte sie sonst fragen sollen? Einerseits schämte sie sich, dass sie sich damals so hatte gehenlassen. Andererseits spürte sie ein schmerzliches Verlangen, sich von seinen starken Armen halten zu lassen.

«Ich wollte nur hören, wie es Ihnen geht.»

«Das ist sehr nett von Ihnen. Ich schlage mich so durch. Aber das muss ich Ihnen ja nicht weiter erklären. Sie kennen das.»

«Darum bin ich besorgt um Sie. Ich war allein mit meiner Trauer, als Emilie tot war. Außer einem lieben Freund distanzierten sich alle von mir. Ich möchte einfach, dass Sie wissen, dass Sie nicht allein sind. Dass …» Hier brach er ab. «Tut mir leid, ich wollte Ihnen nicht zu nahetreten.» Seine Stimme klang belegt.

«Aber das tun Sie doch nicht. Ich war übrigens immer allein. Und manchmal möchte ich das auch heute.» Sie ging wieder vors Haus, sah den aufgerissenen Brief auf der Bank liegen. Sie griff danach, brachte ihn in die Küche und legte ihn auf den Tisch.

«Können wir uns heute Abend sehen?»

«Ich glaube nicht, dass das eine gute Idee ist.» Sie wollte ihm sagen, dass Maddie dann zu Hause sein würde und es sie möglicherweise erschrecken könnte, einen fremden Mann in ihrem Heim zu sehen. Und nein, es war alles noch zu früh.

«Wir könnten uns auch in einem Restaurant treffen. Es täte Ihnen sicher gut, etwas Abstand zu bekommen.» Er gab wohl nie auf.

«Nein, Mr Lansbury. Ich möchte das nicht. Auf Wiederhören.» Sie legte auf, ohne seine Antwort abzuwarten. Sie zitterte vor Verlangen. Ein Schmerz bemächtigte sich ihrer – ein anderer, ein neuer Schmerz, der sich schwerelos anfühlte und süß.

Nein, es war noch zu früh. Es war falsch, diesen Gefühlen nachzugeben. Diesem Verlangen. Diesem Hunger nach Zärtlichkeit.

Im Schlafzimmer riss sie den Schrank auf, suchte nach einem passenden Kleid. Es war an der Zeit, die Versicherung aufzusuchen. Sie wollte endlich in Erfahrung bringen, unter welchen Umständen Jake eine Lebensversicherung abgeschlossen hatte und was Mr Whyler wusste.

Den Brief verdrängte sie. Sie brachte es jetzt einfach nicht fertig, ihn ganz zu öffnen und zu lesen.

* * *

Er hätte sich ohrfeigen können. Welcher Teufel hatte ihn geritten, Diane Avancen zu machen? Die Frau war in Trauer, und er nutzte es aus.

Tyrone Lansbury hatte sich am frühen Abend in Schale geworfen. Schwarzer Anzug, hellblaues Hemd, Krawatte: Man nahm ihm den seriösen Geschäftsmann ab. Er hatte eine Perücke aufgesetzt, eine braune, sogar mit Backenbart. Eine Nickelbrille gab dem Auftritt den letzten Schliff. Um fünf setzte er sich in seinen Wagen und fuhr zu der Adresse, die ihm Hawkins mitgeteilt hatte. Nach vier Blended Malts hatte sein Freund ihn soweit gehabt, dass er auf den Vorschlag einging, sich in einem Bordell umzusehen. Es war an der Zeit, dass er etwas in seinem Leben änderte, wieder unter die Leute ging, seinen Job erledigte. Dort ansetzte, wo seine Stärken gefragt waren. Er war der Ermittler, der Detektiv, der Fahnder.

Das Etablissement lag in einer Seitenstraße zur Paddington Street. Die Adresse war ein Geheimtipp, daher von außen nicht sichtbar. Eine gewöhnliche Häuserzeile mit Shops, Coiffeurläden und netten kleinen Tearooms. Lansbury wunderte sich, dass bei der Auffahrt zum Haus zwei Streifenwagen standen. Er ging auf die Tür zu, öffnete sie und schob sich in den dahinterliegenden Korridor. Der sah genauso aus, wie er sich den Zugang zu einem Tempel vorstellte: zwei über die Jahre von Licht und Staub strapazierte Wände, die, einmal rot angemalt, nun die Farbe verloren hatten. Kunstvoll verschnörkelte Leuchten in Form von fünfarmigen Kerzenhaltern spendeten etwas Licht in dem ansonsten düster anmutenden Raum. Der Geruch hier hatte eine süßliche Schwere und erinnerte an opulente Orgien, rockende Jungs und leichte Mädchen. Am Ende des Flurs stieß Lansbury auf eine weitere Tür, die nur angelehnt war. Dahinter vernahm er aufgeregte Stimmen. Kein Zweifel: Die Polizei war da.

Ein uniformierter Beamter versperrte den Zugang. Lansbury riss sich die Perücke vom Kopf und nahm die Brille ab.

«Sie können hier nicht rein.» Der Mann sah ihn frech grinsend an. Er deutet auf die Perücke. «Fetisch?»

«Halten Sie einfach den Mund!» Lansbury glaubte, die Gedanken des Mannes lesen zu können. Er zögerte, doch dann zog er seine Dienstmarke aus der Weste und stellte sich mit seinem Namen vor. «Chief Inspector Tyrone Lansbury.»

«Ist das ein verdammter Zufall, dass Sie hier sind?»

«Wie man's nimmt.»

«Kommen Sie rein.» Der Polizist ließ ihn vorbei. «Im Salon elf liegt eine Tote. Wahrscheinlich wurde sie erwürgt.»

Lansbury inspizierte die Umgebung. Hinter dem Empfangstresen saß eine in die Jahre gekommene Frau, deren aufgedunsenes Gesicht die Farbe eines Leichentuchs hatte. Ihre üppige Oberweite trotzte schon länger nicht mehr der Schwerkraft – trotzdem trug sie ein durchscheinendes Negligé mit Rüschen. Auf ihrem Gesicht waren die Spuren eines intensiv gelebten Lebens zu sehen, das nicht immer glücklich gewesen sein mochte, und ein auffallend dichter Wimpernkranz vermochte ihre Tränensäcke nicht zu kaschieren. Ihr Mund war unverschämt rot.

Eine Polizistin nahm gerade ihre Personalien auf. Vor jeder Tür hatten sich leicht bekleidete Liebesdienerinnen sowie einige halbnackte Herren in militärischer Ordnung aufgestellt und vermittelten durchaus einen kuriosen Eindruck, so wie sie hier standen und der Dinge harrten, schwiegen und auf den Boden blickten, sich vielleicht schämten, auf frischer Tat ertappt worden zu sein.

Lansbury schritt an vor Entsetzen erstarrten Gesichtern vorbei zur zweitletzten Tür, die mit einer vergoldeten Elf beschriftet war. Er zückte wiederum seine Marke und hielt sie einem der Beamten, die den Eingang bewachten, unter die Nase. Ein anderer Mann telefonierte gerade, aber es herrschte irgendwie nur eine gekünstelte Hektik. Niemand schien zu wissen, was zu tun war.

Das Bett erinnerte an eine königliche Barke mit Baldachin. Das ebenholzschwarze Gestell dominierte den Raum, darauf lag satinierte Wäsche, geschmückt mit einem roten Drachen. Die Tote lag wie Schneewittchen mitten darin. Ihre Augen waren geschlossen, und es sah aus, als schliefe sie. Lansbury erfasste den Raum in Sekundenschnelle. Der erste Eindruck war immer der wichtigste. Ein Fenster, davor eine Kommode mit einem CD-Player, zwei Boxen. Nebenan die Tür zum Badezimmer. Auf einem in Gold gefassten Thron saß ein leicht bekleidetes Mädchen. Seine Augen bohrten sich in den Teppich, als würde es dort etwas Interessantes sehen. Lansbury ging zu ihm und stellte sich vor. «Und wer sind Sie?»

«Abigail Ashton.» Ihr Körper sah aus wie gemeißelt, und ihre langen, blonden Haare bedeckten nur knapp zwei wohlgeformte kleine Brüste.

Soviel Anmut bekam Lansbury nur selten zu sehen. «Dann muss ich Sie bitten, das Zimmer zu verlassen, Miss Ashton. Und bitte ziehen Sie sich etwas an.»

Er wandte sich an den Beamten. «Haben Sie den Staatsanwalt bereits informiert?»

«Er müsste bald eintreffen. Der Kriminaltechnische Dienst ist ebenfalls auf dem Weg hierher.»

«Dann verlassen Sie jetzt bitte alle den Raum.» Lansbury schritt hinter Abigail her und konnte es sich nicht verkneifen, auf ihren wundervollen Hintern zu blicken, den nur ein Spitzenhöschen bedeckte. Um den Oberkörper hatte sie nur ein Tuch geschlungen.

Auf dem Korridor kümmerte er sich wieder um sie. «Arbeiten Sie hier?»

«Ja.» Ihre Schüchternheit passte nicht an diesen Ort.

«Haben Sie die Tote gefunden?»

«Ich war einen kurzen Moment im Badezimmer. Als ich zurückkehrte, war Maryam tot.»

«Sie teilen sich den Salon?» Lansbury machte sich staunend Notizen.

«Ja, wir hielten uns im selben Zimmer auf.»

«Wie lange waren Sie im Bad?»

«Vielleicht zehn Minuten. Ich weiß es nicht genau. Ich traf dort Poppy.»

«Poppy!»

«Das ist unsere Empfangsdame.»

«Woher kam denn diese Poppy?»

«Das Bad hat zwei Eingänge. Nebenan liegen die Toiletten.»

«Wie heißt Maryam mit Nachnamen?»

«Maryam Huxley. Sie war meine Freundin. Sie kam aus Dublin. Ihre Eltern wissen es noch nicht.» Abigail schluchzte. «Das ist so schrecklich. Wir wollten in einer Woche nach Irland reisen. Ihre Eltern hatten uns eingeladen. Wie soll ich ihnen nur mitteilen, dass ihre Tochter ...» Sie bekam einen Weinkrampf.

«Wie haben Sie ihren Tod festgestellt?»

Sie antwortete gefasst: «Ich sah sie da liegen. Sie rührte sich nicht mehr.»

«Hatten Sie denn einen Kunden?»

«Wir erwarteten einen. Aber kurz zuvor berichtete er ab.»

«Wie war sein Name?»

«Ich weiß es nicht. Wir erfahren die Namen der Kunden meistens nicht. Die dürften aber am Empfang eingetragen sein.»

«Seit wann arbeitete Ihre Freundin hier?»

«Seit gut drei Monaten. Wir kamen gemeinsam hierher. Wir studieren Betriebswirtschaft in Oxford ... Man hatte uns versichert, dass wir hier keinen Psychopathen begegnen, aber ... jetzt ... ist sie tot ...» Abigail brach zusammen. Ganz plötzlich hatte sie das Bewusstsein verloren. Sie sackte in Lansburys Arme, und er konnte sie gerade noch auffangen, bevor sie auf den Boden fiel. Er trug sie in eines der Zimmer und legte sie dort aufs Bett, ungeachtet der Tatsache, dass Kissen und Laken sehr gebraucht wirkten.

Er wandte sich an einen Beamten. «Rufen Sie einen Krankenwagen.» Dann zog er zog sich zum Eingang zurück und stellte Hawkins' Nummer ein.

Sein Freund meldete sich.

«Da hast du mir ja eine schöne Scheiße eingebrockt», beschwerte sich Lansbury.

«Worum geht's denn, Tyrone-Boy?»

«Ich bin jetzt in diesem Edelpuff. Die Quartiers-Polizei ist hier. Eine junge Frau wurde ermordet. Ist das noch nicht zu euch durchgedrungen?»

«Vor ein paar Minuten.» Hawkins zögerte. «Es war nur nicht klar, um welches Etablissement es sich handelt.»

«Es ist doch merkwürdig, dass sie ausgerechnet in diesem Bordell umgebracht wurde.»

«Was willst du damit sagen?»

«Vielleicht ist sie diejenige, die euch angerufen hat.»

«Verdammt!» Hawkins wirkte nervös. «Das Ganze nimmt immer dramatischere Formen an. Ich will gar nicht daran denken, welche Konsequenzen dies auf unsere Politik haben könnte, wenn auskommt, dass ein Bordell in den Fokus unserer Ermittlungen im Fall BA443 gerät.»

«Seit wann interessierst du dich für Politik?» Lansbury lachte trocken.

Hawkins ignorierte das. «Drake steht neben mir. Soll ich ihn dir geben?»

«Nein. Ich wüsste nicht, warum.»

«Er meint, du sollst schon mal mit den Fragen anfangen.»

«Das werde ich ganz bestimmt nicht tun.» Wenn er zugab, dass er bereits Fragen gestellt hatte, warf das kein gutes Licht auf ihn.

«Tyrone, das ist ein Auftrag aus London.»

Lansbury drückte die Verbindung weg. Die konnten ihn alle mal. Er kehrte zurück zum Empfang. Er mochte Michael Drake nicht, auch wenn er ihm indirekt unterstellt war. Es kam selten vor, dass sie unmittelbar miteinander zu tun hatten, und wenn er das umgehen konnte, vermied er es, mit ihm zu sprechen. Drake hatte sein Büro in London, Lansbury seines in Bristol – und seine Ansprechperson war Hawkins. Seit jenem verhängnisvollen Tag vor drei Jahren, als seine Frau umgekommen war, betrachtete Lansbury den Chief Superintendent als Feind. Er hatte damals den Befehl erteilt, nicht zu schießen, ein fataler Fehler, der Emilie das Leben gekostet hatte. Sie war zur Zielscheibe eines Bankräubers geworden. Nach dem ersten Schmerz um den Verlust seiner Frau hatte Lansbury Drake vor aller Öffentlichkeit verbal angegriffen und ihn als unfähigen Stümper hingestellt. Drake hatte wider Erwarten kein großes Drama daraus gemacht, denn er wusste wahrscheinlich, was er an Lansbury hatte. Doch er hatte ihn aus unerfindlichen Gründen bei einem befreundeten Psychiater angemeldet – einfach so, ohne Lansbury zu fragen. Und drei Wochen hatte der sich unbequemen Fragen aussetzen und verdammt aufpassen müssen, nichts Verkehrtes zu antworten. Drake war ein mächtiger Mann.

Die fettleibige Übermutter sah nicht gerade aus wie eine Grande Dame. Sie hockte noch immer hinter dem Tresen, aber in ihr Gesicht war etwas Farbe zurückgekehrt.

Lansbury stellte sich mit seinem Namen vor und zeigte ihr die Dienstmarke. «Ich werde Ihnen jetzt ein paar Fragen zu diesem Vorfall stellen.»

«*Vorfall* nennen Sie das?» Die Frau rutschte in eine andere Sitzposition.

Lansbury vermutete, dass sie aufgrund ihres Gewichtes kaum mehr in der Lage war, auf den Beinen zu stehen. Offenbar hatte sie den Gram darüber, dass sie ihre Attraktivität verloren hatte, mit Fressattacken kompensiert.

«Eines meiner besten Girls wurde soeben ermordet.»

«Waren Sie die ganze Zeit am Platz?»

«Zwischendurch muss ich auch mal für kleine Mädchen», sagte sie, was in Anbetracht ihrer Üppigkeit eine wirklich gewagte Aussage war. «Dort habe ich Abigail getroffen und eine Weile mit ihr gequatscht. In dieser Zeit muss es passiert sein. Aber die Eingangstür hatte ich vorher abgeschlossen, das müssen Sie mir glauben.»

«Wer hat denn überhaupt einen Schlüssel zum Haupteingang?»

«Ich und ...» Sie überlegte. Ihre Hamsterwangen vibrierten, während sie den Kopf schüttelte. «Ich mag mich nicht erinnern, wer sonst noch einen Schlüssel haben könnte. Der Mörder muss bereits hier gewesen sein, als ich mich vom

Empfang entfernt habe.» Sie riss die Augen so weit auf, dass sich ein unechter Wimpernstrang löste. Sie griff danach und klebte ihn wieder über das Augenlid, wohl nicht zum ersten Mal. «Aber ich könnte keinem meiner Gäste einen Mord anhängen, ehrlich.»

«Sie führen sicher Buch über Ihre Kunden. Könnte ich die Liste mal durchsehen?»

Poppy händigte ihm widerwillig ein Buch aus.

Lansbury interessierten nur die letzten zwei Tage. Er überflog die Namen, die ihm alle nichts bedeuteten. Bis er auf den einen stieß, den er kannte. «Brown war hier?»

«Sie kennen ihn?» Poppy wippte mit dem Oberkörper. «Er ist täglich hier. Eigentlich dürfte ich es niemandem sagen. Aber wenn es der Sache dient …»

Abdullah Omar Brown, Sohn eines Iren und einer ägyptischen Bauchtänzerin. Saß schon wegen Drogenmissbrauchs ein paar Monate im Knast. Aber das war noch in seiner Jugendzeit gewesen. Er hatte in Cambridge Wirtschaft studiert, aber keinen Abschluss gemacht. Mit achtundzwanzig Jahren hatte er in London die Pharmakette «Livsey & Boaden» übernommen und in den darauffolgenden Jahren an die Wallstreet gebracht. Das jedenfalls war die offizielle Version. Die Aktien befanden sich im Moment auf einem Allzeithoch. Seine Geschäfte florierten vor allem in Südafrika und im Fernen Osten. Lansbury hatte ihn während seiner Zeit in London mehrmals beschatten lassen, aber erfolglos. Brown war gut vernetzt, hatte seine Lakaien, die den Dreck für ihn erledigten. Brown war clever und eiskalt.

«War er heute auch da?»

«Nein, heute hat er abgesagt. Seine Frau ist mit dem vierten Kind schwanger. Ich glaube, er begleitet sie zu einer Vorsorgeuntersuchung.»

Das allerdings glaubte Lansbury nicht. Brown war nicht der Mann, der sich um seine Frau kümmerte. «Er ist immer bei zwei Frauen gleichzeitig eingetragen», stellte Lansbury lapidar fest.

«Er hat halt besondere Vorlieben.»

«Mit wem hat er sich denn vergnügt?»

«Mit Abigail und Maryam. Das waren seine Lieblingsfrauen.»

«Hat es noch nie einen Zwischenfall mit ihm gegeben?»

Poppy zog die Schultern ein und kicherte blöde. «Einmal musste ein Arzt kommen. Mr Brown ist gut gebaut und … na ja. Er blieb, wie soll ich sagen …»

Lansbury hüstelte. «Liegt dieser Vorfall schon länger zurück?»

«Mindestens acht Monate. Aber da waren Abigail und Maryam noch nicht bei uns.»

Themenwechsel. «Hatte Maryam Feinde?»

«Nein, ganz bestimmt nicht. Die Männer mochten sie. Im Gegensatz zu Abigail war sie eine sehr gesprächige junge Dame.»

«Wie ist es mit einem Freund?»

«Da ist mir nichts bekannt.»

Themenwechsel. Er brachte Poppy völlig durcheinander. «Wo finde ich diesen Mr Brown?»

Poppy zog eine unschöne Schnute. «Aber Sie glauben doch nicht, dass er etwas damit zu tun hat!»

«Was ich glaube, hat Sie nicht zu interessieren. Wo finde ich ihn?»

Poppy nannte ihm Browns Adresse in London. Sie befand sich unmittelbar gegenüber von New Scotland Yard.

* * *

Die Versicherungsagentur Whyler & Whyler war in der Nähe der Cheddar First School in einem Zweifamilienhaus eingemietet. Es war eine mittelgroße Versicherungsgesellschaft, die mit kleinen Schadensfällen zu tun hatte, was Diane aus dem Internet erfahren hatte. Eine Anstalt, in der ein geklauter Schirm noch bezahlt wurde.

Sie stellte ihren Wagen in das Parkfeld eines benachbarten Hauses. Die Gegend war ländlich, sehr gepflegt und ruhig. Drei moderat angepflanzte Jungbäume säumten eine Art Klostermauer, die seitlich etwas höher gebaut war. Der Geruch frisch gemähten Rasens stieg Diane in die Nase. Sie steuerte auf eine grüne Tür zu, bei der über einem altertümlichen Glockenzug ein Schild mit den kompletten Namen von Vater und Sohn angebracht war. Ein Familienunternehmen.

Sie zog an dem aus dunklem Garn geflochtenen Strang. Drinnen bimmelte eine von außen unsichtbare Glocke.

Die Tür ging auf, und im Rahmen erschien eine mollige, kleinwüchsige Frau, die Diane kaum bis zur Brust reichte. Das letzte Mal hatte sie so einen kleinen Menschen im Zirkus gesehen.

Dad, warum ist die Frau dort so klein?

Sie ist ein kleinwüchsiger Mensch.

Wurden die auch vom lieben Gott gemacht?

Aber natürlich. Er hat sie sogar mit einer besonderen Hingabe erschaffen.

«Sie wünschen?» Die Stimme klang genauso zwergenhaft.

«Ich würde gern mit einem der beiden Herren Whyler sprechen.»

«Geht es um eine Versicherung?»

Diane bejahte und wurde hereingebeten. Sie landete in einem Entrée, in dem sie von Küchengerüchen fast erschlagen wurde. Offenbar wohnte und arbeitete man hier unter einem und demselben Dach.

«Bitte gedulden Sie sich einen Augenblick.» Die Zwergin spurtete auf ihren kurzen Beinen los und verschwand hinter einer Tür, die mit *Büro* gekennzeichnet war.

Eine Versicherung!

Diane hatte sich das Staunen noch nicht abgewöhnt. Vielleicht hatte sie von den Bewohnern von Cheddar keine Ahnung, da sie sich in den letzten Jahren in ihrem Haus quasi verschanzt hatte. Das Dorf hatte sie nicht wirklich interessiert, es hatte sie nicht interessieren dürfen, seine Bewohner noch weniger. Wenn sie einkaufen ging, fuhr sie in der Regel nach Bristol, weil sie dort geboren und aufgewachsen war. Einmal in der Woche reichte dazu vollkommen, und manchmal hatte Jake unterwegs eingekauft.

Anstelle der kleinen Frau erschien nun ein nur unwesentlich größerer Mann im Flur. Er stellte sich als Mr Whyler senior vor. Sein Kopf wirkte unverhältnismäßig groß im Verhältnis zu seinem Körper, seine Bewegungen waren disharmonisch, und über einer ziemlich ausgeprägten Stirn wippte eine Schmachtlocke, die seinem Gesicht etwas Drolliges verlieh.

«Was kann ich für Sie tun, Mrs …?» Seiner Stimme fehlte es an Resonanz.

«Diane Hemingway. Entschuldigen Sie bitte, dass ich mich nicht bei Ihnen angemeldet habe.» Diane räusperte sich. Sie war es nicht gewohnt, auf kleine Männer hinunterblicken zu müssen.

«Kommen Sie.» Whyler schwang seine Arme ungelenk in Richtung Büro. «Ich habe schon mehrmals versucht, Sie anzurufen. Dann hätten Sie sich den Weg hierher sparen können.»

«Ich war ein paar Tage weg», log Diane und setzte sich.

Es sah aus, als kletterte Whyler nachgerade auf seinen Bürostuhl. Erst hinter dem Pult und auf Augenhöhe gelang ihm ein einigermaßen respektabler Auftritt. Seine Füße baumelten allerdings ins Freie.

Er griff nach einem Dossier, das er zusammen mit einem Berg anderer Mäppchen und Dokumente in einer mehrstöckigen Etagere untergebracht hatte. Neben dem Bildschirm gab es einige davon, jede in einer anderen Farbe. Whyler schien trotz seiner Unordnung ein gewisses System zu halten. Er ließ das Dossier geschlossen. «Wir haben ein Problem.»

Dianes Blick blieb an einer der Wände hängen, die, gelb gestrichen, den ansonsten sehr dunklen Möbeln im Raum ein wenig den Schrecken nahmen. Ein Bild zog ihre Aufmerksamkeit auf sich.

Whyler folgte ihrem Blick und lächelte. «Das ist die Cheddar Gorge.»

«Ich weiß. Wir wohnen dort.» Wie immer, wenn sie an die Gorge dachte, zog sich ihr Herz zusammen. Die Gorge – dort, wo alles begonnen hatte. Sie sammelte sich wieder. «Was haben Sie gesagt? Es gäbe Probleme?»

«Ich kann Ihnen die Lebensversicherung nicht ausbezahlen. Nicht, bevor wir wissen, was über Südirland geschehen ist. Ihr Mann hat die Versicherung erst vor einem halben Jahr abgeschlossen. Da stellen wir uns eben doch ein paar Fragen.»

«Aber was hat das mit dem Flugzeugabsturz zu tun?»

«Mir sind die Hände gebunden. Allem Anschein nach hat nicht nur die Met großes Interesse daran, dass nichts ausbezahlt wird, sondern auch der Geheimdienst. Unsere Versicherung ist nicht die einzige, der es so ergeht.»

«*Können* oder *wollen* Sie nicht bezahlen?»

Whyler sah sie verdatterte an. «Ich *darf* nicht.»

«Wissen Sie mehr als ich?»

Whyler neigte seinen unförmigen Kopf über den Tisch. «Es tut mir leid, dass Sie extra hierher gefahren sind. Ich hätte es Ihnen gern am Telefon mitgeteilt. Sie müssen sich noch etwas gedulden. Aber ich bin sicher, dass man die Angelegenheit bald aufklären wird. Schlimme Sache übrigens …»

«Hat sich der MI5 bei Ihnen gemeldet?»

«Ja …» Whyler zögerte. «Der MI5. Diese Leute waren extrem schnell. Ich hatte mich schon gewundert. Die Fragen der Agenten drehten sich um Mr Hemingway, und sie hatten sogar eine richterliche Verfügung dabei, damit ich ihnen das Dossier aushändigte. Ich … es war mir sehr peinlich, weil wir für unsere Verschwiegenheit bekannt sind – mein Sohn und ich. Man wollte mir den Grund nicht sagen.»

Der MI5 war also hier gewesen. Der Sicherheitsservice! Es ging offensichtlich um weit mehr, als Diane gedacht hatte. «Sind Sie denn nicht misstrauisch geworden, als mein Mann Ihnen von einer Minute zur anderen einen solch hohen Betrag überwies?»

«Wir hatten uns vorgängig einmal getroffen und ich besprach mit ihm die bestmögliche Versicherung. Aber ich muss Ihnen mitteilen, dass es auch mir etwas merkwürdig erscheint, wenn ich nach einem halben Jahr eine solch hohe Summe ausbezahlen muss. Ich meine, wir arbeiten selbstverständlich mit diesem Geld. Aber in einem halben Jahr wirft das ja kaum Zinsen ab.»

«Heißt das, dass Sie mir die Lebensversicherung so oder so nicht ausbezahlen können? Dass dieser Flugunfall Ihnen sogar entgegenkommt?»

Whyler räusperte sich, was sich wie ein Quaken anhörte. «Wir unsererseits sind natürlich auch versichert, sollte es zum Worst Case kommen …»

«Aha. Noch eine letzte Frage: Hat mein Mann Ihnen erklärt, woher er das Geld hat? Ich meine, so viel trägt man ja nicht einfach in der Tasche mit sich herum.»

«Er hat es mir korrekt überwiesen. Ich ging davon aus, dass seine Bank die Herkunft des Geldes geprüft hatte.»

Danach hielt sich Whyler sehr bedeckt und sagte nur gerade so eben noch Ja oder Nein. Mehr war nicht mehr aus ihm herauszubekommen.

Diane erhob sich schließlich. Was hatte sie denn erwartet? Dass sie mit offenen Armen empfangen würde? Dass man ihr das Geld bar in die Hand legte? Warum hatte die Met auf der einen und der MI5 auf der anderen Seite ein solch großes Interesse am Tod ihres Mannes? Was wurde ihr verschwiegen?

Sie musste sich an Lansbury wenden und ihn fragen.

* * *

Sie fuhr Richtung Gorge.

Bei der Cheese Company besorgte sie einen Laib Hartkäse. Sie hatte noch Tomaten und Trockenfleisch im Kühlfach und würde für sich und Maddie eine kalte Platte zubereiten. Bei der Einfahrt zu den Cliffs parkten zwei Busse, die mit einer Gorge-Tour warben, aber im Gegensatz zum Sommer hatte es noch nicht viele Touristen. Trotzdem war es hier fast nie menschenleer.

Je tiefer Diane ins Tal hineinfuhr, umso wilder wurde die Gegend. Das vor allem mochte sie an der Gorge. Hier schien die Welt am Anfang der Schöpfung stehen geblieben zu sein. Beidseitig wuchsen mit dem ersten Grün des Frühlings betupfte Felsen in den Himmel. Im Westen tummelten sich Schönwetterwolken wie Lämmer auf der Wiese, und wenn sie genau hinsah, erkannte sie ein Gesicht.

An der Abzweigung zu ihrem Grundstück fuhr Diane vorbei. Sie zweigte erst später in den Feldweg ab, der zum Mascall's Wood führte, und suchte den Ausstellplatz, an dem Jake und sie vor gut vierzehn Jahren angehalten hatten. Sie hatten sich so auf die Geburt ihres ersten Kindes gefreut. Selbst wie Kinder waren sie durch den Wald gehüpft, hatten geschnuppert und gelauscht und gewusst, dass hier im Schoß der Natur ihr Zuhause sein würde. Zur Not hätten sie sogar ein Zelt aufgestellt, und so hatten sie das leerstehende Haus inmitten grenzenloser Stille als göttliche Fügung empfunden. Dass sie es dann auch noch für einen relativ niedrigen Preis erwerben konnten, wollten sie zuerst kaum glauben, denn anfangs hatte Jake nur wenig finanziellen Spielraum gehabt – er verdiente nach dem abgebrochenen Architekturstudium bei einer Werbefirma in Bristol gerade sein erstes Geld. Diane allerdings hatte eine beträchtliche Summe auf der hohen Kante gehabt – wieviel genau, hatte er nie wissen wollen, denn er war konservativ erzogen worden und legte großen Wert darauf, den Lebensunterhalt selbst zu verdienen, allenfalls seine Eltern für einen Vorschuss anzufragen.

So war Jake gewesen.

Der Wald war in den letzten Jahren gewachsen. Das hellgrüne Labyrinth nahm Diane wie eine Blätterhand auf, und sie drang in ein filigranes Gewirk von Bäumen und Sträuchern vor. Im Sommer hätte sie sich kaum orientieren können, aber jetzt, im Frühjahr, stand die Natur wie nackt vor ihr, lediglich bedeckt mit den ersten gelben und weißen Tupfern auf hauchzartem Grün. Diane atmete die klare Luft tief ein. Genau das war es gewesen, was Jake damals schon fasziniert hatte: die Natur in ihrem Ursprung und darin zwei Menschen, die sich so sehr liebten, dass es schmerzte.

Diane setzte sich auf den Waldboden. Sie fuhr mit ihren Händen über den Humus von verwesten Blättern und Tannennadeln, sah einem Käfer nach, der einsam durchs Dickicht krabbelte. Dann streckte sie sich rücklings aus, über ihr die Baumkronen, die sich im schwachen Wind neigten, um sie herum die Vögel mit ihrem Gesang und Gezwitscher. Der Takt aneinanderschlagender Zweige. Der Wald in seiner virtuosen Vielfalt.

Sie hatten sich auf dem Waldboden geliebt – zwischen der Cheddar Gorge und dem Mascall's Wood. Zwei junge Menschen, die das Leben und seine Einzigartigkeit vor sich hatten. Diane mit dem Kind im Leib – Jake hatte sein Ohr auf ihren Körper gelegt und gelauscht, die ersten Bewegungen wahrgenommen und geweint.

Es wird deine Augenfarbe haben.

Es wird dein vorwitziges Näschen haben.

Es wird so zärtlich sein wie du.

Es wird unser Kind sein, Diane. Unser Kind. Dann werden wir drei sein. Nur du und ich und unser Kind.

Wie recht er gehabt hatte.

Diane erhob sich und ging weiter. Sie vergaß den Tag – sie vergaß die Zeit. Sie beneidete plötzlich die junge Frau, die sie einst gewesen war, ihre Unbeschwertheit, ihre Träume. Nichts hatte ihr Leben getrübt, und als sie Jake begegnete, schien ihr Glück zu explodieren.

Sie hielt inne. Den Schmerz in ihrer Kehle vermochte sie nicht zu bewältigen. Er war auf einmal da. Heftiger denn je.

Sie schrie in den Wald hinein. Ging, stolperte, rannte wie blind. Sie fiel hin. Rappelte sich wieder hoch. Ging weiter. Weinte.

Irgendwann stand sie vor ihrem Haus. Tränenüberströmt und nass bis zur Brust, so dass sie das Gefühl hatte, keinen Tropfen Flüssigkeit mehr im Leib zu haben. Und doch kam da immer noch mehr. Das Weinen wollte nicht enden. Sie sank in die Knie, nahm verschwommen die Konturen des Hauses wahr und den Schatten des Mammutbaums – wie ein Monster, das seine Arme in ihre Richtung ausstreckte, sie packen wollte und verschlingen.

Ein Schemen löste sich von der Treppe und kam auf sie zu.

«Mum! Wo kommst du denn her? Du bist ja ganz schmutzig. Ist etwas passiert?»

«Maddie!» Sie streckte die Arme aus. Ihre Tochter – so nah wie nie zuvor, so stark. An ihr würde sie sich festhalten können.

Sie umarmten einander.

«Liebes, du bist schon zu Hause?»

«Der Nachmittagsunterricht fiel aus. Kimberlys Mum hat mich hierhergebracht.»

Diane wischte sich mit dem Ärmel über die Augen, das Gesicht. «Wie geht es Joe Preston?», fragte sie, um von ihrem Zustand abzulenken. Sie schämte sich. Sie hätte sich vor ihrer Tochter niemals so gehenlassen dürfen – nicht vor ihr.

«Er ist daheim und schaut fern.»

Maddie, wie sie dastand, dünn und hoch aufgeschossen und zerbrechlich. Und andererseits unheimlich stark.

«Mum, wo bist du gewesen?»

«Ich war im Wald. Ich wollte mich erinnern. Ich habe mich auf den Waldboden gelegt. Ich wollte mich endlich wieder einmal spüren. Verstehst du das? Nein, du verstehst es nicht.» Diane schluchzte heftig. «Ich bin so froh, dass du bei mir bist.»

«Wo könnte ich denn sonst sein?» Maddie sah sie mit ihren großen blauen Augen an. «Hast du eingekauft?»

Diane spürte den Schmerz wie ein Stromstoß in der Brust. «Ich habe den Käse im Wagen vergessen. Und der Wagen steht im Wald …»

Maddie sah sie mit zusammengekniffenen Augen an, als zweifelte sie an ihrem Verstand. «Was ist das für ein Brief, der auf dem Küchentisch liegt?»

Diane schluckte leer. Jakes Brief! Den hatte sie völlig vergessen. «Hast du ihn geöffnet?»

«Nein, so etwas tue ich nicht. Er ist schließlich an dich adressiert. Er ist von Dad, nicht wahr?»

«Du kennst doch seine Schrift.»
«Wollen wir ihn gemeinsam lesen?»
«Ich weiß nicht.»
«Wovor fürchtest du dich?»
«Vielleicht vor der Wahrheit.»

* * *

Die Paddington Street war über die Zufahrt der Crawford Street gesperrt. Vier Streifenwagen der Metropolitan Police, eine dunkle Limousine der Staatsanwaltschaft sowie die Ambulanz verbarrikadierten den Eingang zum Haus, in dem das Erotik-Etablissement lag. Hinter den blau-weißen Absperrbändern hatte sich das halbe Quartier versammelt. Presseleute baten um Durchlass, Kameras wurden über die Köpfe von Schaulustigen geschwenkt. Die Berichte über den Flugzeugabsturz weckten kein großes Interesse mehr und die Medien brauchten neue Schreckensmeldungen, doch den Journalisten ging die Arbeit nicht aus. London war ein heißes Pflaster, was die verschiedenen Gangs betraf. Wenn man der Presse glauben durfte, waren mindestens sechs Prozent der Jugendlichen in Straßengangs organisiert und Übergriffe sogar an öffentlichen Plätzen keine Seltenheit. Deshalb gingen die ersten Spekulationen, was den Mord im Bordell betraf, in diese Richtung. Irgendwo musste man ja beginnen.

Mit Ausnahme der beiden Zeuginnen, Abigail und Poppy, waren die Bewohnerinnen und Kunden des Etablissements in eine leerstehende Wohnung eine Etage tiefer geführt worden, wo die Befragungen stattfanden.

Im Salon der Ermordeten waren Techniker bei der Arbeit, die Spuren zu sichern. Hawkins und Lansbury lehnten am Türpfosten und verfolgten die Aktivitäten nur bedingt interessiert.

Ein Polizeiarzt war eingetroffen. Er beugte sich über die Tote und sprach seine Beobachtungen auf Band. Die Leiche lag in verkrampfter Haltung da. Beidseitige Hämatome am Hals bezeugten ein heftiges Zudrücken. Die Hände des Opfers wiesen Blutergüsse auf. Das Opfer musste sich unter der brutalen Gewalt des Täters gewehrt haben. Mehr konnte der Arzt im Moment nicht sagen, das sei dann die Arbeit des Pathologen. Ein Sarg wurde herbeigebracht und zwei Bestatter hievten die Tote hinein.

Unmittelbar nach Lansburys Anruf hatte Hawkins den gesamten Polizeiapparat aktiviert. Dass die Ermittler im Doppel eintrafen, war die Folge eines Missverständnisses – das passierte nicht zum ersten Mal. Aber für das Büro der Met war rasch klar gewesen, dass die Tote mit dem Fall BA443 zu tun haben musste, und so hatte Drake für den Einsatz sofort grünes Licht gegeben – und die Quartiers-Polizisten standen nun etwas unbeholfen am Tatort herum. Hawkins erteilte ihnen die Anweisung, mit den Zeugenbefragungen zu beginnen. Der Häuserblock umfasste vierundsechzig Wohneinheiten, und bis zum Abend wollte er durch sein.

«Hat niemand Schreie gehört?» Hawkins wandte sich an Lansbury.

«Offenbar nicht. Die Musik lief.» Lansbury deutete auf den CD-Player auf der Kommode und zwei Boxen, die links und rechts des Fensters platziert waren. «Irische Volksweisen. Wie mir die Freundin des Opfers mitteilte, wollten die beiden Frauen nach Irland reisen. Sie haben sich mit dieser Musik wohl darauf eingestimmt, zumal ihr Freier kurz zuvor abgesagt hatte.»

«Und wer ist das?» Hawkins stand noch im Mantel da und dachte an den Schock des Mädchens, der ihm vielleicht die Stimme genommen hatte. Ob sie die ominöse Anruferin gewesen war, würde er spätestens heute Abend wissen, nachdem die Ein- und Ausgänge der Anrufe gecheckt waren. Wenn es denn so wäre, würde der Fall BA443 an neuer Brisanz gewinnen, und Drakes Vermutungen würden untermauert.

«Kann ich dich mal unter vier Augen sprechen?» Lansbury bugsierte seinen Freund in das angrenzende Badezimmer. «Sagt dir der Name Abdullah Omar Brown etwas?»

«Mensch, klar. Du hattest ihn damals hinter Gitter gebracht. Er war sozusagen dein erster Fall.»

«Das Bordell hier gehört ihm.»

Hawkins schwieg. Er lehnte an die Duschwand, hatte die Finger hinter dem Nacken verschränkt und fixierte seinen alten Kollegen.

«Du hast das gewusst. Und schickst mich in die Höhle des Löwen.»

«Wie hast du's herausbekommen?»

«Ein Klick hat gereicht. Nachdem die Puffmutter mich darüber aufgeklärt hatte, dass er täglich hierherkommt, habe ich seine Akten studiert. Ich meine, er hat Frau und Kinder, ist in unseren Breitegraden groß geworden, hat die hiesigen Schulen besucht. Du weißt, dass Brown mir ein Dorn im Auge ist.»

«Interessant. Die Wurzeln seiner Mutter liegen im Nahen Osten», wich Hawkins vom Thema ab.

Lansbury gab sich gereizt. «Du kannst keinen schlafenden Hund wecken und trotzdem davon ausgehen, dass er nicht bellt.»

«Du fletschst wohl eher die Zähne, Tyrone-Boy.»

«Brown hat mir so manche schlaflose Nacht beschert. Ich habe nie vergessen, dass er mir gedroht hat, mich zu töten, sollte ich seinen Weg jemals wieder kreuzen – und es gibt Drohungen, die ich sehr ernst nehme. War das deine Rache an mir, weil ich mich damals geweigert habe, mich zusammen mit dir nach Afghanistan zu melden?»

«Nein!» Hawkins wandte sich von ihm ab. «Das war kein Thema mehr, nachdem du Emilie geheiratet hast. Das mit Brown hatte ich vergessen. Mein Gehirn …» Hawkins tippte sich an die Stirn. «Diese Geschichte gehört zu dem, was ich ganz allgemein verdrängt habe.»

«Was gedenkst du als nächstes zu tun?»

Hawkins ignorierte die Frage. «Drake möchte dich wieder in unserem Team. Er ist immer noch der Meinung, dass du damals überreagiert hast.»

Lansbury wich zurück und verschränkte die Arme. «Mir ist egal, was Drake von mir denkt. Ich habe mit London abgeschlossen. Ich wollte einzig dir einen Gefallen tun. Aber das hier», und er machte eine ausschweifende Geste gegen die Tür, «ist nicht mein Ding. Ich habe in Bristol genug um die Ohren. Die Hälfte der verunglückten britischen Passagiere stammt aus Bristol und Umgebung. Sie gehören in meinen Zuständigkeitsbereich. Ich verstehe nicht, weshalb Drake mich in London haben will.»

Hawkins' Lachen wirkte ein wenig gekünstelt. «Ich habe ihn dazu überredet.»

«Dachte ich es mir doch.»

«Was willst du jetzt tun?»

«Ich fahre natürlich zurück. Ich habe einen Termin im Reisebüro; es geht um das Aktionsangebot für ein Wochenende in New York .»

Dreizehn

Man konnte ein Drehbuch ändern.

Man konnte es immer ändern.

Das galt auch für Geschichten oder Vorgaben zu einem Plot. Ich habe es in der Hand, überlegte er. Je weiter der Tag voranschritt, umso brennender wurde der Wunsch, weiterleben zu können, umso größer der Drang, die Fäden selbst in die Hand zu nehmen, die Fäden zu ziehen.

Er hatte diese Möglichkeit, er besaß letztlich diese Macht. Er würde seine Verantwortung abgeben – wie es sein Auftraggeber bereits getan hatte.

Warum nicht auch er?

Er war entschlossen, es zu tun. Er, der Regisseur, würde dem Team eine andere Richtung diktieren.

Seit einer Stunde war Diane dabei, das Haus aufzuräumen und zu putzen. Wenn sie jedoch die Zwecklosigkeit ihres Tuns bedachte, schnürte ihr das die Kehle zu. Sie sah darin keinen Sinn mehr. Für wen sollte sie denn die Küchenkombination blank putzen, den Boden schrubben, den Fenstern den abhandengekommenen Glanz zurückgeben?

Wem würde das denn auffallen? Maddie ganz sicher nicht. Ihr war es lieber, wenn sie im Chaos erstickte. Ihre Kleider konnten tagelang auf dem Boden herumliegen, und wenn Diane sie nicht einsammelte, würden sie liegen bleiben. Sogar wochenlang.

Mum, das ist kleinkariert.

Da gebe ich Maddie recht, Darling. Es gibt Besseres als klinische Ordnung zu halten. Lebe einfach! Lebe!

Jake, du stellst dich zwischen Maddie und mich. Zudem widersprichst du dir.

Denn Jake hatte es in der Tat deutlich vorgezogen, nach der Arbeit in ein aufgeräumtes Haus zurückzukehren.

Hattest du heute keine Zeit zum Aufräumen? Verlangst du mehr Haushaltsgeld? Mir soll es recht sein. Am Anfang ihrer Ehe hatte er ihre Arbeit wertgeschätzt. Manchmal hatte er ihr Blumen mitgebracht oder eine Schachtel Pralinen. Mit der Zeit waren diese Liebenswürdigkeiten allerdings ausgeblieben.

Alles war zur Gewohnheit geworden, zur grässlichen Fratze des Alltags. Und Jake gab es nicht mehr. Sie hätte also nicht mehr aufräumen müssen.

Tyrone Lansbury hatte angerufen, noch bevor Maddie zur Schule gefahren war.

Die Nacht zuvor – der reine Horror. Das Gespenst am Fenster gehörte mittlerweile zu Maddie. Diane hatte das Gästezimmer für sie hergerichtet, und Maddie hatte dort geschlafen, wo Anne zuvor gelegen hatte. Der fremde Mann war ihr auch in dieser Nacht erschienen, diesmal am Fenster des Gästezimmers. Ein Fremder, der es offenbar schaffte, in der leeren Luft zu stehen, denn Diane hatte die Leiter im Keller eingeschlossen. Es gab nirgends eine Möglichkeit, ans Fenster des Gästezimmers zu gelangen und Maddie zu beunruhigen.

Allmählich glaubte Diane selbst an einen Geist.

Maddie hatte den Anruf entgegengenommen. Sie war kurz angebunden gewesen. Fremde Männerstimmen versetzten sie derzeit in Panik.

«Mum, der schon wieder!» Sie hatte die Sprechmuschel mit ihrer Hand zugedeckt. «Was will denn der von dir?»

Diane hatte Lansbury gebeten, sie später noch einmal anzurufen. Oder sie würde ihn zurückrufen. Später. Sie war Maddies Blicken ausgewichen. Sie hatte gespürt, dass etwas in ihr in Bewegung geriet, das nicht zwischen sie und ihre Tochter gehörte. Dass allein ihre Reaktion auf Lansburys Anruf ein Betrug an ihrem toten Ehemann war.

Maddie hatte geschmollt. Auf Dianes Vorschlag, sie zur Schule zu fahren, war sie nicht eingegangen. Sie hatte das Frühstück heruntergeschlungen, sich im Eiltempo angezogen und war den Hemings Way hinunter zur Busstation gerannt. Diane hatte ihr hinterhergeschaut, ihre flatternden blonden Haare beobachtet, bevor das Gestrüpp an der Straße sie verdeckte.

Sie hätte gern in Maddies Herz gesehen, erfahren, was ihre Tochter umtrieb. Ob sie so stark war, wie sie das manchmal gegen außen zeigte. Oder fraß sie ihren Kummer nur in sich hinein?

Elf Tage waren jetzt seit Jakes Tod vergangen.

Und ihr eigenes Herz machte Luftsprünge, wenn sie Lansburys Stimme vernahm. In Gedanken nannte sie ihn Tyrone.

Diane ging in den oberen Stock und räumte das Gästezimmer auf, Maddies Reich. Sie öffnete die Fensterflügel, berührte den Ast des Mammutbaums, der fast ins Zimmer reichte. Seine Nadeln fühlten sich samtig an.

Der Wald war erfüllt vom morgendlichen Konzert der Vögel. Über den Wipfeln lag ein Erwachen, das sich unaufhaltsam in den Tag hineinschob – begleitet von Fanfaren. Der Geruch des Waldes drang bis zu ihr hin, und Diane atmete noch eine ganze Weile tief ein und aus, bis sie den Entschluss fasste, zu Andrew Kendall zu fahren.

Denn sie hatte ihn telefonisch nicht erreichen können. Weder war er in der Druckerei noch in seinem Haus außerhalb von Bristol. Forsythe war so freundlich gewesen, ihr die genaue Anschrift auszuhändigen. Sie ging hinunter in die Küche, schrieb für Maddie eine Notiz und legte sie neben ein in Zellophanpapier eingepacktes Sandwich. Falls sie von ihrer Fahrt später zurückkehren sollte, wollte sie etwas zu essen für Maddie bereit haben, ein kleines Zeichen dafür, dass da eine Mutter war, die sich um ihr Kind sorgte.

Während sie sich die Schuhe anzog, fiel ihr Blick auf das Telefon. Sie hatte Lansbury versprochen, sich bei ihm zu melden. Sie würde den Anruf auf den Abend verschieben.

Sie packte ihre Handtasche. Da erinnerte sie sich, dass sie ihren Wagen im Mascall's Wood abgestellt hatte. Zu Fuß waren das mehr als fünfzehn Minuten. Sie ärgerte sich, stand unschlüssig auf der Veranda und betrachtete die gelben Narzissen, die ihre vor kurzem noch so stolz aufragenden Köpfe hängen ließen. Auch der Forsythienstrauch verlor allmählich seine leuchtenden Blüten. Der Frühling verabschiedete sich gemächlich und machte dem Frühsommer Platz.

Ein Geräusch schreckte sie auf. Vom Feldweg bog ein dunkler Van auf ihr Grundstück ab und hielt knapp vor der Treppe, die zur Veranda hinaufführte. Zwei Männer stiegen aus. Einer davon war Tyrone Lansbury.

Der andere Mann hatte einen Papierbogen in der Hand. Lansbury nahm ihn ihm aus der Hand und trat damit auf Diane zu. Sie sah ihm an, dass es ihm schwerfiel, ihr den Grund seines Besuches zu erläutern.

«Guten Tag, Mrs Hemingway.»

Warum auf einmal so formell?

«Das ist Agent Wiltshire vom Security Service, mit dem wir eng zusammenarbeiten. Wir sind hier, weil wir Ihr Haus durchsuchen müssen. Wenn Sie uns hereinlassen und uns behilflich sind, vermeiden Sie das Aufbieten eines ganzen Apparates. Das wären dann über zehn Leute.»

Diane sah hilflos zwischen Lansbury und Wiltshire hin und her. «Was rechtfertigt diese Aktion?» Sie griff nach dem Durchsuchungsbeschluss, überflog die Zeilen. Sie spürte, wie ihr die Beine weich wurden. *Bitte nicht heute!*

Lansbury nahm sie zur Seite. «Diane», sagte er leise, so dass nur sie ihn hören konnte. «Ich versichere Ihnen, dass wir auch noch anderen Leute unter die Lupe nehmen. Aber in Ihrem Fall gibt es Verdachtsmomente, und denen müssen wir nachgehen. Haben Sie übrigens die Bankauszüge, um die ich Sie gebeten habe, schon beschafft?»

«Aber das ist ein großes Missverständnis. Was wollen Sie meinem Mann andichten?»

«Wir tun nur unsere Pflicht, Madam.» Wiltshire hatte Dianes letzten Satz mitbekommen.

Sie zog Lansbury zur Seite. «Mr Lansbury. Bevor ich Ihnen in irgendeiner Weise Zutritt zu meinem Haus gewähre, erklären Sie mir bitte, warum Sie glauben, dass mein Mann etwas mit dem Flugzeugabsturz zu tun haben könnte. Er fürchtete sich vor dem Fliegen. Unsere letzte Flugreise liegt Jahre zurück. Ich musste ihn immer unter größter Anstrengung dazu überreden, mit mir und Maddie zu fliegen. Deshalb ist es für mich völlig unverständlich, warum er überhaupt in dieser Maschine saß.»

«Bitte Diane. Wir machen nur unseren Job. Vielleicht legen Sie uns Ihre Bankauszüge vor, damit wir sehen, woher das Geld kommt.»

«Ich weiß es doch selber nicht! Mein Mann hatte ein Konto, auf das er seit einem halben Jahr regelmäßig hohe Beträge einbezahlt hat. Zwei Leute sagten mir unabhängig voneinander, dass er das Geld geerbt habe. Ich muss davon ausgehen, dass es jemanden gegeben hat, den er kannte, ein entfernter Verwandter oder jemand aus der Zeit vor unserer Ehe.»

«Und Sie hatten tatsächlich keine Ahnung davon?»

Diane sah Lansbury an, dass er ihr nicht abnahm, was sie erzählte. Sie schwieg. Jedes weitere Wort hätte mehr geschadet als genutzt. Die Geschichte war zu verworren und die Wunde noch zu groß.

«Ich verweigere Ihnen den Zutritt zum Haus.» Sie drehte sich um. Lansbury packte sie am Arm. Sie riss sich von ihm los. «Unterstehen Sie sich!»

Ihr Herz schlug ihm entgegen, ihr Körper hungerte nach ihm, aber nein, das durfte nicht sein.

Niemals!

Sie wandte sich zum Haus um, rannte auf die Stufen zur Veranda zu. Sie schloss die Tür auf und hetzte in den Flur. Mit dem Rücken an der zugeschlagenen Tür blieb sie stehen, außer Atem und mit pochenden Schläfen.

Von draußen hörte sie den anspringenden Motor. Reifen, die auf den Kieselsteinen in der Einfahrt knirschten. Die Männer fuhren weg.

Aber sie würden wiederkommen, hatten sie gesagt, und dann würde hier der Teufel los sein. Sie hatte es verpasst, sie freiwillig ins Haus zu lassen. Sie würden die Tür aus der Angel reißen, womöglich bewaffnet, mit Maschinengewehren. Sie wollte sich dieses Szenario gar nicht vorstellen.

Sie hatte sich gegen die Staatsgewalt gestellt. Dafür konnte man sie bestrafen.

Als Polizist und Agent außer Sichtweite waren, kehrte sie in den oberen Stock zurück. Im Büro holte sie den Laptop aus der Schublade, klappte ihn auf und begann zu schreiben.

Schreiben befreit. Schreiben ist alles, was ich wirklich beherrsche.

Mir ist es lieber, wenn du malst. Ich mag deine Bilder. Wenn du malst, kann ich dir über die Schulter blicken. Wenn du schreibst, bist du in deiner eigenen Welt und weit weg von Maddie und mir. Ich will nicht, dass du schreibst.

* * *

Die Travel Agency «Better Trips» war eine kleine, unscheinbare Agentur in der Hotwell Road. Geführt wurde sie von Mary Shepherd, einer ehemaligen Flugbegleiterin. Ein Venenleiden hatte die heute Fünfzigjährige bei der British Airline über Nacht arbeitslos gemacht. Sie war ledig, hatte keine Kinder, aber in den Jahren viel gespart.

Eine Tür, zwei Fenster, in denen Plakate von fernen Destinationen hingen: Afrika, Südostasien, die Karibik. Darunter Prospekte und ein Plüschtiger auf einer Miniaturhängematte, eine farbige Palme aus Styropor.

Lansbury trat ein. Zwei große Wandregale, voll von Ferienkatalogen, zogen seine Aufmerksamkeit auf sich. Vor einem Bambustresen standen zwei gelbe Gartensessel.

Mary Shepherd war eine schlanke, rassige Erscheinung. Ihre kurzen Haare umrahmten ein freundliches Gesicht. Sie trug Rock und Bluse und um den Hals ein Tuch – und man sah ihr die Flight Attendant immer noch an.

Lansbury nannte seinen Namen. «Ich habe heute Morgen mit Ihnen telefoniert.»

«Ja bitte, kommen Sie. Setzen Sie sich.» Mary Sheperds Stimme klang angenehm, mit einer Spur Melancholie. «Ich kann Ihnen im Moment nichts offerieren, nicht mal einen

Tee. Ich denke, dass ich bald pleite bin.» Sie setzte sich hinter ihr Pult und schob ein paar Flyer zur Seite. «Was kann ich für Sie tun?»

Lansbury blieb stehen. «Ich bin noch immer auf der Suche nach Antworten.»

«Und Sie glauben, die hier finden zu können?» Mary Shepherd stütze ihre Ellenbogen auf. «Seit diesem grässlichen Unfall bleiben meine Kunden aus. Es ist erstaunlich, wie die Leute auf solche Dinge reagieren. Ich mache mir heute ein großes Gewissen, weil die Aktionsreise zunächst mit einem Charterflug vorgesehen war. Doch dann bekam ich von British Airlines die Nachricht, dass sie noch Plätze frei hätten und die Chartermaschine infolge zu weniger Reservationen einer anderen Destination zugeteilt worden sei.» Mary hatte Tränen in den Augen. «Es war meine Entscheidung. Ich habe Ja gesagt. Damit habe ich meine Kunden in den Tod geschickt.»

Lansbury beugte sich über den Tresen. Er legte der Frau die Hand auf die Schulter. «Aber das ist doch nicht Ihre Schuld.»

«Wollen Sie die Briefe lesen, die ich von aufgebrachten Leuten bekommen habe? Darunter befinden sich auch Drohungen. Sie machen mich verantwortlich und behaupten, dass ich infolge meiner Geldgier die Fluggesellschaft gewechselt hätte. Geldgier! Dass ich nicht lache. Ich habe gelernt, auf jeden Cent zu achten. Das Business ist schwieriger geworden. Die Konkurrenz macht es nicht einfacher. Aber glauben Sie mir, Mr Lansbury. Ich tat es nicht des Geldes wegen. Ich hatte keine andere Wahl.»

«Wie viele waren es?»

«Was?» Mary fuhr sich mit dem Handrücken über die Augen. Sie schniefte laut und ungeniert. Ihr dezentes Make-up war verwischt.

«Wie vielen Kunden haben Sie die Aktionsreise verkauft?»

Mary zog eine Schublade auf. Sie griff nach einem Dossier und legte es auf den Tresen. «Vierundzwanzig jungen Paaren. Sie stammten alle aus Bristol und Umgebung.»

Lansbury überflog die Liste. Dann holte er aus seiner Jackeninnentasche die Liste der British Airlines hervor und verglich die Namen miteinander. Sie waren identisch. «Kannten Sie die Leute persönlich?»

«Ich habe meine Agentur erst seit gut vier Jahren. Ich hatte zwei, drei Paare, die schon zum wiederholten Mal bei mir gebucht hatten. Aber kennen … Das war eine zu kurze Zeit, um eine Beziehung aufzubauen. Ich hatte es vor, aber nun ist mein Traum geplatzt. Ich werde den Laden hier wohl dicht machen müssen.»

«Wir sind im Moment bei den Recherchen, was die Absturzopfer betrifft.» Lansbury versuchte von Marys Negativspirale abzulenken. «Könnten Sie sich denn vorstellen, dass einer Ihrer Kunden … ich meine: Kam Ihnen vielleicht jemand verdächtig vor? Jemand, der nicht ins Bild der glücklichen Paare passte?»

«Das ist aber weit hergeholt.» Mary putzte sich die Nase. «Ich war fünfundzwanzig Jahre lang als Flight Attendant tätig. Wir wurden für alle möglichen Situationen geschult und diese Menschenkenntnis ist mir geblieben. Die Leute, die eine Reise buchen, haben kaum die Absicht, ihr eigenes Grab zu schaufeln. Die wollen sich erholen. Sie sind froh, haben sie nach der Landung an ihrem Ziel alles gut überstanden. Glauben Sie mir, es gibt mehr Leute, die sich vor dem Fliegen fürchten, als allgemein bekannt ist. Wenn die Fluggäste nach einer Schlaftablette verlangen und sich zudem mit Alkohol zudröhnen, ist das Indiz genug. Fliegen ist im Grunde genommen die unnatürlichste Fortbewegung für den Menschen. Er wurde geboren, um zu gehen. Er bewegt sich auf dem Boden fort. Er fährt, allenfalls kann er schwimmen, aber selbst da scheiden sich die Geister. Aber fliegen? Wenn er in ein Flugzeug steigt, ist ihm bewusst, dass sein Leben von den Piloten und von der Technik abhängt. Wenn man im eigenen Wagen fährt, kann man vieles selbst beeinflussen. Aber wenn man Tausende von Meilen über dem Meer in einer geschlossenen Kabine unterwegs ist, kann man absolut nichts tun. Man ist restlos ausgeliefert.»

«Und trotzdem waren Sie jahrelang als Flight Attendant tätig», unterbrach Lansbury.

«Ich hatte nie Flugangst. Zudem wurden wir ja ausgebildet. Jedes Geräusch, jede Bewegung, jedes Absacken oder das Drosseln der Motoren hat eine Bedeutung. Die Aviatik hat sich in den letzten Jahren weiterentwickelt, und vieles ist verbessert worden. Heute geschehen kaum noch Unfälle. Wenn einmal etwas passiert, so hat das in den meisten Fällen mit menschlichem Versagen zu tun.»

Lansbury hob die Augenbrauen. *Oder mit einem Anschlag.* «Um auf Ihre frühere Tätigkeit zurückzukommen: Haben Sie auch schon Momente erlebt, in denen es kritisch wurde?»

«Kritisch für uns Flugbegleiter, aber nicht für die Piloten. Seit die Tür zum Cockpit geschlossen bleiben muss, bleiben sie vor unflätigen Passagieren abgeschottet. Für das Kabinenpersonal, also uns, sieht das anders aus. Die meisten Probleme, wenn es denn solche gibt, finden bei den Passagieren ihren Anfang.»

«Wie denn das?»

«Glauben Sie mir, ich habe schon allerhand erlebt – von betrunkenen Fluggästen, die gewalttätig wurden, von Kindern, die während eines zehnstündigen Flugs nonstop schrien, einer Geburt an Bord sogar, einer Lungenembolie bis hin zu einem Psychopathen, der behauptete, er könne allein durch seinen Willen eine Maschine zum Absturz bringen … Man bleibt ruhig dabei. Im schlimmsten Fall wird man zur Rückkehr gezwungen oder zu einer Notlandung. Aber das entscheiden allein die Piloten.»

«Könnten Sie sich vorstellen, dass man eine Bombe an Bord schmuggelte?»

«Sie meinen in die Unglücksmaschine? Diese Frage habe ich mir zuerst gestellt. Aber wie denn?»

Lansbury schluckte leer. Im Büro waren sie alle Eventualitäten durchgegangen. Immer wieder waren sie bei der Gepäckkontrolle gescheitert. Es war fast unmöglich, eine Bombe unbemerkt durch den Scanner zu bekommen. «Woran denken Sie?»

Mary Shepherd kam um den Tresen herum auf Lansbury zu. «Ich zermartere mir in schlaflosen Nächten den Kopf. Für meine Paare, die die Reise gebucht haben, würde ich die Hand ins Feuer legen. Vielleicht hat einer der Piloten Selbstmord begangen.»

Auch diese Möglichkeit hatten sie in Betracht gezogen. Die Ermittlungen hatten bei den Besatzungsmitgliedern begonnen. Der siebenundfünfzigjährige Kommandant der Maschine hatte mit 22.500 Flugstunden als besonders erfahren gegolten. Auf dem Sitz des Co-Piloten hatte der Erste Offizier gesessen, sechsunddreißig Jahre alt. Er hatte 4.300 Stunden im Flugbuch stehen.

Es gab keine Ungereimtheiten in den Familien. Der Co-Pilot war gerade erst Vater geworden. Auch die Lebensläufe der Flugbegleiter waren gecheckt worden. Keine Vorstrafen, keine Labilität innerhalb ihrer Familien. Der letzte Fähigkeitstest lag nicht lange zurück. Er war bei allen positiv ausgefallen.

Die Autopsie der Piloten stand noch aus, und somit blieben noch ein paar Fragen offen, die beantwortet werden mussten.

Sie hatten stundenlang mit dem Aviatikspezialisten gesprochen, hatten jedes Szenario durchexerziert. Aber solange weder der Flugdatenschreiber noch der Stimmenrekorder geborgen waren, ließ sich nicht Endgültiges zur Ursache für den Absturz sagen.

* * *

Der schwere Vorhang trennte sich in der Mitte und schwang zu beiden Seiten weg. Im Theatersaal erloschen die Lichter und der grelle Kegel eines Scheinwerfers traf auf den befrackten Mann auf der vorderen Hälfte der Bühne. Dahinter stand, nur schemenhaft erkennbar, ein Flügel, an dem eine dunkle Gestalt saß, des Weiteren schälten sich der Bauch eines Cellos, Notenständer und Musiker auf Stühlen aus dem Dunkel.

Für Logan Stoner war der Moment gekommen, sich in Szene zu setzen. Elfeinhalb Tage waren vergangen, seit er vom Tod seines schärfsten Kontrahenten – Liam Keaton – erfahren hatte. Genauso lange hatte er gebraucht, um die Nachricht zu verdauen. Er hätte Keaton alles gegönnt – nur keinen Flugzeugabsturz. Den Ansprechpartner hatte er nicht mehr erreicht. Seine Fragen blieben unbeantwortet. Ob es Zufall oder ein Missverständnis gewesen war, wusste er nicht. Er befand sich in der misslichen Lage, einen ganzen Monat lang schweigen zu müssen und sämtliche Verbindungen zu seinen Hintermännern vorerst inaktiv zu lassen. Irgendetwas passte nicht ins Bild und störte seine Vorbereitungen. Man hatte ihm ins Handwerk gepfuscht. Dort draußen gab es jemanden, der auf die gleiche Idee gekommen war – wenn auch in einer entschieden brutaleren Version. Und das beunruhigte ihn am meisten. Wenn er den Knopf drückte, war das immer eine saubere Angelegenheit. Niemals würde er den Tod zahlreicher Unschuldiger in Kauf nehmen.

Es gab jemanden, der deutlich skrupelloser war als er.

Stoner litt unter fürchterlichem Lampenfieber – das war noch nie vorgekommen. Er konnte nur gerade die erste Sitzreihe erkennen, was dahinter war, lag im Schatten. Aber er wusste, dass die Leute, die heute hier waren, alles von ihm erwarteten: trostspendende Worte, Hoffnung, einen positiven Ausblick auf die Zukunft. Hier und da vernahm er Räuspern, ein Husten, Stoffrascheln oder leises Flüstern. Und irgendwo dort unten in Dunkeln saß seine Frau Patricia mit den teuren High Heels, die ihn an ihre Unberechenbarkeit erinnerten, und in diesem bodenlangen Kleid, das sie ihm erst noch gezeigt hatte. Ein Stück Stoff, von einem Stardesigner kunstvoll kreiert, dazu die hochhackigen Pumps und keine Unterwäsche. Neben ihr der Golflehrer, der seine Hand auf ihren Schenkeln ruhen ließ, weil Stoner es nicht sah. Und falls doch? Dann erst recht. Dieser Schweinehund!

In Stoners Seele zog ein Gewitter auf, ein Grollen tief in seinem Inneren. Wenn er Patricia verlor, dann hatte er nichts mehr, wofür es sich zu leben lohnte. Wenn Patricia ihn verließ, würde sein Leben zu einer Farce. Aber die Ehe würde früher oder später scheitern. Er hatte auf ganzer Linie versagt.

Er hätte Keaton doch selbst vom Himmel holen sollen.

Stoner nahm sich einen Moment Zeit, um sich zu sammeln, aber das half heute nicht viel. Mit fahrigen Bewegungen sortierte er die Kärtchen, auf denen er sich Notizen gemacht hatte. Es wäre ihm viel leichter gefallen, hier zu stehen und lediglich ein bisschen zu politisieren, die Parolen seiner Partei zum Besten zu geben. Diese Wörter hatte er im Kopf, das konnte er im Schlaf. In diesen Situationen hatte er sich noch nie blamiert. Aber was er heute tun sollte, ging ihm völlig gegen den Strich – und fiel ihm dementsprechend schwer.

Ein Freund hatte ihn gebeten, die Eröffnungsrede für das Benefizkonzert der Sopranistin Saliha Baker zu halten. Zum ersten Mal stand er heute am Wise Campus auf der Bühne der Bristol Opera. Er spürte, wie sich Schweißtropfen von seinem Haaransatz lösten und in Richtung Stirn rannen. Die Hitze der Scheinwerfer traf ihn mit voller Wucht.

Gesammelt wurde für die Hinterbliebenen der Absturzopfer. Für die Trauernden von Großbritannien und den USA.

Für Stoner hätte es keine größere Schmach geben können, keine gewaltigere Erniedrigung – trotz seiner Zweifel. Aber hätte er abgesagt, hätte er sich gleich verdächtig gemacht. Also nahm er das kleinere Übel in Kauf.

Er atmete tief durch, griff nach einem Tuch, das er in die Weste gesteckt hatte, und tupfte sich die Stirn ab.

Das ernste Gesicht hatte er vor dem Spiegel eingeübt. Es fiel ihm nicht schwer. Theatralik und die Fähigkeit, Menschen mit der Vorspiegelung von Gefühlen zu täuschen, gehörten zur täglichen Arbeit. Er redete. Er bedauerte den schrecklichen Unfall. Er sprach von einem Unfall, nicht von einem Attentat. Er fühle mit, könne aber natürlich die unermessliche Trauer jedes Einzelnen nicht in Worten ausdrücken. In Gedanken sei er bei ihnen. Bei den Kindern, die ihre Eltern verloren hätten, den Eltern, die ihr Kind hergeben mussten, dem Mann, der seine Lebenspartnerin nie wiedersehen würde.

Er hatte Liam Keaton eliminieren wollen – jetzt trauerte man um zweihundertachtundzwanzig unschuldige Menschen. Das war nicht seine Schuld. Einen solchen Auftrag hatte er nie erteilt, aber der Verdacht, dass etwas schiefgelaufen war, machte das Ganze so fatal.

Es wurmte ihn, dass er die wahren Verursacher nicht kannte, und er spürte eine Wut in sich, die sich im Moment gegen alles richtete, vor allem auch gegen seine Frau, die sich bestimmt von diesem bescheuerten Golfer unters Kleid greifen ließ.

Stoner sprach von den Bemühungen der Metropolitan Police und des MI5, das Rätsel um den Flug BA443 zu lösen und die Schuldigen zur Rechenschaft zu ziehen – als hätte er jemals mit der Met und dem Sicherheitsservice zusammengearbeitet. Aber er ging davon aus, dass seine Worte bei den meisten Zuhörern gut ankamen, zumindest bei denen, deren Nerv er traf. Sie würden im Nachhinein mit Spenden nicht geizen. Sie würden ihn mit Geld zuschütten, um ihr Gewissen zu beruhigen. Zahlen, um den Schrecken zu bändigen, um der Erinnerung an diesen schwarzen Samstag, als Großbritannien zur Staatstrauer aufgerufen hatte, einen goldenen Rahmen zu verpassen.

Stoner wechselte das Thema und lobte die Arbeit der Polizei. Allmählich fand er seinen Redefluss und bemerkte, wie die Musiker hinter seinem Rücken langsam ungeduldig wurden. Nicht ganz zufällig fiel einem von ihnen der Geigenbogen aus der Hand.

Für Stoner ein Zeichen, dass er zu einem Ende kommen musste. «Und jetzt, meine Damen und Herren, gebe ich die Bühne frei für Saliha Baker.» Er wich zur Seite, verschwand im Schatten des Vorhangs und beobachtete von dort aus die schmale Erscheinung, welche von der anderen Seite her die Bühne betrat. Er konnte sich nicht vorstellen, dass diese Frau jemals an die Stimme der Diva aus Bristol herankommen würde. Mit dieser Meinung war er wohl nicht allein, denn der Applaus fiel eher zaghaft aus. Noch dominierte die Trauer um den Verlust der großen Sopranistin Adrianne Winterbutton, die unter den Passagieren gewesen war.

Saliha Baker verneigte sich, kontrollierte die Höhe des Mikrophons. Stoner hatte sie zuvor im Flur gesehen, wie sie aus ihrer Garderobe gekommen war. Sie hatte einen nervösen Eindruck auf ihn gemacht und Wasser aus einer Flasche getrunken, die ihr ein Lakai hinterhergetragen hatte.

Der Applaus wurde kräftiger.

Die Königin ist tot. Es lebe die Königin!

Während der Pianist das erste Lied anstimmte, kehrte Stoner in die Garderobe zurück. Als er die Tür aufstieß, hörte er noch Saliha Bakers Sopran mit den ersten Takten, und es fuhr ihm kalt über den Rücken. Er sah Patricia vor seinem inneren Auge, in inniger Umarmung mit ihrem jungen Lover, und spürte, dass der Zug für ihn schon längst abgefahren war. Für Patricia war er zu alt geworden. Wenn sie mit ihm schlief, dann aus reinem Selbstzweck. Diese Erkenntnis machte ihn wütend.

Und er hasste Arien.

Er setzte sich vor den Spiegel, vor dem schon namhafte Größen wie die Rolling Stones gesessen hatten, um sich für den Auftritt in der Opera vorzubereiten, und öffnete den Schraubverschluss der Whiskyflasche. Das Glas auf dem Tisch ließ er unbeachtet. Er setzte die Flasche an den Mund und ließ sich das brennende Destillat direkt in die Kehle rinnen, genoss die schnelle Wirkung, die der Alkohol in seinem Kopf entfaltete. In den letzten Tagen hatte er durchaus öfter zur Flasche gegriffen. Patricia hatte sich schon Sorgen gemacht, nun ja, ihm zumindest das Gefühl gegeben, dass sie sich um ihn sorgte. Solange der Rubel für sie rollte, würde sie sich immer Sorgen machen. Im Vordergrund hatte wie immer seine Arbeit gestanden, sein Job und ob er ihn in Zukunft würde behalten können. Er hatte sie beruhigt und ihr versprochen, ihr auch weiterhin den Zugriff auf seine Konten zu gewähren. Geld, so hatte er sich eingeredet, würde er nicht ins Grab nehmen können.

Es klopfte an die Garderobentür. Stoner taumelte durch den Raum. Er öffnete und sah in ein entstelltes Gesicht.

«Chief Inspector Ronny Hawkins.» Der Mann zeigte ihm seine Dienstmarke. «Von der Metropolitan Police. Kann ich Sie einen Moment sprechen?»

«Was liegt vor?» Stoner schaffte es nicht, die Balance zu halten. Er stützte sich am Türpfosten ab und hatte nicht das geringste Bedürfnis, den Inspector in die Garderobe zu lassen.

«Entschuldigen Sie die späte Störung, Mr Stoner. Aber man hat mir gesagt, dass ich Sie hier finde.»

«Machen Sie es kurz. Worum geht es?»

«Wenn Sie mit mir kooperieren, Sir, verspreche ich Ihnen, dass es nicht lange dauern wird.»

«Kooperieren? Was ist das denn für ein Ausdruck? Dann … reden Sie eben!» Stoners Zunge bewegte sich nur schwer.

Hawkins mochte es offensichtlich nicht, lange um den Kern der Angelegenheit herumzureden, und so stellte er sein Gegenüber vor vollendete Tatsachen, ging ohne Zimperlichkeit gegen ihn vor.

«Lassen Sie uns die Tür schließen. Es muss ja nicht jeder mitbekommen, dass ich hier solch hohen Besuch erhalte.» Stoners Versuch, humorvoll zu klingen, misslang gänzlich.

Hawkins griff sofort wieder an. Gnadenlos. «Uns ist bekannt, dass Sie mit allen Mitteln versuchten, den Vertrauensmann unseres Premiers, Mr Liam Keaton, anzuschwärzen, dass Sie der Drahtzieher einiger Aktionen gegen ihn waren. Was das betrifft, sind Sie bei der Met aktenkundig. Es existieren sogar Aufnahmen von Anrufen, die eindeutig sind.»

Peng! Hawkins machte kurzen Prozess.

Stoner hatte nicht damit gerechnet, ohne Vorwarnung darauf angesprochen zu werden, und er wunderte sich, dass man so genau über ihn Bescheid wusste. Bis anhin war er davon ausgegangen, dass er keine Spuren hinterlassen hatte, aber offenbar verfügte die Met über Mittel, jeden Datenschutz zu umgehen. Ihm behagte die Visage des Chief Inspectors gar nicht. Er hätte ihm gern noch ein paar Schrammen mehr zugefügt – das ohnehin lädierte Gesicht des Polizisten wäre dadurch jedenfalls nicht groß verändert worden.

«Ach … das wusste ich … wusste ich nicht. Aber, wenn Sie es … sagen.» Stoner stellte endlich die Flasche auf den Tisch. «Wollen Sie mir … etwas an … anhängen?»

«Ich muss Sie bitten, mich zu begleiten.»

Stoner ließ sich auf den Stuhl vor dem Spiegel plumpsen. Beinahe hätte er ihn verfehlt. «Wenn Sie … Sie Fragen haben … ich meine … wenn …» Stoner holte tief Luft. «Wenn Sie Fragen haben, fragen Sie mich … jetzt!» Er fuhr sich mit der Hand an die Stirn, wartete vergebens auf einen Geistesblitz. «Aha, jetzt weiß ich, wes … weshalb Sie … Sie hier sind. Sie wollen mir das … Attentat in die Schuhe schieben.» Er klopfte sich lachend auf die Oberschenkel. «Tat … tatsächlich weine ich diesem Kerl keine Träne nach. Aber … aber ich … bitte Sie, mit … mit solchen Dingen mache ich meine Hände nicht schmutzig.»

«Wovon sprechen Sie?»

«Ich … ich verstehe nicht.» Stoner dachte an den Golflehrer und dass er ihm den Hals umdrehen würde, wenn er ihm begegnete, und dass es mit Patricia vorbei sein würde, wenn er, aus welchen Gründen auch immer, heute verhaftet werden sollte. «Mit Dingen wie einem Flugzeugabsturz …»

«Ich muss Sie trotzdem bitten, mitzukommen», beharrte Hawkins.

«Und wenn … wenn ich mich … weigere?»

«Als Anwalt dürften Sie sich mit den Konsequenzen auskennen.» Hawkins öffnete die Tür und äugte in den Flur. Er hatte Verstärkung mitgebracht, in der Gestalt zweier dunkel gekleideter und bewaffneter Polizisten.

«Aha … ich … ich nehme an, ich … ich ha … habe keine andere Wahl.»

«Sie haben richtig geraten», erwiderte Hawkins trocken.

Die beiden Beamten betraten die Garderobe. Stoner leistete keinen Widerstand.

Vierzehn

Auf einmal war da diese Leichtigkeit.

Er saß im Taxi und ließ sich durch die Häuserschluchten fahren. Links und rechts beugten sich Mauern vor dem Himmel auf ihn herab, wenn er den Kopf hob und die Perspektive auf sich einwirken ließ. Die Gebäude verneigten sich vor ihm.

Es war ein gutes Zeichen.

In seiner Hand lag das Mobiltelefon, noch warm vom letzten Anruf. Noch stand die Nummer ganz oben auf dem Display. Die Nummer, kein Name. Er würde alles löschen. Irgendwann. Er würde den heutigen Tag in der Versenkung verschwinden lassen. Ihn ausradieren.

Den letzten Tag vor seinem Neubeginn.

Maddie schrie – und hörte nicht mehr auf.

Drei Uhr. Diane schoss aus dem Bett, raste wie eine Furie einen Stock höher, platzte ins Zimmer. Maddie saß aufrecht im Bett und hörte nicht mehr auf zu schreien.

«Maddie! Um Gottes Willen, was ist denn jetzt wieder?»

Ihre Tochter zitterte wie Espenlaub. Sie hatte ihre Arme ausgestreckt und sagte nur immer: «Dort! Dort!»

Diane starrte zum Fenster. «Aber ich habe doch gestern Abend selbst noch die Läden zugezogen.»

Sie standen offen. «Maddie? Treibst du Schabernack mit mir?» Das Ganze war ihr nicht mehr geheuer, und nur mit größter Mühe gelang es ihr, ihre Tochter zu beruhigen. «Wenn das so weitergeht, muss ich zu einem Arzt mit dir.»

«Aber … dort … stand … er.»

«Wer?»

«Dad!»

* * *

Am frühen Vormittag fuhren hintereinander ein dunkler Van und eine schwarze Limousine über den Hemings Way auf das Grundstück. Diane hatte gerade mit ihrer Hausärztin – einer alten Bekannten – wegen Maddie geredet und einen Termin vereinbart, als das Telefon klingelte. Diane schaute durch das Küchenfenster nach draußen und meldete sich.

«Hier ist Oliver. Wie geht's dir?» Er klang gehemmt.

«Mal auf, mal ab. Wenn ich wüsste, was ich darauf antworten soll, ginge es mir vielleicht besser.» Diane beobachtete, wie die zwei Wagen nebeneinander parkten. Nur ein Mann stieg aus. Es war Lansbury. «Wie ich sehe, bekomme ich gerade Besuch von der Polizei.» Sie verschwieg geflissentlich, dass die Beamten schon am Tag zuvor da gewesen waren, und dass sie vielleicht einen entscheidenden Fehler begangen hatte, als sie die Männer nicht ins Haus lassen wollte.

«Deshalb rufe ich an. Sie waren vorher bei uns und haben Jakes Büro ausgeräumt und sämtliche Dokumente mitgenommen, als hätten der Computer und der Mac damals nicht gereicht. Die suchen nach etwas.»

«Du meinst, die suchen bei allen Opfern nach etwas?»

«Das weiß ich nicht. Aber an Jake scheinen sie ein besonders großes Interesse zu haben.»

An der Haustür klingelte es.

«Du, ich muss auflegen. Die kommen tatsächlich zu mir.»

«Gibst du mir Bescheid, wenn du mehr weißt?», fragte Oliver.

Diane versprach es ihm.

Unter der Tür stand Lansbury. Hinter ihm erschienen zwei uniformierte Polizisten mit leeren Kunststoffbehältern. Sie mussten später ausgestiegen sein. Diesmal galt es also ernst. Diane ließ die Männer wortlos eintreten. Sie wollte nicht wie ein trotziges Schulmädchen wirken.

«Diane.» Lansbury nahm sie zur Seite, während die beiden anderen Männer in den oberen Stock gingen. Sie wussten augenscheinlich, was sie zu tun hatten. Diane ging davon aus, dass Lansbury ihnen den Grundriss der Wohnung bereits erklärt hatte. Sie war ihm deswegen nicht einmal böse.

«Diane», wiederholte er. «Ich muss Sie bitten, heute ins Büro nach Bristol zu kommen.»

«Wozu brauchen Sie mich denn noch? Ist es nicht langsam genug, was Sie mir und Maddie antun? Sie nehmen sich das Recht heraus, in meinem Privatleben herumzuschnüffeln, ohne mir den Grund dafür zu erklären. Mein Mann ist tot, meine Tochter ist schrecklich unglücklich und kommt nicht zur Ruhe. Steht er etwa unter dem Verdacht, etwas mit dem Flugzeugabsturz zu tun zu haben?»

Jetzt war es raus.

Lansbury schwieg. Das sagte alles.

Diane setzte sich aufs Sofa und sagte nichts mehr. Von oben hörte sie es rumoren. Stühle wurden hin- und Betten hergeschoben, Schranktüren und Schubladen geöffnet und wieder zugeknallt. Die zum Teil sehr alten Kommoden knarrten protestierend. Dann trugen die Männer die Kisten wieder herunter, nun vollgepackt mit Dokumenten und Büchern.

Diane hätte schreien mögen. Die Fremden rissen Jakes Besitz aus dem Haus, als würden sie ihr das Herz aus dem Körper reißen. Sie zog die Beine an, ließ die Demütigung über sich ergehen – was blieb ihr anderes übrig? Unfähig, sich gegen diesen Eingriff in ihre Privatsphäre zu wehren, schaute sie immer wieder verstohlen zu Lansbury, der allem Anschein nach die Aktion kontrollierte.

«Wir bringen Ihnen alles wieder zurück.»

Na toll. Würden sie dann auch alles wieder einräumen, wie es sich gehörte?

Nein, lieblos an der Tür abstellen würden sie die Sachen, und Diane würde sie nie mehr so einräumen und hinstellen können, wie sie vorher gewesen waren. Dabei hatte sie sich solche Mühe gegeben, nach Jakes Verschwinden alles an seinem Platz zu lassen. Jedes Hemd, das er ausgezogen und auf den Stuhl geworfen hatte, jeden hingeworfenen Papierschnipsel. Sogar die gebrauchte Kaffeetasse auf dem Pult hatte sie dort stehen gelassen, wo Jake sie zuletzt berührt hatte. Alles wegen Maddie.

Die fremden Männer brachten Jakes letzte Spuren durcheinander. Erlaubten sich, sie zu beseitigen.

Ihr fehlte es an Kraft, sich zur Wehr zu setzen.

Lansbury, wie er dastand. Ein Muskelpaket von einem Mann. Das Gegenteil von Jake. Er versuchte offensichtlich höflich zu bleiben. Seine Männer inspizierten auch das Erdgeschoss, sie gingen in den Keller. Kein Winkel entging ihren Blicken.

Nach einer Stunde waren die Sachen im Van verstaut. Wortlos verließen die zwei Polizisten das Haus, und Lansbury ging ihnen nach, tauschte ein paar Worte mit den Kollegen, sah in den Kofferraum des Vans, sah zurück zum Haus, als wäre er mit irgendetwas nicht einverstanden. Diane beobachtete ihn vom Küchenfenster aus. Als der Van wegfuhr, schaute Lansbury ihm nachdenklich nach, bis er vom Grundstück gefahren war. Dann kam er zurück.

«Im Büro Ihres Mannes stand ein einziger Computer. Haben Sie keinen eigenen?»

Diane wusste nicht, was sie darauf antworten sollte.

«War das der einzige Rechner, der in diesem Haus ist?», fragte Lansbury hartnäckig weiter.

«Ja. Ich arbeitete kaum auf dem Computer. Das war Jakes Gebiet.»

«Und wo schreiben Sie Ihre Geschichten auf?»

Diane schluckte leer. «Das ist Vergangenheit. Ich schreibe nicht mehr. Aber das habe ich Ihnen bereits gesagt.»

«Sie besitzen keinen eigenen Computer? Oder einen Laptop?»

«Nein. Wir benutzten alles gemeinsam.» Sie blickte Lansbury mit gerunzelter Stirn an. «Warum ist das so wichtig?»

Er winkte ab. «Möchten Sie mit mir in die Stadt fahren?»

Diane, sich der Fahrlässigkeit bewusst, dass sie den Wagen im Mascall's Wood hatte stehen lassen, überlegte nicht lange. «Okay, gern, wenn Sie mich danach zurückbringen. Lassen Sie mir höchstens fünf Minuten. Ich werde mich richten.» Sie löste sich von der Küchenkombination, schritt durchs Wohnzimmer und stieg über die Treppe. Sie sah zurück.

Lansbury ließ seine Blicke in der Küche umherschweifen. Seit seinem letzten Besuch hatte Diane sie aufgeräumt. Er hielt inne. Auf dem Tisch musste er das halb aufgerissene Kuvert entdeckt haben. Er hob es auf und sah sich den Stempel genau an.

* * *

Dasselbe Büro, derselbe Tisch, der unbequeme Stuhl. Das Fenster zum Innenhof. Nur die ausgerollte Leinwand war neu. Und den Beamer an der Decke sah sie heute zum ersten Mal. Diane wartete. Das Neongrell der Lichtquelle über ihr ließ ihre Haut blassbläulich schimmern, die unregelmäßige Pigmentierung an ihren Armen wirkte seltsam fremd.

Sie hasste es zu warten, und sie hasste dieses nüchterne Büro mit seinem säuerlichen Geruch nach Schweiß. Ein Mann hatte den Raum gerade verlassen, als sie mit Lansbury auf dem Weg dorthin war, und offensichtlich gab es nur dieses Befragungszimmer. Sie glaubte, das Gesicht des Mannes zu kennen, der vor ihr aus dem Büro gekommen war. Sie hatte es in Cork gesehen, als er am Stand neben ihr einen Strauß Rosen gekauft hatte, aber Diane wusste nicht, wen er verloren hatte. Vielleicht seine Frau? Er war kaum vierzig. Oder sein Kind? Es hatte Kinder an Bord gehabt. Ob er von seiner kleinen Tochter oder seinem Sohn genauso Abschied genommen hatte wie sie von Jake? In einem kleinen Sarg, in dem man sich den kleinen Körper vorstellen musste? Weil er nicht im Sarg, sondern noch immer auf dem Meeresgrund lag?

Kinder! Kleine Kinder – der Garant für eine bessere Zukunft. Vielleicht.

Ob sie einsam gestorben waren oder auf dem Schoß ihrer Mütter oder Väter? Was waren wohl die letzten Worte der Erwachsenen gewesen, als das Flugzeug im Sturzflug aufs Wasser krachte? War das vergleichbar mit einer Achterbahn, die aber anstelle des erlösenden Lachens am Ende der Fahrt in eine gedankenleere Dunkelheit mündete?

Spürt man es, wenn man stirbt?

Die Tür ging auf, und Lansbury schob sich in den Raum. Er setzte sich Diane gegenüber und tippte etwas auf seinem Laptop ein. Auf der Leinwand erschien vorerst nur ein heller Fleck.

«Ich würde Ihnen gern ein paar Videoaufnahmen zeigen.»

Der Schmerz in ihrer Brust kam unmittelbar. Sie wusste genau, womit sie gleich konfrontiert werden würde – und sie hatte keine Chance, dem zu entgehen.

«Seit 9/11 gibt es überall auf den internationalen Flughäfen Videoüberwachung. Vermehrt auch im Bereich der Gepäckaufgabe. Ich bitte Sie, die nachfolgenden Bilder respektive den Film genau anzusehen. Wenn Sie jemanden darauf erkennen, lassen Sie es mich wissen. Es ist sehr wichtig, dass wir alle Personen identifizieren können, die am Vorabend des verhängnisvollen Tages und am Samstag zwischen vier Stunden und eine halbe Stunde vor Abflug eingecheckt haben. Es wird vielleicht einige Zeit dauern. Wenn Sie Kaffee oder Tee wünschen, werden wir das besorgen. Sie können auch gern zwischendurch eine Pause einlegen.»

Er stand auf und schaute zur Tür.

Diane glaubte, sich verhört zu haben. «Und währenddessen lassen Sie mich allein?» Es klang etwas hilflos.

«Ich werde sporadisch vorbeischauen. Sollten Sie aber vorher jemanden erkennen, rufen Sie mich.» Lansbury machte sie auf eine Glocke aufmerksam, die unter der Tischplatte angebracht war. «Zudem können Sie mit dem Cursor die Aufnahmen jederzeit stoppen.» Er tippte zwei Tasten auf seinem Laptop an. Auf der Leinwand wurde ein bewegtes Bild sichtbar, das die Gepäckaufgabe beim Schalter der British Airlines zeigte. Im Fokus der Kamera befanden sich vier nebeneinanderliegende Schalter, und die Qualität des Films war erstaunlich gut. «Wir beginnen mit dem Samstag, weil Ihr Mann am Freitagabend ja noch zu Hause war. Ist das richtig?»

Diane nickte nur stumm. Jake war da gewesen, hatte sogar das Nachtessen zubereitet, zusammen mit Maddie. Hawaii-Toast. Er hatte gelacht. Mit Maddie gelacht, während Diane nur dagesessen hatte, auf dem Sofa mit hochgelagerten Füßen.

«Alles klar?» Lansbury legte seine Hand auf ihre rechte Schulter. «Den Freitagabend zeige ich Ihnen anschließend, sollten wir wider Erwarten am Samstag keinen Erfolg verbuchen können.»

«Alles klar.» War es das wirklich?

Lansbury erwartete etwas von ihr, das sie ihm hoffentlich würde geben können. Sie wurde nervös. Starrte auf die Leinwand. Die Aufnahmen waren so vergrößert, dass sie das Gefühl hatte, durch ein Fenster in die Halle der Gepäckaufgabe zu sehen.

Lansbury ließ sie allein.

Diane schaute auf den unteren Rand der Leinwand. Dort waren das Datum sowie die Uhrzeit zu sehen: 09:00 Uhr. Der Countdown lief. Sie hätte am liebsten vorwärtsgespult bis ungefähr elf Uhr, als Dexter Kirkwood mit seiner Frau Susan eingetroffen war. Diane wartete geduldig. Die Schlange an der Gepäckabgabe für die Business Class war nicht so lang wie die bei der Economy. Oftmals blieb der Schalter sogar leer. Diane sah, wie die Person dahinter mit den Kolleginnen links und rechts schäkerte. Schon das machte alles irgendwie verdächtig. Es war ein Kommen und ein Gehen: Familien mit Kindern, Paare mit Golftaschen, die sie dann aber wieder mitnehmen mussten. Diane sah ihnen an, wie gereizt sie reagierten. Einmal kam eine Frau im Rollstuhl vorbei. Der junge Mann hinter dem Schalter musste ihr beim Aufladen ihres Koffers auf das Rollband helfen. Die Frau am Schalter brachte Klebeetiketten an.

Die Zeit verging nur schleppend. Erst eine Stunde war vergangen, als Lansbury den Raum betrat. Er brachte ihr eine Kanne Tee mit Milchkrug und Zucker. Diane nahm das dankbar an.

«Und? Schon ein Gesicht gesehen, das Ihnen bekannt vorkam?»

Was für eine Frage. Traute er ihr etwa nicht?

«Bis jetzt nicht.» Sie gähnte, wollte, dass er ihr anmerkte, wie müde sie war. Und trotzdem sehr angespannt.

«Lassen Sie sich Zeit. Ich werde wiederkommen.» Er schien sehr in Eile. Als er das Zimmer verließ, blieb ein dezenter Geruch seines Rasierwassers zurück.

Während Diane den Tee in die Tasse goss und Milch und Zucker hineinrührte, blieb ihr Blick ununterbrochen an der Leinwand haften. Mittlerweile zeigte die Datumsangabe 10:21 Uhr.

Plötzlich meinte sie, jemanden zu erkennen. Ein Mann und eine Frau traten an den Schalter bei der Business Class, er mit einem Rollkoffer, den er etwas umständlich auf das Förderband hievte, sie mit einer kleineren Version davon, die sie offensichtlich mit in die Kabine nehmen wollte. Sie klammerte sich an dem kleinen Koffer fest, als hätte sie Angst, ihn zu verlieren, und Diane bemerkte den sich wölbenden Bauch der Frau – kein Zweifel: Sie war schwanger. Ihr Mann drehte sich zu ihr um, und sie überreichte ihm die Pässe.

Aber es waren nicht die beiden Leute vor dem Schalter, die Dianes Aufmerksamkeit letztendlich auf sich zogen. Hinter ihnen stand ein älteres Ehepaar: Es waren unverkennbar Mr und Mrs Monroe. Und das war nicht möglich. Diane hatte sie doch in Cork gesehen. Warum standen sie vor dem Schalter der Gepäckaufgabe?

Diane griff nach dem Cursor, stoppte die Aufzeichnung und drückte fast zeitgleich den Knopf unter der Tischplatte. Dann musste sie eine Weile warten, bis Lansbury ins Zimmer trat. Mit zitternden Händen trank sie den Tee aus.

Er schaute sie nur an.

«Die beiden älteren Leute dort», sie zeigte auf die Leinwand, «kenne ich von dem Termin in Cork. Es sind Mr Monroe und seine Frau. Er erzählte mir, dass sein Sohn und seine Schwiegertochter die Aktionsreise nach New York gebucht hatten.» Diane sah Lansbury mit gerunzelter Stirn an. «Weshalb geben die jungen Leute ihren Koffer dann in der Business Class auf?»

«Sie haben ein Upgrade gekommen, weil die junge Frau schwanger war. Das war mir bekannt.» Er räusperte sich hinter vorgehaltener Hand. «Darf ich Sie bitten, die Aufzeichnungen weiter anzusehen?»

Diane richtete ihren vor Müdigkeit zusammengesackten Körper auf. Sie wusste genau, was in den nächsten Minuten geschehen würde. Mr Monroe war nur ein Vorgeschmack gewesen. Seinetwegen war sie nicht hier. Man wollte sie mit einer Wahrheit konfrontieren, die sie bis anhin verdrängt hatte. Gnadenlos.

Lansbury verschwand, nachdem er den Film wieder gestartet hatte.

Irgendwann zwischen halb und viertel vor elf geschah es.

Diane hatte sich vor diesem Augenblick sehr gefürchtet. Sie verabscheute das Gefühl, dermaßen zu zittern, dass sie es nicht kontrollieren konnte. Als würde Strom durch ihren Körper gejagt.

Und da war er: Jake!

Diane entdeckte ihn, als er in der linken Bildhälfte auftauchte. An der einen Hand trug er seine Aktenmappe, mit der anderen zog er einen dunklen Rollkoffer. Ihr Herz wollte zerspringen. Sie fühlte den schweren Stein in ihrem Bauch deutlicher denn je, und es war klar, dass er sich noch lange nicht aufgelöst hatte. Ein dumpfer Schmerz erfasste sie, und sie fühlte sich ohnmächtig, glaubte, nur ihren Arm ausstrecken zu müssen, um Jake zu berühren. Wenn sie seinen Namen nannte, würde er sich nach ihr umdrehen, ihr vielleicht zulächeln.

Auf Wiedersehen. Ich werde jetzt auf Reisen gehen. Auf unbestimmte Zeit.

Wie gebannt starrte sie auf die Leinwand, verfolgte jeden Schritt ihres Mannes und vergaß dabei völlig, Stopptaste oder Glocke zu aktivieren.

Jake. Wie er den Koffer auf das Rollband hob. Jake, wie er der Dame am Schalter den Pass und ein Formular aushändigte. Jake, wie er auf die Gewichtsanzeige starrte und erleichtert schien, als die Frau den Koffer mit einem Klebestreifen versah. Jake. Wie er den Pass in seinem Jackett zurücksteckte, wie er das Ticket ansah – Diane konnte es an seinen Bewegungen sehen. Jake. Wie er sich verabschiedete, sich umwandte und auf die rechte Bildhälfte zuschritt. Jake …

Sie sah sein Gesicht von vorn und für einen kurzen Moment seine Augen. Er blickte jedoch gleich darauf in eine andere Richtung. Er wusste ja nichts von einer Kamera, die die letzten Minuten seines Lebens aufzeichnete.

Jake. Sein Gesicht. Er wirkte eigentlich nicht angespannt.

Die Bilder flimmerten weiter. Menschen kamen, und Menschen gingen.

Als Lansbury ins Büro zurückkehrte, hatte Diane den Kopf auf die Arme gelegt und weinte lautlos.

Lansbury stoppte das Video. «Sie haben ihn erkannt?»

Diane richtete sich auf. Alle Kraft war aus ihrem Körper gewichen. «Um 10:04:53 war's, da hat er einen Koffer auf das Rollband gestellt. Aber es war *nicht* sein Koffer.»

* * *

Eine Smogwolke hatte sich wie eine Glocke über London ausgebreitet. Wenn der Wind drehte, kam es zuweilen vor, dass die Stadt im Nebel versank, während die ländlicheren Gegenden von der Sonne gewärmt wurden. Ronny Hawkins fuhr im Schritttempo und mit Abblendlicht durch die Straßenschluchten und kam sich vor wie im tiefsten Herbst. Das keimende Frühsommergrün der Bäume wirkte seltsam verklärt im Dunst des späten Vormittags. Wie eine von bunten Farbtupfen besprenkelte alte Fotografie.

Nach der Rückkehr aus Afghanistan hatte sich Hawkins in Notting Hill eine Wohnung gekauft – er hatte vom United

Kingdom eine Abfindung für den Einsatz im Osten erhalten und hätte eigentlich auch nicht mehr arbeiten müssen, denn er war ein traumatisierter Kriegsveteran. Die Versicherungen waren damals bereit gewesen, ihn für zwei Monate in die Rehabilitation zu schicken: zwei Monate in einem Kloster in Schottland. Es war bereits abgemacht gewesen, und Hawkins hatte mit den Mönchen die Möglichkeit einer meditativen Verarbeitung besprochen. Dreißig Tage Gartenarbeit in der Stille der Abgeschiedenheit, Gespräche und Aufarbeitung der verdrängten Bilder. Einer der Mönche – er hieß Pater Leon – war davon überzeugt gewesen, dass Hawkins noch einmal durch die Hölle gehen musste, um genesen zu können, dass er sich das Geschehene bewusst machen, die Bilder ins Gedächtnis zurückholen und sich mit ihnen auseinandersetzen musste.

Aber Hawkins hatte die Reise annulliert. Er war ein Mensch, der nicht stillsitzen konnte. Zudem waren ihm solche Institutionen eigentlich zuwider, und es wollte ihm auch nicht in den Kopf gehen, dass ausgerechnet ein Mönch, der den größten Teil seines Lebens hinter einer Mauer verbracht hatte, ihn von den psychischen Auswirkungen des Krieges hätte befreien können.

Die Wohnung lag in einem mehrgeschossigen Gebäude unterhalb des Dachstocks und war schlecht isoliert, daher ließen die Wände jedes Geräusch aus der Nachbarschaft durch. Die Heizkörper waren die ältesten, die man sich in London vorstellen konnte, und mussten im Winter dauernd entlüftet werden. Es gab zwei Schlafzimmer, ein Bad und eine Küche, durch deren Luftfilter die Gerüche sämtlicher Küchen im

Haus hereinströmten. Auch die Möblierung war schlicht und bot nur das Nötigste, aber das war alles, was Hawkins brauchte. Er war, was dies betraf, ein bescheidener Mensch.

Jedoch: Die Aussicht war unbezahlbar. Vom Mansardenfenster aus konnte Hawkins bei schönem Wetter bis zu den Kensington Gardens schauen.

Er war unterwegs zum Büro der Met bei New Scotland Yard. Heute musste er Abigail Ashton verhören. Poppy hatte er bis weit nach Mitternacht befragt. Von ihr war jedoch nichts Brauchbares gekommen. Ihr Gehirn musste durch ihren Alkoholkonsum dermaßen zerstört worden sein, dass sie kaum einen geraden Satz zustande brachte. Er war schließlich todmüde in sein Wohnquartier gefahren, hatte das gegessen, was der Kühlschrank hergab – Eier mit Speck –, sich danach zwei Whiskys genehmigt und die Harald Tribune gelesen. Dann hatte er sich vier Stunden aufs Ohr gelegt. Am Morgen war er joggen gewesen. Er mochte die Straßen in Notting Hill, denn für ihn war dieser Stadtteil der Inbegriff britischen Lebensgefühls. Nach dem Duschen hatte er ein ausgiebiges Frühstück im Teahouse ganz in seiner Nähe bestellt und dort regelrecht die Zeit vergessen.

Und jetzt stand er im Stau. Vor ihm, hinter ihm und neben ihm ging gar nichts mehr. Ein Unfall, nahm er an. Von irgendwoher vernahm er die Sirenen der Polizei oder der Ambulanz – alltägliche Klänge in London. Es lebten und arbeiteten einfach zu viele Leute hier, die Stimmung war aufgeheizt, die Nerven lagen blank.

Abigail Ashton erwartete ihn bereits im Vernehmungszimmer, in das man sie nach ihrem Eintreffen geführt hatte, und wirkte etwas angespannt. Ihre sonst eher leichte Bekleidung hatte sie gegen eine Bluejeans und eine biedere College-Jacke eingetauscht und sah aus wie ein Schulmädchen. Niemand wäre bei ihrem Anblick darauf gekommen, dass sie in ihrer Freizeit Männer sexuell beglückte – nicht zuletzt, weil die sonst so dick aufgetragene Schminke und der skandalös rote Mund einem blassen, fragilen Gesicht gewichen waren.

Hawkins blieb unter dem Türrahmen stehen. Da saß sie am Tisch, und nichts war von der aufreizend wirkenden Frau geblieben, die Lansbury ihm beschrieben hatte. Er persönlich kannte sie nicht, und das beruhigte ihn. Vielleicht, weil sie nicht sein Typ war, denn er zog reife Frauen sehr jungen vor. Poppy – das musste man ihr lassen – hatte einen guten Riecher, was die Bedürfnisse ihrer Klientel betraf. Dass er selbst ein Kunde von ihrem Etablissement war, musste Abigail nicht wissen.

Hawkins schwang sich auf den Stuhl ihr gegenüber und installierte das Aufnahmegerät. Er schob das Mikrofon in ihre Nähe und drückte den Startknopf. Er gab Ort, Datum und Zeit der Befragung und die Namen der Anwesenden ein. Routine – wie immer.

Er schlug ein Dossier auf, das man ihm in die Hand gedrückt hatte, bevor er das Büro betreten hatte, mit einem schönen Gruß von Drake.

Hawkins war also unter Druck.

«Sie waren mit der Toten Maryam Huxley befreundet?», fragte er.

«Studienfreundinnen», antwortete Abigail mit leiser Stimme. «Wir haben uns in Oxford kennengelernt.»

«Dann beschlossen Sie gemeinsam, in London auf den Strich zu gehen.»

«Wir arbeiteten nie auf der Straße», wehrte sie sich. «Wir meldeten uns auf eine Annonce.»

«Und Ihre Eltern waren damit einverstanden?»

«Sie haben keine Kenntnis davon. Wir sind volljährig. Wie und wo wir unser Geld verdienen, geht niemanden etwas an.»

«Aber jetzt tut es das!» Hawkins ließ die junge Frau nicht aus den Augen. «Es geht um Mord. Ihre Freundin ist umgekommen. Und deshalb geht mich das jetzt sehr wohl etwas an. So. Ich habe mir sagen lassen, dass Sie immer gemeinsam gebucht wurden?»

«Das ist richtig. So konnten wir uns gegenseitig schützen ...»

«Was offensichtlich nicht funktioniert hat.» Hawkins sah in zwei blaue Augen, die sich mit Tränen füllten.

«Ich war zehn Minuten im Badezimmer, während Maryam im Zimmer Musik hörte. Der Kerl muss sie überrascht haben.» Abigail schluchzte auf.

«Haben Sie jemanden in Verdacht?»

«Nein, eigentlich nicht.»

«Aber ...?»

«Ich weiß nicht, ob das relevant ist. Da hat mal einer Drohungen ausgestoßen, nachdem Maryam sich über den Flugzeugabsturz geäußert hatte. Die Sache ging ihr sehr an die Nieren. Wir hatten einen Kunden, der uns am liebsten über seine Machtspielchen erzählte. Aber im Grunde tun das alle, wenn sie sich in unsere Hände begeben. Ich meine, es gibt eine Gattung Männer, die prahlt, was das Zeug hält, wogegen andere sich wie scheue Würstchen benehmen. Man merkt sofort, wer zu Hause das Sagen hat – oder eben nicht.» Abigail presste die Hand auf den Mund. «Sorry, so deutlich wollte ich jetzt nicht werden … aber diesem Kerl nahmen wir die Drohung ab.»

Hawkins ignorierte ihre Entschuldigung. «Kennen Sie seinen Namen?»

«Nein, wir kennen die Namen unserer Kundschaft nicht. Sie sind für uns, die dort arbeiten, ein Tabu. Aber er sprach, nebst Englisch, Arabisch.»

Hawkins blätterte in seinem Dossier. Zuhinterst war ein Foto eingeheftet. Er löste die Klammer, legte das Bild auf den Tisch und forderte Abigail auf, es sich anzusehen.

Sie blickte lange darauf.

«Lassen Sie sich Zeit», sagte Hawkins. «Kommt er Ihnen bekannt vor?»

«Da drauf ist er jünger.» Abigail kniff die Augen zu zwei Schlitzen zusammen. «Aber ja, er könnte es sein. Heute trägt er einen Vollbart. Aber das sind seine Augen. Ich erinnere mich an seine Augen. Seine Augen sahen brutal aus.»

«Können Sie sich noch an andere Auffälligkeiten erinnern?»

«Aber warum wollen Sie das alles von mir wissen? Poppy kennt seinen Namen.»

«Ich will nur sicher gehen, dass es sich um ein und dieselbe Person handelt. Was also haben Sie noch bemerkt?»

«Er hatte eine Narbe am rechten Oberschenkel, auf Lendenhöhe. Eine ziemlich große.» Abigail deutete in sein Gesicht. «Sie war genauso violett wie Ihre.»

«Hat er irgendetwas gesagt, was im Zusammenhang mit dem Flugzeugabsturz stehen könnte?»

«Nicht direkt. Maryam hat ihn dasselbe gefragt. Darauf hat er weder Ja noch Nein gesagt.»

«Wir bekamen gestern einen anonymen Anruf aus diesem Haus. Wissen Sie etwas darüber?»

Abigail druckste herum. Hawkins sah ihr an, dass sie um eine ehrliche Antwort rang. Er wiederholte die Frage, weil er hoffte, Abigail aus der Reserve locken zu können. «Sie vergeben sich nichts, wenn Sie mir verraten, wer es war.»

«Maryam hat die Metropolitan Police angerufen.» Abigail nannte die Uhrzeit, die sich mit der des Anrufs im Büro deckte.

* * *

Hawkins war auf dem Weg zur Mittagspause, als Marilyn ihn hastig zurückbeorderte. Ihre schrille Stimme erreichte ihn gerade noch, als er die Tür vom Flur zum Treppenhaus öffnete. «Ronny! Sofort, auf Leitung drei!»

Aus der Kantine, die ein Stockwerk tiefer lag, wehte ihm der Geruch nach Essen entgegen. Verdammt: Sein Magen hatte schon den ganzen Vormittag über geknurrt. Einen Moment war Hawkins in Versuchung, Marilyns Stimme zu ignorieren. Aber das hätte den Eindruck hinterlassen, dass er schwerhörig war – zumal alle, die sich im Flur befanden, Richtung Büro starrten, wo Marilyn mit dem Telefon in der Hand unter dem Türrahmen stand und gestikulierte, als ginge es um Leben und Tod. Keine Chance, einfach zu verschwinden. Er würde den Hunger noch eine Weile unterdrücken müssen.

«Mr Lansbury ist am Apparat!»

Hawkins machte auf dem Absatz kehrt und ging den langen Flur zurück. Marilyn trottete vor ihm an ihren Platz. Hawkins starrte ihr auf den Po und dachte, dass sie in letzter Zeit zugenommen hatte. An seinem Pult angelangt, griff er nach dem Telefonhörer. «Was gibt's, Tyrone-Boy?»

«Licht im Dunkel.» Lansbury informierte ihn über Dianes Besuch und dass sie auf einem der Videos ihren Mann wiedererkannt hatte. «Um fünf nach zehn schob er einen Koffer auf das Rollband. Nach der uns bekannten Vorgeschichte muss ich davon ausgehen, dass sich darin eine Bombe befunden hat.»

«Was meinst du mit ‹Vorgeschichte›?»

«Diane Hemingway behauptet, dass ihr Mann unter pathologischer Flugangst gelitten habe. Trotzdem ist er in diese Maschine gestiegen. Es zeichnet sich langsam aber sicher ab, dass wir es hier eventuell mit einem Schläfer zu tun haben. Ich befürchte, dass er unter Drogen stand. Ich werde einen Psychologen zuziehen, der den Bewegungsablauf der verdächtigen Person analysiert.»

«Du meinst, dass er durch die Beobachtung von Hemingways Bewegungen herausfinden kann, dass der Verdächtige unter Drogen gestanden hat? Diesen Seelenklempner möchte ich kennenlernen.» Hawkins biss sich auf die Lippen. Vielleicht war es besser, wenn er sich zurückhielt.

Es war ein hektischer Vormittag gewesen. Nach dem Verhör hatte er sich mit Drake in Verbindung gesetzt, der postwendend eine Durchsuchungsbescheinigung für Abdullah Omar Browns Wohnung von der Staatsanwaltschaft erwirkt hatte. Nur eine Stunde nach Abigails Verhör hatte man Brown abgeführt und in Untersuchungshaft gebracht. Der hatte dabei immer wieder beteuert, dass er in der Zeit, in der Maryam ermordet worden war, nicht in London gewesen sei.

Hawkins wusste nicht, was er von den Aussagen seines Freundes halten sollte. Er tastete sich mit diplomatischem Geschick vor. «Du verbeißt dich da vielleicht in etwas. Ich habe langsam den Eindruck, dass du einzig diese Familie in den Mittelpunkt deiner Überlegungen stellst. Entschuldige, aber … gibt es da vielleicht ein persönliches Interesse von deiner Seite?»

Lansbury reagierte heftig. «Ich kann sicher davon ausgehen, dass auch du den Fall lösen willst. Wo liegt das Problem? Und ein persönliches Interesse? Wenn es noch so wäre, würde mich Drake als Ersten von dem Fall entbinden.» Etwas ruhiger fuhr er fort: «In der Zwischenzeit haben wir eine Menge Indizien gefunden, die gegen Hemingway sprechen. Vor einem halben Jahr hat er von irgendeiner Quelle sehr viel Geld erhalten. Leider macht sich die Green East Bank nicht gerade bei uns beliebt, denn sie hat der Herkunft des Geldes nicht genügend Aufmerksamkeit gezollt. Die Green East ist eine Provinzbank. Ich nehme an, dass Hemingway sie deswegen gewählt hat. Dort fragt man nicht unnötig nach, denn man ist um jedes Pfund froh. Ich an seiner Stelle hätte es genauso gemacht.»

«Hast du Drake schon informiert?»

«Klar habe ich das. Er unterstützt meine Arbeit. Er weiß, dass ich noch etwas gut bei ihm habe.»

«Aber wie kommst du darauf, dass sich ein nichtssagender Arbeitnehmer als Schläfer anheuern lassen könnte?»

«Um das herauszufinden, musst du mir Zeit lassen. Was ich aber jetzt schon weiß: Jake Alfie Hemingway stammt aus einer anglikanischen Familie. Ich habe im Lebenslauf seiner Eltern nachgeforscht. Sie waren noch echte Kirchengänger, was sich allerdings mehr auf ihre Tochter Anne Hemingway als auf den Sohn übertragen hat. Anne ist noch heute praktizierende Anglikanerin. Sie ist Lehrerin in Bristol und erteilt Religionsunterricht. Und Hemingway hat das Studium für Architektur abgebrochen. Und jetzt rate mal, warum.»

«Ich nehme an, er hat die Leistungen nicht erbracht.»

«Sein Lehrer sowie der Architekt des Architekturbüros, wo er sein Praktikum absolvierte, waren bekennende Atheisten. Das hat gereicht. Die Eltern nahmen ihren Junior aus dem Studium und schickten ihn in eine Ausbildung zum Grafiker in die Werbeagentur eines befreundeten Ehepaares. Aus der Akte geht hervor, dass sich Jake in jungen Jahren zu einem religiösen Fanatiker entwickelt hat – indoktriniert von seinem eigenen Elternhaus.»

«Aber das ist noch lange kein Grund, sich als Schläfer anheuern zu lassen. Und wie du mir eben gesagt hast, liegt der große Geldsegen erst ein halbes Jahr zurück. Vielleicht war er früher einfach nur ein Rebell, der sich ein Delikt hat zuschulden kommen lassen, sonst wäre er ja nicht aktenkundig.» Noch bevor Lansbury ihm widersprechen konnte, fuhr er fort: «Was hat er eigentlich angestellt?»

Lansbury zögerte. «Du hast recht. Das waren wohl Lausbubenstreiche.» Es klang sarkastisch «Er war noch sehr jung. Mit zwanzig ging er auf die Straße und demonstrierte gegen die unionistischen Protestanten in Irland. Gleichzeitig sympathisierte er mit den irisch-nationalistischen Katholiken. Das bescherte ihm eine Nacht in der Zelle. Sein Vater holte ihn raus, musste aber eine saftige Geldbuße bezahlen. Nichtsdestotrotz: Wir müssen an ihm dranbleiben.»

«Du kannst mich anrufen, wenn der Psychologe bei dir war.» Hawkins verabschiedete sich. Er legte den Hörer auf die Station zurück und wandte sich an Marilyn. «Schon gegessen?»

«Nein.»

«Dann sollten wir das zusammen tun.»

* * *

Dr. Chloe McLaughlys Praxis lag in der Stackpool Road. Die Architektur erinnerte ein wenig an Häuser im Zuckerbäckerstil des neunzehnten Jahrhunderts, mit hellen Fassaden und spitzen Giebeldächern, mit Erkervorbauten und Treppenstufen, die zum verglasten Eingang führten. Die Umgebung sah unterschiedlich gepflegt aus. In kleinen Vorgärten waren entweder Blumen und Sträucher angepflanzt – oder aber Abfälle deponiert. Am Straßenrand parkten Kleinwagen der billigsten Klasse.

Dr. McLaughly praktizierte, seit sich Diane an sie erinnern konnte. Sie war Allgemeinpraktikerin und Psychotherapeutin in einem. Schon ihre Mutter war zu ihr gegangen und als sie älter geworden war, sogar einmal die Woche.

Die Dame ging auf die siebzig zu. Und auch die Assistentin, die Diane und Maddie ins Wartezimmer verwies, war schon seit Ewigkeiten nicht mehr aus der Praxis wegzudenken. Ihr pausbäckiges Gesicht hatte eine rosa Farbe, und ihr kurzes Haar sah aus, als wäre sie direkt von einem Strohlager aufgestanden. Man munkelte, dass die beiden Frauen mehr verband als nur der Beruf.

Im Wartezimmer saß sonst niemand. Fünf durchgesessene olivfarbene Kunstlederstühle, am Fenster schwere Draperien in derselben Farbe und eine Ecke mit einem kleinen Tischchen, wo Journale und Zeitungen lagen, vermittelten Diane dennoch ein Gefühl des Heimkommens. Es roch noch genauso wie damals, als sie mit ihrer Mutter hierhergekommen war. Ein Hauch von Medizin und Putzmittel hatte sich in Holz und Stoff festgesetzt.

Diane nahm Maddie gegenüber Platz, die sich schmollend auf einem Sessel niedergelassen hatte. Sie sprachen kein Wort miteinander. Diane hatte sie fast mit Gewalt zur Ärztin schleifen müssen. Maddie verstand nicht, warum.

Sie mussten keine fünf Minuten warten, bis sie hereingeholt wurden, und Diane atmete auf. Selbst diese fünf Minuten hatten sie Nerven gekostet. Maddie, wie sie vor sich hinstarrte, als wäre alles um sie herum ausgelöscht.

Die Jahre hatten aus der einst stattlichen Ärztin eine gebeugte, auch im Stolz gebrochene Frau gemacht. Ihre braunen, halblangen Haare, die sie früher meist zu einem Knoten am Hinterkopf festgebunden hatte, waren einer grauen Kurzhaarfrisur gewichen. Die Falten hatten sich vermehrt und vertieft, die Lippen waren schmäler geworden. Doch noch immer schminkte sie sich.

«Sie können jetzt zu mir ins Untersuchungszimmer kommen.» Ihre Stimme wirkte immer noch jugendlich.

Diane schob Maddie vor sich her.

«Bitte nehmen Sie Platz.» Die Ärztin lächelte, wobei sich nur der Mund bewegte. «Es ist lange her. Zwanzig Jahre im Minimum. Haben Sie in der Zwischenzeit nie einen Arzt aufgesucht?»

Diane verneinte. «Ich war ja gesund.»

«Und einen Gynäkologen?»

Darüber wollte Diane nicht reden. Nach der dramatischen Geburt war sie lange in Behandlung gewesen. Aber es gab Dinge, die wollte sie vergessen.

Vor einem schweren, dunkelbraunen Pult standen zwei Stühle. Diane setzte sich auf den einen, während Maddie vorerst etwas gehemmt stehen blieb.

«Wie du willst. Du kannst auch stehen bleiben», sagte Mrs McLaughly und setzte sich auf den drehbaren Bürostuhl. Auf dem Pult herrschte ein Durcheinander: Medikamentenschachteln, ein Stethoskop, eine eingepackte Spritze, diverse Notizblöcke und Schreibstifte, zwei Kakteen in braunen Übertöpfen und eine Wasserkaraffe. Der Computer stammte aus den Neunzigern. Dass er noch funktionierte, schien eher unwahrscheinlich.

Maddie setzte sich endlich, nachdem sie das Zimmer neugierig inspiziert hatte. Die Liege beim Fenster diente wohl den

Untersuchungen. Die Vorstellung, sich dort hinlegen zu müssen, behagte ihr offenbar nicht.

«Sie haben mir am Telefon bereits erklärt, worum es bei Ihrer Tochter geht, Mrs Hemingway.» Dabei blickte die Ärztin das Mädchen von der Seite an.

Diane ließ einen tiefen Seufzer vernehmen. «Immer um drei Uhr morgens erwacht sie und schreit. Wenn ich zu ihr gehe, behauptet sie, jemanden am Fenster gesehen zu haben.»

Dr. McLaughly drehte den Bürostuhl so, dass sie direkten Augenkontakt zu Maddie bekam. «Kannst du dich an die Träume erinnern, die du hattest, bevor du diese Erscheinung sahst?»

«Das ist keine Erscheinung, das habe ich Mum immer wieder gesagt. Am Fenster steht jemand aus Fleisch und Blut. Und ich weiß inzwischen, dass es mein Dad ist.»

«Mrs Hemingway, haben Sie mir nicht gesagt, dass Maddies Zimmer im ersten Stock liegt?» Dr. McLaughly runzelte die Stirn.

«Das ist korrekt», sagte Diane.

«Kann es sein, dass jemand über eine Leiter vors Fenster gelangt?»

«Absolut unmöglich. Ich habe die Leiter im Keller eingeschlossen.»

«Aber es könnte doch sein, dass der Fremde seine eigene Leiter mitbringt.» Während die Ärztin sprach, ließ sie ihren Blick beständig auf Maddie ruhen, als wollte sie auch noch aus der kleinsten und unscheinbarsten Reaktion des Mädchens Schlüsse über ihre psychische Verfassung ziehen.

«Auch diese Möglichkeit habe ich schon in Erwägung gezogen», sagte Diane. «Aber so schnell kann niemand eine Leiter anstellen, hochklettern, meine Tochter erschrecken, wieder runtersteigen, die Leiter wegtragen und abhauen. Zeitlich geht das einfach nicht auf. Zudem sieht sie den Fremden auch, wenn sie im Erdgeschoss schläft.»

«Du hast gesagt, dass du deinen Dad gesehen hast. Maddie? Hörst du mich?»

«Ja.»

«Was hatte er denn an?»

«Na, den Anzug, den er am Samstag vor einer Woche getragen hat.» Maddie wirkte völlig ruhig und beherrscht.

«Vermisst du deinen Dad sehr?»

«Was soll die Frage?» Maddie wurde aufmüpfig. «Glauben Sie, ich lüge Sie an? Ich habe meinen Dad am Fenster gesehen. Klar vermisse ich ihn, aber das hat nichts damit zu tun, dass Dad morgens um drei an mein Fenster kommt.» Sie schluchzte auf. «Ja, ich vermisse ihn sehr.»

Dr. McLaughly ließ ein paar Sekunden des Schweigens verstreichen, in denen sie sich Notizen machte.

Diane schwitzte vor Nervosität – und zugleich lief es ihr kalt über den Rücken. Wenn Maddie Geister sah, bedeutete das nichts Gutes. Das zeugte von seelischem Stress. Inständig hoffte sie, dass Dr. McLaughly Maddie irgendwelche Psychopharmaka verschrieb, um diesem nächtlichen Schreien erst einmal ein Ende zu setzen. Diane hatte bald nicht mehr die Kraft, diese verhängnisvollen Stunden durchzustehen.

«Gut, Maddie, dann wollen wir beginnen …» McLaughly geleitete das Mädchen zum Untersuchungstisch. «Du kannst deinen Oberkörper freimachen.»

«Das werde ich nicht!» Maddie sträubte sich.

«Maddie, bitte.» Dianes Stimme hatte einen härteren Klang angenommen. Den hatte sie sich in den letzten Monaten angewöhnt. Seit Maddie pubertierte, musste sie ihr Paroli bieten – anders als früher, als sie einen zärtlichen Umgangston gepflegt hatte. Ihre Tochter war eine Rebellin geworden, manchmal widerborstig, sogar frech ihr gegenüber. Sie lotete aus, wie weit sie bei ihrer Mutter gehen konnte, wie es zwischen Diane und ihr stand.

«Ich werde Lunge und Herz mit diesem Stethoskop überprüfen», sagte die Ärztin. «Das tut nicht weh.»

Maddie wechselte Blicke mit Diane. Vergeblich hoffte sie auf die Hilfe ihrer Mutter. Diane sah sie nur streng an. Maddie entledigte sich nur langsam ihres Shirts und legte sich hin, steif wie ein Brett, als wäre es ihr unangenehm, sich vor den beiden Frauen zu entblößen.

«Was sind das für blaue Flecke hier?» McLaughly fuhr mit ihrer Hand über die zarte Mädchenbrust.

«Ich habe mich gestoßen.» Maddie wandte den Blick ab. «Ich bin in der Turnstunde gegen eine Stange gerannt.»

«Tut das weh?» McLaughly besah sich die Blutergüsse, die sich vom Hals abwärts über Brust und Bauch zogen.

«Nein.»

«Dann kannst du dich jetzt aufsetzen. Und bitte dreh dich um, damit ich mir deinen Rücken ansehen kann.» McLaughly drückte das Stethoskop zwischen die zarten Schulterblätter. «Bitte tief einatmen und wieder ausatmen. Und noch einmal.»

Diane wartete. Ihr war gar nicht wohl. Diese Flecken. Sie hatte sie noch nie gesehen. Maddie hatte sie auch nie erwähnt. Gegen eine Stange gelaufen? Konnte sie ihr das glauben? Das sah eher nach mehreren älteren Blutergüssen aus, die jetzt verheilten. Gegen eine Stange gelaufen! Diane nahm sich vor, mit der Turnlehrerin zu sprechen.

Nach dem Untersuch bat die Ärztin Maddie, sie möge sich wieder anziehen.

«Kann ich Sie unter vier Augen sprechen, Mrs Hemingway?» McLaughly erhob sich. «Du, Maddie, kannst solange im Zimmer nebenan warten.»

«Warum glauben Sie mir nicht?» Wenn Maddie eine mitleidheischende Miene aufsetzte, ließ das niemanden kalt. Selbst die an Dramen gewöhnte Ärztin verlor für einen Moment den Faden.

«Ich glaube dir», sagte sie, augenscheinlich ohne lange zu überlegen. «Würdest du jetzt bitte nach draußen gehen.»

Etwas vor sich hinmurmelnd verließ Maddie das Untersuchungszimmer.

Als die Tür hinter ihr ins Schloss fiel, spürte Diane die stechenden Blicke der Ärztin.

«Was ist zwischen Ihrer Tochter und Ihrem verstorbenen Mann vorgefallen?»

«Wie meinen Sie das?»

«War da etwas, das ich wissen müsste?»

«Er hat sie vergöttert. Und Maddie hat ihn geliebt.»

«Wie würden Sie diese Liebe beschreiben?»

Diane senkte die Augenlider. Sie musste tief Luft holen. «Manchmal glaubte ich, dass mein Mann Maddie mehr geliebt hat als mich.» Diane erschrak ob ihrer eigenen Worte. Jetzt konnte sie diese nicht mehr zurücknehmen. Sie hatte ausgesprochen, was sie zeit ihres gemeinsamen Familienlebens gespürt, verachtet und gefürchtet hatte.

«Hat er sie angefasst?» McLaughlys Stimme wurde eindringlicher.

Diane glaubte, sich verhört zu haben. «Nein! Niemals!»

«Woher kommen dann die blauen Flecke?»

«Sie hat gesagt, dass sie sich gestoßen hat.»

«Glauben Sie ihr?

«Ja, sicher.» Diane wusste nicht, was sie glauben sollte.

«Waren Sie eifersüchtig?» Es klang wie bei einem Verhör.

«Was hat das mit Maddies Spukgeschichten zu tun?» Diane, sich ihrer heftigen Reaktion bewusst, beruhigte sich wieder. «Nein, das war ich nicht. Aber vielleicht habe ich es nicht wahrgenommen, weil ich mich selbst sehr abkapselte. Ich war oftmals über Stunden allein in diesem Haus. Nur das Haus und ich und der Wald ringsherum. Manchmal erschien eine Rehfamilie auf der Lichtung, dort, wo der Vorplatz in den Feldweg einmündet. Stundenlang sah ich den Tieren zu. Ich hatte alle Zeit der Welt. Ja, und der Postbote besuchte mich. Aber er ist ein einfacher Mensch und nicht zu geistreicher Konversation fähig. Ja, ich fühlte mich einsam. Jahrelang. Und unfähig, etwas Brauchbares zu tun. Jeden Tag dasselbe: Haushalt machen, kochen, waschen, einkaufen, den Garten pflegen und für Maddie da sein, wenn sie aus der Schule kam. Im Winter war es am schrecklichsten. Wunderschön fürs Auge, zugegeben. Aber die Einsamkeit saß dann als dicke, fette Spinne da. Als Jake noch lebte, malte ich kindische Bilder. Jake nannte es naive Malerei, was das Ganze einigermaßen aufwertete. In unserem Haus hangen Hunderte solcher Bilder. Mein Mann mochte es, wenn ich malte. Er brachte mir oft Leinwände und Acrylfarben mit nach Hause.»

«Sie sprechen in der Vergangenheit», stellte Dr. McLaughly fest. «Hat sich daran etwas geändert?»

«Wie meinen Sie das? Ich weiß es nicht.» Sie ergänzte: «Die Einsamkeit wird wohl anhalten.»

«Aber Sie hätten lieber etwas anderes getan als in Ihrer Freizeit zu malen?»

«Was denken *Sie* denn!» Diane stützte ihre Ellenbögen auf den Knien auf und legte ihr Gesicht in die Handflächen. So verharrte sie eine Weile. Sie bemerkte nicht, wie Dr. McLaughly um das Pult herum auf sie zukam.

Die Ärztin legte ihr die Hände auf die Schultern. «Sie haben im Moment viel zu ertragen. Der Verlust Ihres Mannes nach diesem tragischen Unglück hat Ihnen Ihre Kraft genommen. Sie müssen vieles aufarbeiten, das spüre ich.»

Dann hat sie wohl hellseherische Fähigkeiten, dachte Diane bei sich. Denn viel von sich preisgegeben hatte sie nicht.

«Ich muss davon ausgehen, dass Maddies Erscheinungen etwas mit Ihnen zu tun haben. Ihre Tochter hinterlässt mir den Eindruck, dass sie weder ihren Vater noch sonst einen Fremden tatsächlich am Fenster sieht. Da ist vielmehr etwas zwischen *Ihnen* und Maddie. Sie will Sie nur auf die Probe stellen. In Maddies Alter verfügen Mädchen über eine ganz besondere Energie. Und Ihre Tochter spielt diese Kraft gegen Sie aus. Sie müssen herausfinden, was das ist. Hat sie irgendetwas erlebt, was sie beschäftigt? Ist zwischen Ihnen und Ihrem Mann etwas vorgefallen?»

«Wir haben uns sehr geliebt und dies Maddie auch gezeigt. Manchmal fand sie das sogar peinlich.»

«Haben Sie ihr vielleicht etwas vorgespielt – Ihr Mann und Sie?»

Diane schluckte leer. Sie bereute es plötzlich, hierhergefahren zu sein. Sie hätte wissen müssen, dass Dr. McLaughly nicht eher Ruhe geben würde, bis sie der Ursache für Maddies und ihre Probleme auf den Grund gegangen war. Das war auch früher schon so gewesen.

«Wenn ich wüsste, was los ist, wäre ich jetzt nicht hier», brach es aus ihr heraus.

«Haben Sie nicht eine Schwägerin?»

Diane hob den Kopf. «Die Schwester meines Mannes, Anne Hemingway. Ja. Warum?»

«Bitten Sie sie darum, Maddie für ein paar Tage zu sich zu nehmen. Und dann nutzen Sie diese Zeit, mit sich selbst ins Reine zu kommen.»

«Hören Sie, ich habe meinen Mann verloren. Wie soll ich jetzt Zeit für mich selbst finden?»

«Wenn Sie es jetzt nicht tun, werden Sie weiter und noch mehr leiden. Glauben Sie mir.»

Fünfzehn

Gab es das Gute? Existierte das Böse?

War nicht er es, der die Polaritäten setzte? Wo Licht, da Schatten. Wo oben, auch unten.

Und das Recht auf Leben.

Ich habe das Recht, weiterzuleben, dachte er. Ich habe ein Versprechen gegeben.

Gut, dieses Klammern ans Leben. Böse, das Versprechen.

Das Taxi hielt an. Er war da. Er würde es tun, hatte sich entschieden.

Die Verantwortung abgeben. Hoffen, dass ein anderer den Auftrag ausführte. Ihn beendete.

Er wollte nicht sterben. Nicht jetzt.

Nicht mit ihm.

Maddie hatte bei Anne geschlafen. Diane hatte sie überzeugen können, dass es für den Moment die beste Lösung war, und Anne hatte ihrer Bitte entsprochen, obwohl sie nicht in gutem Einvernehmen auseinandergegangen waren. Doch das passte zu ihr. Sie war christlich. Sie war anglikanisch. Sie verehrte Jesus, den Gottvater. Sie lebte so, dass sie sich auf eine friedvolle Zeit nach dem Tod freuen konnte, fern jeglicher Aggression. «Angel», so hatte Jake seine Schwester genannt. «Sie ist die Güte in Person.» Für Dianes Begriffe klang das übertrieben engelhaft. Doch jetzt was sie froh, dass sie ihre Schwägerin hatte.

Aus dem morgendlichen Wald stiegen Dunstschwaden, denn es hatte kurz geregnet. Jetzt machten die Wolken ersten Sonnenstrahlen Platz, die die Baumspitzen streichelten, später auch die Stämme. Diane saß auf der Veranda und lauschte den Geräuschen des frühen Morgens. Sie hatte gut und seit Jakes Tod zum ersten Mal durchgeschlafen. Am Abend zuvor hatte sie lange am Computer gesessen und geschrieben, sich den Schmerz von der Seele geschrieben, die Ereignisse der letzten Tage festgehalten. Es war wie eine Erlösung gewesen. Sie hatte an Jake gedacht, versucht, sich sein Gesicht vorzustellen, seine Hände auf ihrem Körper. Als ihr bewusst geworden war, wie schwer ihr das fiel, hatte sie geweint. Die Gefühle für Jake waren wie ausradiert. Weggewischt mit seinem Tod und den Tagen danach.

Sie war traurig – das stand außer Zweifel. Und da saß sie nun: neben der Treppe, auf der Veranda. Wo die Wirklichkeit verblasste und einer eigentümlichen Leichtigkeit den Vorrang ließ. Vor ihr der Wald, der aus tausend Lungen zu atmen schien, das Knistern der Hölzer, der Gesang der Vögel.

Sie und niemand sonst.

Sie hatte geschrieben. Darüber, was sie umtrieb: Jake. Maddie.

Tyrone Lansbury.

Ohne es zu wollen, hatte sie über Tyrone geschrieben. Tyrone, den sie nur Tyrone nannte, ohne den Nachnamen zu nennen. Bereits der Gedanke an ihn versetzte sie in Aufruhr. Brachte ihr Herz zum Rasen.

Sie hatte über ihn geschrieben, wie sie über Jake und Maddie geschrieben hatte.

Tyrone gehörte dazu. Tyrone würde ihr vielleicht das zurückbringen, was sie vermisste.

Sie hatte seine Hände gespürt – einmal nur, als er sie berührte, sie ohne Absicht angefasst hatte. Er sollte nicht wissen, dass sie ihn begehrte, dass sie von ihm träumte – seit dem Tag, an dem sie sich zum ersten Mal begegnet waren. Dass sie an ihn dachte, wenn sie den Schlaf nicht fand, an seine Augen, an ihn, den starken Fremden, den sie in ihm sah.

Und nicht an Jake.

Sie ging in die Küche, bereitete sich Tee zu, stellte Tasse und Unterteller auf ein Tablett, dazu Milch und Zucker und kehrte zurück nach draußen. Inzwischen erreichten die Sonnenstrahlen die Fassaden und malten helle Flecke auf die Fenster. Diane setzte sich auf die Bank und trank den Tee.

Vielleicht sollte sie Maddie eine ganze Woche bei Anne lassen. Oder einen Monat. Gar ein Jahr?

Oder sogar für immer?

Anne war eine gute Tante. Sie nahm ihre Stellung in der Familie ernst. Maddie war die einzige Verwandte, die sie noch hatte, eine Blutsverwandte – die Tochter ihres Bruders. Und sie liebte ihre Nichte. *Es gibt keine Probleme – es gibt nur Lösungen.*

Diane vernahm den Motor eines Autos. Kurz darauf bog Lansburys dunkle Limousine auf das Grundstück ein. Dianes Herz klopfte bis zum Hals. Sie blieb sitzen, beobachtete, wie Lansbury seinen Wagen parkte, wie er ausstieg und auf sie zukam.

Wie er lachte. Sie mochte dieses Lachen. Sie mochte alles an ihm. Sogar seinen Kahlkopf.

Auf ihrer Höhe angelangt, setzte er eine ernste Miene auf. «Guten Morgen, Diane.»

«Chief Inspector Lansbury.» Sie dachte *Tyrone*. «Was führt Sie zu so früher Stunde zu mir?»

«Ich muss Ihnen ein Geständnis machen.»

Dianes Herz drohte zu zerspringen. Nein, sie wollte das nicht. Nicht jetzt. Noch nicht. Vielleicht überhaupt nicht. «Was müssen Sie mir gestehen?»

Lansbury griff in die Jackeninnentasche. «Ich habe letzthin Ihren Brief mitgenommen.»

Die Enttäuschung traf sie wie ein nasser Lappen. «Welchen Brief?» Plötzlich fuhr es ihr in die Knochen. «Ich dachte, ich hätte ihn verlegt.»

Lansbury drückte ihn ihr in die Hand. «Tut mir leid. Es war keine Absicht, eher eine …»

«Sie müssen sich nicht entschuldigen.» Diane sah ihn ohne jegliche Gefühlsregung an. «Haben Sie ihn gelesen?» Sie sah, dass das Kuvert geöffnet war. Die Antwort erübrigte sich. Sie wusste nicht, wie sie reagieren sollte.

«Der Brief schien mir ebenso Gegenstand für die laufenden Ermittlungen zu sein wie die Unterlagen, die wir mitgenommen haben», sagte Lansbury. «Und er wirft Rätsel auf.»

«Was schreibt mein Mann denn? Ich habe den Brief noch nicht gelesen.»

«Dann tun Sie es jetzt.»

Sie war völlig verwirrt und verängstigt und brachte es nicht fertig, nach dem Umschlag zu greifen. Was würde sein, wenn sie jetzt die Wahrheit erfuhr? Das würde ihr ganzes bisheriges Leben unter Umständen in einem völlig anderen Licht erscheinen lassen. Sie zögerte. Einerseits dürstete sie danach, alles zu erfahren, andererseits verspürte sie Furcht und Widerwillen.

Jake konnte nicht geflogen sein, denn er hätte ihr sonst nicht diesen Brief geschrieben. Und als die Briefmarke auf dem Umschlag gestempelt worden war, hatte das Flugzeugwrack bereits in der Tiefe auf dem Meeresgrund gelegen. Zeitlich ging das nicht auf.

Nach einem letzten Zögern entnahm Diane dem Kuvert endlich einen Papierbogen und starrte auf eine einzige von Hand geschriebene Seite, unfähig, einen klaren Gedanken zu fassen. Die Buchstaben tanzten einen wilden Tango vor ihren Augen. Endlich überwand sie sich.

Meine Liebsten

Es ist jetzt bald neun Uhr. Ich befinde mich im Flughafengelände von Bristol. Ich habe mein Handy verlegt, ich hätte euch sonst angerufen. Die einberufene Krisensitzung von Andrew Kendall entpuppte sich als Missverständnis. Ich warte dann mal ab. Werde wohl einen Auftrag erledigen müssen. Ich lasse mich überraschen. Wenn alles gut läuft, bin ich heute Abend wieder zurück. Sollte es später werden, melde ich mich wieder.

Ich liebe euch.

Jake

Diane ließ den Brief sinken. Sie blickte zu Boden. «Das dürfte noch kein Licht ins Dunkel bringen, nicht wahr?» Ihre Stimme bebte. «Er hat den Brief vielleicht in einen Kasten geworfen, der erst in der darauffolgenden Woche geleert wurde. So muss es gewesen sein. Ich kann es mir schwerlich erklären.»

Warum hatte er überhaupt diesen Brief geschrieben? Hatte er etwas geahnt?

Lansbury ging vorerst nicht auf das Schreiben ein. «Kennen Sie Mr Kendall?»

Diane spürte einen harten Stich in der Herzgegend. «Wir sind uns ein paarmal begegnet.»

«In welchem Zusammenhang?»

«Mein Mann hatte ihn mir vorgestellt. Ich weiß nicht mehr, wann. Später trafen wir uns an verschiedenen Veranstaltungen. Ich fand ihn sympathisch.» *Habe ich etwa schon zu viel gesagt?*

«Wie lange ist das her?»

Jetzt endlich trafen sich ihre Blicke.

«Zehn Jahre? Zwölf? Könnte auch länger sein.»

Lansbury stieß die Luft aus. «Wir konnten ihn leider in der Druckerei nicht erreichen. Ich würde gern mit Ihnen an seine Privatadresse fahren. Ich nehme an, Sie wissen, wo er wohnt.»

«Warum sollte ich das wissen?» Diane hatte ein mulmiges Gefühl. Lansburys Fragen behagten ihr nicht. Sie hatte schon vorgehabt, zu Kendall zu fahren. Aber allein. Dass sich die Met plötzlich für ihn interessierte, wertete sie als schlechtes Zeichen. Sie erhob sich, stellte die Teetasse auf das Tablett und ging zurück in die Küche.

Lansbury folgte ihr mit dem Brief in der Hand. «Dieses Schreiben ist mir ein Rätsel. Nach der Durchsicht der Video-Aufzeichnungen ging ich davon aus, dass Ihr Mann einen Auftrag hatte. Welchen, darüber will ich nicht spekulieren. Gestern ließen wir einen Psychologen kommen, der die Körpersprache Ihres Gatten im Video analysieren sollte. Auf dem Film gibt es zudem eine kurze Sequenz, in der Ihr Mann in die Kamera sieht. Wir wissen jetzt, dass er nicht unter Drogen stand. Seine Pupillen waren normal. Er strahlte auch keine Angst aus.»

Als Diane die Teetasse in die Spüle stellte, zitterten ihre Hände. Sie spürte, wie Lansbury in ihre Nähe kam.

«Ihre Aussage, Diane, dass Ihr Mann unter extremer Flugangst gelitten habe, steht in deutlichem Widerspruch zum psychologischen Gutachten. Anhand der Körperbewegungen und der Augen konnte festgestellt werden, dass sich Ihr Mann in keiner Stresssituation befunden hat.»

«Was wollen Sie damit andeuten?» Diane wandte sich um, nachdem sie die ganze Zeit ins Spülbecken gestarrt hatte.

«Kann man nur anhand eines Videos einen solchen Schluss ziehen?» Sie streckte ihren Oberkörper. «Mein Mann litt unter Flugangst. Als seine Frau muss ich das ja wissen.»

Lansbury wechselte das Thema. «Ich würde jetzt gern mit Ihnen zu Andrew Kendall fahren. In der Druckerei sagte man mir, dass er noch nicht wieder arbeitet.»

«Ich weiß. Er litt an einer Lungenentzündung.» Diane atmete auf, hoffte, dass das Lansbury nicht auffiel.

* * *

Wer in einem der Häuser an der Upper Belgrave Road wohnte, genoss das besondere Privileg eines unverbauten Ausblicks auf die gegenüberliegende Straßenseite, die mit Wiesen, Sträuchern und Bäumen das äußere, westlich gelegene Quartier von Bristol markierte. Die Ruhe hier war wie geschaffen für gestresste Geschäftsleute, die sich nach Feierabend hierhin zurückziehen und die Wochenenden im Garten verbringen konnten, fernab der städtischen Hektik. Die typisch englisch anmutenden Gebäude vermittelten etwas von dem gediegenen Flair des 18. Jahrhunderts, als das Vereinigte Königreich gegründet worden war. Die Häuser mit den dunklen Backsteinfassaden und die in Bögen endenden schmalen Fenster erzählten ihre alten Geschichten, und unter den Dachbalken wisperten die Geister der Vergangenheit.

Je weiter man Richtung Süden fuhr, umso kleiner wurden die Gebäude und umso lieblicher die Vorgärten. Die Verspieltheit des britischen Volkes kam hier besonders stark zum Ausdruck, und auch seine Geheimnisse – jene Seiten, die unausgesprochen blieben und in den verwinkelten Mauern und nach Moder riechenden Kellern lauerten, um unentdeckt zu bleiben. Wer hier am Rand von Bristol lebte, hatte immer etwas zu verbergen.

Diane wusste das. Sie war hier aufgewachsen.

Auf dem Weg von Cheddar bis hierher hatten Lansbury und sie kaum ein Wort gesprochen. Die Athmosphäre war sehr angespannt, und Diane vermochte nicht abzuschätzen, weshalb Lansbury so wortkarg war. Andererseits hatte auch sie kaum etwas gesagt.

Das Prickeln zwischen ihnen blieb.

Sie fuhren von der Straße ab und parkten hinter einem offenen Tor, welches den Durchgang zu drei nebeneinanderstehenden Wohneinheiten markierte. Ein Beet mit Rosen, deren noch filigrane Ranken eine Mauer hochkletterten, grenzte das erste von den zwei anderen Grundstücken ab.

Kendalls Haus machte einen unbewohnten Eindruck. Die Vorhänge an den Fenstern des Vorbaus waren zugezogen, die inwendig angebrachten Markisen heruntergelassen. Der Blick in die Seele der Wohnung blieb dem Betrachter verwehrt. Der rote Briefkasten beim Eingang – das einzig Farbige an diesem Haus – quoll von Zeitungen über. Einen Reisigbesen, dessen oberer Teil mit Bändern und Stoffresten geschmückt und bereits verwittert war, jedoch mit ein wenig Fantasie ein Gesicht erkennen ließ, hatte man wohl versehentlich stehen gelassen. Halbversteckt zwischen einem Busch und dem Stamm einer Birke lag ein kaputtes Trottinett. Es zeugte davon, dass hier auch Kinder lebten.

Lansbury betätigte eine Glocke. Von drinnen vernahmen sie einen schrillen Ton, aber nichts rührte sich. Lansbury versuchte es noch einmal. Das Haus hieß die Besucher nicht willkommen, ganz im Gegenteil.

«Und was jetzt?» Dianes gespielte Ungeduld übertünchte ihre zurückkehrende Ruhe. Sie war froh, Kendall nicht angetroffen zu haben. Das, was sie mit ihm zu bereden hatte, ging Lansbury nichts an. Sie wusste auch nicht, wie sie sich Kendall gegenüber hätte verhalten sollen. Es gab so viele offene Fragen. Die musste sie erst klären, bevor Lansbury irgendwelche Schlüsse aus einer möglichen Begegnung mit Kendall zog.

Andrew Kendall. Die Verbindung zu ihm sollte keine Transparenz bekommen.

«Wir fragen einfach mal bei den Nachbarn», schlug Lansbury vor. Er entfernte sich vom Eingang und steuerte das nebenstehende Haus an, das sich von Kendalls Haus einzig durch eine noch düsterere Fassade unterschied. «Es sieht fast so aus, als hätten die früheren Bauherren einen ebenso großen Renditegedanken gehabt wie unsere heutigen.» Lansbury grinste, zum ersten Mal, seit sie aus Cheddar weggefahren waren. «Es macht den Eindruck, als hätte man die Gebäude aus einem Guss gebaut.» Trotzdem genoss Diane diese Gesinnungswandlung mit Vorsicht.

Lansbury klopfte an die schwere mit Reliefs verzierte Holztür, denn eine Klingel gab es hier nicht.

Kaum hatte er seine Hand zurückgezogen, schwang die Tür unter lautem Ächzen auf, und ein wahres Hutzelweib erschien auf der Schwelle, mit einem verkniffenen Gesicht, aus dem zwei druckknopfgroße Augen die Fremden vor ihr abtasteten. Die dicke Nase stand in krassem Gegensatz zum schmallippigen Mund, aus dem überlange Schneidezähne hervorblitzten, und aus dem verfilzten Haar lugten spitze Ohren, die aussahen wie angeklebt. Alles zusammen erinnerte in gewisser Weise an ein Nagetier, und auch ihre Stimme klang so, wie man sie aus einem derartigen Mund erwartete: hell und piepsig. Zudem verhinderte ein deformiertes Gebiss jedes klare Artikulieren.

Offensichtlich litt die Hausherrin an einem körperlichen Defizit, denn der Rest enthob den ersten Eindruck nicht. Sie trug ein weites Gewand, das ihre birnenförmige Figur ein wenig kaschierte, und kurze, wenngleich dünne Beine endeten in groben Filzpantoffeln.

«Fie kommen beftimmt wegen der Kendallf. Ich habe mich auch fon gewundert.»

Lansbury warf schnell einen Blick auf das schmale Schild, welches am linken Türrahmen angebracht war. «Mrs Graysmark. Es tut uns leid, wenn wir Sie belästigen müssen. Dürfen wir reinkommen?»

Ihr Lachen erinnerte an das einer Disney-Figur. «Violet Grayfmark. Ich bin Violet Grayfmark. Aber ja, bitte, treten Fie ein. Feit mein Mann geftorben ift, Gott hat ihn felig …» Sie senkte die Lider, «… wohne ich allein hier. Daf Hauf wird mir langfam zu groff. Aber wer möchte fon in diefe Geifterhütten fiehen. Wenn man viel Geld hat, kann man fie aufhöhlen und renovieren. Wenn man Geld hat. Aber daf habe ich nicht. Kommen Fie rein in die gute Ftube.» Sie ging voraus. Ihr Gang war schwankend, als müsste sie darauf achten, ihr Gleichgewicht nicht zu verlieren.

Düster und unheimlich wirkte das Wohnzimmer, in dem es einen runden Tisch, vier Stühle, ein Sofa und ein Buffet gab. Ein vergilbter Lampenschirm hing von der Decke, der Boden war mit mehreren zum Teil übereinanderliegenden und durchgetretenen Orientteppichen ausgelegt, jede Nische mit Nippes gefüllt. Auf dem Fenstersims befanden sich Keramikpuppen und Plüschbären, zwei Vasen mit unechten Rosen. An den Vorhängen klebten Filzschmetterlinge, die vor vielen Jahren vielleicht einmal modern gewesen waren. Alles sah schmuddelig und so aus, als hätte man seit längerer Zeit nicht mehr richtig geputzt. Den Geruch konnte Diane nicht zuordnen. Irgendetwas zwischen Salmiak und verwesten Blumen.

«Fetfen Fie fich. Ich werde Tee holen. Ich habe einen würtfigen Early Grey auf der Tfeit, in der mein Mann noch lebte.» Sie trippelte in die Küche, die nebenan lag, nur durch eine kaputte Tür verbunden.

Diane beobachtete sie, wie sie im Schrank nach einer Blechdose griff. Sie hätte sich gern vergewissert, welche Viecher sich im Tee tummelten, während sie nach einer unsichtbaren Leiche Ausschau hielt. Hier roch es nach Tod.

Lansbury setzte sich vorsichtig auf einen der vier Stühle und prüfte seine Stabilität, indem er hin und her rutschte. Eines der Stuhlbeine stand kurz vor dem Abbrechen.

«Worauf haben wir uns hier bloß eingelassen?» Ein Blick zu Diane.

Sie schmunzelte verkrampft. «Stellen Sie Ihre Fragen, dann können wir uns wieder davonmachen.»

Mrs Graysmark kam zurück. Sie balancierte ein Tablett mit drei Tassen, die sie bereits mit Tee aufgefüllt hatte. Sie stellte das Tablett auf den Tisch, verteilte die Tassen, reichte Milch und Zucker und als kleine Überraschung – wie sie stolz kundtat – ihre selbstgebackenen Cupcakes.

Sowohl der Tee als auch das Gebäck machten allerdings stark den Eindruck, absolut ungenießbar zu sein.

Lansbury versuchte einen Anstandsschluck, während Diane bereits gegen den Brechreiz gekämpft hatte, bevor sie voller Entsetzen in die Tasse linste. Und dies auf der Stelle bereute, denn was dort obenauf schwamm, hätte sie ihrem ärgsten Feind nicht gereicht.

«Wann haben Sie die Familie Kendall zuletzt gesehen?»

Mrs Graysmark trank einen großen Schluck Tee, ohne zu beachten, was sie sich da einverleibte. Als sie die Tasse zurückstellte, ließ sie vorerst ein paar Sekunden verstreichen, in denen sie nichts sagte. Aus einem Nebenzimmer vernahm man das regelmäßige Ticken einer Standuhr.

«Ich kann ef Ihnen genau fagen. Ef war am Famftag, an dem die Mafine der Britif Airwayf abgeftürft war. Fo ein Datum vergifft man nicht fo fnell. Mifter Kendall kehrte am Mittag furück. Ich fah ihn dann erft am Montagmorgen wieder, alf ein Umfugfwagen vorfuhr. Gegen Abend hatten fie ihre Möbel gepackt.»

«Hatten Sie Gelegenheit, mit Mr Kendall zu sprechen, bevor er wegfuhr?»

«Ja, natürlich. Ich kannte die Familie ja gut. Ich habe früher oft auf ihre beiden Kinder aufgepafft …» Sie fletschte die

Zähne – wahrlich kein schöner Anblick. «Nicht alf gutef Vorbild, fo doch alf abfreckendef Beifpiel fofufagen. Aber die Kinder mochten mich fo, wie ich bin.»

Diane fiel es schwer, sich auf ihr Sprechen zu konzentrieren.

Lansbury blieb unbeeindruckt. «Als Sie mit Mr Kendall sprachen, hatten Sie das Gefühl, dass er krank war?»

Aus dem Nebenzimmer vernahmen sie ein hackbrettartiges Geräusch. Dann schlug die Standuhr die volle Stunde – der Gong einer Miniaturausgabe des Big Ben.

«Er wirkte bloff etwaf hektif. Ich fragte ihn natürlich über feinen überftürften Auffug. Er antwortete, daff er wegen gefäftlicher Gründe Briftol verlaffen müffe. Mehr fagte er aber nicht. Er entfuldigte fich, daff er mich nicht früher darüber informiert hatte.» Mrs Graysmark pausierte. Sie zog tief Luft ein, als müsste sie ihr Sprachorgan wie einen Blasebalg wieder mit Luft füllen. «Vor etwa fünftfehn Jahren wollte er auch fon fein Hauf aufgeben. Damalf ftand er kurtf vor der Infolventf. Aber über Nacht muffte er viel Geld bekommen haben. Vielleicht hatte er ja im Lotto gewonnen. Auf jeden Fall inveftierte er in Hauf und Garten. Daff er auffiehen würde, war danach kein Thema mehr. Bif heute nicht.» Mrs Graysmark schöpfte erneut Atem. «Ich nehme an, die Putfequipe wird demnächft vorbeikommen. Das Hauf ift auf jeden Fall bereitf in der *Timef* aufgefrieben.»

«Hat Mr Kendall Ihnen die neue Adresse mitgeteilt?», fragte Lansbury.

«Nein, aber er wird die mir beftimmt fenden», meinte Mrs Graysmark zuversichtlich.

«Erinnern Sie sich, mit welcher Firma Mr Kendall umgezogen ist?»

«Firma? Nein, keine Ahnung. Ef war ein groffer heller Lieferwagen. Auf der Feite war er befriftet. Warten Fie mal … mit … ‚Tranffer of Furniture', ja, jetft weiff ich ef wieder, ‚Tranffer of Furniture'. Drei Männer waren dabei. Rumänen oder Polen oder fo … auf dem Often jedenfallf. Von denen haben wir ja genug.»

Lansbury holte seinen Notizblock hervor und notierte Mrs Graysmarks Angaben. «Ist Ihnen in letzter Zeit etwas Außergewöhnliches an Mr Kendall aufgefallen? Hat er sich anders als sonst benommen?»

«Jetzt, wenn Fie ef fagen: Ja, er hat fich irgendwie fonderbar benommen in den letften Tagen. An den Wochenenden hat er den Garten geräumt und die verdorrten Ftauden und abgefnittenen Äfte inf Hauf getragen. Ftellen Fie fich vor, inf Hauf. Immer am Abend qualmte ef auf dem Kamin, alf würde der Leibhaftige auf ihm fahren. Und ef ftank fürchterlich. Ef war, alf hätte er nebft den Gartenabfällen noch anderef verbrannt. Alfo, fonderbar war daf fon.»

«Sie haben nicht zufällig einen Schlüssel zum Haus?»

«Nein, nie gehabt. Aber vielleicht könnte Ihnen der Immobilienmakler Aufkunft geben. Warten Fie, fein Name ftand ja in der *Timef*. Und die Telefonnummer auch. Wäre ja noch föner …» Mrs Graysmark suchte fieberhaft nach der Zeitung. Schlussendlich fand sie sie in der Toilette.

Sie schlug die Zeitung auf und hielt ihren dünnen Finger auf die Annonce. «Da fteht ef: Immo-Brit. Die werden Ihnen weiterhelfen.»

Lansbury bedankte sich. Dann erhob er sich. Cupcake und Tee ließ er stehen. «Entschuldigen Sie bitte», er zeigte darauf. «Ich habe es mit dem Magen. Ein Virus, verstehen Sie?»

Diane stand ebenfalls auf. «Und mich hat er schon angesteckt.» Sie bedauerte es wirklich nicht, dass sie weder den Tee noch die Süßigkeit angerührt hatte.

Mrs Graysmark verschwand in der Küche. Man hörte sie mit irgendetwas hantieren. Dann kam sie zurück und stellte eine Flasche auf den Tisch. «Hier, nehmen Fie daf. Habe ich selbft gebraut, auf Gartenkräutern und Alkohol. Ef hilft bei Blähungen.»

* * *

In jedem Zimmer hing ein Kreuz, im Wohnzimmer hingen sogar zwei Kreuze. Anne führte Maddie in das Gästezimmer, das sie für sie hergerichtet hatte. Das Schrankbett war heruntergelassen, frisches Bettzeug mit Blümchenmuster lag bereit. Alles wirkte bieder. Es roch nach Lavendel, und Maddie entdeckte am oberen Ende eines Spiegels einen Bund des Krauts. Es kam ihr vor, als hielte Tante Anne mit diesem Gestrüpp Vampire von sich fern – wie in den Büchern, die Maddie heimlich unter der Bettdecke las.

Sie wuchtete ihren Koffer auf das Bett. Ihre Mum hatte darauf bestanden, dass sie die nächste Zeit bei Anne wohnte. Einen Versuch wäre es wert. Maddie hatte sich dem nicht widersetzt. Auch wenn sie Anne nicht lange aushielt, ihre Mum ertrug sie zurzeit überhaupt nicht. Kurz: Ihre Tante war ein Übel, aber definitiv das kleinere. Anne hatte Maddies Sachen, die diese in nächster Zeit gebrauchen würde, abgeholt – dass sie Mum dabei womöglich kurz gesehen hatte, erwähnte sie allerdings nicht.

Seit dem Tod ihres Vaters war Maddies heile Mädchenwelt ins Wanken geraten, und ihre schulischen Leistungen blieben auf der Strecke. Anne hatte sich schon bereit erklärt, ihr in Mathematik Nachhilfeunterricht zu geben, und wenn Anne etwas vorschlug, gab es kein Entkommen. Aber in der Cheddar Gorge hielt Maddie es auch nicht aus, und seit dem Besuch bei der alten Mrs McLaughly hatte sie das Gefühl, alles richte sich gegen sie. Es fühlte sich an, als verlöre sie den Halt, den ihr Dad ihr immer gegeben hatte. Auch wenn er manchmal erst spät abends nach Hause zurückgekehrt war, sah er immer noch schnell in ihrem Zimmer vorbei und drückte ihr einen Kuss auf die Wange. Sie vermisste ihn furchtbar, und das Szenario mit dem Flugzeugabsturz hätte ihr unwirklicher nicht vorkommen können. Er hatte nie darüber gesprochen, warum er am Samstag vorgehabt hatte, nach New York zu fliegen, er, der sonst alles mit ihr besprochen hatte. Oft waren sie wie ein verschworenes Team gewesen. Dieser Samstag war und blieb ein großes Rätsel.

«Maddie?» Anne riss sie aus ihren Gedanken. «Wenn du reden möchtest, bin ich für dich da.»

Wie gern sie geredet hätte. Aber sie wusste nicht, ob sie ihrer Tante vertrauen konnte. Sie hätte sich gern Luft verschafft, indem sie über die Dinge sprach, die in letzter Zeit vorgefallen waren. Sie war sich einfach nicht sicher, ob Anne dann nicht zu Mum gehen und ihr alles brühwarm erzählen würde.

«Ich möchte jetzt einfach allein sein. »

«Wie du willst.» Anne zögerte. «Möchtest du Mum anrufen?»

«Aber warum denn?» Maddie fragte sich, ob Anne etwas ahnte. «Ich habe sie erst vorhin noch gesehen. Zudem besitze ich ein Handy. Wann immer ich will, kann ich mich mit ihr in Verbindung setzen. Aber», sie zog die Augenbrauen hoch, «Mum möchte vielleicht einfach mal in Ruhe gelassen werden. Ich glaube, sie braucht das jetzt.» Das sagte sie, obwohl sich ihr Inneres dagegen sträubte.

Anne blieb unter dem Türrahmen stehen. «Du vermisst deinen Dad, nicht wahr?»

Ließ sie ihre Nichte in ihrem Zuhause wohnen, damit sie sie aushorchen konnte?

«Ja, er fehlt mir sehr.» Maddie wandte sich ab, konzentrierte sich auf ihr Gepäck und die Kleider und fragte sich, ob sie diese in den Schrank einräumen sollte. Vielleicht würde sie es bei ihrer Tante auch nicht lange aushalten, wenn die sie schon jetzt dermaßen bedrängte.

Anne setzte sich auf den Sessel, der neben dem Schrankbett stand. «Maddie, ich muss dich jetzt etwas fragen. Du musst nicht antworten, wenn du nicht willst. Aber ich denke, du bist alt genug, um es zu tun.»

Maddie legte zwei Paar Jeans, die sie aus dem Koffer gegraben hatte, wieder zurück. «Frage, wenn du die Antwort nicht scheust.» Sie versuchte entspannt zu lächeln.

«Wie lief es eigentlich zwischen deiner Mum und deinem Dad?»

«Wie meinst du das?» Die Frage erstaunte sie.

«Ich meine … haben sie noch miteinander …»

Maddie lachte auf. «Du meinst, ob sie miteinander geschlafen haben?»

Anne wandte den Blick ab. «Ja.»

«Sie waren manchmal mega-peinlich. Ja, ich denke, sie haben es noch immer getan.»

«Und dein Dad?»

«Was soll mit ihm gewesen sein?»

«Hat er dich manchmal angefasst?»

Maddie erstarrte. «Hat Dr. McLaughly dich angerufen? Bestimmt. Mum hat schon so komische Andeutungen gemacht. Was habt ihr vor? Ich habe Dad geliebt. Er war mein Vater und nichts anderes!»

* * *

Sie fuhren in südlicher Richtung über die Upper Belgrave Road. Während sie die Abzweigung zur Worrall Road kreuzten, wandte Diane den Kopf und blickte voller Wehmut in die Straße, in der sie groß geworden war. In der Nähe der John's Church, etwas weiter hinten, hatte sie die Primarschule besucht – zusammen mit einer Schar Kinder aus der Gegend. Die letzte Erinnerung an das Haus war mit Mutters Einweisung ins Altenheim verblasst. Heute bewohnte es eine Familie, die von Dublin nach Bristol gezogen war. Wie gern hätte Diane noch einmal ihr Elternhaus durchwandert, so, wie es damals gewesen war: die heimeligen, mit Mutters Krimskrams gefüllten Räume, in denen sie sich wohlgefühlt und eine unbeschwerte Kindheit verbracht hatte. Gemütliche

Zimmer, die verführerisch nach gebackenen Cakes und heißer Schokolade geduftet hatten. Sie dachte an das Quartier, in dem sie sich mit Ihresgleichen getroffen, wo sie sich Schauergeschichten ausgedacht und die Jüngsten unter ihnen das Gruseln gelehrt hatte. Auf dem Weg zur Schule war Diane täglich von einer Traube neugieriger Kinder umgeben gewesen, und allen hatte sie ihre Märchen und erfundenen Geistergeschichten erzählen müssen. Manchmal waren sogar aufgebrachte Mütter zu ihrer Mum gekommen und hatten sich darüber beklagt, dass ihre Kinder wegen dieser Spukgeschichten ganze Nächte lang wach lagen.

Aber ihre Mum hatte nur gelächelt und anderntags die Kinder zu Sirup und Kuchen eingeladen. Am Abend hatte sie es jedoch nicht unterlassen, ihre Tochter zärtlich, aber bestimmt zurechtzuweisen. «Die lassen dich nicht mehr mit deinen Freundinnen spielen und zur Schule gehen. Also sieh dich vor. Aber, wenn du es trotzdem nicht lassen kannst, rate ich dir, die Geschichten aufzuschreiben.»

Eines Tages hatte Mum ihr ein Schreibheft in die Hand gedrückt und gesagt, dass sie damit ihre Fantasien ausleben könne.

«Woran denken Sie? Sie wirken so in sich gekehrt.» Lansbury holte sie in die Gegenwart zurück.

«An nichts.»

«Wirklich?»

«Hier bin ich aufgewachsen.»

«Ich weiß.»

«Was wissen Sie eigentlich nicht?» Dianes rechte Hand verselbständigte sich. Sie legte sie auf Lansburys Oberschenkel.

«Spionieren Sie mir nach?» Sie bemühte sich um einen lockeren Ton. Doch ihr Inneres war aufgewühlt.

«Ist das der Ort, wo Sie Ihre Kriminalromane erfunden haben?»

Diane zog ihre Hand zurück. Sie fühlte sich unbehaglich. Es war nicht richtig, wenn sie sich auf dieses Gespräch einließ. «Das ist Jahre her», sagte sie deshalb und hoffte, Lansbury würde nicht weiterbohren. Doch sie täuschte sich.

«Die Gegend wirkt düster. Ich könnte mir vorstellen, dass hier die Fantasie schon mal mit einem durchgeht.»

«Ich war ja noch ein halbes Kind.» Ihre Mundwinkel zitterten.

«Für ein halbes Kind haben Sie sehr reif geschrieben. Ich habe beide Romane gelesen.»

«Mr Lansbury, ich bitte Sie. Ich werde mich dafür nicht bedanken.»

«Nennen Sie mich Tyrone.» Jetzt legte er seine Hand auf ihr rechtes Knie.

Ihr Pulsschlag erhöhte sich. Seine Berührung spürte sie bis zu ihren Schenkeln.

Er stoppte den Wagen.

Diane sah ihn mit weit aufgerissenen Augen an. «Was ist?» Wenn er jetzt über sie herfiel, würde sie ihn wegstoßen. Und schreien.

«Möchten Sie in Ihre Kindheitserinnerungen eintauchen? Ich werde Sie begleiten.»

«Nein!» Diane versteifte sich. Sie schob Lansburys Hand zurück. «Ich sagte es bereits: Das ist Vergangenheit. Was ich früher getan habe, ist vorbei. Geschichten erfinden gehört auch dazu. Damals hat es mir geholfen, meine Ängste zu bewältigen. Ich war ein sehr furchtsames Kind, das hinter jeder Hausmauer ein Monster vermutete. Meine Eltern schürten diese Angst noch. Vor allem meine Mutter, die mich täglich auf die Gefahren der Straße aufmerksam machte. In jedem fremden Mann sah sie eine Bedrohung. Aber da war ich noch jünger. Ich liebte meine Eltern. Ihre Angst um mich begründe ich damit, dass sie aus der Nachkriegsgeneration stammten. Zum Teil traumatisierte Kinder, die die Schatten der Vergangenheit nie aufgearbeitet haben. Früher gab es keine Psychiater, wie sie uns heute zur Verfügung stehen. Man musste selbst durch diese Hölle gehen.»

Lansbury fuhr wieder an. «Ich war auch einmal mit der Hölle konfrontiert. Niemand hatte mir dabei geholfen, dem Teufel zu entkommen. Trotz der Psychiater.» Er zauderte. «Haben Sie sich in der Cheddar Gorge nie gefürchtet? Ich meine, so allein in diesem verlassenen Haus?»

Diane drehte sich zu ihm um. Erneutes Unbehagen ergriff sie. «Worauf wollen Sie hinaus?»

«Ich könnte mir nur vorstellen, dass die Gegend um Mascall's Wood wie geschaffen dafür wäre, Geschichten zu erfinden, wenn man das Talent dazu hat.»

«Da gebe ich Ihnen recht, Mr Lansbury.» Sie betonte seinen Nachnamen absichtlich. «Nur habe ich mit dem Schreiben aufgehört, als ich meinen Mann kennenlernte. Zufrieden?»

«Nein!»

«Wie kann ich Ihnen denn noch beweisen, dass es so ist?»

«In meinem Bekanntenkreis kenne ich einen Schriftsteller, der es mit seinem fünften Roman auf die Bestsellerliste geschafft hat. Seither schreibt er wie besessen weiter. Täglich bis zu acht Stunden, obwohl er als Angestellter zu hundert Prozent einer Arbeit nachgeht. Er hat einen ähnliches Schreibstil wie Sie.»

«Was wollen Sie mir damit sagen?»

«Ich kann mir nicht vorstellen, dass man die Leidenschaft für das Schreiben von einem Tag zum anderen aufgibt.»

«Bei mir war es so.»

«Das nehme ich Ihnen nicht ab. In Ihren Kriminalromanen spürt man diese Leidenschaft, diesen Wahnsinn. Das kann man nicht einfach so aus dem Leben streichen. Diane, Sie würden mich sonst enttäuschen.»

«Dann muss ich Sie enttäuschen.»

* * *

Logan Stoner war zuerst in einer Ausnüchterungszelle gelandet. Das allein hatte ihn schon in den Zustand pathologischer Wut versetzt. Er hatte in einer fünf mal fünf Fuß kleinen Zelle ausharren müssen und man hatte ihm lediglich einen Kübel Wasser hingestellt. Hawkins hatte da seine eigenen Methoden. Das empfand Stoner als Schikane. Wenn sie allerdings glaubten, auf diese billige Art etwas aus ihm herauspressen zu können, hatten sie sich gewaltig getäuscht. Vor allem dieser Hawkins, dieser Kriegsversehrte. Doch nach einem einzigen Telefonat nach draußen und zwei Stunden später war er wieder auf freiem Fuß – er hatte sich auf die Hilfe seiner Partei verlassen können. Stoner war zufrieden.

Ganz anders war es Ronny Hawkins ergangen. Es war ein Faustschlag in die Eingeweide: Ausgerechnet Drake hatte ihn zurückgepfiffen. «Was fällt Ihnen ein, Logan Stoner zu verhaften?»

Sie standen einander im Büro in London gegenüber, und nur ein schmaler Tisch, auf dem zwei Tassen mit kalt werdendem Tee standen, trennte die beiden voneinander.

«Das war keine Verhaftung. Ich bat ihn höflich, mich zu begleiten. Aber leider war sein Gehirn zu diesem Zeitpunkt mit Whisky geflutet, dass es unmöglich gewesen wäre, ihn zu befragen.»

«Worüber wollten Sie mit ihm reden?»

«Über Liam Keaton.»

«Das ist völlig haltlos. Wenn ich mir Ihre Berichte ansehe, so gibt es absolut keine Beweise dafür, dass Stoner etwas mit dem Flugzeugabsturz zu tun haben könnte. Das sind Ihre ganz persönlichen Spekulationen, weil er Ihnen nicht in den Kram passt. Hawkins! Passen Sie auf, dass Sie den Bezug zur Realität nicht verlieren. An diesem Abdullah Brown sollten Sie dranbleiben. Vergeuden Sie nicht Ihre Zeit.»

«Den mussten wir leider auch wieder laufen lassen. Er hat ein Alibi für die Tatzeit: Er war in Oxford. Traf sich dort mit seinem Geschäftsführer. Ein Bob Conners sowie dessen Sekretärin haben dies bestätigt.»

«Aber da ist die Aussage von Abigail Ashton. Dieser Brown hat es faustdick hinter den Ohren.»

«Wir können ihm nichts nachweisen.»

Drake beruhigte sich ein wenig. Hawkins sah ihm jedoch an, dass es in seinem Innern brodelte. Wenn die Adern an seinen Schläfen hervortraten, war das nie ein gutes Zeichen.

«Wie sieht es eigentlich mit dieser Winterbutton aus?»

«Adrianne Winterbutton», vervollständigte Hawkins den Namen der Opernsängerin. «Wir ermitteln auch in diese Richtung. Innerhalb kurzer Zeit hat Saliha Baker ihren Platz eingenommen. Nach dem Auftritt in der Bristol Opera stehen ihre Chancen gut, dass sie in die großen Opernhäuser gebucht wird. Es stand übrigens in der *Harald Tribune* und in der *Sunday Time.*»

«Dann will ich doch hoffen, dass ihre Entourage ebenfalls durchleuchtet wird.»

«Wir haben es hier möglicherweise mit einem Bombenanschlag auf eines unserer Flugzeuge zu tun», bemerkte Hawkins. «Bis anhin durfte sich das United Kingdom mit seiner Sicherheit im Luftverkehr brüsten. Kaum Zwischenfälle. Für die mutmaßliche Herstellung einer Bombe braucht es noch immer ein Know-how, das man sich nicht einfach übers Internet aneignen kann. Wer diese Bombe hergestellt hat, ist ein Profi.»

«Und? Wonach suchen Sie?»

«Nach den Hintermännern.»

* * *

Die Nacht legte sich wie ein dunkles Laken über die Cheddar Gorge.

Lansbury hatte Diane in die Nähe des Mascall's Wood gefahren. Während der Fahrt von Bristol bis hierher hatten sie kaum ein paar Worte gesprochen, die sich lediglich um Dianes vergessenen Wagen drehten.

Das Haus wirkte bedrohlich, als hätte sich das Leben daraus verabschiedet. Die Fenster wie tote Löcher, kein Lichtschimmer auf dem Vorplatz. Einzig die Scheinwerfer von Dianes Wagen warfen gebündeltes Licht auf die Treppenstufen vor der Veranda. An der Tür schien es sich zu drehen und wirbelte Staubpartikel auf, in deren Kegel sich ein fliegender Käfer verirrte.

Diane schaltete die Scheinwerfer aus, und der Motor erstarb.

Die daraufhin einkehrende Schwärze schien undurchdringlicher denn je. Diane stieg aus und bewegte sich langsam in Richtung Haus, dorthin, wo sie in der Finsternis die Treppe vermutete, griff nach dem Handlauf und tastete sich weiter vor bis zur Haustür. Es dauerte eine Weile, bis sie den richtigen Schlüssel gefasst hatte, denn am Bund gab es derer fünf.

Dann hielt sie plötzlich inne. Da war ein Geräusch in ihrer Nähe, das nicht hierher gehörte. Ihre Nerven flatterten jetzt dermaßen, dass sie das Gefühl hatte, sie könnten jeden Moment zerreißen.

Sie rief sich zur Ordnung. Das war lächerlich.

Die Nacht brachte in einem Wald wie diesem Tausende von Geräuschen hervor. Wenn es Nacht war, erwachten Dinge, von denen man tagsüber kaum eine Ahnung hatte, auf deren Existenz man nicht achtete, wenn die Sonne schien.

Diane suchte das Schlüsselloch und tastete über den Türgriff, weiter nach unten.

Plötzlich vernahm sie hinter sich Schritte auf dem mit Kieselsteinen belegten Platz. Sie drehte sich um. Nein, das war keine Täuschung. Ihre Augen hatten sich mittlerweile an die Dunkelheit gewöhnt. Unterhalb der Treppe nahm sie nun eine Gestalt wahr, die sich behände bewegte und offensichtlich dabei war, sich an sie heranzuschleichen.

Sie spürte ihren Herzschlag bis hinauf zum Hals. Sie drehte sich wieder nach der Türfalle um, aber sie fand das Schlüsselloch nicht. Ihre Hand zitterte. Vielleicht würde sie das Haus doch verkaufen müssen. Die Geister der Vergangenheit holten sie wohl ein.

Plötzlich packte sie jemand, und noch ehe sie sich umdrehen konnte, spürte sie eine starke Hand auf ihrem Mund.

Alles in ihr schrie auf. Wehrte sich. Doch sie war unfähig, ihr heftiges inneres Widerstreben nach außen zu wenden, sich physisch zur Wehr zu setzen. Ihre einst erlernten Tricks für die Selbstverteidigung standen ihr nicht mehr zur Verfügung. Ihre Beine gaben nach. Sie knickte ein, glaubte, der Boden unter ihr würde sich öffnen und sie verschlingen. Das Entsetzen bohrte sich in sie wie ein Messerstich.

War Jake zurückgekehrt?

Hatte Maddie ihn doch gesehen?

Diane schaffte es einfach nicht, sich gegen den Unbekannten zu wehren, dessen zweite Hand nun auf ihrem Rücken lag.

«Diane, bitte nicht erschrecken!»

Lansburys Stimme!

Er drehte sie um, sie spürte seinen Atem. Dann nahm er die Hand von ihrem Mund, nur um diesen sofort mit seinen Lippen zu verschließen. Sie wand sich in seinen muskulösen Armen. Spürte diese geballte Ladung Mann, öffnete ihren Mund. Ihr Widerstand löste sich auf wie der Morgennebel über der Cheddar Gorge.

In diesem Kuss lag die ganze Energie, welche sich in den letzten Tagen angestaut hatte, um sich endlich, hier und jetzt, in dieser Nacht, zu entladen. Ihre Zungen fanden sich. Ihr rhythmischer Tanz setzte sich fort.

Sie wusste nicht, wann er sie losließ. Ihr gesamter Körper war ein einziges Inferno. Sekunden mochten vergangen sein, ehe sie zu sich kam.

«Sind Sie noch bei Sinnen?» Sie schlug ihm ins Gesicht. Link, rechts, links. Sie schlug und schrie. Sie boxte auf ihn ein. «Was fällt Ihnen ein, mich so zu erschrecken?»

Er ließ sich nicht beirren. Er hatte offenbar damit gerechnet, dass sie ausflippen, die angestaute Energie auf diese Art loswerden würde. Dann zog er sie wieder an sich und verschloss ihren Mund. Nach einem kurzen Widerstand gab sie sich ihm ihn, völlig aufgelöst und erregt.

Später half er ihr beim Öffnen der Tür. Sie stürzten fast gleichzeitig durch die Tür und in den Flur. Sie suchte fahrig nach dem Lichtschalter, fand und betätigte ihn. Die Lampe über ihnen erhellte ihre erhitzten Gesichter.

Groß ihr Staunen, atemlos die Sekunde, in der sie sich voneinander lösten und wieder nacheinander griffen.

Sie stolperten ins Wohnzimmer. Landeten auf dem Sofa.

Auf ihrer Insel.

Zitternd vor Erregung riss er ihr die Bluse auf, sie sein Hemd. Die Knöpfe schossen wie Patronenhülsen über den

Wohnzimmerboden. Er griff nach ihren Brüsten, sie ihm an den Schritt, und sie küssten sich, als würde die Welt gleich untergehen.

Erschraken beide ob der Brutalität ihres Verlangens.

Nur einen Moment später fanden sich ihre Körper. Es war wie ein Aufschrei. Als fände ihre Sehnsucht nacheinander in dieser Vereinigung endlich ihren eigenen, unbeschreiblich intensiven Ausdruck. Als würden Himmel und Hölle in diesem Augenblick des Einsseins explodieren – und als würde zugleich alles stillstehen, einen letzten Atemzug lang.

Es dauerte nicht lange, und sie brachen fast gleichzeitig zusammen.

Wortlos und erschöpft gingen sie auseinander. Ein Staunen und Betasten folgte – wie das zweier Kinder, die zum ersten Mal die Welt außerhalb ihres Ichs betrachteten.

Er lächelte sie an. In seinem Blick lag so viel Zärtlichkeit, wie sie es noch bei keinem Mann entdeckt hatte.

«Sage jetzt bitte nichts», bat sie ihn.

Sie wollte nur fühlen, den pulsierenden Schmerz in ihrem Schoß auskosten. Den Schweiß auf ihrem Körper trocknen lassen.

Sechzehn

Im Zwiespalt der Gefühle.

Er bezahlte. Zählte das Kleingeld ab. Tat es langsam. Der Taxifahrer verzweifelte allmählich. Er müsse weiter, sagte er, habe noch viele Kunden an diesem Tag.

Er stand auf dem Platz. Vor ihm der Flughafen, das Gebäude mit der Gepäckabfertigung, die Ticketschalter. Flugzeuge im Gegenlicht wie urzeitliche Vögel mit riesigen Schwingen.

Gegenüber der Parkplatz. Glänzende Karosserien. Menschen, die kamen, und Menschen, die gingen. Über ihm der Himmel, fast wolkenlos, unschuldig.

Und dort, schmal, kaum zu erkennen: das Ziel.

Diane erwachte. Einen Moment lang glaubte sie, in Jakes Armen zu liegen. Er hatte sie immer so gehalten. Seitlich von hinten, wie zwei ineinander liegende Schalen. Er hatte sie aus Angst so gehalten, aus Angst, sie könnte ihm entschlüpfen und im Gästezimmer schlafen. Er hatte sie besessen, ohne sie je richtig besessen zu haben.

Durch die schräggestellten Jalousien fiel Morgenlicht und zeichnete Streifen auf die Bettdecke. Diane drehte den Kopf.

Tyrones Gesicht wirkte entspannt. Sein Atem ging regelmäßig und ruhig. Sie beherrschte sich – am liebsten hätte sie mit den Fingern zart über seinen kahlen Schädel gestreichelt. Eine Weile blieb sie ganz ruhig. Betrachtete ihn, diesen Mann neben ihr.

Den Vertrauten. Den Fremden.

Sie vermochte nicht, ihre Gefühle einzuordnen. Emotionen dieser Art waren ihr lange Zeit so fremd, so unglaublich weit weg gewesen.

Jetzt schämte sie sich. Was würde er von ihr denken?

Zwei Wochen nur war es her, seit Jake sie zurückgelassen hatte. Zwei Wochen erst.

Jetzt lag sie da und hatte ihren Mann – wenn sie es genau nahm – betrogen.

Ein Betrug an Jake. Und damit auch an Maddie.

Sie hatte einem physischen Reflex nachgegeben. Aus niederen Beweggründen. Und damit war sie genau wie all die Frauen, die Jake so sehr verabscheut hatte. *Die Liebe ist es, was uns zusammengeführt hat. Sexualität wird überbewertet.*

Sie hatten kaum noch miteinander geschlafen. Diane hatte sich oft wie eine verwelkte Blume gefühlt. Nicht mehr begehrt – trotz ihrer erst siebenunddreißig Jahre. Jake: Wie oft hatte er sich über seine Müdigkeit beklagt. Er war oft erst spät von der Arbeit nach Hause gekommen, hatte etwas gegessen, einen Blick in die Zeitung geworfen, war dann zu Bett gegangen und immer gleich eingeschlafen.

Und Diane? Wie ausgehungert sie gewesen war. Voller Verlangen nach Berührungen und Zärtlichkeiten.

Plötzlich überfiel sie das nackte Elend.

Es war nicht richtig. Nicht richtig!

Behutsam, damit sie Tyrone nicht weckte, setzte sie sich auf, schlüpfte aus dem … ja, dem … ehelichen Bett.

Diane tappte leise aus dem Zimmer, zog hinter sich die Tür ins Schloss, ging ins Badezimmer, das nebenan lag. Der Spiegel schimmerte in der Heiterkeit des Morgens. Sie stand davor und betrachtete sich.

Ihr Gesicht war gerötet, ihre Lippen wirkten voller.

Sie ging unter die Dusche, und ein warmer Tropenschauer streichelte ihren Körper. Er fühlte sich wunderbar an. Weich und sinnlich wie schon seit Jahren nicht mehr. Sie berührte sich. Sie berührte sich so, wie sie es schon lange nicht mehr getan hatte.

Sie schloss die Augen. Ließ das Wasser über ihr Haar regnen, die Brüste, den Bauch, die Schenkel. Es dünkte sie, als würde die Vereinigung der letzten Nacht in ihr noch nachbeben. Die Erinnerung an seinen Körper, an diese Urkraft, an den süßen Schmerz.

Schließlich stellte sie das Wasser ab, griff nach einem Tuch, schlang es sich um und kämmte vor dem Spiegel die nassen Haare durch.

«Diane?»

Sie hatte Tyrone nicht eintreten hören. Plötzlich stand er neben ihr, kräftig und schön mit diesen samtenen Augen. Ihre Blicke trafen sich im Spiegel.

«Ich sollte mich auf den Weg in die Stadt machen.» Tyrone wirkte etwas gehemmt.

Diane starrte ihn an, spürte, wie sich ihre Mundwinkel nach unten zogen. Sah ihre Mimik im Spiegel. Sah Tyrone. Der Morgen hatte bei ihm die Spuren der Nacht verwischt, und ihre Leidenschaft füreinander wirkte wie weggepinselt mit den ersten Sonnenstrahlen.

Sie sah ihm an, dass ihn etwas umtrieb. «Wolltest du mir etwas sagen?»

Er druckste herum und konnte ihr nicht mehr in die Augen schauen. «Das hätte nicht geschehen dürfen», murmelte er endlich lahm.

«Wir können es nicht mehr rückgängig machen», erwiderte sie lapidar, im Grunde erschrocken über seine schroffe Art.

«Aber wir werden es nicht wiederholen.»

Diane schluckte leer. «Nein, wir werden es nicht wiederholen», sagte sie so automatisch, dass sie vor sich selbst erschrak. Tyrone hatte offenbar entschieden, und zwar für sie beide. Das Muster kam ihr bekannt vor. «So etwas habe ich mir gedacht.» Ihr Lächeln – es fühlte sich verzerrt an. «Ich nehme an, dass ist jetzt typisch Mann. Du hättest auch ein Bordell aufsuchen können. Ich kam dir wohl sehr gelegen.» Sie hatte die Worte nicht unter Kontrolle, wollte ihn verletzen, weil sie sich selbst so verletzt fühlte.

«Du weißt genau, dass es nicht so ist! Seit Emilie bist du die erste Frau, mit der ich geschlafen habe.»

«Ich fühle mich geehrt.» *Ich fühle mich missbraucht.*

«Wir können gern darüber reden, wenn ich heute Abend zurückkomme.»

«Ich wüsste nicht, was es da zu bereden gäbe.» Ihre Kehle schnürte sich zu. «Vielleicht ist es besser, du kommst heute Abend nicht zurück.»

Er hielt es wohl für angebracht, zu schweigen. Er drückte ihr einen Kuss auf die rechte Wange. «Darf ich wenigstens noch duschen?»

«Ja, natürlich. Entschuldige. Ich … ich bin nur so durcheinander. Ich dachte, dass … ach, lassen wir es.» Diane ging ins Zimmer zurück.

Sie hörte Tyrone im Badezimmer hantieren. Sie würde ein paar Minuten allein sein. Zeit, um Stichwörter auf ihren Schreibblock zu notieren. Ein paar Adjektive und Metaphern, die ihren Gemütszustand beschrieben, ihre wiedererwachte Weiblichkeit. Diese brennende Begierde.

Und ihre ungeheure Enttäuschung.

* * *

Am Himmel bauschten sich Kumuluswolken. Wie eine weiße Welle flockiger Schafe klebten sie im Frühlingsblau, und die schlanken Bäume schienen sich in der Höhe in ihnen aufzulösen. Zwischen grünen Hängen sah man die Felsen der Cheddar Gorge.

Sie hatten zusammen gefrühstückt. Schweigend und in sich gekehrt. Lansbury deutete dies dennoch als ein gutes Zeichen. Bevor er wegfuhr, hatte er Diane geküsst und sie getröstet.

Zwiespalt der Gefühle – er konnte es nicht länger leugnen: Er hatte sich in diese Frau verliebt. Andererseits hatte er einen Auftrag. Mehrere Indizien sprachen dafür, dass ihr Mann etwas mit dem Flugzeugabsturz zu tun hatte, möglicherweise involviert war. Sein berufliches Selbstverständnis verbot es, sich mit Diane einzulassen. Aber er hatte nicht widerstehen können, weder ihrer grenzenlosen Hingabe noch ihrer beinahe exzessiven Unersättlichkeit.

In der letzten Nacht waren zwei ausgehungerte Körper aufeinandergeprallt. Diane und er, eigentlich Fremde füreinander, hatten eine Grenze überschritten. Das durfte sich nicht wiederholen.

Lansbury fuhr auf die Axbridge Road und nahm bei der Kreuzung zur A371 den Weg über die Shipham Road. Er fuhr bis nach Shipham und legte dort den ersten Halt ein. Shipham war ein kleines Nest südöstlich von Bristol, eingebettet in eine konturenlose Landschaft. Felder, noch braun vom langen Winter, kleine Andeutungen von Hügeln. Kaum Bäume, alles karg. Beim Pencot Inn fand er einen Parkplatz.

Hawkins hatte ihm unmissverständlich zu verstehen gegeben, dass er Drake über jeden Schritt der Ermittlungen Bericht erstatten müsse. Das hatte er am Vorabend versäumt. Und wenn Hawkins von seiner Liaison erfuhr, würde er ihm den Hals umdrehen.

Er stellte Hawkins' Nummer ein, darauf gefasst, von ihm sofort mit Fragen gelöchert zu werden. Aber die blieben tatsächlich aus.

«Wir haben eine neue Spur.» Hawkins klang zuversichtlich. «Saliha Baker scheint zwar ein unbeschriebenes Blatt zu sein, aber ihr Agent, David Harper, hat sich über Social Media sehr negativ über die verunglückte Adrianne Winterbutton geäußert. Unsere Perle Marilyn ist per Zufall darauf gestoßen. Harper soll ihr sogar in aller Öffentlichkeit gedroht haben.»

«Adrianne Winterbutton?» Lansbury schniefte. «Das kann ich mir nicht vorstellen. Hier geht es ja nicht um irgendeinen Zickenkrieg. Wir sprechen hier von zwei begnadeten Sopranistinnen ...»

«Wobei die eine im Schatten der anderen gestanden hat. Der Tod von Mrs Winterbutton kam dem Baker-Clan sehr gelegen. Auf jeden Fall rennt Harper wie gestört durch die Medienlandschaft. Er nutzt Winterbuttons Tod, um mit Baker möglichst rasch die entstandenen Lücken zu füllen. Nächste Woche schon soll sie einen Auftritt in der Metropolitan Opera in New York haben. Das stinkt doch bis zum Himmel.»

«Würde das nicht jeder tun?»

«Hier liegt der Fall etwas anders.»

«Gibt's denn Beweise?»

«Harper hat Kontakte zu Robert Flynt. Der Sprengstoffspezialist saß bis vor zwei Jahren wegen eines Banküberfalls auf eine Zweigstelle der City Bank im Knast. Er hat damals den Tresor gesprengt – mit Composite Compound Four.»

«C4!» Lansbury pfiff durch die Zähne. «Wurde der Sprengstoff damals sichergestellt?»

«Ja, in seinem Keller. Flynt war der Einzige von drei Mittätern, den man damals erwischte. Die anderen zwei sind mit der Hälfte der Beute entkommen. Flynt wird sich in der Zwischenzeit neues Material beschafft haben. Einmal kriminell – immer kriminell.»

«Einen Safe zu sprengen oder ein Flugzeug mit einer Bombe vom Himmel zu holen – das ist aber ein ziemlicher Unterschied!»

«Die Welt hat sich verändert», widersprach Hawkins. «Es gibt Menschen, die töten für ein Butterbrot.»

«Ja, wenn sie am Verhungern sind. Aber den Tod von zweihundertachtundzwanzig Passagieren in Kauf zu nehmen, nur um einer zweitrangigen Sopranistin den Weg zur Eliteklasse zu ebnen, das scheint mir doch eher an den Haaren herbeigezogen.»

«Die Gewaltbereitschaft hat zugenommen. Das Böse ist allgegenwärtig.»

Lansbury konnte es sich gerade noch verkneifen, keine despektierliche Bemerkung über den Afghanistaneinsatz seines Gesprächspartners zu machen. «Habt ihr ihn etwa schon verhaftet?»

«Nein, aber wir fahnden nach ihm.»

«Apropos Fahndung …» Lansbury holte tief Luft. Die Sonne schien direkt in den Wagen und es war stickig heiß darin. Er kurbelte die Scheiben an seiner Seite herunter. Der Duft von feuchtem Gras streifte seine Nase. «Ich bin da an jemandem dran, der seit dem Crash verschwunden ist. Eine Zeugin sagte aus, dass Andrew Kendall mit seiner ganzen Familie am Montag darauf in unbekannte Richtung umgezogen ist. Ich bin jetzt auf der Suche nach dem Transportunternehmen, das die Möbel gefahren hat.» Er zögerte. «Ich werde dir die Daten senden. Vielleicht besprichst du das mit Drake. Es wäre gut, könnten wir Kendalls Haus durchsuchen. Schickt die Spurensicherung an die Upper Belgrave Road.» Er nannte die Nummer. «Das Haus steht wahrscheinlich leer. Den Schlüssel werdet ihr über eine Immobilienplattform erhalten, wo es ausgeschrieben ist.»

«Name?»

«Kenne ich nicht.»

«Gut. Wir werden uns dann im Büro sehen. Vierzehn Uhr?»

«In Bristol?»

«In London, Tyrone-Boy.» Hawkins zögerte. «Und glaube mir, solche Gewaltexzesse, wie ich sie in Afghanistan erlebt habe, sind auch bei uns an der Tagessordnung. Man muss nur genau hinsehen. Der Mensch ist grundsätzlich böse. Das hat schon der der deutsche Philosoph Immanuel Kant erkannt.»

Lansbury schwieg. Ein rascher Gedanke an Diane. Er ging mit Hawkins nicht einig.

* * *

Samstag – zwei Wochen waren seit Jakes Tod vergangen.

Der Schmerz hätte sie eigentlich zerreißen müssen. Diane horchte in sich hinein. Und da war – nichts. Nichts mehr als ein flatterndes Klopfen gegen die Rippen, als hätte ihr jemand einen Amboss in die Brust gepflanzt. Der Stein in ihrem Bauch war verschwunden. Sie brachte es sogar fertig, wieder normal zu essen. Den Alkohol, der in den letzten Tagen zu einem treuen Begleiter geworden war, hatte sie zurück ins Regal gestellt, dorthin, wo Jakes Whiskys standen. Sie nahm sich vor, diese in den Schüttstein zu leeren und die Flaschen zu entsorgen. Jake hatte fast nie getrunken, aber er war ein Sammler alter Whiskys gewesen. Er hatte sich Bücher besorgt und die Flaschen mit den schönen Etiketten bewundert, Tag für Tag. Über Whisky hatte er stundenlang erzählen können, genauso wie über seine Arbeit.

Im Schlafzimmer begann sie damit, den Schrank von Jakes Kleidern zu befreien. Sie stopfte Hosen und Jacketts, Hemden, Krawatten und seine Freizeitbekleidung in Kunststoffsäcke, die sie einer sozialen Einrichtung in Bristol zukommen lassen würde. In der Gemeinde gab es bestimmt arme Menschen, die daran Freude hatten. Unterwäsche und Socken warf sie in den Abfall, die Schuhe verstaute sie im Keller.

Was die Polizisten begonnen hatten, setzte Diane nun fort, denn jetzt war es ihr egal. Sie würde den vorherigen Zustand nicht wiederherstellen können. Sie würde bald schon mit dieser Vergangenheit abschließen müssen, weil es für sie das Beste war. Aufräumen. Ausmisten. Das Gewesene vernichten.

Weil es nicht mehr zurückkam, und weil die Erinnerung daran sie allzu sehr schmerzte.

An Maddie dachte sie nicht. Nicht jetzt.

Am Mittag rief Diane in der Druckerei Kendall Print an. Die junge Sekretärin, Mrs Neville, die sie vor fünf Tagen dort angetroffen hatte, bedauerte Colin Forsythes Abwesenheit. Es sei Samstag. Und am Samstag halte sie die Stellung allein. «Aber vielleicht wollen Sie Mr Forsythe privat anrufen. Ich kann Ihnen auch seine Handynummer geben», bot sie an. «Er ist bestimmt mit seinen Kindern im Zoo.»

Diane bedankte sich. Auf den Zoo hatte sie keine Lust. Seit Jake dort die Tasche abhandengekommen war, hatte er nie mehr hinfahren wollen. Und ihr wurde klar: Jeden Ort, der negativ besetzt war, hatte Jake von der geistigen Landkarte getilgt, und der Zoo in Bristol gehörte dazu. Selbst Maddie hatte ihn nicht erweichen können, und auch Diane hatte mit ihrer inständigen Bitte, es sich Maddie zuliebe noch einmal zu überlegen, auf Granit gebissen.

Wir werden uns einen anderen zoologischen Garten suchen. Ich will mich nicht an die Auswirkungen dieses Tages erinnern. Es war traurig genug, dass du mich zwei Tage lang angeschwiegen hast, als hätte ich die Pest. Dass eigentlich Jake sie zwei Tage lang mit Schweigen bestraft hatte, daran erinnerte sich Diane nur zu gut.

Die Frage nach dem Verbleib von Andrew Kendall konnte Mrs Neville nicht beantworten.

* * *

Seit einer halben Stunde saß Diane am Steuer. Sie fuhr Richtung Bristol. Mrs Neville hatte ihr widerstandslos Forsythes Adresse genannt. Falls er nicht zu Hause sein sollte, würde sie ihm abpassen das hatte sie sich vorgenommen. Andrew Kendall war Forsythes Vorgesetzter, und er hatte ihm bestimmt etwas über seinen überstürzten Wegzug erzählt. Schlussendlich ging es um die Firma, um seine Druckerei, die sich in den letzten Jahren wieder gefangen hatte. Es sah Kendall nicht ähnlich, sein Lebenswerk dem Schicksal zu überlassen. Und erst recht nicht Colin Forsythe. Der ehemalige Kaufmann hatte vielleicht eine Ahnung davon, wie man Kunden akquiriert, aber wie man seine Mitarbeiter führt, das schien ihm fremd zu sein. Jake hatte immer wieder mal durchblicken lassen, dass Kendall oft unzufrieden mit seinem Stellvertreter war. Forsythe mochte in gewisser Hinsicht das Aushängeschild der Druckerei sein – für Dianes Begriffe war er aber zu überheblich und auch zu laut. Kendall war der ruhigere, besonnenere Mensch. Er war gerade erst sechzig geworden, und Jake hatte von der Feier erzählt, die im kleinen Rahmen stattgefunden hatte – im Kreise seiner Familie und der Angestellten der Druckerei sowie Oliver Rushton und Jake.

Diane wollte verhindern, dass Tyrone Kendall vor ihr fand. Sie war sich absolut sicher, dass er alle Hebel in Bewegung setzen würde, um den Besitzer von Kendall Print aufzuspüren. Aber wenn er ihr zuvorkam, würde sie vielleicht nie erfahren, was am Samstag vor zwei Wochen tatsächlich geschehen war. Jetzt konnte sie nur hoffen, dass Tyrone auf der Suche nach dem Umzugsunternehmen Mühe haben würde. Der Samstag kam da wie gelegen, denn am Samstag arbeiteten Transportunternehmen in der Regel nicht oder wenn, dann nur in äußersten Notfällen. Diane hatte im Internet nach der Adresse «Transfer of Furniture» gesucht, hatte aber nichts Identisches gefunden. Entweder hatte sich Mrs Graysmark geirrt oder der Name auf dem Lieferwagen war nicht derselbe wie der Name der Firma.

Ihr blieb also noch Zeit.

Vielleicht sogar ein Vorsprung.

Colin Forsythe wohnte in einem schmalen Häuschen in der Pearl Street, dicht an dicht gedrängt mit den Nachbarn. In den Außenbezirken der Stadt fand man nur solche Häuser. Der Brite mochte es nun mal, seinen eigenen Eingang zu haben, den man von der Straße aus durch den Garten erreichen konnte. Forsythes Haus unterschied sich von den anderen durch die Farbe der Fassade. Sie war mit einem Rostton gestrichen, die Eingangstür selbst war dunkelbraun. Ein mickriger Vorplatz diente wohl als Familientreffpunkt, wo man im Sommer die Gartenmöbel hinausstellte. Jetzt standen nur zwei hässliche Abfalleimer unter dem Erker. Ein Zinnkübel, randvoll gefüllt mit Laub und dürrem Unkraut, ließ sie vermuten, dass die rechtseitig angelegten Rabatten erst vor kurzem von der Winterabdeckung befreit und die Sträucher gestutzt worden waren.

Diane parkte am Gehsteig hinter einem Kleinwagen. Ob es derjenige von Forsythe war, fand sie nicht heraus, denn sie hatte Forsythe noch nie mit dem eigenen Auto gesehen. Das schwarze Gittertor war unverschlossen. Diane gelangte ungehindert bis vor die Tür, an der sie allerdings vergeblich nach einer Klingel suchte. Dafür tauchte hinter einem ausgetrockneten Buchsbaum ein Seil auf.

Diane zog an der Schnur. Drinnen schepperte etwas, das sich anhörte, als würde eine Glasflasche zu Boden gehen und in tausend Stücke zerspringen, aber nichts regte sich. Diane zog noch einmal. Die zweite Flasche ging zu Bruch.

Plötzlich riss jemand ein Fenster im Obergeschoss auf. Abstehende Ohren zeichneten sich im Rechteck des Fensters ab. «Was wollen Sie?» Es war Forsythe. Als er Diane erkannte, wurde sein Gesicht freundlicher. Die dem Schnabel eines Greifvogels ähnliche Nase krauste sich, während er lachte. «Kommen Sie rein. Die Tür ist offen.»

Forsythe musste mit der Geschwindigkeit einer Rakete über die Treppe heruntergerast sein, denn kaum hatte Diane den Türgriff zur Hand genommen und geöffnet, stand der Mann schon direkt vor ihr.

«Wir können uns in den Garten setzen.» Seine Gastfreundschaft überraschte sie ein wenig.

Ohne Diane nach dem Grund ihres Besuchs zu fragen, schritt er ihr voraus durch Korridor und Wohnzimmer und führte sie auf einen Innenhof, der im Gegensatz zur Straßenseite ein wahres Paradies war. Ein mit hellen Platten ausgelegter Boden, darauf ein Rattantisch und vier passende Stühle sowie eine Hollywood-Schaukel vermittelten Behaglichkeit und luden dazu ein, sich niederzulassen. Diese Optik bot sich auch in den Gärten links und rechts, so als hätten auch alle anderen Bewohner dieses Quartiers die gleiche Idee gehabt. Diane setzte sich. Über ihr war eine grün-gelbe Markise halb heruntergelassen, und Forsythe stellte ungefragt eine Kanne mit Tee und zwei Tassen auf den Tisch.

Sie tauschten ein paar Belanglosigkeiten aus. Forsythe kam auf seine Familie zu sprechen: seine Frau, die halbtags in einem Supermarkt arbeitete, und seine drei Kinder, die noch zur Schule gingen, heute aber auf einem Ausflug waren. «Wie Sie sehen, habe ich sturmfrei. Aber deswegen sind Sie bestimmt nicht hier. Wo also drückt Sie der Schuh?»

Diane bediente sich und goss sich eine Tasse Earl Grey ein. Sie wusste nicht recht, wie und wo sie beginnen sollte, und nachdem sie von der Milch genommen hatte, war sie immer noch nicht schlauer. Also wählte sie den direkten Weg. «Mr Kendall ist spurlos verschwunden. Ich bin sicher, dass Sie Bescheid wissen, wohin.»

Ihre Worte schlugen ein wie eine Bombe, das konnte sie sehen. Der redselige Forsythe war zuerst einmal sprachlos.

«Ich gehe davon aus, dass Mr Kendall keine Lungenentzündung hatte. Und dass Sie wissen, wo er sich aufhält.»

Forsythe schluckte leer und starrte stumm vor sich auf die Tischplatte.

«Sie wissen hoffentlich auch, dass die Met eine Menge unangenehmer Fragen stellen könnte.»

«Aber warum denn? Was hat die Met mit Mr Kendall zu schaffen?» Dianes Gegenüber rutschte nervös auf seinem Rattanstuhl hin und her.

«Denken Sie mal nach. Auch ich habe ein großes Interesse daran, Ihren Boss zu finden. Er könnte mir sicher etwas zu der überstürzten Reise meines Mannes nach New York sagen und auch zu der Frage, was Susan Kirkwood damit zu schaffen hatte.»

Forsythe hüllte sich weiterhin in Schweigen.

«Was wissen Sie darüber, Mr Forsythe? Klären Sie mich auf. Bevor Mr Kendall verschwand, muss er die Interna der

Druckerei geregelt haben. Oder gehört die Firma bereits Ihnen? Kendall hat seine ganze Familie mitgenommen. Wohin ist er gegangen?»

Forsythe verfiel in ein hysterisches Lachen, und Diane wartete geduldig, bis er sich beruhigt hatte.

«Es ging ihm tatsächlich sehr schlecht in den letzten Tagen. Er sagte mir, dass er eine Auszeit nehmen müsse. Von einem Umzug weiß ich nichts, das müssen Sie mir glauben.»

«Kennen Sie Orte, wo er besonders gerne hinfuhr?»

«Nein.»

«Wie geht es jetzt mit der Druckerei weiter?»

«Ich halte einfach erst mal die Stellung. Gewisse Rechte habe auch ich, selbst wenn es nie danach aussieht. Sogar der schlimmste Fall, sollte er denn eintreffen, ist geregelt. Aber Mr Kendall wird wiederkommen.»

«Was macht Sie da so sicher?»

«Er hat sich noch nie ein lukratives Geschäft entgehen lassen. Es bahnt sich nämlich eines an.»

* * *

Lansbury behagte es nicht, dass man ihn zum New Scotland Yard nach London gerufen hatte. Es sah so aus, als würde man seine Anwesenheit schon wieder als selbstverständlich ansehen und dementsprechend darüber verfügen, wie es gerade ins Konzept passte. Aber Hawkins hatte ihn mit einer Vehemenz bearbeitet, gegen die zu argumentieren sinnlos gewesen wäre. Drake brauchte ihn.

Drake, Hawkins und eine junge Frau, die Lansbury noch nie zuvor gesehen hatte, erwarteten ihn am Kopfende des Tisches im Sitzungszimmer. Der Rest des Teams hatte sich im hinteren Bereich niedergelassen. Lansbury schlenderte betont langsam an seinen ehemaligen Kollegen vorbei, die ihn jedoch kaum beachteten, denn sie waren untereinander in angeregte Gespräche vertieft. Lansbury schnappte ein paar Sätze auf, die sich alle um den Flugzeugabsturz drehten. Das Unglück war aktueller denn je, und die Tischplatten waren mit Zeitungen und Journalen beinahe zuzementiert. Neue Spekulationen hatten schreiende Titel erzeugt, und verschwommene Nahaufnahmen, auf welchen die verstörten Gesichter von den Hinterbliebenen der Opfer kaum zu erkennen und trotzdem viel zu intim präsentiert waren, heuchelten, wie grausam das Ganze doch sei. Laut der Boulevardpresse tappten die Ermittler nach wie vor im Dunkeln. Man sprach von Verschwörung. In der neusten Ausgabe eines Klatschhefts wurde tatsächlich die mögliche Existenz einer vierten Dimension diskutiert. Von dort aus hätten geheimnisvolle Wesen die Maschine vom Himmel geholt, und das sei nur der Anfang in einer ganzen Reihe von Anschlägen aus dem All. Bei der Verbreitung verrückter Nachrichten war die britische Boulevardpresse einsame Spitze.

Lansbury begrüßte Drake zuerst, in dem er andeutungsweise die rechte Hand hob, Hawkins dagegen grüßte er mit Handschlag.

Drake gab sich kühl wie immer. Keine Fragen nach den Befindlichkeiten, kein Wort über Emilie. Er nickte in Richtung der jungen Frau. «Das ist Brooke Birdie. Sie arbeitet erst seit zwei Monaten bei uns. Sie wird Sie in Ihren Ermittlungen in Bristol unterstützen.»

Lansbury blickte geradewegs in zwei freche, grüne Augen und verkniff sich eine Bemerkung.

«Sie wurde uns vom Innenministerium empfohlen. Miss Birdie hat dort als Sekretärin gearbeitet.»

Wenn Lansbury eines nicht ausstehen konnte, dann, dass ihm jemand zur Seite gestellt wurde. Er war es gewohnt, seine Aufträge allein zu erledigen, und Brooke war eindeutig zu jung für diesen Job – gewiss fehlte es ihr an Erfahrung. Da konnten auch ihre grünen Augen nicht dagegenhalten. Missmutig begrüßte er sie.

«Chief Inspector Lansbury, wie schön, dass wir einander kennenlernen.»

Lansbury ging davon aus, dass sie die Floskeln auf dem Klo einstudiert hatte. Sie stanken zum Himmel, denn in ihren Augen sah er das pure Gegenteil. Hawkins wollte sie bestimmt nicht haben, und jetzt musste er sie mitschleppen. Dass sie ihn nicht freiwillig ausgesucht hatte, erfuhr er von Drake. Der betonte nämlich, Bristol habe zu wenige gut ausgebildete Ermittler. London dagegen habe eine Überkapazität.

«Dass eines von Anfang an klar ist, Miss Birdie …», Lansbury schmunzelte, «vorweg eine Frage: Spielen Sie Golf?»

«Ich habe mir meinen Namen nicht ausgesucht», erklärte Brooke Birdie mit eisiger Miene. «Aber wenn er Ihnen für schlechte Witze Anlass gibt, ist das Ihr Problem, nicht meines.»

Auf den Mund gefallen war sie jedenfalls nicht. Er musterte sie diskret, während sie sich mit Drake unterhielt. Keine dreißig, schätzte er. Mit einem Körper wie ein geschnürtes Postpaket, das nur aus Muskeln bestand. Ihr kräftiger Nacken war nur die Spitze des Eisbergs: Unter ihrer Bekleidung steckte geballte Energie. Lansbury hoffte nur, dass ihr Gehirn so gut funktionierte wie ihr Muskeltonus, wenn es darum ging, unbedenkliche von heiklen Situationen zu unterscheiden. Sie war fast so groß wie er, mit wenig weiblichen Zügen außer ihrem rötlichen, halblangen Haar, das gefärbt zu sein schien, denn die Farbe passte nicht zu der der Augenbrauen. Ihr Gesicht schien von der Sonne verwöhnt zu sein und der Blick ihrer grünen Augen war unergründlich. Eine eher ungewöhnliche Erscheinung und für eine Polizistin zu vorwitzig, fand er – aber er würde sie schon in die Schranken weisen. Solche Frauen waren nichts für ihn.

Drake klopfte mit einem Schreibstift auf den Tisch – ein Tick, wenn er auf sich aufmerksam machen wollte. «Das Video mit der brennenden Maschine», sagte er, «die vom Himmel stürzt, ist ein Fake. Produziert wurde es von zwei Teenagern. Man befragt sie gerade. Damit ist wieder offen, ob dem Absturz ein Bombenanschlag vorausging oder nicht. Und so lange weder die Blackbox noch der Datenschreiber geborgen sind, wissen wir nichts Genaues. Das heißt aber nicht, dass wir die Hände in den Schoß legen können.» Er musterte dabei Lansbury. «Ich vertraue auf Ihren Spürsinn.»

* * *

Über Cheddar sank die Nacht herab. Ein unheimlicher Schatten kroch langsam über die Felstürme der Gorge, die in das Tal gemeißelten Wege und Schluchten. Wie eine Schlange zwischen runden Körpern verschwand der Fluss Cheddar Yeo in der Dunkelheit. Dianes Aufenthalt bei Forsythe hatte sich in den späten Nachmittag hineingezogen, länger als beabsichtigt. Er hatte Cupcakes aufgetischt, später Whisky. Auf der Rückfahrt hatte sie vor einem Supermarkt angehalten, für Einkäufe, die sie schon Tage vorher hätte erledigen sollen, denn Kühlschrank und Vorratskammer waren leer. Wenn sie nicht verhungern wollte, musste sie jetzt Gegenmaßnahmen ergreifen.

Sie traf erst um halb zehn vor ihrem Haus ein, parkte, stieg aus und holte die eingekauften Lebensmittel aus dem Kofferraum.

Samstagabend und die Aussicht auf eine Stille, die sie an manchen Tagen in den Wahnsinn trieb. Das Haus, ihre kleine Villa, ihre Verbündete. Was würden diese Mauern erzählen können, wenn sie mit versteckten Augen die letzten Jahre ihres Lebens beobachtet hätten? Diane ging über die Treppenstufen auf die Veranda hoch. Die nichtgeweinten Tränen hatten die Dielen nie durchnässt, die Ritzen nicht gefüllt. Sie schloss die Tür auf, trat in den Flur und knipste das Licht an. Das Wohnzimmer hatte so manchen nicht ausgetragenen Disput tief in seinen Wänden vergraben, die gedachten Worte nur verschluckt. Diane packte die Einkaufstaschen aus und stellte die Hälfte der Ware in den Kühlschrank.

Sie schaute sich um. Horchte. Ertrug diese Ruhe nicht.

Sie musste etwas dagegen tun. Der letzte Schritt in den Wahnsinn – er war allzu nahe. Sie holte einen Sechzig-Liter-Kunststoffsack aus dem Putzschrank, nachdem sie sämtliche Lampen angeschaltet und damit das Haus in ein gleißendes

Lichtermeer verwandelt hatte. Diane fing im oberen Stockwerk an. In Maddies Zimmer.

Maddie hatte eine CD im Laufwerk ihrer Anlage vergessen, Diane drückte den Knopf und zuckte im ersten Moment zusammen, denn ein hämmernder Bass malträtierte ihre sensiblen Gehörgänge. Sie dreht noch ein wenig mehr auf. *Dance Till Morning.*

Ja, sie würde bis in den Morgen tanzen und die Vergangenheit vernichten. Bis in den Morgen hinein tanzen, wie sie früher getanzt hatte. Mit Jake, bevor Maddie geboren wurde. Sie hatten die Nächte durchgetanzt. Stundenlang und ohne Unterbruch, und im ersten Morgengrauen waren sie zurückgefahren. Im Auto hatten sie sich geliebt.

Seit Maddies Geburt hatte sich alles verändert. Ob es daran lag, dass sie keine Kinder mehr haben wollte? Oder hatte das Geburtstrauma bei Jake mehr Wunden hinterlassen, als sie gedacht hatte?

Ohne einen Blick auf die Bilder zu werfen oder abzuwägen, ob sie nicht doch eines noch behalten wollte, riss Diane die bemalten Leinwände vom Nagel und stopfte sie mitsamt den Rahmen in den Sack. Die übereinander genauso wie die nebeneinander aufgehängten, die blau eingefärbten, die gelben und grünen, die roten. Es gab auch welche in Grau und Schwarz. So versank alles: die Cheddar Gorge in Mehrfachausführung, farbige und schwarz-weiße Mädchen und Frauen, Sonnenuntergänge und Sonnenaufgänge, Regen- und Gewitterwolken, pinkfarbene Flüsse und hellblaue Wälder. Alles landete im gebührenpflichtigen Abfallsack. Bald holte sie einen zweiten, denn einer reichte nicht aus. Dann einen dritten, einen vierten. Sie zog weiter ins Gästezimmer, dann ins Büro, ins Badezimmer. Nach und nach landeten ihre Arbeiten aus den letzten fünfzehn Jahren in den Tüten, würden bald schon in Bristols Verbrennungsanlage zerstört werden. Aus dem Leben, aus dem Sinn. Sinnlose Pinseleien.

Weil Jake sie gemocht hatte.

Weil Jake nie wieder zurückkommen würde.

* * *

CNN in der Nacht. Das Wrack war geortet worden. Irgendwann am Nachmittag. Zwei Schiffe, Kräne, Seilwinden. Die Marine barg bereits Teile des Flugzeugs – das Seitenruder, den abgebrochenen Teil eines Flügels, das Rund eines Fensters. Gepäckstücke, einen Schuh.

Am Ufer standen Särge bereit. Weiße Särge für einen grausigen Fund.

Siebzehn

Da war sie wieder. Diese Frage, ob er nicht doch den Kurs ändern sollte. Noch hatte er es in der Hand. Er war stehen geblieben, nachdem das Taxi abgefahren war.

Über die Startbahn wehte der Wind. Dröhnten die Triebwerke.

Den Koffer hatte er an seine Seite gestellt. Er würde ihn aus der Hand geben. Anders als vorgesehen. Er würde Schicksal spielen. Er wollte nicht sterben, nicht untergehen mit dem Menschen, der ein paar Meter weiter vorne stand.

Er würde sein Leben gegen das des Anderen eintauschen. Er würde den Koffer übergeben und nicht in den Wagen steigen, der dort auf dem Parkplatz stand. Anders als geplant, wollte er sich aus dem Drehbuch wegdenken. Weggehen. Den Part dem Anderen überlassen.

Es würde einfach sein, jetzt, da er so nahe war.

In diesem Moment wusste er sein Schicksal besiegelt.

Die grauen, eckigen Plastikgebilde fielen ihm als Erstes auf. Derer dreizehn waren es, die wie kopflose Soldaten am unteren Ende der Treppe standen, die zur Veranda führte. Das matte Licht des Vormittags bestäubte die Waldlichtung mit einem Goldton. Das Haus lag still. Und da waren diese Säcke.

Lansbury hatte jenseits des Grundstücks geparkt, unweit des Vorplatzes, verborgen hinter aufsprießendem Blätterwerk, und beobachtete das Geschehen. Doch außer einer kaum wahrnehmbaren Bewegung der Pflanzen rührte sich nichts. Entweder schlief Diane – oder sie war schon weg. Zwei Sperlinge stritten auf dem Kiesplatz um einen Regenwurm oder eine Brotkrume. Ansonsten bewegte sich nichts.

Eigentlich hatte er gar nicht hierherkommen wollen. Doch der frühe Anruf der ihm anvertrauten Miss Birdie hatte ihm den Sonntagmorgen komplett vermiest. Sie habe sich in die Personalakte der Absturzopfer hineingelesen, die ganze Nacht, hatte sie ihm euphorisch mitgeteilt. Offensichtlich wollte sie ihre Gedanken darüber loswerden. Lansbury hatte sie nach ihrer Zuweisung eigentlich nur damit beauftragt, Kendalls Umzugsfirma ausfindig zu machen, nachdem er trotz zahlreicher Anfragen bei diversen Firmen noch nichts gefunden hatte. Seines Wissens kannte niemand den Namen «Transfer of Furniture»; es existierten nicht einmal ähnliche Namen. Daher sein Auftrag für die lästige Kollegin. Und das hatte er nun davon.

Dass Brooke Birdie keine pflegeleichte Mitarbeiterin sein würde, war Lansbury während des Telefonats schnell klar geworden. Drake hatte es sich wirklich sehr einfach gemacht und Hawkins die Angelegenheit elegant von sich geschoben.

Jetzt hatte Lansbury sie also am Hals. Aber bevor es Brooke Birdie in den Sinn kam, ihn zu besuchen, hatte er die Flucht ergriffen, war durch die Gegend gefahren. Immer südlicher. Und auf einmal war er hier gelandet. Instinktiv. Die Sehnsucht nach Diane hatte ihn nicht losgelassen. Er wusste, er hatte mit ihr völlig falsch kommuniziert. Sie vor den Kopf gestoßen. Da hatte sie zwangsläufig den Schluss ziehen müssen, dass er sie nur benutzte, und jetzt war er da, um es wieder gut zu machen. Sie um Verzeihung zu bitten. Er zählte auf ihre Güte, hoffte auf ihre Liebe. Dass sie ihm gegenüber mehr als nur Sympathie empfand, hatte er bereits bei ihrer ersten Begegnung in seinem Büro gespürt. Da war etwas gewesen, das er nicht zu beschreiben imstande war. Etwas Feinstoffliches und gleichzeitig Zärtliches. Ein Hauch, als würden sich zwei Wesen einander nähern und doch nicht nahe genug kommen. Vom ersten Treffen an war da eine besondere Spannung zwischen ihnen gewesen.

In seiner Jackentasche vibrierte das Mobiltelefon. Lansbury griff danach. Die Nummer auf dem Display kannte er nicht. Er zögerte, doch dann meldete er sich.

Brooke Birdie!

Er musste davon ausgehen, dass sie im Besitz mehrerer Telefongeräte war. Clever!

«Mr Lansbury, wir müssen uns treffen. Ich bin da auf etwas gestoßen, das auch Sie nicht kalt lassen dürfte – auch wenn Sie versuchen, mir auszuweichen. Vielleicht darf ich Sie daran erinnern, dass mich Mr Drake Ihrem Revier zugeteilt hat. Ich bin mir sicher, dass wir gemeinsam ans Ziel gelangen. Es hat keinen Zweck, wenn wir uns gegenseitig bekämpfen, wobei ich betone, dass *ich* es eigentlich nicht tue.»

«Was?»

«Sie bekämpfen. Wo sind Sie jetzt?»

Sie wusste, was sie wollte. Und das gefiel ihm. Aber wollte er das zugeben? Nein. «Sagen Sie mir, wo ich Sie treffen kann.»

«Auf dem Airport in Bristol. Da halte ich mich gerade auf.»

Lansbury blickte zum Haus. Nach wie vor rührte sich nichts. «Gut, ich werde in einer halben Stunde vor Ort sein.»

* * *

Nachdem Diane die Wände von den Bildern befreit und diese in Müllsäcken nach draußen gestellt hatte, saß sie bis nach Mitternacht an ihrem Laptop. Während zweier Stunden hatte sie im Internet nach der Umzugsfirma gesucht, die Mrs Graysmark erwähnt hatte. Sie schien nicht zu existieren. Keine Einträge unter «Transfer of Furniture».

Sie hatte die Suche nach London, Birmingham und Southampton ausgedehnt. Erfolglos. Sie hatte schon völlig verzweifelt aufgeben wollen, als sie einen letzten Versuch startete und Umzugsfirmen unter der Bildersuche eingab.

Morgens um zehn vor eins hatte sie die Firma schließlich anhand eines Fotos gefunden. Die Transporter sahen alle gleich aus: weiß mit dem Schriftzug «Transfer of Furniture». Sie gehörten einem pakistanischen Geschäftsmann, der mit Möbeln und Teppichen handelte. Seine Firma mit Namen «Kashmir» befand sich in der South Road in Redland, einem Außenbezirk von Bristol. Er wohnte gleich nebenan – zumindest stand es so im Stadtplan.

Also hatte sich Diane nach nur vier Stunden Schlaf auf den Weg gemacht und befand sich bereits um sieben Uhr morgens in der Nähe ihres Ziels. Sie fuhr an einer Zeile von düsteren Bauten entlang, an braunen und dunkelgrauen Häusern mit von Abgasen und Niederschlägen verunreinigten Fassaden und leblosen Fenstern, die sie wie Augen von Zyklopen anstarrten und sie an die unheimlichen Kulissen eines Horrorfilms erinnerten. Es hätte sie nicht gewundert, wenn plötzlich ein Monster vor ihr aufgetaucht wäre, eine Kreatur, die nicht einmal in ihren schlimmsten Albträumen existierte.

Diane rief sich zur Ordnung und verringerte das Tempo. Irgendwo hier musste das Unternehmen sein, das sie auf der immerhin existierenden Website als nicht sehr professionell wirkend eingestuft hatte.

Endlich fand sie das Gelände rechts der Straße. Auf dem Vorplatz, hinter einem verrosteten Gittertor, standen drei Camions mit der Aufschrift «Transfer of Furniture», und auf dem verblassten, abgewetzten Schild an der Gebäudewand entzifferte Diane mit Müh und Not den Namen «Kashmir». Sie parkte den Wagen auf der gegenüberliegenden Straßenseite und stieg aus, sah die Straße hinauf und hinunter: Das Quartier schlief – es war noch früh. Kein Mensch weit und breit, kein fahrendes Auto. Die Gegend glich einer Geisterstadt.

Diane ging zum Tor. Es war unverschlossen, und sie fand einen Durchschlupf, ohne es anfassen zu müssen, denn es hätte sie gegraust. Sie gelangte auf den Vorplatz mit den drei Camions. Für sie stand es außer Zweifel, dass einer von denen als Transporter für Kendalls Umzug gedient haben musste. Sie blieb stehen und betrachtete das Gebäude, das vor ihr auf zwei Etagen in den Morgenhimmel wuchs. Ein schwarzes Walmdach, ein Schlot, an dessen Unterseite sich Backsteine gelöst hatten, und die ungewöhnlich längliche Form des Bauwerks überboten an Hässlichkeit alles, was sich in unmittelbarer Nähe befand – und die Gebäude rechts und links waren wirklich keine Kandidaten für einen Schönheitspreis. Eine Holztreppe führte auf ein Podest. Dort stapelten sich Kisten und Kartons. Eine graue Plane bedeckte nur zur Hälfte einen Hebekran.

Das linksseitig angebaute Haus stand dem Fabrikgebäude in nichts nach. Zwei Stockwerke, auf jedem davon drei Fenster mit zugezogenen schwarzen Vorhängen. Zuoberst das Dach mit Mansarden, daneben ein schiefer Kamin. Wer hier lebte, hatte wohl jegliche Hoffnung aufgegeben. Die Umgebung wirkte so hoffnungslos wie ein vom Leben restlos enttäuschter Mensch, der den sich vor ihm abspulenden Jahren keinen Sinn mehr abgewinnen kann und nur noch darauf wartet, eines Morgens nicht mehr aufwachen zu müssen. Je weiter Diane sich der Eingangstür näherte, umso mulmiger wurde ihr zumute. Trotzdem drückte sie die verschmutzte Klingel, denn der fremd klingende Name auf dem Schildchen oberhalb des Klingelknopfs, «Nargis Ghazi», ließ sie vermuten, dass sie hier richtig war.

Es dauerte zwar eine Weile, bis die Tür geöffnet wurde, aber dafür erschien gleich eine ganze Armee unter dem Rahmen: Vier pechschwarze Augenpaare in dunklen Gesichtern starrten sie an, als wäre sie ein außerirdisches Wesen, das den Sonntagmorgen störte, wobei die wadenlangen Hemden, die

die ihr gegenüberstehenden Gestalten trugen, fast schon wieder freundlich und ein wenig gemütlich wirkten.

Diane wich instinktiv zurück. Damit hatte sie nicht gerechnet. Für einen Moment fehlten ihr die Worte.

«Was du wollen?» Der Älteste dieses sonderbaren Quartetts – es musste der Vater sein – stellte sich vor die anderen hin.

«Entschuldigen Sie die frühe Störung. Mein Name ist Diane Hemingway. Ich bin auf der Suche nach Mr Kendall. Man hat mir gesagt, dass er Ihre Dienste in Anspruch genommen habe. Sie hätten ihm beim Umziehen geholfen, Mr …»

«Mr Ghazi.» Er deutete auf die Klingel. «Aber ich Name nicht kennen.»

«Haben Sie zwei Mitarbeiter, die …» Diane deutete mit ihrem rechten Zeigefinger auf ihr Gesicht. «Weiße Mitarbeiter? Aus dem Osten vielleicht?»

«Meinen Damil und Vanja? Sie Kroatien. Beide gutes Mann.» Auf dem dunkel zerfurchten Gesicht zeichnete sich ein erstes Lächeln ab. «Wollen auch umziehen?»

«Nein, ich muss lediglich eine Auskunft haben. Wo finde ich Damil und Vanja?» Es kostete sie Überwindung, ruhig zu bleiben. Noch immer starrten die drei jüngeren Familienmitglieder sie an, als gäbe es nichts anderes zu sehen. Der Ähnlichkeit nach zu urteilen, mussten sie Ghazis Söhne sein.

«Schlafen oben.»

«Wie oben?»

«In meine Haus, Mann.»

Diane warf ihren Kopf in den Nacken und sah die Fassade hoch. «Dort oben?»

«In Dachstock.» Ghazi stieß seine Söhne zur Seite und öffnete dir Tür ganz. «Ich wecken. Wollen eintreten?»

«Nein danke, ich warte hier draußen.» Dianes Instinkt sagte ihr, dass die Angst, dieses Haus zu betreten, nicht ganz unbegründet war. Sie zog es vor, auf dem Treppenabsatz stehen zu bleiben, zumal die drei jungen Männer sie dermaßen zudringlich musterten, dass es ihr kalt über den Rücken lief.

Als endlich die Kroaten unter dem Türrahmen erschienen, atmete sie auf, denn die beiden behandelten sie ausnehmend freundlich. Ihre Ähnlichkeit ließ darauf schließen, dass auch sie Brüder oder zumindest miteinander verwandt waren: helle Gesichter, umrahmt von rabenschwarzen Haaren, und blaue, wie Apfelsinenschnitze geformte Augen, hohe Wangenknochen.

Der Größere und wohl auch ältere der beiden streckte seine Hand aus. «Mein Name ist Vanja, er hier heißt Damil. Was können wir für Sie tun?» Er sprach akzentfreies Englisch.

«Tut mir leid, dass ich Sie an einem Sonntagmorgen störe, und das auch noch so früh. Aber ich brauche nur eine Auskunft. Sie haben vor zwei Wochen Mr Kendall beim Umziehen geholfen. Wo haben Sie seine Möbel hingefahren?»

Vanja zog die Augenbrauen hoch. «Mr Kendall, sagen Sie? Das ist eine heikle Angelegenheit. Er hat uns unmissverständlich klar gemacht, dass wir niemandem etwas von seinem Wohnsitzwechsel mitteilen dürfen. Sind Sie eine Verwandte?»

Diane hatte geahnt, dass so etwas kommen würde und sich darauf vorbereitet. Sie zog ein Kuvert aus ihrer Tasche. «Hier, das ist ein Schreiben von Mr Kendall. Es bevollmächtigt mich, mir seine neue Adresse aushändigen zu lassen.»

Vanja wechselte Blicke mit Damil. Unterdessen war auch Ghazi zurückgekehrt. Die Männer drängten sich jetzt zu dritt im Türrahmen, der jeden Moment aus den Nähten zu platzen schien. Alle schauten jetzt auf Vanja, der dem Kuvert einen Papierbogen entnahm und las. Seine Augen verengten sich. Er wandte sich an Damil. «Hey Bruder, hast du die Auftragsbestätigung von Mr Kendall noch?»

«Die befindet sich noch in meiner Geldbörse.»

«Dann hol sie!»

«Was ist?» Diane verlor allmählich die Geduld. «Zweifeln Sie etwa an der Echtheit seiner Unterschrift?»

«Eine vorsorgliche Maßnahme.» Vanja schenkte ihr ein freundliches Lächeln.

Während sie wieder einmal warten musste, kam Leben in die Männer. Aus dem Hausinnern war eine weibliche Stimme zu hören, die jetzt ununterbrochen palaverte. Diane verstand kein Wort. Wenig später bahnte sich eine kleine Frau einen Weg durch die Männer. Nur ein runzliges Gesicht war zu erkennen und wenn sie lachte, ein lückenhaftes Gebiss. Ansonsten verschwand ihr Körper ganz unter einer schwarzen Abaya, in der sie etwas verloren wirkte. Sie stieß ihre Söhne und Vanja ins Haus und baute sich vor Diane auf. Zwei schwarze, von roter Farbe umrandete Augen musterten sie. Dann plapperte sie drauflos.

Aber Ghazi zog sie von Diane weg. «Mein Frau. Sie sprechen nur Urdu.» Er stieß sie hinter sich, drehte sich um, redete so laut und gestikulierte so wild, dass seine Gattin sich nicht traute, Widerstand zu leisten.

Damil kehrte zurück und überreichte seinem Bruder eine Quittung. Vanja verglich sie mit Dianes Schreiben, schien jeden einzelnen Schwung der Buchstaben sehr sorgfältig zu analysieren. Ein tiefer Seufzer entwich seiner Kehle. «Gut, es ist Kendalls Unterschrift. Dennoch …» Er zögerte wieder.

«Wie Sie wollen!» Diane entriss ihm den Papierbogen. «Ich kann mich auch an die Polizei wenden, wenn Ihnen das lieber ist.»

«Polizei?» Das war offensichtlich das Einzige, was Ghazi plötzlich verstand. «Ich nicht wollen Polizei. Vanja sagen die Wahrheit, bitte!»

Diane verlor vorgeblich die Geduld, wandte sich brüsk ab und marschierte quer über den Platz zum Gittertor.

«Warten Sie!» Vanja rannte hinter ihr her und bat sie, stehen zu bleiben. «Ich kenne seine Zieladresse nicht. Wir mussten die Möbel nach Cheddar fahren. Dort wurden sie von einem anderen Transportunternehmen übernommen. Wir brauchten zwei Stunden für das Umpacken. So etwas haben wir noch nie zuvor erlebt.»

Das sah nach einer gut vorbereiteten Flucht aus. Da hatte jemand versucht, möglichst wenige Spuren zu hinterlassen.

Diane spürte, wie sie zu zittern begann. «Kennen Sie den Namen des anderen Umzugsunternehmens?»

«Nein, es war ein neutraler Camion. Dunkelblau, aber ohne Beschriftung. Vielleicht gemietet. Ich weiß es nicht.»

«Das Autokennzeichen?»

«Ich kann mich nicht erinnern.»

«Wie hießen die Möbelpacker?»

«Es war nur einer.»

«Können Sie ihn beschreiben?»

«Groß, hager, mit abstehenden Ohren und einer Hakennase.»

* * *

Im Fall Maryam Huxley zeichnete sich ein erster Durchbruch ab. Unter den befragten Zeugen hatten zwei Frauen unabhängig voneinander während der Tatzeit eine verdächtige Person ins Haus an der Paddington Street gehen sehen. Auffällig sei gewesen, dass sie verschleiert und ganz in Schwarz gekleidet gewesen sei.

Hawkins saß am Tisch im Sitzungszimmer. Er drehte den Schreibstift zwischen den Fingern und schien ganz in Gedanken versunken, während ein Dutzend Polizisten auf seine Ausführungen wartete. Dann holte er Luft und sagte. «Genau mit diesem Problem werden wir täglich konfrontiert. Solange wir diese Kutten dulden, können wir davon ausgehen, dass sie missbräuchlich getragen werden. Wer denkt schon daran, unter einer Abaya einen Kriminellen zu suchen? Ich war schon immer für ein Vermummungsverbot. Wer in unserem Land lebt, soll sich gefälligst an unsere Normen halten. Anderswo ziehen wir Europäer auch die Schuhe aus, wenn wir heiligen Boden betreten.»

Er hielt inne. Bilder aus Afghanistan zogen vor seinem inneren Auge vorbei. Während der zwei Jahre im kriegsgebeutelten Osten hatte er oftmals Zuflucht in einer Moschee gesucht. Die Schuhe hatte er immer draußen deponiert. Aus Respekt gegenüber dem gläubigen Volk, auch in Zeiten des

Krieges. Der sonst so gefühlskalte Hawkins hatte gebetet, zu einem ihm fremden Gott, war vor ihm auf die Knie gesunken und hatte Oberkörper und Kopf geneigt. Und auf ein Wunder gehofft. Darauf, dass er nie mehr sterbende Kinder, vergewaltigte Frauen sehen musste. Keine Menschen auf der Flucht, nachdem Granaten ihr Haus zerstört, die Körper ihrer Lieben zerfetzt und sie gezwungen hatten, im Dreck liegenzubleiben, weil die Angst sie lähmte, die Kraft sie nicht mehr trug. Geweint hatte er. Aber Sand und Trockenheit hatten seine Tränen zum Versiegen gebracht, bevor sie seine Wangen erreichten. Er schluckte leer. «Aber nein, wir kuschen immer. Nennen es Toleranz und vergessen dabei, unser eigenes Volk zu schützen. Und das hat nichts mit der Diskriminierung von Zuwanderern zu tun.»

Niemand wagte es, zu widersprechen.

«Gut. Dann wollen wir weiterfahren. Wir haben zwei Zeuginnen, die gesehen haben wollen, wie eine fremde Person in einer Abaya ins Etablissement ging. Niemand der Hausbewohner hat Beziehungen zu einer solchen Person. Die meisten unter ihnen gingen zudem zur Tatzeit ihrer Arbeit nach. Ich hatte die beiden Zeuginnen bereits im Verhör. Eine von ihnen behauptet, zwei geschminkte Frauenaugen erkannt zu haben. Der Rest sei verschleiert gewesen. Poppy, die Leiterin des Etablissements, sagte aber aus, dass sie die Tür abgeschlossen habe, bevor sie zu den Toiletten ging. Es muss also jemand sein, der einen Schlüssel zum Gebäude besitzt. Am Tatort wurden Fingerabdrücke genommen, aber keiner davon ist auf der Datenbank registriert. Die Leiche befindet zurzeit in der Gerichtsmedizin, und mit dem Bericht dürfen wir allerfrühestens morgen rechnen.»

Hawkins erhob sich und stellte sich vor die Pinnwand, an der die Bilder der Toten und der Personen, die ihr nahegestanden hatten, angeheftet waren. «Zwischen Maryam, Abigail und Poppy gibt es eine Verbindung, ebenso zu unbekannten Freiern, deren Namen Poppy uns schlussendlich verraten hat. Und es gibt einen Gast, der ausschließlich die beiden Studentinnen gebucht hat: Abdullah Omar Brown. Wie Sie alle wissen, ist er kein Unbekannter. Er hat jedoch ein wasserfestes Alibi für die Tatzeit.» Er sah in die Runde. «Wir können ihn für den Mord an Maryam Huxley nicht verantwortlich machen. Aber wir bleiben an ihm dran. Gemäß einer Aussage von Maryams Freundin Abigail Ashton hat Brown sich gern mit seinen Aktionen gebrüstet. Eventuell könnte der Absturz des Flugzeugs auf sein Konto gehen. Darauf weist ein Anruf der verstorbenen Miss Huxley hin. Der Anruf erreichte uns am letzten Montag. Doch bis dahin gilt selbstverständlich die Unschuldsvermutung.» Hawkins verschränkte die Arme und schaute grimmig in die Runde.

«Ist Brown nicht mit einer Frau verheiratet, die aus den Vereinigten Arabischen Emiraten stammt?» Ein drahtiger Polizist mit Backenbart hatte diese Frage in die Runde geworfen.

«Eine Muslimin mit drei Kindern», entgegnete sein Tischnachbar. «Sie stammt aus Dubai. Sie ist die Tochter von Scheich Zyad, einem Ölmagnaten. Der hat überall seine Finger im Spiel. Es kursiert das Gerücht, dass er seinen Schwiegersohn als Laufbursche für seine Geschäfte benutzt. Brown mag zwar ziemlich clever sein, aber die Fäden zieht Zyad. Wir dürfen nicht vergessen, wo Brown herkommt. Er ist der Sohn eines Iren, der vor vierzig Jahren nicht nur im Visier von Scotland Yard war, sondern auch des MI5. 1969, nach der

Spaltung der Irisch-Republikanischen Armee, spielte er eine nicht unwesentliche Rolle im Nordirlandkonflikt. Er tauchte dann jedoch unter und erschien erst wieder, als man die Waffen niedergelegt hatte. Man geht davon aus, dass er eine Zeit lang in Ägypten gelebt hat. 1972 heiratete er eine ägyptische Staatsangehörige.»

«Wir sollten Browns Ehefrau im Auge behalten.»

«Ihr Name ist Fadime.»

Hawkins tigerte vor der Pinnwand auf und ab. «Das Etablissement gehört Brown. Laut Poppys Aussage ist er im Besitz eines Schlüssels. Angenommen, Fadime kommt dahinter, dass ihr Mann sie mit Prostituierten betrügt. Dann hätte sie ein Motiv.»

«Zudem geht sie nie ohne Abaya auf die Straße», ereiferte sich der Backenbart.

«Was rein spekulativ ist. Gibt es Beweise?»

«Bis anhin keine.»

«Dann sucht sie.»

* * *

Sonntag, früher Nachmittag. Über dem Bristol Airport waberte der Gestank von Kerosin. Eine mäßige Brise trug den Geruch bis zum Parkplatz, auf dem Lansbury seinen Wagen abgestellt hatte. Er hatte sich mit Brooke Birdie in der Ankunftshalle verabredet. Sie lehnte an dem Panoramafenster, das den Blick auf das Rollfeld freigab. Eine Easy-Jet-Maschine setzte zur Landung an, und der Lärm der Motoren und der Schubumkehr dröhnte bis in die luftdicht verglaste Halle.

Brooke Birdie kaute so energisch an einem Kaugummi, dass Lansbury glaubte, sie zermalme gerade einen zähen Brocken Fleisch.

«Hallo, Miss Birdie.» Seine Begrüßung fiel etwas steif aus, wie er sich eingestand.

«Nennen Sie mich Brooke. Das vereinfacht die Sache.» Sie streckte ihm ihre Pranke hin. Selbst die Unterarme waren extrem muskulös, und Lansbury nahm an, dass sie jeden Tag mehrere Stunden im Kraftraum verbrachte. Was Körperstärke anging, würde sie es ohne Weiteres mit ihm aufnehmen können, da war er sicher. Er hoffte jedoch, dass er nie zu einem Kräftemessen aufgefordert würde. Wenn er etwas nicht mochte, so waren das burschikose Frauen.

Sie reckte das Kinn. «Wollen wir?»

«Sie wollten mir etwas zeigen?»

«Am Ticketschalter der British Airlines. Der liegt jedoch auf der anderen Seite. Aber dort hätten wir uns womöglich verfehlt. Kommen Sie!» Birdie ging voraus. Lansbury konnte ihrem Schritt kaum folgen. Sie erinnerte ihn irgendwie an einen Mähdrescher in voller Fahrt.

Der Schalter der British Airlines befand sich zwischen einer Pizzeria links und dem McDonald's rechts.

«Ich habe schon Vorarbeit geleistet», ließ Birdie außer Atem, aber fröhlich verlauten. Allem Anschein nach konnte sie doch etwas aus der Puste bringen. Lansbury fand das beruhigend. Sie stellte sich an den Schalter und wies ihren Ausweis vor. «Ich habe mich unlängst mit Ihrer Kollegin unterhalten. Könnten Sie sie bitte rufen?»

«Sie ist in der Pause», erwiderte die Frau, die dort saß – dem Aussehen nach noch keine zwanzig.

«Und wo verbringt sie die Pause?» Birdie wurde ungeduldig.

«An der Stehbar beim Durchgang zu den Geschäften.»

Birdie wandte sich nach Lansbury um, der sie nicht aus den Augen gelassen hatte. «Kommen Sie mit!»

Sie ging vor ihm her, energischer jetzt und noch schneller.

Die Stehbar entpuppte sich als Treffpunkt für Flughafenangestellte. Birdie steuerte auf eine junge Frau zu, die einsam an einem runden Tisch stand und an einem Getränk mit Strohhalm nippte.

Birdie schlug ihr kameradschaftlich auf die Schulter, was bei Lansbury Verwunderung hervorrief. «Hallo, da bin ich wieder. Sie können bestimmt noch einmal wiederholen, was Sie mir erzählt haben. Es geht um den Fluggast Jake Alfie Hemingway.»

Die Frau musterte Lansbury mit gekrauster Stirn.

«Ach, der gehört zu mir.» Birdie wandte sich an Lansbury. «Zeigen Sie ihr den Ausweis, bitte.»

Er legte ihn auf den Tisch. Die Frau warf rasch einen Blick darauf.

«Was also haben Sie herausgefunden?» Birdie lauerte mit glänzenden Augen auf ihre Ausführungen.

«Ich kann hier nicht sprechen, das geht nicht», murmelte die junge Frau.

«Jetzt auf einmal?» Birdie reagierte zunehmend gereizt. «Wir können Sie auch vorladen, wenn Ihnen das lieber ist!»

Lansbury beobachtete interessiert, wie Birdie versuchte, die Frau einzuschüchtern – und ihren Willen bekam.

«Mr Jake Hemingway hat in den letzten Jahren mehrere Flüge aufs Festland gebucht. Mindestens zweimal pro Monat flog er entweder nach Berlin oder nach München.»

«Können Sie uns die Unterlagen dazu mailen, Miss?»

«Ich weiß nicht, ob ich das darf.»

«Sie dürfen. Sie müssen sogar. Wir sind von der Polizei.» Birdie wandte sich an Lansbury. «Sieht so Flugangst aus?» Sie ließ ein paar Sekunden verstreichen und fuhr dann leise fort. «Die Witwe, Mrs Hemingway, hat Ihnen ein Märchen aufgetischt. Ich habe die Akte gelesen. Da ist doch was faul an der ganzen Sache.»

«Vielleicht hat ihr Mann sie nicht wissen lassen, dass er zweimal pro Monat nach Deutschland reiste. Denn wenn er etwas mit dem Anschlag zu tun hatte, dürfte er diese Flüge aus naheliegenden Gründen geheim gehalten haben.»

«Somit dürfte sich der Verdacht erhärten, dass Mr Hemingway ein Schläfer war. Seit 9/11 bringt man sie auch in Zusammenhang mit dem Terrorismus. Ich nehme an, davon sind Sie auch ausgegangen.» Sie legte eine Visitenkarte auf den Tisch und drehte sich noch einmal zu der Frau um. «Da können Sie alles hinschicken. Meine E-Mail-Adresse finden Sie auf der Rückseite.»

«Wo haben Sie denn das her?», fragte Lansbury und berührte Birdie unbeabsichtigt am Arm.

«Auch aus Ihren Akten, Tyrone.» Sie fuhr mit der Hand über ihren Arm, als müsste sie dort etwas wegwischen. «Es war eine unauffällige Randnotiz.» Sie entfernte sich etwas vom Tisch. «Ich nehme sie aber ernst. Ich habe ein halbes Jahr in Israel gelebt. Ich weiß, wie solche Schläfer funktionieren, obwohl wir sie damals im Rahmen von verdeckten Ermittlungen und Operationen eingesetzt haben. Sie sind meistens unscheinbare Bürger, die sich nichts zuschulden kommen lassen. Sie haben Familie, ein solides Leben, gehen einer geordneten Arbeit nach. Kurz: Sie fallen in der Gesellschaft überhaupt nicht auf.»

«Sie waren in Israel? Ich dachte, Sie kämen aus dem Innenministerium.»

«Das ist richtig. Aber ein halbes Jahr lang habe ich in der britischen Botschaft in Tel Aviv gearbeitet. Ich erhielt Einblicke in die Ausbildung israelischer Soldatinnen, denn unser Botschafter war ein guter Freund ihres Trainers, Ariel Schamir. Ich war zusammen mit den Frauen in der Negev-Wüste stationiert. Ich durfte sie einen Monat lang begleiten.»

«Wie man sieht, haben Sie sich angepasst.» Lansbury verkniff sich ein Grinsen.

«Wenn Sie mich auf meinen Körperbau ansprechen, muss ich Sie enttäuschen, Tyrone. Die Soldatinnen sind meistens junge, zierliche Frauen. Aber ich gehe davon aus, dass Sie das wissen.»

«Also nicht so eine Kampfmaschine wie Sie.» Er konnte das Lachen nicht mehr zurückhalten.

«Legen Sie sich nicht mit mir an.» Offenbar genoss sie es durchaus, im Mittelpunkt von Lansburys Aufmerksamkeit zu stehen – obwohl er sie beleidigte. Er erkannte in ihr die Narzisstin, verbiss sich jedoch weitere Provokationen.

«Themenwechsel! Hemingway hat vor einem halben Jahr sehr viel Geld bekommen. Ursprung unbekannt. Wenn er ein Schläfer gewesen wäre, hätte er dieses Geld anderswohin schicken lassen oder versteckt. Er hat es aber offensichtlich unter die Leute gebracht.» Lansbury stieß die Luft aus. «Von wegen unscheinbar.»

«Trotzdem glaube ich, dass er ein Schläfer war.»

«Es ist atypisch. Das macht die ganze Sache so unheimlich. Drake hat das schon richtig erkannt. Wir haben es mit einer neuen Art des Terrorismus zu tun.»

Die Frau am Tisch machte sich noch einmal bemerkbar. «Rückwirkend auf fünf Jahre? Ich hoffe, dass das reicht und dass ich nicht in Teufels Küche gerate. Eigentlich hätte ich mich an meinen Vorgesetzten richten müssen. Eine Ausnahme. Das bleibt doch gewiss unter uns?» Sie setzte ein gezwungenes Lächeln auf, während sich Lansbury und Birdie zum Gehen wandten.

«Da machen Sie sich mal keinen Kopf.» Birdie winkte ihr zum Abschied zu. «Vielen Dank für Ihre Hilfe.»

«Ich muss neidlos zugestehen», sagte Lansbury, «dass Sie eine taffe Lady sind. Wollen wir uns einen hinter die Binde kippen?»

«Sie tauen ja richtig auf, Tyrone. Also los, kommen Sie. Dann können Sie mich über Ihre weiteren Schritte informieren. Ich habe gelesen, dass Sie auch auf der Fährte eines Mr Kendall sind.»

Sie steuerten eine andere Bar an und bestellten Whisky und eine Flasche Wasser zum Verdünnen. «Wir sind doch im Dienst!», entsetzte sich Lansbury gespielt. «Ich möchte Sie nicht verführen.»

«Das war jetzt aber ganz schön zweideutig. Also, wie weit sind Sie mit diesem Kendall? Er hat eine Druckerei, wenn ich mich nicht irre.»

«Sie haben meine Akten wirklich sehr genau gelesen.»

«Das ist mein Job.»

Eine Kellnerin brachte die Getränke.

«Auf dich, Tyrone.»

«Auf dich, Brooke.»

Die Gläser klangen hell. Der erste Schluck blieb unverdünnt.

«Du suchst noch immer diese Umzugsfirma, nicht wahr? Ich kenne sie zufällig. Das heißt, es ist ein Möbelhaus in der South Road in Redland. Der Besitzer, Mr Ghazi, kauft alte, ausgediente Möbel oder holt sie sich aus Häusern und Wohnungen, dessen Mieter verstorben sind. Er renoviert sie und verkauft sie als sogenannte Reproduktionen unterschiedlicher Epochen. Und er transportiert Möbel. Er ist gebürtiger Pakistani und lebt mit seiner Frau und drei Söhnen sowie zwei Mitarbeitern unter demselben Dach.»

«Du kennst die Familie persönlich?»

«Nein, diese Informationen sind das Resultat einer schlaflosen Nacht. Das Möbelhaus heißt ‹Kashmir›, logisch oder?» Sie lachte verhalten. «Er hat drei weiße Kleinlaster mit der Aufschrift ‹Transfer of Furniture›.»

«Bingo! Wie bist du darauf gekommen? Weißt du, wie ich mir den Kopf über dieser Frage zermartert habe? Ohne Erfolg. Und du schnippst einmal mit dem Finger und weißt, wer dahintersteckt.»

«Weibliche Intuition.»

«Das nehme ich dir nicht ab.»

«Lass dich nicht von meinem Äußeren irreführen.»

«Fast hätte ich es getan.»

«Man sollte eben wissen, wo man suchen muss», gab Birdie kokett zurück. Sie schenkte Wasser ins Glas. Die Eiswürfel schlugen aneinander. «Wir sollten keine Zeit verlieren, was meinst du?»

Lansbury sah auf die Armbanduhr, ohne zu realisieren, wie spät es war.

* * *

Der Bericht aus der Gerichtsmedizin lag vor ihm. Ronny Hawkins schob seinen Stuhl zurück. Er hatte sich in Geduld üben müssen. Aber das hatte sich gelohnt. Unter den Fingernägeln der toten Maryam Huxley hatte man Partikel von Hautabschürfungen gefunden. Bevor sie erwürgt worden war, hatte sie sich offensichtlich gegen den Angreifer gewehrt. Die Aussagen zweier Zeugen, der Verdacht, dass es sich um ein Eifersuchtsdrama handeln könnte, und die Tatsache, dass Brown im Besitz eines Schlüssels war, hatten ausgereicht, um den Staatsanwalt dazu zu bringen, einen Haftbefehl gegen seine Frau auszustellen. Hawkins erwartete zwei Kollegen, die ihn an Browns Wohnadresse begleiten würden. Dass Browns Appartement gegenüber dem New Scotland Yard lag, erachtete Hawkins als Zufall.

Eine halbe Stunde später klingelte Hawkins bei Brown Sturm. Seine Begleiter hielten links und rechts der Tür die Stellung.

Ein beeindruckender Anblick bot sich ihnen, als Fadime öffnete. Sie hatte Abaya und Niqab angelegt, und am Saum ihres Gewandes klebten zwei ihrer Kinder. «Sie wünschen?» Aus dem schmalen Schlitz der Kopfbedeckung blitzte ein rabenschwarzes Augenpaar.

Die beiden Polizisten hatten sich an ihr vorbeigedrängt und versperrten ihr nun den Weg zurück in die Wohnung. Hawkins zeigte ihr seinen Ausweis. «Wir müssen Sie bitten, uns aufs Revier zu begleiten.»

«Sie sehen doch, dass ich nicht wegkann.» Fadime blickte hilflos über die Schultern. «Ich bin allein mit meinen Kindern.»

«Rufen Sie George. Ihr Butler heißt doch George, nicht wahr?»

Fadime fuhr herum. Ihr Kleid rauschte. «Bitte machen Sie kein Aufsehen um meine Person. Ich werde mitkommen.» Sie schickte ihre zwei Kinder in die Wohnung zurück. «Mama wird bald wieder bei euch sein», versprach sie. «Es ist nur ein Missverständnis. Also, geht zu George.»

Damit hatte Hawkins nicht gerechnet.

Offenbar war die Situation günstig. Brown schien nicht anwesend zu sein. Und Fadime lag viel daran, in Anwesenheit ihrer Kinder ruhig und überlegt zu handeln.

Sie hatte ihre Tasche genommen und zog jetzt die Tür zu, nachdem sie einem unsichtbaren George Anweisungen gegeben hatte.

Sie stiegen die Treppe herunter. Draußen nahm Fadime im hinteren Teil der Limousine Platz, und Hawkins setzte sich neben sie.

Er sah sie von der Seite an. «Sie wissen, warum Sie hier sind?»

«Ich kann es mir denken. Manchmal hat man keine andere Wahl.» Fadime legte ihren Kopf in die Hände. «Bitte treten Sie meinen Glauben nicht mit Füßen und fassen Sie mich nicht an.»

«Ich muss Sie bitten, Ihren Umhang abzulegen», sagte Hawkins später im Vernehmungszimmer. Er stand in der Nähe des Tisches. Sein Kollege Jack Miller hatte sich an ein Pult gesetzt, vor sich die Tastatur des PC. «Wenn Sie möchten, werde ich eine Kollegin reinschicken.»

«Nein, das ist nicht nötig.» Fadime streifte Schleier und Gewand von ihrem Körper. Die Kopfbedeckung löste sich und ein Schwall pechschwarzer, matt glänzender Haare ergoss sich über zarte Frauenschultern. Sie reichten ihr bis hinunter über die Hüfte. Fadime trug eine weiße Bluse und edle Jeans, und an ihren Armen glänzte Schmuck. Hawkins hätte darauf gewettet, dass die Diamanten auf den Goldreifen echt waren.

Die Frau war außer Zweifel eine Schönheit, gesegnet mit einem Hauch von Bronze auf ihren grazilen Armen und von königlicher Haltung.

Hawkins installierte das Aufnahmegerät. «Vernehmung zum Fall Maryam Huxley. Zugegen: Fadime Brown, gebürtige Zyad, Chief Inspector Ronald Hawkins und Sergeant Jack Miller als Protokollführer. Es ist jetzt genau sechzehn Uhr.»

Fadime saß reglos auf ihrem Stuhl.

«Mrs Brown. In welchem Zusammenhang kennen Sie das

Etablissement von Poppy Whitman?»

«Es gehört meinem Mann.»

«Seit wann wissen Sie das?»

«Ich habe den Kaufvertrag gesehen. Er hat ihn mir gezeigt. Das ist jetzt fünf Jahre her.»

«Wie haben Sie darauf reagiert?»

«Es gibt Dinge im Leben meines Mannes, die gehen mich nichts an.»

«Kennen Sie Poppy Whitman?»

«Ich habe sie einmal an einer Einladung, die mein Mann für seine Freunde gegeben hat, gesehen.»

«Davor oder danach nicht?»

«Nein.»

Haben Sie Kenntnis von den regelmäßigen Besuchen Ihres Mannes im Etablissement?»

«Ich ahnte es.»

«Wie sind Sie darauf gekommen?»

«Ich erwarte unser viertes Kind. Mein Mann findet mich nicht mehr attraktiv.»

Hawkins starrte diese Schönheit, die ihm da gegenübersaß, mit offenem Mund an. So, wie er Brown in Erinnerung hatte, hätte er es eher verstanden, wenn Fadime ihren Mann nicht mehr attraktiv fand. *Dieser Typ hat eine verzerrte Einstellung*, ging ihm durch den Kopf. «Das heißt, er liebt Sie nicht mehr?»

«Das habe ich nicht gesagt.»

«Er liebt Sie also», folgerte Hawkins. «Wussten Sie, dass Ihr Mann Sie mit zwei Prostituierten betrog?»

«Ja.»

«Woher wissen Sie es?»

«Ich bin ihm eines Abends gefolgt.»

«Ins Etablissement?»

«Nein, nur bis zur Tür. Dort hat er sich mit zwei jungen Frauen unterhalten. Danach sind sie im Haus verschwunden.»

Hawkins zog zwei Bilder aus seinem Aktenmäppchen. «Sahen die beiden Frauen so aus?»

Fadime ließ schnell ihre Blicke über die Fotografien schweifen. «Ja.»

«Haben Sie eines der beiden Mädchen einmal getroffen?»

«Ja.»

«Wo war das?»

«Ist das eine Fangfrage?» Fadimes schwarzer Blick bohrte sich in Hawkins' Gesicht.

«Ich möchte eine klare Antwort.»

«Ja, ich habe eine von beiden gesehen.»

«Wann war das?»

«Weshalb fragen Sie mich, wenn Sie die Antwort kennen?»

«Ich möchte sie aus Ihrem Mund hören.»

«Am Dienstag.»

«Haben Sie einen Schlüssel zum Etablissement?»

«Mein Mann hat einen. Er liegt in einer Schublade in der Garderobe. Ich habe dort auch Zugriff.»

Hawkins staunte über Fadimes ausführliche Schilderungen, genoss sie jedoch mit Vorbehalt. Er hatte nicht damit gerechnet, dass sie ihm eine Wahrheit erzählen würde, an der er zweifelte. Weshalb sie es trotzdem tat, kam ihm merkwürdig vor. Deckte sie jemanden? War es überhaupt die Wahrheit? «Sie haben also den Schlüssel an sich genommen und sind zum Etablissement gegangen.»

«Ja.»

«Was haben Sie dort vorgefunden?»

«Die Tür war geschlossen. Ich öffnete und schlich mich ins Zimmer des Mädchens.»

«Woher wussten Sie, dass es das Zimmer dieses Mädchens war?»

«Ich habe durch den Türspalt geschaut und die hier gesehen.» Fadime deutete auf Maryam Huxleys Foto.

«Was ist dann geschehen?»

«Die Musik lief sehr laut. Ich machte die Tür auf, stürzte mich auf das Mädchen und würgte es.»

«Und das Mädchen hat sich nicht gewehrt?»

«Doch.» Fadime drehte die Unterarme nach oben. Auf beiden waren deutliche Kratzspuren zu erkennen. «Die Hure hat mich gekratzt.»

«Wie ging es weiter?»

«Ich drückte ihr die Kehle zu.»

«Sie geben also zu, dass Sie die Studentin Maryam Huxley ermordet haben?»

«Ja, bei Allah, ich gebe zu, dass ich eine von Abdulls Huren erwürgt habe. Und ich würde es wieder tun.»

* * *

Das Quartier sah am späten Nachmittag nicht gut aus. Die Sonne schmeichelte zwar mit ihrem Glanz den graubraunen Häusern und heruntergekommenen Fabriken, doch über allem lag eine bedrückende Stimmung, die auch das ferne Kinderlachen nicht aufzuhellen vermochte.

Lansbury und Birdie trafen die gesuchten Möbelpacker beim sonntäglichen Ausruhen in Ghazis Garten an. Die Familienmitglieder faulenzten auf ausgedienten Bierbänken, spielten Fingerbillard auf einem verblassten Carrom-Brett und naschten zwischendurch Tschapati, pakistanisches Fladenbrot, das mit Huhn belegt war.

Nargis Ghazi sprang auf. «Ich riechen Bullen schon aus hundert Meilen Entfernung», zeterte er. Breitbeinig ging er auf sie zu und plusterte sich auf. «Was verschaffen mir an Sonntag Ehre, Mann?» Sein Blick schwamm wie der wässrige Blick eines in die Jahre gekommenen Bernhardiners. «Wollen umziehen?»

Einer der Kroaten näherte sich Ghazi. Sein Blick war starr auf Lansbury gerichtet. «Leider verhindert die Mentalität der hiesigen Staatsbürger, dass ein Volk wie wir an einem Sonntag arbeitet.»

«Das korrekt, Mann.» Ghazi grinste. Ein braunes, ziemlich defektes Gebiss ließ die Vermutung zu, dass er noch nie in seinem Leben einen Zahnarzt gesehen hatte. Wohlwollend schaute er zu seinem Arbeitnehmer herüber. «Damil sehen richtig, Mann.»

«Ersparen Sie sich Ihre Floskeln, Ghazi.»

«Wir uns kennen?» Über das Gesicht des Pakistaners huschte ein dunkler Schatten.

Lansbury zückte seine Dienstmarke. «Wenn Sie meine Fragen beantworten, sind Sie uns gleich wieder los.»

«Was sonst? Sie konnen mich nicht bestrafen, Mann. Ich bezahlen Steuern immer punktlich.»

«Wir sind nicht von der Steuerfandung», mischte sich Birdie ins Gespräch.

«Aber ich erinnere mich dunkel, dass Sie zwei Illegale in Ihrem Betrieb beschäftigen», sagte Lansbury.

«Ach, so sein das, Mann. Sie sein armes Teufel. Kein Bewilligung. Sein auf Flucht. Ich haben gut Herz.» Gahzi hob einladend seine Hände. «Setzen an unsere Tisch. Mukhtaran Tee bringen.» Ghazi wedelte mit seinen Händen in Richtung seiner Frau an der schmalen oberen Seite des Tisches. Sie allerdings rührte sich nicht und saß stumm nur da in ihrem dunklen Umhang. Einzig ihre Augäpfel bewegten sich zwischen den Akteuren hin und her.

«Wohin haben Sie die Möbel von Andrew Kendall gefahren?»

«Sie sein schon Zweites, der fragen.»

«Gewiss war Mrs Hemingway hier», mutmaßte Birdie.

«Ja, ja, Mrs Hemingway … Blutsschwester von Ernest … ja, ja …»

«Ach, Sie kennen Ernest Hemingway?»

«Ich nicht Idiot, Mann. Ich haben Tochter, studieren in Oxford Anglistik.»

«Was wollte Mrs Hemingway von Ihnen wissen?» Birdie zappelte vor Ungeduld, während Lansbury sie aus den Augenwinkeln beobachtete.

«Sie wollen wissen, wohin Mobel fahren.»

«Wohin denn?»

«Nach Cheddar. Dort haben wir sie in einen anderen Lieferwagen umgepackt», kam einer der Kroaten Ghazi zuvor. «Mehr wissen wir nicht.»

«Und wie heißen Sie?»

«Damil. Man nennt mich Damil.» Er hatte die beiden Polizisten offenbar aus dem Hintergrund belauscht und sich erst aus der Deckung gewagt, als er sicher war, dass sie nicht seinetwegen da waren.

«Und wie heißt das Umzugsunternehmen, dem Sie die Ware übergeben haben?» Lansbury riss allmählich der Geduldsfaden.

«Es war ein gemieteter Camion ohne Beschriftung.»

«Hatten die Möbelpacker einen Namen?»

«Es war nur einer. Ich kenne seinen Namen nicht.»

Das war ein kurzes Gastspiel gewesen.

Lansbury und Birdie verließen die Familie, ohne wirklich Aufschlussreiches von ihr erfahren zu haben.

«Diese Mrs Hemingway hat's faustdick hinter den Ohren.» Beim Wagen angelangt, schwang sich Birdie auf den Fahrersitz. «Es scheint, als würde sie hinter unserem Rücken Nachforschungen anstellen.»

«Sie hat ihren Mann verloren.» Lansbury ließ sich auf den Beifahrersitz plumpsen. «Und sie weiß, dass wir ihn verdächtigen. Ich denke, das ist eine normale Reaktion.»

«Das gibt ihr aber nicht das Recht, auf eigene Faust zu ermitteln.» Brooke starrte ihn von der Seite an. «Du sympathisierst mit ihr?»

«Sie ist Kriminalschriftstellerin.»

«Sie *war* Kriminalschriftstellern», korrigierte Birdie. «Seit fünfzehn Jahren schreibt sie nicht mehr. Oder was wolltest du andeuten?»

«Ist ja gut. Ich werde mich der Sache annehmen.»

Birdie zog ihre Hände von Schlüssel und Lenkrad zurück, drehte sich zu Lansbury um und schob ihm ihr Gesicht entgegen, bis es fast das seine berührte. «Ich will dir jetzt etwas sagen, was du vielleicht nicht gern hörst. Aber ich mag dich, Lansbury, und ich denke, du sollst wissen, was in der Metropolitan Police gespielt wird.»

Er hob nur die Schultern.

«Drake hat mich nicht umsonst dir zugeteilt. Ich soll dich beobachten. Er vermutet, dass du befangen bist.»

Lansbury reagierte heftig. «Und weshalb sollte ich das sein, zum Donner?»

«Drake hat auch innerhalb der Met seine Späher. Und einer davon will gesehen haben, wie du mit Mrs Hemingway geschäkert hast.»

«Das ist jetzt wohl ein Witz.» Lansbury hob Birdies Kinn an. «Irgendetwas passt hier nicht zusammen. Auf der einen Seite wollte Drake mich unbedingt in London zurückhaben, andererseits unterlässt er nichts, um mich anzuschwärzen.»

«Was jetzt?»

«Eigentlich müsste ich dich mir vom Hals schaffen.»

Achtzehn

Noch fünf Schritte. Noch vier, noch drei, noch zwei.

Der Mann drehte ihm den Rücken zu. Wartete und wusste nicht, weshalb. Er, der zeitlebens alles geplant und niemals etwas dem Zufall überlassen hatte.

Noch ein Schritt. Er berührte ihn an der Schulter. Der Andere drehte sich zu ihm um. Kein Erstaunen auf dem Gesicht. Man kannte sich. Seit Jahren schon.

Er ahnte nicht, dass er ein Kandidat war.

Ein Todeskandidat. Er ahnte nicht, dass jemand den Hebel nach unten kippen, einen Knopf drücken und sein Leben beenden würde.

Weil sein Leben überflüssig geworden war. Weil er nicht mehr in dieses Leben passte. Weil er Leben verhinderte und es nicht wahrhaben wollte.

Weil er es verdiente zu sterben.

Der frühe Morgen küsste den Tag wach. Um das Haus tanzten Elfen, die sich allerdings, wenn sie genauer hinsah, als schwache Nebelschleier entpuppten. Diane saß bereits in ihrem Wagen, um loszufahren, aber die geheimnisvoll wirkende Aussicht fesselte sie. Wann war ihr zum letzten Mal aufgefallen, dass die Natur solche Bilder produzierte? Am liebsten hätte sie jetzt Schreibblock und Stift zur Hand genommen und ihre Ideen zu Papier gebracht.

Aber die Poesie musste warten.

Die Zeit drängte und sie startete den Motor. Sieben Uhr, und die Welt schien wirklich noch in Ordnung zu sein. Spät abends hatte Diane Anne angerufen und sich nach Maddie erkundigt. Anne war reserviert gewesen und hatte Maddie erst gar nicht ans Telefon holen wollen. Als Diane endlich mit ihrer Tochter hatte sprechen können, wirkte auch Maddie sehr abweisend, aber Diane führte dies auf ihre Trauer zurück. Sie hatte ihrer Tochter versprochen, sie bald nach Cheddar zu holen, wenn sie die vielen Rätsel um den Tod ihres Vaters endlich aufgedeckt hatte.

Maddie war einsilbig geblieben.

Diane drückte ein paar Tränen weg, während sie ihren Wagen vom Hemings Way auf die Cliff Road lenkte.

Unwirklich kam ihr alles vor. So unwirklich wie über dem Fluss Yeo die Dunstschwaden, die sich mit dem ersten Sonnenstrahl auflösen würden.

Würde am Ende ihr ganzes Leben zerrinnen? Sich auflösen wie der morgendliche Nebel? War ihr Leben genauso ungreifbar?

Jake war tot.

Und jetzt spürte sie, wie ihr Maddie entglitt, der einzige Mensch, für den es sich zu leben lohnte. Ihre Tochter, ihr großes Drama.

Ein halbes Jahr lang war sie regelmäßig zu Dr. Onnington gegangen. Sie und Jake hatten ihn gemeinsam aufgesucht. «Aufarbeitung des Erlebten», hatte der Arzt es genannt – er, der Psychologe, der viel zu alt war, um sie zu verstehen.

Ihr Mann hat richtig reagiert.

Nein, hat er nicht. Er hätte mich nicht einfach so liegen lassen dürfen. Maddie war ihm wichtiger. Er hätte mich sterben lassen, wenn ich nicht so viel Lebenswillen in mir getragen hätte.

Sie sind unfair, Mrs Hemingway.

Er hat mich fast verbluten lassen. Er hat versagt. Er ist ohnmächtig geworden.

Jake. Er hatte dem kaum etwas entgegenzusetzen gehabt. Dr. Onnington hatte ihn zurechtgewiesen, wenn er sie unterbrach, und gesagt, dass es besser sei, seine Frau aussprechen und sie in dem Wissen zu lassen, dass er als ihr Mann versagt hatte, statt ihr die Schuld zuzuschieben.

Sie hatten sich so sehr viele Kinder gewünscht. Jake hatte nur Maddie bekommen – und das mit allen Konsequenzen.

Diane traf Forsythe in der Produktion an, die außerhalb der Stadt lag. Miss Neville hatte sie dorthin geschickt.

Forsythe wartete in der Halle, wo sich die Druckmaschine befand. Eine Bogenoffsetdruckmaschine, die nebst den digitalen Druckern die teuerste Anschaffung gewesen war. Erst noch hatte Kendall die alte ersetzt. Trotz des Lärms stellte sich Diane vor die Maschine. Sie verfolgte das Ansaugen der Papierbögen und den Weitertransport zu den Farbwalzen.

Der Geruch erinnerte sie an früher, als sie bei der ersten Buchproduktion dabei gewesen war. Bevor ihr erster Roman auf den Markt kam, hatte sie in der Druckerei gestanden und dem Drucken beigewohnt. Wie interessiert sie gewesen war. Wie begeistert, das Papier, dessen Struktur und das Gewicht zu berühren. Zu begreifen, welche Arbeitsgänge vonnöten waren, bis sie das Endprodukt in den Händen halten konnte. Da stand sie nun. Und ihre Begeisterung war in keinster Weise verblasst. Sie staunte noch immer, wenn der Papierbogen durch die Maschine vorwärtstrieb. Wie sich die Farbe von der Farbrolle auf die Druckplatte verteilte und den Text entstehen ließ.

Forsythe zog sie sanft in den Flur. «Schützen Sie Ihr Gehör!» Er lachte. Dann aber wurde sein Gesicht ernst. «Sie suchen noch immer nach Andrew Kendall, nicht wahr?»

Außerhalb der Halle waren die Laute gedämpft. Das Stampfen der Druckmaschine klang wie aus weiter Ferne.

«Ich weiß jetzt, dass Sie wissen, wo er sich aufhält. Und lügen Sie mich bloß nicht an.»

«Dachte ich mir, dass Sie es herausfinden. Sie geben wohl nie auf. Ich habe aber nun mal die klare Ansage erhalten, niemandem etwas zu sagen.»

«Die Met dürfte auch ein großes Interesse daran haben, ihn zu finden», sagte Diane, war sich aber nicht sicher, ob das überhaupt stimmte, denn Lansbury hatte sich noch nicht bei ihr gemeldet. Dass sie dem Chief Inspector etwas voraus war, befriedigte sie. Tyrone – ein kurzer Gedanke an ihn. Sie hätte ihn niemals ins Haus lassen dürfen. Sie hätte wissen müssen, dass er es nur auf ihren Körper abgesehen hatte.

Wie dumm war sie eigentlich? Er wollte alles über sie erfahren. Dachte er, sie im Liebesrausch aushorchen zu können?

«Ich kann es Ihnen nicht sagen.» Forsythe druckste herum.

«Wie bitte?»

«Kendall schwebt in großer Gefahr.»

«Hat er das mit Ihnen so kommuniziert?»

«Er hat etwas durchblicken lassen. Ich weiß nicht, womit es zu tun hat. Er wollte sich nicht genau dazu äußern. Aber es schien ihm wichtig, dass er auch seine Familie schützt.»

«Hatte er etwas mit meinem Mann zu tun?» Diane war sich bewusst, dass sie sich mit dieser Frage auf dünnes Eis begab. «Vor wem muss Kendall seine Familie schützen?»

«Ich weiß es nicht.»

«Hören Sie, Mr Forsythe. Wenn Sie mir sagen, wo sich Kendall befindet, retten Sie ihm vielleicht das Leben. Denn die Met und der MI5 sind mit Sicherheit hinter ihm her. Und die werden nicht lange fackeln. Wo also haben Sie die Möbel hingebracht?»

«Tut mir leid, Mrs Hemingway, ich kann es Ihnen nicht sagen.»

«Dann rufen Sie ihn an. Sagen Sie ihm, dass ich ihn dringend sprechen muss. Es eilt. Glauben Sie mir.»

Forsythe kratzte sich an der Hakennase. Diane sah ihm an, dass er mit sich kämpfte.

«Mr Forsythe. Sie wollen doch sicher auch, dass sich das Rätsel um den Flugzeugabsturz löst. Susan Kirkwood saß in dieser Maschine. Sie kannten sie auch. Und ich will verflixt nochmal wissen, weshalb mein Mann mit ihr zusammen geflogen ist. Geht das endlich in Ihren Schädel?» Allmählich verlor sie die Geduld.

Ein paar lange Sekunden verstrichen.

Forsythe streckte den Rücken durch und hob seine Schultern. Es sah aus, als würde sich ein Raubvogel aufrichten, bevor er die Schwingen entfaltete und abhob.

«An die Barrows Road.» Er nannte die Nummer.

«Na also, geht doch.» Diane klopfte Forsythe kameradschaftlich auf die Schulter. «Mr Kendall wird Ihre Loyalität sehr zu schätzen wissen.»

* * *

Er musste sie wieder verpasst haben.

Tyrone Lansbury lehnte an die Wagentür und sah auf die verlassene Veranda. Er hatte zweimal geklingelt, aber Diane war nicht im Haus. Enttäuscht griff er nach dem Mobiltelefon. Er hatte ihre Nummer gespeichert, gab auf dem Gerät ihren Namen ein. Aber da kam nichts. Er war sich sicher, ihre Nummer gespeichert zu haben. Hatte Diane sie gelöscht? Nachts, als er bei ihr gewesen war?

Die Frau gab ihm Rätsel auf.

Aus seiner Faszination an ihr hatte sich etwas Gefährliches entwickelt, das er nicht mehr im Griff hatte. Ob er sich vom Fall entbinden lassen sollte? Was wusste Drake? Und welche Rolle spielte Brooke Birdie? Hatte man ihn durchschaut? Bespitzelte man ihn?

Einmal im Leben hatte er wirklich geliebt. Nur sieben Jahre hatte diese Liebe gedauert. Die Liebe zu Emilie. Sie war für ihn der Inbegriff der perfekten Lebenspartnerin gewesen, ihm so ähnlich. Sie hatten beide dieselbe Philosophie vertreten. Waren bereit gewesen, für das Königreich zu sterben. Wie oft hatten sie darüber diskutiert, sich gefragt, was zu tun wäre, falls einer von ihnen gehen musste. In seinen einsamen Nächten dachte er an sie, erinnerte sich an ihren seidigen, glatten Körper, ihre unterschwellige Kraft, ihre stets gute Laune, die ihn, den Schwermütigen, immer wieder antrieb. Sie hatten noch so viel vorgehabt. Eine Reise nach Kanada bis hinauf zum Polarkreis – zwei Jahre lang aussteigen, vielleicht auch drei.

Der Tag, an dem Emilie starb, hatte alles zerschlagen.

Emilie, die starke Frau an seiner Seite. Eine geradlinige Frau mit Ecken und Kanten, die er alle so sehr an ihr gemocht hatte. Emilie, die mit ihm in den Kraftraum gegangen war und Gewichte gestemmt oder ihn beim Radfahren locker überholt hatte. Emilie, die einen rassigen Kurzhaarschnitt einer langen Mähne vorgezogen, die lieber Hosen als Röcke getragen hatte. Und doch so unbeschreiblich weiblich gewesen war.

Und nun auf einmal Diane. Schön und sinnlich wie die Göttin, deren Namen sie trug. Voller Geheimnisse und unbeantworteter Fragen. Rätselhaft und nicht greifbar. Sie forderte ihn heraus. Weckte in ihm den Drang, ihre Abgründe zu erforschen – denn dass dort etwas war, hatte er vom ersten Augenblick an gespürt. Diese Frau war ein Mysterium, wie ein Schmetterling, der sich nicht fangen lässt. Dessen Flügel zu Staub zerstieben würden, berührte man ihn.

Am Abend hatte Lansbury mit seinem Freund Ronny Hawkins gesprochen. Fadime Browns Geständnis war auch ihm suspekt gewesen. Eine Mutter von drei Kindern würde nicht ohne Weiteres einen Mord gestehen, wenn ihr nicht etwas Schlimmeres als der Vollzug drohte. Hatte sie gestanden, um sich zu schützen? Konnte sie sich etwa vorstellen, im Gefängnis besser aufgehoben zu sein als bei ihrem Mann? Hatte sie solche Angst?

Aber wovor?

Sie war zweifellos eine Mörderin. Die Hautschuppen unter den Nägeln der Toten waren identisch mit der DNA von Fadime Brown. Was immer diese Frau dazu angetrieben hatte, Maryam Huxley brutal zu erwürgen, sie musste einen guten Grund gehabt haben.

Und dann das Flugzeug. Die vielen Toten. Sechzehn Tage waren seit dem Absturz vergangen, sechzehn Tage, in denen man kein bisschen klüger geworden war. Das Flugzeug mit Ziel New York. Zwei Schachspieler, die etwas dubios wirkten. Ein Politiker, dessen Verschwinden vielen seiner Gegner sicher zupassgekommen war. Eine Sängerin, deren Stimme einzigartig gewesen war. Vier Prominente auf dem Weg in die Staaten und kein Weg zurück.

Wer hatte, falls es eine gegeben hatte, die Bombe an Bord gebracht? Jake Alfie Hemingway, der Art Director von Skyblue? Im Ernst? Ein Mann, der sich vor dem Fliegen gefürchtet hatte? Der aber, wie man mittlerweile wusste, immer wieder aufs europäische Festland geflogen war – warum auch immer?

War er tatsächlich ein Schläfer gewesen, wie Birdie vermutete?

War es überhaupt eine Bombe gewesen, die den Flugzeugrumpf auseinandergerissen hatte? Oder doch ein Unglück? Eine Explosion im Gepäckraum vielleicht? Aber was hätte denn explodieren können? Was hätte eine solche Detonation auslösen können, wenn nicht eine Bombe? Und woraus war der Sprengsatz gebaut worden?

Sie hatten sich stundenlang die Köpfe zermartert: Drake, Hawkins und er. In der Vergangenheit jedes einzelnen Fluggastes gewühlt, während man nach und nach die Leichen und Wrackteile barg. Und was hatten sie gefunden? Nichts.

Allen in der Met rauchten mittlerweile die Köpfe. Man hoffte, eine Ursache zu finden für den verheerenden Absturz, suchte Antworten in jedem neuen Wrackteil, das man barg, fahndete nach möglichen Überbleibseln irgendeines Sprengstoffes, die ihnen Aufschluss hätten geben und ihnen die Richtung weisen können.

Aber da war der verdammte Ozean, ein Meer gigantischen Ausmaßes, eine Unterwasserlandschaft, in der alles verlorenging, was nicht früh genug geborgen wurde.

In Lansburys Hirn liefen die Gedanken Amok. Warum war er nie näher auf das Umfeld dieses Hemingway eingegangen?

Er stieg in seinen Wagen, schlug die kopierten Dokumentenmappen auf, die er immer bei sich hatte. Er überflog die Aussagen der Hinterbliebenen, die Fakten aus dem Büro der Met. Die Berichte über die Tage vor dem Absturz, den anonymen Anruf, der sich schlussendlich als Anruf von Maryam Huxley herausgestellt hatte. Hatte sie nicht durchblicken lassen, dass sie den Beweis an Hawkins schicken würde? Irgendwo hatte er das gelesen. Und wie war das mit dem Bekennerschreiben, das Hawkins angetönt hatte?

Lansbury tippte Hawkins Nummer ein.

«Tyrone-Boy! Wo brennt's? Bin gerade an einer Besprechung», kam es scheinbar gut gelaunt aus dem Hörer.

«Wie war das mit den Beweisen von Maryam Huxley?»

«Du bist spät dran.» Hawkins lachte.

«Was soll das heißen?»

«Die Techniker haben ein Mobiltelefon gefunden, auf dem sich ein Gespräch zwischen den beiden Prostituierten und einem Freier findet.»

«Und was sagen sie?»

«Warte mal, ich spiel es dir ab.»

«Ich dachte, du seiest besetzt?»

«Das kann warten.»

Lansbury hörte zuerst nur Rauschen, dann verzerrte Stimmen. Doch die Sätze, die dann gesprochen wurden, vernahm er deutlich.

Was? Eine Männerstimme.

Sie muss immerzu an diesen schrecklichen Flugunfall denken. Eine Frau.

Wir müssen alle mal gehen. Aschhadu anna Muhammadan rasul Allah. Ein Zögern. *Das waren fremde Leute.*

Es sind Kinder umgekommen. Wieder die Frau.

Pause. *Hast du etwas damit zu tun? Eine andere Frauenstimme.*

Wenn Allah will, dass die Zeit für uns gekommen ist, holt er uns zu sich. Der Mann.

Aber Gott hat uns einen Willen gegeben. Deshalb können wir auch über Leben und Tod entscheiden. Sag mir die Wahrheit.

Dann hörte man längere Zeit nichts mehr. Ein Knistern blieb vage.

Und jetzt die Beine auseinander! Damit deine Trauer bald ein Ende hat.

Was danach folgte, blieb unscharf und unverständlich. Ein Stöhnen zwischendurch, rauchige Stimmen. Dann war der Ton abrupt weg.

«Das soll ein Beweis sein?»

«Sie hat uns wohl veralbert.»

«Und hat sich somit das Todesurteil selbst gegeben.»

«Ich glaube nicht, dass das eine mit dem anderen etwas zu tun hat. Es war ein verdammter Zufall.»

«Da würde ich mich nicht darauf behaften.»

«Fadime Brown wurde einer Psychologin vorgeführt. Wenn das nichts hilft, wird man sie an den Lügendetektor anschließen.»

«Na, dann Mahlzeit.»

«Tyrone?»

«Ja?»

«Du bist doch okay?»

«Klar, abgesehen davon, dass mich mein bester Freund ans Messer geliefert hat.»

«Wie meinst du das?»

«Birdie kann den Mund nicht halten. Sie hat mir erzählt, warum sie mir in Bristol zugeteilt wurde.»

«Tut mir leid, Tyrone-Boy. Das war Drakes Idee.»

Lansbury drückte den Aus-Knopf.

* * *

Zwischen den Zeilen lesen: Das war ihre Stärke.

Brooke Birdie hatte ein Aktenstudium hinter sich, das die ganze Nacht gedauert hatte. Am Morgen weckte sie ihr müdes Gehirn mit starkem schwarzen Kaffee. Von Tee – und den Zeremonien, die ihn umgaben und wie die Briten sie mit Genuss zelebrierten – hielt sie grundsätzlich nichts.

Nach zwei Tassen kubanischem Kaffee war ihr Geist so wach wie eh und je. Brooke schlurfte von der Küche in ihr mickriges Büro, das sie mit einem Zweimeterschrank vom Schlafzimmer abgetrennt hatte. Die Wohnung an der Warwick Street in der Nähe des Piccadilly Circus war in ihrer Schlichtheit sehr hübsch. Das Haus fügte sich zwar wie alle Häuser dieses Quartiers in monotoner Eintönigkeit ins Straßenbild ein, aber Brooke hatte sich hier ein kleines Refugium geschaffen, das es ihr ermöglichte, von der Hektik des Alltags herunterzukommen und ganz abzuschalten – zumindest bis zum Abend. Denn auf dem gleichen Boden, wo ihr Zweizimmerappartement lag, wohnte auch eine Familie aus der Karibik. Drei Kinder hatten sie – und Musik im Blut. Birdie war ihnen bereits mehrmals im Treppenhaus begegnet: die Frau eine füllige Mummy, der Mann ein Bob-Marley-Typ mit Rastazöpfen. Die Kinder kamen nach ihm. Und an jedem Abend wurde es laut.

Immer zur selben Zeit dröhnten Salsa und Merengue durch die dünnen Wände. Brooke hätte ohne Weiteres mittanzen können, es hörte sich an, als hätte sie ihr eigenes Radio eingeschaltet. Aber sie war ein unmusikalischer Mensch und zog es deshalb vor, sich die Abende anderswie um die Ohren zu schlagen – und daher meistens außerhalb ihres Domizils. Umso lieber hielt sie sich am Morgen zu Hause auf, denn da waren die Kinder in der Schule, der Vater bei McDonald's auf der Arbeit und die Mutter bis zum Mittag noch im Bett; sie hatten ihren eigenen Rhythmus.

Leben und leben lassen, war Brookes Credo. Man konnte einander ja ausweichen.

Sie setzte sich wieder vor ihren Rechner. Lansbury hatte ihr einige Dokumente zur Abklärung übergeben. Obwohl von den Hinterbliebenen und den Absturzopfern sämtliche Lebensläufe und allfälligen Vorstrafenregister gecheckt worden waren, gab es bei einigen noch immer offene Fragen. Darunter fielen auch die Familien der beiden Schachspieler. Brooke hatte bislang nichts Neues herausgefunden. Vielleicht waren diese Schachspieler eine Nummer zu groß für sie. Oder zu geheimnisumwittert, als dass man Einblick hätte nehmen können in die Welt ihrer Hinterbliebenen. Brooke wusste, dass die Vereinigten Staaten an ihnen dran waren. Alles, was aus den arabischen Ländern kam, hatte in den USA erste Priorität. Schon damit das Trauma von 9/11 nicht in Vergessenheit geriet – dafür sorgten auch die Medien.

Brookes Interesse galt nach wie vor Jake Hemingway, nachdem sie erfahren hatte, dass er mit einem fremden Koffer eingecheckt hatte. Andererseits war das Ausmaß des Anschlags so enorm, dass sich das Ganze widersprüchlicher nicht hätte gestalten können. Der beste Nachrichtendienst nutzte nichts, wenn er aufgrund übergeordneter Anweisungen mit der Wahrheit nicht herausrückte. Vielleicht würde ja die Entdeckung und Verhaftung der Schuldigen weit mehr Schaden anrichten als das Verschweigen ihrer wahren Identität.

Sie gab Hemingways Namen in die Suchmaschine der Metropolitan Police ein. Sie filterte diverse Einträge während einer Stunde, fand aber nicht mehr als das heraus, was sie schon von Lansbury wusste. Die Verbindung zu Susan Kirkwood, mit der Hemingways den Flug gebucht hatte, lief über Kendall Print. Aber so weit waren Tyrone und sie auch schon gewesen.

Andrew Kendall war über sechzig und hatte bis zum besagten Samstag mit seiner Frau und seinen zwei Kindern in Bristol gelebt. Vor fünfundzwanzig Jahren hatte er die Druckerei seines Vaters übernommen und sie in dessen Sinne weitergeführt. Sie hatten Zeitungen und Journale gedruckt, mit der Zeit waren neben Programmheften, Prospekten und Verpackungsbeilagen Hardcover- und Taschenbücher dazugekommen. Vor rund fünfzehn Jahren hatte Kendall jedoch kurz vor dem Konkurs gestanden. Ein paar Schlagzeilen aus dieser Zeit bezeugten die dramatische Situation. Es waren sogar schon Mitarbeiter entlassen worden, Verlage hatten nach neuen Druckereien im Ausland gesucht. Andrew Kendall war zur Zielscheibe schreibwütiger Journalisten worden – ein gefundenes Fressen für die Regenbogenpresse –, und man hatte ihm angedichtet, das Unternehmen seines Vaters heruntergewirtschaftet zu haben.

Quasi über Nacht war die Druckerei jedoch durch einen anonymen Geldgeber gerettet worden. Kendalls Firma hatte sich wieder gefangen und arbeitete heute solide, mit schwarzen Zahlen und mit beträchtlichem Gewinn, wollte man dem Börsenblatt glauben.

Brooke druckte den Bericht über die verhinderte Insolvenz aus. Leider wurde daraus nicht ersichtlich, wer Kendall damals aus der misslichen Lage gerettet hatte.

Brooke überlegte. Hatte sie den Radius zu weit gesteckt?

Da war dieser Koffer auf dem Rollband. Lansbury hatte ihr das Video gezeigt. Die Sequenz mit Hemingway, als er den von seiner Frau als unbekannt bezeichneten Koffer aufgab.

Da war der zentrale Punkt.

Dieser Koffer!

Sie hatten vergebens versucht, den Koffer näher heranzuzoomen. Von den befragten Angestellten mochte sich auch niemand daran erinnern. Schwarz war er mit braunen Rändern. Niemandem war ein besonderer Koffer aufgefallen. Wenn täglich mehrere Tausend Gepäckstücke über das Rollband transportiert wurden, wie sollte man sich an einen einzigen Koffer erinnern? An einen Koffer, der sich letztendlich doch nicht von den übrigen Gepäckstücken unterschied.

Ein Koffer, der problemlos durch den Scan gerollt war.

Brooke entnahm ihrem Monsterschrank einen Bogen Papier, den sie einst von einer Tapetenrolle abgeschnitten hatte. Sie heftete den Bogen – das Fantasiemuster nach innen gerichtet – an die Schranktür. Dann griff sie nach einem Filzstift, schrieb in die Mitte *BA443* und zog mehrere Kreise um die

Nummer. Als ihr dazu eine Idee kam, scherte sie zur Seite aus und schrieb die Namen *Abu Salama* und *Masaad* hin. Dann kehrte sie zurück zur Flugnummer, zog wieder ein paar Kreise und wich auf den Namen *Liam Keaton* aus, zusammen mit *Adrianne Winterbutton* sowie *Jake Hemingway*. Bei allen Namen vollzog sie die gleichen kreisenden Bewegungen, bis ihr dazu weitere Namen und Eigenschaften einfielen. Am Ende hatte sie eine Traube ineinander verschlungener Gedankengänge und Verbindungen. Interessanterweise kam sie vor allem bei *Hemingway* auf eine große Anzahl Nebenkreise. Den Namen verband sie mit *Susan Kirkwood* und *Andrew Kendall*. Wenn sie *Kendall* clusterte, erzeugte sie nur einen namenlosen Kreis – bis jetzt. Aber Brooke war sicher, dass es hier noch ein verbindendes Glied geben musste.

Sie trat zwei Schritte zurück und landete beim Pult. Von dort aus fixierte sie den Papierbogen erneut. Mit der Präzision der gewissenhaften Ermittlerin ahnte sie die Zusammenhänge. Doch benennen konnte sie sie nicht. Noch nicht.

Andrew Kendall!

Niemand hatte ihn je richtig zu Gesicht bekommen. Er schien der große Unbekannte zu sein. Ein unbescholtener Bürger, dem man kaum etwas Negatives nachsagen konnte. Keine Einträge im Strafregister, nicht einmal eine Ordnungsbuße aufgrund überhöhter Geschwindigkeit. Einzig der drohende Konkurs seiner Firma hatte ihn in die Schlagzeilen gebracht. Doch dafür konnte er vielleicht nicht einmal etwas. Die schlechte Wirtschaftslage hatte seinen Betrieb vor fünfzehn Jahren an den Rand des Ruins getrieben, und zu dieser Zeit war er nicht der einzige Arbeitgeber gewesen, der die Notbremse ziehen musste.

Dann Susan Kirkwood. Sie hatte in Bournemouth gelebt, zu vierzig Prozent für die Druckerei gearbeitet und den Rest ihrer Arbeitszeit mit dem Druck eigener Bücher verbracht. Fünfzig Jahre lang war sie glücklich verheiratet gewesen. Eine Tochter. Keine besonderen Auffälligkeiten.

Brooke griff nach dem Telefon und rief Hawkins an.

«Haben Sie bei Susan Kirkwood vielleicht etwas übersehen?»

«Wir haben alles sichergestellt, was relevant war. Ihr Tagebuch liegt auch bei uns. Ihr Mann hat es uns ausgehändigt. Ihr letzter Eintrag bezieht sich auf den Freitagabend vor ihrem Abflug. Sie schreibt darin, dass Andrew Kendall sie gebeten habe, zusammen mit Jake Hemingway nach New York zu reisen. Aber zu den Einzelheiten des Auftrags hat er sich offenbar bedeckt gehalten. Nur das Hotel war bekannt. Mrs Kirkwood schrieb, dass sie sich später an Kendall wenden wollte, weil sie ihn nicht hatte erreichen können.»

«Das ist doch alles sehr merkwürdig», sinnierte Brooke. «Auch die Tatsache, dass sich Susan so detailgetreu über ihre zukünftigen Schritte äußerte. Schreibt man so Tagebuch? Doch nicht im Voraus, oder? Hat die Frau etwas geahnt?»

«Wir haben die Aussage von Mr Kirkwood, dass seine Frau ihr Handy angeblich im Schlafzimmer habe liegen lassen. Ob sie Kendall jemals angerufen hat und mit welchem Gerät, ist und bleibt also ein Rätsel.»

Brooke dachte nach. «Und wenn Susan Kirkwood eingeweiht war?»

«Wie – eingeweiht?»

«Ich bringe den Verdacht nicht los, dass Kendall mit in der Sache steckte. Vor fünfzehn Jahren hat er zur Rettung seiner

Druckerei viel Geld bekommen. Quelle unbekannt.» Brooke holte tief Luft. «Vielleicht ist er der Schläfer.»

«Sie spekulieren.»

«Mag sein. Aber nehmen wir mal an, Kendall ist es tatsächlich, er bekommt auf einmal weiche Knie und delegiert den Auftrag an Hemingway … Und damit es nicht auffällt, stellt er ihm Susan Kirkwood zur Seite. Oder er stellt Hemingway seine Sekretärin zur Seite. Sie fliegen gemeinsam nach New York. Sie wissen nicht, dass es eine Reise ohne Wiederkehr ist.»

«Was ist das Motiv? Wer war Ziel dieses Anschlags? Zweihundertachtundzwanzig Passagiere? Großbritannien? Die USA?»

Brooke stieß gereizt die Luft aus. «Wenn ich das wüsste, wäre ich nicht in diesem verdammten Büro.» Sie trat mit dem rechten Fuß gegen den Stuhl, klemmte den Telefonhörer zwischen Ohr und Schulter. Mit den Händen riss sie den Papierbogen von der Schranktür. «Das heißt, dass ich wieder von vorn anfangen kann. Dabei hat alles so gut begonnen.»

«Krallen Sie sich nicht an nur einer Sache fest», riet ihr Hawkins. «Der Tunnelblick verhindert den Blick über den Horizont hinaus.» Er räusperte sich und ließ ein paar Sekunden verstreichen. «Wie kommen Sie mit Lansbury zurecht?»

«Warum meinen Sie?»

«Er hat da so Andeutungen gemacht.»

«Ich nehme an, er hat es Ihnen brühwarm erzählt.» Brooke lachte trocken. «Ich bin für Fairness. Zudem wollte ich seine Reaktion prüfen. Aber Sie hatten recht: Der Mann scheint ziemlich verliebt zu sein.» Sie zögerte. «Noch etwas: Ich habe mich schlau und sämtliche Taxifahrer ausfindig gemacht, die am besagten Samstag vom Flughafen in Bristol nach Heathrow fuhren. Halten Sie sich fest, Mr Hawkins. Ich habe einen Chauffeur gefunden, der mir sagte, dass er um halb zehn zwei Männer von Flughafen zum Flughafen transportiert habe. Zwei Männer und einen Koffer. Schwarz mit braunen Rändern.»

«Und warum erinnert er sich an diesen Koffer?»

«Weil einer der Fahrgäste ihn unbedingt mit auf den Hintersitz nehmen wollte, anstatt ihn im Kofferraum zu verstauen. Der Chauffeur sagte, der Mann habe sich geradezu an diesen Koffer geklammert.»

«Personenbeschreibungen?»

Brooke seufzte. «Negativ.»

* * *

Später Nachmittag. Über die Barrows Road hatte sich ein monochromes Licht gelegt, das eine eigenartig mystische Stimmung produzierte.

Aber vielleicht lag es auch nur an ihr selbst.

Sie hatte zwar seit Jahren keine solchen Wahrnehmungen mehr gehabt. Die Nuancierung der Dinge, die früher täglich auf sie eingestürmt waren, war irgendwann verloren gegangen und das innere Feuer erloschen. Sie hatte vergebens versucht, die Glut wieder zu entfachen, einen letzten Funken zum Glimmen und das Feuer wieder in Gang zu bringen. Aber die Bilder – sie waren verblasst, dann ganz weggeblieben. Die Leidenschaft, aus der sie ihre Lebenskraft geschöpft hatte, diese Obsession, ohne die sie nicht hatte leben können. Das Kribbeln in den Händen. Finger, die wie von selbst über die Tastatur flogen. Ihre Gedanken – das Spiel mit ihnen. Die Fantasie. Der Rausch, der sie über sich selbst hatte hinauswachsen lassen – er war Vergangenheit. Und sie hatte sich oft wie tot gefühlt und nicht mehr wirklich wie sie selbst.

Und Jake.

Jake an diesem Abend in Bristol. Der erste Kuss und sein Gelübde.

Sie hatte ihm geglaubt, hatte ihm seine Liebe zu ihr abgenommen. Sie seien wie Jin und Yang, hatte Jake gesagt. Dann die Hochzeit.

Seine Versprechen.

Seine Forderungen.

Seine Verbote.

Die Realität hatte wie mit Klauen nach ihr gegriffen. Kein Platz mehr für schöngeistige Gedanken. Die Fantasie? Verschwunden.

Diese Leere. Es war eine Buchstabenleere.

Weiße Blätter, die vergebens darauf gewartet hatten, mit ihren Geschichten gefüllt zu werden.

Alles weg.

Ihre Geschichten. Ihr Geld. Ihre Persönlichkeit.

Sie hielt den Wagen an. Das Haus mit der rosaroten Fassade und den weißen Fensterrahmen musste es sein. Still lag es da, angeleuchtet von den Sonnenstrahlen des Vormittags, gehüllt in das Fluidum ihrer eigenen Vorstellungen. Das Haus, in dem Andrew Kendall jetzt lebte und wo sie ihn hinter den sanft bewegten Vorhängen vermutete. Vielleicht hatte er den Wagen anhalten sehen und fragte sich jetzt, wer ihn vor dem Mittag wohl besuchen wollte. Hatte womöglich Angst vor einer Begegnung mit Menschen, weil er sich zurückgezogen, seiner Vergangenheit den Rücken gekehrt hatte.

Diane stieg aus.

Den Weg zum Eingang zierten Rosenstöcke, und ihre Knospen streckten sich der Besucherin entgegen. Sie war versucht, sich nach ihnen zu bücken, vielleicht einen ersten Hauch von Rosenduft zu erschnuppern … auch, um Zeit zu gewinnen. Sie blickte wieder zu dem Fenster, hinter dem sie eine Bewegung erahnt hatte. Der Vorhang hing jetzt still, doch sie spürte die Blicke dahinter – blaue Augen, jetzt älter geworden. Eingebettet in Trauerfalten, denn die Lachfältchen würden verschwunden sein. Das Gesicht konnte auf Dauer nicht verbergen, was die Seele umtrieb.

Diane kam bei der Tür an. Weiß bemalte Reliefe, die Grundfarbe rosa. Ein Guckloch in der Mitte, darüber ein Schild mit der Aufschrift, dass der Besucher willkommen sei. Sie drückte den Klingelknopf an der rechten Seite, unter dem Schild mit dem Namen *Andrew Kendall.*

Wenigstens hatte er seinen Namen behalten und nicht irgendeinen Fantasienamen benutzt.

Sie drückte noch einmal und meinte, schlurfende Schritte zu vernehmen. Im Schloss wurde der Schlüssel umgedreht, die Tür ging auf.

Und da stand er, eine imposante Erscheinung mit dem ergrauten Haar, das auf einer Seite wirr in sein Gesicht fiel, und das er jetzt mit der linken Hand zurückstrich, eine Geste, so sehr vertraut. Seine blauen Augen unter dichten Brauen. Die gerade Nase, die schmalen Lippen, die in den Jahren noch schmaler geworden waren. Verbissen, weil er hatte schweigen müssen, und dünn, weil keine Küsse sie mehr pulsieren ließen, denn seine Ehe war nur noch eine Zweckgemeinschaft, weil eine Scheidung aufgrund der finanziellen Situation niemals in Frage gekommen wäre.

Weil er verbittert war.

Und weil er ein Versprechen hatte geben müssen.

Andrew Kendall.

«Diane.» Seine Stimme klang noch immer sehr warm und tief. «Diane, wie hast du mich gefunden?» Ein Husten schüttelte ihn kurz durch.

Sie wollte nicht verraten, wie viel Zeit es sie gekostet hatte, seine Spur aufzunehmen, wie viele Fragen sie hatte stellen müssen, ohne zusätzliche Fragen zu provozieren. Fragen, die sie selbst verraten hätten.

«Kann ich reinkommen?»

Er ließ sie eintreten, ohne sie zu berühren, aber sie spürte, dass er sie gern in die Arme geschlossen hätte.

«Warum bist du hier?» Er führte sie durch den Flur in ein kleines Wohnzimmer, das von Sonnenlicht durchflutet war. Ein Sofa und zwei Ohrensessel in Ecru nahmen die Hälfte des Raumes ein. Ein runder Tisch und vier Lehnstühle standen in der Ecke, in der auch die Küche lag, mit Delfter Kacheln gefliest, eine Vitrine präsentierte blau-weißes Geschirr und sorgte für eine weibliche Note.

«Die Metropolitan Police ist hinter dir her.» Diane rückte einen Stuhl zurecht und setzte sich. «Ist deine Frau nicht da?»

«Gerade *du* fragst das?» Er räusperte sich, hustete erneut. «Sie ist mit den Kindern verreist. Es war ihr alles zu viel in letzter Zeit. Der Umzug, der Schulwechsel. Wie du siehst, wird uns hier niemand stören. Wir sind allein, und das ist gut so.» Kendall nahm ebenfalls Platz. «Die Polizei sucht mich also.» Er sah sie nachdenklich an.

«Ich nehme an, du weißt, warum.»

Kendall starrte schweigend auf seine Hände, die wie bei einem Gebet ineinander verschlungen auf der Tischplatte ruhten.

«Zweihundertachtundzwanzig Todesopfer, Andrew. Zweihundertachtundzwanzig!»

Sein Blick hatte dieses seltsame Schimmern, das sie von früher kannte. Sie registrierte das kurze Zögern, sein sanftes Lächeln, das angedeutete, dass er sie verstanden hatte. Dass er ganz bei ihr war – wie früher, wenn sie gemeinsam in ihre eigene Welt abtauchten.

«Es gibt keine Worte dafür. Aber vielleicht machst du einen Denkfehler.» Wieder musste er husten.

«Die Spur führt zu dir, Andrew. Die Met kann eins und eins zusammenzählen. Das Problem ist Susan Kirkwood. Susan und Jake – was für ein riesengroßer Fehler. Hat sie dich angerufen?»

Kendall schwieg.

«Es existiert ein Video, auf dem man Jake mit einem fremden Koffer sieht.»

«Ein fremder Koffer?» Kendall streckte seinen Rücken durch. Er richtete seine Augen auf Diane. Alle Wärme war daraus gewichen. «Was willst du mir anhängen?»

«Hat Susan dich angerufen oder nicht?»

«Warum willst du das wissen?»

«Es würde einiges erklären.»

«Okay, ich habe damit gerechnet, dass du mich das fragst.» Kendall erhob sich. Er schlurfte in die Küche. Es war ein müder Gang, ein erschöpfter. Diane sah ihm an, dass Schmerzen ihn quälten, so wie damals. Er zog eine Schublade auf und grabschte ganz hinten nach etwas, als wüsste er genau, wonach er suchte. Dann kam er zurück zum Tisch und legte ein Mobiltelefon vor ihr hin. «Ich habe es seither nicht mehr benutzt, nur noch aufgeladen. Die Daten des letzten Anrufs sind noch darauf. Überzeuge dich selbst.»

Diane nahm das Gerät, drückte auf *Entgangene Anrufe*, weil sie hier die Antwort auf ihre Frage vermutete. Ihr Atem stockte, als sie die Mitteilung las. *Samstag, 19. April, 12.49. Kendall*, durchfuhr es sie. *Perfekt wie immer.*

Die Zeit: Vier Minuten vor dem Aufschlag. Sie drückte auf Combox. Die Stimme rüttelte sie durch. *Sie haben eine abgehörte Nachricht. Wiederholen der abgehörten Nachricht, Taste eins. Andere Funktionen Taste zwei.* Diane drückte Taste eins. Kendall war an Genialität nicht zu überbieten.

Andrew? Klang so Susan Kirkwoods Stimme. *Andrew? …* Sie wurde durch ein kurzes Rauschen unterbrochen. Dann wieder Susan, plötzlich aufgeregt: *Irgendetwas geschieht hier gerade …* Dann Schreie im Hintergrund. *Andrew, warum kann ich dich nicht erreichen?* Susan, nun völlig außer sich. In ihre Stimme mischte sich eine andere, sehr vertraute. Diane spürte, wie ihr die Tränen in die Augen schossen.

Jake!

Jakes Stimme.

Nein, es war nicht Jakes Stimme. Oder doch?

Ja, er war es.

Hast du das auch gehört? Es hörte sich wie ein Knall an.

Dann Susan: *Wir sacken ab.*

Jake: *Ein Blitzeinschlag?*

Susan: *Draußen ist es klar.* Die Sonne scheint.

Jake: *Dann war das eine Explosion! Mein Gott, das Flugzeug trudelt …*

Eine fremde Stimme, weiter weg: *Geschätzte Fluggäste, bitte bewahren Sie Ruhe!* Dann waren alle Stimmen weg, wie abgeschnitten.

Diane starrte auf das Mobiltelefon. Unfassbar! Das war doch nicht möglich.

«Was jetzt?»

Sie schluckte leer. «Du hättest das Handy der Polizei übergeben müssen.»

«Und was hätte das geändert?»

Plötzlich spürte sie Kendalls kräftige Hände auf ihren Schultern. Sie wollte aufstehen, schaffte es aber nicht. Schwer drückte er sie auf den Stuhl zurück, begleitet von einem Husten aus den Tiefen seines Körpers.

«Andrew, bitte, lass diesen Unsinn!»

Sein Griff wurde fester. «Tut mir leid, Diane. Ich wollte nicht, dass es so weit kommt.»

«Wir können reden. Ich werde den Mund halten.»

«Wer wird den Mund halten?» Kendalls Stimme klang heiser, aber sanft. «Du hättest mich nicht besuchen dürfen. Irgendwann wäre Gras darüber gewachsen.»

«Ich wollte dich nur warnen.»

«Ich kenne dich, Diane. Ich kenne dich wie niemand sonst. Sollte ich scheitern, so gehst du mit mir. Wir zwei werden gemeinsam untergehen.»

«Es ist nicht möglich … dieser Anruf ist nicht möglich …» Jake. Er war es gewesen. Er war es nicht gewesen. In Gedanken zupfte sie Blütenblätter von einer imaginären Margerite. Er war es. Er war es nicht.

Der Schmerz erreichte ihr Gehirn erst, als ihr Körper bereits erschlaffte. Sie fiel rückwärts in Kendalls Arme.

Über die Barrows Road wehte der Klang der Mittagsglocken hinweg.

Neunzehn

Er würde das Leben dieses Mannes auslöschen. Irgendwo weit weg. Er würde die Verantwortung jetzt aus der Hand geben. Es war sein legitimes Recht. Er hatte dafür bezahlt. Immer wieder hatte er dafür bezahlt. Schon vor einem Jahr hatte er diese Option als eine Möglichkeit gesehen. Er würde keine Spuren hinterlassen. Er wollte nicht, dass seine Familie involviert war. Seine Familie konnte nichts dafür. Seine Kinder waren unschuldig. Vor allem seine Kinder.

Der Bumerang kehrte zurück.

Zum Anfang.

Er hatte vorausgeplant, für den schlimmsten Fall vorgesorgt. Er selbst wollte weiterleben und das zu Ende bringen, was seine wahre Berufung war.

Nämlich das wahrhaft Böse vernichten.

Es war an der Zeit, dass Maddie nach Hause zurückkehrte, zurück zu Diane, zu ihrer Mutter. Sie war in Annes Wohnung fehl am Platz, denn Maddie war ein aufmüpfiger Backfisch. Das vertrug Anne nicht.

Anne ließ zigmal das Telefon läuten, aber ihre Schwägerin nahm nicht ab.

Maddie hatte sich für die Schule zurechtgemacht und wartete ungeduldig auf der Schwelle zum Wohnzimmer, wo Anne fassungslos auf den Telefonhörer starrte.

«Deine Mum ist immer noch nicht zu Hause. Sie war schon gestern Abend nicht erreichbar, und auf dem Handy hört man nur den Anrufbeantworter. Das ist doch sonderbar!»

«Ich muss zur Schule, schon vergessen?» Maddies Stimme klang anklagend und schrill.

«Ich werde mit dem Rektor reden. So geht das nicht mehr weiter.»

«War es nicht deine Idee, mich zu dir zu holen?»

«Vorübergehend, ja. Bei wem könnte deine Mum denn noch sein?» Wieder stellte Anne die Nummer ein. «Fällt dir jemand ein?»

«Vielleicht bei Chief Inspector Lansbury», sagte Maddie. «Ich kann mich gut an den kahlköpfigen Mann erinnern, der Typ, der Mum schöne Augen machte. Ich habe es gesehen. Seine Augen sind ihm fast aus dem Kopf gefallen, als er Mum gesehen hat. Sie weiß aber nicht, dass ich das mitbekommen habe. Und sie hat sich auch so eigenartig benommen, als die Rede von Lansbury gewesen war.»

Anne schluckte leer. Hatte sie ihre Schwägerin also doch richtig eingeschätzt, damals, als ihr Bruder um ihre Hand angehalten hatte. Ihre Miene wurde grimmig. «Hast du seine Nummer?»

«Nein, aber du erreichst ihn bestimmt über das Büro der Met in Bristol.»

«Und wo bekomme ich die Nummer?»

Maddie sah sie schmunzelnd an. «Über die Auskunft. Ich selbst habe sie nicht, wenn du das meinst.»

Nur wenig später hatte Anne die Verbindung zum Police Departement in Bristol. Sie verlangte nach Chief Inspector Lansbury.

«In welcher Angelegenheit möchten Sie ihn sprechen?», fragte eine resolute Stimme.

«Das geht Sie nichts an.» Annes Stimme wurde lauter. «Holen Sie den Chief Inspector an den Apparat.»

Sie wurde weitergeleitet.

«Police Chief Inspector Tyrone Lansbury. Mit wem spreche ich bitte?»

War er vielleicht Dianes Liebhaber?

«Anne Hemingway. Guten Tag, Mr Lansbury. Ich bin Jake Hemingways Schwester und Dianes Schwägerin.»

«Was kann ich für Sie tun?» Er klang kalt, unbeeindruckt, fast abweisend.

Dennoch fand sie seine Stimme angenehm. Sonor und schön. Er hätte einen fantastischen Bass in ihrem Gesangsverein abgegeben. Sie bekreuzigte sich. Solche Gedanken durften nicht sein. «Ich suche Diane. Seit gestern Abend nimmt sie meine Anrufe auf dem Festnetz nicht mehr entgegen. Auf ihrem Handy erreiche ich sie auch nicht. Ich mache mir große Sorgen, weil sie noch immer um ihren verstorbenen Mann trauert.» Wenn stimmte, was Maddie ihr soeben anvertraut hatte, wollte sie Lansbury unbedingt eins auswischen. «Wissen Sie vielleicht, wo sie sich aufhalten könnte?» Sie hörte ein tiefes Atmen.

«Das letzte Mal habe ich sie am Samstag gesehen.»

«Das war vor drei Tagen», stellte sie lapidar fest. «Warten Sie … doch! Vorgestern rief sie mich an. Meine Nichte wohnt zurzeit bei mir. Aber ich habe einen Job. Ich kann meine Aufsichtspflicht nicht mehr wahrnehmen. Maddie muss zurück zu ihrer Mutter.»

«Haben Sie keinen Schlüssel zum Haus?»

«Sicher hat Maddie einen Schlüssel. Aber ich kann das Mädchen doch nicht allein in dieser einsamen Gegend lassen. Wenn sie von der Schule nach Hause kommt, muss sich doch jemand um sie kümmern. Was soll ich nur tun? Haben Sie eine Idee, Mr Lansbury?»

«Wir werden einen Streifenwagen zum Hemings Way schicken. Ich werde Sie auf dem Laufenden halten. Aber ich bitte Sie, Maddie bis zum Auffinden ihrer Mutter bei sich wohnen zu lassen.»

Anne legte nachdenklich auf.

«Was ist? Kommst du?» Maddie stampfte demonstrativ mit dem Fuß auf dem Boden auf.

Anne ging zu ihrer Nichte und strich ihr über die Wange. «Dann in Gottes Namen. Ich bin es meinem Bruder schuldig.» Anne griff nach der Tasche, zog sich ihren Mantel über und trat vor die Tür. «Täglich zweimal nach Cheddar zu fahren, kostet mich enorme Energie. Das heißt, jeden Tag vierzig Minuten früher aufstehen als sonst.»

«Tantchen, das war *deine* Idee.»

«Wenigstens kannst du bei mir gut schlafen.»

Der Wagen stand auf dem Parkplatz vor dem Haus. Anne schloss auf. «Deine Leistungen haben sich auch gebessert, seit ich dir Nachhilfeunterricht erteile.» Sie lächelte ihrer Nichte zu.

Maddie ließ sich auf den Beifahrersitz plumpsen und schaute ernst aus dem Seitenfenster. «Ich vermisse Dad.»

«Ich vermisse ihn auch.» Anne fuhr an und ordnete sich in den morgendlichen Verkehr ein. Wagen an Wagen rollte durch die Straßenschluchten. Sie vermisste ihren Bruder sogar sehr. Hatte sich ihre Vorahnung tatsächlich bewahrheitet? Damals, als Jake ihr Diane vorgestellt hatte, meinte sie, etwas Abgebrühtes in ihrer zukünftigen Schwägerin zu erkennen. Da war ein Gefühl gewesen, das sie aber nicht mit schwesterlicher Eifersucht erklären konnte. Nein, Diane war ihr einfach nie geheuer gewesen, vielleicht auch deshalb, weil sie als Mensch nie wirklich greifbar war. Etwas Unerklärliches umgab diese schöne Frau – und je älter sie wurde, umso mehr.

Aber Jake war so glücklich gewesen. Hatte sich über beide Ohren verliebt – in eine Schriftstellerin! Wie hatte er nur eine Schriftstellerin lieben können? Diane hatte keine richtige Ausbildung, keinen Abschluss. Sie hatte zwar zwei Semester Psychologie studiert, nachdem sie die Matura mit Ach und Krach geschafft hatte, aber was bedeutete das schon! Sie hatte gejobbt, wo genau, hatte auch Jake nicht sagen können. Einmal hatte er Anne ein Buch mitgebracht und sie gebeten, es zu lesen. Es sei Dianes Werk. Sie war nicht über die ersten zwanzig Seiten hinausgekommen, obwohl das Buch in den Medien als absolute Meisterleistung gepriesen wurde. Vielleicht hätte

Anne es lesen sollen, um Diane besser zu verstehen, aber sie las nun mal keine Kriminalromane. Daran hatte auch die zeitweilige Berühmtheit ihrer Schwägerin nichts ändern können.

* * *

Lansbury ließ alles liegen und stehen und vier mit offenen Mündern staunende Mitarbeiter zurück.

Fluchtartig verließ er das Büro in der Newfoundland Road, sprang hinter das Lenkrad seiner Limousine, startete den Motor, raste die Schnellstraße entlang, die nach Cheddar führte, und erreichte nach knapp zwanzig Minuten und mit deutlich überhöhter Geschwindigkeit die Cliff Road.

Irgendetwas war geschehen.

Die Ahnung kroch wie ein Ungeheuer durch seinen Körper.

Sein Herz schlug wild, als er auf den Hemings Way abzweigte. Dianes Wagen stand nicht auf dem Parkplatz. Auf der Treppe lagen nur ein Bündel Zeitungen und Briefe, und das Haus schien in der Einsamkeit des Waldes vor sich hin zu dösen. Lansbury ging zur Veranda. Türen und Fenster waren geschlossen, die Vorhänge zugezogen. Er rüttelte an einem Laden, der zum Schlafzimmerfenster gehörte. Einen Fingerbreit weit konnte er zwischen Rahmen und Laden greifen und zog. Ein Blick bestätigte ihm, dass der Fensterflügel offen stand, und er zog jetzt mit aller Kraft. Etwas splitterte, fiel ihm entgegen. Er hielt auf einmal eine dünne Eisenstange in der Hand, welche zur Arretierung des Fensterladens gehörte.

Lansbury öffnete den Laden ganz, stützte die Hände auf dem Sims ab, hangelte sich in die Höhe und schwang sich in den Raum.

Das Zimmer roch frisch, kühl – und nach Verlassenheit. Dianes Geruch schien sich verflüchtigt zu haben. Das Bett war zerwühlt, aber eiskalt. Lansbury durchschritt den Raum, warf einen Blick ins Badezimmer. Er griff nach einem Frotteetuch, das über der Duschwand hing. Es war trocken. Er ging ins Wohnzimmer, dann zur Küche. Im Schüttstein stand ein Glas, halb gefüllt mit einer Flüssigkeit, auf der ein pelziger Teppich schwamm.

Lansbury stieg ein Stockwerk höher. Er gelangte in ein großes Zimmer mit einem Mädchenbett und vielen Postern an den Wänden. Ein Pult, auf dem ein Kaktus stand. Er blühte. Lansbury hatte noch nie einen blühenden Kaktus gesehen. Mit der Aufmerksamkeit des Ermittlers suchte er nach verdächtigen Spuren, nach einer Nachricht von Diane oder von Maddie. Ohne Ergebnis. Er kehrte zurück in den Flur, öffnete die Tür zum Gästezimmer, das wie leer wirkte.

Irgendetwas fehlte.

Er wusste plötzlich, was es war. An den Wänden hatten Bilder gehangen. Dianes Bilder mit verschiedenen Farben und Sujets. Sie waren verschwunden und hatten eine große Leere zurückgelassen.

Zuletzt ging er ins Büro. Der Laptop auf dem Pult verwunderte ihn. Hatte Diane nicht gesagt, dass sie weder einen Computer noch einen Laptop besaß? Der hier sah jedenfalls nicht neu aus.

Lansbury setzt sich auf den drehbaren Bürostuhl, hob den Deckel des Laptops an, drückte den Startknopf. Es dauerte eine Weile, bis der Bildschirm sich aufhellte. Wie zu erwarten, erschien ein leeres Feld für das Passwort.

Lansbury tippte *Jake* ein. Fehlanzeige.

Er versuchte es mit *Jake Hemingway.* Mit und ohne Bindestrich. Ein leises Dong, das sich anhörte, als würde jemand mit Kieselsteinen einen Hohlkörper bewerfen, signalisierte, dass der Code falsch war.

Lansbury ließ den Blick umherschweifen. Durch die Fenster sah er in den Wald, der in den letzten Tagen dichter geworden war. Die Natur hatte sich explosionsartig entfaltet. Lansbury erhob sich, schritt zum Fenster, öffnete die Flügel und inhalierte die frische Luft. Die Vögel schmetterten ihre Sonaten in den Himmel, durchmischt von dem Rauschen des Windes, wenn er in die Baumkronen fuhr. Ansonsten diese Stille.

Auf ihn wirkte sie jetzt bedrohlich.

Lansbury fragte sich, wie Diane das aushielt. Ob sie ihre eigenen Strategien entwickelt hatte, um zu überleben? Vielleicht war es diese Eigenart an ihr, die ihm eine gewisse Furcht einflößte. Und ihn andererseits antrieb, ihr Geheimnis zu lüften. Er drehte sich um, setzte sich auf den Fenstersims. Er verschränkte die Arme und sah sich eine Weile im Büro um. Es war ihm, als hätte Diane mit dem Entfernen der Bilder ihre Seele zum Schweigen gebracht, den letzten Hauch ihres Daseins beseitigt.

Oder hatte sie Platz für Neues geschaffen?

Waren die Bilder vielleicht Bestandteil eines Lebens gewesen, das gar nicht ihres war?

Warum eliminierte sie diese Erinnerungen? Die Dinge, die sie mit ihrem verstorbenen Mann verband? Warum jetzt – und so radikal?

Es stand ihm nicht zu, hier zu sein. Er hatte kein Recht, Dianes Haus zu durchforsten.

Oder doch?

Er hatte mit ihr geschlafen. Er hatte sie geliebt – eine Nacht lang. Er war mit ihr versunken in einer Leidenschaftlichkeit, die schon nicht mehr irdisch und mehr als nur eine Vereinigung gewesen war. Ihre Berührungen hatten etwas Animalisches gehabt, er hatte ihre Augen gesehen und in ihnen den Abgrund.

Er ging wieder zurück zum Pult, setzte sich hin. Er gab seinen eigenen Namen ein. Es hätte ja sein können, dass er ihr so nahestand, dass sie seinen Namen als Passwort benutzte. Doch er saß weiterhin vor einem dunklen Monitor, der störrisch verkündete, dass er schon wieder ein falsches Passwort eingegeben hatte. Zuletzt versuchte er es mit «Maddie», aber auch damit hatte er kein Glück.

Aber er durfte das auch gar nicht tun. Er hatte hier absolut keine Befugnisse und schämte sich nun für seine Aktion.

Schnell verließ er das Büro, eilte über die Treppe zurück ins Erdgeschoss.

Alles still.

Da war nichts. Nicht der kleinste Hauch, der ihn an sie erinnerte. Dies war ein seelenloses Haus.

Sollte er warten, bis sie wiederkam? Hatte er sich in ihr getäuscht? Würde sie überhaupt zurückkommen? Oder saß der Schmerz um den Verlust ihres Mannes so tief, dass sie ihrem Leben vielleicht ein Ende setzen wollte?

Lansbury spurtete ins Schlafzimmer, riss den Schrank auf. Die wenigen Kleider hingen an Bügeln. Er zog die Schubladen auf. Alles noch da. Nein, sie war nicht verreist. Sie wohnte noch hier, wenn auch irgendwie nicht mehr so ganz. Oder war ihr etwas zugestoßen? Und auf einmal war da diese Angst. Er kletterte über den Sims des Schlafzimmerfensters, stieß die Läden zu, nachdem er die Eisenstange in die Arretierung zurückgeschoben hatte.

Diane würde es trotzdem merken, dass man bei ihr eingebrochen hatte – wenn sie denn zurückkam.

Lansbury setzte sich in seinen Wagen und wählte Brookes Nummer. Ihre burschikose Stimme holte ihn in die Realität zurück. «Ja?»

«Können wir uns treffen?»

«Worum geht's? Ich bin gerade an einer Arbeit.»

«Um Diane Hemingway.»

«Ach.»

«Sie wird vermisst.»

«Von wem? Von dir?»

Ihr Lachen ging ihm auf die Nerven. «Ihre Schwägerin hat mich angerufen. Ich stehe jetzt vor Dianes Haus. Sie ist nicht hier.»

«Sie wird einkaufen gegangen sein. Oder vielleicht arbeitet sie ja.»

Ein schwacher Trost.

«Wo ich dich schon in der Leitung habe, Tyrone. Ich bin da auf etwas gestoßen.»

«Schon wieder?»

«Möchtest du nicht wissen, in welchem Zusammenhang?»

«Was soll denn diese Frage?»

«Genau. Daran tüftle ich.» Sie lachte leise.

«Und was genau hast du herausgefunden?»

«Diese Diane Hemingway wirft Rätsel auf.»

«Könnte es sein, dass du ein bisschen eifersüchtig auf sie bist?»

«Was hat sie bloß, was ich nicht habe?»

«Also doch.»

«Nein, ich bin nicht eifersüchtig. Ich bin ein Cop wie du. Ich suche die Wahrheit und werde sie finden. Jeder, der irgendwie verdächtig ist, hat mittlerweile ein Gesicht bekommen.»

«Die Sopranistin», sagte Lansbury. «Ronny ist dran, auch an den beiden Schachspielern und Liam Keaton ...»

«Ich weiß. Doch da bleiben zwei offene Fragen.»

«Zwei!»

«Andrew Kendall auf der einen, Diane Hemingway auf der anderen Seite.»

«Sie haben nichts miteinander zu tun.»

«Du würdest staunen, womit –»

«Mach es nicht so spannend!»

«Heute Nachmittag um zwei bei Kendall Print?»

«Ich könnte dich ...»

«Ich weiß.» Brooke legte auf.

* * *

Das sternförmig angelegte Gebäude lag nördlich von London in der Wheelwright Street. Das Pentonville-Gefängnis war 1842 für über fünfhundert Gefangene errichtet worden, die Haftstrafen verbüßten oder auf ihre Deportation warteten, mit jeweils einer Zelle für jeden Gefangenen. Einst Londons erstes modernes Gefängnis, diente es heute als Untersuchungsgefängnis sowie als Haftanstalt für Gefangene, die kurze Haftstrafen verbüßten oder längere begannen.

Fadime Brown befand sich hier in Untersuchungshaft, nachdem sie den Mord an Maryam Huxley gestanden hatte. Hawkins erfüllte ihr Geständnis jedoch nach wie vor mit Misstrauen. Es lief alles zu glatt. Obwohl die DNA von der Inhaftierten mit der Fremd-DNA, die man bei der Toten gefunden hatte, übereinstimmte, glaubte Hawkins nicht unbedingt an die Schuld der Frau. Er hatte den Verdacht, dass es noch andere Gründe für ihr Geständnis gab, dass Fadime womöglich jemanden deckte oder von etwas Wichtigem ablenken wollte.

«Was wissen Sie über die Geschäfte Ihres Mannes?», fragte am Dienstagmorgen Chief Inspector Hawkins Fadime Brown.

Sie saßen sich im Besucherraum gegenüber.

Fadime trug eine helle Kutte. Das war ihr Wunsch gewesen. Dass sie im vierten Monat schwanger war, wurde selbstverständlich berücksichtigt. Dennoch wollte Hawkins sie nicht mit Samthandschuhen anfassen. Er wiederholte seine Frage, während Fadime ihn mit ihren kohlschwarzen Augen musterte.

«Mein Mann wird mir einen Anwalt schicken.»

«Der ist meines Erachtens bereits unterwegs.»

«Was hat meine Tat mit den Geschäften meines Mannes zu tun?»

«Wenn Sie uns helfen, Mrs Brown, kann sich das positiv auf das Urteil ausrichten.»

«Ich habe lediglich eine Hure getötet.»

Die Kälte der Frau überraschte ihn. Jedoch: Wenn Hawkins sie jetzt so ansah, konnte er es sich nicht vorstellen, dass sie genug Kraft besessen hatte, Abigail zu erwürgen.

«Sie haben drei Kinder. Das vierte ist unterwegs. Wollen Sie wirklich Ihr Leben lang im Gefängnis sitzen?»

Fadime senkte die Augen. «Lebenslang heißt ja nicht, bis ans Ende meiner Tage. Bei guter Führung werde ich nach fünfzehn Jahren wieder draußen sein.»

«Wer behauptet das?»

Fadime schwieg.

«Erzählen Sie mir, was an diesem Tag wirklich geschehen ist.» Hawkins erhob sich und kam um den Tisch herum, der sie beide trennte. Die Aufsicht intervenierte. Hawkins winkte ab. Er wollte Fadime die Hand auf die Schultern legen, sah dann aber davon ab. Ihre Religion galt es zu akzeptieren, obwohl die Frau ihren Schleier bereits vor Gericht abgelegt hatte.

Wie sie ihn ansah. Es fröstelte ihn. Mit diesen Augen, die so schwarz waren, als wären es zwei Löcher. Der dunkle Wimpernkranz, der sich nach außen verschmälerte. Bei ihrem Anblick meinte Hawkins in einen Abgrund zu schauen. Sie verbarg etwas, da war er sich ganz sicher. Seit Afghanistan war er einer solchen Frau nicht mehr begegnet. Damals hatte er eine junge Frau aus den Fängen einer Gruppe von fünf Vergewaltigern befreit und sie in Sicherheit gebracht. Die Frau hatte sich später vor seinen Augen erschossen. Hawkins hatte nie erfahren, woher sie die Waffe hatte.

«Was ist an dem Tag geschehen, an dem Sie Abigail Huxley umgebracht haben?», fragte er.

«Ich kann nicht darüber reden.»

«Hat man Ihnen verboten zu reden?»

Fadime hüllte sich weiter in Schweigen.

Hawkins setzte sich auf seinen Stuhl. «Ist es möglich, dass noch jemand im Zimmer war außer Ihnen?»

Ihr Blick veränderte sich. Da war ein kleines Zucken auf ihrem rechten Augenlid. Ein kaum wahrnehmbares Zeichen der Unsicherheit. Es war eine logische Folgerung gewesen: Diese Frau war einfach zu klein, zu zart.

«War jemand im Zimmer, der vielleicht Handschuhe getragen hat?»

«Handschuhe? Wie kommen Sie denn darauf?» Sie sah ihn herausfordernd an. «Da war niemand sonst. Nur ich und diese Hure.»

«Können Sie mir bitte beschreiben, wie Sie es angestellt haben?»

«Das wissen Sie bereits.»

«Dann zeigen Sie es mir.» Hawkins erhob sich wieder. «Stehen Sie auf und würgen Sie mich!»

«Ich will Sie nicht töten.»

Er konnte sich ein Lachen nicht verkneifen. «Würgen Sie mich, Fadime! Zeigen Sie mir, wie Sie es getan haben.»

Die Tür wurde plötzlich aufgestoßen und prallte mit großer Wucht an die Wand. Drake erschien. «Hawkins! Kommen Sie bitte mit mir vor die Tür.»

Hawkins wandte sich von Fadime ab. Er glaubte ihr nicht. Konsterniert folgte er seinem Chef.

«Was sind denn das für Methoden?», fragte Drake, sichtlich erbost.

«Sie veralbert uns. Sie deckt jemanden. Ich weiß nur nicht, wen und weshalb.»

«Wir haben neue Erkenntnisse über Abdullah Brown. Sein Schwiegervater, Scheich Zyad von Dubai, besitzt eine eigene Fluglinie. Wir wissen, dass er auf dem internationalen Markt Fuß fassen will. Dafür stehen ihm alle Möglichkeiten offen, und vielleicht ist ihm jedes Mittel recht, um sein Ziel zu erreichen. Vielleicht gehört zu diesen Mitteln ja auch das Herunterholen eines Flugzeugs der Konkurrenz.»

Hawkins kehrte sehr unzufrieden zu Fadime zurück und setzte sich ihr wieder gegenüber. Die Frau verbarg etwas, da war er sich mittlerweile absolut sicher.

«Erzählen Sie mir alles über diesen Tag», forderte er sie auf. «Was ist passiert, bevor Sie zu diesem Etablissement gegangen sind? Reden Sie!»

Fadime schwieg weiterhin eisern.

Hawkins sprang auf, stützte sich mit beiden Händen auf den Tisch und starrte sie an. «Sie laden die Schuld von jemand anderem auf sich. Warum? Sagen Sie es mir!»

Fadime sah ihn mit großen Augen an. «Sie täuschen sich, Mr Hawkins. Ich bin die Mörderin. Ich habe die Hure umgebracht.»

Musste er seine Taktik ändern? Fadime aus der Reserve locken? «Hat er Sie geschlagen?»

«Ich verstehe Sie nicht.»

«Sie verstehen mich sehr wohl. Hat Ihr Mann Sie geschlagen?» Hawkins sah, wie Fadime leer schluckte.

Sie senkte ihren Blick. «Es gibt keine größere Schmach.»

* * *

Forsythe wollte gerade das Gebäude verlassen, als Lansbury und Birdie den Eingang erreichten. Mit ihnen hatte er offenbar zuallerletzt gerechnet. Ohne ein Wort kehrte er zum Empfang zurück und stellte sich hinter den Tresen, als wäre er bereit, ihnen sofort Rede und Antwort zu stehen. Schluss mit dem Versteckspiel. Sie würden früher oder später sowieso alles herausfinden.

Lansbury hatte sich von Brooke dazu verleiten lassen mitzukommen, die Druckerei noch einmal zu besuchen. Sie war der Überzeugung, dass Kendall der Schlüssel war. Und jetzt war Forsythe anwesend, Kendalls Lakai. Der Angestellte, der nicht mehr lange schweigen würde.

«Wir müssen Mr Kendall sprechen.» Brooke Birdie hatte eine Abneigung gegen diesen Adlerkopf, das zynische Lächeln, das kokette Klimpern mit den Augenwimpern. «Wenn er nicht hier ist, wo können wir ihn dann antreffen?»

«Er ist krank.»

«Bitte verschonen Sie uns.» Brooke ließ Forsythe nicht mehr aus den Augen. Sie würde ihn weichklopfen, das hatte sie sich vorgenommen. Sie hatte es satt, sich immer wieder für dumm verkaufen zu lassen, speziell von Männern wie Forsythe, die mehr scheinen wollten als sie waren. Die eigenmächtig handelten. Sie ging einen Schritt näher auf Forsythe zu. Lansbury bedeutete ihr zwar, sich ruhig zu verhalten, aber sie ignorierte seinen stillen Einwand.

«Sie können mit uns kooperieren und uns verraten, wo sich Ihr Boss versteckt hält, oder wir nehmen Sie mit und buchten Sie ein, bis Sie singen. Können Sie singen? Ach ja? Die Tonleiter zum Beispiel? Das hier ist kein Gesangsunterricht, Mr Forsythe. Es geht um Mord an zweihundertachtundzwanzig unschuldigen Menschen!»

«Was hat denn Mr Kendall damit zu tun?» Ein letzter verzweifelter Versuch. Forsythe ahnte offensichtlich, dass er auf der Verliererseite stand.

«Wir werden Ihr Büro auseinandernehmen. Jedes einzelne Dokument durchleuchten.» Birdie knallte einen Durchsuchungsbeschluss auf den Tresen. «Wir werden die Druckerei polizeilich versiegeln. Sie haben keine Befugnis mehr, diese Räume zu betreten, bis unsere Leute alles untersucht haben. Ihre Mitarbeiter können Sie in Urlaub schicken.»

Brooke hatte bei der Staatsanwaltschaft eine richterliche Verfügung erzwungen. Und obwohl die Beweislage wacklig war, hatte man ihr grünes Licht gegeben, sehr zu Lansburys Leidwesen. Das wusste sie.

«Sie sagen uns jetzt auf der Stelle, wo Kendall ist!»

Forsythe griff nach dem Dokument auf dem Tresen, sah es genau durch. Er hatte keine Chance, sich jetzt noch herauszureden, wollte er Kopf und Kragen retten. Das musste ihm klar sein.

«Kendall ist Ihnen doch nie so nahegestanden, dass Sie ihn jetzt um jeden Preis in Schutz nehmen müssen. Wenn die Rechnung aufgeht, können Sie die Druckerei so oder so übernehmen.» Jetzt spekulierte Brooke.

«Ja, ja, ist ja gut. Dass Kendall im Schlammassel steckt, war mir schon länger klar. Irgendetwas muss da gelaufen sein. Und das nicht erst seit zwei Wochen.» Forsythe griff nach einem Schreibblock und notierte Kendalls neue Adresse. «Aber ich sage Ihnen, es geht ihm schlecht.»

* * *

Ein Dienstag, Mitte Mai. Die Straße lag wie ausgestorben da.

Lansbury parkte vor einem Zaun, der ein Grundstück fast gänzlich umschloss. Einzig dort, wo drei Birken sich im schwachen Wind beugten, war er unterbrochen. Dort, wo ein Durchgang in Form eines Tores zu dem Kiesweg dahinter führte.

Die Polizisten blieben sitzen und beobachteten das Haus vom Wagen aus. Nichts rührte sich. Über die Woche arbeiteten die Leute in der nahen Stadt, die Kinder waren in der Schule und nur selten blieb eine Mutter zu Hause.

«Warum zieht eine Familie um, direkt nachdem ein Flugzeug abgestürzt ist?», fragte Brooke. «Warum zur selben Zeit?»

«Zufall», glaubte Lansbury.

«In unserem Metier gibt es keinen Zufall. Und das hier sieht eher nach Berechnung aus.»

«Noch wissen wir nicht, ob er tatsächlich hier lebt.»

«Steigen wir aus, dann erfahren wir es.»

Lansbury hielt seine Kollegin zurück. «Wir sollten es gut planen.»

«Was? Ob wir hinten oder vorne herum gehen?» Brooke setzte ein zynisches Grinsen auf.

«Ich habe ein ungutes Gefühl.»

«Ist das jetzt ein Rollentausch? Ich dachte, nur Frauen arbeiten mit Gefühlen.»

Lansbury schwieg pikiert.

«Sorry, das war jetzt nicht nett. Klar warten wir. Du bestimmst.» Brooke griff nach dem Türöffner. «Aber lass mich einen Kaffee holen. Dort hinten um die Ecke habe ich ein Teahouse gesichtet. Das wird wohl auch Kaffee ausschenken. Willst du auch einen?»

«Nein danke. Ich halte hier solange die Stellung.»

Lansbury warf einen Blick in den Rückspiegel und sah Brooke am Ende der Häuserzeile verschwinden. Seine Gefühle ihr gegenüber waren ambivalent. Sie war eine dominante und ungeduldige Frau, der die Ermittlungen nicht schnell genug gehen konnten. Lansbury vermutete, dass es ihr in erster Linie um ihren Erfolg ging, egal wie sie diesen erreichte. Seines Erachtens sah sie die Welt nur in Schwarz und Weiß.

Er schaute wieder zum Haus, auf die Fassade und die Fenster mit den hübsch drapierten Vorhängen. Ein Vorstadthaus war es, schön zum Ansehen. Ein Vorzeigehaus mit Garten und Blumenbeeten.

Warum war Kendall hierhergezogen?

Noch während er über die Antwort nachdachte, ging die Haustür auf, und ein Mann schob sich auf das Podest, von dem eine Treppe auf den Kiesweg führte.

Andrew Kendall.

Er ging gebeugter, als Lansbury ihn in Erinnerung hatte. Wirkte eingefallen. Aber das bildete er sich wohl nur ein. Er hatte ihn nicht oft getroffen – zu selten jedenfalls, um sich ein klares Bild von ihm zu machen. Er hatte nur einmal mit ihm zu tun gehabt, als die Polizei ein paar Drucksachen in Auftrag gegeben hatte, und das lag Jahre zurück. Fest stand: Kendall war sichtlich älter geworden.

Er schritt zum Gartentor und dort zum Briefkasten am Zaun.

Lansbury sah in den Rückspiegel. Von Brooke noch keine Spur. Vielleicht saß sie gerade im Tea-House und hatte es sich anders überlegt, trank den Kaffee vor Ort und nicht in einem Pappbecher im Auto. Er konnte es ihr nicht verargen. Niemand hatte damit gerechnet, dass Kendall ausgerechnet jetzt die Bühne betrat.

Lansbury stieg aus.

Er wusste nicht viel über Kendall außer dem, was Brooke über ihn herausgefunden hatte. Die ganze Wahrheit hatte sie ihm bestimmt noch nicht erzählt. Wollte sich wohl wichtig machen oder die Katze erst in Anwesenheit des Verdächtigen aus dem Sack lassen.

Kendall stand mit einem Bund Zeitungen beim Briefkasten, als Lansbury ihn erreichte, und erschrak, als der Polizist so plötzlich neben ihm auftauchte, denn er war offensichtlich in Gedanken und wohl gerade im Begriff gewesen, wieder ins

Haus zurückzukehren. Beinahe hätte er die Zeitungen fallen lassen.

«Guten Tag, Mr Kendall. Mein Name ist Tyrone Lansbury, Chief Inspector.» Er präsentierte seinen Dienstausweis. «Kann ich Sie drinnen sprechen?»

Kendall hatte sich wieder gefasst. Er drückte die Zeitschriften an sich, drehte sich um und ging voraus zur Tür. Erst auf der Schwelle wandte er sich zu Lansbury um, als müsste er sich überlegen, ob er den Gast überhaupt hereinbitten sollte oder nicht. Nach einem winzigen Zögern raffte er sich dann doch zu einer einladenden Geste auf. «Treten Sie ein. Was verschafft mir die Ehre? Man bekommt nicht jeden Tag solchen Besuch.» Er versuchte ein Lachen, das misslang. Zurück blieb ein bitterer Zug um seinen Mund. «Nehmen Sie doch bitte Platz im Wohnzimmer. Ich werde Tee servieren. Ich nehme an, Sie trinken einen Tee mit mir? So lässt es sich jedenfalls besser reden.» Er betrachtete Lansbury und überlegte. «Ich kenne Sie von irgendwoher.»

Lansbury ließ ihm Zeit, ging nicht weiter auf seine Feststellung ein. Als Kendall in die Küche gegangen war und dort hantierte, sah er sich im Wohnzimmer um. Ländlich eingerichtet war es mit hellen Tapeten und dunklen Möbeln. Ein Kontrast, wie er ihn zuletzt bei seinen Eltern gesehen hatte. Auf dem runden Tisch stand eine Vase mit dem ersten Schnitt von Frühlingsblumen, und an den Wänden hingen Porträts in verschnörkelten Rahmen, Landschaftsbilder und Stickereien. Alles war aufgeräumt und sauber. Er entdeckte jedoch keinen einzigen Hinweis darauf, dass hier noch jemand außer Kendall wohnte.

Wo war seine Familie?

Kendall kehrte mit einem Tablett zurück und stellte es auf den Tisch: zwei Tassen mit Unterteller, Zuckerdose und Milchkrug. Dann holte er die Teekanne. «Bitte bedienen Sie sich.» Er setzte sich.

Lansbury nahm ebenfalls Platz. Den Tee ließ er unberührt.

«Jetzt klären Sie mich auf, weshalb Sie hier sind.»

«BA443. Sie wissen, was das bedeutet?»

«Der Flugunfall, eine traurige Geschichte.» Kendall hielt Lansburys Blick stand. «Täglich werden wir darüber informiert. Doch die Nachrichten werden weniger. Allmählich verblasst das Unfassbare. Es wird übertüncht von neuen Schreckensmeldungen. Wir sind immun geworden, lassen die Bilder eine Zeit lang auf uns einwirken, warten, ob wir noch etwas empfinden. Ist es Mitleid? Oder Mitgefühl? Gibt es da überhaupt einen Unterschied?» Kendall schaute bedeutungsvoll und machte eine Pause. Er goss Tee in die Tasse, rührte Zucker dazu und goss Milch ein bis zum Rand. «Oder ist es Befriedigung? Es gibt Gaffer, denen geht im Angesicht des Todes einer ab. Schauen Sie mich nicht so komisch an. Es ist dieses Gefühl, dass es nicht einen selbst, sondern den anderen getroffen hat … Die Welt ist grundsätzlich schlecht. Wir hätten das alles besser im Griff, wenn es nicht so wäre. Aber der Mensch zerstört alles, was er berührt, wohin er auch geht. Es ist nichts Gutes mehr in uns.»

War er im Begriff, vom Wesentlichen abzulenken? Fürchtete er sich vor den Fragen der Polizei? Lansbury gelang es nicht, sein Gegenüber zu durchschauen. Als es klingelte, atmete er erleichtert auf. Das musste Brooke sein.

Kendall erhob sich, ging in den Korridor und öffnete die Tür. Lansbury hörte Brookes Stimme.

Sie trat zusammen mit Kendall ins Wohnzimmer, wo Kendall auch ihr Tee anbot. Es war eine seltsame Situation.

«Mr Kendall.» Brooke kam gleich zur Sache, ohne sich vorher mit Lansbury abgesprochen zu haben. «Vor rund zehn Jahren stand es um Ihre Druckerei nicht zum Besten.»

«Das ist kein Geheimnis.» Kendall setzte sich wieder.

«Das ist richtig. Ein Geheimnis aber ist es, wer Sie damals aus der Misere gerettet hat.»

Kendall drapierte sich neu auf seinem Stuhl, rutschte auf der Kante hin und her, griff nach der Teetasse, schlürfte ausgiebig an seinem Tee und tat offensichtlich alles, um eine Antwort hinauszuzögern.

Lansbury und Birdie warteten und sahen ihm dabei zu.

«Wenn Sie selbst ein Geschäft hätten», begann Kendall endlich, «wüssten Sie, dass nicht immer alles reibungslos läuft. Leider wurde auch ich damals nicht verschont. Ich musste Entlassungen vornehmen. Unter Druck Akquise betreiben. Es war nicht einfach …»

«Das ist nicht die Antwort auf meine Frage, Sir.» Brooke tauschte einen kritischen Blick mit Lansbury. «Wir möchten wissen, wer Ihre Firma gerettet hat.»

«Jemand, der mir sehr nahestand. Weiter möchte ich das nicht kommentieren.»

«Und warum nicht?»

«Weil ich dieser Person das Versprechen geben musste, es niemals publik zu machen.» Kendall beugte sich über den

Tisch und verschränkte die Arme. «Macht mich das zu einem Kriminellen? Aus irgendeinem Grund sind Sie ja hier.»

«Soll ich Ihnen sagen, wie es gewesen ist?», fragte Brooke lauernd.

Über Kendalls Gesicht huschte ein Schatten tiefster Beunruhigung. «Ich glaube nicht, dass Sie das etwas angeht. Klären Sie mich lieber über den wahren Grund Ihrer Anwesenheit auf und lassen Sie alte Geschichten ruhen.»

«Nicht, wenn diese alten Geschichten bis in die Gegenwart reichen, Sir.»

«Sie machen mich neugierig.»

«Vor einem halben Jahr haben Sie einen höheren Betrag von Ihrem Firmenkonto abgehoben.»

Stille. Nur das Ticken der Stubenuhr war zu vernehmen, das unruhige Atmen der Anwesenden, dann ein schweres Schlucken von Kendall. «Wie kommen Sie darauf, dass ich –»

«Recherche», warf Brooke ein. «Ganz einfach.»

«Hatten Sie denn die Befugnis?»

«Mittlerweile haben wir sie.»

Brooke spielte Trümpfe aus, von denen Lansbury keine Ahnung gehabt hatte. Sie musste besondere Beziehungen zur Staatsanwaltschaft pflegen – oder aber sie hatte massiven Druck auf Drake ausgeübt. Es störte Lansbury sehr, dass man ihn umgangen hatte. Andererseits verfolgte Brooke ihre Ziele mit einer Vehemenz, die ihm bei diesem Fall fehlte, denn er fühlte sich tatsächlich befangen. Und Brooke wusste das.

«In der Folge wurden monatlich höhere Geldbeträge abgehoben. Wir haben mit Ihren Revisoren Kontakt aufgenommen. Die Ausgänge wurden als Kreditverminderung aus privatem Einschuss verbucht. Leider sind diese Vorgänge auf Ihren

Privatkonten nirgends ersichtlich. Können Sie uns aufklären, wofür Sie diese exorbitanten Summen verwendet haben?»

«Jetzt schnüffeln Sie also bereits in meinen Privatkonten herum?» Kendall blieb äußerlich ruhig, obwohl er offenkundig immer wütender wurde.

«Soll ich es Ihnen sagen?»

«Nur zu.» Kendalls Kopf hatte die Farbe einer Tomate angenommen. «Sie wissen gar nichts. Sie bluffen und ... lassen Sie mich raten, warum. Sie dachten wohl, einen alten Mann um den kleinen Finger wickeln zu können. Damit er Ihnen etwas erzählt, was Ihnen noch fehlt. Sie suchen einen Sündenbock. Aber diesen Gefallen kann ich Ihnen nicht tun. Von mir werden Sie nichts erfahren, was Ihre Logiklöcher stopfen könnte. Sie spekulieren nur, Miss. Aber so kommen Sie nicht weiter!»

Brookes Strategie hatte nicht funktioniert. Lansbury schaute fast schon mitleidig. Kendall würde niemals reden. Also musste sie, Brooke, sich etwas anderes, Raffinierteres einfallen lassen. Jetzt. Sofort. Damit der Redefluss nicht unterbrochen und der Druck auf den Befragten aufrechterhalten wurde. «Kennen Sie Diane Hemingway?»

Kendall strich sich mit der rechten Hand über die Stirn, aber weder Lansbury noch Brooke gelang es, die Geste zu deuten.

«Kennen wäre übertrieben. Wir sind uns zwei-, dreimal begegnet. Diane Hemingway, sagten Sie?»

«Oder Laura Diane Bancroft. Vielleicht hilft Ihnen dieser Name weiter. Vorzeigeschriftstellerin vor fünfzehn Jahren. Zwei Weltbestseller. Erschienen beim Word-World-Verlag, gedruckt bei Kendall-Print. Die Kriminalromane haben die junge Autorin über Nacht berühmt und reich gemacht.»

«Ja, ich erinnere mich. Laura. Ist schon lange her. Heute schreibt sie nicht mehr. Hat wohl andere Aufgaben und Interessen gefunden. Ihr Mann hat mir einmal erzählt, dass sie jetzt malt.»

Lansbury wurde unruhig. Es durfte nicht sein, dass Brooke ihren Alleingang fortsetzte. Er musste ihr die Stirn bieten, und zwar mit dem, was er selbst über Diane wusste.

«Als Mrs Hemingway heiratete», meldete er sich zu Wort, «vermachte sie ihr Honorar aus dem Bücherverkauf und den Hunderten von Lesungen einer Stiftung.»

«Ach.» Kendall strich sich mit der rechten Hand erneut über die Stirn, die feucht geworden war. Schweiß perlte Richtung Augenbrauen.

«Ist es möglich, dass Diane Hemingway ihr gesamtes Vermögen *Ihnen* überschrieben hat?»

«Ich wäre nie darauf gekommen, dass die Polizei eine solch blühende Fantasie hat.» Kendall ging seinerseits zum Angriff über. «Aber es wäre natürlich ein Glücksfall gewesen, wenn es denn so gewesen wäre …»

Lansbury und Brooke tauschten Blicke. Beide wussten, dass das nicht beweisbar war. Wenn ein Geldbetrag bar ausgezahlt wurde, war es natürlich schwierig, die Empfänger herauszufinden. Also arbeiteten sie mit dem wenigen, das sie hatten.

«Es dürfte kein Zufall sein, dass genau zu der Zeit, als Diane Hemingway ihr Geld einer Stiftung vermachte, Ihre Firma aus den roten Zahlen herauskam respektive eine Insolvenz verhindert wurde.»

«Ich gebe zu, ich an Ihrer Stelle würde auch diesen Schluss daraus ziehen.» Kendalls Überheblichkeit war jetzt etwas gedämpft.

«Fast fünfzehn Jahre später», fuhr Brooke fort, «kassierte Jake Hemingway von einem unbekannten Spender so viel Geld, dass er eine Lebensversicherung abschließen, sein Haus renovieren und zwei neue Wagen anschaffen konnte. Er kassierte bar. Ungefähr zu dem Zeitpunkt, in der Sie Bares abhoben.»

«Sie machen einen Überlegungsfehler.» Kendall nahm die Teetasse zur Hand. «Ich habe nichts mit Mr Hemingway zu tun …»

«Mit Ausnahme der Reklamationen, die er wegen der lausigen Arbeit Ihrer Druckerei geschickt hat», fuhr Lansbury ihm ins Wort.

«Das war geschäftlicher Natur.» Kendall machte eine Scheibenwischerbewegung. «Business as usual, wenn Sie verstehen, was ich meine.»

«Was wissen Sie über seine Frau?»

«Nichts. Ich habe sie lange nicht gesehen. Früher kam sie ab und zu in die Druckerei. Sie war dabei, als die erste Auflage ihres ersten Krimis gedruckt wurde.»

«Wann haben Sie sie zum letzten Mal gesehen?»

«Sagte ich doch gerade. Ich erinnere mich nicht mehr.»

«Wir müssen Sie trotzdem bitten, mit uns zu kommen.»

Kendall erhob sich. Offenbar hatte er damit gerechnet – oder es machte ihm nichts aus. «Muss ich meine Zahnbürste mitnehmen?» Er grinste verächtlich.

Brooke bedachte ihn mit einem vernichtenden Blick. «Auf jeden Fall.»

Zwanzig

Hier ist dein Koffer, sagte er. Ich gehe davon aus, dass du weißt, worum es geht. Es sind geheime Dokumente, die nach New York gebracht werden müssen. Die Sekretärin hat die Adresse. Sie wird dich begleiten. Wir werden jetzt gemeinsam nach Heathrow fahren. Dort liegen die Tickets bereit. Business Class. Es ist alles vorbereitet.

Er wusste, dass es ein gewagtes Unterfangen war.

Die letzte Möglichkeit, um dem Tod zu entkommen, hatte er ausgeschöpft. Die Verantwortung abgeworfen wie eine Schlange, die ihre Haut abstößt.

Er war kein Mörder.

Er hatte kaum geschlafen, sich schweißgebadet auf dem Laken gewälzt – wie damals direkt nach Emilies Tod. Da hatte er sich mit Tranquilizern vollgepumpt, um nur einigermaßen vergessen zu können, um den Schmerz in sich einzuschließen, damit er nach außen nicht sichtbar wurde. Damit er der Mann blieb, der zu sein man von ihm erwartete. Viele Nächte lang war er von Albträumen gequält worden, hatte immer wieder Emilies Sterben erlebt. Ihren Körper gesehen, wie er in der Schusslinie des Bankräubers zusammensackte. Diese schreckgeweiteten Augen, die tausend Fragen, die sich darin gespiegelt hatten. Und wie ihr Glanz auf einmal erlosch. Man hatte sie in die Klinik gefahren, Lansbury noch ihre Hand gehalten. Doch diese Hand war schon dabei gewesen, zu erkalten. Seine geliebte Frau hatte ihr Leben ausgehaucht, bevor es die volle Blüte erreichte.

Lansbury knipste die Lampe auf dem Nachttisch an. Halb zwei, und der Horror schien zurückzukehren. Er ging ins Badezimmer, klatschte Wasser in sein Gesicht. Emilie war so präsent wie lange nicht mehr. Ihr Tod hatte ihm das Herz aus der Brust gerissen und jegliche Lebensfreude geraubt. Ein ganzes Jahr lang hatte er den Boden unter den Füßen nicht mehr gefunden, den Job in London aufgegeben, und er war schließlich aufs Land gezogen. Die gemeinsame Wohnung hatte er dieses eine Jahr lang behalten, war aber keine einzige Nacht mehr dort geblieben. Damals wurden diese Räume nur von Emilies Geist bewohnt.

Alles dort hatte er so gelassen, wie es vor Emilies Tod gewesen war: das lange Kleid vom Samstagabend, ihre Unterwäsche, der Hauch ihres Parfüms, im Kamm noch ihre Haare, am Champagnerglas ihre Lippenstiftspur, die kaputten Nylons, weil sie es kaum hatten erwarten können, sich zu lieben, ineinander zu versinken. So schön war sie gewesen an jenem letzten gemeinsamen Abend.

Nach diesem Jahr hatte Lansbury dann die Wohnung aufgelöst und mit Ausnahme der Bilder und Fotoalben alles einem gemeinnützigen Verein geschenkt. Die kaputten Strümpfe hatte er behalten. Er hatte versucht, Emilies letzte Spur der Liebe festzuhalten, dem Verblassen der Erinnerungen an diesen letzten gemeinsamen Abend entgegenzuwirken.

Lansbury warf den Kopf zurück, sah in den Spiegel, betrachtete sich vom Kopf bis zu den Füßen und rief ihren Namen. Doch da kam keine Antwort, und er wusste, dass er auch diesen anderen Namen rief, im Stillen, als wären die Frauen miteinander zu einer einzigen Frau verschmolzen.

Emilie und Diane. Und nachts, wenn er sich in den Schlaf zwang, flüsterten beider Stimmen. Emilie und Diane. Die eine im Geiste noch nicht ganz weg, die andere noch nicht angekommen.

Doch da gab es immer mehr Diane.

Sie, die verschwunden blieb. Ihr Mobiltelefon war stumm. Er hatte Nachrichten hinterlassen, dass sie zurückrufen möge. Er hatte mit Anne telefoniert. Mit Maddie. Doch sie wussten nichts. Anne hatte sich aufgeregt über die Gewissenlosigkeit ihrer Schwägerin. Maddie war in Tränen aufgelöst gewesen.

Wo steckte Diane?

Diane, die er zu lieben glaubte. Ihren Körper zu besitzen, obwohl er ihn nur ein einziges Mal besessen hatte.

Wusste Kendall mehr, als er zugab?

Sie hatten ihn mitgenommen. Er war kommentarlos in den Wagen gestiegen und mit ihnen auf die Polizeistation in Bristol gefahren. Während Stunden hatte er dagesessen mit diesem verklärten Lächeln auf dem Gesicht, das auf dem Antlitz eines Kindes ehrlicher gewirkt hätte. Und er hatte alles, was sie bereits wussten, noch einmal erzählt. Also: keine neuen Erkenntnisse, keine Verbindung zu Diane.

Der geheimnisvolle Geldgeber war und blieb geheim – und die Adresse des Empfängers einer sehr hohen Geldsumme fünfzehn Jahre nach der Rettung der Druckerei ebenso.

Da war nichts. Nur Leere, und Diane verschwunden.

War der Verlustschmerz um Jake doch größer als gedacht? War sie vielleicht in den Wald gelaufen? Der Wald sei ihr Verbündeter, hatte sie durchblicken lassen. Im Wald fühle sie sich geborgen. Ob sie auf einem Bett aus Tannennadeln schlief, zugedeckt mit dem ersten grünen Laub des Jahres, das der Wind von den Bäumen gezerrt hatte?

Lansbury zog sich an. Er konnte nicht schlafen und tatenlos die Zeit verstreichen lassen.

Dann verließ er seine Wohnung in der William Street, fuhr durch die Nacht, ziellos. Immer wieder stieg er aus dem Wagen, irrte durch die Gegend, kehrte zum Auto zurück. Setzte sich hinter das Lenkrad und versuchte, seine Gedanken zu sortieren.

Andrew Kendall hatten sie wieder laufen lassen müssen, denn es gab keinen Grund, ihn auf dem Posten zu behalten. Er hatte gegrinst, als er in das Auto stieg, das ihn zur Barrows Road zurückfahren sollte, in dieses Niemandsland, das tagsüber wie ein Friedhof wirkte. Keine Stimmen, kein Kinderlachen, die Straßen wie ausgestorben. Hierher zog man sich zurück, wenn man sich vor der Welt verstecken wollte.

Lansbury fuhr und fuhr – und näherte sich allmählich der Barrows Road, meinte, dort Antworten zu finden.

Die nächtliche Stunde zwischen zwei und drei war die schwärzeste. Die Häuser standen düster. Dunkle Fassaden. Kein einziger Schimmer von irgendeinem Fenster. Straßenlaternen säumten in exakten Abständen die Straßen, warfen Kegel fahlen Lichts, in denen Nebelschwaden tanzten, ein nächtlicher Spuk.

Schließlich parkte Lansbury vor Kendalls Haus. Die Straße vor ihm tauchte ab ins Nirgendwo, die Gartenhecke wand sich in die Dunkelheit.

Er wartete. Nichts rührte sich. Alles wie tot.

Irgendwann schlief er ein.

* * *

Hawkins' Bemühungen, mehr aus Fadime herauszuholen, liefen ins Leere. Die junge Frau beharrte auf ihrer Aussage, allein im Zimmer gewesen zu sein, als sie Maryam Huxley erwürgte.

Am Abend war Brown schließlich mit seinem Anwalt eingetroffen und hatte bei der Gefängnisdirektion für Aufsehen gesorgt. Der hinzugezogene Hawkins, der sich per Zufall im Gebäude aufgehalten hatte, versuchte Brown zu beruhigen. Dies war ihm jedoch nur bedingt gelungen.

Nach einer langen Nacht im Vernehmungszimmer kreuzten sich ihre Wege am Morgen wieder.

«Chief Inspector!» Brown kam den Korridor entlang, aus der Richtung des Frauentrakts, wo er vermutlich vergebens darauf gehofft hatte, seine Frau zu sehen. «Chief Inspector, wir müssen reden!»

Hawkins, mit einem Pappbecher Tee unterwegs, wandte sich um. Er hatte Brown noch nie so aufgelöst gesehen. Trotzdem bedachte er ihn mit einem vernichtenden Blick. «Mr Brown. Sollten Sie mit mir über Ihre Frau reden wollen, muss ich Sie enttäuschen. Wenden Sie sich an ihren Rechtsvertreter. Von ihm werden Sie alles erfahren, was Sie wissen möchten.»

Brown stieß einen Laut aus, der entfernt an eine Horde erzürnter Bullen erinnerte. «Meine Frau soll Maryam Huxley ermordet haben? Schnappt jetzt die Met vollkommen über? Schauen Sie sich dieses zarte Wesen doch an. Sie kann keiner Fliege etwas zuleide tun!» Brown schnaubte. «Ich werde meine Beziehungen spielen lassen. Ich versichere Ihnen, dass Sie Ihren Job bei Scotland Yard bald quittieren müssen.»

Hawkins' unbeteiligtes Schulterzucken erzürnte Brown dermaßen, dass er eiligen Schrittes auf den Ausgang zusteuerte, die Tür aufriss, auf den Platz davor stürmte und die Tür mit voller Wucht hinter sich ins Schloss knallte, dass die Fenster zitterten. Glas klirrte. Hawkins sah dem Halbaraber konsterniert nach.

Um zehn hatte er sich mit seinem Team in Michael Drakes Großraumbüro verabredet, und außer Tyrone Lansbury waren alle da. Sie saßen um den langen Tisch und hielten sich an Teebechern und Cupcakes fest.

Brooke schwang sich neben Hawkins auf den Stuhl. «Weißt du eigentlich, wo Lansbury steckt?»

«Sollte ich? Ihr wart doch gestern zusammen.» Hawkins beobachtete Drake, der seit ihrem Eintreten die Pinnwand mit Bildern und Textfragmenten bepflasterte.

Brooke folgte seinem Blick. «So wie's aussieht, gibt's im Fall BA443 eine Menge neue Verdächtige.»

«Ich kenne Drake. Er wird heute Tabula rasa machen und die irrelevanten Personen von der Liste streichen.»

«Warum klebt er sie dann da hin?»

«Weil er uns alle am Reduzieren teilhaben lassen will.»

«Das verstehe ich nicht.» Brooke kniff die Augen zusammen und schüttelte den Kopf. «Du veralberst mich.»

Hawkins ließ das unkommentiert. Er mochte Brooke nicht besonders – zu aufgedreht, zu burschikos, zu ungeduldig. Sie mochte zwar ihre Qualitäten haben; es fehlte ihr jedoch an Feingefühl. Dass Drake sie Lansbury zur Seite gestellt hatte, war seine Idee gewesen. Er hätte sie sonst unter seine Fittiche nehmen müssen, und das wäre ihm zu anstrengend gewesen. Während er noch darüber nachdachte, ob er den Platz wechseln sollte, verschaffte sich Drake mit einem lauten Räuspern Gehör.

Hawkins konzentrierte sich auf die Ausführungen seines Chefs und winkte ab, als Brooke ihn mit neuen Fragen löchern wollte.

Drake, wie immer in Schwarz gekleidet, wandte sich an seine Leute. «Seit dem verheerendsten Unglück in der Geschichte der British Airlines sind achtzehn Tage vergangen. Wir haben in alle erdenklichen Richtungen ermittelt, auch in enger Zusammenarbeit mit dem MI5 und dem FBI. Eine Sammelklage der Hinterbliebenen der Absturzopfer ist bereits eingegangen, lanciert durch die amerikanischen Staatsbürger. Doch das ist Sache der Staatsanwaltschaft und dürfte uns nur am Rande tangieren. Indizien sprechen dafür, dass der Airbus mit zweihundertachtundzwanzig Passagieren an Bord Ziel eines Anschlags war. Mehrere Zeugen wollen gesehen haben, wie ein Feuerball die Maschine auseinandergerissen hatte. Doch daran dürfen wir uns nicht festhalten. Das Video vom Flugzeugabsturz hat sich als Fake erwiesen. Wir müssen vielleicht davon ausgehen, dass eine Bombe an Bord geschmuggelt wurde. Eine mögliche Explosion könnte mittels eines Zeitzünders ausgelöst worden sein oder, was wahrscheinlicher ist, durch die Inbetriebnahme eines Mobiltelefons während des Flugs.»

«Aber das hätte man doch bei der Personenkontrolle sehen müssen», unterbrach Brooke ihren Vorgesetzten. «Der Scanner hätte ein Signal ausgelöst.»

«Ob dies verschlampt wurde, ist noch immer Teil der Abklärungen», erwiderte Drake. «Dank der Zusammenarbeit mit den Vereinigten Arabischen Emiraten können wir die beiden Schachspieler Salam und Masaad als Ziele eines Anschlags ausschließen. Dasselbe gilt für die Sopranistin Adrianne Winterbutton. Jedwede Verdächtigen in ihrem Umkreis haben einen einwandfreien Leumund. Auch dem in Verdacht geratenen Sprengstoffspezialisten Kent konnte nichts nachgewiesen werden.» Drake strich sich mit dem Handrücken über die Stirn. «Liam Keaton, die rechte Hand unseres Premiers, dürfte das eigentliche Ziel gewesen sein. Ich muss nicht weiter erläutern, dass seine Verbindung zur rechtspopulistischen Partei nicht bei allen gut ankam. Vor allem einige Politiker dürften ihn als große Bedrohung empfunden haben. Der Nachrichtendienst konnte uns dahingehend mit Informationen behilflich sein. Nur wenige Tage vor dem Unglück hat man dort ein Gespräch zwischen Logan Stoner und einem Mittelsmann abgefangen. Stoner sitzt nun erneut in U-Haft, nachdem wir ihn zunächst wieder hatten laufen lassen müssen.» Drake warf Hawkins einen langen Blick zu. «Hätte man damals die Hausaufgaben richtig gemacht, hätte uns das viel Umtrieb erspart.»

«Mr Drake!» Brooke wurde zusehends nervös. «Sie vergessen den Koffer von Jake Hemingway. Und die Tatsache, dass er vor einem halben Jahr viel Geld kassierte.»

«Vielleicht lassen Sie mich zunächst ausreden, Miss Birdie.» Drake lief rot an. «Darauf komme ich noch zu sprechen.» Er räusperte sich. «Heute Morgen erreichte uns über das Police Departement Bristol eine Vermisstenmeldung, ausgehend von Anne Hemingway. Sie ist die Schwester eines der Absturzopfer. Seit zwei Tagen vermisst sie ihre Schwägerin Diane Hemingway.»

«Vielleicht sollten wir sie bei Lansbury suchen.»

Abrupte Stille.

Alle Augen waren auf Brooke gerichtet.

Drake beendete die angespannte Stille, indem er sie mit strengem Blick fixierte und die Stimme senkte. «Ich gehe mal davon aus, dass Sie sich versehentlich im Ton vergriffen haben.»

Brooke senkte den Blick. «Tut mir leid.»

Drake wandte sich wieder an alle Beteiligten. «Die letzten Aufzeichnungen des Stimmenrekorders können uns Aufschluss über den Unglückshergang geben. Den Tauchern ist es endlich gelungen, die Blackbox sowie den Rekorder zu bergen. Wie lange es dauern wird, bis die Daten ausgewertet sind, wurde mir nicht mitgeteilt. Trotzdem möchte ich nicht untätig herumsitzen.» Er zitierte Hawkins an seine Seite. «Bringen Sie mir Lansbury.»

Da war plötzlich ein Gefühl, das Brooke nicht kannte, nicht benennen konnte. Es strömte über ihren gesamten Körper, ließ sie einerseits zittern, andererseits vor Wut kochen. Wie hatte sie so unprofessionell agieren können? Sie, die Emotionen normalerweise keinen Raum gab, weil die nicht zu ihrem Job gehörten. Bei der Polizei war analytisches Denken gefragt, und bis anhin hatte gerade ihre Sachlichkeit sie ausgezeichnet, und dass sie sich von keinen Gefühlen, die sie persönlich betrafen, leiten ließ. Sie dachte daran, den Raum zu verlassen, so sehr schämte sie sich.

Allerdings machte Drake nicht den Eindruck, als wollte er weiter auf ihre Befindlichkeiten eingehen. Sie nahm den Schreibstift zur Hand und tat so, als machte sie sich Notizen auf ihrem Block.

«Bislang haben wir es unterlassen, Hemingways Tochter Maddlen Christie zu befragen», sagte Drake. «Wir dürfen Kinder oder Jugendliche keinen Verhören aussetzen, die sie psychisch belasten könnten. Da wir aber in diesem Fall von einer versierten Psychologin Unterstützung erhalten, werden wir nicht darum herumkommen, Miss Hemingway vorzuladen.» Drake schob ein paar Papiere hin und her, als suchte er etwas. «Wir haben hier eine Auswertung von Mrs Rose Eliot, die zusammen mit ihrem Kollegen Peter Clancy die Nachricht über den Flugzeugabsturz Jake Hemingways Witwe und seiner Tochter überbrachte. Die erste Reaktion von Diane Hemingway lässt den Schluss zu, dass sie nicht so schockiert oder überrascht über den Tod ihres Mannes war, wie man es vermuten würde. Rose Eliot kenne ich als fachlich kompetente Psychoanalytikerin, die die kleinsten Ungereimtheiten zu deuten imstande ist. Man mag es ihr auf den ersten Blick nicht ansehen, aber diese Frau ist eine wahre Könnerin. Ihre Stärke liegt darin, zwischen den Zeilen zu lesen, respektive die Körpersprache zu deuten. Ich hatte gestern ein längeres Gespräch mit ihr, und sie meinte, man müsse sich um Maddlen kümmern. Die Tochter könnte eventuell einiges zutage fördern, was uns bis anhin verschlossen blieb.»

Brooke juckte es in den Fingern, nochmal einzugreifen, und sie musste sich sehr zusammenreißen, um keine weiteren Bemerkungen anzubringen. Sie hatte auch schon daran gedacht, Maddie zu befragen. Aber ohne richterlichen Beschluss blieb es beim Wollen. Sie vermutete aber, dass das Mädchen womöglich etwas wusste, das noch nicht zur Sprache gebracht worden war. Und zwischen Mutter und Tochter schien ein sehr ambivalentes Verhältnis zu bestehen. Das war ihr aufgefallen, als sie Maddie bei Anne Hemingway gesehen und mit ihr ein paar Worte gewechselt hatte. Der Teenager musste sehr an seinem Vater gehangen haben.

Und da war noch dieser Koffer, der sie überhaupt auf eine solche Idee gebracht hatte. Diane hatte bestritten, diesen Koffer zu kennen, und war sich auch sicher, dass ihr Mann ohne Gepäck das Haus verlassen hatte. Anne Hemingway war derselben Meinung gewesen, nachdem sie mit ihrer Nichte darüber gesprochen hatte. Brooke nahm Drakes Ausführungen kaum mehr wahr. In ihr reifte plötzlich ein Plan. Was die Psychologin mit Maddie vorhatte, würde sie auf spielerische Art selbst tun können.

* * *

Lansbury erwachte, als jemand an die Autoscheibe klopfte. Benommen rappelte er sich von seinem Sitz auf, in den er hineingerutscht war. Zwei Kinder strahlten ihn an, lachten ihn aus, zogen Grimassen. Lansbury blinzelte und sah auf die Uhr. Halb neun, Zeit für die Schule. Die Kinder trugen Rucksäcke und Boxen für das Pausenbrot.

Kein Zweifel, die Barrows Road erwachte. Es kam ihm seltsam vor – so, als hätte er sich über Nacht in ein anderes Land begeben, als hätte jemand die Seite eines Buches umgeschlagen und einen völlig neuen Text zum Vorschein gebracht, der mit dem vorangegangenen nicht korrespondierte. Wo noch in der Nacht der Tod gelauert und schwere Schatten die Häuser eingehüllt hatten, zeichneten nun bunte Farbtupfer das Straßenbild. Türen standen einladend offen, Mütter winkten ihren Kindern hinterher, Autos wurden angelassen, fröhliche Rufe waren zu hören.

Lansbury richtete den Spiegel aus. Was er darin sah, erschreckte ihn. Das war nicht er. Verquollene Augen, ein sprießender Bart und das Gefühl, als hätte er einen alten Teppich statt einer Zunge im Mund. Nicht gerade der Zustand, in dem er diesen Tag beginnen wollte. Und er hatte es nicht geschafft, Kendalls Haus ohne Unterbruch zu beobachten. In der Zwischenzeit war der Mann wahrscheinlich weggegangen. Lansbury holte sein Mobiltelefon hervor. Er sah, dass Brooke mehrfach versucht hatte, ihn zu erreichen. Sie wusste nichts von seinem Einsatz an der Barrows Road. Nur Hawkins hatte eine Ahnung davon. Doch der würde den Mund halten.

Die Kinder waren jetzt verschwunden, die Türen wieder zu. Lansbury stieg aus seinem Wagen und schritt eilig auf Kendalls Haus zu. Auf dem Kiesweg knisterte es unter den Schuhen, als würde er mit jedem Schritt einen Sack voller Nägel zermalmen. Und mit jedem Schritt, den er näher an das Haus herankam, wuchs sein Unbehagen. Er hatte wieder das Gefühl, dass ihn jemand hinter den Gardinen anstarrte. Am Fenster hatte sich etwas bewegt. Er drückte die Klingel, wartete und ließ das Fenster nicht mehr aus den Augen. Er war jetzt sicher, dass dort ein Mensch stand, der sich aber nicht mehr bewegte, auch nicht, als Lansbury zum wiederholten Mal die Hausglocke betätigte.

War Kendall etwa doch zu Hause? Aber warum öffnete er nicht?

Lansbury rief Hawkins an.

«Tyrone-Boy! Ich dachte, du seiest –»

«Was dachtest du? Ich stehe hier vor Kendalls Haus und glaube, dass er sich darin aufhält. Ich brauche Verstärkung und eine Bescheinigung für eine Hausdurchsuchung.»

«Was soll das? Wir mussten ihn doch laufen lassen.»

«Genau. Bei Gott, er ist die Schlüsselfigur!»

«Ist ja gut. Wir haben das Okay für eine Durchsuchung», sagte Hawkins. Er lachte ins Telefon, als Lansbury seiner Wut Luft gemacht hatte. Wollte Hawkins ihm den letzten Nerv rauben? «Drake hat es beim Richter erwirken können. Das ist jedoch Brookes Verdienst. Du weißt ja, wie hartnäckig sie ist. Sie meint auch, dass es dieser Kendall faustdick hinter den Ohren hat. Wolltest du mir dies sagen?»

«Lass gut sein.» Lansbury räusperte sich. «Mittlerweile kenne ich Brookes Strategien. Aber dass ihr sie mir zur Seite gestellt habt, verüble ich dir noch immer. Wann könnt ihr hier sein?»

«In einer halben Stunde.»

Lansbury klickte seinen Freund nachdenklich weg. Verbarg sich des Rätsels Lösung tatsächlich hinter dieser Tür? Er musterte die Maserung des Holzes, versuchte sich vorzustellen, wie Kendall dahinterstand und sich fragte, ob er den ungebetenen Gast noch einmal in sein Wohnzimmer lassen wollte.

Plötzlich kam er sich wie ein Idiot vor. Diese ganze Aktion würde sich vielleicht als Schuss ins Leere entpuppen. Er hatte sich zu sehr von seinen Emotionen leiten lassen, nicht zuletzt auch wegen Brooke. Hatte sie sich auf etwas versteift? Die Verantwortlichen für den Anschlag auf den Airbus, sollte es denn einer gewesen sein, mussten woanders gesucht werden. Und die Sache mit Jake Hemingway und die kontinuierliche Entschlüsselung privater Probleme war nichts anderes als Stochern im Nebel, eine Parallelgeschichte, die niemanden interessiert hätte und auch nie zutage gekommen wäre, hätte man während des Recherchierens diesen Weg nicht eingeschlagen.

Ein Stromstoß durchlief Lansburys Körper, wenn er an Dia-ne dachte. Als sie miteinander geschlafen hatten, war etwas zum Vorschein gekommen, das ihm hätte zu denken geben müssen. Die Frau war völlig ausgehungert gewesen nach Zärtlichkeiten. War die Trauer um ihren Mann nur gespielt? War ihre Liebe zu Jake in Wirklichkeit schon längst erkaltet? War es am Ende sogar eine Erleichterung für sie, dass es ihren Mann nicht mehr gab?

Lansbury musste sich selbst zur Raison rufen. Es durfte nicht sein, dass er in Gedanken an Diane den gesunden Verstand verlor.

Hinter dem Vorhang bewegte sich wieder etwas. Lansbury starrte hin und erkannte den Körper einer Frau, die sich von den Gardinen entfernte, in der Tiefe des Gebäudes verschwand. Lansbury schlug mit den Fäusten auf das Türblatt. «Machen Sie auf! Ich weiß, dass Sie da drin sind.»

Er wusste nur nicht, wer das war.

* * *

Eine Glocke verkündete das Ende des Schulunterrichts.

Brooke Birdie lehnte an der Seite ihres Wagens, mit verschränkten Armen, und beobachtete die Kinder, die in Gruppen aus dem Schulhaus stürmten. Ohrenbetäubendes Gekreische begleitete sie. Brooke hatte Maddie nur ein einziges Mal gesehen, aber sie hatte sich das Gesicht des Mädchens eingeprägt. Dieses trotzige Gesicht, umrahmt von blonden langen Haaren. Maddie trottete allein über den großen Pausenplatz.

Das verwunderte Brooke nicht. Sie hatte sie so eingeschätzt – eine Außenseiterin, was ihr jedoch nichts auszumachen schien. Maddie zog den Kragen ihres Anoraks hoch und steckte die Hände trotzig in die Taschen. So stand sie wenig später vor Brooke, der sie geradewegs in die Arme gelaufen war.

«Maddie?»

Das Mädchen sah sie überrascht an.

«Wir kennen uns.»

«Ja, ich erinnere mich.» Maddie hob die Augenbrauen, sah sie ernst an. «Sie sind doch die Polizistin, die bei meiner Tante war. Haben Sie Mum in der Zwischenzeit gefunden?»

«Darüber würde ich gern mit dir sprechen.»

«Über Mum?» Maddie machte einen Bogen um Brooke und schickte sich an, weiterzugehen, als sei nichts gewesen.

Damit hatte Brooke rechnen müssen. Sie kannte diese seltsamen Teenager, die sich im Mittelpunkt der Welt wähnten und doch so verunsichert durch ihr Leben stolperten, dass man einfach Mitleid haben musste.

Brooke überholte Maddie und stoppte sie. «Ich möchte mit dir über deinen Dad reden.»

Maddie blieb abrupt stehen. «Mein Dad ist tot. Da gibt es nichts mehr zu bereden.»

«Können wir uns in ein Teahouse setzen?»

Nur zögernd ging Maddie mit. Halb ängstlich, halb neugierig, was Brooke zu einer seltenen Geste veranlasste. Sie griff Maddie bei der Hand und zog sie über die Straße.

Maddie ließ es sich wider Erwarten gefallen.

Es war kurz vor Mittag. Die Sonne hatte sich aus dem morgendlichen Nebel geschält. Über den fernen Hügeln der Cheddar Gorge dampfte es.

«Ich würde gern deinen Vater rehabilitieren», begann Brooke, nachdem sie sich vor dem Teahouse an ein rundes Tischchen gesetzt hatten.

Maddie starrte auf die Treibhausrosen in der Kitschvase vor ihr. «Rehabilitieren heißt, dass er angeklagt ist», sagte sie altklug.

Brooke schüttelte den Kopf. Sie musste sich zusammenreißen, um nicht zu viel über die laufenden Ermittlungen zu verraten.

Maddie sah sie traurig an. «Ich weiß, es ist schrecklich. Man versucht mit allen Mitteln, meinen Dad zu verunglimpfen. Dabei war er der beste Dad, den man sich vorstellen kann. Die Lügen, die über ihn verbreitet werden, sind haltlos. Ich habe ihn geliebt. Verstehen Sie? Ich habe meinen Dad geliebt. Mum fand diese innige Beziehung immer sonderbar. Zuletzt wollte sie meinem Dad etwas anhängen, das so nie geschehen ist.»

Brooke hatte nicht damit gerechnet, dass Maddie sich ihr so schnell und so kompromisslos öffnen würde. Offensichtlich hatte das Mädchen ein großes Bedürfnis, über ihre Sorgen zu sprechen.

«Auch unsere Hausärztin wollte unbedingt etwas Verbotenes vermuten. Und Anne, meine Tante, auch …»

«Wie heißt denn eure Hausärztin?»

«Dr. McLaughly.» Jetzt versagte Maddies Stimme, und sie begann zu schluchzen. «Dad hat mich nie unsittlich angefasst. Aber genau das wird ihm … hinter meinem Rücken angedichtet … Das ist nicht fair. Er kann sich nicht wehren, weil er tot ist … tot, tot, tot!»

War es möglich, dass der Verdacht, Lansbury könnte ein Schläfer gewesen sein, erst gar nicht zu Maddie durchgedrungen war?

Eine Serviceangestellte kam an den Tisch. Brooke bestellte Kaffee und eine Limonade für Maddie. Allmählich leerte sich der Schulhausplatz gegenüber, und eine ungewöhnliche Ruhe breitete sich aus. Brooke sah auf die Uhr. Bald zwölf. «Wo verbringst du normalerweise den Mittag?»

«Hier», kam es prompt zurück. «Ich verpflege mich aus dem Rucksack. Tante Anne gibt mir immer etwas zu essen mit. Aber ich würde gern wieder in unser Haus in der Cheddar Gorge zurückkehren. Allein lässt mich Anne natürlich nicht hin. Sie ist immer sehr gewissenhaft.» Maddie sah nachdenklich auf den Rosenstrauß. «Aber wenn Mum nicht gefunden wird, werde ich wohl überhaupt nicht mehr dort wohnen können. Und dann habe ich nicht nur meinen Dad, sondern auch mein Zuhause verloren …»

«Hast du eine Ahnung, wo deine Mutter sein könnte?»

«Wenn ich eine Idee hätte, wäre ich schon längst auf der Suche. Ich will endlich nach Hause.»

Brooke schaute auf, denn die Kellnerin brachte endlich ein Tablett mit den Getränken. Brooke rührte Zucker in den Kaffee, ließ ihre Blicke über die Straße schweifen, über den Schulhausplatz und das zweigeschossige Gebäude, das längst schon von der Mittagssonne beschienen wurde. Plötzlich kamen

Brooke Zweifel, ob ihre Aktion richtig war. Maddie war erst vierzehn – noch ein halbes Kind, auch wenn ihre Antworten auf eine gewisse Reife schließen ließen. Sie wollte erfahren, was zwischen ihren Eltern geschehen war, ob ihre Ehe so tadellos und glücklich gewesen war, wie das in den Rapporten stand.

«Wie war das Verhältnis zwischen deinem Dad und deiner Mum? Was meinst du?» Brooke kam nicht darum herum, diese Frage zu stellen. Maddie war in ihren Augen alt genug, um die Beziehung ihrer Eltern einzuschätzen. Vor ihr saß ein intelligentes Mädchen.

Maddie sah sie aus verweinten Augen an. «Dad hatte manchmal Mühe mit Mum. Er gab ihr alles, aber sie war gleichwohl nie zufrieden.»

Brooke erinnerte sich an Lansburys Protokolle. Sie hatte alle studiert. «Sie war einmal eine berühmte Schriftstellerin. Von einem auf den anderen Tag hat sie mit dem Schreiben aufgehört. Warum? Hast du eine Ahnung?»

Maddie schien zu überlegen. «Das ist das Einzige, was man meinem Dad vorwerfen kann. Er hat Mum nicht mehr schreiben lassen … weil, weil sie sich dann verschloss. Das hat er zumindest so durchblicken lassen, damit auch ich es verstehe … Aber ich glaube, da waren noch andere Gründe.»

«Weißt du, welche?»

«Eigentlich ist Tante Anne schuld. Sie fand, die Bücher meiner Mum wären des Teufels … Und Dad hat immer auf sie gehört. Mum hat dann angefangen zu malen.»

«Die Bilder hat sie alle weggeworfen.»

Maddie schluckte leer. «Das passt zu ihr. Bei allem, was sie tut, ist sie stets radikal ... ohne darüber nachzudenken, was das für die Zukunft bedeutet.»

Brooke spielte mit dem Kaffeelöffel. Die nächste Frage fiel ihr schwer.

«Weißt du, wo deine Mum vor deiner Geburt gearbeitet hat? Hat sie je einmal etwas erwähnt?» Genau da klaffte ein Loch. In Diane Hemingways Vita fehlte ein ganzes Jahr.

Maddie stützte das Glas an ihren Mund und trank die restliche Limonade in einem Zug aus. Sie stellte das leere Glas zurück auf den Tisch. Wieder dieser verklärte Blick in die Rosen, als würde sie dort die Antwort finden. «Warum belästigen Sie eigentlich meine Familie? Warum jetzt auch meine Mum?»

Brooke strich Maddie über den Arm. «Ich bin auf der Suche nach deiner Mutter. Sie ist verschwunden, und niemand weiß, wohin. Darum muss ich alles über sie erfahren. Also Maddie, hat sie je einmal etwas über ihre Vergangenheit erzählt?»

«Wenig.»

«Wo hat sie vor deiner Geburt gearbeitet?»

«In einer Chemiefabrik.»

Einundzwanzig

Er winkte ein Taxi herbei. Die Männer stiegen ein. Der Koffer lag auf dem Rücksitz zwischen ihnen. Der Taxichauffeur wollte ihn im Gepäckraum verstauen.

Aber er ließ das nicht zu. Er klammerte sich an dem Koffer fest. Er konnte ihn nicht aus der Hand geben. Vielleicht würde er auf dem Gehsteig vergessen werden. Ein einsamer Koffer am Straßenrand. Ein schwarzer Koffer mit brauner Einfassung. Er wollte ihn in seiner Nähe behalten, obwohl er ihn bereits übergeben hatte.

Zusehen würde er, bis der Koffer mit dem Mann verschwand. Auf dem Flughafen in Heathrow. Wie er die Verantwortung abgeben würde an den, der das Leben seines Auftraggebers zerstört hatte. Er würde ihn nicht begleiten, keinen Zeitzünder aktivieren müssen. Die Zielperson würde in ihr eigenes Verderben laufen. Irgendwo in New York, wo keine Spuren zu ihm zurückführen würden – zu ihm, dem Schläfer.

Vor dem Flughafengelände hielt das Taxi an. Sie stiegen aus. Er drückte den Koffer ein zweites Mal an diesem Tag in die Hände des Unseligen. Er verabschiedete sich, ging zurück, setzte sich in ein anderes Taxi. Wollte nach Hause zu seiner Frau fahren, seinen Kindern. Er wollte ein normales Leben führen. Weiterhin ein guter Ehemann und Vater sein.

Er hatte den Auftrag, wenn er es genau nahm, jetzt ausgeführt.

In der Met in London ließ die Nervosität von Michael Drake die Luft vibrieren. Seit zehn Minuten tigerte er in seinem Büro auf und ab. Die Ursache war sein Widersacher Abdullah Brown, der wieder auf freiem Fuß war. Drake hatte ihn kurz nach seiner Rückkehr ins Büro am Fenster gegenüber stehen sehen – mit entblößtem Oberkörper und diesem fetten Grinsen auf dem dunklen Gesicht, was seinem brutalen Aussehen keinen Abbruch tat.

«Ich könnte ihm den Hals umdrehen», regte sich Drake auf. «Ich weiß genau, dass er keine weiße Weste hat. Der Schweinehund kann seine Spielchen nicht lassen, auch wenn er mit Opfern rechnen muss. Er ist eiskalt und skrupellos.»

«Du glaubst noch immer, dass er mit dem Anschlag auf unsere Fluglinie etwas zu tun hat?», fragte Hawkins, der Tee und ein Dossier vorbeigebracht hatte.

«Indirekt vielleicht.» Drake setzte sich endlich. «Ich hätte es ihm zumindest zugetraut. Ich gehe davon aus, auch du – so, wie ich dich kenne. Brown ist unser beider Feind.»

Hawkins ließ sich ebenfalls nieder. «Er ist ein gerissener Kerl. Er mag Frauen hintergehen, sie demütigen und ausnutzen. Er mag zu kleinen Gaunereien in der Lage sein, ohne dabei erwischt zu werden. Aber der Absturz geht nicht auf sein Konto, auch wenn die Vermutung nahe lag. Er hat am Tag des Unglücks *nicht* mit Logan Stoner telefoniert. Stoner hatte einen anderen Mittelsmann am Draht. Aber Brown war es nicht. Es gibt keine Hinweise. Doch zieht sich der Strick sehr eng um den Hals dieses Mannes hier.» Hawkins legte einen Papierbogen auf den Tisch. «Diese Information erhielten wir heute Morgen vom Telefonanbieter aus Bristol. Sie war bis anhin ausstehend.»

Drake überflog die Zeilen. «Alle Anrufe vom Samstag vor zwei Wochen zwischen 12.40 und 12.53 Uhr? Sakrament! Da gibt es ein paar mit Namen … habt ihr die schon geprüft?»

«Was glaubst du, womit wir uns heute Vormittag beschäftigt haben?» Hawkins tippte mit dem Zeigefinger auf die beiden untersten Zeilen. «Mit Ausnahme dieser beiden anonymen Anrufe konnten alle anderen ausgeschlossen werden. Die Adresse, an der der zweite Anrufer gemeldet ist, befindet sich in Bournemouth, der erste aber … jetzt halt dich fest, konnte in der Upper Belgrave Road lokalisiert werden. Und jetzt rate mal, wer an diesem Tag dort vor Ort war.»

Drake neigte sich nach vorn. «Spann mich nicht auf die Folter.» Er schniefte. War der Tag endlich gekommen, an dem man den oder die Verantwortlichen verhaften konnte? Drake hatte sich am Vortag noch lange mit dem Generaldirektor des MI5 unterhalten. Dieser sah den Fall als ungelöst an, zumal sich auch niemand für den Absturz verantwortlich gezeigt hatte. Keine Drohungen oder Bekennerschreiben, welche vielfach solchen Katastrophen voraus oder hinterher gingen. Das einzige Schreiben hatte sich als nichtig herausgestellt. Nicht beantwortet blieb allerdings die Frage, ob dieser Anschlag, sollte es einer gewesen sein, politisch gesehen das rechte Lager hätte treffen sollen. Der Tod von Liam Keaton hatte jedoch das Gegenteil von dem bewirkt, was eigentlich hätte verhindert werden sollen – nämlich dass Großbritannien die Europäische Union verließ. Denn: Kaum hatte man für Keaton einen Gedenkgottesdienst in der Westminster Abbey abgehalten, standen seine Nachfolger bereits fest, und die plädierten lauter denn je für einen Austritt aus der Europäischen Union. «Wen habt ihr im Visier?»

Hawkins fuhr sich mit der rechten Hand über die Narbe. «Andrew Kendall.»

«Aber der war doch schon hier.»

«Jetzt haben wir den Beweis, dass er es war, der den Anruf entgegennahm.»

«Das beweist noch lange nicht, dass er wusste, wer ihn anrufen würde.»

«Aber wir wissen zu hundert Prozent, dass das Mobiltelefon, von dem er am Tag des Absturzes angerufen wurde, nicht mehr existiert. Auf diese Nummer wurde nämlich knappe fünf Minuten später zurückgerufen. Der Anruf ging ins Leere. Der Kontakt blieb aus. Das Mobiltelefon muss um diese Zeit defekt gewesen sein.»

«Weil es schon auf dem Meeresgrund lag ... », sagte Drake so dahin. Er musterte Hawkins kritisch. «Das sind keine Fakten, bloß Vermutungen.»

«Nein, das sind Fakten. Wir haben das Tagebuch von Susan Kirkwook. Darin schreibt sie, dass sie ihren Chef würde anrufen müssen, um genau zu erfahren, worin ihr Auftrag in New York bestand.»

«Sie hätte auch von ihrem persönlichen Mobiltelefon aus telefonieren können.»

«Das sie aus irgendeinem Grund zu Hause hat liegen lassen.»

«Das reicht nicht für einen Haftbefehl.»

«Er ist kurz nach dem Absturz untergetaucht.»

Drake erhob sich. «Verdammt, du machst es einem nicht leicht.» Er blickte zum Fenster. Gegenüber war es jetzt ruhig. Er wandte sich wieder Hawkins zu. «Die Wahrheit über den Absturz werden die beiden Boxen an den Tag bringen. Ich erwarte in jeder Sekunde erste Auswertungen. Wo steckt eigentlich Lansbury?» Er sah, wie Hawkins herumdruckste. «Weißt du das?»

«Er ist bei einer Observierung.»

* * *

Fieber. Es fühlte sich an, als hätte er erhöhte Temperatur. Seine Stirn war heiß, und er litt unter Schüttelfrost. Wie damals, als Emilie von ihm gegangen war. Das war ein Einschnitt in seinem Leben gewesen. Eine Richtungsänderung. Er war nie mehr auf den Weg zurückgekehrt, den er vor dieser Tragödie beschritten hatte. Würde sich die ganze Geschichte wiederholen? Seine Vergangenheit umgab ihn von allen Seiten, und die Empfindungen von damals kehrten mit Macht zurück. Er würde das nicht noch einmal verkraften können. Diese Wiederholung seiner Gefühle, seiner Ängste.

Wo steckte Diane bloß?

Ihretwegen war er hier, nur ihretwegen.

Brooke Birdie jedoch trug die Verantwortung für das Ganze. Wegen ihrer Vermutungen und Andeutungen. Dass es zwischen Diane und Andrew Kendall eine Verbindung gab. Dass sie sich mit ihm bereits vor der Heirat mit Hemingway getroffen hatte.

Bestand die Möglichkeit, dass Diane ihm auf die Schliche gekommen war? Dass hinter Kendall weit mehr steckte als der konservative Unternehmer? Dass sie vielleicht in Gefahr schwebte? Hatte sie ihn durchschaut? Die Wahrheit um den Absturz erfahren?

Es war der zweite Tag in Folge, an dem Tyrone Lansbury vor Kendalls Haus stand. Nachdem er zuvor keinen Erfolg hatte verbuchen können, versuchte er es heute noch einmal. Kendall war ihm nicht unter die Augen getreten. Und die Frau, die er hinter den Gardinen zu sehen gemeint hatte, war vielleicht die Ehefrau gewesen. Aus irgendeinem Grund hatte sie ihn nicht hereingelassen. All das mutete etwas sonderbar an.

Lansbury verließ seinen Wagen. Über den Weg zum Haus kam er nur schleppend voran. Als sein iPhone schnurrte, nahm er den Anruf zögernd entgegen.

«Tyrone-Boy?»

Lansbury atmete aus.

«Wo steckst du eigentlich?»

«Vor Kendalls Haus. Ich bin sicher, dass er oder seine Frau hier sind. Ich muss mit ihr reden.»

«Seine Frau ganz sicher nicht», sagte Hawkins. «Wir haben sie und ihre Kinder gefunden. Sie halten sich bei ihren Eltern in London auf. Sie wurde mitgenommen und verhört.»

Lansbury warf einen Blick auf das Fenster. Die Gardinen hingen still.

«Willst du nicht erfahren, was die Gattin uns erzählt hat?»

«Du wirst es mir sicher gleich mitteilen.»

«Sie hat sich von ihrem Mann getrennt. Nach dem Absturz der BA-Maschine habe er sich so negativ verändert, dass es unmöglich war, weiterhin mit ihm zusammen unter einem Dach zu leben. Das Haus an der Upper Belgrave Road habe er zum Verkauf ausgeschrieben. Von einem auf den anderen Tag. Mrs Kendall hatte keinen Einfluss darauf. Sie war der Meinung, ihre gemeinsamen Kinder vor diesem Mann schützen zu müssen, denn er sei unberechenbar geworden. Er sei sehr krank, hat sie durchblicken lassen. Sie lebt jetzt bei ihren Eltern, und ihre Kinder besuchen in London die Schule.»

Lansbury hörte zu und näherte sich derweil langsam der Tür. Kendall hatte aus irgendeinem Grund überstürzt reagiert und Landbury wunderte sich, dass seine Frau das mitgemacht hatte. Man verließ doch nicht einfach das Haus, in dem die Kinder groß geworden, mit dem so viele Erinnerungen verbunden waren.

Lansbury klopfte und drückte Hawkins weg. Aber nichts rührte sich. Er donnerte mit der Faust auf das Türblatt. Er würde nicht mehr weggehen, bis er Kendall endlich gesprochen hatte, bis er sicher war, dass Brookes Spekulationen nicht aus der Luft gegriffen waren, dass etwas Wahres daran war. Kendall musste Diane kennen. Und er würde vielleicht auch wissen, wo sie sich aufhielt. Oder weshalb sie sich versteckte.

Die Tür ging auf. Andrew Kendall starrte ihn an. Tyrone vermochte nicht zu deuten, ob sein Blick von Angst erfüllt oder von Abscheu geprägt war. «Sie geben wohl nie auf, was?»

«Mr Kendall. Ich muss Sie sprechen.»

«Ich habe bereits alles gesagt.» Kendall ließ Lansbury dennoch eintreten. «Bitte, gehen Sie ins Wohnzimmer und setzen Sie sich. Und dann erklären Sie mir, weshalb Sie mein Haus so hartnäckig belagern. Seit zwei Tagen stehen Sie auf dem Parkplatz. Dachten Sie, das sei mir nicht aufgefallen?»

«Warum haben Sie mir letzthin nicht geöffnet?» Lansbury ging durch den Korridor an einer verschlossenen Tür vorbei. Dort musste das Zimmer liegen, hinter dessen Gardinen er den Schatten der Frau wahrgenommen hatte. Er unterließ es aber, am Türgriff zu drücken. Die Gelegenheit würde sich später bieten, wenn er einen Grund hatte, in dieses Zimmer zu gehen. Er würde Kendall vernehmen. Jetzt. Hier, in diesem Haus, in dem Kendall Zuflucht gesucht und wohl auch gefunden hatte. Allein, ohne Frau, ohne Kinder. Er musste doch eigentlich am Boden zerstört sein.

«Ich hatte keinen Grund», sagte Kendall. «Ich möchte einfach in Ruhe gelassen werden. Gesundheitlich bin ich sehr angeschlagen. Ich nehme an, Mr Forsythe hat Ihnen das mitgeteilt.»

«Eine Lungenentzündung, ja, ja, ich weiß.»

Kendall dreht den Kopf zur Seite. Lansbury registrierte ein kaum wahrnehmbares Seufzen.

«Ihre Frau hat Sie verlassen, nicht wahr?» Lansbury setzte sich an den Tisch, auf dem noch der Teekrug von letzthin stand, mit frischem Tee vielleicht. Auch der nochmalige Blick durch den Raum lieferte ihm keine neuen Informationen. Nur dass es wohl hatte schnell gehen müssen, als er die Upper Belgrave Road verließ.

Weil er der Schläfer war? Hatte er Angst bekommen?

Kendall ließ sich auf seinem Stuhl nieder. Es schien, als sei alle Kraft von ihm gewichen: seine Bewegungen waren lahm, seine Augen wirkten ausdruckslos. «Ich kann nicht mehr.»

Seine Hände lagen auf dem Tisch. Resignation und Traurigkeit in seinem Gesicht. «Es ist wohl so, dass die Hölle einen dann einholt, wenn man denkt, auf dem Weg in den Himmel zu sein.»

Lansbury sah ihn bloß an. War Kendall bereit, alles zu erzählen, was er wusste? Würde er ihm heute seine Seele offenbaren?

«Ich habe alles verdrängt und dabei alles verloren. Meine Familie, mein Haus in der Upper Belgrave Road. Mein Ansehen. Die Vergangenheit hat mich eingeholt. Eines Tages war sie einfach da. Und glauben Sie mir, Mr Lansbury, die Vergangenheit kehrt immer zurück. Man sagt, dass man die Vergangenheit nicht ändern kann. Und das ist auch so. Aber sie verändert dich. Sie ist wie ein Sog, der dich unaufhaltsam ins Verderben zieht. Mr Lansbury, ich hätte es in der Hand gehabt, ein Unglück zu verhindern. Ich habe es nicht getan, weil die Angst mich lähmte. Die Angst, alles zu verlieren, die Angst vor …» Er schluckte schwer, atmete tief durch, fasste sich wieder. «Nun habe ich alles verloren. Ich schaffe es nicht mehr, nachts zu schlafen. Die Bilder sind immer da. Ich hätte es verhindern können und habe es nicht getan. Und vor allem habe ich die wichtigen Zusammenhänge nicht erkannt …»

Lansbury versuchte zu verstehen, zwischen den Worten zu lesen, die ihm Kendall flüsternd mitteilte. Leise, und doch eigentlich schreiend. Da waren Wut und Ohnmacht und eine schrille Anklage.

«Wo ist Diane Hemingway?»

Kendall schluckte wiederholt leer. Mit dieser Frage hatte er wohl nicht gerechnet.

«Ich weiß, dass sich im Zimmer nebenan jemand aufhält. Ihre Frau kann es nicht sein. Sie ist mit den Kindern in London.»

Kendall schloss die Augen. «Sie bluffen, nicht wahr? Da ist niemand.»

Lansbury erhob sich. «Ich muss mich vergewissern, dass Sie niemanden eingesperrt haben. Da war eine Bewegung am Fenster –»

«Sie haben sich getäuscht. Ich bin allein in diesem Haus.»

«Wem gehört das Haus?», fragte Lansbury.

Kendall sah ihn fragend an. «Meiner Mutter. Sie hat hier bis zu ihrem Tod gelebt, nachdem ihr zweiter Ehemann respektive mein Stiefvater gestorben war.»

Deshalb hatten sie die Adresse nicht gleich gefunden. Lansbury ärgerte sich.

Kendall stand auf. «Überzeugen Sie sich.»

«Was?»

«In diesem Zimmer ist niemand.» Er schritt in den Flur, öffnete dort die Tür und ließ Lansbury hineinschauen.

Im Zimmer standen ein Bett, eine Kommode und ein Schrank. Und es roch nach einer Substanz, die Lansbury nicht zuordnen konnte. Ein Parfum konnte es jedoch nicht sein.

«Sagen Sie mir die Wahrheit, Mr Kendall.» Lansbury ging zurück ins Wohnzimmer, blieb stehen. «Erzählen Sie mir, wie es dazu gekommen ist, dass eine Bombe in die Maschine der British Airlines geschmuggelt werden konnte.»

Über Kendalls Gesicht legte sich ein dunkler Schatten. «Ich weiß nicht, was Sie meinen.»

«Diane muss geahnt haben, dass Sie etwas damit zu tun hatten. Wollte sie Sie ans Messer liefern? Ist sie deshalb hier?»

«Sie ist nicht hier.» Auf Kendalls Stirn traten Schweißperlen. «Ich habe doch gesagt, dass mich die Vergangenheit eingeholt hat. Auch ich bin ein Opfer! Aber es ist nicht so, wie Sie denken …»

* * *

Brooke Birdie hielt nicht viel von langen Erklärungen und schon gar nichts davon, sich bei Leuten anzumelden, die sie befragen wollte, wenn es darum ging, einen Fall zu lösen. In dieser Hinsicht kannte sie keine Skrupel. Letztlich hatte ihr diese Unverfrorenheit den Weg zur Met geebnet. Sie verfolgte hartnäckig ihre Ziele, und alles, was ihr im Weg lag, umschiffte sie. Auch einen gewissen Anstand.

Am späten Nachmittag stand sie daher in der Praxis von Dr. Chloe McLaughly in der Stackpool Road. Sie hatte sich nicht einmal die Mühe gemacht, die Ärztin telefonisch auf ihren Besuch vorzubereiten, war einfach ins Haus geplatzt, ungeachtet der Möglichkeit, dass ein Patient zugegen war. Aber Brooke hatte Glück. Es war kurz vor Feierabend und die Praxisassistentin im Begriff, nach Hause zu gehen. Sie rief Dr. McLaughly im Sprechzimmer an, erstattete Bericht über die Besucherin und führte sie ins Zimmer.

Brooke hatte sich Dr. McLaughly anders vorgestellt. Trotz ihres Alters schien die Ärztin von erstaunlich geistiger Vitalität zu sein. Wider Erwarten bat sie Brooke, Platz zu nehmen, nachdem sie ihren Ausweis überprüft hatte. «Ich habe gehofft, dass die Polizei bei mir vorbeischaut und mich gewundert, dass es nicht schon eher der Fall war.»

«Haben Sie einen Grund, warum man Sie aufsuchen müsste?» Brooke sah sich um. Nicht sehr vertrauenswürdig, ging ihr durch den Kopf. Alles, was hier lag oder stand, hätte besser in einen Antiquitätenladen gepasst – allem voran der Computerbildschirm, der aus einer fernen Zeit zu stammen schien, ein Kasten, der das halbe Pult einnahm.

«Ich gehe davon aus, dass es um Maddie Hemingway geht.»

«Wie kommen Sie darauf?»

«Ach … nichts.» McLaughly überlegte. «Warum sollten Sie denn sonst hier sein?»

«Wir ermitteln noch immer im Fall BA443.»

«Und jetzt gibt es Spuren bis in meine Praxis?»

Brooke sah keinen Grund, über ihren Verdacht zu sprechen.

McLaughly hob die Augenbrauen. «Ich habe die Nachrichten verfolgt. Man geht von einem terroristischen Anschlag aus. Gründe gäbe es genug. Auf der politischen Ebene hat alles darauf hingedeutet. Man hat Logan Stoner inhaftiert. Er war der Met schon lange bekannt, nicht wahr? Er hatte es auf Liam Keaton abgesehen. Doch ich versichere Ihnen, auch wenn Liam Keaton tot ist, wird Großbritannien nicht mehr lange damit zögern, aus der Europäischen Union auszutreten. Keatons Nachfolger stehen bereits in den Startlöchern und werden alles versuchen, um die Wählerschaft zu überzeugen. Wer also sollte ein Interesse daran gehabt haben, Keaton auf diese Weise aus der Welt zu schaffen?»

«Ich bin nicht hier, um mit Ihnen zu politisieren.» Brooke fühlte sich unterlegen. Da saß eine Frau, die wusste, worum es ging. Die sich nicht von den Medien beeinflussen ließ, die vielleicht bereit war, zu berichten, was sie wusste. Aber eben nur vielleicht. Sie musste ihre Fragen sorgfältig formulieren und ihre Gesprächspartnerin vor allem von dem Flugzeugabsturz ablenken. Die Ärztin sollte nicht das Gefühl bekommen, dass sie deswegen hier war. «Ich bin nicht wegen der Flugkatastrophe hier», sagte sie. «Also, indirekt vielleicht …»

McLaughly sah sie überrascht an. «Aha! Also doch wegen Maddie?»

«Ich möchte etwas über Ihre Patientin Diane Hemingway erfahren.» Brooke dachte kurz an Maddie, vermied es aber, auf sie zu sprechen zu kommen.

McLaughly lehnte sich zurück und verschränkte die Arme. «Über meine Patienten rede ich nicht.»

«Arztgeheimnis, ich verstehe.» Brooke ließ ihre Hände auf den Tisch fallen. «Sie wissen aber schon, dass Sie davon entbunden sind, wenn wir ermitteln und es Hinweise gibt, dass einer Ihrer Patienten in den Kreis möglichr Verdächtiger gehört?»

«Ich würde mich sonst strafbar machen, ja.» McLaughly fuhr sich durch die kurzen Haare. «Dann geht es also doch um den Absturz?»

«Nur im weitesten Sinne.» Brooke schürzte die Lippen. «Eigentlich interessiert mich nur eines. Hat Diane Hemingway erwähnt, dass ihr Ehemann Jake unter Flugangst leidet?»

«Wenn es nur um diese Frage geht, Mrs Birdie, bin ich beruhigt. Jake Hemingway war nicht mein Patient.»

«Also können Sie mir diese Frage beantworten, nicht wahr?»

«Das kann ich sogar mit einem einzigen Satz. Nicht Jake hat unter Flugangst gelitten, sondern Diane.»

Zurück in ihrem Auto, starrte Brooke auf die Straße und die anderen Kleinwagen, die am Rand abgestellt waren. Hier draußen in der Peripherie stand alles still. Einzig die Pflanzen schienen zu leben. Ihre Triebe reckten sich in den Himmel, der seit dem Morgen aufgeklart hatte, und entfalteten sich. Die Wiese glich einem bunten Teppich.

Diane Hemingway also hatte Flugangst. Warum aber bestand sie so darauf, dass ihr Mann unter dieser Phobie gelitten hatte? Brooke schlug mit der Faust auf Lenkrad. Was hatte sie übersehen? Sie griff nach ihrem iPhone und wählte Lansburys Nummer.

Er nahm den Anruf sofort entgegen. «Brooke?»

«Wir müssen uns sehen. Wo steckst du?»

«Im Haus von Andrew Kendall.»

«Ziehst du's jetzt alleine durch?»

«Da sind wir uns sehr ähnlich.» Lansbury ließ ein Räuspern vernehmen.

«Ich komme zu dir.»

«Das wollte ich dir auch gerade vorschlagen.» Und etwas leiser: «Wir müssen Kendall noch einmal mit aufs Revier nehmen.»

* * *

Wenn er eines nicht ausstehen konnte, so waren das diese Rundumschläge, die er schon während der Zeit in London verabscheut hatte. Hawkins hatte damals eine Eigenart gehabt, Verdächtige wieder auf freien Fuß zu setzen, in der Gewissheit, dass sie nur Tage später wieder verhaftet werden würden. Auch diesmal war es Hawkins Verschulden gewesen, dass Kendall nach Hause geschickt wurde, obwohl die Verdachtsmomente bei ihm noch lange nicht aus dem Weg geräumt waren. Andererseits, überlegte Lansbury, hätte Kendall die Gelegenheit beim Schopf gepackt und wäre verschwunden, wäre er denn schuldig gewesen. Und so abgebrüht, wie das Brooke vermutete, fand er Kendall nicht. Mit dem Mann stimmte zwar etwas nicht, aber dass er kriminell war, daran wollte Lansbury nicht so recht glauben.

Als Brooke in der Barrows Road eintraf, hatte Lansbury Kendall noch lange nicht so weit, dass er ihm die Wahrheit sagte. Im Gegenteil: Er bestand darauf, mit den Polizisten nach London zu fahren. Lansbury war nicht wohl dabei. Was hatte Kendall vor?

«Riechst du das auch?», war die erste Frage, die Lansbury Brooke stellte, kaum dass sie sich im Wohnzimmer einstellte.

«Es riecht nach welken Blumen.» Brooke zeigte auf die Vase neben dem Teekrug, ohne dabei Kendall aus den Augen zu lassen. Dieser saß vornübergebeugt am Tisch.

«Ich denke, dann wollen wir mal.» Brooke schnappte sich die Handschellen. «Brauchen wir die?»

Kendall richtete sich auf. «Ich werde freiwillig mitkommen.»

«Das ist ja schon mal ein Ansatz.» Brooke half Kendall beim Aufstehen, als wäre er allein nicht dazu fähig gewesen.

Kendall wand sich aus ihrem Griff. «Lassen Sie mich noch meine Zahnbürste holen.» Er versuchte ein Grinsen, während er Lansbury ansah.

Lansbury wollte mit ihm nach oben gehen. Brooke hielt ihn zurück. «Der wird uns schon nicht entwischen.»

Brooke in die Gedanken einzuweihen, die ihn gerade umtrieben, hielt er für nicht sehr klug. Sie würden Kendall nach London bringen. Er würde dort noch einmal vernommen werden, und morgen würde man das Haus inspizieren und vielleicht Beweise dafür finden, dass Andrew Kendall ein Schläfer war. Er musste, wenn es gut lief, die Drahtzieher ans Messer liefern und den Grund erläutern können, warum zweihundertachtundzwanzig Menschen hatten sterben müssen. Und vor allem hoffte er, das Motiv finden zu können.

Denn Lansbury spürte, dass es noch eine andere Wahrheit gab. Seit er den seltsamen Geruch wahrgenommen hatte, war da diese Unruhe in ihm. Etwas Unerklärliches, das ihn zurückzuhalten versuchte. Noch stand der richterliche Beschluss für eine Hausdurchsuchung aus, aber Lansbury juckte es in den Fingern, diese zu umgehen. Kendall nahm ihm diese Entscheidung ab.

Als dieser zurückkam, lag ein seltsames Lächeln auf seinem Gesicht. Brooke konnte es unmöglich gesehen haben; Lansbury ließ es schaudern und zögern. Einen kurzen Augenblick trafen sich ihre Blicke. Kendall starrte ihn an, als wollte er ihm etwas mitteilen. Oder war es ein Flehen?

Draußen wartete die Streife. Brooke führte Kendall zum Wagen. Ihre Kollegen nahmen ihn in Empfang und schoben ihn auf den Rücksitz. Brooke drehte sich nach Lansbury um. «Fährst du mit mir?»

«Ich habe mein eigenes Auto da.» Lansbury winkte Brooke zu. «Wir sehen uns bei New Scotland Yard. Ich fahre hinter dir.» Er sah dem Konvoi nach, als dieser sich über die Borrows Road bewegte und hinter der nächsten Kurve verschwand.

Unschlüssig blieb er stehen. Hinter ihm befand sich das Haus, das Haus von Kendalls Mutter, in dem er Zuflucht gefunden hatte. Und plötzlich wusste er, was ihn so sehr irritiert hatte. Kendall hatte die Tür wohl zugezogen, aber nicht abgeschlossen. War das eine Einladung? Lansbury ging über den Kiesweg auf den Eingang zu. Der Geruch war jetzt auch draußen wahrnehmbar.

Rauch! Es roch nach Rauch.

Lansbury riss die Tür auf, da hingen bereits Rauchschwaden im Flur. Es war nicht klar, woher sie kamen. Sollte er hineingehen? Was, wenn das ganze Haus in die Luft ging? Weil dadurch Spuren verwischt würden? Vor Lansburys innerem Auge tauchte noch einmal Kendalls Gesicht auf. Da war ein diabolisches Grinsen gewesen. Oder doch ein anklagendes, verwirrtes?

Lansbury griff nach seinem iPhone. Er wählte die Nummer der Feuerwehr, meldete den Brand an der Barrows Road, teilte die Hausnummer mit und pirschte dann durch den Flur bis an dessen hinteres Ende. Über der Treppe, die ins Obergeschoss führte, hing der Rauch wie Nebel und reduzierte die Sicht, aber eine unwiderstehliche Macht zog Lansbury die Stufen hoch. Noch auf der Treppe riss er sich das Hemd vom Körper, knüllte es zusammen und hielt es sich vor Mund und

Nase. Der Rauch brachte seine Augen zum Tränen, reizte seine Schleimhäute, und ein Hustenanfall schüttelte ihn.

Den Brandherd hatte er noch nicht gefunden. Oben waren die Türen zu. Wenn er sie öffnete, würde ihm das Feuer entgegenschlagen. Dennoch wollte er sich vergewissern, dass da niemand war. Behutsam öffnete er hintereinander die vier Türen. Die Räume dahinter waren ebenso in Rauch gehüllt. Ein Krachen übertönte ein Zischen, das die ganze Zeit im Hintergrund zu hören war. Und dann gab es einen Knall, der die Mauern des Gebäudes erzittern ließ. Lansbury hastete zurück ins Erdgeschoss.

Dort angekommen, drückte er den Türgriff zu dem Zimmer, das gegen die Straße lag, aber die Tür gab nicht nach. Er stemmte sich mit dem Körper dagegen, und als das auch nichts nutzte, nahm er Anlauf und trat sie mit dem rechten Fuß nach innen auf. Ob des vielen Rauchs erkannte er zuerst keine Details, denn noch immer hatte er das Feuer nicht gefunden. Doch die Wände schienen überall zu lecken. Es schien, als dringe der Qualm aus sämtlichen Ritzen.

Lansbury sah sich panisch um und fuhr zusammen.

Da saß sie wie erstarrt auf einem Sessel. Wie eine Figur aus Madame Tussauds Wachfigurenkabinett. Und dass sie sich nicht rührte, machte den Anblick noch schlimmer.

Diane Hemingway.

Die Haare fielen ihr ins schweißnasse Gesicht, die Augen waren auf ihn gerichtet, als wäre das Leben aus ihnen gewichen.

Lansbury stürzte nach vorn. «Diane! Diane, hörst du mich?» Es klang wie ein verzweifelter Schrei, der ihn selbst erschreckte. Er hob die Frau auf. Noch atmete sie flach, und er trug sie durch den dichter werdenden Rauch nach draußen.

Auf der Barrows Road fuhren lärmend zwei Feuerwehrwagen vor. Lansbury hastete mit Diane auf den Armen Richtung Ambulanz, die noch nicht mal angehalten hatte. Er wartete so lange, bis einer der Sanitäter ausstieg und sich Dianes annahm. Er sah zu, als ein zweiter Mann die Bahre aus dem Wageninnern holte und wie sie Diane erstversorgten, ihr eine Sauerstoffmaske überstülpten, ihr den Blutdruck maßen, die Herzfrequenz. Er würde sie nicht aus den Augen lassen.

Als Lansbury kurz über die Schulter nach hinten sah, stand Kendalls Haus in Flammen.

* * *

Trotz einer massiven Rauchvergiftung war Diane ansprechbar gewesen, bevor sie in eine tiefe Bewusstlosigkeit fiel. Ihr Leben hing am seidenen Faden. Seit ihrer Einlieferung ins Wessex Day Center in Cheddar war Lansbury noch keine Sekunde von ihrer Seite gewichen. Sollte sie das hier nicht überleben, so würde er bei ihr sein. Das war er auch Emilie schuldig.

Man hatte sie von der Notaufnahme in die Intensivstation verlegt. Noch immer hatte sie die Sauerstoffmaske auf, und in ihrem linken Unterarm steckte eine Kanüle, über welche sie mit genügend Flüssigkeit versorgt wurde. Sie vor sich so schutzlos liegen zu sehen, steigerte Lansburys Wut gegen Kendall, der ihr das offensichtlich angetan hatte. Und den Ärger über sich selbst, dass er Diane nicht schon früher gefunden hatte. Wo war sie gewesen, als Kendall ihm einen Blick ins Zimmer gewährt hatte? Im dahinterliegenden Badezimmer hatte er nicht nachgesehen. Lansbury hätte sich für diese Fahrlässigkeit ohrfeigen können.

Die Ursache für diese Tragödie war ihm immer noch ein Rätsel. Brookes Vermutungen, dass Kendall und Diane sich gut kannten, wollte er sich noch nicht anschließen. Lansbury ging davon aus, dass Diane Kendalls Machenschaften aufgedeckt, dass er womöglich etwas mit dem Flugzeugabsturz zu tun und ihren Mann mit hineingezogen hatte. Anders konnte es sich Lansbury nicht erklären.

Wie auch immer: Die Beziehung zwischen Diane und Kendall, sollte es denn eine geben, war und blieb vorerst ein Geheimnis.

Zweiundzwanzig

Sein letzter Satz galt ihm, den er nie wirklich gemocht hatte. Melde dich, wenn ihr in New York seid. Die Sekretärin weiß Bescheid. Er reichte ihm ein Mobiltelefon und bat ihn, nur im dringendsten Notfall damit zu telefoniere, besser noch, es der Sekretärin zu übergeben.

Noch lange stand er da und schaute dem Mann nach, wie er mit dem Rollkoffer Richtung Gepäckabfertigung ging. Nichtsahnend musste er sein, womöglich fragte er sich, weshalb er so kurzfristig in die Staaten fliegen sollte. Kein Wort zu irgendjemandem. Bis man wisse, dass er verreist sei, sei er wieder zu Hause, hatte er ihm gesagt und gehofft, dass er keine Fragen stellte. Falls es Fragen gäbe, solle er sich an die Sekretärin wenden.

Wie einfach es war, die Verantwortung abzugeben.

Wie verdammt einfach, jemanden zu manipulieren.

Er würde weiterleben wie bis anhin.

Später stand er am Rande der Startbahn und wartete, bis die Maschine der British Airlines abhob. Bis Flug BA443 in den wolkenlosen Himmel gestiegen und nur noch ein Punkt im weiten Blau war.

«Mr Kendall, Ihr Haus wäre fast bis auf die Grundmauern niedergebrannt, hätte Chief Inspector Tyrone Lansbury den Brand nicht entdeckt.»

Brooke Birdie saß seit acht Uhr morgens im Vernehmungszimmer der Met und genoss es, den inhaftierten Andrew Kendall in die Mangel zu nehmen. Dieser saß ihr am Tisch reglos gegenüber. Was in seinem Kopf vorging, hatte Brooke auch nach einer ganzen Stunde nicht herausgefunden. Kendall hüllte sich in Schweigen.

«Unsere Leute ermitteln wegen Brandstiftung gegen Sie. Angeklagt sind Sie bereits wegen versuchter Tötung. Sie hatten Diane Hemingway in Ihrer Gewalt, und fast wäre sie ein Opfer der Flammen geworden. Nur aufgrund des beherzten Eingreifens des Chief Inspectors ist sie noch am Leben. Ich hoffe, dass die Frau durchkommt, ansonsten würden Sie bald schon wegen Mordes einsitzen. Und ich versichere Ihnen, Mr Kendall, unsere Gefängnisse sind alles andere als ein Schleck. So oder so werden Sie dort landen. Sollten Sie aber mit uns kooperieren, werde ich mich persönlich darum bemühen, dass Sie mit einer milderen Strafe davonkommen.» Brooke wusste, dass sie keine Handhabe hatte, aber ein Bluff konnte ja nicht schaden. «Also, Mr Kendall. Erzählen Sie doch mal der Reihe nach, was letztendlich diese Katastrophe ausgelöst hat …»

Kendall jedoch schwieg beharrlich. Damit hatte Brooke rechnen müssen, denn er war kein Mann der großen Worte – so zumindest schätzte sie ihn ein. Lieber schwieg er, als sich mit Lügen zu belasten. Obwohl in ihren Augen das Zurückhalten einer Wahrheit genauso verwerflich war, denn noch war Brooke überzeugt davon, dass der Besitzer von Kendall

Print und Diane Hemingway ein düsteres Geheimnis hüteten. Brooke legte einen Ausdruck auf den Tisch.

Erst jetzt kam Leben in Kendalls Augen. Selbst wenn er kurzsichtig war, musste er die Überschrift lesen können, denn diese stach auch ohne Brille ins Auge.

Druckerei vor drohender Insolvenz gerettet.

Brooke schlug mit der flachen Hand auf das Papier. «Wir werden das Verhör nicht beenden, bis Sie mir gesagt haben, wer Sie damals vor der Pleite bewahrt hat.»

«Das ist fünfzehn Jahre her.» Der erste Satz aus Kendalls Mund. Ein Husten setzte ein. Er griff sich an die Brust.

«Sie haben recht.» Brooke versuchte, ruhig zu bleiben und das Husten zu ignorieren. Kendall wollte sie offensichtlich dadurch ablenken. «Normalerweise ginge mir das auch am Arsch vorbei. Vor fünfzehn Jahren habe ich noch die Schulbank gedrückt und wusste nicht viel darüber. Am Rande bekam ich es aber mit, weil ich mich damals schon für innerpolitische Belange interessierte. Und wenn eine der größten Druckereien des Landes in Konkurs zu gehen drohte, machte das Schlagzeilen. Und das», sie deutete mit dem Zeigefinger auf den Text, « ist heute ein Politikum.»

«Ich verstehe nicht, was Sie meinen.» Kendall räusperte sich.

«Sie verstehen mich sehr wohl. Es ist mittlerweile klar, dass Sie von irgendwoher Geld bekommen haben. Aber offensichtlich nicht umsonst.»

«Sie pokern.»

«Nennen Sie es, wie Sie wollen, Mr Kendall. Sie mussten ein Versprechen geben, eine Gegenleistung erbringen. Wo und wann, wussten Sie damals nicht. Und Sie haben sich auch keine Gedanken darüber gemacht, denn wenn man in einer Notlage ist, tut man alles, um da wieder herauszukommen. Die Konsequenzen sind einem nicht bewusst. Zudem gibt es einen Mechanismus im Kopf, den man Verdrängung nennt.»

Brooke überlegte. Sollte sie Kendall damit konfrontieren, dass sie ihn für einen Schläfer hielt? Untypisch waren die Barabhebungen von seinem Vermögen. Aber sie war sich mittlerweile sicher, dass dieses Geld in Hemingways Kasse geflossen war. Als Wiedergutmachung? Oder weil Kendall ihn in den Tod geschickt hatte? Ihn und die zweihundertsiebenundzwanzig Menschen an Bord der BA443. Hatte der Anschlag nicht der British Airlines, sondern einzig und allein Jake Hemingway gegolten? Wenn Kendall jedoch gewusst hatte, dass er Dianes Mann eliminieren sollte, warum hatte er ihm vorgängig so viel Geld gegeben?

Aus Rücksicht auf Diane? Aus schlechtem Gewissen?

Ja, sie pokerte. Doch nur so würde sie zum Kern der Sache kommen. Brooke hatte weiß Gott wie viele schlaflose Nächte hinter sich, in denen sie sich schweißgebadet von einer zu anderen Seite gewälzt hatte. Oft war Mitternacht vorbei gewesen, wenn sie wieder aufstand und ein neues Stück Tapete an ihren Schrank montierte. Sie clusterte sich durch die verschiedenen Möglichkeiten und kam immer wieder zu zwei Personen zurück.

Diane Hemingway und Andrew Kendall.

Und sie war sich plötzlich sicher, dass Diane die großzügige Geldgeberin gewesen war. Brooke hatte nach Stiftungen gesucht, die vor fünfzehn Jahren eine Finanzspritze erhalten hatten. Es existierten zwar einige, aber die Geldgeber waren alle eingetragen, wenn auch nicht der breiten Öffentlichkeit bekannt.

Weder Diane Hemingways Name noch etwas, das man mit ihr in Verbindung bringen konnte, befand sich unter ihnen. Kam hinzu, dass Diane vor ihrer Heirat mit Jake in einer Chemiefabrik gearbeitet hatte. Diese Nachforschungen hatten allerdings ebenfalls nichts gebracht. Auch hier musste sich Brooke weiterhin auf ihre eigenen Vermutungen und auf Maddies Aussage stützen.

Dass Diane Hemingway in der Lage gewesen sein sollte, eine Bombe zu bauen – das konnte Brooke sich allerdings noch nicht vorstellen. Andererseits umgab diese Frau ein Ring von Rätseln und Geheimnissen, und sie mochte zwar gegen außen die zerbrechliche Lady mimen, aber in ihrem Innern konnte durchaus ein Monster wüten. Letztendlich war das doch möglich.

Diane hatte Kendall Geld gegeben, und er hatte ihr versprechen müssen, zu Diensten zu sein, wenn sie das von ihm verlangte.

Das Versprechen, ein Flugzeug vom Himmel zu holen? Genau da geriet Brooke an ihre Grenzen. Wo lag hier ein mögliches Motiv?

Oder war doch alles nur ein katastrophales Aufeinandertreffen von Zufällen gewesen?

«Mr Kendall.» Brooke wagte einen neuen Vorstoß. «Reden Sie mit mir. Es bringt nichts, wenn Sie weiterhin schweigen. Sie machen es nur schlimmer. Erklären Sie mir, dass nicht Sie hinter dieser großen Tragödie stecken. Erzählen Sie mir der Reihe nach, was geschehen ist und wie es so weit kommen konnte. Entlasten Sie Ihr Gewissen!»

In Kendall kam Bewegung. «Kann ich ein Glas Wasser haben?»

Brooke winkte dem Wachposten zu und orderte eine Flasche Mineralwasser.

«Sind Sie bereit?» Brooke lauerte auf Kendalls Ausführungen wie die Hyäne auf den Kadaver, während die Löwen noch speisen.

«Ja, ich bin bereit …»

* * *

Diane schlug die Augen auf. Zum ersten Mal seit ihrer Einlieferung ins Krankenhaus sah sie ihn an. Sogleich rannen Tränen über ihr Gesicht.

Lansbury erhob sich von dem Stuhl, auf dem er mit wenigen Unterbrüchen die ganze Zeit gesessen hatte, näherte sich dem Bett und griff vorsichtig nach Dianes Hand. Diese fühlte sich immer noch kühl und zerbrechlich an. «Diane.»

Sie schenkte ihm ein Lächeln von großer Traurigkeit.

«Ich erinnere mich», sagte sie leise. «Da war dieser Rauch. Ich dachte, dass es das Ende ist. Wie ein Film flog mein Leben an mir vorbei – vom Anfang bis zum Ende. Und als ich bei meiner eigenen Geburt angekommen war, dachte ich, dass der Tod gleich der Geburt ist: der Übergang in eine neue Dimension. Der Austritt aus dem Mutterleib fühlt sich genauso an wie das Ende des irdischen Lebens. Da war zuerst dieser schmale Durchlass, einem Tunnel gleich. Und am Ende kam das Licht ...»

«Du solltest dich nicht anstrengen.» Lansbury streichelte ihr über das Gesicht. Wie sehr er diese Frau liebte, wurde ihm erst jetzt bewusst. Er hatte gelitten, um sie gezittert und geweint. Noch vor wenigen Minuten hatte er Brooke am Telefon gehabt. Nach einem langen und intensiven Verhör von Andrew Kendall wollte sie ihn dringend sehen. Sie wisse jetzt, was geschehen sei, hatte sie gesagt. Er hatte sich auf später mit ihr verabredet, sollte Diane endlich aus ihrem komatösen Schlaf erwachen. Bis dahin wollte er aber bei ihr bleiben. Brookes Andeutungen hatte er nicht wichtig genommen, denn was immer dieser Kendall ausgesagt hatte – Lansbury wollte es nicht wissen und hielt sich fest an dieser luftleeren Zeit zwischen Dianes Lächeln und dem Aufdecken der Wahrheit, die zu erfahren er nicht hinausschieben durfte.

Er liebte Diane. Wenn sie ihn wie jetzt ansah, glaubte er, trotz ihrer Abgründe etwas Grundehrliches in ihren Augen zu erkennen. Und eines war sicher: Sie war und würde es auch in Zukunft bleiben – eine leidenschaftliche Schriftstellerin, die ohne das Schreiben nicht leben konnte.

Und vielleicht lag hier des Rätsels Lösung: beim Elend einer verzweifelten Autorin, die verstummt war.

«Vielleicht hätte man mich sterben lassen sollen», sagte Diane, während sie ihre Augen zur Decke richtete. Ich hatte keine Chance, da rauszukommen. Das Fenster war verriegelt, die

Tür geschlossen. Ich gab mich meinem Schicksal hin. Und als ich im Haus etwas explodieren hörte, hatte ich nicht einmal mehr die Kraft zu schreien.»

Lansbury ging davon aus, dass sie nicht wusste, wer ihr das Leben gerettet hatte. Er redete auch nicht darüber. «Dass du lebst, allein das zählt.»

«Werde nicht sentimental.» Sie lächelte wieder, ohne ihren Blick von der Decke abzuwenden. «Vielleicht ist heute der Anfang vom Ende oder schon der Neubeginn, den ich mir so sehr gewünscht habe. Ein Neubeginn nach fünfzehn Jahren Hölle. Ich weiß es nicht. Aber das ist nicht so einfach. Es ist meine Schuld, dass es so weit gekommen ist. Damals, als ich mit Jake zusammenkam, sah alles noch rosarot aus. Als hätte ich geahnt, dass es einmal anders werden könnte, habe ich jedoch vorgesorgt …» Diane seufzte. Über ihr blasses Gesicht huschte eine zarte Röte. «Schon früher, als ich meine ersten Geschichten zu Papier brachte, hatte ich Visionen, und später haben sich viele davon bewahrheitet. Und so habe ich auch einmal geträumt, dass es mir verboten werden würde, zu schreiben. Das war noch vor der Hochzeit mit Jake. Als ich ihn kennenlernte, las er zwar meine Kriminalromane, die große Euphorie war es aber nicht. Und als seine Schwester mich wegen der Texte verteufelte, brachte Jake mir Leinwände mit nach Hause. Als Ausgleich zu meiner Kopflastigkeit, wie er sagte. Und er vernichtete fortan meine Texte, nachdem er mich schon gezwungen hatte, mein gesamtes Vermögen aus dem Verkauf der Bücher und meiner zahlreichen Lesungen einer Stiftung zu vermachen …»

«Diese Stiftung existiert aber gar nicht –» Lansburys Versuch, Diane in ihren Ausführungen zu unterbrechen, fruchtete nur so lange, wie sie ihn mit gerunzelter Stirn ansah. Es gelang ihm nicht, ihren Redeschwall zu stoppen. Er würde heute mit einer Wahrheit konfrontiert, die er nicht hören wollte und die seinen Blick auf Diane komplett verändern würde. Er war sich plötzlich sicher.

«Nein, diese Stiftung existiert nicht. Aber ich ließ Jake in dem Glauben, dass ich das Geld weggegeben hatte. Auf meinem Konto war es nicht mehr. Jake deklarierte die Schenkung auch in seiner Steuererklärung. Wie er das bewerkstelligt hat, entzieht sich bis heute meiner Kenntnis. Für mich war das Thema erledigt.»

«Das war es wohl nicht», insistierte Lansbury, der sich mit dieser Antwort nicht zufrieden geben wollte. Ein Zurück gab es nicht mehr für ihn.

«Du vermutest ja schon, wem ich das Geld gegeben habe.»

Lansbury spürte, wie ein Stein in seinem Bauch ins Rollen kam. Hatte Brooke doch recht gehabt?

«Ich kenne Andrew, seit mein erstes Buch gedruckt wurde. In seiner Druckerei ging ich ein und aus, und zwischen uns entwickelte sich eine tiefe Freundschaft. Mehr noch – eine platonische Liebe, sozusagen. Andrew verkörperte all das, was ich wegen meines früh verstorbenen Vaters vermisst hatte. Interesse an meiner Person, an meinem Schreiben und Denken, an meiner Fantasie, meinen Leidenschaften. Wir hatten uns einmal geschworen, alles füreinander zu tun … Doch dann lernte ich Jake kennen, und bald darauf wurde ich schwanger. Als wir heirateten, machte mir Jake unmissverständlich klar, dass er Andrew Kendall nicht an unserer Trauung teilnehmen lassen wollte. Ich sollte meine Vergangenheit ablegen und mit ihm ganz neu beginnen. Dabei kannte er

Andrew nicht einmal. Aber mir war damals nicht bewusst, wie sehr er mich manipulierte und meinem Leben seinen Stempel aufdrückte. Ich war verliebt, sah alles in den schönsten Farben. Dass er mein Schreiben dermaßen hasste, erfuhr ich erst später, als er mich bat, unser Haus mit selbstgemalten Bildern zu beleben. Dass er mich damit nur vom Schreiben abhalten wollte, konnte ich mir einfach nicht vorstellen.»

«Strengt es dich nicht an?»

«Was?»

«Das Sprechen?» Lansbury sah ihr besorgt in das bleiche Gesicht.

«Ich denke, dass du ein Recht darauf hast, zu erfahren, was in meinem Leben schiefgelaufen ist.» Diane pausierte, schloss erschöpft die Augen, schnappte nach Luft. Sie griff selbst nach der Sauerstoffmaske, setzte sie sich für eine Weile wieder auf.

Lansbury räumte ihr Zeit ein, wollte nichts forcieren, auch seinetwegen nicht. Vielleicht würde er mit der Wahrheit nicht umgehen können, einer Wahrheit, die sein Leben ein zweites Mal komplett auf den Kopf stellen würde. Das Ausmaß dieser Tragödie schien in dem schmalen Krankenzimmer ein wenig geringer zu werden, doch das Ungeheuerliche, das sich bereits am Horizont abzuzeichnen begann, würde sich gleich explosionsartig entfalten. Einen Moment glaubte er, sich sofort von Diane verabschieden, diesen Raum auf der Stelle verlassen zu müssen, in dem er mit jedem Atemzug weniger Luft bekam.

«Ich habe Andrew Kendall das Versprechen abgenommen», fuhr Diane schließlich fort, «dass er mir aus der Klemme helfen müsse, falls ich in eine gerate. Ich ahnte, dass das schon bald der Fall sein würde; ein Grund war die Vision, die ich schon Jahre zuvor hatte. Und nicht nur in meinem Traum …»

Lansbury schluckte leer. Was alles würde noch ans Tageslicht kommen? Was sich aus den Abgründen einer zutiefst verletzten Frau erheben? Es schauderte ihn.

«Es gibt Schriftsteller, die schreiben nur über Dinge, die sie recherchiert haben», fuhr Diane unbeirrt fort. Es schien sogar, dass sie mit jedem Satz etwas von ihrer Kraft zurückgewann. «Ich aber schrieb, was meine Fantasie mir eingab. Als hätte es jemanden in meinem Kopf gegeben, der meine Hand beim Schreiben führte. Meine inneren Bilder wurden lebendig, und es war, als würde ich in meiner Fantasie ein Parallelleben führen, als stünde ich selbst mittendrin in diesen Geschichten. Meine Figuren wurden lebendig, und sie gaben die Richtung vor, in die meine Romane gehen mussten. Ich hatte da absolut keinen Einfluss, ich schrieb, weil ich es musste …» Ihr entfuhr ein tiefer Seufzer. «Verstehst du das, Tyrone?»

Er blieb ihr die Antwort schuldig.

«Dann plötzlich musste ich von einem Tag auf den anderen mit dem Schreiben aufhören. Es war, als würde einer Drogensüchtigen ihr Heroin entzogen …»

Dieser Vergleich empfand Lansbury als übertrieben, aber er versuchte, in Dianes Seele zu blicken, zu begreifen, was sie mit dieser Aussage bezweckte.

«Ich bekam kein Methadon, wohl aber täglich Leinwände, die meine Schmerzen zu lindern halfen. Doch in meinem Innern blieb ich die Schriftstellerin, die Süchtige, die Obsessive, die Wahnsinnige. Das, Tyrone, ist die Wahrheit.»

«Wie war das mit Andrew Kendall? Was musste er dir versprechen?»

«Ich erachte es als keinen Zufall, dass sich Jake und Andrew im Rahmen ihrer Tätigkeit kennenlernten. Die Wege im Leben sind vorgegeben. Wir können nicht von ihnen abweichen. Gern nennen wir es Zufall. Aber das ist es nicht. Wir sind nur kleine Figuren auf einem großen Plan, den ein Anderer für uns gezeichnet hat. Ich war von Anfang an dafür vorgesehen, Bücher zu schreiben. Wenn ich vorübergehend daran gehindert werde, muss eine andere Tür aufgehen.»

Jake unterbrach sie und gab sich naiv. «Ich verstehe noch immer nicht, welche Rolle Kendall spielt. Verrätst du mir endlich, welches Versprechen er dir geben musste?»

«Ihn trifft keine Schuld», sagte Diane anstelle einer Antwort. «Er war nur das Instrument. Dann aber lief alles aus dem Ruder.» Sie hielt inne, strich sich mit der Hand über die Augen, als wollte sie sich eine Träne daraus wischen. «Ich versuche noch immer, den Sinn des Ganzen zu begreifen, weil auch das kein Zufall sein kann. Doch da zweifle ich plötzlich. Vielleicht haben wir es doch in der Hand, das Schicksal zu steuern.»

«Was ist passiert?»

Diane sah ihn mit einem Blick an, in dem der Wahn aufglomm. «Ich habe eine Bombe gebaut.»

Die Wucht dieses Satzes traf Lansbury wie ein Stromstoß. Trotzdem verzichtete er auf eine Erwiderung. Sie wäre völlig fehl am Platz gewesen. Er kannte die Beweggründe noch nicht. Schon deshalb wollte er Diane nicht unterbrechen.

«Ich habe eine Bombe gebaut, weil ich darüber in einem meiner Kriminalromane schreiben wollte. Deswegen habe ich ein Jahr lang in einer Chemiefabrik gearbeitet. Ich habe es dann doch nicht getan. Ich wollte keine Gebrauchsanleitung für Bombenbau in meinem Buch haben. Zudem hätte mein Verleger davon abgeraten. Ich habe eine Bombe gebaut, weil ich einfach neugierig war …»

«Du hast also doch recherchiert», fuhr Lansbury ihr ins Wort und versuchte so, seine Gefühle unter Kontrolle zu halten. Der Schwindel in seinem Kopf nahm zu. Das war doch alles nur ein schlechter Scherz.

«Nein, ich …» Hier verlor sie den Faden. «Ich habe nicht recherchiert. Ich habe getan, was meine Figuren von mir verlangten. Sie sagten: ‹Bau eine Bombe!› Also habe ich es getan.» Diane zog sich am Triangel hoch. «Die Bombe zu zerlegen war mir aber dann zu riskant. Also sollte sie einen anderen Zweck erfüllen. Ich schloss sie in einen Koffer ein und stellte diesen in ein Schließfach beim Bahnhof. Die Idee, dass Andrew ihn eines Tages da herausholen würde, kam mir erst später. Er wusste damals nicht, worin seine Hilfe bestehen sollte. Ich sagte ihm lediglich, er solle keine Fragen stellen und machen, was ich von ihm verlangte. Ich schickte ihm den Schlüssel per Post zu, als ich die Zeit gekommen sah.»

«Er sollte also ein Flugzeug sprengen?»

«Nein!», schrie Diane auf. «Nein! Andrew sollte den Koffer Jake überreichen.»

«Jake?» Lansbury verstand gar nichts mehr. «Warum Jake?»

«Ich musste mich doch von ihm befreien! Ich konnte so nicht mehr weiterleben. Täglich kontrollierte er mich mehr. Ich traute nicht einmal mehr, aus dem Haus zu gehen, geschweige denn, jemanden zu mir einzuladen. Einmal kam er … früher als sonst … an einem Dienstag nach Hause, als ich mit Patrick Bradshaw, dem Postboten, im Garten saß und Tee trank. Als Bradshaw gegangen war, zitierte Jake mich in die Küche. Er sagte mir, ich solle den Wasserhahn aufdrehen und den Stöpsel in den Abfluss des Beckens stecken. Ich begriff gar nicht, was das sollte. Ich ließ also das Wasser laufen. Da packte mich Jake von hinten und drückte meinen Kopf unter Wasser. Dann riss er mich wieder hoch, hielt mein Gesicht fest, als ich schrie … Ich hätte es wissen müssen, damals, als wir in dieses abgelegene Haus zogen. Wenn Jake mir dort wehtat, bekam es ja niemand mit – außer Maddie vielleicht. Aber wenn Maddie zu Hause war, nahm Jake sich zusammen, machte vor ihr immer auf heile Welt. Maddie konnte ja nichts dafür. Wenn wir noch mehr Kinder gehabt hätten, wäre es vielleicht anders gekommen …» Diane ließ sich ins Kissen zurücksinken. «Ich … ich wollte ihm nur einen Schrecken einjagen. Ich konnte nicht ahnen, dass Andrew ihn nach New York schicken würde. Mit dem Koffer. Und dass Susan Kirkwood mit ihm fliegen und das Mobiltelefon während des Flugs betätigen würde. Jake sollte den Koffer allein öffnen, und das hätte ihn vielleicht verletzt und erschreckt, aber nicht mehr. Ich hatte doch keine Ahnung, welche Sprengkraft die Bombe besaß! Und was für eine Katastrophe sie auslösen würde …»

* * *

Brooke Birdie war erschüttert. Das, was sie von Lansbury gehört hatte, war so unfassbar, dass sie es kaum glauben konnte. Er war dermaßen durch den Wind gewesen, als er ihr von

Dianes Geständnis erzählte, dass sie um seine Gesundheit fürchtete. Für Brooke stellte sich die Frage, ob Diane in ihrer momentanen Verfassung überhaupt vernehmungsfähig war. Sie hatte also vorgeschlagen, einen Psychiater zuzuziehen, worauf Lansbury abwehrend reagiert hatte. «Dafür brauchen wir eine Genehmigung», hatte er bloß gesagt, war in seinem Büro verschwunden und hatte die Tür hinter sich zugeknallt.

Dann saß ihr zwei Stunden Andrew Kendall gegenüber und berichtete aus seiner Sicht, immer wieder von starken Hustenanfällen unterbrochen. Seine Augen tränten, als er Brooke an seinem Schicksal teilhaben ließ.

«Laura Diane Bancroft hat mir damals aus der Misere geholfen», sagte er, als er seine Stimme wieder unter Kontrolle hatte. «Wir waren uns sehr nahe. Ich war wie ein Vater für sie und mächtig stolz, als sie ihr erstes Buch veröffentlichen konnte, mit dem Word-World-Verlag, und das in meiner Druckerei. Bald war sie ein reiches Mädchen.» Kendall holte tief Luft, was ihn offensichtlich sehr anstrengte. «Doch sie blieb bescheiden. Als sie Jake Hemingway heiratete, drohte unsere Beziehung auseinanderzubrechen. Ich musste mich dem fügen, was er von ihr verlangte. Wir trafen uns nur noch sporadisch und heimlich, und da stand es bereits sehr schlecht um meine Firma. Zudem wurde ich krank.» Kendall griff sich an die Brust. «Der Krebs begann, meine Lungen zu zerfressen, obwohl ich nie geraucht hatte.»

Brooke presste die Lippen aufeinander und schluckte leer. «Er ist zurückgekommen, nicht wahr?»

Kendall nickte gefasst. «Meine Frau hat mich verlassen. Sie hat es nicht mehr verkraftet, noch einmal dasselbe wie vor fünfzehn Jahren durchzumachen ... das Scheitern der Firma, meine Operationen ... Ich habe nur noch einen Lungenflügel. Nun droht auch der, sich aufzulösen. Ich habe mich gegenüber meiner Frau und den Kindern in letzter Zeit sonderbar benommen. Ich … wollte, dass sie meine letzten Tage nicht miterleben. Ich möchte, dass sie mich so in Erinnerung behalten, wie ich früher war.»

Brooke wünschte sich, dass der Boden sich öffnen und sie hineinfallen würde. Sie schämte sich wegen dem, was sie gedacht, was sie ihm unterstellt hatte. Wenn sie in Kendalls Gesicht sah, das von Schmerzen und Gram gezeichnet war, musste sie ihm einfach glauben. «Und was war mit dem Feuer?»

Kendall sah zu Boden. «Diane muss den Brand gelegt haben. Sie ist unberechenbar, war es schon immer. Es war ihre Ultima Ratio, das dramatische Finale. Aber ich habe es geahnt. Und Ihr Vorgesetzter hat meine Zeichen verstanden.»

Brooke widerstand der Versuchung, daraus irgendwelche Schlüsse zu ziehen. Dies zu untersuchen, war der Job ihrer Kollegen von der Feuerpolizei, und Dianes Wesen zu begreifen, war die Arbeit der Psychologen. «Gehe ich recht in der Annahme, dass Diane Hemingway Ihnen vor fünfzehn Jahren viel Geld geschenkt hat?»

«Sie hat … Ja, sie hat meine Operationen bezahlt und die Firma … gerettet.» Kendall fiel es offensichtlich schwer, über dieses Thema zu reden.

«Aber Sie mussten ihr ein Versprechen geben.»

«Ein Versprechen? Warum ein Versprechen?» Kendall sah sie entgeistert an. «Wegen des Geldes?»

«Ich schätze sie nicht so ein, dass sie das aus reiner Nächstenliebe getan hat.»

«Da täuschen Sie sich. Sie hat es aus Liebe zu mir getan, noch bevor sie Jake Hemingway heiratete. Ich versprach ihr lediglich, unser Geheimnis zu hüten.»

Hatte Brooke sich in die Irre führen lassen? Sie schwieg.

«Jake muss herausgefunden haben», fuhr Kendall fort, «dass Diane mir praktisch ihr ganzes Vermögen vermacht hatte. Er forderte es zurück.»

«Ach, was Sie nicht sagen.» Brooke spürte Adrenalin. Kendall begriff offensichtlich nicht, dass er sich immer mehr in Widersprüche verwickelte. «Dann mussten Sie ihn also aus dem Weg räumen.»

Kendall hustete so laut und lange, dass Brooke befürchtete, die Vernehmung abbrechen zu müssen.

«Geht es wieder?» Er tat ihr auf einmal leid.

Kendall schnappte ein paar Mal nach Luft. «Ich hatte mich mit Jake angefreundet. Einmal nach Feierabend trafen wir uns zu einem Bier. Da arbeiteten wir bereits eng zusammen. Er sagte mir, dass er wisse, wem Diane ihr Geld geschenkt habe. Die Stiftung sei nur ein Vorwand gewesen. Ich musste ihm versprechen, alles zurückzuerstatten.»

«Und haben es wirklich getan.» Brooks Kopf begann, sich wie ein Karussell zu drehen.

«Ich hatte keine andere Wahl. Ich hatte mir vorgenommen, das Geld an Diane zurückzuzahlen. Aber die Umstände ließen es nicht zu.»

Brooke überging das. «Bar abgehoben, bar übergeben. Waren Sie denn flüssig?»

«Meine Firma hatte sich nach dieser Finanzspritze relativ schnell erholt. Wir bekamen laufend neue Aufträge, auch aus Übersee. Ich hatte begonnen, Geld auf die Seite zu legen.»

«Am Fiskus vorbei?» Brooke riss sich zusammen, um nicht laut herauszulachen. Die Situation war zu komisch.

«Nennen Sie es, wie Sie wollen.» Kendall versuchte, seinen nächsten Hustenanfall zu unterdrücken. «Ich zahlte Jake alles zurück. Wir wussten ja beide, wie es um Diane stand.»

«Die ‹Umstände, die es nicht zuließen›. Erklären Sie mir das.»

«Die Einsamkeit hatte sie verändert, das Haus im Wald, das Ausbleiben von Freunden, die dramatische Geburt …»

«Kunststück», sagte Birdie und spürte, wie sie für Diane plötzlich Sympathie entwickelte. Wie sie ihre Verzweiflung nachempfinden konnte. «Und dann wurde ihr verboten zu schreiben.»

«Jake hat sie gebeten zu malen. Das ist mir bekannt. Er wollte an ihrem Leben teilhaben. Denn wenn sie schrieb, verschloss sie sich. Jake war wohl nicht bewusst, wie sehr Diane unter diesem Verbot litt. Aber er musste auch gesehen haben, was das Schreiben bei ihr anrichtete. Sie verfiel dem Wahn, konnte die Fiktion oft nicht von der Realität unterscheiden. Ich kenne das von früher. Diane lebte in einer Parallelwelt. Das Schreiben beherrschte sie, machte sie krank. Ich kann durchaus nachvollziehen, dass Jake es ihr verbot. Es ging letztendlich um die Unversehrtheit ihres Kindes.» Kendall hustete zum wiederholten Mal. «Sie war psychisch schwer angeschlagen. Oder wie anders erklären Sie es sich, dass sie versuchte, ihren Mann in der Badewanne zu ertränken?»

«Hat er Ihnen so etwas Abstruses erzählt?» Brooke hatte ein Protokoll gelesen, in dem Diane das Gegenteil behauptete.

«Sie war krank.»

«So krank, dass sie Ihnen einen Koffer mit einer Bombe übergibt, den Sie wiederum ihrem Mann Jake Hemingway übergeben, um ihn ins Verderben zu schicken, zusammen mit zweihundertsiebenundzwanzig unschuldigen Menschen?»

«Auch wenn Sie es wiederholen, ändert es nichts.» Kendall wehrte sich gegen eine neue Hustenattacke. Nur schwer konnte er sich davon erholen. Brooke schenkte ihm Wasser nach. «Sie fantasieren», sagte er. «Ich habe Jake keinen Koffer übergeben.»

«Ein Taxifahrer sagte aus, dass er zwei Männer von Bristol zum Flughafen London Heathrow gefahren habe. Einer der Männer habe einen Koffer im Wageninnern behalten, wollte ihn offenbar nicht aus der Hand geben. Das war an dem Tag, an dem die Maschine der British Airlines vom Radar verschwand. Waren Sie das, zusammen mit Jake Hemingway?»

«Nein.» Wieder wurde Kendall von einem Husten geschüttelt.

«Warum wusste Diane Hemingway nichts darüber, dass ihr Mann nach New York reisen wollte?»

«Ich glaube, sie hätte sich sonst Sorgen gemacht.»

«Von welchen Sorgen sprechen Sie?»

«Diane hatte eine pathologische Flugangst. Sie hätte es mit Bestimmtheit zu verhindern versucht, dass Jake flog. Wenn er mit dem Flugzeug aufs Festland reiste, musste er das vor Diane verschweigen. Ich weiß nur, dass er für diese Reisen irgendwo einen Koffer deponiert hatte.»

Brooke zitterte. Sie schaffte es fast nicht, sich zu beherrschen und die kalkulierte Ermittlerin zu bleiben, für die man sie bei der Met schätzen gelernt hatte. Was hier ablief, entzog sich jeglichem geistigen Ermessen. So etwas hatte es während ihrer beruflichen Laufbahn noch nie gegeben. Trotzdem musste sie das beenden, was sie am Morgen begonnen hatte.

«Eines ist mir noch nicht klar», sagte sie, während sie in Kendalls Gesicht starrte, das mittlerweile die Farbe verloren hatte. «Warum haben Sie uns nicht früher darüber aufgeklärt?»

«Worüber?»

«Wie es um Dianes Gesundheit steht. Mittlerweile müssen wir davon ausgehen, dass wir es mit einer … Wahnsinnigen zu tun haben.» Brooke gelang es nicht, neutral zu bleiben. In ihrem Inneren tobte ein Sturm. Wer, verdammt nochmal, hatte die Maschine vom Himmel geholt?

«Ja, es ist sehr traurig. Ich ließ mich sogar von ihr anstecken. Als sie vor ein paar Tagen bei mir auftauchte, spielte ich mit.»

Brooke schaute auf. «Wie muss ich das verstehen?»

«Ich ahnte, dass sie mich finden würde. Sie brauchte mich, wie früher. Ich war der einzige Mensch, der sie verstand, der mit ihrem Wahn umgehen konnte. Sie tickt anders als andere Menschen. Nach Jakes Tod war der Weg zu mir offen. Also präparierte ich mein altes Handy so, dass ich ihr quasi die letzten Atemzüge ihres Mannes präsentieren konnte. So hatten wir es früher immer gemacht.»

«Ist das nicht geschmacklos?» Brooke konnte es nicht nachvollziehen. Jake Hemingway war umgekommen und mit ihm all diese Menschen, und Kendall machte, zusammen mit Diane, einen Scherz daraus.

«Als sie an ihrem zweiten Bestseller schrieb, spielte ich den Plot mit ihr durch.»

Brooke spürte einen Kloß im Magen. «Sie bekamen am Tag des Absturzes einen Anruf von einem unbekannten Handy. Wir mussten davon ausgehen, dass dieser Anruf die Bombe im Flugzeugrumpf gezündet hatte.»

«Damit habe ich nichts zu tun.» Diesmal blieb sein Husten aus. «Aber an diesem Tag rief mich mein Sohn an, ich erinnere mich, von seinem Prepaid-Handy aus, obwohl seine Mutter es ihm verboten hatte. Ich rief ihn später zurück, konnte ihn aber nicht mehr erreichen. »

Brooke wollte nicht näher darauf eingehen. «Dass Jake Hemingway und Susan Kirkwood nach New York reisen sollten, das ist aber auf Ihrem Mist gewachsen, nicht wahr?»

«Was für eine Aussage.» Kendall riss sich zusammen, räusperte sich nur. «Das war schon mehrere Tage vorher geplant … leider fand ich erst kurzfristig die Gelegenheit, meine Mitarbeiterin vor vollendete Tatsachen zu stellen …» Hier versagte seine Stimme endgültig.

Es klopfte an der Tür.

Brooke sah verdattert auf. Noch ehe sie «Herein!» rufen konnte, wurde sie geöffnet und Lansbury erschien unter dem Rahmen. «Kann ich dich kurz sprechen?» Er schien seine Wut auf sie vergessen zu haben.

Brooke nickte. Eine Pause würde ihr guttun. Sie bedeutete Kendall, sich zu gedulden, sie würde gleich zurückkommen.

Sie forderte einen Wachmann an, der ihn beaufsichtigen sollte.

«Dieses Gespräch macht mich komplett fertig», gestand sie draußen im Korridor. Sie forschte in Lansbury Gesicht, das sie entspannter in Erinnerung hatte. «Hätten wir diesen Kendall nur früher gefunden, hätte es uns eine Menge Ärger erspart. Aber ich muss ihm glauben. Er hat nichts zu verlieren, da er schwer krank ist. Krebs im Endstadium.»

Lansbury legte ihr eine Hand auf die Schulter. «Ich habe gerade einen Anruf von Michael Drake bekommen. Er will uns sofort im Sitzungszimmer sehen.»

«Weißt du, worum es geht? Ich bin noch nicht fertig mit Kendall.»

«Du musst die Fortsetzung der Befragung verschieben. Drake hat erste Priorität.»

* * *

Michael Drake stand hoch aufgerichtet wie eine Galionsfigur am Ende des Tisches. Das grelle Neon über ihm zeichnete tiefe Furchen in sein Gesicht. Kaum hatte Lansbury die Tür hinter sich zugezogen, begann Drake mit seinen Ausführungen. Er wollte offensichtlich keine Zeit verlieren. «Die ersten Daten auf der Blackbox konnten ausgewertet werden. Auch der Stimmenrekorder gibt nun endlich Aufschluss darüber, was im Cockpit vor sich gegangen ist, Minuten vor dem Aufprall.»

Lansbury setzte sich erst jetzt. Was würde ans Tageslicht kommen, was er nicht schon wusste? Oder geahnt hatte? War wirklich etwas dran an dem Sprengsatz, den Diane angeblich hergestellt haben sollte? Hatte sie die Wahrheit gesagt? Oder war es die Ausgeburt einer kranken Psyche? Lansbury spürte, wie der Boden unter ihm wankte. Kendalls Version kannte er noch nicht.

«Es gab Probleme mit einem der drei Geschwindigkeitsmesser», sagte Drake. «In der Startphase bemerkte der Kapitän, dass sein Geschwindigkeitsmesser nicht synchron mit den anderen zwei arbeitete. Und dann machte er einen verhängnisvollen Fehler. Er hätte den Start abbrechen müssen, da sind sich die Spezialisten alle einig …»

«Großer Gott!» Brookes Hände verselbständigten sich. Lansbury griff nach ihnen, versuchte, seine Kollegin zu beruhigen. So knallhart, wie sie sich immer gab, war sie offensichtlich nicht.

«In der Steigphase», fuhr Drake fort, «zeigte das Instrument des Kapitäns auf einmal wieder die richtigen Werte an. Eine Zeitlang schien alles wieder gut zu sein.» Er machte eine lange Pause. «Was für ein Trugschluss! Der Co-Pilot bemerkte schließlich, dass etwas nicht stimmte. Das ist aus dem Gespräch der beiden Männer herauszuhören. Auf einer Höhe von zwanzigtausend Fuß erst bemerkten sie, dass die beiden Geschwindigkeits-Indikatoren doch nicht übereinstimmten. Eine gründliche Ursachenanalyse wurde jedoch nicht durchgeführt. Der aktivierte Autopilot hatte die Geschwindigkeitsinformationen vom defekten System des Kapitäns erhalten. Irgendwann erhielten die Piloten die Warnung einer Überdrehzahl, was sie veranlasste, den Anstellwinkel des Flugzeugs zu vergrößern und den Schub zu reduzieren, um die vermeintlich zu hohe Geschwindigkeit zu drosseln.» Drake fuhr sich mit der Hand über die schweißnasse Stirn. «Gemäß unserer Aviatikspezialisten hätte den qualifizierten Piloten aufgrund der Schubleistung und dem Anstellwinkel, die über den künstlichen Horizont ersichtlich waren, auffallen müssen, dass die sogenannte Overspeed-Warnung ein Fehler war. Sie hätten das Problem erkennen und danach handeln sollen. Sekunden später erhielt die Crew die Warnung von einem bevorstehenden Strömungsabriss –» Drake hielt inne, sah seine Leute der Reihe nach an. «Die Ursache für den Absturz war keine Bombe, wie wir zuerst vermutet haben, sondern menschliches Versagen. Die Piloten hätten laut den Spezialisten auf diese Warnung ohne jede Zeitverzögerung durch das Absenken der Nase und Erhöhung des Schubs reagieren sollen. Die Antwort auf die Frage, weshalb sie das nicht getan haben, nahmen sie mit ins Grab.»

«Das Flugzeug flog nach dem Start also noch vierzig Minuten», sagte Brooke. «Wie ist das möglich?»

«Das ist Bestandteil weiterer Ermittlungen», beendete Drake seine Ausführungen.

«Ich erinnere mich, dass man einen technischen Defekt ausgeschlossen hat.» Brooke gab sich augenscheinlich nicht mit seiner knappen Antwort zufrieden.

Drake ging nicht weiter auf die Frage ein. Brooke wandte sich an Lansbury. «Kannst du mir das sagen?»

«Der Stimmenrekorder und die Blackbox haben die Wahrheit an den Tag gebracht. Nun müssen die Flugzeugingenieure herausfinden, weshalb einer der Geschwindigkeitsmesser nicht funktioniert hat.»

«Und warum das ganze Theater um Diane Hemingway?»

«Theater?» Lansbury sah sie mit brennenden Augen an. «Vor einer Stunde hat man Diane in die Psychiatrische Klinik eingewiesen. Sie hatte sich das Unglück um BA443 zunutze gemacht, um ihrer verlorengegangenen Fantasie einen Kick zu geben. Und wir sind ihr dabei gehörig auf den Leim gekrochen …» Hier versagte seine Stimme.

«Wir?» Brooke erhob sich. «*Du!*»

* * *

Lansbury verließ den Sitzungsraum erst, als seine Kollegen bereits gegangen waren. Im Korridor blieb er stehen, wusste nicht, was er mit dem angebrochenen Nachmittag anstellen wollte. Leere herrschte in ihm, ein filigranes Nichts aus Licht und Schatten, das seine Aura streifte.

Diane. Es hätte eine Zukunft geben können. Lansbury war sich sicher, Diane wäre an seiner Seite genesen. Warum war er nicht konsequenter mit ihr gewesen? Würde er warten können? Auf die Frau, mit der er die letzten Tage seines Lebens hatte verbringen wollen?

Er würde wahrscheinlich nie begreifen, was in ihrem Kopf vorging und welche Teufel sich ihrer Seele bemächtigt hatten.

Lansbury verließ Scotland Yard – physisch und psychisch. Am Straßenrand blieb er stehen, blickte an die Fassade des Appartementhauses gegenüber, glaubte das bärtige Gesicht eines Mannes zu sehen, hinter den Gardinen auf einem der mittleren Stockwerke. Und er dachte an die Vorurteile, die seit dem 11. September 2001 herrschten, an seine eigene Unzulänglichkeit, den Feind nicht in seiner Nähe gesucht zu haben. Er machte eine Vierteldrehung und schlug den Weg zur Station der Subway ein, in deren Nähe er seinen Wagen abgestellt hatte. Lansbury hatte einen Termin in der Chemiefabrik.

Dreiundzwanzig

Die Bilder brannten sich ihm ein.

Ein komplett zerstörtes Flugzeug. Ein Wrack auf dem Sandstrand. Verstreut überall: aufgerissene Gepäckstücke. Teile von Sitzen. Bruchstücke der verkohlten Tragflächen und des Rumpfs. Zerfetzte Kleider, ein Kopfhörer. Fragmente des Todes.

Die Leichen hatte man herausgeholt, sie in Säcke verpackt, auch die Leichenteile.

Was hatte er bloß getan? Das FBI ging inzwischen von einem Bombenanschlag aus. Das konnte kein Zufall sein.

Er hatte sie alle auf dem Gewissen. Er hatte sie ins Verderben geschickt.

Weinend sank er zu Boden.

Weiß beflügelte sie. Weiß erforderte das Verteilen von Farben, wie die Leere, die ausgefüllt werden musste. Mit Bildern von der Cheddar Gorge, dem Mascall's Wood, dem Fluss Yeo. Rot, gelb, blau. Regenbogen. Gebogener Regen.

Diane fühlte sich, als stünde sie ganz am Anfang. Hier in diesem Raum, der so konturenlos schien wie die letzten Tage.

Am frühen Morgen hatte man sie vom Wessex Day Center in Cheddar ins Blackberry Hill Hospital nach Bristol gebracht und von einem Zimmer mit Aussicht in eine Kammer ohne Fenster. Bloß ein Bett stand da, alles ohne Ecken und Kanten. Nichts, an dem sie sich hätte verletzen können. Sogar die Wände waren weich und steril.

Hätte sie bloß einen Schreibstift gehabt. Sie hätte sich damit die Pulsadern durchtrennt und mit dem Blut die Wände bemalt. Weiß war so tödlich wie leere Schreibblätter.

Die Frau bei der Tür nahm sie erst nach einer Weile wahr, wusste nicht, wie lange sie schon dort gestanden hatte – in einem hellblauen Gewand, dem einzig Farbigen an diesem Ort. Sie hatte sie wohl schon länger beobachtet.

«Ich bin nicht verrückt», sagte Diane. «Den Gefallen kann ich Ihnen nicht tun. Sie warten doch alle darauf, dass ich plemplem bin im Kopf. Aber ich bin *nicht* verrückt.»

«Wollen wir uns setzen?» Die Frau war nett. Sie hatte eine angenehme und wohldosierte Stimme, als könnte sie allein damit ihr Gegenüber in Hypnose versetzen. «Ich bin Dr. Jones.»

«Darf ich Sie Ava nennen?» Diane starrte auf ihre linke Brust, wo ein Namenskärtchen angebracht war. Niemals würde sie sich von dieser Frau einlullen lassen.

«Nennen Sie mich Ava.» Dr. Jones setzte sich neben Diane aufs Bett. «Sie wissen, weshalb Sie hier sind?»

«Ehrlich gesagt, nein.» Diane verschränkte die Arme. «Sagen *Sie* es mir … Ava.»

«Sie haben einen Brand gelegt. In Andrew Kendalls Haus. Ich muss dies als einen erweiterten Suizid ansehen.»

«Ich habe niemanden umgebracht.»

«Sie selbst wären dabei umgekommen, wenn der Chief Inspector des Police Departements Bristol Sie nicht gerettet hätte.»

«Tyrone Lansbury?» Diane spürte einen harten Stich in der Brust. Hatte Tyrone sie tatsächlich gerettet? Warum hatte er nichts davon gesagt? Sie äußerte sich nicht dazu. «Ich liebe das Feuer», sagte sie und beobachtete Dr. Jones' Reaktion. Ihr Alabastergesicht zeigte keine Regung. «Haben Sie schon einmal Flammen zugesehen? Mit welcher Energie sie nach der Luft greifen? Sie ernähren sich vom Gasgemisch der Erdatmosphäre. Es ist, als würden sie das Leben selbst verschlingen.»

«Was haben Sie sich dabei gedacht?»

«Was?» Diane vermochte nicht, Dr. Jones zu folgen.

«Was ging Ihnen in dem Augenblick durch den Kopf, als sich das Feuer ausbreitete?»

Diane versuchte, sich den Moment in Erinnerung zu rufen. Den Tag, als sie mit Andrew Kendall in seinem Haus gewesen war. Sie hatten alles durchgespielt, wie früher. Es war, als hätten sie damals die Zeit angehalten. Sie hatten herumgealbert und geplottet. Diane hatte sich an ihn anlehnen dürfen und er war ihr mit seiner Hand über die Wange gefahren. Er hatte seinen Laptop hervorgeholt, und sie hatten sich hingesetzt und geschrieben, an den ersten Sätzen gefeilt, über Spannungsbögen und Cliffhanger diskutiert und den Text ausgedruckt. An der Tür hatte es geläutet, als Diane sich im Zimmer nebenan befand. Sie hatte Tyrone durch das fadenscheinige Gewirk der Vorhänge entdeckt, wie er dagestanden und verzweifelt mit sich gerungen hatte, als hätte er geahnt, dass sie nur wenige Meter von ihm entfernt wartete. Darauf wartete, dass er endlich wieder verschwand. Als man Andrew abholte, hatte Diane sich im Badezimmer versteckt, weil sie nicht wollte, dass man sie mit ihm in Verbindung brachte. Später hatte sie im oberen Stock eine Kerze angezündet und sie an einen mit Benzin getränkten Stofffetzen gehalten, in der Nähe von Gardinen, mitsamt den ausgedruckten Blättern. Dann hatte sie sich im Zimmer im Erdgeschoss eingeschlossen und gewartet. Sie hatte es geplant. Sie musste an ihre Grenzen gehen, wie sie so oft in ihrem Leben an die Grenzen gegangen war. Hatte fiebrig vor Spannung auf den Schmerz gewartet und sich gefragt, was der mit ihr anstellen würde.

«Ich liebe das Feuer. Es ist das einzig Ehrliche auf dieser Welt. Das ging mir durch den Kopf. Manchmal muss man etwas am eigenen Leib erfahren, um zu spüren, dass man noch lebt.»

«Sie haben ausgesagt, dass Sie ein Jahr lang in einer Chemie-Fabrik gearbeitet haben.»

Tyrone hatte sie also verraten. Sie an Ava verraten. Das war nicht fair.

Diane senkte den Blick, starrte auf ihre Arme, die sie noch immer verschränkt hielt. «Ja, ich wollte mir Wissen aneignen.»

«Wie man eine Bombe herstellt?»

«Ja.»

«Wo befindet sich die Bombe jetzt?»

«Ich weiß es nicht. Sie ist mit dem Koffer verschwunden.»

«Haben Sie sich das nicht alles bloß eingebildet?»

«Was?»

«Die Explosion an Bord des Flugzeugs?»

«Sie nennen es Einbildung?» Diane rutschte vom Bett auf den Boden. «Ich habe es erlebt in den endlosen Nächten, als meine Tochter mich in den Wahnsinn trieb … Sie war überzeugt, Jake am Fenster gesehen zu haben. Das war ein Zeichen. Ich *musste* herausfinden, was die Maschine zum Absturz gebracht hat.»

«Das war nicht Ihre Aufgabe.» Dr. Jones legte ihre Hand auf Dianes Schultern. Wie gut sich das anfühlte.

«Kommt hinzu, dass man versucht hat, mich zu manipulieren. Warum wohl haben die Met und der MI5 unser Haus durchsucht?»

«Wann ist es umgeschlagen?»

«Was?»

«Wann haben Sie gemerkt, dass es Ihnen schlecht geht?»

Plötzlich fühlte sich Diane in ihre Kindheit zurückversetzt. In das Haus in Bristol, wo sie nach Vaters Tod allein mit Mum gelebt hatte. Mum hatte die Einsamkeit mit ihrer Güte ausgefüllt. Aber sie hatte auch arbeiten müssen, um den Lebensunterhalt zu verdienen. Damit sie in diesem Haus bleiben konnten. Diane war oft allein gewesen. Allein mit den unheimlichen Geräuschen, den Geistern und seltsamen Gerüchen. «Mir fehlte mein Dad. Weder Andrew noch Jake konnten ihn mir ersetzen. Andrew vielleicht eher als Jake. Ich habe meinen Dad sehr früh verloren. Ich glaube, ich war erst fünf. Meine Mum hat mir damals erzählt, er sei verreist.»

«Aber Sie waren doch an seinem Begräbnis.»

«Ja, daran erinnere ich mich. Mum sagte mir, der Sarg sei leer. Um den Verlustschmerz zu ertragen, musste ich eben Geschichten erfinden.»

«So wie die Geschichte um Ihren Mann Jake?»

«Wer sagt mir denn, dass ich jetzt nicht träume? Manchmal fließen Traum und Wirklichkeit ineinander. Und dann erwacht man und sieht seinen eigenen Körper, weil der Geist längst aus ihm herausgetreten ist.»

«Erzählen Sie mir von Jake.»

«Jake?» Diane durchfuhr ein heftiger Schmerz. Sie hatte den Namen ihres Mannes nicht mehr erwähnen wollen. «Er ist tot.»

«Haben Sie ihn geliebt?»

«Was soll die Frage? Natürlich habe ich ihn geliebt. Wie kommen Sie darauf, dass ich ihn nicht geliebt haben könnte.»

«Er hat Ihnen das Schreiben verboten.»

Diane spürte, wie plötzlich ein Stromstoß durch ihren Körper fuhr. Er begann bei den Füßen und breitete sich nach oben aus, bis er mit tausend Nadelstichen im Kopf endete. «Er hat mein Leben zerstört. Ausgerechnet ein Hemingway hat mich daran gehindert zu schreiben.» Diane griff nach Dr. Jones' Händen. «Als ich Jake kennenlernte, dachte ich, es wäre kein Zufall, dass er den Namen Hemingway trägt. Dass das die Vorsehung, ein Zeichen des Himmels war.» Sie ließ Dr. Jones wieder los, warf ihre Arme gegen die Decke. «Ernest

Hemingway ist mein großes Vorbild. Er hat mich dazu auser-sehen, seinen Namen zu tragen, in seinen Spuren zu wandeln. Darum hat er mir Jake gesandt. Jake musste ein Nachkomme von ihm sein. Er hat es bloß nicht gewusst.» Dianes Zittern nahm noch zu. Es war, als spürte sie wieder das Feuer, dem sie nur knapp entronnen war. «Maddie, meine Tochter, hat diese Begabung auch. Ich habe es herausgefunden, als sie mir erzählte, ihren Vater am Fenster gesehen zu haben. Ich bin mir sogar sicher, dass sie ihn gesehen hat.»

«Welche Begabung?», fragte Dr. Jones ruhig.

Diane ließ sich rücklings auf das Bett fallen. Sie fühlte sich müde. Ihr Kopf dröhnte und der Körper wollte nicht aufhören zu zittern. «Manchmal sehen wir Dinge oder Gestalten … und wir nehmen Zusammenhänge wahr. Es ist das, was zwischen den Welten geschieht. Nennen Sie es, wie Sie wollen. Wir haben Visionen. Maddie hat sie – und ich habe sie. Als Kind kann man unvoreingenommener damit umgehen. Erst, wenn man erwachsen ist, kollidiert das mit der Ratio.»

«Ihre Fantasie ist unermesslich», sagte Dr. Jones.

«Fantasie?» Diane musste lächeln. Dr. Jones schien, wie viele andere, nichts zu begreifen. «Mit der Vorstellung, wie die Dinge sein könnten, erschaffen wir reale Bilder.» Diane setzte sich wieder auf. «Wer sie sich lange genug einprägt, glaubt, dass sie Wirklichkeit sind. Die Kunst ist es, den Rest der Welt davon zu überzeugen. Wer keine eigene Fantasie hat, wird den Vorgaben blind folgen.»

* * *

Billingham lag am nördlichen Ufer des Flusses Tees. Lansbury war seit Ewigkeiten nicht mehr hier gewesen, seit mehr als zwanzig Jahren nicht. Die Stadt hatte sich verändert, war gewachsen, in die Höhe und in die Breite geschossen.

Die Walsh Company war eine kleine Fabrik, in der sowohl Düngemittel als auch Pflanzenbehandlungs- und Schädlingsbekämpfungsmittel hergestellt wurden. Jesse Walsh führte das Unternehmen in der dritten Generation. Lansbury hatte sich mit dessen Vater Harrison Walsh verabredet, und der erwartete ihn in seinem Haus in der Low Grange Ave in der Nähe der New Life Church.

Sein Haus war eines unter vielen mit roten Backsteinen gebauten Häusern, welche die Straßenzeilen prägten. Diese endlos langen mit Bäumen bestückten Straßen, wo Gebäude neben Gebäude stand, bloß abgetrennt durch Mauerwerk oder immergrüne Einfriedungen. Lansbury parkte, stieg aus und passierte ein Gartentor in einer Buchsbaumhecke. Der weiße Eingang wirkte einladend. Lansbury klingelte.

«Mr Lansbury, nehme ich an», begrüßte ihn ein Mann älteren Jahrgangs, kaum dass er die Tür geöffnet hatte. Sein volles Haar war schlohweiß und bildete einen etwas sonderbaren Kontrast zu seinem fast faltenlosen Gesicht. Der Mann wirkte jugendlich, trotz seiner achtzig Jahre, was Lansbury aus dem Internet erfahren hatte.

«Wir haben miteinander telefoniert. Ich bin etwas früher als geplant hier.»

«Dann sind Sie verkehrstechnisch gut vorangekommen. Bitte treten Sie ein.»

Harrison Walsh führte ihn in ein kleines Zimmer, das er als sein Büro bezeichnete. «Seit meine Frau den oberen Stock für unsere Enkelkinder hergerichtet hat, muss ich mich einschränken. Alles, was ich für unseren Familienbetrieb noch erledigen kann, mache ich jetzt von hier aus.» Er setzte sich hinter ein schweres englisches Möbel, einen dunkel gebeizten Sekretär, dessen Tischplatte aufgeklappt war. «Sie haben schon mal angetönt, weshalb Sie mich sprechen wollen. Es geht um eine ehemalige Praktikantin. Ist das richtig?»

«Ihr Name ist Laura Diane Bancroft.» Lansbury setzte sich in einen Ohrensessel, dessen Sitzfläche sich hart anfühlte. Der kaum wahrnehmbare Geruch von Moder stieg ihm in die Nase.

«Laura, ich erinnere mich. War ein außergewöhnliches Mädchen. Das muss etwa zwanzig Jahre her sein, als sie bei uns war.»

«Siebzehn», korrigierte Lansbury. «Will ich ihr glauben, so hat sie das Praktikum kurz vor ihrer Heirat mit Jake Hemingway absolviert.»

Walsh nickte. «War sie nicht Schriftstellerin? Ihre zwei Bücher müssten hier irgendwo noch sein. Ich habe sie als einzige aufbewahrt. Ich lese sonst keine Romane, zuallerletzt Kriminalromane. Ich tat es, weil ich Laura kennenlernen und mir durch die Bücher von ihr ein Bild machen wollte. Ansonsten war das Mädchen kaum fassbar.»

«Diane … Laura behauptet, bei Ihnen einen Sprengsatz hergestellt zu haben.»

Walsh riss den Mund zu einem Lachen auf. Ein perfektes Gebiss kam zum Vorschein. Die dritten Zähne, vermutete Lansbury. «Wenn das so einfach wäre. Ein Sprengsatz! Aber ich erinnere mich. Laura war sehr wissbegierig, wollte alles über chemische Verbindungen erfahren und welche Auswirkungen sie hätten. Aber eine Bombe hat sie *nie* hergestellt.» Walsh fuhr sich mit den Händen an die Schläfen. «Stellen Sie sich vor, das wäre ausgekommen, dann hätte ich die Firma sofort schließen können.»

«Die könnte sie heimlich hergestellt haben.»

«Mr Lansbury, bleiben Sie realistisch.»

«Das dürfte heutzutage nicht mehr so schwierig sein. Die Anleitungen dazu findet man im Internet.»

«Vor zwanzig Jahren war das etwas anderes.»

«Vor siebzehn Jahren.»

«Meinetwegen. Wir arbeiten unter strengsten Vorschriften. Laura hatte nie nur annähernd die Möglichkeit, etwas Kriminelles zu tun. Und auch wenn sie eine Kriminalschriftstellerin war, in ihrem Wesen war sie …» Walsh brach ab, runzelte die Stirn. «Ja, das ist schwierig auszudrücken. Manchmal kam sie mir so vor, als wäre sie nicht von dieser Welt.»

«Sie war ein ganzes Jahr bei Ihnen?»

«Elf Monate, wenn Sie es genau wissen wollen. Vom August bis Juli des folgenden Jahres.»

«Was war ihre Aufgabe?»

«In der ersten Zeit ihrer Anstellung ließen wir sie die Behälter putzen, mit denen wir arbeiteten. Sie musste aufräumen, wo Unordnung herrschte, sie kochte Tee für alle, tätigte Einkäufe.»

«Einkäufe welcher Art?»

«Lebensmittel.» Walsh zog die Mundwinkel nach oben. «Später durfte sie den Chemikern über die Schulter blicken. Selbst experimentiert hat sie nie. Das hätte ich auch nicht gestattet.»

«Weshalb war sie dann da?»

«Sie hatte sich auf ein Inserat gemeldet, als wir eine Sekretärin suchten. Sie hatte zwei Jahre Psychologie studiert, das Studium aber abgebrochen. Den Grund kannte ich nicht. Da wird man vorsichtig, und ich habe lange überlegt, ob ich sie überhaupt anstellen soll. Aber dann kam das Vorstellungsgespräch, und Laura tauchte mit Begleitung auf.»

«Mit ihrer Mutter?»

«Nein, ich glaube, es war der Vater. Wie ich mich erinnere, gehörte ihm eine Druckerei in Bristol.»

«Andrew Kendall», sagte Tyron. «Er war ihr Mentor. Er ist heute Morgen an seinem schweren Krebsleiden gestorben.»

Walsh schwieg.

«Den Grund, warum Laura bei Ihnen arbeiten wollte, haben Sie mir nicht erläutert», sagte Lansbury.

«Eine Laune.» Walsh lächelte vor sich hin. «Eine Flause. Sie meinte zwar, aus Gründen der Recherche. Aber das nahm ich ihr nicht ab. Kennen Sie sie?»

Lansbury enthielt sich einer Antwort. Es fiel ihm schwer, über das zu sprechen, was ihn selbst nicht zu überzeugen vermochte. Jetzt war er hier, um die letzten Zweifel aus dem Weg zu räumen. Er musste sich daran gewöhnen, dass Diane für ihn unerreichbar blieb. Er hatte ihren Körper besessen, ihre Leidenschaft erfahren – in ihr Herz hatte er niemals vordringen können. Die Einsamkeit dieser letzten Jahre, dieses von der Außenwelt abgeschottete Dasein hatten ihre angeschlagene Seele komplett zerstört. Das Alleinsein hatte die wahnsinnigsten Fantasien entfesselt. Diane hatte eine gefährliche Gratwanderung hinter sich, bei der nie sicher gewesen war, auf welcher Seite sie herunterfallen würde. Wäre sie auf Lansburys Seite gefallen, hätte er sie auffangen können.

Er dachte daran, wie rigoros der Richter mit ihr umgegangen war. Dort, wo sie jetzt war, würde sie vor zwei Jahren nicht herauskommen. Allerdings war Tyrone sich nicht sicher, ob die Therapie das Richtige für sie war oder ob man ihr nicht in Wirklichkeit unrecht tat. Brooke Birdie hatte ihre kleinen Verfehlungen gesammelt, hatte Buch darüber geführt, aus Mücken Elefanten gemacht und Diane letztendlich als hochgradig gefährdet und gefährlich für andere Menschen eingestuft. In ihren Augen war sie eine Psychopathin, eine wandelnde Lüge.

Diane. Wenn er an sie dachte, blutete seine Seele. Diane, die ihrer Tochter eine gute Mutter war. Sie hätte sich bestimmt wieder gefangen, wäre sie unter Menschen gekommen. Tyrone hatte mit dem Gedanken gespielt, sie zu fragen, ob sie mit ihm zusammenziehen wolle. Nach Bristol, in seine Dreizimmerwohnung. Sie hätte wieder schreiben können. In der von der Sonne durchfluteten Küche mit Blick auf den River Avon. Und er wäre nach der Arbeit nach Hause zu ihr gekommen und hätte für beide gekocht. Er wäre für Maddie ein guter Freund geworden, obwohl der Weg zu ihrem Herzen ein weiter war.

«Sind Sie okay?» Walsh sah Lansbury besorgt an. Auf seiner Stirn erschienen nun sichtbare Falten.

«Ich bin okay», sagte er. *Ich bin es nicht,* dachte er.

«Haben Sie sich von diesem Besuch etwas anderes erhofft, Mr Lansbury?» Walsh hatte ihn durchschaut.

«Es hat sich alles geklärt.» Lansbury kämpfte sich aus dem Ohrensessel. «Ich danke Ihnen für das Gespräch.»

Walsh erhob sich ebenfalls. Beim Abschied drückte er ihm die Hand. «Ich wollte Laura eine Chance geben, aber nach elf Monaten musste ich sie wegschicken. Sie hat mit ihren Geschichten meine Mitarbeiter fast in den Wahnsinn getrieben. Ich glaube sogar, sie hätte allein durch ihre Gedanken einen Sprengsatz zur Explosion bringen können.»

* * *

«Sie können nicht zu ihr.»

«Ich muss sie sehen.»

«Mr Lansbury, seien Sie vernünftig.» Dr. Jones hielt ihn am Ärmel zurück. «Wir haben ihr Medikamente verabreicht. Sie braucht jetzt Ruhe.»

Lansbury ließ sich nicht beirren. Wollte er aber zu Diane, durfte er sich keinen verbalen Ausbruch leisten. «Ich habe es ihr versprochen.» Er versuchte, einen verzweifelten Gesichtsausdruck aufzusetzen.

Dr. Jones schien zu überlegen. «Gut, aber nur eine Viertelstunde.» Sie schloss die Tür auf.

Diane saß auf dem Bett, hatte die Beine angezogen und wirkte lethargisch.

Lansbury wartete, bis Dr. Jones die Tür hinter sich zu- und abgeschlossen hatte.

«Tyrone.»

Wie er ihr Lächeln mochte. Er setzte sich zu ihr, umarmte sie, ohne sie zu küssen. «Sind sie nett zu dir?»

«Was habe ich eigentlich angestellt, dass man mich hier einlocht? Kannst *du* es mir sagen? Hier schweigt man. Man gibt mir nur Medikamente.» Diane griff ans Kopfkissen, öffnete den Zipper des Überzugs und holte ein Stoffsäckchen heraus. Sie schüttelte es aus. Farbige Pillen fielen auf das Laken. «Ich habe sie nicht geschluckt. Wenn schon die Flammen mich nicht umgebracht haben, werden es die Tabletten auch nicht tun.» Sie drehte sich nach ihm um. «Ich bin nicht krank. Aber danke, dass du mich im letzten Moment da rausgeholt hast. Jetzt bin ich um eine Erfahrung reicher.»

Tyrone wusste nicht, was er sagen sollte. Er hatte den Bericht gelesen, den Grund, weshalb Diane hier war. Es ging um die Abklärung irgendwelcher psychopathologischer Störungen. Er konnte sich keinen Reim darauf machen. So krank, wie sie alle meinten, hatte er Diane nie erlebt.

«Ich weiß nicht, ob ich es hier lange aushalten werde», sagte sie. «Immerhin darf ich auf dem Laptop schreiben. Das hat man mir versprochen. Ich werde über die Patienten schreiben, über Mord und Totschlag in der Klapse.» Sie lächelte. «Nur so werde ich es aushalten.» Dann sah sie ihn lange an. «Nicht traurig sein. Für Maddie ist gesorgt. Anne hat sich bereit erklärt, sich um sie zu kümmern. Meine Schwägerin ist ein lieber Mensch. Maddie wird gut bei ihr aufgehoben sein. Das Haus in der Cheddar Gorge ist zum Kauf ausgeschrieben. Es war das Letzte, was ich tun konnte, als man mich bei klarem Verstand wähnte. Aber auch dies könnte falsch ausgelegt werden.»

«Ich werde dir einen guten Anwalt besorgen.» Lansbury wollte ihr ein paar tröstende Worte sagen. Diane hier so leiden zu sehen, zerriss ihm das Herz. Trotz der Situation vermochte er nicht abzuwägen, wie sie es aufnahm. Aber sie wirkte, als hätte sie sich dem Schicksal gefügt.

«Hast du noch Fragen?» Wieder lächelte sie, während sie die Pillen zurück ins Stoffsäckchen steckte und dieses im Kissenüberzug verschwinden ließ.

«Du machst keine Dummheiten, oder?» Tyrone zeigte auf das Kopfkissen.

«Was meinst du?»

«Die Pillensammlung.»

«Sprichst du mich auf meinen ersten Kriminalroman an?» Sie zog plötzlich seinen Kopf an ihre Brust, umarmte ihn inbrünstig. «Das habe ich doch alles hinter mir. Man hat mir sogar den Magen ausgepumpt, damals …» Sie lachte. «Scherz, Tyrone. Das war ein Scherz. Ich muss es nicht erleben, um mir ein Bild von den Dingen zu machen. Meine Stärken liegen darin, mir alles vorstellen zu können. Ich kann mich nicht nur in Menschen versetzen, sondern auch in die Materie. Nebst meiner Fantasie bin ich mit viel logischem Denken begnadet. Hier werde ich schreiben, mich endlich in Ruhe ausleben. Niemand wird mir mehr im Weg stehen.»

«Du widersprichst dir. Das passt nicht zu dem, was du der Met eingebrockt hast.»

«Hättet ihr mich in Ruhe gelassen …»

Tyrone drückte sie an sich.

«Wirst du auf mich warten?»

Er küsste sie nur. Er würde vielleicht sehr lange auf sie warten müssen, bis alle Abklärungen vorüber waren.

Die Tür ging auf. Dr. Jones stand unter dem Rahmen. Ihr Blick war streng. «Die fünfzehn Minuten sind um, Mr Lansbury. Ich muss Sie bitten zu gehen.»

Er löste sich von Diane. «Deine Fantasie …»

Sie sah ihn ernst an, als er rückwärtsgehend das Zimmer verließ. «*Ich* bin es, die Flugangst hat.»

«Ich weiß.»

«Weil jederzeit jemand einen Koffer mit einem Sprengsatz ins Flugzeug schmuggeln kann.»

«Das hat sich Gott sei Dank nicht bewahrheitet. Es war menschliches Versagen.»

«Nein, Tyrone. Es war dieser Koffer. Ich habe ihn selbst gesehen. Schwarz mit braunen Rändern.»

Epilog

Logan Stoner wurde entlassen. Ihm konnte letztlich nichts nachgewiesen werden. Als er von der Absturzursache erfuhr, war auch der hartgesottene Anwalt überrascht. Ganz tief in seiner dunklen Seele dankte er Gott, dass man ihm zumindest den Job abgenommen hatte, Liam Keaton zu eliminieren. Trotz seiner Bemühungen gab Großbritannien zwei Jahre später den Austritt aus der Europäischen Union bekannt. Seine Frau Patricia trennte sich von ihm und zog mit ihrem Golflehrer zusammen, nachdem sie ihren Mann finanziell ausgenommen und fast ruiniert hatte.

Fadime Brown saß im Gefängnis, nachdem sie mehrmals beteuert hatte, ihr Mann sei unschuldig am Tod von Maryam Huxley. Nur sie allein habe die Frau auf dem Gewissen. Fünf Monate später gebar Fadime ihr viertes Kind im Gefängnis. Nach zwei weiteren Jahren erlangte sie nach guter Führung die Freiheit. Ob ihr Vater Scheich Zyad von Dubai letztlich die Finger im Spiel hatte, wurde nie bekannt.

Abdullah Omar Brown schloss sein Etablissement, zog sich zurück und war alsbald nur noch für seine Kinder da. Er empfand die Inhaftierung seiner Frau als die größte Schande für sich und seine Familie.

Colin Forsythe übernahm die Druckerei Kendall Print als Geschäftsleiter und kaufte sie später auf.

Tyrone Lansbury quittierte seinen Dienst bei der Met in Bristol. Nach seiner Entlassung wanderte er nach Alaska aus.

Ronny Hawkins arbeitete weiterhin bei der Metropolitan Police, mit der Aussicht auf eine frühzeitige Pensionierung.

Brooke Birdie kletterte in der Hierarchie eine Stufe weiter und wurde Police Chief Superintendent.

Bereits gegen Ende ihres ersten Jahres in der Psychiatrie schrieb Diane Hemingway alias Laura D. Bancroft den letzten Satz ihres dritten Kriminalromans mit dem Titel «Der Schläfer». Der Roman wurde, wie schon seine zwei Vorgänger, ein Weltbestseller und in viele Sprachen übersetzt.

Warnhinweis:

«Traue niemals einer Kriminalschriftstellerin. Sie könnte dich in den Abgrund reißen.»

Mein Dank

Dieser Roman ist eine Herzensangelegenheit. Seine Entstehung dauerte fünf Jahre. Darum freut es mich ganz besonders, dass der Cameo Verlag dieses Buch nun veröffentlicht.

Die Figuren sind frei erfunden, ebenso der Inhalt, der meiner grenzenlosen Fantasie entstammt.

Mein Dank gebührt dem Verleger des Cameo Verlags, Gabriel Palacios sowie Peter Wäch. Sie haben an dieses Projekt geglaubt und mich darin unterstützt und bestärkt. Ich dank Rafael Schlegel für die gute Zusammenarbeit, André De Carvalho für die Umsetzung des Covers, der Lektorin Susanne Schulten für den Feinschliff, Joe Fuchs für seine unermüdliche Arbeit, das Buch an den Buchhandel zu bringen und last but not least allen meinen Leserinnen und Lesern, die mir das Schreiben erst ermöglichen.